U0485046

黄的海

一个海军弱国的长江抗战

侯陈
2015.8.23

时代出版传媒股份有限公司
安徽文艺出版社

侯卫东，1964年4月生，江苏南京人。供职媒体，著有《士时代的痛》等。

黄的海
Huang De Hai

一个海军弱国的长江抗战
Yige Haijun Ruoguo De Changjiang Kangzhan

侯卫东 / 著

时代出版传媒股份有限公司
安徽文艺出版社

图书在版编目(CIP)数据

黄的海：一个海军弱国的长江抗战/侯卫东著. —合肥：安徽文艺出版社,2015.3

ISBN 978-7-5396-5352-5

Ⅰ. ①黄…　Ⅱ. ①侯…　Ⅲ. ①纪实小说-中国-当代
Ⅳ. ①I247.5

中国版本图书馆 CIP 数据核字(2015)第 040029 号

出 版 人：朱寒冬

责任编辑：岑　杰　张　堃　　　　装帧设计：许含章

出版发行：时代出版传媒股份有限公司　www.press-mart.com
　　　　　安徽文艺出版社　　www.awpub.com
地　　址：合肥市翡翠路 1118 号　邮政编码：230071
营 销 部：(0551) 63533889
印　　制：安徽新华印刷股份有限公司　(0551)65859551

开本：710×1010　1/16　印张：34　字数：500 千字
版次：2015 年 3 月第 1 版　2015 年 3 月第 1 次印刷
定价：48.00 元

(如发现印装质量问题，影响阅读，请与出版社联系调换)

版权所有，侵权必究

许许多多往事沉入了时光之流
在水中成就了大河不枯

目录

引子　海军之名　001

1　水路迷离　043
2　练舰空空　055
3　疑云　066
4　秘密行动　076
5　死结　086
6　失算　099
7　大失所望　109
8　变故　119
9　密电　130
10　备战　142
11　剑拔弩张　154
12　预感　165
13　隔离　177
14　如鲠在喉　186
15　搁浅　198
16　一触即发　208
17　爆发　218
18　泄密　228
19　大集结　238

20	江阴呀江阴	248
21	开战	259
22	捡来的线索	269
23	他是谁	279
24	钥匙	289
25	不安的夜晚	299
26	偷袭"出云"	309
27	冒险	320
28	船与舰	331
29	第一次爆炸	342
30	论战	353
31	内河海战	363
32	海空对决	377
33	爱在首都	391
34	再战"出云"	403
35	登陆	414
36	要塞	425
37	痛失良机	438
38	马当阻塞线	449
39	迟到的发现	460
40	致命漏洞	472
41	追责	484
42	知己知彼	494
43	敌后	506
	尾声	516

主要人物

（身份、职务以『七七事变』时为准）

解　　夏	海军部秘书，海军中校
金砺锋	海军第一舰队"平海"巡洋舰枪炮副，海军中尉
崔先生	交通部长江航运局科员
曾一鸣	海军造船所监造官，海军中校
张灵春	海军练习舰队"通济"练习舰副长，海军少校
陈绍宽	字厚甫，海军部部长，海军上将
陈季良	原名陈世英，字季良，海军第一舰队司令，海军中将
林　　遵	国民政府访欧使团海军部长随从副官，海军上尉
钟　　虎	中央宪兵司令部特勤大队中队长
赵一添	海军第三舰队"镇海"飞机母舰枪炮副，海军上尉
小　　程	海军第一舰队"平海"巡洋舰枪炮见习官
小　　孔	海军第一舰队"平海"巡洋舰枪炮见习官
胡船长	名胡玄武，交通部轮船招商局"江顺"客轮船长
大　　王	海军练习舰队"通济"练习舰军士长
欧阳格	江阴电雷学校教育长，海军中将
小　　郭	建设委员会工作人员
玉　　兰	行政院秘书黄濬公馆丫鬟

中村正树	日本海军第三舰队第11战队首席参谋，海军中佐
大池春作	日本海军第11战队"安宅"炮舰舰长，海军中佐
田中智子	日本记者
长谷川清	日本海军第三舰队司令长官，海军中将
冈村宁次	日本关东军第二师团师团长，陆军中将

国民政府德国军事顾问团总顾问亚历山大·冯·法肯豪森

  目前威胁中国最严重而最迫切者,当然是日本。日本对中国之情,知之极悉。其利害适与中国相反……

  东部有两事极其重要:一个封锁长江,一为警卫首都,两者有密切之连带关系……次之为武汉、南昌,可作支撑点,宜用全力固守,以维持通广州之联络。终之四川,为最后防地。

——法肯豪森《关于应付时局对策之建议》(1935年8月)

引子 海军之名

一

"一·二八事变"前的上海外滩波谲云诡

躲避战火的中国平民纷纷逃往租界

　　面对眼前突然出现的"宁海"舰,解夏不相信这是真的,但他不能轻易怀疑。置身戒备森严的军港,他不能怀疑湛蓝的天空,和天空下深蓝的海水。他的双脚结实地踩上了甲板,身旁是老同学曾一鸣,他们并肩走向舰首。在骤然响起的警报中,扑向各自岗位的员兵运动迅即,充满动感,他的怀疑因此显得虚无而可笑。

　　属于舰艇特有的响声,从底舱、下甲板一起汇聚到上甲板,它们以神奇的混合力量,催促着解夏登上舰楼。解夏平息着心绪,这样就听到了锅炉爆发动力的声音,锚机带动铁链越出海水的声音,运弹机从弹舱运送鱼雷的声音。回首一望,这些声音像是全部被塞进了烟囱,化作了粗壮有力的滚滚浓烟,吐向舰艉主炮对准的方向。

　　久违的海出现在前方,领命指挥的解夏在驾驶室里,激荡着劈波斩浪的豪情。他发现天气异常晴朗,是那种从来没有见过的晴朗,天空中出现了没有干扰的纯粹的蓝色。

　　直到崭新的"宁海"舰驶离军港,解夏还是不相信,他做梦也不敢相信,这艘寄托着海军太多期待的巡洋舰,正在自己的指挥下,第一次正式巡海远航。"为什么会是我,这是真的吗?"一旁的曾一鸣笑而不语,那神态似乎在说,如果不是你那才奇怪呢!

　　曾一鸣的表情看似是鼓励,但解夏却觉得有一丝诡异。他想再看一眼,只觉得人影一晃,那个表情和人都不见了。一向谨慎的解夏,心里咯噔了一下,抢步登上瞭望台,左右张望,扫过航海正、值更官一干人等,却没有看到曾一鸣本人。

　　他忍不住地回头看了一眼,这意味着侥幸式的冒险。因为他有不安的预感,自己只要一回头,就可能身陷极大的危险之中。

　　但他无法控制住自己。

　　他的理智完全意识到了危险,而他却失去驾驭身体的能力。就在他忍不住回头时,危情一下子暴露在他眼前——所有主炮居然都没有卸下炮衣。

　　再转向前方的时候,军舰突然停止了前进,原来是排山倒海的潮水挡住了它。细一看,海水正在以惊人的速度上涨,更不可思议的景象出现,竟然像梦一样的情境——潮头由蓝色变成了黄色,没等人反应过来,紧接着,浑黄一片的巨浪向着"宁海"舰汹涌扑来。

　　"右满舵!"一声口令,关键的时候,军舰神奇地开动了。在舰身转动之时,浑浊的浪头冲向了高高的望台。解夏下意识地往后撤,发现身边又多出了一个人影,他们一起飞身落向甲板。而就在巨浪淹没船头和左舷的时候,就下一步如何应急的问题,他们两人产生了分歧。

　　貌似曾一鸣的人喊叫着:"满舵!二进二!"解夏听来,这简直就是一道荒谬无比的命令。

　　但他们没有时间争执,水越涨越高,在军舰试图避让巨浪的剧烈摇晃时,全身湿漉漉的解夏,突然发现了埋伏在巨浪后面的阴谋。一艘军舰隐藏在浪的后面,或者说突如其来的潮水只是敌人制造的幻觉,是进攻前的掩护。

　　一艘、两艘、三艘,解夏惊呆了,他看到了抬起炮口的一支舰队,正熟练地在变化着战斗队列。领头的炮舰尽管换上了和江水一样的涂装,但从它标志身份的三角桅杆上,他一眼就能识破,这是白色"安宅"舰的变身术——尽管为了隐藏,这艘日本海军的内河炮舰,没有悬挂招眼的红色旭日旗。

　　"左转舵!90度!"看到"宁海"号横着的舰身完全暴露在敌人的炮口前,解夏急了,他想大声发出号令,"鱼雷——准备!各炮位——准备!"嗓子却出不了声。当他意识到必须开始发射时,已经太晚了。

　　一团团红红的炮火,向着"宁海"舰铺天盖地地袭来。

一道火光之后，桅台的下方爆发一声巨响。在舰身猛烈抖动的同时，一股强大的气浪把他抛向了空中。

腾空而起的解夏，闭上了痛苦的眼睛。他这时流出了泪，像是追悔自己如此大意，又像是痛责自己如此无能。高高抛起又重重落下，解夏感到身下火光浓烟一片，这时，他听到了刺耳的汽笛声……

被急促的电话铃声惊醒，解夏觉得自己眼角依旧润湿，面对镜子，却看不到梦里留下的泪痕。

妻子龙慧菊挺着隆起的肚子，轻手轻脚地跟出了卧室，打量着镜子里恍惚的丈夫。她看着他洗漱整齐，梳理着稍显纷乱的头发，然后用干净的手翻开了日历上新的一天——

民国二十一年（1932年）1月29日。

这一天，从梦中醒来的南京，迷茫在一片白雾中。

职业的嗅觉告诉解夏，这不是一个普通的早晨。不仅仅因为突然接到了孙副官的电话，在首都宽阔的中山北路，他还看到了警戒和运动的军警，他们的数量比平日里增加了许多。他们虽然出没在浓雾里，但不会逃过一个优秀参谋的耳目。再联想起日本领事馆人员撤到海军军舰上的传言，解夏想，这个早晨不简单。

海军部大院比平常安静了许多，除了军乐队升旗奏乐外，其他人都没有出操。穿过雾蒙蒙的操场，听不到往常高亢的操练声，解夏几乎猜到发生了什么，但他不敢肯定。踏上办公楼的楼梯，他觉察到上上下下的人，脚步十分反常。在楼梯的拐弯处，他堵住了孙副官急匆匆的身影，从值班副官的口中，终于证实了自己的预感。

日本海军陆战队和上海的中国守军已经正式交火。

中日对抗，上海交战，梦中的场景以这样的方式被印证，解夏并不觉得意外。让他觉得意外的，却是忙作一团的电讯科和副官处。大家走路小跑的样子，让地板发出了奇怪的声响，让大楼平添了几分紧张的气氛。仿佛，前线近在眼前，仿佛民国海军的首脑机关已经成了前沿指挥所。

解夏把自己关进了办公室里，等于让自己置身于战事之外。作为卸任不久的第一舰队司令部参谋，此前他一直驻守上海高昌庙海军基地，对上海爆发战事，解夏其实早有心理准备。之所以没有说出口，是因为整个海军部都在掩耳盗铃，对随时可能爆发的战争三缄其口。

两天前,作为部长陈绍宽的随行,解夏本人还在大战前夜的上海。

1月25日下午,他们从南京飞往上海龙华机场,和他们一起上路的,便是上海愈发紧张的战争状态。

动身的前一天,进驻上海的日本海军宣称,若市政府对日海军提出的要求置之不理,日本陆战队将占领闸北南头江南兵工厂及市府各局所。

动身当日,日海军司令向上任不久的上海市长吴铁城发出了"最后通牒",声称如果不满足逮捕处罚犯人、中方道歉及赔偿损失、封闭民国日报、解散各抗日团体等四项条件,"则海军舰队将采取断然手段"。

这种情况下去上海还合适吗?解夏心里打了个问号。

果然,到了上海,接机的汽车驶出不远,就听见前面一阵惊天动地的爆炸声。

行进的车辆,明显感觉到来自地面的抖动,一股劲风,从车窗上啪啪地拍打过去,把路旁的残枝败叶吹得七零八落。

情况不明的袭击,让车骤然停下。前后两车的警卫,围绕部长的坐驾,像豆子一样迅速地撒了出去。

解夏习惯性地摸着腰间,却没有摸到手枪,他有些失落。显然,他对自己转为文职的这一改变,并没有完全适应。他苦笑着打开车门,观察着卫兵警戒的位置,一边把目光投向爆炸的方向,一边很自然地移动着身体,挡住了可能攻击部长的直射角度。

他看到了冲天的火光。凭肉眼,他能分辨火从黄浦江面升起。远处浓烟滚滚,路上嘈杂一片。"打起来了""快跑呀",行人慌乱着奔跑,妇女下意识地叫喊不绝于耳。附近的陆海军驻地,临时戒严的警报声,让气氛变得异常紧张。

部长身陷不明险境,卫兵都很担心,不时用眼睛瞟着小车一旁的解秘书,等待着下一步的行动指令。

解夏向车里瞥了一眼,部长正在闭目养神,一副置身局外的样子。解夏借用旗语,给大家打出了"全速前进"的手势后,自己先上了车。对还愣神的司机说:"发动,好好开你的车。"

秘书的镇定让陈绍宽满意,他同时也满意自己选对了人。"你觉得是什么情况?"陈绍宽有意考他。

"要么是意外事故,要么是有人蓄意破坏。"解夏判断道,"日本海军陆战队刚刚登陆,仗,还不至于今天就打起来吧?!"

到了住处，从破碎的玻璃到震坏的灯泡，爆炸带来的破坏随处可见。解夏警惕地前后转了一圈，他觉得比一片狼藉更危险的，是大家的恐慌心理。

门厅外的女人叽叽喳喳，释放着各种传闻，有说这是日本浪人搞破坏，也有说日本兵偷袭了军火库。直到官方发布消息，称一艘运载兵工厂炸药的船，由于烟囱里迸出火星引爆了炸药，许多人还是不信。

此时的上海，完全是坐在一个巨大的火药桶上。晚餐前，解夏换下军服，在打上领带的同时，心里面也慢慢打上了一个结——这样敏感的时候，海军部几位头面人物全部来到上海，会不会落入了一个尚不可测的陷阱，有可能失去本该预留的退路？

刚刚就任政务次长的陈季良，仍然身兼第一舰队司令之职，率部驻守海军高昌庙基地是职责所系。但解夏没有料到部长也会匆忙动身，来到这个是非之地。

都说新官上任三把火，可部长陈绍宽正式上任后，忙得不是放火而是怎样救火。职务前面去掉"代理"两个字，不但没有让他轻松起来，反而更有火烧眉毛的切肤之痛。

原因只为一个字：钱。

由代理部长改为部长，陈绍宽上任才十天，解夏经办的第一份公函，就是向财政部要钱的函。

这一份函文解夏斟酌良久，可谓字斟句酌，倒背如流。遵照部长的意思，函文充满了迫在眉睫的措词，就像是一幅充满着自嘲意味的漫画，勾勒出海军部无米下锅的窘境。

第一层意思是说政府欠账太多。解夏写得实，反映出"海军部暨附属各机关经费已两个月未领到分文，共计积欠不下一百数十万元"的真实现状。

第二层意思表达日子没法过。"现在不仅部中暨各机关日用伙食无法维持，各方索欠亦属难以应付"，基本上是事实。别说伙食费，海军不比陆军，军舰停着不动都要钱。煤、油、舰艇各项维护费用，哪一项不是用钱砸出来的。一旦经费告急，难免七处冒烟八处冒火，部长就得拆东墙补西墙地救火。

第三层意思才是公函的关键。尽管从表面上看，表达上有点隐晦，内容说的是"在日订造之'宁海'舰应于每月15日拨汇10万日元"的真实情况。像是在陈述这一件事"势难迟延"的理由，实际上是告诉财政部，委托日本正在建造的"宁海"巡洋舰有可能鸡飞蛋打。

它的潜台词非常丰富,这么多年的造舰计划,落实到最后,也就订造了这么一艘巡洋舰。如果断了应付款,日本人就可能因此拒绝交付,就等于让民国海军的主力舰不打自沉。解夏写上了这一笔,心中得意,他想,谁能负得起这么大的国防责任?

看了解夏拟出的公函,部长在结尾提笔又加上了一句,"以上各款系万分急需,请迅以拨付"。解夏到了总务司文书科,盖了鲜红的海军部印章,本以为经费的事就此画上了句号,岂知它只说明公文旅行才刚刚开始。

公函交了也白交,孙副官比他有经验,悄悄地对他嘀咕:"由兄弟同宗主政的行政院根本就是摆设一个,既无钱又无权。"

孙副官的同宗,显然指的就是行政院长孙科。解夏听来将信将疑,这时记起曾一鸣也曾感慨过,虽说蒋先生下野,但这个国家和政府,他孙院长玩不转。

留心观察了十来天,解夏才知道自己太嫩。孙副官说得一点都不错,围绕中日之间战与不战,领袖人物避免一战的决策和民众坚决抗战的决心水火不容,孙科夹在中间内外交困,只能选择辞职。辞而未决的孙院长甩手去了上海,新院长还在酝酿之中,随着上层权力暂时短路,海军要钱的函完全就是一纸空文。

眼看年关将至,部长不得不派出了部里的第三号人物、代理常务次长兼总务司长亲自去上海化缘。虽然找的是下属单位海军造船所,但李代次长的反馈却不乐观。造船所不说给也不说不给,只是说这么多钱现在无法筹措,让新上任的代理次长碰了一个软钉子。

陈绍宽闻讯盛怒不已,决定亲自出马。初次随行的解夏,原以为部长的上海之行会充满火药味,但从造船所给部长接风的宴会开始,却看到部长紧绷着的脸,慢慢地松开了。

一是饭菜简单,不事铺张,正对部长的胃口;二是因为所长还是部长兼着,代理所长是部长信任的技术专家,本来就是自己人。

人归人,事归事,一上饭桌,部长的难听话就放出来了。"你这个大所长厉害,连代理次长的面子都不给。"他冷笑着问,"也不知道我陈某人,这次会不会一样吃上闭门羹?"

饭局这样开场,桌上的解夏感到不大自在,谁知代理所长并不在意,扳起手指头给部长算起了账。什么政府投入修造舰艇的经费,时紧时松;什么外接船舶建造的预付款,那都是一个萝卜一个坑;什么生产指标都是硬任务,资金都是从牙缝里

挤出来的……总之，所谓靠船吃船的造船所，也不过是外面光，不像人们想象的样子。"

陈绍宽一直不理他，只顾低头吃菜，似乎是听得不耐烦了，才啪的一声压下筷子，打断了对方的哭穷。

他咄咄逼人地问："莫不是我交给你的造船所，是一个烂摊子？飞机制造处我给你迁来了，所里扩建工程的钱，从何应钦手心里我给你扒来了，你觉得我这个后勤没做好？"

代理所长急忙站起，连连欠身解释说："误会，部长，这完全是误会。我说的不是这个意思，部长对所里的关心，大家有目共睹。你放心，钱的问题我想办法解决，明天就交到你的手里。"

"你别交给我，我也不是来要饭的。"陈绍宽没好气地又打断了他的话，"我只管账不管钱。"

部长和代理所长关于钱款的对话，也就是两三个回合，问题就这么解决了。接着在席间谈起了海军的造舰计划，看到部长一副谈笑风生的样子，解夏这才明白，自己的担心纯属多余。

筹款的事解决了，陈绍宽的工作还在连轴转。第二天一早，他就不停地见人。

一天的时间里，先见了两个次长，又见了海军在上海基地的七八个头头脑脑。部长谈什么，解夏不用猜谜，知道一定事关海军建设。

果然，一个好消息从门缝里扩散开来，说海军年内试造6架水上飞机的计划基本敲定，同时还将试造400马力的战斗机一架。

现代装备，是一个特别容易让海军兴奋的话题。消息一出，出出进进的将官，脚步似乎都轻快起来，解夏却兴奋不起来。计划赶不上变化，人家日本人的枪炮都伸到了鼻子下面，嗅觉灵敏的军人，按理说都该闻到炮膛里的火药味了。奇怪的是，前线的刀光剑影，却一直摆不上海军议事的桌面。

部里的长官到底在想什么？解夏踱来踱去，不得其解。

到了黄昏时分，部长最后召见的是曾一鸣。两人单独谈了好一会，分手前，部长把解夏也叫进了屋。部长用难得一见的笑，对曾一鸣说："这一步你迟早要走，现在我是给你吹风，你不妨也听听你同学的意见。"

解夏听到部长点将，感到一头雾水，部长看了看他，轻松地说："你们俩叙叙旧吧，说了一天的废话，我都快张不开口了。"

曾一鸣轻车熟路,和解夏一起奔向法租界,没想到路上堵得像赶庙会。

连绵的汽车和人力车,堆满了大箱小包,急切的喇叭声、催促声,硬是把晚饭时分的街巷挤成了一团又一团。轿车里西装革履的男人,放下了平日里体面的做派,把头伸出车窗,大呼小叫地让前面的人让出路来。

解夏觉得有些不可理喻,仗还没打,有钱人就撒腿往租界里躲,这岂不是平添乱象吗？拐进了安静的咖啡店,坐下来再一想,正常,未雨绸缪嘛,你海军不做准备,他阔佬比你拎得清,一旦打起来就来不及了。

热气腾腾的咖啡,老同学相对而坐,这才听曾一鸣说,部长想调他到造船所。解夏想都没想就表了态:"这还征求什么意见？你在日本学过造船,在英国虽然学的是航海,但技术是你的强项,正好英雄用武。"

"用武事小,"曾一鸣苦笑,"部长的意思你还不明白,他是指望造舰挣钱呢。"

说到钱,解夏对这一次筹款的周折多有困惑。海军造船所前身的前身,是前清的江南制造局,当年洋务派打下的家底,虽说牌子挂在上海高昌庙,但毕竟是海军部下属的收支大户。按理说,用所里的现金流,让海军应付捉襟见肘的财政困难,不过是举手之劳,何必要劳烦部长大驾？

解夏感慨:"从来也没有见过这样的阵势,借支下属单位的钱,竟然要部里的次长兼总务司长负责打借条。想想都觉得好笑,在第一舰队司令部当参谋时,也没见经费这么难,而调到了军部,没想到部里的待遇还比不上作战部队。"

"你算是说到点子上了,"曾一鸣显然比解夏有见识。他说:"现在两线作战的海军,都比部里要宽裕——无论是在湖南围剿红军的舰队,还是防剿农民暴动的驻闽海军陆战队,部里的钱总是先行拨给前线。"

"再说,"曾一鸣看了看左右,压低着声音说,"这一次筹款,你只看到造船所得罪了代次长。"他凑上前对解夏耳语道,"但如果不这样做,说不定就得罪了部长,别忘了,部长还兼着所长呢。"他慢慢腾腾地喝了一口咖啡,又补充道:"一把手都这样,我看部长比以前要敏感许多。"

这话听来,略有高深莫测之感。解夏放下手中的杯子,透过玻璃窗看着风中招摇的一面广告,明亮闪烁的光斑中,上面的字模糊不清。许多事都模糊不清,包括自己调动工作的前因后果,解夏没有刨根问底的好奇,但他的心里面,却留下了曾一鸣这话的弦外之音。

像每次见面一样，话题总是在海军这些烦心的事情上打转，两人都觉得无聊。话锋一转，他们谈到了上海一触即发的战争局势。在咖啡的气味里，两位海军校官开始研判中日上海交战的可能性与前景。两人的观点不尽相同，他们像学生时代那样，开始小声地争执，同以往一样，他们谁也无法说服对方。

在日本关东军少壮派一手导演的"奉天事变"之后，日本海军早不甘寂寞，建功心切，这是两人的共识。"战争不可避免，"曾一鸣比喻，"就像白磷已经到了自燃的温度和湿度，还有什么可以控制它？"

"20多艘，"解夏习惯性地搬弄着指头，"算上'安宅号'等第一外遣舰队的炮艇，加上从佐世保军港增援的舰只，调集上海的日本军舰已达20多艘，陆战队员超过4000名。'能登吕号'飞机母舰所载舰载飞机共十几架，这些数字，还能说明什么？"

"比这些数字更可怕的，是上海上空弥漫的气氛。对立。"曾一鸣说。他的心里泛滥着悲观的情绪，他用无可奈何的耸肩，表示对时局的悲观。在他看来，两国不可调和的对立，正在酝酿着白磷自燃需要的温度和湿度。

"先是日本和尚和工人纠察的冲突，接着，是莫名其妙地火烧日本三友实业社事件。"曾一鸣回顾着，"再后来，3名中国警察被杀死砍伤，然后，是日本侨民有组织的集会游行，袭击华人商店……"曾一鸣说到一件事便在桌上放一根火柴，直到火柴盒空了，直到排在他们面前的一根根火柴，把严峻的局势铺满桌面。

中日一战该不该去打，该怎样去打？作为职业军人，解夏更关注战争策略层面的问题。比如，要做哪些必要的准备，什么时候才是放手一搏的时机，怎样才能避免全线溃败？

曾一鸣狡猾地一笑，他反问道："你觉得呢？"

"矛盾。"解夏坦白地说："这个问题我想了很久，和你一样矛盾。"

"你怎么知道我矛盾？"曾一鸣反讽似的一笑，"我很清楚，仗根本就不能打。从民国十七年到现在，上海的大街小巷一天天地繁荣起来，楼房越来越高，市面越来越热闹。这只是表面现象，背后是实力的增强。现在建设刚起了一个头，军备基本上毫无准备，我们用什么去打？如果全面抗战爆发，我们的子弹不到一个月就打光了，哪来打的本钱？！"

曾一鸣说得这么决然，解夏听了心里不舒服，他把空杯子推到一边，气鼓鼓地说："打仗也不像煮咖啡，有一个按部就班的程序。"

这样，他们就开始了争论。争了很久，看法似乎越来越不同。看着周围的人渐渐稀落起来,解夏说我必须走了。起身离开座位,解夏自嘲:"我的任务不是来打仗的,再说,我的身份也不再是舰队的作战参谋了。"

"你现在是部长身边的人,好比在上书房行走,谨慎是对的。"说到这里,曾一鸣诡异地一笑,然后说,"部长来得不是时候,上海可不是他的福地。"起身时又说,"陆军、海军首脑齐聚上海,你没听说何应钦部长也来了,据说是亲自催促十九路军从上海换防。这说明,上头没有做好打的准备。"

上了膛的子弹,怎么可能轻易退出?解夏想。随着侍者打开门,一股寒气迎面而来,两人不禁打了一个冷战。穿行在租界的夜色中,他们的话其实没有说完,他们也没有准备把话题再深入下去。他们不大情愿,但似乎又达成了默契,有意无意中,都在回避着海军是否参战的话题。

他们一直没有底气讨论,海军在即将到来的战争中,将如何作为?直到他们在夜色下分手,无论是曾一鸣在寒风中登上冰冷的炮舰,还是解夏回到住处,他们觉得心里的很多话憋在胸口,就像塞进炮膛里的炮弹,迟迟没有拉动炮绳。

郁闷的解夏,在哐当、哐当的火车撞击声中离开了上海,离开了一个随时可能爆发冲突的战场。

看着窗外的十九路军,他杞人忧天,不知道这一仗该怎么打。驻防上海的中国守军,给人的直观印象,比海军要寒酸得多。已经进入腊月了,士兵衣服杂不说,大部分穿的还是单衣单帽。这样的印象陪伴着他回到首都,没想到一夜之后,一个古怪的梦醒时分,日本军队和十九路军已经接上了火。

胆识! 人在南京的海军部,心里牵挂着已经交火的上海前线,解夏恍然大悟,一支衣冠不整的杂牌部队,一看就知道缺少弹药和军饷,人家打得无非是胆识。佩服之余,解夏坐不住,因为一个上午也没有接到陆军的前线战报。想出去打探一下,电讯科来人了,送来的是十九路军的抗日通电——

特急!暴日占我东三省,版图变色,国族垂亡。最近,更在上海杀人放火,浪人四出,极世界卑劣凶暴之举动,无所不至。而炮舰纷来,陆战队竟于年二十八夜12时,在上海闸北登岸袭击,公然侵我防线,向我开火,业已接火。光鼐等份属军人,唯知正当防卫。捍患守土,是其天职,尺地寸草,不能放弃。为卫国守土而抵抗,虽牺牲至一卒一弹,绝不退缩,以丧失中华民国军人之人格。此物此志,质天日而昭世界。炎黄祖宗在天之灵,实式凭之。十九路总指挥蒋光鼐、十

1932年1月28日夜，日海军陆战队在虹口整装待发

戴戟、蒋光鼐、蔡廷锴（从左至右，合成照片）

九路军军长蔡廷锴、淞沪警备司令戴戟叩。艳子。

　　解夏只扫了一眼电文，"尺地寸草，不能放弃"的慷慨陈词，就足以让他一阵头皮发麻。直到走向部长办公室，在走廊上他还要借助深呼吸，以此平息内心的激动。没想到到了部长室，部长却不在，值班的孙副官也没在，一打听，才知道部长正在接待日本海军武官。

　　日本人这个时候来，显然不是为了提前拜年。解夏预感，日本人是给海军部找麻烦来了。

二

1932年宋庆龄在上海和十九路军军长蔡廷锴合影

开赴前线的中国军队

　　淞沪之战打响不久,各路消息像蜘蛛网像蛇像死打烂缠的女人,紧紧地缠住了陈绍宽,缠得让他有些透不过气来。

　　外交部发表了《自卫宣言》,孙夫人宋庆龄、廖夫人何香凝到上海真如前线慰问,上海华商证券交易所关门歇业提前放春假,沪上黄金、老头票一路猛跌,这些都是大路消息,它们和十九路军还击日军的特大新闻,构成了收音机和报纸上的兴奋点。陈绍宽得到更多的却是内部消息或小道传闻,其中不乏高层人事变动的新闻。

　　就在"一·二八事变"爆发的当晚,正在召开的国民党临时中政会,通过了"照准孙科辞职,选任汪兆铭继任行政院院长"的决议。由孙科到汪精卫,行政院长走马换将,只是重大人事变更的开始。

　　因为突发的战事,一个多月前宣布"下野"、如今已经飞抵南京的蒋介石,加快了重掌军权的节奏。

　　事变的第二天,国民党临时中政会紧急召开。在会议做出的若干决议中,前两项令人瞩目:一是政府迁都洛阳,二是在国民政府下设军事委员会。

　　会议推举出11人为军事委员会委员,包括蒋介石、冯玉祥、张学良、阎锡山、李宗仁、李济深、何应钦、朱培德、陈绍宽、陈铭枢、唐生智等军方大员,海军部长陈绍宽的名字赫然其上。

以后的很长一段时间里,海军中的很多官佐,都会记起1932年1月,这是海军的陈绍宽时代正式开始,也是他走上权力巅峰的象征。

种种私下议论像水下复杂的暗流,涌动在平静水面之下,冲击着问题最底层的礁石,形成了诸多话题的回流——究竟因为什么,上头选择了陈绍宽担当海军的头面人物？或者说,陈绍宽执掌民国海军,其时、其运、其命中,蕴含着哪些玄机？

论出身,他和政务次长陈季良不可相提并论。说他出身海军世家不假,但他的父亲原先只是一名箍桶匠,从海军水手做起,最后也只升到中士管舱。而陈季良的家族是典型的书香门第,出过七位进士,曾祖父和祖父都是举人,父亲做过一任知县。同为陈姓,同为闽人,此陈和彼陈在家世上悬殊甚远。

论资历,二陈均出自江南水师学堂,陈季良比陈绍宽高出两届,算是不折不扣的学兄。就是抛开陈季良不说,放眼海军将领,比他陈绍宽资格老的人成把抓。从民国十二年的海军上校到民国十三年的海军少将,陈绍宽由校官到将官的升迁,只有一年三个月的时间。即便如此,排在他前面的上、中、少将何止一打？

论做人的圆滑世故,陈绍宽更是甘拜下风。不说和代理常务次长李某人比,就是和海军部的好些司长比,他只算是一个还没有毕业的高小生。远的不说,就说不久前为争取海军造船所的扩建资金,他和何应钦就有过不快。向别人要钱,不说低三下四,最起码也要低眉顺眼,可他偏偏公事公办。这一番做派,用南京话来说,属于典型的"不识相"。

这么一个出身不高、资历不深、甚至又有点"不识相"的人,却一跃成为民国一个兵种的领军人,看似蹊跷的逻辑里究竟隐藏着怎样的谜？大家都在猜。比较集中的意见认为,在陈绍宽升迁的背后,有一个人最初起到了特别关键的作用。而话只要点到这一步,老海军都知道,这个人就是海军宿将萨镇冰。

生于福建福州的萨镇冰,是中国海军的传奇人物。同治八年(1869年),他年仅11岁,便考入马尾船政后学堂第二期驾驶班。三年后以全班第一的成绩毕业,后被选派留学英国格林威治皇家海军学院。1877年,当他和同伴拖着长辫子出现在伦敦郊外的格林威治小镇时,在当地人诧异的目光中,他们成为了这里最早的中国来客。

作为中国第一批赴英学习海军的留学生,历史记下了他们的名字：严复、方伯谦、何心川、林永升、叶祖珪、萨镇冰。

从水师学堂教习到北洋政府海军总长,萨镇冰的海军生涯,经历了甲午兵败、重组海军、武昌起义、民国建立等诸多事件,其声望与日俱增,成为闽系海军的中坚。

在不同场合，萨镇冰力挺陈绍宽并不是什么秘密。基本意思是认为陈绍宽"为人很有决断"，想做的事别人阻挠不了；加上在第一次欧战时，他到英国参加过海军作战，并有潜水艇等各方面的实习经历。所以，萨镇冰一再看好，"他（陈绍宽）一定可以施展抱负"，"替三民主义的新中国担当起保卫海疆的责任"。

进部里之前，解夏就听说过萨镇冰和陈绍宽之间的各种传闻。基本无误的说法，一是陈的父亲当年追随过萨，更重要的是，陈的叔叔就是萨的乘龙快婿；基本可信的说法，是萨对陈一直欣赏有加，乐于为他指点；最玄乎的说法，是说两人志趣相投，连妻子死后永不续弦的做法都如出一辙。

萨老关照陈绍宽，只是部长执掌海军的诱因之一，解夏不是糊涂人。他想，如果不是因为闽系海军家大势大，蒋和汪怎么可能对闽系出身的陈绍宽高看一眼？当下的形势，要想用海军，离开福建人掌舵，恐怕只有沉船搁浅这一条结果。之所以选择陈绍宽，自然有部长本人的造化，也不排除各方的平衡和偏好。

同是福建人的孙副官，想的没有解夏这么复杂。在陈绍宽当选军委会委员的这一天，当消息灵通的熟人不断给陈绍宽打来祝贺电话时，他还在一个劲地琢磨，萨老前辈会不会有电话来呢？费心揣测之时，日本人先找上门来了。

找上海军部大门的是日本海军信使。日本海军的信一式两份，一份交给了正在上海的陈季良，另一份则由海军武官送交南京的陈绍宽——

> 日本海军陆战队与上海中国驻军发生冲突，纯属地方事变。日军所有行动，完全自卫，并非两国交战，希望尽快解决，日方决不愿意扩大。至日中双方海军素相亲善，仍望维持友好关系，幸勿误会。

陈绍宽扫了一眼上述内容，对日本人惯用的说辞并不意外，这只是把戏或伎俩。信的关键内容，在于后面传达的"建议"，即只要中国海军不参战介入，日本海军自当报之以李，承诺不会对中国海军主动攻击。

信的末尾暗藏杀机，日本海军外遣舰队司令官露骨地表示，他的建议"谅必可得阁下赞同"；"否则"，就会出现大家都不愿看到的结果。陈绍宽在"否则"两个字上停顿了一会，他似乎看到了对方威胁的表情。

淞沪之战，中国海军是否"有所行动"？日本人把选择的难题，交给了刚刚上任不久的国民政府海军部长。

战争爆发才短短几天,孙副官完全可以体会到部长的压力。无论是来自新闻界的声音,或者是来自亲朋好友的电话询问,还是上海反馈过来的信息,这些强弱不同、语态各异的表达,都传达出一个相同的意见——陆军奋力抵抗在先,海军决不能袖手旁观!

就在日本武官的信送达不久,心烦意乱的孙副官接到了一个电话,一个直接点名要找"厚甫"的电话。部长接通电话后,孙副官难以判断,这个声音是否来自萨老前辈?因为自己当时走神,也因为这个声音似乎有些哽咽,孙副官事后向解夏回忆时认为,这人一定是一位海军前辈。

让孙副官不明身份的海军前辈,电话里声音哽咽:"厚甫,我知道凭海军的家底,这一仗的确难打,再说海军作战也不比陆军。但是再难,也得让海军的炮发出声音呀,要让民众听听,海军的炮不是哑巴,也不是聋子的耳朵。"

更让陈绍宽觉得无话可说的,是前辈表达的另一层意思——那就是,和日本陆军在东北导演的"九一八事变"不同,上海的"一·二八事变"是由日本海军发动的。日本海军陆战队,在闸北天通庵路突然向第十九路军翁照垣部袭击,导致我驻军当即给予还击——也就是说,日本海军攻击中国陆军在先,而中国海军岂能装聋作哑,作壁上观?

打,是外界共同传递给海军的一致声音,几乎没有杂音和异见。南京的陈绍宽和上海的陈季良,他们之间的热线,在一点点地消化着各界的呼声。两人握着听筒的手,觉得孤立无援,隔着京沪之间的距离,陷入长时间的沉默。

此时此刻,谁都不会想到,关于他们两人之间的对话,关于海军部当时的决策过程,以后有许多故事和细节广为流传。

主流的说法是,陈绍宽结束了电话里的沉默,然后表态说:"你暂时不动,我再向上级请示。"紧接着,陈绍宽把请示的电话打给了军政部长何应钦,对方也在一阵沉默后,给了他简短的一句回话:"保持镇定,等候指示。"

外界风传甚多的陈何通话确有其事,这个电话打了是没错;但和传闻不同的是,谁给谁打,关系却是没弄清楚。

其实电话是何应钦本人先打过来的,认真的陈绍宽从来就没有认为这是一个小问题。许多年之后,别人提及发生在1932年1月底的这个以讹传讹的电话,陈绍宽都会严肃地更正,电话是何应钦先打来的。

在电话里，他对陈当选军事委员会委员表示祝贺。陈绍宽知道，这是对方主动表示出友好的姿态。前一阵子，为扩建在上海的海军造船所，就经费问题两人曾经有过口角之争。何的电话，算是主动修好，并没有多少实质内容。只是在电话结束前，何问了一句："迁都在即，厚甫是走是留？"

"当然留南京，部长你不也留下吗？"陈绍宽不假思索，两个次长都在上海，如果自己再去洛阳，南京就唱空城计了。

坊间的传闻和部长的澄清，在外人看来似乎大同小异，但解夏了解其中的微妙和机关。陈部长传达的意思是，统帅部压根没和海军讨论过上海作战的问题——在外界认为应该讨论战事的时候，何的电话却只字未提，只是过问了搬迁洛阳的事项。

从宣布迁都开始，海军部大院便忙作一团，更显忙乱的，是军部大门外的中山北路。解夏看到一辆辆轿车组成的车流，在宪兵的护卫与指挥下，连成长线奔赴下关码头。一批批渡江后，中央党部及各院部人员，将搭乘在浦口站准备好的专列奔赴洛阳。

"谁家玉笛暗飞声，散入春风满洛城。"他的脑子冒出了这句诗，觉得此情此景大相径庭。

这个冬季格外暖和，京沪天气一直不像冬天。吹在首都上空的暖风，在由阴转晴的天气里像是转了向，突然吹向了西北方的中原。浦口发往开封、洛阳的特快列车，不断增发的班次，送走了国府主席林森、行政院长汪兆铭、刚刚掌握军权的蒋介石等首脑人物。

受汪院长的指派，行政院的电话这时又打到海军部，催促陈绍宽率海军机关向洛阳火速搬迁。解秘书请示部长何时出发，陈绍宽告诉他，军政部的何部长留守南京，自己也在南京暂时不动，其他部门按原定计划执行。

解秘书领命正要通知，部长叫住了他，问："你打算怎么办？"

解夏一愣，心想我现在跟着你，当然得如影随形。虽说自己的情况特殊，慧菊有孕在身，家里的人自然不想让她长途转移。但身为军人，去留问题容不得自己做主，这一点妻子理解，他也做好了去洛阳的准备。这时听说部长不走，自己于公于私都该留下，所以他理直气壮地说："我当然跟部长一起行动。"

看到秘书一脸惊诧，陈绍宽若有所思地点了点头说："当然。"

搬迁的风刮跑之后,海军大院才算稍稍安静下来。下关军港这时出现了紧急敌情,日本海军4艘军舰由沪抵京,直逼首都。

解夏叫上孙副官,火急火燎地向江边驱车而去。到了军港,向着大坂码头一带江面观察,情况就摆在那里。日军新增的4艘兵舰,加上原来的3艘,一共7艘舰艇,有巡洋舰、鱼雷舰和炮舰,拉开了作战的架势。军港这边很紧张,问怎么办,要不要从八卦洲方面调军舰防卫?解夏表态,调不调,部里会有考虑。

回到部里,把情况向部长作了汇报,又说了一个听到的传闻,日本海军要出动50多架飞机轰炸南京。部长问,可能吗?解夏摇头说不像,日本的舰载飞机都在上海应付呢。

吃完晚饭后,天气还是像白天一样暖和,陈绍宽就想在院子里走走。解夏第一次陪部长散步,他发现部长的言谈举止,和风传的样貌有些不同。

孙副官提醒过解夏,说部长喜欢安静,尤其爱在散步时静静地思考,这时最好不要打扰他。所以解秘书故意落在后面,他要和部长保持一段距离。但他感觉到部长不时回过头来,是在等他上前,这种暗示很明显,于是他快步凑上前去。

幽幽的路灯下,部长果真在等他,让他奇怪的是,部长和他说的都是家长里短。他说:"我还不太了解你的家庭呢,随便说说。"

看秘书不搭腔,陈绍宽边走边问:"听说你的第二个孩子要生了?"

"回部长,还早,离预产期还有三四个月呢。"

"准备在哪生?"

"不瞒部长,还没想好呢。"

"那好呀,就选海军医院吧。"陈绍宽提议说,"刚刚修建的,一切都是新的,这孩子不仅是你的,他也是海军的后代呀。"

就这么问来问去,话题都在没出生的孩子身上,解秘书觉得奇怪。部长丧妻多年,膝下无子,根本不是秘密。正是如此,大家在他的面前一般都不谈家事,以免引起他的联想。关于类似的禁忌,解夏耳里,塞满了别人善意的提醒,其中包括第一舰队的司令、自己的老长官陈季良。

在陈司令身边做参谋,解夏一直感到很踏实。因为自己的上司没有迫切上升的欲望,这样就少了背后你争我夺的是是非非,所以二陈之间的关系也比较融洽。这样的环境下,下面的人舒服,如果心中没有太多的想法,就不必为站队问题而绞尽脑汁。在第一舰队,解夏的脑子一门心思地用在专业上,几年下来,水平能力在参谋

的层次上堪称军中翘楚。

人怕出名猪怕壮。看到解夏经手的报告，陈绍宽几番动了想要调他的心思，最终还是下了手。离开舰队前，陈季良对解夏有过交代，说厚甫这人追求完美，眼里容不得沙子，讨厌吃吃喝喝的哥们兄弟，讨厌婆婆妈妈家长里短。司令的教诲犹在耳边，可眼前部长却在家事上打转，你有心不提，他却问得起劲。解夏不知道，部长为何会一反常态？

他觉得孩子的话题可以就此打住，自己要变被动为主动。从周围高大的雪松上，他想起了大院的历史，从而联想到部长早年在这里的读书生活。解秘书觉得这个话题并不突兀，因为现在的海军部，就是部长就读时的江南水师学堂，只不过在原址的基础上，重修了中山北路的一个大门和一面门楼。

部长当年品学兼优，解秘书却不想谈他的成绩，他欲擒故纵，问部长是否记得当年的教室在哪里？他想用这个轻巧的设问，打开部长风华正茂的回忆。

他的企图并没有得逞，部长随便用手指了一下，就算是回答了他的提问。

一个回合之后，谈话还停在孩子身上没走。

陈绍宽还在问："听说你的第一个孩子是女孩，这一次想要一个男孩吗？"听解夏回答说男孩女孩都一样，他说，"你的回答是大路货，你们想要几个孩子？"

解夏在心里说完了，关于孩子的对话没完没了了，部长不结束，自己也不能打断。而正在这时，不远处传来的炮声，打断了关于孩子的话题。

他们在风中辨别着炮声的方向，它是从江面上传来的，两人脸色和心情都沉了下来。是祸躲不过，他们知道，炮声来自江上的日本军舰。

冬夜里的炮击声，从江面方向压迫着首都南京，让海军举棋不定。

前方吃紧，请战的电话打到了军部。称日本第23驱逐队3艘驱逐舰，会同原来集结在下关的炮舰，和狮子山炮台发生了摩擦，居然向江岸和城内开炮。战事紧迫，我海军舰艇是否还击？

上峰态度不明，陈绍宽没有答复，他让对方不要挂上电话，立即拨通了军政部长何应钦的电话。

"日军猖獗，正向京城炮击。"陈绍宽说，"我海军在八卦洲江面，驻泊有'海容'诸舰，部长是否考虑陆海军一致行动，从舰上及陆军要塞炮台，向日舰还击？"

陈绍宽此举，与其说是提议，不如说是提醒：要打，陆军海军一起打，要不就一起背黑锅。

何应钦不上当,他镇定地回答:"此前我说过,千万避免以正当防卫之举动,转成诱发战争之口实,这样我们就将随之失去国际同情。现在日寇正在寻找借口宣战的时机,如何控制事态,大家都听候洛阳的命令吧!"

见陈绍宽沉默不语,电话另一头,何应钦又提醒说:"厚甫兄,上头总的调子定下来了,鉴于我国目前对战事均无准备,所以战事延长和扩大,对我十分不利。我们是头大身子细,再这样打下去,就要支撑不住了。这一点,想必海军感同身受吧。"

最后一句话意味深长,何应钦等于给陈绍宽交了底,没有钱,你们拿什么去应

身着海军将官礼服的陈绍宽(摄于1924年5月后,时为海军少将)

迁都洛阳后留守南京的军政部长何应钦

战?

两人的通话没完,日舰向南京的炮击已经停止,解夏算了一下时间,炮击持续的时间大约在 15 分钟左右。

"日本人在示威,他们想通过炮击首都逼迫上海停战。"陈绍宽对解夏说。

解夏听部长这么解释,头脑中闪出一个判断,像黑夜中突现一丝亮光:想必,日本人也没有做好大打一场的准备?!但看着愁眉不展的部长,解夏没有把这个想法说出口。

三

十九路军在前线应战

连续的雾天散尽之后,密布在海军部大院上方的战争阴霾有增无减,同样的阴云气氛也笼罩在上海高昌庙海军基地。谁都明白,在这种浓厚、不安的情绪中难免会滋生事端,但谁都不能提前预见,接着来临的会是什么?

兵变!"通济"舰上出现了紧急状况,孙副官第一时间传递给解夏的消息,"通济"舰上发生了兵变!

孙副官带来的口讯,是"通济"舰连夜派人从上海报告的消息:在"通济"练习舰上实习的海校学员,要求参战抗日,现在正被劝阻,双方处于僵持状态。

顶着零星飘落的雪花,"通济"号驾驶大副张灵春上尉,和上报紧急情况的电报一起出发。火车没有电报快,电文先到了,只汇报了一个大概。相比之下,连夜入京的张上尉,带来的信息更加全面、翔实。

上海街头设卡检查

走进部长室隔壁的小会议室，解夏陪同部长一落座，张灵春就向部里的长官介绍起事发经过。

学生兵参战请愿不是一件孤立事件，它是由海军基地哨兵枪击日本商人的事件引起的；而枪击事件的发生也绝非偶然，它是由海军医院传出的消息诱发的；至于海军医院散发出来的消息，则是日本军人在上海为非作歹的一个特殊案例而已。

这是一个被侮辱和被伤害的事件，张灵春说，正好比高衙内调戏林冲的妻子。当事人是一名中国公司的女职员，其身份后来被证实为上海一家电话公司的接线员。她之所以会和海军发生联系，是因为这天晚上，她计划去海军医院，去探视正在生病住院的表弟。

女职员的表弟并非海军员兵，而是一位正在海军造船所联系业务的公司职员。因为工作期间突患疾病，被就近安排到海军医院就医。如果他的表姐、前来探视的接线女职员，这个晚上没有经过华德路，或者这条路上没有设卡检查行人车辆的日本兵，它只是一个淹没在人海里的市井琐事。但是，事实情况是，她遇到了日本人严厉的检查。

接下来，不知是出于执行命令的需要，还是出于当事日本兵的兽性发作，女职员在通过哨卡时被勒令依次解去衣裳,甚至包括身上的内衣。这也是后来的报纸所报道的,"亵衣亦令解去"的由来。问题是,这女子性格刚烈,正如报纸上披露的那样,"女严词拒绝,誓死不从。"

事情讲到这里,会上出现了一阵小小的骚动。大家都有些坐不住,心想这小鬼子哪里是在检查,而是借机污辱自己的同胞姐妹。在这种情绪里,上尉不失时机地拿出了报纸,交到了部长手上。陈绍宽翻了翻,没有细看,用一个手势,很快压低了周围的议论声,示意张灵春接着报告。

"报上的调查很清楚,日本人兽性大发,打耳光扯头发,对一个弱女子大打出手。如果没有几名外国人的执着解围,女子定不可能逃过这一劫。"张灵春总结说:"而事情的结果却让人义愤填膺,原本探视病人的女子,竟然在半路惨遭惊吓而深受刺激,自己却落病在身。"

讲述这个故事,并不是张灵春汇报的重点。解夏认为,他想通过这个故事,说明一个逻辑关系——

和海军医院有关系的女子被日本兵迫害在先,引起海军官兵强烈不满;在这种仇日的气氛里,恰巧,有一艘来意不明的日本船只夜闯海军基地,竟然不顾哨兵一再警告,执意深入中国海军的江防警戒线,结果被我方击毙一人——原来它是一艘日本商船,而被打死的不是别人,正是下达前进命令的船长福田。

此事又引起了日军的强烈反弹,日本海军向中国海军递交最后通牒,要求中国方面惩凶、道歉、赔偿,保证以后不发生类似事件,并限 24 小时内答复——而日本人得寸进尺的猖狂举动,又引起了"通济"舰上学生兵的极大愤慨。

于是,正在"通济"号上见习的海军学生集体请愿,要求海军参战,否则就自行编入陆军参战。为表示决心,他们在请战书上,按下了鲜红的血手印。请战书到了海军部,事情才刚刚开始。如果没有答复,接下来的行动,他们将冲出海军基地,直接和日本人面对面地作战。

听完了"通济"号大副的报告,解夏觉得他的表达有水平,表面上是客观介绍,事实上强调了学生兵行动的合理性。尤其是在最后结束汇报时,他提到了两个典故,一是杨志卖刀怒杀泼皮牛二,二是武松大闹飞云浦、张都监血溅鸳鸯楼,两个典故说的都是一层意思:事出有因。

在张上尉报告时,解秘书还观察到,一向讨厌废话的部长并没有插话。只是在上尉谈起《水浒》典故时,他才淡淡地提醒上尉说,我们不是听你说评书的。听完了

情况汇报,部长也没有表态定性,而是环顾左右,表示先听听大家的意见。

大家都谈了几句,意见基本上一致,无非是缓解学员情绪,不激化矛盾,关键不能让他们离开海军基地。军学司压力大,海校的学生属于他们归口管理,所以有人提议,军部要派出部长代表和学员见面;更有人建议必要时可以把舰船开出上海,干脆开到上游的湖口去,总之离上海、南京越远越好。

"舍近求远,岂非鞭长莫及?"陈绍宽反对。他表态道,"湖口就不必去了,海军基地眼皮下的事,两位次长坐镇,再到那么远的地方去解决,不就成了笑话吗?其他的意见都同意,部里的代表就解秘书吧,军学司和练习舰队一起参与解决。"

开完了碰头会,陈绍宽留下了解秘书和张上尉。

"你们要去做工作,自己得先想明白,这个仗海军现在该不该打,能不能打,或者说到什么时候打才最合适?"陈绍宽开门见山。

他让孙副官拿来海军舰艇的布防图,指着星星点点的红色插旗,一起看海军的布防。

上海方面,高昌庙仅有"通济"练习舰,"华安"、"普安"运输舰,"景云"测量艇,"民生"、"咸宁"炮舰和"诚胜"号炮艇,算上吴淞的"长风"巡防艇和在崇明的鱼雷艇,就这么十来艘舰艇,有的还不是作战的。

陈绍宽把图交给了手下二位,站起身来背书似的说:"其余的舰艇,停在南京的有16艘,保卫首都江防;通州3艘、马尾4艘、厦门和汉口各2艘;其他的地方像象山、石浦、温州、镇江、江阴、大通、芜湖、定海、九江等等,都只有1艘。而日本人的军舰呢,解夏你每天都在统计,都快30艘了吧?"

看着解夏收起了作战图,他长叹了一口气说:"光说数量说明不了问题,日本增援到上海的两艘航空母舰,'加贺'号和'凤翔'号,加在一起的吨位接近2万吨,超出了第一舰队的吨位之和,是我们海军总吨位的三分之二。你如果说,我们高昌庙基地的作战舰艇,吨位都加起来,还不如日本的一艘军舰,民众打死了也不会相信。"

"所以该不该打,对民众来说不成为问题。"陈绍宽重新坐到了他们对面,将心比心地说,"我要是不在这个位置,我也说该打。但打仗,尤其是海军作战,是要有条件、讲实力的。"

他看着上尉说:"比如说你张灵春,让你们'通济'舰去迎战,你会不会跟我讲条件?你不可能像陆军,领完枪支弹药基本上就可以对付了,给你炮弹还不行,你还要煤,要油。就算是都给你了,作为指挥官,你还得考虑,你的航速和敌人的差距,炮的射程,火力的分布,舰体对攻击的承受力。而所有这些问题,就是能不能打的问题。"

陈绍宽扫了一眼桌上的报纸,无可奈何地说:"但百姓他不管这些呀,他们的意见就是血战到底。"

他把报纸抓在手上,翻了翻说:"假如你告诉他,'通济'号都快四十年了,根本不堪一击,在外国早就报废了,他能相信你吗?他会说,就是撞,也要跟敌人同归于尽。但是没等你撞,人家早就把你打沉了,就是去撞,沉的还是你自己。但这实话还不能实说,说了大家也不听,他们会说你是害怕,是畏日,长敌人志气。"

都是从"通济"舰出来的,张灵春晓得部长也就是老舰长说的是实情,但是心里仍然想不通。海军和日本的差距的确大,但你总不能因为弱小,而永远不作为吧?他嘴唇动了一下,想说,用目光征询解秘书的意见,对方的眼神制止了他。

陈绍宽注意到了两人的眼神,他不以为怪,因为他的心里也出现过动摇和犹豫。他问过自己,就是还击一下又会怎样?而每当他闪过这样的决心时,他也会在心里埋怨上头,为什么不下达还击的命令?

而就在前两天,汪院长亲自打来的电话,彻底断绝了他的念想。汪兆铭代表行政院表态,认为沪变后海军"应付得宜",特向将士表示嘉奖。

特殊时刻的嘉奖电话,让陈绍宽选择的天平,悄悄地倾向于先前的一端。

作战的时机选择很重要,他试图说服自己,首先要作出判断,现在海军面对的首要问题,是不是已经到了破釜沉舟的关键时刻?陈绍宽指着解夏说:"前日我和你谈孩子时,你知道我一直在想什么吗?"他停顿了一会才说:"我也在想海军的孩子。"

"我们一起算一算,海军在上海的孩子。"他搬弄着手指,"海军造船所算一个,海军军械库算一个,海军飞机制造厂也算上,其实还有海军医院、海军测量局、海岸巡防处、引水传习所、海军电台呢。"

一口气报了七八个,陈绍宽意犹未尽:"就说造船所,那么多炮艇还都在船坞里呢,你们说我忍心让日本人都把它炸了吗?我本身就是一个小气的人,哪一个孩子都舍不得。"

他意味深长地瞥了一眼解夏,仿佛是替自己的秘书说:"不做父亲,就不了解做父亲的苦心。"

陈绍宽结束了长篇大论,他说:"你们可以去了。"

临行前,他像是想起了什么,又把两人叫到了办公室。

陈绍宽翻出了自己的一张照片,那是当年担任舰长时,在"通济"号上的留影。他要通过解秘书,把这张照片带给请战的年轻学员。在照片的背面,他提笔写上了两行字——

坚决御敌,同此信念;服从命令,同此职责。

陈绍宽于民国二十六年二月

带着部长交代的任务,解夏又一次来到上海时,正值日军发动总攻的前夜。

日军新增的两批援兵在相继抵达之后,继续对吴淞加强炮击,并在江湾和十九路军展开激战。就在日军司令官向十九路军提交最后通牒的当日,国军第五军87师、88师及税警总团到沪增援,双方又一轮大战即将开始。

飞舞的雪花,纷乱着解夏的心情。代表部长来到海军基地,身处上海的抗战氛围,他觉得自己肩负的使命,并不能完全反映自己的情感和意志。也就是说,他以矛盾的心态走上了"通济"舰,履行的是军人的职务行为,而不是自己的真实使命。

解秘书走上"通济"号时,眼前出现了无法想象的场面。雪花飘飘的甲板上热气腾腾,一阵阵口令,从炮塔一直延伸到指挥台、舰桥和桅杆台。上上下下地攀爬和来来回回地跑动,学员正紧张有序地进行着不同科目的训练。

舰上的动力系统已隆隆开启,解夏上舰后开始起锚。在烟囱吐出长长的浓烟后,练习舰开始在江面上游弋。舰长不断发出左转舵、全速、满舵等指令,让"通济"号舰身在不停的摇摆变化中,考验着学员的应变能力。

为稳住血气方刚的学员,舰上改善了他们的伙食,并且安排了比节日聚餐还要丰富的训练课。围绕主炮的装弹、观测、瞄准练习,运送炮弹的体能考验,冰冷的甲板上变幻着各种队列。头顶漫天雪花,学员攀上高高的桅杆,进行着训练作业。这种高强度训练的特殊安排,没有让学员退缩,他们咬紧牙关不言苦不喊累,以此表明他们请战的决心。

轮到解夏登场时,他脑子里出现了暂时的空白,面对面的情状,让原来准备的说辞苍白无力。

相比之下,学生兵的声音,显得更有情感的力量和说服的杀伤力。在勉强完成这项特殊使命之际,他真正记住了一位名叫金砺锋的练习生,一个曾经被他小看的官宦子弟。

正是这位让他不太在意的公子哥,显然是这次活动的核心人物。

来上海的路上,张灵春曾经谈到过他,解夏不以为意。因为解夏头脑里有些印象,这位金公子有来头,听说他的家族对他寄予厚望。但他并不争气,因为违反学校纪律还受过处分。这些听来的信息,很容易让解夏联想起一个公子哥儿的形象。

在和学员见面的大餐厅,解秘书原本没有注意到金公子,因为他坐在很不起眼的角落,这其中多少也有解秘书的轻视。但他有一种无形的凝聚力,随着对话的深入,学员在渐渐围拢他时突显了他的地位。就在解秘书拿出部长照片,声情并茂地大打情感牌时,他举手示意,打断了解秘书的劝说。

"在我进入海校不久,那时我一直在想,海军是干什么的,我的身上肩负着怎样的使命?"金砺锋一开场,就显示出很强的气场。他不紧不慢地说,"后来我看到了一篇文章,我觉得一下子就明白了学习的目的,将来的方向。这篇文章的作者不是别人,就是现在海军的新任部长。"

"我现在还能清楚地记得这篇文章,甚至能够背诵其中的很多段落。"金砺锋说到这里,停顿了一下,看了看解夏,又从同学们鼓励的眼神中扫过,他清了清嗓子,然后略微提高了声调开始背诵——

1932年3月3日,国际联盟开会决定,要求中日双方停止战争

"公海和领海,是一脉相通的。所以随便一个国家,应该就他的领海而设防,这就叫作海防。保卫海防,是海军的责任。"

"现在,别说领海,仗已经打到了我们的内河,我们怎么可能无动于衷?"站在一片寂静的人群中,他注意到解夏似乎要插话,果断地制止道,"长官,其实你没有必要解释,你讲的那些道理我们都懂。"

看着略显尴尬的解秘书,他一字一顿地说:"请转告部长,我们不想给他找麻烦。但我们想通过自己的行动,告诉民众,海军也想抗战。我们可以服从大局,理解军部,但是,民众能理解海军吗,海军能增强他们的信心吗?"

一番言语并不激越,却如舱外纷飞的雪花,带着一种冷静的力量,解夏无话可说。

日本海军第三舰队旗舰"出云号"增援上海(1932年)

四

十九路军敢死队在出发前接受长官指示

解夏的这一次上海之行,没能和曾一鸣见面。和解夏尴尬地执行军令一样,在另一个没有枪炮对抗的战场,曾一鸣同样在执行着一个痛苦的任务。

就海军哨兵枪击日本商人事件的善后处理,中日海军之间的谈判,不紧不慢地进行。日本人显然控制了谈判的节奏,他们通过各种要求,逼迫着中国海军疲于应对,从而在战争中不得不保持中立。

参与谈判的曾一鸣少校,比同事更多了一份无奈,因为在日本的谈判代表中,有一位是他留学日本的同学。来自"安宅"炮舰的大池春作少佐,在谈判桌上,延续着他在学校就表现出的无知和粗野。他的言语中,不停地夹带着"鲑鱼"这样的谩骂和攻击。

前线作战的中国机枪小队

代理常务次长是谈判的首席代表，因为身兼"宁海"巡洋舰监造官，他不乏和日本人打交道的经历。他只知道鲑鱼是三文鱼的学名，为何大池屡屡提及，却一头雾水。但在日本生活过的曾一鸣知道，三文鱼中有不能分辨季节、自投罗网的愚蠢一类，大池说鲑鱼的意思，相当于中国人所说的——"你蠢得像一头驴"。

虽然大池的话只有自己听懂，但曾一鸣不会觉得，这是他对自己一个人的侮辱。在大池重复足有二十多次时，忍无可忍的曾一鸣，向代理次长耳语一番之后，中国海军部一行当即做出愤然离席的决定。

身体粗壮的大池挡住了同学的路。他说："曾君何必激动，我们只是职责不同而已。"

曾一鸣并不理会他的无赖和嬉皮笑脸，而是一脸峻色面对日方的首席代表、外遣舰队参谋长近藤英次郎："大佐阁下，我们是来谈判的，不是来听你们谩骂的，你们的人如此无礼，不配和我们坐在一起。"

对这样的结果，近藤似乎早有准备，他立即表达歉意，挽留着愤怒的中方代表，并表示谈判不能就此中断。

经过交涉，在日方撤换大池后，双方的谈判人员重新坐到了一起。让曾一鸣哭笑不得地是,顶替大池的却是他的另一个同学、外遣舰队参谋中村正树。

彬彬有礼的中村少佐,显然深得近藤大佐的倚重,他的礼貌与平和,流露出谈判专家的天然气质,甚至赢得了中方代表的好感。因为他的加入,原本僵持的谈判在艰难中开始推进。

中方道歉,外加 2 万元的赔偿,成为讨价还价后的解决方案。

眼看协议即将达成,中村提议,为表达日中海军双方合作的诚意,有必要安排中国海军部的常务次长,和日本海军第三舰队司令官会晤。

曾一鸣认为,这完全是一个陷阱,是逼海军陷入不义的圈套。

曾一鸣清楚,和大池一点就着的火爆脾气不同,中村谦恭的外表下,声色不露地藏着阴谋。当年在海校时,一个高年级的学长经常欺侮大池,后来他在校园的树林处突遭蒙面,被一群人狂殴半死,这事的幕后主谋就是中村。

曾一鸣相信,中村这种人一旦成为参谋,他们膨胀的邪恶就会深入幽暗的隧道,在意想不到的地方,埋伏着随时可能引爆的危机。制造摩擦惹是生非,搞乱局面混淆视听,然后伺机浑水摸鱼从中渔利,日军的参谋幕僚们一直乐此不疲,深谙此道。在和中国的一次次争端中,他们因此而尝到了许多"甜头"。

的确,以一张一弛的文武之道,逼迫和引诱中国海军就范、上钩,是近藤在谈判桌上的策略。

安排大池这种人上场,目的就是要让参与谈判的对手失去应有的体面,而在对方积蓄太多被羞辱感的时候,就是中村开始走上前台的时候。作为与大池强烈的反差形象,中村的谦和礼貌,会让包括他的敌人都会产生被宽慰的好感。

更让近藤满意的是,身为参谋的中村,不仅如愿地给谈判带来了自己想要的效果,他更带来了双方见面的提议——对中国海军又打又拉的一个好主意。

只是近藤不知道,这个主意并非出自中村一人,在他的背后,还有聪明过人的田中智子。对于智子的每一次采访,近藤都深感愉快,但他并没有更深入地了解这位长相出色的女人,她的智力和谋略同样不输于她的姿色。

身为记者的智子,和中村的接触始于采访联络,他们两人的友谊在彼此的好感中升温。

让中村格外心动的,不仅仅是智子脸上细微的绒毛,在阳光侧照时有一种令人沉醉的晶莹剔透感,更有,和她这张脸极其相配的,是她对中国古玩字画的鉴赏力。近水楼台的帮助,让中村的艺术藏品,在兵荒马乱的上海突然丰富起来。

从古董的收藏开始,他们渐渐无话不谈。而最近,中日海军的谈判交涉,成为两人的共同话题。

"你能让中方的谈判代表,见见你们的司令官吗?相信这是一出让人兴奋的好戏。"智子淡淡地说,仿佛是一个女人的心血来潮。

但中村知道,她的提议表面上是对自己能力的一种考验,事实上是对中国海军底线的一种试探。中村盯着她的笑暗下决心,这又有何难?!

果然,中方首席代表接受了中村的提议。

日本人挖坑,我方却答应往里跳,曾一鸣想不通。他气冲冲地冲进代理次长的会客室,啪的一声关起门,对长官坦言:"十九路军正在激战,海军不参战便也罢了,赔人家2万块钱,算是打掉牙齿往肚子里咽了。但是,这时候和日军司令官见面,就是把屎盆子往自己头上扣,洗都洗不清呀!"

看下属讲话这么没轻没重,上司很不高兴。

"我已经洗不清了。"他在地板上踱着步子,冷笑着,"不说别的,就说向日本订造的'宁海'巡洋舰吧,它是我经办的,我就是监造官。但在外人看来,谁不认为这里面隐藏着肮脏的交易?"

"日本报出的总造价是432万日币,比英国便宜35%;日方提出的条件,首付只有50万日元,不像英国提出的,要一次性打款到汇丰银行。"代理次长如数家珍,下意识地看了一眼桌上的台历:"而且,日方交舰期限也短,只有20个月,比英国短得多。"

曾一鸣注视着长官,对方摊开双手,脸上一脸委屈:"这应该是一件省时、省钱又可行的好事吧,但海军内外,有说我李某人好话的吗?什么和日本人勾结,以次充好,中饱私囊,说什么的都有,被扣的屎盆子还少吗?"说着,他把一杯茶水狠狠地泼了出去,差一点失手扔掉了杯子。

在长官泼茶的夸张动作中,曾一鸣看到了他腕上一块崭新的金表,和谈判桌上戴的那块迥然不同。

和日本人谈判时,代理次长时不时瞄上一眼的,是瑞士产的米陀表,据说和宋子文手上的那块一模一样。早就听说过,此君对器物讲究,家里藏品丰饶。以表管窥,曾一鸣心想,外面的传言似乎并非空穴来风。

自觉有些失态,代理次长用毛巾擦了擦手,注意控制了一下情绪。然后,对曾一鸣说:"老弟你也不用劝我了,我们没有选择。海军的家底就暴露在敌人的炮口之下,'宁海'舰还睡在日本的船坞里呢,别人不管我得管——谁让我是监造官呢！不说别的,就是为'宁海'号能顺顺利利地交给海军,别人要骂我不义,我也认了。"

上司不怕扣屎盆子,但曾一鸣不想闻臭气。他没有听从命运的安排,坚决拒绝参与和日方司令官的见面。他把抗拒命令、甘愿接受处理的报告,交给了政务次长、第一舰队司令陈季良,然后一身冰凉彻骨地登上自己的炮舰。

此时,听着连绵的枪炮声,守卫在上海的陈季良坐立不安。

趁枪声暂时冷落,他悄悄地坐上车,来到前线作战的十九路军阵地。

刚一下车,从扑面而来的寒风里,他嗅到了带着血腥的焦糊味。快步走上一幢楼顶的平台,远处没有散尽的硝烟,多少隐匿了断壁残垣的惨状。几只不安的乌鸦,它们黑色的叫声掠过天空,把他的视线领到了前沿阵地。

望远镜里,凋落的树干之下,一个个像从土里钻出来的士兵,茫然地进入了作战空隙。

他们在机枪掩体、防御阵地、沟壕中笨重地移动着,身体机械地运动着,像寻找什么,又像是在进行工事加固。弯着腰小跑的通信兵,像机警的兔子,从一道沟壕越到另一道沟壕,紧张地架设着用于通讯联络的电话线。

陈季良拖着又开始疼痛的膝盖,一跛一跛地走下楼顶,他没有立即上车,而是在返回的路上走了很久。

他路过的街道,身佩红色十字臂章的救护队员和运送伤兵的担架穿梭往来。即将成为巷战阵地的街头巷尾,军人指挥着征召的民夫,在嘈杂的环境里,热气腾腾地忙于构筑环形、线形工事。

只有海军基地风平浪静,一动一静的对比,让陈季良怅然若失。

漫长的冬夜里,他耿耿难眠,身披清冷的月光,在冰冷的甲板上忽行忽立。他感到了来自关节的疼痛,这种刺骨的痛楚,让他的思绪一次次抵达十二年前的黑龙江,抵达一个叫庙街的北国小镇。那里是他和日本人交锋的开始,那时他行不改名,用原名陈世英回击了日本海军的猖狂。

但是他付出了代价,包括深入关节的病痛,包括不得不改换名字给心里带来的创伤,包括此时他的双腿无法在冬夜里支撑太久。他像是进入了足不出户的日子,偶尔透过窗户,眺望远天寒水。这时的陈季良一眼看不到尽头,就像在当年深陷庙街漫长的冬季,迟迟等不来江面化冻、江水冰融的日子。

为打发时光，在枪炮的背景声中，跛腿的海军中将坐了下来，独自一人摆开了象棋的棋盘。

在只有他一个人参加的对局中，他需要不停地交换位置，营造着与对手交战的气氛。面对楚河汉界，他把棋子砰然有声地拍在棋盘上，让屋里回荡着清脆的木质敲击声。每一阵响声之后，他便移动到另一方，学习着用对手的思路，指挥着分属不同阵营的棋局。

这是很难进行的一场战斗，因为他不大可能把自己变成两个人。更重要的是，他一个人不可能同时进入两个大脑。每走一步，互为对手地考虑，他时时感到自己被捉弄，或者自己被欺骗。

他觉得真正能在棋盘上演练的，是棋谱中的破解之道，也就是收拾残局的能力。它并不需要很多棋子参与，一般只有主帅，以及身边的卫士，以及所剩无几的棋子。大部分车马炮，和大部分渴望过河的士卒，都在残局的外围，远在一场对弈的战斗之外。

他的状态，像是陷入了一个无助的时空，或者说是为了一份遥远的等待。和部长陈绍宽一样，他在等待着一个根本就不可能下达的抵抗命令。

从大年初一日本海军"出云"号等舰抵达上海开始，日军连连向吴淞、闸北发起总攻，遭到了中国军队的顽强抵抗。但这一鼓舞上海市民的军事行动，和中国海军无缘。新春佳节枪炮大作，对于海军来说，仿佛过节的鞭炮声。

正当曾一鸣递交请求处理的报告之际，又一道难题摆在了陈季良的面前。

十九路军弹药物资补给出现了困难，得知海军仓库中贮存着大炮、弹药、钢板等军需用品，自然而然要求取用。陆军的这一要求，经层层上报，皮球一直踢到了陈季良的脚下。这不是什么好球，陈季良知道；同时他还知道，自己的同僚也就是代理常务次长，此时正计划和日军在沪的最高指挥官见面。

海军的大炮借不借？同样的问题，对于身处前线的陈季良来说，不止出现过一次。

十二年前，在黑龙江寒冷的严冬，在位于江口北岸的庙街，苏联红军游击队就曾向陈季良提出过借用大炮的请求。

那时的陈季良叫陈世英，他肩负北京政府海军部的使命，为收回黑龙江航权执行航行。那时的陈世英正值壮年，他的舰队遭到了日军舰炮的阻击，被迫停泊庙街，等待来年江水解冻，在航道疏通时开始巡航。

身处1919年的冬季,陈世英和他的舰队,不仅第一次面对北国严寒的袭击,还面对着复杂局势的考验。

这一个冬天,来自红军游击队的枪声,从外围进逼庙街。在击溃了白俄军队之后,他们的枪口对准了来自日本的国际干涉军。狡猾的日军此时退居领事馆,凭借构筑的工事,居险坚守,随时准备反扑。

红军游击队需要重武器打开日军的防线,他们把求助的目光投向了中国海军,投向"江亨"炮舰上的陈世英。游击队的正副司令,一位独臂的中年男子,一位二十出头的姑娘,分别登门造访,希望能够得到海军火力的支援。

这时的陈世英,不愿也不能直接与日本人为敌,同时,他又不甘在这关键时刻袖手旁观。权衡利弊之后,他向游击队借出了两尊舰炮和几十发炮弹。他心存侥幸地认为,借用武器而不直接参战,已经完全表明了自己中立的态度。

舰炮在手,红军游击队如愿以偿,攻陷了日军的阵地,控制了庙街。第二年春天,日军通过反击,又重新夺回了庙街。这一来一往,吃了舰炮大亏的日本人,不依不饶地和中国海军算账。趁着江水解冻之际,日军舰队聚集庙街一线,将陈世英的舰艇团团围住。通过隆隆炮火,向中国政府发出要求道歉并严惩责任人员的通牒。

"庙街事件"爆发后,迫于外交压力,北洋当局在沈阳组织了对陈世英的军事审判,作出革去陈世英职务的判决。

至此,闽系海军的将校中,陈世英的名字就此抹去,取而代之的,是另一个名字——

陈季良。

虽然,北京政府海军部通过换名术,保留了陈季良的军衔与军职,但陈季良本人,对于借用武器的后果,有着不同旁人的刻骨铭心的认识。

十多年的时间仓皇而过,偏偏历史就是这样爱捉弄人。还是面对不可一世的日本人,前线奋战的陆军把取用武器的难题,又一次交到他的手上。

身在上海,这时的陈季良,早已不是当年泊寄庙街的陈世英。身为海军中将,中央海军的二号人物,面对烫手的山芋,他很难自己作出决定,到底接不接手?他需要斟酌借用武器的后果,以及此事可能给海军带来的影响。

向上级请示,陈季良最终通过如此暧昧的表态,关上了海军向抗日军队提供武器装备支持的大门。这一选择,同时也关上了海军的退路。

早春的南京，深巷中的腊梅暗香远不如往日那样充盈，院子里的春梅更是羞羞答答，躲在没有发育的蓓蕾里，丝毫没有绽放的迹象。倒是妻子龙慧菊的乳房，却是一天天地丰满起来。

解夏诧异，身体丰硕的慧菊，脸色却为何不像茁壮的形体一样滋润？到了医院，一检查才发现，原来是胎位不正。

虽说，妻子入住进了医院，但是，岳母的心还是放不下，提出是不是要去郊外的栖霞寺进一下香？解夏哪有这个时间，再说求神拜佛的迷信活动，与自己现代军人的身份也不适合。想归想，嘴上还是敷衍说："栖霞寺远了点，改天抽空去一下鸡鸣寺吧。"

平时不烧香，临时抱佛脚，解夏想，这是自己也是海军的真实处境。

春风里汇集起的各路骂声，此时让海军部焦头烂额。为尽可能挽回不利形象，陈绍宽想到了媒体。紧急联系中央广播电台，他本人亲自出马，通过无线电波，向社会发出海军的声音。

录音间里红灯闪烁，伴随着部长的苦口婆心，解夏隔着窗户，心里觉得部长有些可怜。

都什么时候了，还在谈海军的未来？什么短期内将会专注于巡洋舰与潜艇的购置，长期有希望建立一支各类舰种齐备的大国海军。绕了一大圈所谓"标本兼治"的话题，这才回到正题上，开始向听众煞费苦心地解释——

"在国难期间，本部发号施令，所采的应付方针，一面是政府之意旨，一面是不但为本军打算，尤其是为了国家打算，为了民众打算，为了地方打算。"

"沪变后国人对海军之督责，纯出爱国热情，至感深惭。海军非畏暴日，实因未奉命令，不敢妄动。而经费困难，亦为最大难关。"

但他的解释，根本就被淹没在民众对海军不抵抗的控诉声中。

像是要反衬海军的懦弱，这时来自空军抗战的一则消息，在全国激起一片反响。在日机轰炸苏州之时，受聘于国军航校的美籍教官肖特，驾机与之相遇，见日寇肆虐，激起义愤，击落一架日机后不幸中弹，壮烈而死。

"陆军打了，空军也打了，连一个外国人都能够殉身正义，为什么海军就不能还击一炮？"从医院回到家中，正在静养的妻子，不解地问起了丈夫。

从她的表情中，解夏能够感觉到，作为一个海军军官的家属，她在亲朋好友和邻居中所承受的压力。同时他预感到，外界更猛烈的声讨已成山雨欲来之势，海军注定在劫难逃。

果不其然,就在龙慧菊即将临产之际,上海的报刊开始了有组织地发难。

最早向解夏警示这一后果的,是他曾经的长官胡玄武。虽说他人已经退役到了交通部,作为老海军,他的心还系在舰艇上。

交通部和海军部挨得近,在靠近办公地点的一家小饭馆,胡玄武坐下后就直奔主题:"海军的麻烦来了,弄不好要刮起12级台风。"

他所说的麻烦,就在随身带来的一本《生活》杂志里,这是纸里包着的火。

一篇长长的读者来信——《国难期中的海军当局》。解夏紧张地翻看了一下,发现它洋洋洒洒,弹药充分,火药味十足,一共列举出海军的六大"罪责"。

其中包括"海军与日军私自订立条约,互不开火"、"日军司令官来沪,海军部常务次长与其来往殷勤,时常同坐汽车往各处战壕参观"、"日运输舰装载日兵军火等项,搁浅白龙港至二三日之久,海军当局明知之,亦代守秘密",以及"十九路军借取海军大炮、弹药和钢板,海军拒绝支援"等指控。

解夏苦笑,上述事情有些影子,但并不像文章说得这样露骨。而接下来的一段文字,却让他看得目瞪口呆——

> 常务次长曾经手向日方购制械船(购新炮每以废炮油新搪塞,配件亦零落不全,全军敢怒不敢言),个人大有好处。

几乎就是指名道姓,用这样肯定的语气,揭露腐败内幕,让解夏看得心事重重。想起部里的种种传闻,他内心复杂地问:"作者和杂志社这么毫无顾虑,就不怕海军和当事长官找他麻烦吗?"

"风什么时候会起于青萍,什么时候又止于草莽,并不是海军能够左右的。"胡玄武说,"上面所说的,难道都是凭空捏造吗?有一句话叫作'庙穷和尚富',海军穷,不见得部里的人都穷,部长两袖清风,不代表别人都一身正气。"

胡玄武说到这里,脸上的伤痕在不停地跳动,似乎有些激动。果然他推开碗筷,用半握的空拳捶击着桌子说:"不论你是否愿意,但你改变不了要和一批宵小之人为伍。别看有些人说的话都冠冕堂皇,我是做过舰长的,他们一张嘴,我就知道他要放什么屁。放在桌面上的话,都是说辞而已,背后的原因只有一个,那就是利益!"

伴随着春去夏来温度的上升,各界批评和内部提案,一浪又一浪地涌来,把海

军推到了舆论的风口浪尖。

海军不宁,家又何安?围绕选择孩子在哪家医院出生的问题,解夏遇到了来自家里的不同意见。

解夏本来选择的是海军医院,但岳母一家似乎稍有异议,这样就产生了小小的分歧。大舅子私下里指点,孩子的事你既然管不上,干脆就甩手。无暇顾及的解夏心想也是,海军医院虽说是部长的好意,但是他现在早已自顾不暇。

在一个细雨斜飞的日子,慧菊住进了金陵大学鼓楼医院。

躺在窗明几净的待产室,解夏看到她红润的脸上,露出了等待孩子临盆的平静表情。这时的解夏,刻意掩饰着自己内心的不安,他想关上各种骂声的大门,让外界对海军的责难远离妻子,但这只能是他的愿望而已。

来自监察委员的"弹劾海军案",早已沸沸扬扬;对海军的指责,已经不再满足于不抵抗的话题,而是通过新账老账一起算的方式,开始了全面清算。

一是海军无用论。指责海军"坐视海盗猖獗,未闻海军有剿除计划","可耻殊甚"。导致"海军各舰早成废物",而"于国家民族久已不生关系,除鸣礼炮外,另无其他效用"。

二是海军人员素质败坏论。批评海军将舰艇"视作钢饭碗,甚至贩土运盐投机自肥","在福建种鸦片,仗势欺压人民"。海军的高级人员"贻害国家",中下级人员在"技术和道德"方面还需受"相当"的训练。

三是取消海军论。大发感叹,称"何苦以全国人民血汗、金钱,保持福建人饭碗。因现在之海军已成世袭罔替之福建人之天下也",因而"主张将海军根本取消",以便彻底铲除"闽系"海军。更主张"将舰售与商家作商船","以二百支小艇防守海口"。

这一连串的反应,不仅直接导致海军部代理常务次长的黯然辞职,也让海军的声名跌入了甲午海战以来的低谷。

而就在海军受挫之际,另一项沉重的打击,彻底击垮了陈绍宽"统一海军"的雄心。

经军委会批准,电雷学校在镇江宣告成立。这个名义上的中华民国海军训练学校,却不归海军部管辖,而是直属中央陆军参谋本部,其中的人员也多由黄埔军校转任。非闽系出身的欧阳格,走马上任,成为电雷学校的首任校长。

这时,海军的编制刚刚统一不久,除陈绍宽所辖闽系中央海军之外,东北系海

1932年5月5日，国民政府与日军签订了《淞沪停战协定》

军虽名为第三舰队，但和海军部根本无关，连正式的称号也没有更改；而号称第四舰队的粤系海军，从来都属于广东地方的军事势力，眼下正演义着又一场权力争夺的游戏。

海军之内，"三海"局面未有好转，居然多出了电雷"一海"，难怪外界笑话海军说，"四海"之内非兄弟。

就在海军又多出了一个"私生子"电雷系之时，海军部秘书解夏的第二个孩子、也是他的第一个儿子，在这多事的春夏之交，来到了人世。

这是一个注定让解夏喜忧参半、百感交集、羞愧难当的季节。

醒目的半白式海军官佐夏服穿在身上，迎接着四下投来的鄙视目光，解夏第一次觉得，身上的军服太刺眼。

医院人多眼杂，解夏来来往往，却坚持没有脱下军服，换上便装。他不想用平民打扮，显示出与海军军职无关的虚假身份。这时承受着别人的白眼，就是承受着一种应尽的义务，以此来完成对自己、对海军的自我救赎。

他的沉默，像关上了许多本该随着时间一起流淌的欢快世事的闸门。对解夏的反常行止，亲友们不解、疑惑，他们热心地催促着解夏，孩子早已呱呱落地，怎么还

1932年5月28日,淞沪抗战阵亡将士追悼大会在苏州召开(右二为蔡廷锴)

没有给他取一个响亮的名字?

他们不知道也不可能了解此时的解夏,他的心结,以及他内心深处的矛盾——那是一个军人和一个父亲的角色冲突。

此前,他给女儿取名叫"海灵",为即将出生的儿子,他准备的名字叫"海军"。恰逢海军恶评如潮,能不能让刚刚出世的、无辜的孩子背负这个骂名?一方面,解夏豪气干云地想过,没有光风霁月般的志士襟怀,何以会有无谓风雨的英雄担当?另一方面,英雄气短、儿女情长的性格宿命,让他对名字的选择踌躇不安。

1

水路迷离

交通部轮船招商局豪华江轮之——"江顺"轮

春天里的江风有一种不安的气息,你能在空气的流动中感觉到水里的鱼在动,甚至可以闻到鱼腥的味道,就看你有没有一只好用的鼻子。海军中尉金砺锋离开"平海"巡洋舰时,词不达意地开始了旅途的浮想。在和弟兄们的告别声中,他同时告别了镜子里的自己,把军容整洁的形象带到了湖口码头。

从这里搭乘"江顺"轮,他的公差是到南京接两名新兵。

在金砺锋动身之前,日本海军舰队聚集青岛、上海的消息,引发了外界许多猜测,也引起了"平海"舰上军官们的议论。舰队陈季良司令到部里临时主政,又让大家对部长的出国之行抱有无限联想。虽然以讹传讹的居多,但金砺锋暗自揣测,自己的南京之行,也是有着极其复杂的背景。

3月底,日本联合舰队大小70余艘舰艇,由前海相永野率队,抵达青岛。报纸用了"日舰抵达青岛示威"这样醒目的标题报道说,入夜时分,日舰探照灯打开,竟让青岛全市如同白昼。

让读者意外的是,此前传言甚多的大演习并没有举行,日舰摆出的姿态是访

芜湖江面风帆高挂

问。像是为了烘托"友好"的气氛,国军 29 军还派出了 20 来人的观光团上舰参观。

日军在青岛聚而未动,而驻沪日舰与陆战队却举行了大规模的陆上军演。

4 月 1 日拂晓,驻华的日本海军第三舰队,携同驻扎上海的海军特别陆战队,在沪东杨树浦一带进行了联合大演习,并试放空炮。随后举行的阅兵典礼,由舰队司令长官长谷川清检阅,一度造成江湾路、北四川路等处的交通断绝。

青岛方面日舰云集、日兵来往如梭,上海方面沪东演习、虹口阅兵,对日本海军两地呼应的动作,敏感的中国媒体不可能不存有疑问。结合日本海军武官 4 月 2 日集合天津的消息,报上认为,日本海军有意通过上述一系列的活动,似乎对中方作有计划的示威行动。

报上的一篇《"骗"之后再来"吓"》的评论,在金砺锋看来,就很能代表普通百姓对日军上述活动的抵触与愤恨的心理——

> 在我国的领土上,以我国为假想敌,所谓"演习",其实是客气话而已,实际上还不是等于武力进攻的先声,也就是大规模武力进攻的预习,和去年冬季在华北的"十日演习"一样,同样是侵略国践踏我国主权的最高表现。

金砺锋把这份报纸带上了船,本想一路上慢慢看,谁知同舱的旅客看到后,竟传阅起来。

一个上海口音的中年男子感叹:"虹口以前多繁华呀,眼下早已衰败不堪。为什么?还不是因为事多,谣言多,大家唯恐避之不及。从'一·二八沪变'到今朝,元气没有恢复,市面一直不景气。"

见大家听得认真,中年男子讲得越发起劲:"侬晓得不,公园靶子场和狄思威路一带,原先有多少大里弄?像恒丰里、恒盛里、四达里、丰乐里、永安坊、余庆坊,从前居户稠密,商业发达。现在呢,两个字,萧条。说了你们也不会相信,永乐坊的铺面,只有两家门面,都是药店,一家叫杜川堂,一家是百和堂。"

"我去过那里。"一个职员模样的人插话说,"记得桥南头有一间很大的典当行,叫北什么的……"他挠着头,还是想不起店铺的名字。

"你说的是北盛典当行,它已经关门了。什么,可惜?可惜得太多了。北四川路现在只剩下一家大光明洗染店,俭德公寓早就倒闭了。盛利饮冰室多有名,过去生意多好,现在不也歇业了吗?没有人气,什么店铺都开不了,勉强立足的晓得是什么

吗?不是按摩院,就是小舞场,就'拉三'(妓女)和'慕客'(嫖客)多。"

聊着聊着,大家就说到中日的军力,而金砺锋中尉的一身海军制服,理所当然地成了大家争相打听的对象。

许多问题向他袭来,比如,我们海军最厉害的军舰是不是"宁海"号;再如,"平海"和"宁海"比谁的火力更强?等等。答着答着,像开起了记者招待会,中尉招不住,说我知道的就这么多,赶紧逃出了客舱。

迎风而行的客轮前甲板,和船上的小餐厅,永远是豪华江轮最招人的地方。人群中的金砺锋,身穿新式的海军军官常服,英俊的样子也很招人。人的表情从不突如其来,他能觉察出很多人打量着自己,他的眼神也能感到,偶尔会被花花绿绿的目光蜇一下。这样的情状,让他既欢欣又无奈。

面对蜇人的目光,他懂得保持镇定的重要,他不会让自己慌乱。像是要演练过去学习过的课程,他对视的目光平静而专注,这样他就发现了对方热情而勇敢的目光,来自个性、自信洋溢的表情。这些表情在决定女人生活观念的同时,也决定着她们的衣着装束——大胆又巧妙地抖落出女人身体里的风情,成为既隐秘又撩人的一道风景。

这就是民国二十六年(1937年)春天的水路,生活风气开放得像开衩的旗袍,一路风光旖旎目不暇接。尤其是汉口到上海的客轮,连缀着一个个追逐时尚的大码头,成为摩登女性集合的舞台。

那些女人尤其是饱含春情的少妇,上上下下,来来回回,她们会说话的眼睛,时常在不经意中瞄上像金砺锋这样的英俊少年。

"假如你全神贯注地盯上某一个目标时,你就会轻易地成为别人的目标。"这是在特训班上,老师给金砺锋留下的关于盯梢的箴言。

他因此控制着目光交接的分寸,但他得承认,偶尔,在和异性的目光交流中,会让他觉得好奇、惊异,甚至有一种跃跃欲试的冲动带动着情感,像瓷器一样轻微地、放纵而奢侈地进行着一次次碰撞与试探。

第二天清晨,一个干净的姑娘,吸引了他的注意。

金砺锋见着她的地方,当然不会是在春情泛滥的船头,安静的姑娘通常会选择在安静的角落栖息。

是的,和醒来的早晨一起,她静静地趴在船尾舷栏上。她的平静,让金砺锋放慢直至停下了脚步,让年轻的中尉甚至不好意思对她干扰和直视。

但中尉是有好奇心的,他用眼睛的余光,扫描着身边的秘密。他完全能够体会到,她的安静和船尾一起,构成了一个协调的场景。不是说她的姿态总保持不变,而是她像呼吸一样自然地活动着,就像船尾在江浪中轻轻摆动,而不会惊动站立在舷杆上的江鸟。

她的身材不似江南女子那样娇小,但纤细的体态和脸上的肤色,却荡漾开水乡女儿的韵味。金中尉慢慢地转动着身体的角度,这样就可以看到她的侧面,她平静的表情弥漫着镇定自若的美。从她的长辫和她的装束上看,她只是一个平常人家的女孩,但她的身上却有大户人家熏陶出来的气息。

这时有人从另一面接近她,她回望的动作轻柔而得体,招呼别人的微笑礼貌而内敛。金砺锋注意了许久以后,很想走过去,近距离地和她对视,他有一种希望看到她目光慌乱的冲动。

但作为海军军官,他要考虑接近她的最佳战术,他闭上眼睛面对长江,借助拂面而来的微风,酝酿着行动的对策。

这其实只是一段极短的时间,比熟练的枪炮官目测目标所需的时间还要短暂。中尉再次睁开眼睛时,姑娘不见了。她走得轻手轻脚,竟然让一个训练有素的特工毫无知觉。

金砺锋的内心,涌动着像江水一样上涨的挫败感。

满载一船上午阳光的明媚,"江顺"轮缓缓停靠在芜湖港。在上船与下船的人流交错之后,愉快的汽笛告别了嘈杂的码头,金中尉的情绪也慢慢地好转起来。姑娘并没有下船,这个准确的判断来自他的细致观察,也鼓动起他的想象。在芜湖到南京的这一段航程里,还有一个上午的时间,他依然有可能和姑娘见面。

沉醉在这样的念想里,他在船尾像一条恋旧的鱼来回游弋,如果说此举仅仅是为了一次成功的搭讪,也许低估了他的境界。金中尉不是你想象的花痴,他是一个懂得欣赏的怀春少年,金砺锋在心里为自己辩解时,忍不住哑然失笑。

他的笑被一个中年男子捕捉。

事实上,当金砺锋的注意力集中在姑娘身上时,他已经成为了另一个人的目标。而对方不是别人,正是这艘豪华客轮的船长胡玄武。

两个身穿制服的男人,相遇在游人寥寥的船尾。他们各自看了对方一眼,又扫了一眼自己的装束,他们用会意的笑,开始了旅途中的问候。

一个船长，一个海军军官，胡船长和金中尉，他们的交谈，从船尾一直延伸到二层搭起凉棚的露天平台。

　　对于金中尉来说，这只是一次偶遇的谈话，而对于胡船长而言，他为这样的谈话准备了很多年。

　　在驾轻就熟的长江航道上，他一直不放过选择谈话的对象与时机，身穿海军尉官常服的金砺锋，从湖口上船开始就进入了他的视野。但他不急于接近目标，他在观察身在明处的对象的行为。

　　谈话是从海军第一舰队开始的，胡玄武看似在问，实际上很有把握，他看出了金砺锋来自第一舰队。中尉也不吃惊，第一舰队集结在湖口，这并不是什么秘密。只是随着谈话的深入，他职业的警觉告诉自己，这位船长对海军了解过多，让人怀疑他肩负着特殊的使命。

　　因为中尉在貌似玩笑中道出了怀疑，船长看出了对方的机警。他一口气报出好些海军军官的名字，像部里的解夏秘书、造船所的曾一鸣，然后解释说，自己也是海军出身，北伐那年受的伤，不得已才转业到交通部。金砺锋联想起船长靠近左太阳穴的一处伤疤，这才恍然大悟：自己眼拙，居然把一位脸上写着光荣的海军前辈，当作了日本人的奸细。

　　话一说开，两人就亲近了许多，再加上关于海军的共同话题也多，两人谈得很投机。阅人无数的胡船长，几个回合谈下来，感觉到中尉家世不一般，有一种自小养成的自信。同时，也能感觉他此时免不了心有旁骛，因为他的眼光不时居高临下地瞟着船尾，应该是搜索着长辫子姑娘的身影吧。

　　快到马鞍山采石矶的时候，姑娘终于又出现了，她跟在一位美艳少妇的身后。领头的少妇身披暗紫色的披风，巧妙地衬托出一张白皙的脸。她慵懒的步态摇曳生姿，一边走一边矜持地扫视着周围环境。当她上仰的目光摇到中尉的脸上时，似乎停了下来，她此刻绽放出来的笑，让金砺锋感到脸上一阵灼热。

　　只看了少妇一眼，中尉的第一印象，就觉得似曾相识。她迷人的笑在记忆深处里沉浮着，像狡猾的鱼，一会游逛在水面，一会又潜入了水流中。中尉并不记得，自己在何时何地，曾经和她有过难忘的交集。

　　对比记忆中的模糊印象，中尉觉得，眼前的她，诱人的体态足以让一船男人的魂丢失在甲板。这样特殊的好感鼓荡在心里，他不由得又扫了少妇一眼。

　　少妇还是报以含情的笑，同时，他看到她身旁的姑娘，也笑出了一排洁白的牙齿。此情此景,中尉既幸福又不安。直到他下意识地看了一眼船长,直到他走出自我多情的陷阱后,他才明白,她们面对自己的笑,纯粹属于路过或者是照顾性质,原来她们是和船长胡玄武熟识。

船长迎下去的时候,尴尬的中尉脚步有些犹豫。正踌躇在去留之间,踏上楼梯的胡船长回头招呼,给了他一个下台阶的机会。

两个男人一前一后来到了两个女人的面前。在船尾,船长和少妇相谈融洽,让金砺锋有了和姑娘相视一笑的机会。中尉终于如愿以偿,姑娘在他强烈目光的注视中,显出了一丝不安,离慌乱只有一步之遥。

大家就这样相互认识了,黄家的少夫人和丫鬟玉兰,她们的身份不同,看金中尉的样子也不同。

少夫人目光灼灼,略显夸张地说:"玉兰你看,人家的海军军服多漂亮呀,要是穿在我身上会怎样?"

玉兰却淡定地说:"先生常说人生多景,横岭侧峰,中尉的衣服要是穿在你身上,我恐怕就不敢叫你少夫人了。"

玉兰话里明显带着北方口音,除了北平话,好像骨子里还散发着东北味。让中尉吃惊的是她不卑不亢的答话,在貌似平静中,展示着机敏应变的口才。既得体地回答了少夫人的问话,又没有人云亦云地表明自己真实的态度。

还有,她所说的"先生",所指不似少夫人的夫君,听口气倒是玉兰佩服的另一位才识两全的长者。中尉想,兴许得耳濡目染之便,她的身上才会散发出举止不凡的气息,让她和寻常的贴身丫头不太一样。金砺锋从小就滚在女人堆里,眼光是早已练出来的,聪明的丫头他见得多了,像玉兰这么出众的可谓凤毛麟角。

他不由得又在她的脸上认真地看了一眼,玉兰装作没在意,但平静的脸上已经泛起了好看的红晕。

毕竟她还是一个姑娘,属于害羞的年纪,金砺锋收起留在她脸上的探究目光,转而面对少夫人说:"黄夫人如果军装在身,自然让我们无颜。只是我这中尉军衔太低了,怎么也得给你佩一身带'毛草'的校官服吧?"

听得他在夫人前面省略了一个"少"字,少妇高兴地睄了中尉一眼,有些暧昧地说:"尉级校级无所谓,我就看你这身穿得好看。知道吗,在湖口码头上船时,我就看到你了,当时我就暗下决心,在船上一定要见识一下,谁能把一身军装穿得比我们女人还招摇?!"

黄家少夫人的话热烈，说出来却是大大方方，让大家在一起不觉得有任何拘束。一阵子话说下来，金砺锋知道她们一行去的是庐山，现在返程回京。

说着闲话，眼看南京近了，少夫人说："我们也得回去收拾一下了，东西还不少呢，提都提不动。"说这话的时候，她故意看了中尉一眼。

金中尉懂得她的意思，他一不怯场，二是乐得有这个机会，能够在一个美艳少妇面前得到一些实战锻炼。便开玩笑似的说："若是夫人不觉得我'犯嫌'（讨厌），在下就斗胆给你做一回挑夫了。"

对方兴奋地瞟了他一眼，嘴里却是惊讶地说："那怎么行，我看中尉可不一般，哪能让公子王孙干这种下人的活。"

金砺锋本想说，石榴裙边走，挑夫也风流。瞅一眼身旁暗自打量着自己的玉兰，他把滑到嘴角的玩笑收住了，他不想给她留下油嘴滑舌的印象。于是正经地表示，自己也没带什么东西，如果下船有需要，请黄夫人尽管吩咐。

金砺锋送走了好看的少妇，也想就此和船长分手。但胡船长显然意犹未尽，不愿就此放过中尉，于是把他领到了船长室，关起门来继续和他谈海军。

这一关门，关出了不同寻常的气氛。

谈着谈着，中尉感到话题变得险峻起来。

船长从"海大风波"聊到了闽系海军的内部纷争，又从各种小道消息里聊起了部里的长官。这时他的叙述不再平静，情绪明显有些激动，他的口吻也有些异常的神秘，他像是漫不经心地问起中尉："觉得陈长官人怎样？"

这是一个不着边际的问题，也是一个让下属难以回答的问题，尤其他们两人之间的对话，毕竟还是两个陌生人之间的第一次。金中尉没有正面回应，也不愿让谈话冷场，他灵机一动地反问："不知船长说的是哪一位陈长官？"

船长冷笑说："你知道我说的是谁，但你这话反问得也有道理。海军中的陈长官，部里就有三位，一个部长，两个次长，加上广东海军的陈策，老弟你是在考我。"

金中尉被他说得不好意思，忙解释说得罪了。"我是陈季良司令的手下没错，我人在第一舰队嘛。"他说，"但我离他确实远了点，毕竟只是他手下的手下的手下，中间隔着一个中尉和一个中将的距离。"

"是谁的手下都不要紧，要紧的是，现在连内部的人都说，海军现在是姓'陈'的天下。"船长把"陈"字的音发得很重，然后看了看金砺锋，意味深长地一笑："想必你也听说过这句话?"

如此刺耳的话,他金砺锋岂能不知道?

陈和"沉"同音,过去在海军中有一种迷信的说法,姓陈的不能上舰,认为不吉利。这种话只能心里有数,嘴上却不能说,说了就得罪现在的海军。似乎船长来者不善,中尉在摇头时想,我不接你的茬,看你又如何得意?

船长留意着中尉表情的变化,默默地从柜子里拿出了一本杂志,交到了他的手上。

这是一本几年前的杂志,充满着对海军的批评指责。船长说看到或听到这些,心里很不是滋味,但类似的声音说明了一件事,那就是有人对海军心怀不满。有敌意,也有误解,他分析说,就像有人拿这个"陈"字大做文章,以此诅咒海军摆脱不了沉船的命运。

船长这一举动并不专对金砺锋,这一期的杂志他一共买下了几十本,只要在船上遇到一位海军军官,他都要奉送一本,现在已经是所剩无几了。他自己也不明白为什么会这样做,只是这样做了,似乎心里才踏实一些。

胡船长说话时,金砺锋的脑子一直很乱,因为他此刻特别在意柜子里的物品。

就在船长刚才快速打开柜子的瞬间,他的身体和动作像是隐蔽着什么,但这样的掩饰,在中尉的面前反而是暴露行踪的破绽。经过特殊训练的金砺锋只瞄了一眼,他已经惊讶地发现,里面排列着一大批似曾相识的军舰模型,规模远远超过了第一舰队的完整编队。

"你了解'平海'舰吗?"金中尉没头没脑地问。他觉得时间不多了,必须用最快的方式,让船长打开柜子里的秘密。"外面都说'平海'舰是'宁海'舰的姐妹舰,也许连前辈你都被他们骗过了,实际上它们是不同的。"

胡船长一愣,显然他没有经受过这样的打击,他依旧沉着地说:"对它们的不同,胡某自认为略知一二。"

看到船长脸上残留的自信,金中尉用轻蔑的笑表示不信。他说:"就是第一舰队的人,如果没有上过这两艘军舰,也不可能洞悉它们之间的区别。"

说这话的时候,他注意观察船长的面部表情,中尉竭力用自己表现出来的不屑激怒他。当他看到船长头上的伤疤,伴随着太阳穴在跳动时,明知自己的手段有些阴险,但他已经感觉到了自己的成功。

船长开始激动,他哗的一声拉开了柜子,满满当当的舰艇模型一下子暴露在中

尉的眼前。

　　这些木雕的舰只不大，但都做得精致逼真。金中尉粗略地扫了一眼，民国海军的舰艇似乎在这里被一网打尽，很多艘军舰自己也只是听说而已。

　　船长小心地从柜子里取出了"宁海"号和"平海"号的模型，把它们并列放在灯下，用孤傲的声调说："请中尉鉴定指导，两艘巡洋舰的区别，模型上是否已经真实反映？"

　　金中尉感觉到船长的不悦，但船长一直没有提高声音。有实力的人不靠嗓门吓人，金中尉一边想，一边假装认真地凑上前去。实际上他一眼就看出来了，两艘看似模样接近的军舰，在烟囱、飞机库舱与平台的细部处理上，的确有着内行人才清楚的明显差别。

　　金中尉心里充满疑问，正如胡船长有一肚子话要向晚辈倾诉，此时两人都觉得有许多言语要交流，但他们已经没有了时间。长鸣的汽笛发出了一声声提醒，南京的下关码头已经近在眼前，两个男人疑惑或误解虽然没有解决，但他们必须选择分手。

　　从船长室小跑出来，金砺锋回舱后收拾完简单的行李，迅速地等候在黄少夫人

南京下关码头

下关一带津浦南段游动式火车邮局

的舱门外。

门不紧不慢地打开了,首先探出身来的是玉兰,她的脸一如印象中的那样平静。而金中尉的心,此时似乎还停留在船长室,沉浸在舰队的秘密之中,正泛起了和码头一样庞杂的情绪。

当他接过她们的行李,才发现自己其实是一个多余的人,因为黄家接船的人这时已经上船,并用警惕的眼神打量着陌生的海军军官。

略感局促的金中尉,从少夫人的调皮表情中看到了鼓励,他旁若无人地提起行李踏上码头。在黄少夫人热烈告别的眼神前,在和玉兰交换目光的分别之际,他脑子里还纠缠着关于沉船的不祥之感。

而这时,胡船长正倚靠在高高的舷梯旁,打量着码头上的海军中尉,他头脑中

突然闪现出一个江流泛黄的可怕情景，一条船一条船在连续着下沉——这是几个月后,他才真正经历的悲壮场面,竟然含混不清地提前出现在春天的正午。

2

练舰空空

海军练习舰队"通济"练习巡洋船（福州船政局1894建造完工）

中国自主建造的"平海"轻巡洋舰火力装备来自不同国家

  从下关码头到草鞋峡的一路，金砺锋羞愧难当。
  胡船长送出的一本杂志，陈旧的封面和发黄的纸张，把几年前的往事，一团乱麻地交织在一起，让他返回记忆的路坎坷不平。
  金中尉历来不喜欢在颠簸的车上看书，但因为杂志内容的刺激与引诱，他的体内有一种欲罢不能的阅读冲动——

  淞沪血战，我舰中立，首都北迁，我舰匿踪，尤为众目睽睽所共睹。中国海军每每爱在长江湖口进行会操，船上水兵依着喇叭声调，腰驼背弓，从容不迫，各就两舷炮位，一齐做射击状，此种演习法常为外国海军所亲见，至今传为笑柄，国民党海军应改叫"江军"。

沉淀在1932年的这一段文字,隐藏在静静的故纸之中,五年后读来,金砺锋依旧面红耳赤。

岁月的更替,并不代表风气的流变,如今,第一舰队依然在湖口会操,但所谓"江军"的说法,此前他却是闻所未闻。面对一个让他无法接受的称呼,他拿着杂志的手在抖动,无奈的眼光直视窗外,向后倒退的景物却不会给他丝毫安慰。

他是从长江的湖口来的,现在去的地方是长江南京段的草鞋峡,作为一个很少执行海上任务的"海军","江军"的这一顶军帽倒也名副其实。虽然充满了无奈,此时他对过去的军事生涯充满了失败感。

比计划提前了一天,他来到了草鞋峡的海军水鱼雷营。金砺锋原先打算,接兵后下午立即赶赴下关码头,谁知人算不如天算,他的计划扑了空。

午后的阳光,悠闲地波动在燕子矶下的江面。时隔五年,再次进入草鞋峡时,金中尉起初酝酿的好心情,完全被一本偶遇的杂志所打败。他下意识地观察着江边的地形,目光中有一种陌生感,险峻的感觉和印象中的大不一样。用枪炮指挥官的眼光,重新审视故地,在登上泊在江边的"通济"练习舰前,他觉出了一种异样。

远远地他就看到,持枪的士兵,一动不动地把守着舷梯入口和舰上要地。直觉告诉他,这不是执行战前警备,因为他没有听到锅炉工作的声音,说明还没有到准备机舱蒸汽的时候,更没有到运弹机准备输送弹药的时候,难道"通济"号遇到了什么问题?

舰上太静了,静得让人嗅不到它应有的气息。金中尉的黑色皮鞋把甲板踩得直响,它的回声竟然像舰的两舷,单调而空荡。在春光明媚的天气里,竟然看不到一件晾晒的衣衫被褥,而平常它们就像练习生的身份信旗,挂满两边的舷栏,在"通济"号上随风一起远远地招摇。

这个特殊的景观不见了,只能说明人去舰空,练习生根本不在"通济"号上。金中尉放慢脚步在想,他们去哪了?此刻他关心的不是自己的接兵任务,他是想通过对异常状况的分析判断,来训练自己的智力和逻辑——练习生突然离舰,背后的原因到底会是什么?

他的观察和脚步一起徐徐前行,经过巨大的烟囱时,他注意到它整洁干净的外观,又看到舰尾的炮塔,有人正在擦拭炮管,他一下子就明白了,有重要人物要上舰巡视。

会是谁呢,带着成功破解第一道题的兴奋,他又开始思考第二个问题。新的问

题显然有些难度,想当年委座及夫人以"应瑞"练习舰为座舰,自京赴汉口,都没有撤去正常练习舰课的学员,谁的来头会这么大?

面对这个无解的问题,金中尉自己也笑了,"平海"号派自己是来接人的,又不是来破案的。游戏适可而止,任务尚未完成,同志仍需努力,他要去把正事办了。金中尉气定神闲地想,这事不难,只要打听练习生在哪,那就是按图索骥的事。

哪知道,这只是他的一厢情愿,他要接的人出事了。

其实,金中尉到"通济"号上要接的人,既不是兵,也称不上官。这么一定位就清楚了,他们只能是海校的应届毕业生。将要毕业却没有毕业,正在练习期间,身份还是军校学员。

海校的学生课业周期长,素有"八年四"之别称。以航海科为例,修业五年校课后,还要上舰修习舰课两年半,然后再上舰见习半年,再上入学时三个月的试读甄别,和一个月的休假,从进校门到正式任官,加起来一共是8年外加4个月的时间。

舰课时间未完,练习生一般不能直接上舰见习,所以金中尉办的事属于特事特办,是得到部军学司批准的。

之所以成为特例,一是因为"平海"巡洋舰刚刚编入第一舰队,兵员不足,战斗训练拉不开栓;二是因为进行枪炮训练,"通济"舰的条件不能满足"平海"舰的需要。

"通济"号上火力配备,像这艘军舰一样,太老了,只能算老版本的教学用具,摆设。枪炮专业的学员在这实习,再上装备现代的"平海"舰,说得难听一点,完全是浪费时间。

金砺锋对"通济"舰不陌生,"一·二八事变"那年,他就在这艘练习舰上实习,从上海的高昌庙一直到南京的草鞋峡。和一代代海校毕业生一样,他也是从"通济"舰练习期满,然后才走上海军作战舰艇甲板的。

熟门熟路,他直接找到了舰上的值日官,一打听便证实了他先前听到的消息,舰长外出,此时舰上果然由副长张灵春少校当家。

为应付部里紧急交办的任务,已经连续忙了两三天的张灵春,这天午饭后在舰上走了一遍,见一切准备就绪,心里安定了许多。在军官餐厅舱门口,他看到军士长大王喂的那只猫,正在懒洋洋地躺着睡觉。他停下脚步,一个人独自面对这只白白胖胖的猫咪发愣。

他说不准,自己上舰之后,这已经是第几代猫了。而它的这种无所事事的姿态,在少校张灵春看来,似乎是对自己现状的勾勒和讽刺。守着这么老旧的练习舰,都干到副长了,还一直远离作战部队。他早想跟部里提出,甚至想直接面见部长,要求调到第一舰队或者第二舰队去。但会不会,别人认为自己是一个官迷,在找升迁的捷径呢?

想到这里,他气恼地使劲地跺了一下脚,酣睡的猫被突袭的响声惊醒,用警惕的眼睛打量着四周。左右看看,确信只有张灵春一个之后,又懒懒地睡了过去。它的轻蔑,让少校很窝火,但他又不能跟它斗气,上前去踹它一脚。

这时,正巧看到大王来了,少校拉着脸说:"大王,这两天你得把猫管好了,别让它上来乱窜一气。"

大王笑嘻嘻地说好,又说:"它是本地的猫,大户人家的,懂事得很,看到生人、客人来,就会主动躲到底舱捉老鼠去,用不着别人烦心。"说完弯下腰,拍拍猫的身子,这只肥猫果然就一扭一扭地小跑着走了。

少校被这一幕逗笑了,打趣道:"你这是什么逻辑?首都的猫还能有什么特别,你的半吊子南京话难道是它教的?"

大王认真起来:"长官,这你就不懂了,虽然,它讲不好南京话,但它能听得懂,你信不信?"

"你的门道多,不信也得信,反正我扯不过你。"张灵春说完,就上舰长室去了。

难得闲来无事,张灵春摆弄着茶具,自己煮了一壶清明前的新茶。

茶叶是大王刚刚采购来的,为的是招待即将上舰的贵客。先品为快,他觉得味道不错,一缕清香中,他开始翻看没来得及展开的报纸。世界上最怕"认真"二字,张少校读报就像品读一部《水浒》那样认真,对报上的重要标题他习惯字斟句酌——

　　沈钧儒等七人侦查期满
　　被起诉"危害民国"
　　陶行知等七人亦列名被告
　　苏高法院定于本周内开审

标题清楚,大致内容一目了然,少校喜欢这样的报纸。他常自嘲是典型的小报读者,品位不高,尤其是对上海的民办报纸情有独钟。在他看来。小报讲究的是短小

精悍、内容丰富，字数少、消息多，势子很正的"《中央日报》"望尘莫及。

对于"救国会公诉案"，也就是"七君子"案，少校不觉得它是什么新闻。早在去年年底政府动手抓人时，事情已经沸沸扬扬。

让张灵春记忆犹新，也是充满嘲讽意味的戏剧性一幕，是女律师史良的表现。首先，她在缉拿自己的通缉令下留影纪念；接着，她乔装打扮，化装成进香的贵妇，逃出上海；最不可思议的是，到了苏州，她居然又去主动"投案自首"了。

一波三折，风生水起。当局通缉史良，本是把上联出给了她，而史良却把题目还给了当局。

人抓了总要判的，要判就得罗列合适的罪名，要让公众真的觉得这人有罪，这是所谓讲法制程序的烦恼。现在提起公诉，也是为了走一个正式的过场，来维护依

马尾海校正在进行学员外出前的仪容检查(1933年)

法办事的面子。至于到底有没有新的说法,张少校好奇,所以特别在意报上摘录的起诉书措词——

> 被告等共同以危害民国为目的,组织团体,并宣传与三民主义不相容之主义,依刑法系共犯危害民国紧急治罪法第六条之罪,除陶行知、张仲勉、陈道弘、陈卓等所在不明、已予通缉外,合依刑事诉讼法提起公诉,并将人卷及证件,送请查收,依法审判⋯⋯

罪名无新意,还是"危害民国",和审判陈独秀时的说法如出一辙。

其中"与三民主义不相容之主义"的措词,用的是"排他法",张灵春觉得在事理上说不通。他是驾驶专业出身,不是学法律的,但法理、道理却是相通的。怪不得,法律界人士把"危害民国"戏称为"口袋罪",原因就在于它边界模糊,所以它又无所不包。

胡思乱想之际,少校听到了外面的报告声,他寻思,是"平海"舰的人到了。

门开了后,敬礼的人竟是金砺锋,张灵春顾不上还礼,就亲热地一拳打过去。

"你知道这一拳叫什么,叫武松醉打蒋门神,打得是你不仗义。你还知道回来?听说当上'平海'号的枪炮官了,就忘记老家了?"

金中尉拱手抱拳,嘿嘿地笑着:"长官,是副的,枪炮副。"

"跟我一样,副的。你副我副,正好负负得正。"少校一把夺下了中尉的大檐帽,说,赶紧歇歇,又说,听着"平海"号要来人,没想到是你呀。这时勤务员端上了热茶,张少校立即接过去,眉目里流露出爱惜:"渴了吧,先喝一口水。"

嘴唇干渴的中尉大喝了一口,烫得受不了,急忙放下了杯子。

他从包里掏出了厚厚的几本书,略带歉意:"什么也没带,给你捎来了一套《水浒》,绣像版的。"金中尉记得少校是《水浒》迷,收藏了许多版本,108将烂熟于心,说话识人总能从梁山好汉中找出典故。

少校接过书在手中翻着,心里面觉得他越来越懂事。这些年从"通济"舰走出去那么多练习生,出类拔萃的也有,但比来比去,他最看好的除了林遵之外,似乎就是金砺锋了。

"这么好的礼物,我无以回报。"合上书,他说,"也不白拿你的,这样吧,回去给

你们舰长捎个话,给你们挑的两位练习生,是这一批当中最好的。"

端起茶杯的金中尉,想说代表舰长感谢的话,才张开嘴就觉得不合适。跟舰长打交道也不多,基本上是你忙你的他忙他的,轮不上自己代表。他小呷了一口茶,改口说:"我代表本舰枪炮队,多谢长官关照。"

趁着金砺锋喝茶,张灵春上上下下地打量着他:有点黑了,但骨骼显得强壮,人也结实了许多,不再是身子板单薄的学生兵了,举手投足,还真是有点英雄出少年的意思。少校目光里透着欣赏,看到"通济"舰出去的人长本事、有出息,他心里头高兴。

金砺锋把这几年的情况,简要地向教官做了一个汇报。张少校不停地点头,说好呀好呀,毕业才几年,就上了海军的主力舰。说话时,心里有一点小失落:代表现

马尾海校学生搭乘"通济"练习舰实习,中间为英籍教官(1936年冬)

代水准的"平海"号,已经完成舰装、正式编入海军作战系列了,自己还没上去过呢。

正值风华之年的张少校,自认为以个人的水平和能力,足以在未来的战争中一展抱负。但守着这艘比自己年龄还大的老爷舰,总觉得类似鲁智深看菜园子,有点文不对题。对学员走上主力舰,虽有些无奈,但终究还是替他高兴。

于是,两人自然地聊起了"平海"舰和舰上的武器装备。枪炮状况,总是海军上下最关心的话题。

金砺锋凑近身子,听张少校发表观点。凡人都有一个好奇心,金中尉懂,"平海"舰的枪炮配备如何,对他来说,基本上是一道必答题,是个人都会这么问。为什么呢,因为各种传闻议论很多,大家都有一种不得不问的担心。

首先"平海"舰是一个难产儿,造舰的时间拖得太长。拿着日本造的"宁海"舰设计图纸,海军造船所自力更生。舰体造出来了,成功下水后,按原计划,还得弄到日本去装备火力。

进了日本船坞,装了主炮,时间已经到了1936年的夏季,中日两国关系越来越紧张。日本人突然撒手了,不愿意给潜在的敌人装配兵器,把计划中的高炮和高射机枪项目都取消了。

装了一半的"平海"舰,只有找下家。这就好比孩子生下来后,奶妈喂了一阵子突然不管不问了,还得重新找奶妈。没有吃饱的"平海"号,寻找新奶妈的无助目光落到了欧洲,最后通过洋行找到了德国军火商。

从血缘上说,"平海"舰的兵器配备,既姓"日",又姓"德"。这个拼装的折腾过程,海军上下议论多,难听话也多。认为兵器负荷太大,让"平海"号头重脚轻的,是一派;认为武器装备不合理的,也是一派。

张少校想当面听听金砺锋的认识,这些意见到底能不能站住脚?

"实际情况,恐怕比长官听到的还复杂。"中尉说。

"平海"舰后来的火力装配来自两家公司,一是德制克虏伯高炮,另外还有瑞典产的博福斯炮。金砺锋用茶壶和茶杯做比较:"也有人说实际上它们是一家,德国人在欧战输了,武器上受到了限制,这博福斯炮等于是挂着瑞典的羊头,还是卖着德国的狗肉。"

"我感觉最厉害还是克虏伯炮,俯仰角度大,射界全方位,360度,弹丸初速快,可以空射,也可以平射。"谈到枪炮本行,金中尉话就开始多起来,边说边比画还嫌不过瘾,还在纸上画着示意图。

"它通过脚踏式击发,瞄准镜在炮管上方这个位置。"中尉指着草图示意。

金砺锋介绍时,张灵春一直认真地在听。意思都明白了,克虏伯的炮代表当今世界的最高水准,就看你能不能让它在战场上发挥作用。

"枪炮都是需要磨合的。"少校赞同着,"武器主要还是靠多用,用到位,用透了,才是自己的。就像过去的汉阳造,现在的三八大盖,每一种兵器都有自己的春天。"

继续喝茶时,金中尉回到了正题,问舰上的练习生都跑到哪去了?在记忆里,这时候是实习的高峰,学生兵应该正在这里实操演练,忙得热火朝天呢。

张少校还了他的军帽,让他一起出去转转。

出了舰长室,张少校说:"你难道没看到,我们舰上已经收拾得干干净净。"

"通济"舰有重要任务,金中尉猜得不错,他从张少校这里得到了证实。他们走在舰上,难得如此清静。练习生都从舰上清空了,暂时赶到下面的水鱼雷营里,正进行其他科目的训练。

来到炮塔,张少校停下脚步,手摸着塔台,对中尉说:"你看我们的炮保养得多好,擦得多亮,却留不住我们的两位学员。"他控制住伤感的情绪,"也罢,现在'通济'号的任务就是在等你,把人一领走,明天我们就要转移到下关去了。"

金中尉办完交接手续,一边等着带人归队,一边打听两位学员的情况。听到张少校对两人的夸奖,心里面听着很快活。一个小程,一个小孔,看来这两个小子表现不错。他想,舰上这么多学员,要让副舰长记住就不是一件容易的事,别说还使劲地夸了。

"两个人各有千秋。"按照水泊梁山的英雄谱,张少校心里在给两人画像,"一个像燕青,另一个像拼命三郎石秀。"

两人在甲板上说着闲话,渐渐融入了江面上的黄昏,却还看不到小孔和小程的人影。

张少校看看表,自言自语地说,已经到归队的时间了,难道进城逛昏了头?见金中尉眼里有些疑惑,自己也觉得没有面子,还一个劲地夸了,没想到这俩小子关键时候经不起考验。

没出什么事吧,张少校和金中尉都想到了这一层。两人眼里一交流,金中尉眼里的意思是询问,张少校眼里的意思是不大可能。但他又不敢肯定,毕竟人该回了却没回,这可是要受处罚的,严重了还要受处分,他心里也有了一点隐忧。

海校规矩严,超乎常人想象。

刚做学生时，一直养尊处优的金砺锋，就特别不适应。甚至恨自己，为什么会答应家里的安排，竟报考了海校？记得进校的第一个冬天，遇到了严寒天气，在洗漱时因为怕冷，他暗地里加了些偷取的热水。因为这一件事，也因为被抓了还不服气，他还挨了一个处分。

想到海校出了名的严格，中尉心里也担心起来。但从少校的脸色看出来，他显然更着急。

两个苗子都不错，张灵春想，千万别节外生枝，在小事上铸成大错。

越是担心越会出事，舰上的值更官急匆匆地跑来，带来了从下面水鱼雷营传来的消息，小孔和小程给宪兵抓起来了。

张少校的头嗡的一声就大了，打死他都不能相信，居然还会发生这样的事。

3

疑 云

熙熙攘攘的南京夫子庙

3 疑 云

白天里的秦淮河沉淀着一夜笙歌

小孔和小程把人打了,打的不是别人,是日本领事馆的人。毫不夸张地说,在他们施展开拳脚小试牛刀的时候,一不小心打出了外交事件。

正如谁都可以判断的那样,他们进城的目的是逛街而不是打架。

即将提前登上主力舰"平海"的消息,像惊喜的羽毛拍打在激动不已的胸间,在他们的身体内部产生了一种振翅的感觉。在飞向海军甲板、离开南京之前,他们不约而同地想到了夫子庙,一方面是想给家里买点东西,尽尽孝心,另一方面是为了

看看热闹、放松放松。

　　读了七八年的书,两人都觉得平常学习太紧张。极其重视学术训练,是陈部长的治学作风,简直让人喘不过气来。

　　课本几乎都是英文本,有的课直接由英国教官来教,最严格的还是考试。每遇学期期考,为防止作弊,学校会把所有学生集中在大操场,让不同年级的学生座位错开,部军学司还会派人来监考。

　　而今天有了这么一个透气的机会,真是不容易。更让他们喜出望外的是,少校副长破例给了一天的假。这样的出行就有了一份难得的从容。他们脱下了没有肩章的海军常服,换上了精干的短装。临行前,两人把没有舍得脱下的皮鞋,擦得亮亮的。进了城,把脚抬得老高,直奔夫子庙。

　　秦淮河边的夫子庙,不像小孔想象的那样大,但是它的声名,容易让人联想起花团锦簇、绣户珠帘的繁荣景象。小程喜欢逛小摊小贩,想找一点便宜货,小孔不像他这么现实,他有点高雅,一边留意景色,另一边搜寻着古玩市场。

　　两人两种选择,分开走又觉得没有意思,小孔用大义凛然的口吻说,我先陪你。这样他们就往人多的地方钻,小程看得认真,小孔一开始东张西望,纯属看西洋景,陪太子读书。

　　走了一阵子,小孔也来了兴趣,通过一小会儿的观察,他觉得讨价还价这里面有学问。小程给姐姐选了一件布料,掏出腰包就要付钱,小孔却挡住了他。

　　"太贵了。"小孔对摊主说,"前面那家的价,只是你的一半。"他完全是蒙,虚张声势。

　　摊主看了看他,翻着眼说:"一分价钱一分货,我这料子不一样,真正的东洋货。"说完就把布料往后扯了扯,一副爱买不买的神气劲。

　　心虚,小孔看出了他在装,哪有不吃腥的鱼,哪有不吃那个的狗。他不想这么说,但看到摊主装他就有点恨,他想彼此不过是在斗智斗勇,也别一个回合下来就给人比下去。

　　想到这,他瞟了一眼光闪闪的料子。伸手一摸,滑溜溜的,心里估摸着,恐怕这就是报上说的人造丝。于是壮着胆说:"不就是小日本的人造丝吗?你愿卖,我还不愿买呢。"说完,拉着小程就要走。

　　布料是好不容易才选好的,小程不想放弃,因此就舍不得走。但看小孔坚决,知道听他的不会吃亏,还是挪动了身子。

摊主看他们真要走,心说这两人还不是什么糊涂鬼。原先,他见两人都是外地口音,又是毛头小伙子,本想糊弄他们一下。但生意讲究一个见好就收,做一笔是一笔,毕竟跟愣小子打交道,要比跟主妇做买卖容易得多。所以,他让步说:"别急唉,价格好协商。"

用了原价的一半多一点,最后成交,小程觉得划算,小孔则很有成就感。

看人家小孔连人造丝都认识,小程佩服得很,心想自己是一个老实的学生,不如小孔那么有主意。学校要求学生埋首于书堆,少看那些无用的报纸杂志,自己听了,所以外面的事情有好多东西他不懂。不像小孔,书报照看不误,几年下来,知识全面,说起东西头头是道。

两人带着胜利的满足,吃了点街头小吃,又买了点小物件。小孔看看天说:"该你陪我了,逛一会就得往回返,今天要是迟了,'平海'号就没我们什么事了。"

小程听了他的话,就有点急,催促着说:"那还是趁早回去,千万别在今天迟到。"

"你怎么这么沉不住气,这不还早吗?再说,你总要陪我逛一会吧。"

见他说得在理,小程不再坚持,两人又开始没心没肺地逛。往古玩街方向去的路,人相对少一些,大都是有头有脸的人。当他们从巷口拐过去时,事情就在这里发生了。

一辆黑色的轿车,这时在不远处出现,他们下意识地往边上靠了靠。巷子不宽,车开得并不快。就在车子快到他们跟前的时候,突然他们的前面,一个中年男子从店里蹿了出来。只听车子一个急刹,停住了,中年男子手里捧着东西,一下子呆在车前。

玄,小孔看到那男子一左一右抱的是一对紫砂壶,心里笑他是一个古玩痴汉,竟往车上撞。所幸没碰着,看来是虚惊一场。正准备绕着离开,他看到司机打开了门,嘴上骂骂咧咧。

刚缓过神的男子,本来就有气,当着在场的人被骂,更觉得没面子,于是也回上了几句。司机本来准备走了,听到对方骂得更狠,便一个转身动起手来。

小程会一点功夫,他看出来,司机练过,出手快,干净利落地就给男子两个耳光。男子想不到他会来这一手,握着茶壶腾不出手,只好用脚踹过去。小程看他的动作太业余,身手显然没有经过训练,抬脚过高,几乎让身体失去了重心。

那司机把身子轻轻一扭,手这么一推,男子立即仰面倒去。小程怕他摔到了后

脑勺，下意识地出手想托住他的身体。但还是慢了一拍，男子还是倒了个手脚朝天，亏得就了小程的一把力，摔得不是太重。

即使摔了，他手里的东西还紧紧抓着，小孔心里佩服，可见他不是一般的古玩爱好者。

男子吃了这个亏，岂能善罢甘休，小孔没想到，他竟然扔出了手中的壶。这是在场人都没有想到的致命武器，一个爱古玩的人竟然可以以此作为攻击手段。

壶准确无误，砸在司机的脸颊，顿时流出了血。

小程从他所在的位置看得真切，如果这小子不是避让及时，砸中的将是他的鼻梁。小程觉得双方吃的亏都差不多，于是挡到他们中间，心说一场平分秋色的争斗该收场了。周围人也大声制止："别打，别打了！再打就出人命了！"

正在小程以为自己已经拉开两人的时候，他感觉到身后的一阵风声。司机绕过他，一脚向男子踢去，在对方被踢中的同时，小程自己的腿也重重地挨了一下。他暗自觉得倒霉，拉架还拉出了一裤子的屎。他咬着牙，准备息事宁人，挨这一下子就算了。

但车上又下来的一个人，猛然间激起了他的斗志。

车的后座上本坐着一男一女，看到外面打了起来，女人好看的眉毛皱了起来。她轻声地说了一句什么，男人下了车。下车的男人衣着讲究，头上早早地戴着一顶竹质的凉帽，他并没有参加打斗，而是叽里呱啦地发出了一阵怪声音。

意思小程听不懂，但是有一个"八格牙鲁"他听懂了，原来是日本人，而且还是骂人的小日本。小程暗暗吸了一口气，趁着转身的力量，他一拳就把司机打翻在地。

"打死小日本！""打死汉奸！"四周的人咬牙切齿，发出了一阵阵声嘶力竭的喊叫。

气急败坏的司机，站起来重重地一拳打来，小程闪过身，就势一个扫堂腿，又把他打翻在地。不等他起身，小孔的脚已经踏在他的脸上。

"踩死他！""踩死他！""弄死这个狗日的！"周围的声音连成了一片声浪。但小孔这时异常冷静，他的脚实际上在控制司机，因为这家伙已经没有了反抗能力。

哨子声响起来了，一辆闻讯而来的消防车呼啸而来，一看是治安案件而并非火情，有些泄气地离开了。宪兵赶来了，大家随之一哄而散。小孔和小程这时完全可以借乱脱身，但他们没有，他们不想这样当逃兵。尽管他们知道，自己惹下了麻烦。

3 疑 云

等到张灵春和金砺锋赶到宪兵司令部时,天已经快黑了。准备夜市的摊贩,正在大院门外不远处的地方,支起了各自的摊位。早早吃完饭的黄包车夫,从街上慢吞吞地走过,搜索着晚间的生意。

接待他们的,是特勤大队的中队长钟虎。

看到两名海军军官一脸歉意,钟虎宽慰道:"你们也别太在意了。小孔和小程没什么错,要是换了我,说不定也动手了。"他把案情的笔录交给了张少校,苦笑着解释,"只是他们动手的时间、地点、对象比较特殊。"

金中尉看他说话明白,心里有好感,便说:"钟队长,愿闻其详。"

"先说这个对象,虽说司机马岩是中国雇员,可人却是日本领事馆的人。"钟虎指指脑袋,"再说那个戴凉帽的日本人,也挨了几下黑拳。他叫小河次太郎,位置不算高,但毕竟是外交人员。要不,这个案子不就是个治安案吗,也到不了我们特勤队手上。我们管外事,所以说对象特殊。"

张少校把笔录草草浏览了一遍,见大家的证词,基本上对我方有利,心里放松了许多。这才想起掏出香烟,让给钟虎:"你看我们不抽,也想不起来敬烟。"

"三炮台,好烟呀。少校你客气,你是长官,怎么好意思抽你的。"

"宪兵,见面大一级。"金中尉帮腔,"所以,还请队长关照。"他惦记着钟虎没说完的话,提醒说,"你刚才说了对象,还有时间和地点呢。"

"时间,就是日本领事馆原来的总领事须磨,他离开了。"钟虎从文件袋里取出一张照片,晃了晃,"就是这个人,一个中国通,狡猾得很。是老对手,但也是我们的老熟人,他去美国当外交官去了。过去和他联系畅通,现在都不知该找谁了。"

说完了对象和时间,钟虎瞥了一眼金砺锋说:"中尉,地点就不用说了吧,打架都打到宪兵司令部的门口了,这是逼我们出动。如果我们装聋作哑,不去管,明天报纸上就会说了,宪兵失职,我们花钱养了一帮饭桶。"

金砺锋听他这么说,忍不住笑出声来,心里觉得钟虎说话到位。少校比他老成,知道还没有到笑的时候,所以拉了一下他的衣角,礼貌地问钟虎:"我们的人什么时候可以带走?"

"现在恐怕还不行,得等上两三天吧。虽说司机伤得并不重,皮肉伤而已,但毕竟是人家吃亏了,现在还赖在医院里呢。"

看到少校皱眉,钟虎安慰说:"你们也不用担心,笔录已经做过了,日本人不占理,只是因为流血了,所以看起来受了一点委屈。"

说完点着了三炮台，然后岔开了话题："那个姓孔的学生有脑子，当时那一脚没有跺下去，要是把人弄得半死不活的，就会麻烦得多。还有，当着日本人的面，他一直没有暴露海军的身份。"

金中尉问："这么说，日本人以为是挨了老百姓的打？"

钟虎点头："这一点很重要，千万别提海军，首先自己要保密，把事情捂得紧紧的。你们最好找可靠的人，把报社的人嘴封住了。要不报道出去，七传八传的，变成了海军殴打日方外交人员，反而把事情弄复杂了。"

张灵春立即表态："请放心，我们就照你说的去办，这事让你费心了。"

可他的心却放不下来，因为他还不知道什么时候可以领人，他的责任此时像风筝悬在空中，得有一根可靠的线把它给拉回来。

他的担心也是金砺锋的心事，但金中尉还有一份多出来的心思。他好奇地问："这日本人能就此善罢甘休？"

"挨打的马岩已经送到了医院，又不是什么大伤，本来医药费也可以让小程小孔出，但日本人还没提这一茬事，恐怕是他自知理亏。"钟虎这么解释，连自己都不信，他觉得里面有文章，日本人什么时候变成了小媳妇？

金砺锋有疑惑。自知理亏的日本人选择息事宁人，当然是最好不过的结果，但他从不抱有这种自欺欺人的幻想。问题只要经过脑子，他就不会相信，一个无事还要搅三分的市井无赖，在吃了亏之后难道会甘愿忍气吞声？他尽量谨慎地表达着自己的不解，因为他知道案子在钟虎手上，千万别让宪兵听了不入耳。

钟虎听金砺锋这么问，心想这人不糊涂。便有心考考眼前的中尉，问道："中尉对此有什么看法？"

"两个可能，这也就我瞎猜。"金砺锋注意说话的分寸和口吻。"一种可能，是日本人还没有找到合适的借口；这第二种可能嘛，日本人他如果真的不愿追究，那只能说明一件事——"

钟虎和张灵春都在听他说，他却把话打住了。钟虎会意地笑了，他说："看得出，中尉是行家里手，有什么高见尽管说。"

"会不会，日本人还有没说出口的事情？"金砺锋把话题挑明后，见钟虎并无异样，更加坚定了自己的判断。"也就是说，这车里的所谓日本外交官，可能正在进行秘密的勾当，不想让我们深究，更不想露出自己的马脚。还有一点，我一直想请教，车里难道只有小河次太郎和司机两个人吗？"

南京街头的新式消防车

听到金中尉的最后一句,轮到钟虎吃惊了,这话算是问到了点子上。

那个小河做笔录时鬼话连篇,打死都不肯说明去处,像是故意在回避什么,固然可疑。更可疑的是,明明是领事馆的车,为什么不在车头挂上日本人的膏药旗呢?可见,他们进行的是一项隐秘活动。

更让钟虎在意的,是车里坐着的那个神秘女人,从头到尾她都没有下车,仿佛置身于事外。

隔着车窗,钟虎当时在现场扫了她一眼。女人一身中式旗袍装扮,姿色出众,一颗美人痣楚楚动人,她是什么来路?从衣着举止看,她绝不是一个风尘女子,尽管全身透出包裹不住的诱惑,让人想入非非。

小河注意到了钟虎的眼神,他用挪动的身体,挡住了车里的女人。这完全是一个多余的动作,一个害怕引起宪兵注意的破绽,让钟虎不得不多心。日本人到底想隐瞒什么,这里面的疑点,寄存在钟虎的心里。但他没想到,一个年轻的海军中尉,居然会推理出一个他根本就不可能知道的人来。

钟虎办案,在宪兵大院素有声名,他意识到今天可能遇到了高人。愣愣地盯了对方一眼,他勉强地笑了一下说:"中尉的见解别开生面,让兄弟我长见识了。"

心里却有相见恨晚之感。

虽然钟虎一再表示,为了应付日本人,人过两天就放走,但是人毕竟没能亲手领走,两位军官还是觉得有些沮丧。带着遗憾,张少校和金中尉走出了宪兵司令部的大门,这时天已经完全黑了。

一路灯火,直通不远处的秦淮河,隐隐地吹来了软软的弦乐笙箫声。

张少校凑近金中尉耳语:"老弟,事出在我们这里,却是给你添麻烦了。"

金中尉说:"你当老师的要是这么说,也真是太见外了。"

两人随车绕了灯光忽明忽暗的半个南京城,来到了中山北路的海军部。

找到了军部值班的解夏秘书,张灵春向他作了报告。解夏之前已经和宪兵方面通了电话,看出来,他对这事并不太在意。他此时在意的只有一件事,就是"通济"舰任务准备的情况。再有,突然见到金砺锋,他既意外又高兴。像是灵机一动,他说:"你以前没少给我惹过麻烦,这一次,正好我可以抓你一趟差。"

解秘书不见外,中尉立正表态:"听长官吩咐。"

"张副长,今天把你的得意弟子带到舰上去,明天让他跟我们一起走。"

看张灵春告辞,解秘书说:"打架的事还没了呢,你们要写一个情况说明,一份要汇报给军学司,一份让中尉带到舰上。眼下,当务之急,是把报社封死。南京方面

秦淮河上的一景(夫子庙魁光阁,又称文星阁)

我来办,上海方面嘛,也算我来替你办了,但这个人情你得记着。"

"当然,当然。"张灵春看解秘书把麻烦事都揽了过去,心里感激得很。

但金砺锋却不乐意把打架的报告带到舰上,他担心两个学生兵刚一上舰,就挨上一顿整。想到这里,他换上嬉皮笑脸的表情,讨好地给解秘书的杯子续了一点水,然后说:"长官,报告递交'平海'舰的事是不是就免了?"

看解秘书不解,金砺锋一边说一边找着理由。"我是这样考虑的,那两个小子还没有毕业,关系还算是在学校,我觉得好像没有必要一定要把报告交到舰上。再说,这一次出手怎么也算是见义勇为吧,但到了舰上,说给宪兵关起来过,传出去对他们俩也不好。我们舰你是知道的,保不准会拿这事做文章。"

"那也不至于吧?哼,你这当官,没想到还怪体恤下属的。"

"都是长官教导的结果。"中尉见解秘书没有明确反对,添油加醋地说,"长官,你还别说不至于,这事要让某些人逮着了,有的是文章做。别说两个小兵了,连背后告部长黑状的事,都能做得来,还有什么——"

看到解夏沉下脸来,金中尉把后面的话打住了。

"你呀你,就不能少说两句。"解夏狠狠地瞪了中尉一眼,转而对张灵春说:"报告怎么交,你们自己去商量吧。我这里还有事呢,没饭给你们吃,下次再补上。"

两人告辞后,解夏就准备打电话。他想好了,上海报社的事得找曾一鸣,他人头熟,文艺界报界门清,这事对他来说不难。真正难的事情,是部长交代的任务。

一想起这件事,他顿时愁眉不展。

4

秘密行动

南京下关一带江面总能看到停泊的军舰

下关码头舟船云集

在"通济"舰驶向下关的前夜,张灵春和金砺锋睡得都很晚。

从海军部回到草鞋峡,他和金砺锋一路没有多说话,直到来到夜色沉沉的江面,一眼看到灯火通明的"通济"舰后,两人的情绪才陡然好转起来。

燕子矶下,长江岸边,舰上所有的饰灯都打开了,远远勾勒出"通济"舰庞大通明的舰体。这是为执行任务准备的奇观,属于难得一见的彩排。这种只有在过大节时,才会展现的灯火景观,吸引了刚刚从舰上撤走的学生兵。他们从静寂的水鱼雷营涌向春夜里的江边,他们兴奋地点起篝火,用被潮水鼓动的燃情歌声,挽留着"通济"练习舰难得的银花之夜。

金砺锋显然受到了感染,他从没见过"通济"舰如此容光焕发、神采照人。

一艘从大清帝国驶出的钢胁钢壳练船,一艘培养了一代又一代海校学员的练舰,一艘被无数军佐昵称为"济伯"的老舰,在金砺锋的心目中,它虽然失去了战斗力,却延续着父亲一样的情感和尊严。但他没有料到,一旦给它一个展示的舞台,它重放青春的风采依旧不减当年。

金砺锋没有立即上舰,他拉着张少校,站在"通济"舰光芒熠熠的对面,他看到了江流在歌声里起伏、在光影里变化,像是波动着海军绵延的情感。

人的心情是随着环境变化的,在餐厅里吃着迟到的晚餐,金中尉和张少校开始兴奋起来,两人都兴致勃勃地打开了话匣子。

说起了"通济"号留下的故事,说起了缓慢却还在推进的海军舰艇建设,他们展开的话题随意而丰富。直到进入了深夜,直到"通济"舰夺目的饰灯按时熄灭,直到簇拥"通济"号的篝火和歌声,在鼾然睡去的草鞋峡重归梦一般的深沉。

在热烈讨论的气氛里,张灵春说着一个从别人那听到的消息,海军要从德国购买潜艇。

他们为这个话题激动,显然他们对潜艇所知不多,而这种陌生感却成了他们激动的一种理由。他们对着空空的碗碟开始推测,一旦德造潜艇编入海军作战部队,日本的第三舰队会有怎样的反应。

他们可以想象得出,日本第三舰队头子长谷川清气急败坏的样子,作为对手,他们也设想了陈绍宽部长扬眉吐气的神情。令张灵春想象不到的是,一时兴起的金砺锋这时说起一段往事,一段自己虽有所耳闻却只知皮毛的秘闻。

"部长的潜艇梦做了至少有20年。"金砺锋一副洞悉内情的样子,"那时是袁世凯做总统,那时的部长和你一样。"

看张少校不解,他笑着解释:"我是说,他军衔和你一样,海军少校。他被派到美国,任务就是考察学习潜艇技术。那一次不顺利,赶上袁世凯称帝,国内烽烟四起,部长在美国断了经费来源,学了大半年后只好回国。"

张灵春不停点头:"这个故事我听过一点,但是没有你了解得详细。"

"更详细的是第二次。"金砺锋得意洋洋地说,"两年之后,正是欧战期间,部长被派到了英国,加入了英国海军89潜艇队。海军的将官中,真正进入现代潜艇的,部长怎么都算是第一人。除了出海操练打靶,还要去德国海岸完成布雷任务,最厉害的,是多次经历了实战。"

金砺锋喝了一口汤,继续说他的故事。"欧战结束后,德国败了,但留下了不少潜艇。战胜国开始瓜分战利品。日本得到了7艘,美国和法国各得四五艘,其余的大头都留给了英国。"

"怎么没有意大利呢?它也是协约国呀?"

"意大利负责接收奥国的潜艇,就不在德国的锅里搅和了。但是,没有了中国的份,这时有一个人急了,不错,此人正是北洋政府驻英国海军武官陈绍宽少校。"

金砺锋把面前的碗筷简单地收拾了一下,像是要开辟出一块干净整洁的地方,来承载关于陈绍宽的潜艇梦。他的口气开始严肃起来,不再像是讲述着一个与己无关的故事。

这是一段事关陈绍宽、中国海军和潜艇的辛酸往事。

1918年8月,陈绍宽奉派担任中国驻英公使馆海军正式官,1919年2月,被北洋政府委任为巴黎和会的海军委员。围绕争取一战战败国德国的潜艇,从伦敦到巴黎和会,陈绍宽一边积极通过外交渠道争取,一边和国内保持着热线联系。而就在英方承诺从扣留的德国潜艇中分给中国4艘时,嗅觉比狗还灵的日本报纸,报道了这一尚待证实的消息。

一篇报道并不是问题的关键,关键是在这篇报道中,日本人觉得,中国海军没有能力把潜艇弄回来。他们公开嘲讽,即使中国将分得4艘潜艇,但能用什么办法把它运回国内呢?

因为,日本人清楚一本账:要开动一艘潜艇需要35人,4艘共需要军官20员、水兵120员。

英国人自然不可能做好事,向中国拨借官兵,那么中国海军到哪里去找这些专业人员?更让日本人看不起的是,中国军舰除了"海圻"号能航驶外洋,再也找不到另外一艘可以驶出亚洲海外的舰只。所以,他们调侃中国:靠什么护航,才能把潜艇接回?

最终的结果,命运又一次捉弄了中国海军:非但没有把潜艇弄到手,还平白无故地受了日本人的一番羞辱。

"潜艇的事,英国人反悔是一码事,但是日本人的嘲弄,则是另一码事。今天我们听了都觉得愤愤不平,更何况当事人本人。"中尉补充说,"海军中的老人谁不知道,年轻时的陈绍宽多么心高气傲。"

张灵春若有所思地点点头:"明白了,这件事发生不久,他很快就回国了。一下子就来到了我们的'通济'舰,当了舰长。"

"怎么说到老舰长了？"一个声音突然闯进了他们中间，原来是军士长大王揉着睡意惺忪的眼睛，又一次催促他们结束。

大王不请自到，让正在推进的潜艇话题，就此搁浅了。

在金砺锋从湖口抵达下关码头的第二天，他和"通济"舰一起又来到了下关军港。

张灵春副长一早就在舰上巡视，自认为一切就绪，万事俱备。尤其是舰首舰尾张满防晒的白色凉棚，干净而醒目，只等参谋团上舰起航。

海军部离下关军港近，解秘书心细，提前上舰，代表军部进行航前例行检查。这样的安排没有什么奇怪，张少校起初也没有疑惑，陪着他一起看。从寝舱到餐厅，从会议室到瞭望指挥塔，甚至连舰侧的厕所也都转了一下。

解秘书动口不动手，下面的随行却一丝不苟，戴着白手套，专门往边边拐拐的旮旯里摸。

看到上上下下收拾得不错，整洁卫生，甲板上被椰子油擦得可以照见人脸，解秘书也没有多说什么。只是叮嘱说："等到参谋团上舰时，不管人多人少，都要组织好站坡列队，给上级机关留下良好的第一印象。"

张灵春提议："要不再组织8人一组的梯侍，这样更显得庄重一些。"解秘书说好，"你尽管去安排吧。"

解秘书仔细好理解，严格细致本来就是部长的作风，而部长的气质，不可能不影响到他身边的人甚至整个军部。张少校觉得有些费解的是解秘书检查舱房时，看似无意的特别交代。

从少校为他安排的舱室里出来，他像是漫不经心地提醒，就在这间寝舱的隔壁，再腾出一间来，因为还有一个客人要上舰。看到不远处的金砺锋，他招招手把中尉叫了过来，笑着对少校说："把中尉也安排在一旁，让我好看着他。"

少校相信他所说的客人，不会是私人朋友，这就让他好奇，难道解秘书在舰上还有其他公干？但有些话只能想而不能说出口，所以他也用淡淡的口气问："这位客人，是先生，还是小姐、太太？"

解秘书白了他一眼："当然是先生。你嘛，是认识他的。"接下来的表情很怪，"但你对他也不要太主动，只当作一般关系。"

张少校纳闷中，看到解秘书准备离舰，忙挡住他："这都什么时候了，已经是开饭时间了。大王瞅见你上舰,早就忙坏了,务必要留你在舰上将就一顿。"

"我是沾部长的光呀。大王的手艺好,我也想留。"解秘书看了看表,"部里还有一点事,就让中尉替我吃吧,我们下午再见。"说完,挥了挥手说你们就别送了,便踏上了码头。

少校知道他事多,也不勉强,中尉却跟着他下了舰。张灵春目送着他们的背影,看到解秘书停下脚步,好像在和中尉交代着什么,心里面想,这一定和那个神秘人物有关。

解秘书这时上了车,见中尉转身返回,张灵春自己一个人又在甲板上下转了一遍。在起居甲板的舱口,他遇到了四下张望的大王,便问:"你东张西望找谁呢?"

终于等来了副长,大王说:"我还能找谁呀,就是找长官你。你不是说要留解秘书的吗?菜我都准备好了。"

张少校说:"他没有口福,我和金砺锋替他吃。"说着,就拉大王一起去餐厅。路上告诉他,解秘书是来打前站的,下午还要登舰。

大王拉了拉副长的衣角,打听老舰长会不会来。他说的老舰长,就是陈绍宽。在部长当舰长的时候,大王做的菜,最受陈舰长喜爱。

大王资历老,是舰上年龄最大的老兵,上下都叫他"大王",也算是一种尊称。

陈绍宽在"通济"舰当舰长时,对他的手艺赞不绝口。以至于在率部组成西征舰队时,他还把大王抽调到"楚有"旗舰上。大王的这次航行经历,不是为了让陈绍宽大饱口福,而是给上舰指挥的蒋介石当上了临时御厨。

张少校明白大王对老舰长的情分,带着遗憾的口气说:"部长还真的来不了,他出国了,现在早已上船离港,直奔英国了。"

部长出访的消息,大王似乎也听到旁人嘀咕过,但从副长嘴里说出来,就算是比较正式的消息。

大王有些失落,说:"好一阵子没见老舰长了,别人做的饭,也不知道他是不是吃得习惯?"

张少校拍拍大王的肩头,以示对他这份感情的尊重。"有机会。"他安慰说,"等部长回来,想办法请他再上一次'通济'号。"

大王扯下帽子,在手里拧着,自顾自地说:"我总想着让部长来,又怕他来。舰已经这么老了,老舰长再来,那就是和它告别了。"

一语成谶,这话真是让大王说中了。

为迎接参谋团下午登舰，"通济"号早已做好了实弹航行的准备。除必要的岗位和担任安全保卫的枪炮队之外，舰上的不少人尤其是海校学员全部撤离上岸。撤出了近百人，几层甲板都空旷起来，"通济"号的整个感觉不像是准备航行，而是要进厂大修。

平心而论，张少校不喜欢这种冷清的感觉，练习生原本就是"通济"号的招牌，是这艘练习舰的灵魂。他们一撤出甲板，整个舰船都沉闷了，中饭的大餐厅完全失去了往日的人气。

大王的手艺好，少校却无心细细品尝，看金中尉吃得津津有味，稍稍受了一些

清政府从英国购买的"海圻"舰是海军少有可以远航的军舰，图为进入纽约港

感染。打量他幸福享用的样子，少校突然意识到一个问题，解秘书怎么会安排他上舰？看似随意点将，但解秘书从来都善于严谨布局，他抓的差不会是心血来潮，金砺锋一定是一枚有用的棋子，至少是留着备用的一手棋。

想到这里他和中尉打了一个招呼，便自己走出了船楼，在甲板上迎着江面吹来的风，他暗想这一趟航行，并不像任务下达的那样简单。

少校的感觉没错，"通济"练习舰在护送统帅部参谋的同时，还肩负着另一项秘密使命。

的的确确，这一次的机密行动，是海军部长陈绍宽亲自交办的，目的是借助公开任务的掩护，完成一次秘密探营。从军部秘书解夏着手布置开始，这项任务不露痕迹，已经悄悄登舰。没有任何风声，也没有对任何人披露，就连"通济"舰的指挥官也毫不知情。

正大光明的任务，记录在舰长的航行日志上，此行目的，是军委会作战参谋组团考察长江首都段军事防务，行程从南京下关军港到江阴要塞。

因为舰长离舰受训，任务由"通济"舰的少校副长张灵春负责执行。

关于此次航行背后的深意，也就属于他一个人的私下揣测。心思想了一会，没有什么答案，张灵春也就作罢了。看了一下表，觉得时间差不多了，然后带着随从下舰走过浮桥，伫立在码头上，等着解秘书一行。

海军部的车一会就到了，解秘书领着军部的几位参谋径直过来，后面紧随着一个排荷枪实弹的警卫人员。在人群的中间，张少校一眼就看到了曾一鸣中校。

奇了怪了，他人在上海，怎么跑到南京来了？正准备上前招呼，想起了解秘书在饭前的交代，只好把迎向曾中校的笑脸，改成面向大家。

曾中校也心领神会，似乎向他挤了一下眼睛，两人都心照不宣。张少校感觉，这里面一定有什么不可言说的秘密。

曾中校和解秘书是海校的同窗，也都是张少校的学长，曾中校几年前也做过副长、舰长，所以三人都是知根知底的老相识。

解秘书是部长的心腹，在海军部不是秘密，而曾中校是部长的亲信，外人并不十分知情。部长看好的两位校级军官一起登舰，解秘书对此还讳莫如深，张少校的心里疑云密布。

在军委会参谋团到港前，解秘书率海军部一行早早地等候在码头，这里面没有曾中校的身影。参谋团安顿后，"通济"号启程不久，来到了舰长室的，也只有解秘书

停驻在南京下关的"海圻"舰,却不属海军部管理

一人。

　　看来,解秘书是要把曾中校雪藏起来。张少校虽然猜测不透他的用意,但在心里却觉得有些可笑,毕竟这是在自己的一亩三分地上,难道他们的事情还能瞒得了自己的耳目?

　　解秘书看透了张少校的心思,一针见血地问:"还惦记着你的熟人吧?"

　　张少校笑着回答:"是长官你在搞神秘,我本身就胆小,舰上来了军委会的这么些大参谋,又遇到了一个不能相认的熟人,你说我能不好奇吗?"

　　"也是。"解秘书解释说,"你也别想多了。这次和曾中校见面,有要紧的事要谈,上头有交代,别声张。"

　　张少校知道他的上头,一定是陈绍宽部长,那么此项任务,想必是他出国前的布置。

　　少校这时想起和金砺锋没有说完的话题,也是最近在海军中广为流传的一个传闻。意思是部长此次欧洲之行,带着采购计划,要为海军装备德国的潜艇。对这样的好事,他不能无动于衷,所以急着向解秘书求证。

　　"你的消息比我灵通呀。"解秘书没有正面回答张少校的问题,只是说,"海军早有外购潜艇的计划,也谈不上是什么新闻。"

嘴上这样说,心里却在想,部长这次是志在必得,离开南京前,连交接潜艇的人选和细节都考虑了,到了上海后亲自谈话布置。这么大的事,海军上下不可能不关心,也难怪连张灵春这样沉着的人都在打探。

解秘书人在舰长室里说话,心里面还是惦记着部长交办的任务,聊了几句,就抽身去了露天指挥塔。看着他离去的身影,张灵春心想,这一次的航程,一定会有一个不寻常的故事。

5
死　结

位于南京下关的狮子山炮台

5 死结

"通济"舰楼的前端,白色的遮阳凉棚下,已经变成了参谋的天地。

参谋团一行,刚刚从下关的狮子山炮台检查完毕,上舰时大家身上都还带着热汗,经江风一吹,顿感全身舒适。解秘书看到带队的少将黄高参也在船头转,立即抢步上前去招呼,口中忙着表态说:"长官,如有不周之处,请尽管斥责,解某一定全力做好服务。"

黄高参平素和解夏见面多,两人相熟好几年了,知道他为人够处。解夏岳父一家都在南京,颇有根基,遇上孩子在南京上学什么的,都是解夏打的招呼帮的忙,黄高参从来不拿他当外人看。所以也正话反说道:"这是自然,在老弟你的地盘上,我旁的不怕,就怕你太小气。"

就这样边走边打招呼,解秘书实地感受了一下,因为"通济"号没有全速推进,

商船改造的"自由中国"号 1937 年春载电雷二期学员远洋训练

所以甲板上的风并不大。下午的巡视情况很好，军委会参谋本部的参谋，正在海军部参谋的陪同下，实地察看首都江防。

这一切的背后，一项绝密计划已经完成。

计划的全称为《民国二十六年度作战计划》，是以日本为假想敌，应对全面战争爆发的陆海空作战方案和全国战时总动员方案。

相比参谋本部前几年编制的年度计划，1937年度的国防作战方案，敌情判断更加有的放矢。并根据预计的不同作战时机，分别编制出"甲案"和"乙案"两种作战方案，在作战方针和指导方面更有操作性。

统帅部研判认为，中日战争爆发后，敌陆军必然沿京沪线、海军沿长江，在空军的掩护下向南京进犯。为统筹拱卫首都的沿江国防工事，参谋本部内成立了专门的小组，在德国顾问的指导下，首先对南京(江宁)要塞区、镇江要塞区、江阴要塞区进行了整理。目的是增加防御强度，配备守备力量，重视游动炮兵及水中防御器材的设置。

海军作战部分先行由参谋本部和海军部商定，在修改草案的基础上由参谋本部统一编制。随着作战计划在3月份完成，大的作战方针已经敲定，不知是军委会哪一位要员的意见，认为在方案上报后，要组织军委会的参谋对长江首都防卫作一次实地考察。

南京陆上的闭合性环形阵地，主要布置在龙潭、栖霞山、青龙山、苍波门、大胜关、上新河、下关、燕子矶一线，和江北的浦口、浦镇等地桥头堡阵地隔江呼应，它们并不是本次考察的重点。参谋团把南京的老虎山、乌龙山、狮子山等江防炮台，镇江、江阴两处要塞以及沿江军港，选作此次重点考察的目标。

这样，陪同的任务就落到了解秘书的身上，这也是陈绍宽部长从上海启程出访，而解秘书没有跟随送行的其中一个原因。

当然还有一个更加重要的原因，此时只有陈部长知，解秘书知。从上海专程赶来的海军中校曾一鸣，正在"通济"号的寝舱里，等着解秘书的交代。

解秘书没有立即和老同学见面，他需要独处的时间，考虑部长布置的任务。

所以他来到了相对安静的后甲板平台，在拖着长长浪花的后舷一侧，面对着江水，推敲着计划的细节。浮出水面的还是老问题，一直没有满意的解决预案，解秘书担心，如果这个问题处理不好，很可能会给海军部惹下大麻烦。

部长可以不达目的不罢休，解秘书不能，但如何化解风险，的确黔驴技穷。他放弃了独自思考,他想不能让曾一鸣闲着,既然部长亲自点的将,那动脑筋的事也就不能便宜了他。

从上海到南京的京沪线,曾一鸣这几年跑过许多趟,这一次却神秘兮兮。

在上海见到部长时,他根本没提到南京这件事。也许,不是部长没有机会说,而是不想当着别人的面说。话是上尉林遵递过来的,他是部长此次出访的随员,上尉转达部长的意思时,曾一鸣很好奇,问到底是什么事,得给我交一个底。

林遵奇怪地看着他,说:"想必是机密之事,我这个跑腿的怎么晓得?部长只是让我告诉你,让你做好准备。"

于是曾一鸣就等解夏的电话,左等右等不来,自己便打过去问了。

那头解夏说:"我正准备通知你呢,做好马上到南京的准备。"

"你给我透露一下,到底什么事?"

"现在还真不能说。"没想到连解夏也遮遮掩掩,居然打着官腔,"你还是不是军人,难道连军事秘密都不知道?"

上了"通济"号的曾一鸣,从舷窗里看到那么些陆军军官上了舰,心想难道要执行什么军事任务?一想不像,"通济"号能干什么呀?老练舰一艘,自己和解夏都是从舰上练出来的。当时的舰长,现在已经是部长了,这艘老舰也只能等着退役了。

傻傻地坐等,不是曾一鸣的风格。他从包里翻出了一本书,一本由正中书局出版的书。书名很大,叫《世界海军军备》。来头也不小,一本列在"国防教育丛书"里的海军专著。

这一套书,曾一鸣买过好几本。像周至柔的《国防与航空》、杨杰的《世界陆军军备》、洪勋的《国防与外交》,就连《国防与粮食问题》《农业与国防》也都各买了一本。而作为海军一员,他就是偏偏不愿买《世界海军军备》。

解夏听说后问他,难道你准备改行?他反驳,你是明知故问。解夏笑着说:"我说你什么才好,你这是因噎废食、因人废言呀。"

曾一鸣随他怎么说,依然是我行我素,不改初衷。

惦记这书的人不止解夏,林遵不怕多事,买了书给曾一鸣邮寄上门。

即便这样,曾一鸣一直也没有看。不是没有时间,而是看到书的作者,他就有一种本能的厌恶。这一次出门,妻子给他收拾行李,就把它装进了包里。曾一鸣阻止说:"你别什么东西都往里塞,塞了我也不看。"

妻子抿嘴一笑："你还真孩子气,这一点呀,就不如人家解夏。"

闲着无事,曾一鸣想,人家解夏的确比自己平和。这么想着,书似乎就有了翻它一下的理由。

他的眼光挑剔,认为这书不过尔尔,只是一本了解世界海军的普及型读物。曾一鸣居高临下,浏览了书中的材料、评价与判断分析,认为作者对于海军这一兵种的认识,并没有表现出让人刮目相看的专业水准。

此书名为"世界",但作者对世界的了解太浮光掠影,所以还是谈中国海军的情况居多。中国海军的所有舰艇,从制造到吨位、排水量及相关的所有细节都列表排出,连海军的军费情况也都一一记录在案。

这一点倒是新鲜,曾一鸣翻到了中外海军经费投入的对比,稍稍集中了一下注意力。真是不看不知道,民国二十三年的海军预算,英国是中国的260倍,日本是中国的115倍——这样的巨大落差,让他心里面一阵酸楚。以前总是听部长说,我们造舰的经费少,可没想到竟少得这样可怜。

作为海军的造舰监造官,"通济"舰上的老式锅炉声,这时让他觉得特别刺耳。它混合着江水的声音,一时间他的思维有些错乱。他需要闭上眼睛,而眼前却不合时宜地出现了英国高大的军舰,随重巡洋舰出海的情景,鬼使神差地又浮现在脑海里。

联想起"宁海"和"平海"两舰,即使武器装备足以让它们头重脚轻,它们仍然还只是轻巡洋舰而已。这不算是他的伤感发现,而是海军上下都不得不面对的现实。躺下来的曾一鸣,努力让自己不想这些不愉快的话题,他要找一些乐观的事情,这样,他很容易地想起了眼下购买潜艇的事来。

不久前,夹在几位海军要员间,在上海被部长召见,主要是听部长交代接收外购潜艇的准备工作。此项工作,不是曾一鸣主办,他只是负责一些协助性的事项。部长显然对此谋划已久,成竹在胸,对诸多细节考虑周全。

当大家带着喜色离开部长时,林遵尾随上来,叫住了曾一鸣。说自己有两点不解,请中校帮助分析分析。

一是,听说电雷去年到意大利采购过潜艇,这事怎么就落到海军部的身上呢?二是,看部长部署的样子,仿佛这事已经煮成了熟饭,因为刚才他特地交代上海海军司令部,一旦和德国成约,立即派员飞到英国伦敦,再转柏林接收,难道这事就这么顺利?说出这两点疑惑后,上尉眼巴巴地等待中校释疑。

5　死　结

"别人不理解好说,但你一定要理解透彻,因为你有重任呀!"曾一鸣拉他在路边的椅子上坐下。

"对你来说,就是天降大任,因为海军的第一批潜艇要靠你来开动。"曾一鸣看到上尉一脸认真地点着头,拍拍他的肩膀说,"现在是柳絮纷飞的季节,等到天空飘雪的时候,能不能让潜艇投入到战场,就看你的了。"

林遵勉强一笑:"学习的进度我还不了解呢,但我想没这么快吧,我的德语还没过关呢,但我看部长好像特别急。"

"他当然急。"曾一鸣大大咧咧地评价,"这就叫一朝被蛇咬——在接收潜艇的事上,部长过去受过刺激。"

曾一鸣和部长有过不一般的交道,这一点瞒不过老乡林遵。在陈绍宽因为"海大风波"辞职,住在上海旅馆的尴尬日子,跑动最勤的就是曾一鸣。那是陈绍宽走麦城的时候,他充满了委屈,甚至有些屈辱,饱尝着失望的苦果,同时带着被下属背后捅上一刀的伤感。

在打发时光的无聊等待中,他对曾一鸣谈起过许多往事,包括在英国接收潜艇的难堪一幕。只有曾一鸣最清楚,和外面风传版本不同的是,作为当年穿针引线的关键人物,陈绍宽心头的奇耻大辱,并不在于英国人的变卦,而是在于日本人的讽刺。

听曾一鸣重温这个故事,林遵恍然大悟,为什么此次部长对接收一事如此在意,居然在还没有签约前就做了周详的安排。

林遵还想就潜艇问题谈下去,曾一鸣提醒他,得赶紧准备参加送别的晚宴了。

林遵情绪好了起来:"长官提醒得对,上海热情得很,对我们这次出国期待蛮高。"

曾一鸣看着他离去,心里面竟有一丝隐忧,这一次海军随政府使团高调出国,日本人一定心知肚明。他们四处乱伸的手,会不会去阻止海军在德国的采购计划?

在推开舱门之前,解秘书就知道曾一鸣一定还躲在他遥远的习惯中。

这是属于他独有的风景,曾中校以他的招牌式习惯,正躺在床上,用一本书盖着脸。解秘书知道他不是在睡觉,而是以他独特的方式在思考。

解夏终于来了,曾一鸣兴奋起来,他拉开了椅子,让老同学坐下。解夏也不客气,坐下后直奔主题,把部长布置的任务和盘托出。

两人都是明白人，事情三言两语就交代清楚了。部长的意思，用一句话说，就是要利用这次考察的时机，对江阴电雷学校摸一次底。鱼雷快艇，没什么看头，都摆在黄山港江面上呢。部长关心的是它的水雷，主要包括自主研发和建造的进展动态，以及可以投入战场的数量情况。

秘密探营的人选，部长钦点了曾一鸣。

"因为是秘密性质，部长提出要求，尽量不要暴露。"解夏说，"部长说尽量，我想我们要做的，就是绝对不要暴露身份。有利的情况是，参谋团里有海军参谋，这次已经把水雷列入了考察项目，对于我们正是浑水摸鱼的最佳时机。"

曾中校想了想，他担心自己被熟人认出来，便提到了几个教官的名字。

对此，解秘书早有意料，在接受任务后他就着手进行了调查。目前可靠的情报是，电雷学校教官现在都不在江阴，他们正带领第二期学员，随"自由中国"号练习舰远航南洋，进行舰上训练。所以可以判定，认识曾一鸣的军官，此刻都离开了学校。

略作沉思的曾一鸣，从床上捡起刚刚扔在一旁的书，问解秘书说还有这一个人，他怎么办？解夏瞥了一眼，原来是《世界海军军备》，他觉得有意思，曾一鸣终于肯看这一本书了。要是平常，他会开上两句玩笑，而此刻问题没解决，但所幸，两人把问题想到了一起。

在海军少壮派人物解夏和曾一鸣眼里，这本书并不可怕，可怕的是它的作者——江阴电雷学校的第一任校长、现任教育长——海军中将欧阳格。

新生代的海军军官中，有过留学经历、担任过海军舰长的曾一鸣，不是默默无闻的人物。按道理说，海军出身、又在英国学习过的欧阳格，不可能不知道曾一鸣其人。

此次由曾中校混入参谋队伍，探营电雷的秘密，解秘书不怕别人看出马脚，就怕这位欧阳将军一眼识破。但他还存有侥幸心理，寄希望欧阳格没有和曾一鸣照过面。

"我也就跟他照过一次面，那是在他回国不久的一次晚宴上，已经过去五六年了。"曾中校回忆说，"我们只碰过一次杯，难道他还记得？！"

"这个问题应该这么考虑，你要是再见到他，还能认识吗？"解夏提出这个问题，并不需要曾中校的回答，因为他对老同学的惊人记忆早有领教。这欧阳格，早年追随过孙总理，又是委座在海军的小兄弟，又岂能是碌碌之辈？

不能假设欧阳格不认识曾中校,更不能假设他不亲自出面,解秘书坚定认为,在这两点上不存在任何侥幸。因为最基本的逻辑是,只要欧阳格人在基地,以他为人处事的态度,就不可能不会见来自军委会的参谋、这些身居统帅部的实力新秀。

而一旦如此,曾一鸣就会在欧阳格的眼前暴露无遗,秘密行动就会变成公开挑衅,成为海军"闽系"和"电雷系"叫板的事件。

这样一来,可想而知,电雷的告状信,就会一直捅到学校现任校长蒋介石那里。如此后果,部长当然不愿看到,所以他交代尽量隐蔽,以免某人大做文章。

卧榻之侧,岂容他人酣睡?委座的电雷学校地盘,岂是他陈绍宽可以染指的?解秘书的难解之结,也是曾一鸣的隐忧,让两个人发愁的,就是同一个人——

欧阳格。

两位军官都忌惮的欧阳格,一度就读过江南水师学堂,但他和学长陈绍宽的矛盾,却成为了海军兵种中打不开的死结。统一海军的航道上,本来就阻碍重重,有了欧阳和陈的矛盾之后,更是暗礁密布、险象环生。

最早的祸根,据说是在民国十六年的南京埋下的。

那次大规模的授勋仪式上,蒋介石以陈绍宽在龙潭战役攻打孙传芳时功劳卓著,授予他国民政府一等勋章。这时,有人看到了台下的欧阳格嗤之以鼻,他甚至对左右说,陈在归附国民革命军之前,与孙传芳打得火热,不当有此奖励。

没有背后不说人,没有人背后不被说,如果光是这一句议论,两人还不至于结怨至深。接下来,据说在蒋离席后,欧阳格当场放言,受之有愧呀!他的声音很大,是用江西口音的官话说出来的,目的就是让陈绍宽本人听得见,让陈当众出丑。

这一幕情景,解夏和曾一鸣都没见到,当时还轮不上他们在如此重要的场合下登场。也就是说,上述故事都是他们后来听说的。

现在提起这件事,曾一鸣还在替部长鸣不平,他说:"以欧阳格的资历,江南水师都没念完,他也不称称自己几斤几两,也配和部长叫板?!"

从感情上说,解夏的天平当然倒向部长一边,但在理智上,他认为这个故事不可信。

如果欧阳格真如人们所说的那样挑衅,他想部长这么要面子的人,不放过他自在情理之中。问题是,欧阳格在这种场合下如此口无遮拦,莫不是疯了?这太像小孩子的把戏了,所以解夏的心里存有怀疑。

至于曾一鸣的表达,解夏认为是气话,欧阳格的学业转到其他海校,是因为江

南水师办不下去了，这事怪不得他本人。况且，如果从投身革命的资历上来说，尤其是追随孙总理和委座的经历来说，陈绍宽又岂能比得了他？解夏之所以对此有一份难得的超然，是因为岳父一家的影响。

对欧阳和陈之间颇富戏剧冲突的传言，解夏的大舅子也有所耳闻。提起这个离奇的故事，解夏记得他当时冷笑说："这是戏文吧？"

解夏解释说："海军都这么传。"

大舅子却一针见血："恐怕是你们闽系在传吧？但我要说，这个编得不高明。"

为什么不高明，他说出了甲乙丙丁的理由。理由不重要，关键是他的旁观者态度，让解夏摆脱了"闽系思维"。

按照闽系海军对这件事的逻辑，一切似乎合情合理——狂妄的欧阳格出言不逊在先，自然遭到海军领军人物陈绍宽的冷战，于是乎对陈更是愤恨有加。电雷学校成立后，欧阳把被陈开革的马尾海军学校轮机班违规学生尽收旗下，随后又送往德国学习水鱼雷，目的就是摆明了和陈绍宽对着干。

正像曾一鸣此时表达的那样，海军有的东西，电雷基本上都有了。学校、舰艇，虽说规模小，但算得上五脏俱全了。电雷不但有附属的快艇大队，还有进口的鱼雷快艇，明明就是一支"战训合一"的作战部队，却挂着学校的羊头。

对此，曾一鸣讽刺说："现在就差一样，怎样做大反陈的力量。"

想到这些旧账，再联想到眼下欧阳对不满于陈的海军将领拉拢收买，曾一鸣心情烦躁地拉开了舱门，倚在门口对解夏说："这个欧阳格一直在找海军的空子，做梦都想瓦解闽系海军势力，我们去探营，没准他求之不得呢。"

离开曾一鸣，解秘书来到了军官餐厅，用笑脸陪着参谋团一行吃了晚饭，便早早地回了寝舱。

这时想起了金砺锋，他便转了过去。发现中尉正准备关门去甲板，解夏堵上了他的门，开门见山，把任务简单地交代了一下。对欧阳格的担心，不好明说又不能不说，只好吞吞吐吐地应付了几句，也不知道交代得是否清楚。

中尉看出了他的为难，中尉点点头，说："我明白了，不就是要避开他欧阳格吗？"中尉表示，到时随机应变，一方面给曾中校补台，另一方面不暴露海军身份。

解夏突然想起，以金砺锋的家世，对海军的纷争，他岂有不知之理？再说，人家心里明白得很，却又不把话说白，这一份沉着的劲着实让人喜欢。想当年送他去参

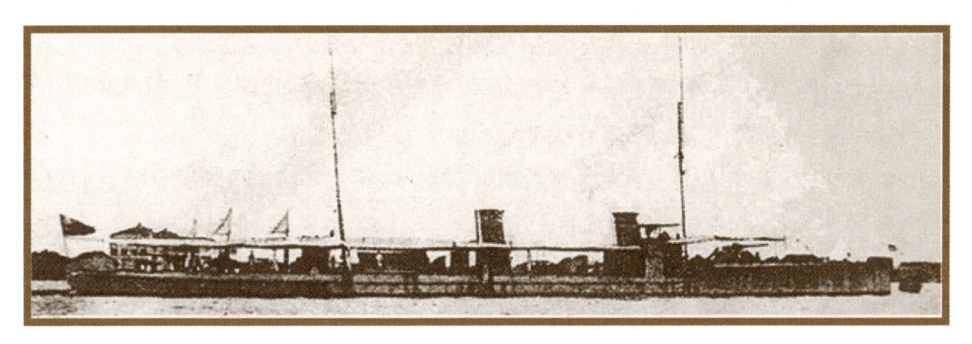

清末从德国订造的"豫章"号驱逐舰，"六一六事变"时欧阳格任舰长

加特训，自然也是看中了他的机灵和老成。

回到自己的寝舱，解夏一个人独坐许久，但头脑里却安静不下来。许多事乱七八糟，像是一下子涌上了心头。躺在床上，横竖睡不着，他索性关上了床头灯，一个人在黑灯瞎火中瞎想。

由海军纷争的话题，他想起了和慧菊曾经的讨论。

关上家门，他们也曾说起过电雷学校，说起过风言风语的闽系和电雷系的矛盾。爱看小说、电影的慧菊，内心丰富而锦绣，对很多事情，都有着不同一般的见解。对于电雷独立于中央海军之外，她的观点是，如果换作自己是蒋先生，也会这么做。

她的理由是，于公而言，从政府的财力来说，建立一支以水雷和快艇为主的江防力量，阻止鬼子溯江进犯，不失为投资少、见效快的策略。

而一说到这里，解夏就会打断她："这算是什么理由，这种好事，为什么不顺水推舟地交给海军部呢？我们可是中央海军呀？！"

慧菊用手指轻轻地点着他的胸口，说："问题就出在你们中央海军上。"

她娇声地问："你是哪一个中央呀？既然你们要统一海军，干吗还要提出'闽人治闽'的口号呢？这统一海军的指令，是用陈部长的福建话说，还是用老蒋的浙江话说，该不会，要让我用南京话来说吧？"说完，她咯咯地笑了起来。

"官场的事我不懂，但戏文却是听了不少，从古到今的交往，讲的是一'情'字。"慧菊索性把话说开讲白："请问，老蒋和闽系有什么交情，又和欧阳格是怎样的交情？说到底，人家欧阳格终归是老革命，是老蒋的心腹，闽系还是从北洋军阀那里反正的，拿什么和人家去较劲？"

老婆提出的这个问题,一下子把解夏问住了,他没有办法回答。实质上这是一个特别明白的事情,对于闽系人士把持海军、铁板一块的局面,蒋某人能满意吗?他当然要用欧阳格,两人怎么都还有些战斗友谊吧?

　　说到底,在蒋某人眼里,海军闽系高层,包括陈绍宽本人,只是职业军人而已;而欧阳格,才是不折不扣的"党国军人"。

　　这一点,有蒋介石亲撰的《孙大总统广州蒙难记》作证。白纸黑字,记录的是陈炯明叛变后,孙中山在隆隆炮声中出走大总统府,而上舰避难的非常遭遇。1922年7月10日,在孙中山所遇最激烈的战斗中,蒋介石写下了自己的见闻——

　　　　上午二时,总统命令永丰、楚豫、豫章、广玉、宝璧等舰,由海心冈驶至三山江口。拂晓,乃命各舰试射车歪炮台逆军之阵地,逆军发炮还击,当时各舰以逆军在车歪炮台布置周密,彷徨无措,进退莫决,总统以民国存亡,在此一举,今日之事,有进无退;乃于九时半下令,先以坐舰表率前进,然后再命各舰,鼓勇直前,速向车歪炮台猛击(当时豫章舰长欧阳格,首告奋勇,攻击最为得力)。

　　从此,海军干将欧阳格,正式进入了蒋的视野。直至在后来发生的"中山舰事件"中,欧阳格更是成了蒋的急先锋。相比之下,陈绍宽和他蒋某人能有什么交情?

　　外界看来,在闽系海军响应北伐、宣布全军"易帜"之时,才是蒋和陈之间"蜜月期"的正式开始。而两年之后,陈绍宽组成西征舰队讨桂,蒋介石坐镇旗舰指挥,则使他们的关系发展到了顶峰。

　　也许,就是从蒋让部长多读一些中国书开始,就流露了蒋对闽系海军的失望,和对陈的性格不满。他要让陈读什么书?显然,陈绍宽没有理解,或者说不想就范。这样,才有了电雷学校的成立,把海军部撇到了一边,它的管辖权掌握在军政部手里,成为独立于海军之外的小型海军。

　　从镇江迁移到江阴黄山港之后,羽翼渐渐丰满的电雷学校,因为蒋介石出任校长,成为海军中的"天子门生",完全形成了一个不受中央海军领导的新的独立派系——海军电雷系。

　　在特殊时期特殊做法的背后,隐藏着蒋介石一箭双雕的用心。一是培育一支听命自己的海军力量,二是让欧阳格的海军牵制陈绍宽的闽系海军。

　　至此,中国海军的"三海"成为了"四海"——

以陈绍宽为首的闽系或称马尾系中央海军(辖第一舰队、第二舰队、练习舰队、陆战队、要港司令部);

由青岛市长沈鸿烈实际控制的青岛系或称东北系海军(辖第三舰队);

粤系或称黄埔系海军(辖第四舰队即后来改称的广东江防舰队);

以及新近崛起的欧阳格的电雷系海军(辖鱼雷快艇大队)。

都说四海之内皆兄弟,但对于海军来说,不仅四海各不往来,甚至各派系内部也是争斗不断。这是北洋军阀时代留下的隐患,也是各地方政权实力争夺的结果。从南京国民政府海军部成立开始,以陈绍宽为代表的中央海军早有"统一海军"的提案,这个梦做了十年。

1923年广州蒙难周年纪念,孙中山夫妇在"永丰"舰(后改名"中山"舰)上

解秘书身在海军军部中枢,对海军派系争斗、尤其是闽系和电雷系形同水火的矛盾,心里面有一本清账。他比曾一鸣更清楚,到电雷系的地盘去搞侦察,一旦败露,其中的后果,就连部长也不得不掂量掂量。

欧阳格当面嘲弄陈部长的传闻,陈部长给欧阳格穿小鞋的故事,这些小道消息比鱼雷快艇跑得还快,谁能说它只是无事生非呢?

在诸如宴会、闲聊的许多非正式场合,或者是参谋部组织的会议间隙,很多人都向解秘书打听过——面对欧阳格海军中将的铨叙报告,陈部长是不是说过"顶多给他批一个少校"之类的话?又问电雷学校学员的军帽上,不准冠以"中华民国海军"字样的规定,是不是出自陈绍宽之口?

这种时候,解夏一个做秘书的,怎样去回答?直到现在他躺在床上,尽量想客观地面对过去时,也无法解释清楚这里面的是是非非。

6 失 算

电雷学校的英制鱼雷快艇,本艇属于滑航艇型摩托快艇

电雷学校岳飞中队使用的德制鱼雷快艇

新的一天,醒来的解夏发现,问题并没有在梦中解决。

怎样破解难题,思维活跃的曾一鸣,这时提出了一个在解夏看来的馊主意——化装。

解夏一听就急了:"这,你不是开玩笑吧?"

曾一鸣也急了,说:"解夏,你还别轻易否定,除非你有比这更好的办法。"

解夏看了看曾一鸣,冷言讽刺说:"你又不是梅兰芳。"

"我不是梅兰芳不假。"曾一鸣反唇相讥,"想想看,在英国留学时的联欢会上,谁说过我扮演的角色不是像极了?"

解夏不跟他争了,他心有不甘,希望想出更好的主意,这其实只是他善良的愿望。随着"通济"舰即将抵达镇江,曾一鸣觉得时不我待,必须要下定决心了。

"你必须给我粉墨登场的机会。"他对解夏直白地表示。

这一天,解夏一直都闷闷不乐。尽管"通济"号停停走走,但是在傍晚时分,还是如期抵达了镇江。微风中的军港,细浪逐着晚霞而来,把一大片锦绣的江面,铺展在

6 失算

大家的眼前。

军委会的参谋们大多出身陆军系列,上舰的机会并不多。和军舰一起进港,大家兴致很高,齐齐地集中在前甲板上。也有人三两成群,摆出了合影的造型。

面对美景,解秘书则无心观赏,带着几分忐忑不安,肩负着海军部的密室计划,他和"通济"号一起,慢慢停靠到东码头一侧。

登陆后的参谋团一行,并没有立即赶赴镇江要塞司令部,而是在司令部参谋长的陪同下,就近登上了象山炮台。

负责此次安全航行的主官,张少校没有下舰,他留守在停泊的"通济"号上。

在舰前端的炮位,他借助测距仪,很投入地观测着江岸上的象台和江心的焦台之间距离。

这时,心中念叨已久的曾中校,站到了他的身后,他丝毫没有觉察。直到一只手搭上了他的肩膀,他在回头时才意识到,这个神秘人物终于出来透气了。

曾中校没有和张少校寒暄,他单刀直入,让张少校派人去找戏班子,找一个会化装的,悄悄地把人带上船来。接着,又交代说:"别忘了给我带一副眼镜,要平光的,眼镜框越粗越好,最好遮住我的大半个脸。"

终于找到自己了,张少校心里流出了一股激动,看来他们没把自己当外人。对曾中校提出的这些古怪要求,他很知趣,根本不去打听原因。但他不想就这么便宜了自己的学长,"钱谁出?"他问曾中校,"你该不是要我出钱,给你买眼镜吧?"

曾中校看看四下没人,一把扯下了他军帽:"几天不见,你胆大了,竟然敢跟我谈钱的事?你又没个家小的,要那么多钱干什么?"

"我一个当副长的,哪来那么多的钱?你又不是没干过,不想当清官都不行。"张少校夺回军帽,"哎,官大一级压死人,我立即准备就是了。"

等张少校一转身离去,曾一鸣心里嘀咕,这算是什么事,堂堂的海军中校,去国军自己的地盘竟要化装侦察?他很是委屈和无奈,为了忘记此时的不快,他拿起望远镜往象山看过去。

配有12门火炮的象山炮台,又叫象台,和江心岛上的焦台、长江北岸的都台,连成了封锁长江的空中火力网。它们和城外的圆台,并称为要塞四台,组成了长江上拱卫首都的最后一道防线。

镇江一线是长江首都防卫的第三道防线,它的下游,根据德国军事顾问团的建

议，统帅部还部署了"吴福(苏州到福山)"的第一道防线，和"锡澄(无锡到江阴)"的第二道防线。

在三道防线中，要塞的作用都是为了封锁长江江面，以阻击敌舰西进，并在有效射程内对来犯之敌实施打击消灭，最终确保上游安全，首都平安无虞。

象山炮台由露天炮台和掩蔽炮台两部分组成，其中射向正对长江江面、配备4门大口径炮火的掩蔽炮台，它的掩蔽工事深得参谋们的赏识。但几位内行的参谋，非常关心大炮的有效射程，能不能覆盖整个江面？这也正是解秘书的担心。

他把海军部的一行叫到了一起，让大家就江面和空中的防卫火力，做出一个大致的测算，以备战时之需。

金砺锋悄悄对他耳语道："测算再准也没有用，就算岸上有陆军的炮，江上有海军的船，天上有空军的飞机，那也未必能打好仗。"

"你是说无法协同作战吗？"解秘书问，"但到了战时，可以成立一个统一的指挥系统呀。"

金砺锋把他拉到炮台一角，悄悄地说："谁能指挥好陆海空三军呀，我们海军部都指挥不了自己的海军。"

解秘书叹了一口气，点了点头，赞同地说："这是一个多年没有解开的死结。"

"就是陆海空能够聚拢在一起，那又能怎样？"金砺锋不屑地说，"海军部每年都举办会操不假，但我们什么时候进行过三军演练？陆军黄埔系在委座手里，空军在委座夫人手里，谁能调得动？平常不练，等到战时匆忙上阵，还不是你打你的，我打我的。"

到底是年轻气盛，什么话都敢说，解秘书看看金砺锋，想想自己，觉得到了部长身边工作之后，似乎显得沉稳有余、冲劲不足了。他若有所思地说："这些意思，也要跟部长吹吹风。"

中尉打量了解秘书一眼，老气横秋地说："部长比我们清楚，他的性格，你又不是不知道。"

解秘书一时默然。严于律己、以清廉著称的陈部长，个人品质没得说，但是在上下左右的关系处理上，基本上还是书生意气为主。要不，为何至于出现海军部和电雷学校针尖对麦芒的局面，了解友军情况竟如深入敌营？这里面固然有上面的多疑，有欧阳格的骄纵，但何尝没有部长的书生本色？

解秘书发愁，不知这个结何时能够打开，他内心的愿望像远处的天光，转眼间

6 失　算

已经被暮色蚕食一空。

因为牵挂着部长交代的任务，在要塞司令部的接待酒会，解秘书尚无心恋战，不断以歉意婉拒碰杯。身旁的黄高参好奇地问："解老弟的今日风格不比往昔，记得过去可是海军海量。"

"我是量小胆大，最怕连续作战。"解夏怕理由不充分，认真解释说，"明天如果欧阳教育长举杯，我还不得一醉方休？怎么说，他可是海军的前辈呀。"

"怪不得不跟我们陆军喝，不愧为军部秘书，你是未雨绸缪呀。"

"什么陆军海军，别忘了老兄你是统帅部的人，海陆空通吃。"解秘书怕喝酒，所以只好跟他打嘴仗。

"我们不说废话。"黄高参给解秘书斟上了满满的一大杯，诡秘地说，"只要你干了这一杯，我保证，明天你不用和欧阳教育长喝上一口。"

解秘书心里一惊，难道欧阳格不在基地？嘴里却说："你可是上级机关的大员，总该比我知道军无戏言吧。好，恭敬不如从命，我信你。"说完一仰脖子，干了个底朝天。

他的一杯酒，换来了一个绝好的消息。

"这也不算是机密。"少将高参透露，"欧阳将军现在应该已经离开了学校，按计划远去青岛，去看望正在海边休养的张治中长官去了。"

听少将高参这么一说，解秘书心里痛快，也觉得很正常。电雷学校的教育长，去看望陆军军官学校的教育长，一切顺理成章，他们共同的校长都是委座。他想得把这个消息立即反馈回去，于是对左右说出去方便一下。到了屋外，他找到了随从，进行了一番交代，也借机放松了一下。

一贯谨慎的解夏，这一次失算了。

进入长江江阴段时，下游宽阔，江面送来的春风，让舰首处的凉棚轻轻地拍动，大家的心情似乎也被鼓荡起来。

远远地仰视一片葱绿的黄山炮台，众参谋都心知肚明，浓密的树冠覆盖着泥土，泥土的下面则是钢筋混凝土浇筑的国防工事。一旦战事爆发，这里无疑将成为两军必争的军事重地——尤其是在淞沪协议签订之后，吴淞要塞已失去应有的作用，而江阴作为长江第一门户，拱卫首都南京的地位日益显著。

突然众参谋的兴致受到了打击，原来有人问起，外购的德制火炮，它什么时候才能配置到要塞？大家纷纷向带队的黄高参打听，给江阴配备的4门150毫米要塞

炮和4门88毫米高射平射双用炮,何时才能到位?

黄高参说快了,看大家对他的回答不满意,于是交底说:"军械司的准确消息,炮已经从德国启程,下个月就能运到。"

一阵汽笛过后,"通济"舰缓缓驶向黄山军港。

明媚的阳光下,电雷学校快艇大队3个中队、11艘鱼雷艇,在江面上划出了雁行的欢迎队阵,让参谋们觉得很是新奇。

解夏无心喝彩,因为就是此时,在雁形头部前端的码头上,他的望远镜里,不可思议地出现了身穿海军中将常服的欧阳格。

怎么他没走?解夏只觉得头皮一阵发麻,这样一来,任务不就暴露了吗?!他放下望远镜,愣了一两分钟,一边在头脑中快速地盘算着对策,一边走向金砺锋,拉上他立即和曾一鸣紧急碰头。

"化装师已经打发走了。"曾一鸣摊开双手,"再说,就是人还在,那也来不及了。"

看两位长官焦虑,金砺锋冷笑着说:"不化装又怎样?他还能把海军部的人给吃了?我看两位长官就跟在参谋团后面,大摇大摆地走过去,看他能怎样?"

中尉的话冲,但也算是一派。曾一鸣正了正军帽,赞同地说:"以我曾某人这样的气度,如果真的要是化了装,岂不太受埋汰了?!"

解夏看他们俩都拿定了主意,觉得明明白白亮出身份,倒也不失为一步险棋。平常就好强撑门面的欧阳格,总不至于在军委会众参谋的面前,做出拒绝海军部随员参观的事来。

想到这里,解夏心中稍稍安定了一些,他对已经扮成警卫人员的金砺锋交代说:"你是内行,相机行事吧。"

这一句话,曾一鸣听来莫名其妙,他疑惑地看了金砺锋一眼。见中尉佯装检查身上的物品,回避了自己的目光,只好又向解夏望去。解夏也不看他,说我们该进入任务了,然后径直走向了前甲板上的参谋团。

解夏来到参谋中间,见大家都在议论鱼雷快艇,心里面竟有一种说不出来的滋味。少将高参没有觉察出他的情绪不高,兴致勃勃地问:"这些鱼雷艇大小都差不多,怎么那三艘又长又大?"

解夏解释说:"大的那是德国造,厚实。"

高参接着又问起航速、火力配备情况。解夏一一解答说:"英制鱼雷快艇航速45节,艇尾有2枚鱼雷,为槽式发射,艇上还装备有2枚深水炸弹,2座路易斯双联高射机枪。"

听说航速45节,周围一片吃惊的反应。"这么快?!"原来他俩的对话,引来了众参谋的围观。大家七嘴八舌地问起解夏,德制鱼雷艇航速怎样,武器装配有什么不同?

解夏拱手苦笑说:"众位参谋大人,我这是浅尝辄止,都是从书中看来的。你们难道不知道,我们海军的鱼雷艇,都是清政府留下的,这么多年没有添上一艘,尽是些欧战前的古董。"

听他这么一说,黄高参明白了他的苦衷,联想起海军和电雷的对立,他拉过解夏解围说:"大家一会下去之后,听学校安排的介绍。"

在"通济"号缓缓靠岸之际,解夏一直目不转睛地注视着欧阳格,注视着这个个子不高但透露出一身精明的传奇人物,和头脑里储存的信息与传闻,进行着比对——

欧阳格,护法战争时期,脱离北洋海军,南下广东追随孙中山起义;

1922年"六一六事变"时,奋勇保卫孙中山所在的"永丰"舰,率"豫章"舰与陈炯明叛军作战,被孙中山任命为舰队临时总指挥,并得以结识蒋介石;

1926年"中山舰事件"时,参与逮捕"中山"舰舰长李之龙的行动;

1931年"九一八事变"后,结束英国和德国的海军考察回国,向蒋介石建议,建立一支以鱼雷快艇为主的海军部队。

他的命运,总能和这些重大事件、重要时刻联系在一起,可见此君是一个特别能够把握时机的人。有一个传闻足以反映他的性格,那就是在1934年的五中全会期间,这位欧阳将军据说因为广为散发与孙总理和委座的合影,赢得了陈立夫、陈果夫两兄弟的支持,最终如愿当选了监察委员。

想到这里,解夏心里认为自己此次太大意。他欧阳格计划去青岛不假,但就他的性情而言,他宁可改变计划,也不会轻易放弃接近、笼络军委会众参谋的机会。

随着参谋下舰,欧阳格满面春风地迎上前来,一一和大家握手、寒暄。

领队的黄高参说:"听说将军早有离港计划,没想到还能得到你的亲自迎接,真是荣幸。"

欧阳格亲热地拍着他的手说:"计划可以改,好不容易等来上级机关检查,我欧阳格哪能一走了事?"

解夏被介绍出列时,欧阳格先是一愣,但很快恢复了热情,连声说:"在英国时

电雷学校教育长欧阳格中将

就有耳闻,今日一见,果然年轻有为。"解夏知道他在说套话,也跟着客套了两句。

轮到了曾一鸣,不等介绍,他便主动地站出来报出名:"海军造船所中校监造官曾一鸣给长官敬礼。"

欧阳格没有急于还礼,他直视着敬礼的中校,又扭头扫了一眼解秘书,仿佛要从海军的两位校官脸上,窥探出二人此行的真实目的。这只是短暂的冷落,属于当事人之间的秘密对视。看到不远处的黄高参正移步而来,欧阳格不想被军委会的参谋小觑,他迅速打开锁住的眉头,荡起了大度的笑脸。

"没想到,造大舰的监造官,居然会光顾电雷的小码头。"欧阳格话里有话,"真是烧香拜佛都求不到的好事,难道军委会有意安排我们的造舰计划?"

欧阳格的话貌似在问黄高参,眼神却一直没有离开曾一鸣。曾中校胸有成竹,从容应对道:"长官,我可是搭便船,找终南捷径。电雷的快艇,英制 CMB 滑行式,德制 S7 型,都是当今世界摩托化鱼雷艇的翘楚,谁不想一饱眼福?!这不,就走了黄将军一次后门,不知长官能否也通融一下?"

怎么突然冒出一个曾中校?黄高参正纳闷呢,看到解夏递过来的眼色,他立即就明白了,这是海军做的局。既然中校已经提到了自己,便不能装聋作哑,只好打着哈哈:"还是电雷雷声大,人家可是慕名求访,欧阳将军可得给我一个面子呀。"

"求之不得,求之不得。"欧阳格虽然点头应付,目光却还是不离曾一鸣,口中不停地感慨:"不容易,中校真是有心人。从上海到南京,再从南京到江阴,只为看一眼快艇,中校如此执著,真是难得呀!"

"长官,恕曾某大胆,你只说对了一半。"曾一鸣突然正色,让大家面面相觑。曾一鸣要的就是这种效果,他不紧不慢地说:"曾某此次前来,更是为了满足一份好奇心——"

停泊在母船旁的电雷学校英制鱼雷快艇

他停顿了一下,转向黄高参:"不瞒长官,有一本书,在下一直念念不忘,所以特别想见见书的作者。"说到这里,他变魔术一样地拿出一本书在手中晃了晃,"这部大著,想必长官们都听说过。"

大家趋前一看,原来正是欧阳格的《世界海军战备》,不由得会意大笑。解夏忍

俊不禁,笑里却有另一层意思:曾一鸣,真有你的,装未化,戏却照演!

欧阳格也放松下来,他握着曾一鸣的手说:"中校,这可是我们第二次见面了。"然后,凑到他的耳边问:"要是我们电雷的舰艇送你修,你敢不敢接?"

"这有什么?"曾一鸣也学着他凑上前去说,"长官,别忘了,以前我们还给日本人造过炮舰呢。"

说完两人哈哈大笑。

码头上见面后,接着就是电雷学校的快艇大队操练表演。

快艇大队分为三个中队,分别是"岳飞中队",辖三艘德国制造的鱼雷艇;"史可法中队"和"文天祥中队",各辖四艘英国制造的鱼雷艇。

看到一艘艘快艇蛟龙一样,在江面上激起长长的浪花,参谋团大呼过瘾。见有的参谋跃跃欲试,想登艇感受迎风踏浪的体验,解夏怕误了水雷的事,便悄悄地提醒带队黄高参,别忘了还有水雷考察。电雷,电雷,少了水雷就少了一半。

少将不知是计,心想还是海军内行,便走向了欧阳格。在他们两人耳语商量时,解夏和曾一鸣从各自不同的侧面,观察着欧阳格的一举一动。他的眉毛似乎跳了一下,但很快恢复了正常,接着他解释的声音大了起来,像是故意让更多的人都能够听到。

"我们电雷研制水雷,是白手起家。"欧阳格提高嗓门说,"为什么?因为没有技术,我们得不到以前研究的成果。"解夏注意到,他把"以前"两个字的发音咬得很重,接下来,又开始在黄高参耳边低语。

不用听,解夏猜出来了,他是在军委会参谋面前,告海军部的黑状。意思是,闽系海军拒绝向电雷提供水雷技术。解夏觉得好笑,海军部总不能把过去的图纸和技术人员,拱手交到你欧阳格手上吧?他向曾一鸣使了一个眼色,看欧阳格下面的戏怎么唱。

欧阳格带着众参谋,在码头上指指点点地转了一圈。解夏不远不近地跟着,见他说的内容无非两层意思,一是诉苦,一是表功。

所有的话都围绕一个中心,办一个电雷学校,我欧阳格容易吗?外面说学校不正规,但我们要什么没什么。"自由中国"练习舰,是我用商船改装的,你们看,这艘布雷舰,也是我求爹爹告奶奶,通过私人关系向浙江海警局借来的。

顺着欧阳格手指的方向看过去,"海静"号布雷舰正缓缓驶来,解夏有些激动,因为电雷学校的水雷之谜,即将浮出水面。

7 大失所望

电雷学校学员在"静海"舰上演练水雷起吊作业

电雷学校一期毕业生在江阴校区合影

欧阳格人虽然走了,但电雷学校在码头上的警戒却加强了,它给水雷探营增加了难度。

尾随在曾一鸣之后,解夏登舰时,目光还停留在码头。他并非在寻找已经远去的欧阳格,而是在警卫的中间搜寻。正如他希望的那样,果然没有见到金砺锋的身影,这样,他踏上甲板的脚步稍稍轻松了一点。

有曾一鸣在前面盯着,解夏身处演练水雷作业的外围。虽然处于远观的位置,他还是能一眼看出,电雷学校水兵的水雷起吊作业,基本上属于表演性质。在陆军参谋面前做做样子还行,但在海军内行看来,简直还没达到高小水平。

相比闽系海军对海校学员的严格培养,电雷的学员就是速成班。解夏担心,就他们这样的演练水平,假如日本舰队攻击而来,如何能够投入实战?!

近距离观察的曾一鸣,和解夏的想法大差不差,因为有曾经留学日本的经历,他的直观感受比解夏的更真切。

中日甲午海战以来,相继战胜中俄主力舰队的日本海军,在本世纪之初已经显示了作为新的海军大国的实力。随着《华盛顿条约》到期,肆无忌惮的日本正直追美英,建设世界一流的海军力量。从战略观念上,他们擅长不宣而战的突然袭击;从战术选择上,他们极其重视纵阵和侧舷火力,依靠速度和机动性打散对方编队,然后集中力量将其各个击破。

以陈绍宽为代表的海军有识之士，对日本的海军模式、战略战术及作战训练从来不敢轻视，这也是在创办海军大学时，陈部长执意要请日本教官的原因。至于参训舰长联名的弹劾，所谓"汉奸"和"卖国"的指责，一方面可能出于自卑带来的狭隘，也有从众随大流的因素，但更多的还是因为既得利益受损而产生公报私仇的心理。

"海大风波"暴露的，不仅有积重难返的体制冲突，也有井底之蛙的短视。老牌的闽系海军既如此，何况东施效颦的电雷系？曾一鸣原本就没有对它抱有什么希望，但他总认为，学校已经经营了五年时间，没准它在水雷上会翻出一些花样来。然而，让他无比意外的是，电雷学校向参谋团展示的，居然仅仅是老掉牙的视发水雷。

所谓视发水雷，简而言之，就是在触发时需要用眼睛观察。面对参谋们的疑问，电雷学校的一个上尉讲解："它是中国人的发明，在明代时就开始运用于战争了。只不过当时是用大木箱做外壳，内装火药，由人工控制绳索使其击发。"

参谋团一行虽然对水雷不了解，但武器装备毕竟触类旁通，有参谋插话说："这不就和地雷一样吗？都是靠拉动绳子引爆，只不过一个埋在地下，一个沉进水底。"

"长官所言正是。"上尉一本正经地汇报说，"不同的是，我们的目标是敌舰，当敌舰驶近时，埋伏在岸上的人拉动绳索，使其在水底爆炸。这种突如其来的攻击，会产生意想不到的效果。"

"只怕你们要准备很长的绳子。"参谋挖苦说，"这么宽的长江，估计仅绳子一项，就要花费你们不少军费开支吧？"

参谋的话引起一阵哄笑。身在其中的曾一鸣，和参谋团一样对此深表失望，但他笑不出口。耳边听着起吊机叽叽喳喳的声音，他的心里顿感悲哀，一个专门的水雷作战部队，居然靠演练拉绳子的水雷混日子，更要命的是，这种老式的水雷还只是教具。

电雷学校之所以冠以一个"雷"字，主要是指拥有两种不同的水中作战兵器，一种是鱼雷，另一种则是水雷。

鱼雷是外国人发明的，主要用途是攻击敌方水面舰艇。它由鱼雷发射管发射，直线航行，用的是接触式引信，撞击触发。

而水雷这种最古老的水中兵器，是由中国人发明的。它是预先施放于水中的爆炸装置，由船只或舰艇靠近或接触而引发，这一点类似于地雷。水雷在进攻中可以封锁敌方港口或航道，限制敌方舰艇的行动；在防御中则可以保护本方航道和舰

艇，为其开辟安全区。

曾留学英国的曾中校，对水雷在一战中的运用了如指掌，尤其是对它在不对称战争中的作用大加称道。水雷作为一种低造价、易铺设的水上常规武器，清除水雷的成本是铺设成本的10倍到200倍。回国后他曾当面向陈绍宽进言，作为一个海军弱国，更是因为我方处于战略防御的地位，发展水雷不失为一种明智的选择。

曾一鸣事后才弄清楚，海军部不是没有计算过备战的成本，在给政府的报告中，也曾明确表示——

> 水雷含有威力作用，能够给予敌人以膺惩，工作时间也较沉船来得迅速，可以视战事的情况随时实施，不致多大影响到后方运输和国际间的航运问题。

也就是说，面对即将到来的战争，海军部早有应对准备的计划，对于水雷的准备，如设厂、购备等，也都有详细的规划。只是方案到了政府手里，一是因为财力的关系，更是因为有人不愿看到闽系海军势力壮大，而是将此项任务交给"另一个军事机关"来负责办理。

这就是陈绍宽的难言之隐，水雷研制的使命已经交给了电雷系，不在海军部统辖的范围之内。而从电雷学校正式开张以来，它的水雷研制进展情况对于海军来说，完全是一个猜不透的谜，这也是此次海军秘密探访，执意要弄清楚的问题。

电雷学校的演示此刻就在眼前，曾一鸣还是不相信，他是不敢相信，委座把发展水雷的任务交给了电雷，五年的时间过去了，电雷居然会交出这样的答卷。难道他们没有亮出全部家底，在向军委会参谋打掩护？虽说这种可能性很小，他还是想问个明白。

"上尉，"曾一鸣上前一步，对一脸无辜的上尉说，"莫不是你们没有把最好的水雷拿出来？想一想，是不是还有新式的水雷锁在库里？"

看到上尉点头，参谋们不答应了："原来你们是把好武器藏起来，却让我们来看长矛大刀呀？！"

上尉看大家误解，头上急出了满头大汗，慌忙解释说："各位长官，误会了，我们是从国外买了几具新型水雷，有英国的，也有德国的，但是太贵，平常别说拿出来了，连打开都舍不得。"

这么一说，曾一鸣清楚了，解夏也听得明明白白，这样的结果让他们大失所望。

7 大失所望

探营之前,两位中校做过估算,认为电雷学校的水雷库存,说什么也能满足一两次大仗布雷的需要,而实际情况却让他们无话可说。

整个电雷学校,水雷自主研制用一句话概括,就是毫无进展;而外购的水雷则是寥寥无几,无论是德制水雷,还是英制水雷,数量都极其有限,只够勉强用于教学研究。也就是说,一旦发生战争,所谓的电雷,根本就拿不出可以投入战场的水雷。

更让曾一鸣惊讶的是,如果真如上尉所说,电雷对外购水雷的利用,仅仅满足于观赏,并没有对它进行拆解分析,致使它昂贵的成本实现不了应有的价值,这样的推测结果,显然让他无心再观看什么起吊作业。他来到了解夏的身边,悄悄地表示出他的忧虑。

两位海军中校的心情,在春天的江面上一下子黯淡起来。他们沉默不语的时候,心思各不相同。

解夏担心的是首都江防,万一日本海军从上海发动战争,没有水雷的防线,如何能够阻止日本强大的舰队长驱直入?而一旦长江失去了防御的屏障,这黄金水道就会大开门户,成为敌舰进逼首都的理想通道。

曾一鸣在计算时间,假如海军全面动员,另起炉灶开始研制水雷,到大批量投入战争,这中间所需要的时间。但他无法得出答案。因为电雷的出现,海军停止了水雷生产已经五年,设备、技术、人员都散了摊子。

最关键的是,在目前水雷的技术工艺方面,海军已经大大落伍。曾中校虽然对水雷研制有所涉猎,但毕竟不是专业出身,对新式水雷的结构和制作水准也不是十分清楚。如果手上有最新的水雷结构图,兴许能够加快自主研制的步伐。

问题是,除了电雷学校最近购买过英制和德制的水雷外,海军中谁还有接触它的机会呢?

深感绝望的曾一鸣,这时忽略了一个人。

那就是解夏布下的一枚重要的棋子:金砺锋。

让受过特训的金砺锋作为闲子,在探营中随机应变,以备紧急之需,解夏的这一举动,出于对中尉的了解,也出自他一贯预留备案的缜密。看似无意的安排,为海军后来的绝处逢生,找到了一条捷径。

留在岸上的金中尉,他知道自己的任务不是前来观光的。在参观团伫立码头、巡视鱼雷艇演习的时候,他已经进入到了电雷学校的内部。身配德械陆战装备,他警惕地察看着四周,一切均无异样,他放心地向写着"军事重地"的一排紧闭的平房摸了过去。

　　既然号称军事重地,按理说就应该有卫兵值班把守,但中尉四下观察了一下,连一个人影都没看到。金砺锋大声咳嗽了一声,看还是四下无人,便大摇大摆地走上前去。到了近处,看到墙上用白漆写了"水雷试验室"一行字,才明白这里是进行水雷研制的地方。

　　窗户上的玻璃早已布满灰尘,金砺锋探头向里面张望,木桶和各种电线杂乱无章地堆放在一起。上面密布的蜘蛛网等于告诉别人,这里已经空闲了很长一段时间。如此败落的样子,让他放弃了细究的想法。还是去找库房,他想,只有在那里,才能真正地摸清电雷学校的水雷家底。

　　沿着实验室的走廊,一直走到了拐角处,他伸头探看了一下,一幢高大的房屋出现了。虽然墙上没有涂抹任何字样,但从库房门外两个卫兵值勤的架势中,他能想象得出,这才是真正的军事重地。

　　他没有立刻走上前去,而是集中精力想了想。很快,他从地上捡起土块,从空中高高地抛出去。

　　他估算好的弧度,是飞向卫兵的后方,而不是自己和卫兵的中间,这样就可以给卫兵造成空间上的错觉。

　　就在卫兵应声扭头的那一刻,他端着枪就冲了过来,大喝一声:"别跑了!"

　　卫兵听到身后响动,吃了一惊,回头一看,是一个陆军军官,却不明白发生了什么。

　　"看见人了吗?"中尉厉声问道,嘴上还叫骂着,"狗日的胆太大了,竟敢打军委会的主意!"

　　卫兵忙报告说,没见到人,却听到了声音。

　　"明明跑过来的,你们的眼睛长哪去了?"中尉狠狠地盯了他们一眼,命令道,"你们从这边搜,我从这边搜。注意,他带着家伙呢,小心枪子。"

　　看着卫兵闻声而去,他迅速靠近库房。看门上的锁,发现它很普通,便三两下子就把它捅开了,人闪了进去。

　　里面黑,他猛闭上一会眼睛适应了一会,再睁开眼时,便开始观察房屋的布局。他很快找到了标志"水雷"字样的箱子。库存量很少,打开一看,看到外文的水雷说明书,有英文的,还有像是德文的。他眼前一亮,想都没想就把它们装入怀中。

　　这件顺手牵羊得到的战利品,成为海军部秘密探营的最大收获。

7 大失所望

返航的"通济"号，通过像喇叭口一样的江阴江面时，解秘书格外留心。他让张少校放慢航速，以便参谋团再一次从上行的航道上，感受这里的水面，观测岸上的炮台防守位置。

对于慢慢接近的防线，舰上的参谋从日本军舰攻击的角度，反观着这里的地形和防御工事。他们面对着波涛和江岸，却在各自胸中，上演着一场激烈的攻防大战。

告别江阴段防线后，解秘书叫上了曾中校和金中尉。三人来到军官餐厅，分坐三个方位，就水雷展开了和航线一起拉长的谈话。

海军无雷，这个最终被金砺锋实地考察证实的坏消息，在他们中间传染着一种绝望的情绪。即使是金砺锋这样的年轻军官也清楚，这样的结果，对一个海军弱国而言，就是意味着失去了抵抗敌人的最后一道防线。

对电雷学校在水雷上的不作为，他们同样感到痛心疾首，并认为电雷系此举相当于把自己带入了雷区，一旦引爆必将遭到军法重责。

对于为什么会出现电雷无雷的问题，解秘书首先想到的是经费，他对投入水雷的开支去向，表示了担心和忧虑。

"早就听到电雷大手大脚。"解夏义愤填膺地说，"校级军官据说都有两三处宅院，难道他们动用的是军费？"

"靠雷吃雷，无风不起浪。"曾中校不以为怪，"你老兄在衙门，不知道下面的活路。就我在造船所当个监造官，可以跟你这么说，想给我送钱的人都要排队，这就叫靠船吃船。"

曾中校指了指餐厅："你说，这桌椅，这些餐具橱柜，哪一件不能吃回扣？所以军需司想要采购权，舰长也想要，这就是一对矛盾体。"

"这么说，你先当舰长，又做监造官，这几年过得不赖？"解秘书恍然大悟道，"怪不得每次和你见面，又能收到你的礼品，又能让你请吃。"解夏这时似乎一通百通，不由得联想起当年舰长联手状告部长的"海大风波"，心想这背后的要害，恐怕还是一个"利"字。

"舰长？我才干多长时间，以前不都是副长的吗？当副长那是受罪，这正的和副的可是天壤之别，当副手还不如一个轮机长、枪炮长呢。当监造官，是有人给你塞钱，但你不敢收。别人还认作你拿架子，人托人，不达目的不罢休。所以嘛，我的原则，饭可以去吃，小礼品可以收，但是钱和贵重物品坚决不要。"

"过去说水至清则无鱼,我老是不太懂得其中的意思,你今天,算是帮我点破了这个题目。"

"在这方面,我也不过是高小水平。"曾中校伸出了自己的小指头,"我这不是谦虚。至于你嘛,说一句不客气的话,还没有入门呢。造舰的事情,里面名堂多得惊人。钢板厚一点薄一点,不同锅炉的差价,一分材料一分货。还有看不见的,龙骨里面的钢筋,是包在混凝土里的,粗一点细一点那都能变成钱。"

"怪不得老话说,靠山吃山靠水吃水呢,这里面可是步步惊心呀。"

"要说电雷吃军费,我一点都不觉得奇怪。"跑了一圈,曾中校又回到了电雷的话题上,他说,"我关心的是人。怎么几年下来,电雷系还是没有培养出像样的工程师,和有能力的专业技术人员?"

解秘书说:"我也觉得不可理解。这欧阳格又不是一个不重业务的人,自己写书,还翻译了一本书,按理说也是内行治军。"

"关键在于他写书的目的,是干什么。"一直没有说话的金中尉,也开始发言了,"连我们这些小萝卜头军官都议论过,写这种书他是想给海军看,还是做做官样文

电雷学校改造的布雷舰"静海"号,是欧阳格通过私人关系借来的

在"同心"舰上训练的电雷学校学生因舱室不够,只好在甲板上用餐

章?"

解秘书白了他一眼:"你的说法倒新鲜,这还不一样?"

"当然。"看中尉没有再说,曾中校接过话,"我们在闽系之中,所以认为代表海军正统。不错,过去所有的海校——马尾、天津、南京、昆明湖,还有威海、烟台,包括前期的黄埔海校,在五十年间,基本上都是闽人掌握。但闽系自认为正宗,那欧阳格会这么想吗?军政部和军委会就一定会这么想吗?海军正统是谁,大家都暗中较劲,所以要做表面文章。"

解秘书感慨:"你这么一个本分人,现在也游刃有余得很,是在上海这个大码头混出来的吧?"

这时,中尉知趣地说,想找张副长去聊聊,便把空荡荡的餐厅让给两个老同学

独处。

解秘书和曾中校两人开始较真,又回到了电雷的话题。

从电雷学校的现状,谈到了海军体制,两个闽籍军官,对眼下的海军状况忧心忡忡,对青岛系的第三舰队以及粤系舰队各自为政,颇感不满意。

而对于电雷系,曾一鸣的评价又出惊人之语——它是一个怪物,海军中的异类,中校说,一个长着海军的头却长着陆军身子的军中怪物。

穿着水兵服,却归陆军管,号称军政部的学校,军官的军衔却要海军部铨叙管理。曾一鸣又开始愤愤然,讲起了听来的许多怪状和笑话。

要是搁在从前,解夏会适时打断话题。但这一次不然,探雷的结果让他对电雷系的玩忽职守深恶痛绝,也让他对欧阳格其人完全失望。解夏无法想象,一个视国防为儿戏的人,如何能带好一支作战部队?

事后看来,回京的一路,关于电雷系的讨论,过多地占用了他们宝贵的时间,影响了他们在行动层面的醒悟。其实这时在他们的头脑中,都装进了水雷告急的意识,但他们迎战的紧迫感并没有被真正唤醒。

南京,成为他们讨论的终点。春天的首都,浓郁的绿色和生机勃勃的生活,弥漫着和平的幻觉。

8

变 故

日本海军第11战队"安宅"浅水炮舰

遵照司令长官长谷川清的指令，日本第三舰队的11战队首席参谋中村正树中佐，搭乘"安宅"炮舰从汉口一路下行。

"安宅"炮舰舰长大池春作中佐不理解，"安宅"号回日本大修，中村为何要离开战队？他一路都在嘀咕，中村也没有理他。

下行到湖口时，中村告诉大池，就在这里，"平海"巡洋舰已经编入了中国的第一舰队，它和此前编入的"宁海"舰一起，已经成为了对付帝国海军的主力战舰。

"要知道，它们的吨位、火力配备，都比你'安宅'号要强得多。"中村故意用话来刺激大池，一是提醒他不能麻痹，二是考验他的应对策略。

大池大笑着说："中村君，你不用考我，中国人的主力舰不需要我来对付，它们在江面上，只会成为海军航空队的活靶子。"

大池的话，透露出了一个指挥官的精明，中村想起一句中国的俗语"人不可貌相"，觉得这话就是为他准备的。看似鲁莽的大池，实际上有一种与生俱来的悟性，一种在长期训练中形成的作战直觉。

看着他精力充沛的样子，中村觉得自己有些饿了。人一饿的时候，思维就特别活跃，在去餐厅的路上，中村想到了自己未来几个月的使命。舰队的最高司令长官让自己去上海，到底是为了完成什么计划？他没有陷入无济于事的猜想，而是从个人的偏好上感到得意，在夏天到来之前，离开汉口的确是一个好的选择。

从日本北方走出来的中村中佐，对汉口的天气和酒都不适应。遇上大热天时，他觉得浑身上下像进入了烤箱，甚至会让大脑失去应有的冷静。看到留着胡须的老兵，脸上长满痱子，痱子上已经化脓，他觉得特别恶心。再有，就是租界供应的日本酒，防腐剂太多，始终不对中村的胃口。

带着期待的心情来到了上海，中村感到反常的是，长谷川召见自己并不是在旗舰"出云"号上，也不是日本的海军俱乐部，而是选择了一家日本按摩院。

在这样的环境中，出现在身穿和服的长官面前，一身正式打扮的中村有些拘谨，他在被动地坐下后，竟不知道该不该脱下自己的外套。

长谷川看出了他的一丝紧张，轻轻地拍拍手，一位身穿艳丽和服的女子，从门外像一面轻纱飘了进来。

她的步态很轻，虽然中村可以感觉她在背后，但却不能判别她的具体方位。当她从后面伸过来的手，解着中村外套的衣扣时，他嗅到了一股淡淡的香味。中村不想陶醉其中，他忙着自己动手，把衣扣解开。待外套从身后褪去，他发现自己的额头

8 变 故

上已经出现了细微的汗珠。

足智多谋的长谷川长官,绝不是让自己来调剂生活的,中村很清楚。他蛮有把握地认为,只要身后的女人一离开,长谷川长官就会有正事要交代。然而,女人不但没有离开的意思,反而带着弥漫的香气,在他的一侧坐了下来。中村不由得侧目瞟了一眼,发现她居然是田中智子。

身为记者的田中智子,是舰队的常客,早就是中村的老熟人。因为还有一层老乡关系,两人见面谈得来,中村自认为和她交往很亲密。但他没有想到,在她神秘的气质里,的确隐藏着不为人知的小秘密,比如,她可能和司令长官有着非常熟识的工作联系。

对中村的吃惊,智子并不意外,她还故意地显示出难得的亲热,理了理中村衬衣的衣领。

受宠若惊的中村明白,这种场合,司令长官不会安排他谈情说爱,他们这么做的本身,是表明对他的信任。看到他俩如此默契,中村心里忍不住还是有一些失落,似乎谈不上和长官争风吃醋,那么又会是怎样的心思呢?他一时半会也说不清。

在三人对饮、品尝清酒的气氛里,长谷川清这时透露了他的计划。

在中村听来,他的指令,像平常一样简明扼要,只不过口吻轻松了一些。中村和智子接受的任务,是计划中的情报部分,是既有明确分工又有双方合作的一个整体。

"中国海军最近有异动,显得活跃起来。"长谷川指了指宽大的袖口,提醒说,"要密切注意这里面到底藏着些什么。陈绍宽作为政府副使到欧洲,带着的海军随从,都够一个小队了。他们去干什么?田中小姐你说过,他们当然不是出国旅行,这不错,参加英国王室的加冕典礼,只不过是他们的借口,他们真正的目的是装备自己的舰队。"

看到田中智子正目不转睛地看着自己,长谷川把目光移向了门厅的上方,若有所思地说:"这个消息,东京大本营已经清楚,下面一定会采取行动。但是,我们却忽略了另外一件事。"

他盯着智子说:"中国人的'通济'号一路戒备森严,沿江下行,真正的目的是什么?我们并不清楚。"

"司令长官",智子略一欠身,解释说,"舰上的人员已经查清楚了,他们都是中央军的参谋,目的是考察长江防务。"

长谷川没有说话,在中村看来,显然司令长官对这个回答并不十分满意。屋里

因此安静了下来,长谷川自顾自地喝起酒来,像是忘记了还有对面两人的存在。过了一会,他才放下杯子说:"我的情报系统,是要对付中国陆军、空军。中国海军的情报,就要拜托二位了。"

长谷川离开后,智子坐到了中村的对面。她诡秘的笑,让中村感觉到一本读过的书,突然增加了许多陌生的章节。

一方面中村不敢怠慢,和她一起研究着下一步的计划,以及联系接头方式;另一方面,他想,此前她对自己说的话,关于身世,关于来中国寻找孪生姐姐,这些信息到底是真是假?

以中村的性格和做人态度,他纵有天大的好奇心,也不会直接去挑明问个水落石出。毕竟,他是中村,而不是直来直去的大池。他提醒自己这时一定要避免分神,认真地和智子一起讨论外围和内部的分工界线,以及首当其冲的工作目标。让他觉得兴奋的是,智子显然胸有成竹,对任务的实施步骤清晰,看来已经早有准备。

当智子举起酒杯提议,为预祝任务完成而干杯时,中村看到她的眼神热烈而潮湿。中村说不清楚,她身上的魔力来自何处,让她的举手投足充满了诱惑的风情。也许是远离女人太久了,身体燥热的中村想,还是回到上海好,这里有他热爱的生活。

田中智子仿佛看到了中村波动的心思,她起身像一阵轻风离去,又像一阵柔风似的转回来,一来一去间,屋里多了一个长相很甜的姑娘。

"这一位,她叫雅代。"智子把姑娘拉到中村的身边,脸上露出了一副洞悉中村心思的得意表情。

丰满的雅代,在向中村鞠躬招呼时,衣领间的肌白和露出的深深乳沟,让中村竟有了一种热乎乎的反应。他感到脸红,一下子把智子拉到一旁,压低着声音问:"智子小姐,叫她过来干什么?"

智子一脸坦然:"为帝国军官服务,可是人家雅代的一片真心。"说完,她轻轻地拍拍他,娇嗔地吩咐说,"你可别辜负人家呀。"

智子的风情和营造的温情气氛,让中村既充满欲望的想象又觉得有些消受不起。

"这太突然了。"他声音干涩地说,"我,真的有些不习惯这样。"

他一时也说不清,到底不习惯怎么样。善解人意的智子旋即给他解了围:"那当然,有我在这,你大约是不习惯。"说完,往雅代挤一个眼色,带着暧昧的笑,轻轻地闪了出去,把一男一女关在了屋里。

日本人开设的按摩院招牌悬于上海街头

在屋子里似乎变暗的一瞬间,中村有一种置身夜晚的感觉。而眼前的雅代,她慢慢打开的肌肤更是白得耀眼夺目。像一团模糊而奇幻的光,它慢慢移到了中村的身边,带着似乎是来自札幌的迷离声音,压迫出中村粗重的呼吸。

身为帝国军人的中村,微闭着眼睛,很快镇定下来。他的手这时已经果断地插入了白光之中,他的手像一个熟练侦察兵,摸索在不同的地形里。在很快接触到的浑圆的山包,他的手暂时停止了前进,显然这里已经成为他选中的战场。

而此时的雅代,正像狡猾的敌人,用轻摇的身体四伏疑兵。她悄无声息的双手迂回到中村的侧翼,对他形成插翅难逃的一个包围圈。一种弥漫着湖水一样湿润气息的包围,在智子撤离的地方,中村已经无法抗拒身体的命令,一场证实帝国军人能力的肉搏战似乎已不可避免。

中村的衣服被解开了,他在雅代的引导下躺下,然后翻了一个身,这是一个奇怪的姿态。雅代的双手落在他的肩头,她手法娴熟,显然经过专门训练。她试了试手上的力道,轻声地问这样行吗?中村慢慢从幻觉中回到了现实,雅代正在给他做按摩。

在他的耳边，雅代轻轻地说："下次，再找智子小姐时，别忘了先找我。"

崔先生初到交通部，恍恍惚惚像一场梦。

从调出建设委员会，再到向交通部报到，一连串的变故柳暗花明，都集中到了这个格外漫长的春季。崔先生总算是明白了一个道理，自己的命运并不掌握在自己的手里。

崔先生的关系放在长江航运局，因为没有让他进具体的科室，所以也没给他分配具体的工作。他的工作安排，由一位罗处长直管，但罗处长一直让他闲着。

从上班坐到下班，崔先生一整天都空空落落。走出交通部大门时，突然想起了老单位建委会，想起了老龙和小郭姑娘。正在惆怅之际，一个人影堵住了他。原来小郭早就守在了交通部门前，把下班的崔先生等个正着。

崔先生吃了一惊，感到奇怪："你怎么来了？"

小郭说："过来送文件，难道你不乐意？"说完，就要挽他的手，把崔先生吓得直退了两步。

他转而一想，又没有几个人认识自己，怕什么呢？于是就迎了上去。小郭的手却

南京国民政府交通部

与交通部隔路相望的铁道部大楼

缩了回去,她咯咯地笑着说:"你错过了机会,机会不会给你第二次。"

崔先生嘿嘿地傻笑着,说我们坐1路公交吧,说完就往车站走。

小郭抢先一步拦住他问:"你准备带我去哪?"

崔先生表示想去秦淮河,她不同意:"太远了,我要去你家。"

"我请的帮佣是苏北的,你这杭州小姐吃得惯吗?"

小郭凑上来,耳语道:"和你一起吃,什么都惯了。"

崔先生耳边觉得热乎乎的,心里更是一阵酥痒。

走了几步,崔先生忽然想起了什么,对小郭说:"叫上老龙吧,给龙科长打一个电话,我也想他了。"看到她好像不大高兴,他一下子就明白了自己不解风情:人家姑娘来看你,你却要找一个半大老头老龙,这不等于是扫姑娘的兴吗?

崔先生态度好,属于知错就改型,他好言对小郭:"好,我收回。下回再找老龙吧,今天就我们俩。"

看他这个样子,小郭憋不住地前仰后合大笑起来。顺着她目光的方向,崔先生一看就傻眼了,原来树的后面闪出了龙科长。

一位是老朋友,一位是惹人喜爱的姑娘,被捉弄的崔先生,虽然脸红得像此时的夕阳,但心里却快活得很。

他们一路说说笑笑就到了崔先生的家。小郭进来一看,显得惊讶,说:"不错呀,我看了都不想走了。"

龙科长接腔:"不走正好,我们今天就提前把酒喝了。"

小郭聪明,一听就懂了,却明知故问:"龙科长,这和喝酒有什么关系呀?"

龙科长嘿嘿一笑,说:"喜酒不醉,这样我今天能多喝几杯。"

小郭推了一下龙科长:"你怎么能这样讲,别把崔先生给吓坏了。"

龙科长往沙发上一躺,舒服得很。看看崔先生,又看看小郭,理直气壮地说:"你郭姑娘又不是配不上他,我看你们两个郎才女貌的,其实最合适了。"

"这话可讲不得,人家崔先生心中有人了,金陵女校的大学生。"

崔先生连连否认:"那不能算,我们顶多只是认识而已。"这么急切的解释,又怕老龙误解,于是他又补充说,"人家郭递蕾可是有未婚夫的,她是名花有主。"

老龙一笑:"我没看到的都不算数,还是你们般配,你们心里也有这个想法吧?"

崔先生看两人都看着自己,尤其小郭的眼睛真是勾魂,忙拿出酒打岔说:"你们看这酒还行吧,真正的法国葡萄酒。"

三人围坐在一起说说笑笑。崔先生说:"好长时间没听龙科长讲内幕消息了,今天让我们过过瘾。"

老龙说时事,不听不知道,一听好味道。一是消息来源可靠,二是见识高,就像一道数学题,经他一解便增添了许多趣味。到了交通部后,不大能听到老龙上课,崔先生还真是有些失落。

老龙说:"行呀,今天给你们抖一些鲜货。"喝了一大口,然后开讲。

这时的老龙,不会去讲市井琐事,他的话题都和大人物有关。什么蒋大公子蒋经国瞅准时机,已经从苏俄回国,到奉化去见老蒋了;满洲皇帝溥仪的弟弟溥杰,跟叫什么浩子的日本贵族女子结了婚,日满之间现在更是狼狈为奸;又说杨虎城已经从上海回抵西安,马上就要被迫出洋了;等等,都是时下最新鲜的消息。

小郭听得好奇,问:"老蒋、小蒋还能和好如初吗?"

"父子连心么,两个人都会算政治账。"老龙说,"这没有什么问题。无论小蒋是请罪还是请安,老蒋肯定是心情不坏。你看他又从杭州到了上海,住进医院说是疗养,我看未必。疗养是假,他是想清静一下,能集中一点时间思考下一步的对策。"

"就像你们。"老龙突然话锋一转,"也要思考一下后面的路。"说完一阵坏笑。

酒不醉人人自醉,这是崔先生出事之后,最为开心的日子。

8 变 故

半个月前,崔先生调离了建委会。

崔先生清楚地记得,离开前的那一天,他心里有一种特别不舍的情绪。毕竟是干了几年的老单位了,有些话总要在临行时抒怀一下。但他有顾虑,一来调动的事知道的人很少,二来又不是什么光彩的事情,何必自己找上门去,仿佛就是主动去讨要别人的几句安慰和同情。

心里草长莺飞,上午的时间已过大半,闲极无聊的崔先生胡乱翻看起报纸来。这时门突然就被推开了,抬头一看,原来是龙科长,除了他还能是谁呢?

老龙进来后,笑一下算是打了招呼,没说一句话。丢了一张纸条,拍拍崔先生的肩,转身就走了。准备端茶倒水的崔先生,不知他演的是哪出戏。

纸条上只有寥寥几个字:有人在你背后搞阴谋——招募商股。

崔先生一看就明白了,老龙的意思,自己身上之所以发生这些烂事,原来都是招募商股惹的祸。

不久前,上头心血来潮,要对建委会所辖的两家电厂、淮南煤矿及铁路进行"招募商股"。这事在建委会炸开了锅,因为电厂和路矿都是建委会的命根子,是仅有的几家有实力的附属企业。不夸张地说,离开了它们,建委会就完全沦为发发营业执照的空架子。

国民政府建设委员会,名字大,处室却不多,总共只有4个处。龙科长领导的文书科属于总务处,崔先生隶属事业处。事业处共有四个科:矿业、会计、灌溉,以及崔先生所在的电力科。

淮南煤矿和铁路的商股招募,具体是由事业处矿业科对接,崔先生不算了解。而对于两家电厂的商股操作,他心里却是有数得很。

大家都在议论,两家电厂表面上是向社会融资,实质上是把优质的国有企业给贱卖出去。话传到崔先生耳朵里,他估摸着大体不错。

首都电厂、戚墅堰电厂,是建委会多年苦心经营的国企典范,效益在同行业名列前茅,这是共识。不说崔先生的手里这几年报表上的业绩,就说耳闻目睹的日常印象,一直在眼皮下红红火火的首都电厂,何来发展资金不足,需要启动"招募商股办法,以提高社会投资"的添足之笔?

秘密就在于,这一切是通过一个有来头的公司来运作的,而这家刚刚成立的"中国建设银行公司",据说背后的关键人物就是宋子文。

崔先生以小人之心揣度，若非这样的特殊背景，中央政治会议能"议决照准"吗？行政院能通令各关系部会"查照办理"吗？崔先生不敢也不愿按此思维想下去，再这么一路推理，他就会觉得国家没什么指望了。好不容易遇上建设的时代，经济刚刚有了起色，背后就有了这么多的交易，难道，上头只顾捞钱，却忘记了大敌当前？

当然，作为电力科主持工作的副科长，崔先生不快归不快，但他并没有发出任何反对的声音。只是，在研究融资细化方案的会上，他提醒要走正常的程序，在参股前一定要进行资产清算和评估。

这不过是职责所系，说得好是坚持原则，事实上也算是把丑话说到前头，省得以后不明不白地做替罪羊。难道就因为这一点建议，给自己惹出了许多麻烦？

这边崔先生想不通，而那边龙科长的电话已经追进来了。"我说得没有错吧？"电话那头的老龙一反常态，显得很强势。

崔先生没想好这个问题，所以不能做肯定的回答，只能敷衍说："老兄的判断也有道理，但是——"他忍不住还是要嘀咕一句："我就是觉得不大像。"

"你呀，叫我讲你什么好呢？"听筒那边的老龙口气，崔先生听出来了，那就叫恨铁不成钢。

"崔先生，你什么都好，就是太善良。这是明摆着的事情，绝对没得错。我跟你讲，你的确没做什么，甚至都没说过头话，这我都晓得。但我要问你，你可晓得你挡住别人的路了。什么路？当然是财路了。好了，有挡路的，就有清障的，就要把你搞走。"

老龙的电话，让崔先生的思绪一下子回到了一个月前。

让崔先生无比难堪的变故，在一个平常的下午破门而入。

那时，茫然无知的崔先生，正在看报纸。南京的四月花枝招展，国民政府建设委员会的办公大楼内，一杯茶一张报的机关生活，像平常一样打开在他的面前。

两张陌生的面孔，带着长期办案的职业庄重感，在本单位几张熟悉的面孔烘托下，开始了噩梦一般的行动。

每一个步骤，每一句看似漫不经心的问话，对毫无防备的崔先生来说，都像是一支支暗箭突袭而来。

惊愕，辩解，屈辱，气愤，起初崔先生毫无招架之功，他唯一的盾牌，就是矢口否认。

"证据。"他声音不大但很坚定地说："一切都要靠证据说话。"

"我们会给你的。"对方显然有备而来。他们找到了橱柜上方的宣纸，他们把它

8 变　故

打开，里面意想不到地出现了一幅国画。他们用铁证如山的事实，让崔先生可怜的镇定，像打开的一张张宣纸那样苍白无力。

崔先生不相信眼前的一切，但他的确看到了——他根本不知情的物证，一幅古人画作，就夹藏其中。

更不能让崔先生接受的，他们在他的眼前，亮出了一张证明，一张由下关电厂提供的证明。证明指控，这一幅画是崔先生暗示在先，为求电力科办事，电厂不得已才出此下策，玩起纸里藏画的小把戏。

陷害，崔先生内心想喊出这两个字，嗓子却像被什么东西堵住了。看到崔先生欲哭无泪，听到崔先生弱弱地提出对质的申诉，他们说："我们只是启动了调查的程序，我们有时间让你讲话。"然后，他们带着胜利的战果凯旋。

这个下午风和日丽，4月的南京是花枝招展的季节。窗外嫩绿的"爬山虎"，在一幢幢大楼的外墙茁壮地攀爬。

发生在崔先生身上的遭遇，没有改变大楼外面的风景，和里面的正常秩序。甚至，绝大多数同事根本就不知道，一条突然现身的蛇，已经紧紧地缠住了崔先生，这位建委会最年轻、被看作前途无量的副科长。

黑手究竟是谁？在办公大楼里，它像一个诱人破解的游戏，从一个房间到另一个房间，从楼梯上上下下，让很多人投入，沉醉其间。

作为当事人崔先生，在人生境遇发生改变的节骨眼上，仿佛淡出了事件，成了风暴中心的局外人。这当然只是假象，有接受调查的好心人，悄悄地向他表示说："上头再三追问你的事情，我可是什么都没说呀。"

崔先生满心无奈又一脸愕然，他心想，我到底有什么事呀？看来，只要一个组织系统运作起来，完全可以达到人人自危、草木皆兵的效果。既然如此，他对处理结果不再抱有任何幻想，他做好了准备，接受命运的安排。

当姗姗来迟的结果从空悬的枝头坠落下来，调离建委会的决定，让他大感意外。

临行前，崔先生想起小郭曾丢下了一句话："我看你也别待在这害人的建委会了，不行就换一个地方吧。"看崔先生茫然，她很有信心地补充了一句，"听我说，这可是最好的结局，这边能下台阶，你也能有一个更好的去处。"

这个小郭，真不简单，难道她提前预知了消息？崔先生一直想问她，却又不想开这个口，直到事变爆发的冲击波把他卷入了海军，他也没有搞清心里面的这个疑问。

9

密　电

以寻找失踪士兵为名，日军逼进"七七事变"引爆地点——卢沟桥

9 密　电

大修后的日本海军"安宅"炮舰白色涂装异常醒目

上海吴淞口，黄浦江注入长江的入口处，盛夏的江水暗流涌动。

日本海军第三舰队第 11 战队"安宅"炮舰上，一封密码电报，在吃午饭之前，挡住了海军中佐中村正树通向餐厅的路。

他的午餐，被一份通报紧急军情的电报打断。同样有资格在第一时间签收电文的，还有另外一位海军中佐，"安宅"炮舰舰长大池春作。

他们收到的密电，来自海军情报部门，是有关卢沟桥交火事件的第一份秘密通报。

中村只扫了一眼电文内容，便觉得一个异乎寻常的爆炸事件已经点燃了引信。他的直觉没有错，以后的事态证明，这一份密电，关系到中日两国之间的一个重大事件——"七七事变"。

1937年(民国二十六年、昭和十二年)7 月 7 日，北平卢沟桥方向突然响起的枪

炮声,回响在宛平上空。

　　发生在中日军方敏感地带的交火,不是几发枪炮弹引发的偶然事件,更不可能是一次简单的走火。冲突的过程只是表象,真正的原因,是两个邻国之间,完全不同的诉求已经不可调和。

　　一方得寸进尺,另一方忍无可忍,历史的积怨由来已久。一旦爆发冲突,它所带来的有形和无形的冲击波,就会从北平、华北迅速向外扩散。这种结果,不会超出人的想象,却又让人陷入全面战争的担忧。

　　中方,避暑庐山的蒋介石,及其不断上山的国共要员;日方,远在东京刚刚组阁不久的近卫内阁,以及掌握军队实权的陆军参谋本部和海军军令部——都在研判此事可能带来的后果。

　　他们的前景和背后,民众、不同团体、各种军事派别集团,通过此起彼伏的声音和表达意志的种种行动,组成战与不战的两大阵营。

　　为突出这一重要的历史节点,中方把它称作"卢沟桥事变"或"七七事变";而日方的称呼,则由"华北事变"、"北支事变"、"中国事变"一路升级。

　　无论怎么称呼,事变产生的连锁反应,像多米诺骨牌迅速推向两个国家的纵深,引发了规模越来越大的军事对抗行动,乃至全面战争的举国动员。

　　事实如你所知,战争就从这时迈出了试探性的脚步。

　　驻守在上海的海军中佐中村,长期身处指挥部门,处理密电或文件,本是家常便饭。但是用自己名字签收的情况,只有是在长官外出之时代为签字,同时意味着代为履行职务。虽然军情遥远,虽然是华北驻屯军惹的麻烦,但这并不能成为他怠慢的理由。

　　他和大池舰长边走边商议,一起来到了军官餐厅,立即取消了热气腾腾的就餐安排。两名中佐在临窗的餐桌上铺起地图,光线亮堂,他们动作一致地趴在桌子上,屁股一致地高高撅起,但是注视的方位却不相同。

　　大池拿着放大镜,在华北方向使劲寻找。中村眼里的余光看到了他的装模作样,忍住没笑。大池在学校时军事测量就没学好,加上从来没有认真地关注过华北局势,别说在图上找卢沟桥了,中村知道,连宛平的准确方位他都无法判断。

　　原因很简单,这样的小比例尺地图,宛平县城甚至一个县,最多是一个象征性的点。别说看不到地形、植被、道路这些关键的要素,就连精确度也有问题。中村以前跟大池说过,这是由地图投影的本身局限带来的,保证角度准确,就不能保证距离的准确,二者的准确度只能取其一。

大池不能接受,要是地图不准,那我们还要作战图干什么?

参谋出身的中村,耐心地跟他解释,小比例尺地图只是一个摆设,多用作统帅部的战略示意图。对于基层作战,它上面可怜的信息基本上是无用的概貌,根本不能满足战术研究的需要。所以,具体到前沿交战,要用大比例尺的图,因为它的精度大、误差小。

"大到什么程度?最好比 1:1 万还要大。问题是,这样的图,别说第三舰队找不到一套,整个中国也不可能找到一套完整的。"中村断言。

大池不相信,他说自己就看过 1:1 万的地图。

中村说:"你看到的是局部,局部你明白吗?就是城市的重要区域,或者是军事要地,机场、军港、油库、电厂,诸如此类。对于整个大陆来说,如果有完备的 1:5 万的地图,那就是宝贝了。"

大池听到中村这么说,大笑不止,他说:"你别说得这么神,我知道有一个人的手上有。"

"知道你说的是谁。"中村并不意外,"不管图在谁的手上,对帝国来说都是宝贝。"

看到大池在地图前一筹莫展,中村并不怪他学业不精,自己用红蓝铅笔,向他示意出事大致的地点,又用笔点了点上海的位置。中村的意思是,卢沟桥的图上坐标,只是一个战略参照,关键还是要审视上海。

可以说,中村的认识,代表着日本海军当时的普遍看法。即华北是陆军的势力范围,而长江一带的华中地区,才是海军可能角逐的战场。

说起来很难让人相信,眼下的上海,这两名中佐,竟是日本海军舰艇作战部队的最高指挥官。

小鬼当家的原因,因为主力舰艇暂时离港远去。上海的日本海军司令部里,除了特别陆战队的指挥官之外,舰上作战部队的将佐们,早已人去楼空。

6月中旬,日本海军第三舰队大部已开出上海,在司令长官长谷川清中将的指挥下,此时在台湾海域一带进行联合军事演习。漫长的长江干流,中国最大的内河之上,只有第11战队担任警戒,司令官谷本马太郎少将随舰巡视。

战队的旗舰"安宅号",因为赶上回国整修,无法搭载谷本司令上行,而是在返回上海后,立即在吴淞一带加强警戒。

作为战队首席参谋,接到电报的中村,他不像大池那样不着边际地关心华北,那是陆军的事。从海军的角度看,他的第一反应,就是事变来得太突然,让海军猝不及防。参谋的直觉告诉他,眼下一旦战争扩大,海军在整个长江上就显得无比空虚。想到这里,他失神地呆坐在椅子上,额头上冒出了无数细密的汗珠。

大池看到中村表现出来的异样,不知道是什么原因,会让一贯镇定自若的同学惊慌失措?"中村君,怎么了?"他摇了摇中村的肩膀。

"如果长江事态突变,中国的德械师向我们发起攻击,"中村不看大池,而是用空洞的目光对准远方,"战队的区区内河炮舰,无异杯水车薪。加上在上海、汉口的两三千陆战队员,请问我们能支持多久?"中村这时转过脸来,面向着大池,脸色铁青地说,"这个破绽,难道中国人会看不出来?"

原来是担心这事,大池一笑,他比中村乐观,认为长江根本就不可能发生战事。"上海的保安部队根本没有战斗力。"他说,"中央军难道会调到上海,胆敢发动和帝国的战争?"

中村没有理会大池的看法,对这位同窗的自以为是,他早有领教。具体作战,大池有一套,但在战略思考上,他基本上就是一个白痴。只是中村嘴里不便说,也算是给战队旗舰舰长一点面子。对付大池的任性或者是愚蠢,他有致命一招,就是不理不睬。

果然大池沉不住气,不耐烦地催促中村说说自己的看法。

"我们没有意思,只怕人家有意思。"中村在地图上指点说,"中国陆军87师、88师部署在上海外围,不动则已,动起来就是长驱直入。"

"他敢。"大池狠狠地说,"我们有过协定,支那军队不准进驻上海布防。"

大池所说的协定,是指《上海停战协定》,也叫《淞沪停战协定》。它的实质内容,实际上承认日本在上海的"合法"驻军。

协定名义上把上海划为了"非武装区",但实际上形成了一种奇怪的景观,那就是在承认日军可以在吴淞、闸北、江湾及引翔港等多地驻守的同时,中国却不得在上海至苏州、昆山一带地区驻军。

驻守在上海,占据着日本海军虎视大陆的前沿基地,海军中佐大池理直气壮地以为,白纸黑字的《上海停战协定》,足以成为限制中国军队进入上海的枷锁。

中村不想和他讨论一张纸的约束力,兵不厌诈,从来都是军队的行动指针。关键不是中国军队敢不敢的问题,而是能不能、可行不可行的问题。调动军队需要时间,更需要一个清晰的战略意图,就是得明白打起来以后的规模和走势。想到这里中村冷笑了一下,因为他对大池的天真,多说无济于事,只是报以轻蔑的冷笑。

大池最受不了的就是中村的冷笑,从学校到同一个战队,中村的冷笑总会让他浑身上下不自在。

"中村君,"大池换了一个正式的称呼,向老同学请教:"眼下,我们怎么做?"

"等,要等舰队的命令。但我们也不能若无其事地等,总得做些什么。"中村拿起桌上大池的军帽说,"你是舰长,现在,是发布警戒令的时候了。"

戴上军帽的大池雷厉风行,伴随着一阵号声传遍"安宅"号,全舰官兵进入紧急戒备状态。

中村穿行在炮舰的甲板上,他喜欢听到皮鞋敲击甲板的声音,踏实中带着海军的韵律。一身白衣的水兵,忙而不乱的作战准备,就在他的近距离的注视下进行。

信号兵的军服和旗帜一起在风中舞动,动作麻利的炮手卸去了炮衣,重型机枪手熟练地检查着枪械……各项作业齐头并进,这一切让中村宽慰。他能感觉到,大池带兵,还是很有能力的。整艘炮舰的备战有条不紊,只能听到金属撞击的清脆声音,和江浪拍打金属船壳的沉闷回响。

能做的已经动手在做,该准备的正在准备,中村和大池重回餐厅,开始他们推迟的午餐。下一步,就是午后的等待,等待司令长官的将令。

这命令,却迟迟未到。

在中村接到密电之前,第三舰队司令长官长谷川清中将,已经接到了来自北平海军武官的电报,但他没有立即做出反应。

他需要用脑子,认真过滤目前的形势。

华北的冲突是偶发事件,还是大规模冲突的引线?如果中国政府强硬应对,东京大本营会是怎样的态度?华北的紧张局势会对长江一线有什么样的影响,如果北面的战事扩大,东部的帝国海军该怎样借用这一战机?

决定下一步行动前,长谷川清在旗舰"出云"号上下巡视。经过长长的沉默后,他这才发出了暂停演习的指令。

从中午到子夜,不断的碰头会议和思考,按照长谷川的节奏紧张地交替着,直至他最终发布命令:结束联合军演。

零时左右,第三舰队主力从台湾海峡兵分三路,驶回原警戒防地上海、青岛、厦

门等港口警戒备战。长谷川则坐镇"出云"号装甲巡洋舰,从台湾高雄星夜赶赴上海。

面对一片漆黑的海面,长谷川迎风站在望台上,像是要在黑暗中判断,这支舰队的最终航向。回到司令长官的寝室,他习惯性地面对镜子,打量一下自己的军容,然后脱下外套,坐在桌前,打开了日记本。

"已经是新的一天了,"他写道,"重回上海的日子,帝国海军的下一步——"他打了一个大大的问号。

这个问号是留给大本营的。躺在床上,他没有立即关灯,而是在头脑中梳理着一天中的问题。

不能把问题都交给东京。在熄灯的一瞬间,面对眼前的黑暗,他强烈地意识到,不争取主动,就等于让海军一直在黑暗中航行。以他曾经在海军军令部担任次长的经历,他知道统帅部的最后意见,无非是争执不休,然后走一步看一步而已。

值此异常时刻,怎样才能展现出海军的抱负?这一夜,长谷川耿耿难眠。

如他所料,军令部发来的密电,对华北局势的走向提出了考虑,基本的意思就是静观其变——

> 对华北目前局势之处置虽尚未到发令时期,但对事情的处理极力采取不扩大方针,尽量争取使事件局限于平津地区。海军虽说要做好警备上之必要准备,但目前在各警备地行动务须慎重,切勿给中国方面造成不必要之刺激。
>
> 其次考虑此次事件很可能波及全中国,故应做好各项准备,一旦形成全面作战,须撤退华中、华南之侨民,以及陆军派兵保护上海、青岛等问题。

对所谓"切勿给中国方面不必要之刺激"的说法,长谷川认为军部的表达过于谨慎。他通知参谋,军部的密电无需向下转达,第三舰队要把准确的信息,通报各舰艇战队。

就在这时,田中智子通过无线电波,发来了一个让他深受刺激的情报,那就是中国空军出现了调集的异动。

他们想干什么?长谷川带着参谋,走进了"出云"号的作战室。

军部的用兵指令,一一在图上标注之后。长谷川一边静听着幕僚的发言,一边在地图前来回踱步。

他往返在长长的发言中,这个动作枯燥而持久。为可能出现的战机,长谷川等待了很久,心中也谋划了很久。而一旦现实来临,一旦预想变成行动,对于一个指挥官来说,一切,则意味着重新开始。

一遍遍地梳理思路后,长谷川终于停下步子。他一字一句,仔细斟酌措词,给属下各队发出事变后的第一道命令——

一、自 10 日傍晚以来,卢沟桥方面局势有恶化之兆。又,中国空军确在秘密备战中,形势难测。各舰要做好应对万一之准备。尤应严密警戒空袭。

二、各级指挥官应在极秘密中研究如何撤退侨民。

司令长官的命令,对于中村来说,一半在意料之中,另一半却超出情理之外。

各舰警戒之事,停泊在上海的舰艇在命令下达之前,已经互相通过气。但撤退侨民的打算,中村想不通。

别的不说,就是日本在上海的生意人,租界里的日本侨民,就是一个十分庞大的数字,估计不少于三万人。如果都要撤退回国,财产和生意怎么办?上海可是一个聚宝盆,无论是中国,还是大日本帝国,谁会让这个地方成为一片废墟?凭经验,中村不相信,战争会在这个繁华的都市登台上演。

"樱花呀,樱花呀,暮春时节天将晓,霞光照眼花英笑,万里长空白云起,美丽芬芳任风飘"——再看大池,嘴里哼着跑调的民歌,一脸兴奋自得的样子。

中村不认识似的看着他,说:"你未免也太高兴了,怎么一有风吹草动,你就这么喜形于色?"

大池不理他,还是自顾自地唱着,一直把这首《樱花》唱完。

大池举着手中的望远镜,一会儿,手又指向炮台:"你看它,再看,再看它们。国内节衣缩食,造最好的军舰武器,不就是让我们能够打一场大胜仗吗?"

中村夺过他的望远镜:"你是指挥官,目光要放得更远。身为部队干部,我们最终的目的不是为了单纯作战,而是肩负领导亚洲崛起的责任,这个你懂吗?"

大池嘿嘿地笑着,拍拍腰间的手枪:"这还不一样,没有它,你什么也指挥不了。"

"你说,新上任的近卫首相能够发布作战的命令吗?"中村想让大池换一种角度思考。

"这个问题就不该问。"大池掏出手枪，粗暴地回答说，"这时再不打，就像鲑鱼一样愚蠢。现在是靠枪炮说话，我不管谁是首相，也不管他的什么意见，身为皇军一员，我只知道效忠天皇陛下。"

大池的这股蛮横劲，中村喜欢。"安宅"号的船楼上，他透过高高的窗口，举着望远镜，向黄浦江上游两岸观望。

暮晚时分的上海城郊，水天相连，空中江鸟飞渡。它们翻动的黑影，拍起了地面上星星点点的灯火。远处升起的迷离灯火，即将登场的又一个浮华之夜，繁华的东方都会，现在是"安宅"炮舰炮口对准的方向。

这样的情状，让中村感到恍惚。他决定去上海城区作一个观察，同时也是为了

卢沟桥事变在日本被称作"北支事变"

9 密 电

和田中智子进行情报交流。

大池也想随他一起上岸，中村怕他酒后闹出动静来，便劝阻说："你是舰上的主官，这种时候还是守在岗位上好。"

大池听他说得有理，也不坚持，派了一只快艇送他上岸，并指定一小队水兵跟随护卫。

中村说："人，你就别派了。现在是非常时期，带这么多武装人员登岸，岂不是没事找事？"

大池委屈："我这不是担心你的安全嘛。"

"你的心意我懂，现在还没什么不安全的，再说，里面还有我们两三万的侨民呢。"

登上快艇的中村中佐，渐渐驶进了华灯齐放的繁华市区。入夜的大街上车水马龙，一派热闹，让他不由得想起了日本歌谣《上海航路》。歌中唱道——

　　开船了，愉快的航海，想着梦寐以求的上海，大马路、四马路是夜里绽放的花，红色的灯火招摇着，上海，憧憬的上海。

想起自己在上海的生活经历，包括和智子在上海的美好交往，中村心情复杂地驶向了"日租界"。

严格说来，上海有法租界，却没有什么"日租界"。因为，它没有文件条约为依据，也没有明确的地域界限。所谓"日租界"，它不是一个正式的说法，而是对上海公共租界日侨区的俗称。

公共租界是由原英租界与美租界合并而成的，大致包括后来的北黄浦、静安以及虹口、杨浦两区南部沿江地带，分别对应公共租界中区、西区、北区与东区。

最早来上海的日本人，以经营照相馆、妓院、商店等生意为主，大多数聚集在虹口吴淞路、武昌路一带。随着一战后日本纺织业大举进入上海，公共租界内的日本侨民成倍增长，这时的日侨区，除了虹口吴淞路一带的聚焦地之外，又扩展到北四川路北段、狄思威路等地。

1932年的淞沪战事，日军借公共租界的东区、北区，作为进攻中国军队的基地，并以海军陆战队代替租界巡捕。所以公共租界在事实上被分割成两部分，而苏州河以北日军控制的势力范围内，被称作"上海日租界"。

登陆后的中村发现,虹口一带的日本侨民,和往常一样人来人往。

光脚穿上木屐的同胞,咯吱咯吱地把大街踩出了别扭的响声。中村从骨子里,不喜欢这种肆无忌惮的响声。他心中有隐痛,他知道,上海人对日本居留民多少会有一些鄙夷。不仅仅因为两国紧张的关系,也因为日侨的职业和行为举止,和这座城市的时尚,存在着显而易见的差距。

这样的情绪里,他叫停了一个胸口大敞的中年男人,问:"阁下是做什么的?"

对方诧异地看着这名海军军官,说:"我就是做小生意的,卖些杂货。"

"很好。"中村看到对方有些局促,便对他友好地一笑道,"来上海多长时间了?"

1937年6月4日近卫文麿(前排右一)受命组阁,成立第一届近卫内阁

"三年多了。"中年汉子想了一下说,"昭和八年来的。"

看路上行人多,中村把他拉到稍显僻静的街角,又问,"一家人都来了吗?"

"也就四个人,我和老婆,加上两个孩子。"

"孩子上学了吗?是在寻高小学吗?"

汉子摇头:"寻高人太多,进不去。是在中部小学,也是好不容易进去的。"

中村点了点头。想起这些年,日本上海居留民团创办的高等和寻常小学不断扩建,入学学龄儿童逐渐增多,他不免为眼下的局势担忧。

"你经常这样上街吗?"中村指了指汉子脚上的木屐,然后上前把他的衣服扣子一一扣上,"这样,是不是显得精神些?"

对方脸红了一下,继而理直气壮地说:"我们都习惯了。"

中村扫了一眼四周,又从上到下打量着对方,然而才说:"家里,怎么随意都行。但是,你是在上海的大街上。我觉得,我们的穿着,要有日本男人的体面。"

说完,他深深地向对方鞠了一躬:"阁下,拜托了。"

重新上路的中村,自己也说不清楚,为什么会多此一举。他快步向前去,身体里有些燥热,但他绝不可能解开衣扣。一边走一边观察,他注意到街头海军陆战队员比平日明显地增多了,并保持着良好的军容军纪。这样的情形,让他的心情似乎好转了一些。

他一如过去,按照熟悉的路径,来到了雅代所在的按摩院。在熟悉的房间里,他没有找到楚楚动人的智子小姐。

雅代出现了,她转述了智子留给中村的话,去南京了。中村生出一个感觉,就是智子加快了行动的节奏。

这时,雅代的身体悄无声息地贴近了他。中村轻轻地拢上了她的身体,温热而柔软。雅代的脸,转向了他,没有异常的表情,好像要在中村的脸部找寻什么。而中村知道,她的手在动,她的手指像聪明的主角,轻轻地解开他的衣扣。手和酥麻的感觉,从他的胸口爬过,一件东西塞进了他的内衣口袋。

中村得到了最新情报,中国军队在东部尚无异动。

10

备　战

南京国民政府海军部

10 备战

相比日本海军对事变的反应，中国海军的动作慢了半拍。

对日本第三舰队迅速集结上海的消息，海军的内部情报语焉不详，且有互相矛盾之处。从解夏送来的7月13日上海的报纸上，海军部政务次长陈季良才了解到日本海军方面的行动，这时距事变已近一个星期。

> 日本驻华海军第三舰队司令官长谷川中将，于前晨6时，乘旗舰"出云"号抵沪后，曾于当日下午3时50分许，在舰上举行特别警备会议。
>
> 出席者除长谷川外，计有海军武官本田，辅佐官冲野、田中，第三舰队参谋长岩村，海军特别陆战队长司令大川内及警备部长等数人，议至4时一刻许，陆军武官喜多，辅佐官中都宫，特别机关长楠本等氏，亦先后登舰参加，议至6时余始散。
>
> 昨晨据华东社记者探悉，前日之会，由长谷川主持，依据海军省8日所发之紧急训令，讨论所谓"保护日侨"问题，决议分三组特务舰队，每队支配炮舰二艘，轻巡舰或浅水舰二艘，运输舰一艘。

对报上披露的日本海军动态，陈季良不敢大意，他叫来解秘书，让他以军部的名义，拟一份命令，再次强调长江各舰做好警备，严密监视敌舰的行踪。另外，立即接触交通部，做好随时启动作战计划的准备。

事变之初的南京，正值烈日炎炎的天气，踏着马路上的热气，崔先生代表交通部，和海军开始了工作接触。

他见到了海军出面主持对接的秘书解夏，但对战时动员任务，以及自己扮演的角色，却并不明晰。

解秘书说："现在要做的工作是摸底，因为海军要做战时预案，所以提前了解一下商用和民用船只的现状。"

而在蒋介石发表庐山讲话后，海军部加快了和交通部联络的频次，并像模像样地成立了一个包括双方人选的战时动员工作组。

海军部的解秘书和交通部的罗处长，都是动员组挂名的牵头负责人，具体的事，还是底下来做。崔先生看得出来，小组海军中的两位是临时抓差来的。

一个张灵春少校，是"通济"练习舰二号人物，还有一个金中尉，是从"平海"巡洋舰选来的。"平海"舰有名，它是中国建造的，下水的新闻曾经热闹过一阵子；但对

南京国民政府军政部

"通济"舰,崔先生只是听说而已,只晓得它是一艘很老的兵舰,至于老到什么程度,则一无所知。

若论辈分,"平海"舰是孙子辈,"通济"舰是爷爷辈,张少校向崔先生解释。下水也好,正式竣工编入海军也好,"通济"号比"平海"号都早四十年。说相同吧,最大的相同点都是中国造,"平海"号,是上海造的,"通济"号是马尾出厂的。不同的地方是,"平海"是巡洋舰,是海军的主力舰;"通济"呢,大清的时候叫"钢肋钢壳练船",现在叫练习舰。

"这么老的舰还能服役?"崔先生不理解,"军舰又不是字画古董,老了,就没有作战能力了。"

10 备战

"海军本身就是老字号,百年老店嘛,不比交通部,船多,车多,电话电报,你们可是新贵呀。"人没到,声音先到,来者是海军中校科员刘光寺。

"今天,我看到了报上的一则招聘启事,不得了!"刘科员旁若无人地说,"交通部招电务人员,试用期的工资就是50块,正式录用就能拿上个80块。"

他凑上前,用自来熟的口吻对崔先生说:"我有一个熟人想进,崔先生能不能帮个忙?"

崔先生不知道他的真实意图,出于礼貌,他说:"刘科员高看了,我人微言轻,又是新来乍到,连部里的门都还没弄清楚呢。"

"看来,是不太乐意帮。"刘科员哈哈一笑说,"我这个人直,喜欢有一说一。没有关系,但你能不能帮我打听一下,考试的内容是什么,也能做一个准备。"

崔先生为难:"我这个办事员,怎么能知道这种机密?我也是从报纸上看到的,说是考国文、外文,还有数学,数学大概是考微积分吧?"

对自己的回答,崔先生知道刘科员还是不会满意,只好硬着头皮说:"如果真的需要,微积分这门课,我斗胆可以辅导一下。"

"那就算了。"刘科员挖苦道,"我那亲戚穷,只怕付不起你辅导的费用,不行还是让他到海军来混吧。"

高一句低一句,没头没脑,崔先生觉得此人话多肉多脑子里油多,应该叫作"刘三多"。

可他就是海军部总务司派出的对接负责人,说白了,也就是这个动员组的召集人,是大家的头。崔先生提醒自己,不要受见面的第一印象干扰,毕竟大家还要在一起共事。可人的第一感觉真的很神,工作上稍一接触,刘三多另一个显著的特点就表现出来了,一句话概述,是做事情不经过脑子。

海军的战时征船计划,由交通部具体协办,这是商量好的事。刘三多说先要了解船舶的情况,尤其是大的船只,资料要全,还要一目了然。

大到什么程度,多少吨以上,他没说。资料情况他倒是有要求,包括一切资料,那就等于给每一艘船都造一份档案。

对刘三多含混不清的工作要求,崔先生二话不说,他知道说也说不清楚。因为刘三多本人并不知道,自己到底要什么。崔先生听出了海军的意思,是通过交通部征集大的商轮和民船,以备战时之需,目前只是在摸底阶段。私下向张少校讨教,他也是这么理解的,还说解秘书也是这个意思,是做到心中有数。

问题搞清楚了,崔先生就直奔目标而去。他立即投入了调查,制作了一份详细的长江航运船舶表。

为了这份表,崔先生花了不少心思,查资料、核档案,向同事请教,遇到新的疑问,还要通过电话进一步核实。

在向海军部提交表格之前,崔先生先把它送到了罗处长手中。处长扫了一眼说:"你这人工作的确认真,工作也得法,海军选你是选对了。"

崔先生觉得他话外有音,怎么又变成海军部选自己呢?也没有去问。

"这表,我可要仔细看看。"处长示意崔先生在沙发上坐下。

用了一杯茶的工夫,他把报表认真地看了看。公司、吨位、下水年限、航速、动力情况、运行状况、常用停泊地一应俱全,甚至船长、大副的姓名都列出来了。

"齐全,"处长从座位上移到沙发上说,"给我也留上一份,这么齐全的资料,只给海军部那也太浪费,我们是把长江的家底都端给他了。"

崔先生得到上司的肯定,心里也很高兴,自己毕竟没有白忙。

但是同样的表格到了刘三多手里,感觉就完全不一样了。

刘三多也是在办公室里见的崔先生,接过表扫了一眼,也很客气,连夸崔先生工作细致。但不同的是,他连表看都不看一下,就夹到一个厚厚的文件夹里。

崔先生委屈,仿佛被冷淡的不是报表,而是自己。多情总被无情恼,他苦笑了一下,心想自己是个多情的人,受到一些小伤害是必然的。

崔先生的心思,刘三多浑然不觉,端茶、倒水,他也忙得很。更多的是嘴上忙,从认真细致的话题说起,大谈工作方法的重要性,并以自己的经历现身说法。听话察人,崔先生感觉到,此君属于滔滔不绝、言之无物离题千里的类型,似乎还有点自恋。

带着对刘三多的不妙印象,他走在中山路炎热的大街上,说不出的隐忧,竟让他全身大汗淋淋。

进入7月中旬,陈季良的眼中、头脑中,始终浮现和激荡着一条大河,那就是长江。

身为第一舰队司令,陈季良当然知道自己的战场在哪里。对于失去制海权的弱小海军来说,内河长江是中央海军的主战场,也是日本人进攻华中的战略通道。

从列强展开"炮舰外交"开始,扬子江水系一直是海军强国争相控制的航线。尤

10 备 战

其是日本,一艘艘专门为此设计的内河炮舰,早已游弋在这条泛黄的航道上。

为抵御外敌,海军的长江会操,已经成为有针对性的例行军事演习。至于外界以此嘲讽海军为"江军",只是不了解海军头面人物的良苦用心。在部长陈绍宽看来,一旦爆发战争,海军最有效的策略,就是集中优势舰队投入长江决战,出其不意,给敌人以重创。

具体到陈季良直接指挥的第一舰队,包括巡洋舰、驱逐舰、炮舰在内的十余艘作战舰艇,如果投入到海上,在强大的日本海军面前犹如扁舟一叶;然而,把它们集中布置在长江上,对付日军的内河炮舰,则有可能掌握主动权。

因此,一旦中日全面开战,两国海军将如何对决,不仅是战略问题,更是战术策略问题。海军总的作战基调,早就写在了年度国防作战计划里。现在,摆在陈季良面前的问题是,要敲定具体的时间、地点,并着手进行战前的准备。

但陈季良苦于无法积极应对,因为他没有任何发言权,他需要也必须听从军委会的部署,被动地做出海军的迎战准备。

为应对可能在中国东部爆发战争,统帅部在7月14日"卢沟桥事变"第四次商会上,第一次正式提出关于长江封锁的实施动议。除了加强要塞炮火和防空能力外,还提出了两项和海军部相关的议题,并经军委会办公厅下达——

一、注意不失时机,撤除长江之灯塔、航标
二、与陈季良次长接洽,请其妥定海军使用计划

上峰直呼其名点将,军令如山,于公于私,陈季良都不能怠慢,他立即组织海军班子研究对策。

对于统帅部提出封锁长江的计划,陈季良之前的想法还有些模糊,但现在已经把任务下给了海军,就得无中生有去找办法了。情形之下,有三项议题,已经成为海军讨论使用方案的重点——

一、对照作战计划甲乙案,海军使用当以取何种预案,如何进行微调
二、对长江日舰之扫荡之具体计划,及协同空军、陆军作战方案
三、封锁长江的地点、方法、时机及操作之可行性,所须器材、物资及人力

难点在于所谓的封江计划,这是一项消极抵抗的策略,也是一项不得已的计划。

在下游宽阔的江面上,建一道封锁线谈何容易,但效果却又是无法估量的。因为通过对长江航道的有效封锁,可以阻止强大的日本海军舰队溯江推进,一是以此保卫首都南京的安全,二是可以争取时间。

封锁长江,阻断航运,原本就是双刃剑,也是只有到了特殊时期,才能使用的特殊手段。封早了,等于在长江航线上自缚手脚;晚了,则不能达到阻止敌人西进的战略企图。

两利相权取其重,两害相权取其轻,海军部各司处主官的讨论会上,这样的废话很多,但是解决不了如何实施的要害问题。

"什么是利,什么是害?何为重,何为轻?你们不要在嘴上下功夫!"陈次长敲起了桌子,"各个部门都要拿出具体意见,拿出可行性方案来。"

陈次长给大家定了一个时间表,在部长回国前,形成完整的行动计划。否则,自己作为在家主持工作的政务次长,就是严重失职。

陈季良的时间要求紧,是因为统帅部的要求更紧。军政部的督促电话催个不停,军委办公厅更是措辞严厉。陈季良恶狠狠地交代,要求军部相关司处各司其职,开始提出具体可行的计划方案。

次长最近脾气有点大,和过去平易的风格有反差,部里私下多有议论。副官处的孙副官久居中枢机关,再加上耳根子软,风言风语听得多些,也难免会在解夏面前嘀咕几句。

以解秘书的观察,一把手主要靠权威,副手却要特别讲智慧。陈次长的智慧在于,他懂得给部长补台。部长性情刚烈,眼里容不得沙子,次长比较柔和,能够调和一些矛盾。对于这一段时间部里对次长的议论,解秘书是知情人,他知道发生在陈季良身上的变化,其实事出有因。

一是他的身份变了,部长不在家,主持工作的次长就是一把手;二是现在处于大战在即的非常时期,从严治军是时势使然;第三点,别人不了解,但解秘书却有切肤之感,那就是有人在背后算计海军部。

统帅部一日一次的时局会商,把海军部排除在外也就算了,可电雷学校教育长欧阳格却能参会,这样的安排,陈季良想不通。

大家都明白,陈绍宽如果身在国内,谁也不敢在这个问题上跟他玩弄这样的小把戏。但陈季良毕竟不是陈绍宽,这里面不仅仅是中将与上将的军衔差别,更有一

10 备战

个军种一把手和副手的巨大鸿沟。

主持工作的次长,被统帅部怠慢不说,更让海军寒心的是,会上透露出来的内部消息称,有人提议让欧阳格出任江防司令。

什么叫江防?对于没有海上决战实力的中国海军来说,说得难听一点,江防几乎是海军防务的全部。这岂不是说,小小的电雷教育长,竟然要指挥整个中央海军?!

得知传闻,陈季良坐不住,他拐到了解夏的办公室,劈头盖脸地就问:"你可听到了什么消息?"

解夏估计他十有八九是问欧阳格的事,但这话题自己不便挑破。便装糊涂,问:"次长,你指的到底是什么事?"然后,给他点上了香烟,自己也陪他抽。

"听说有人提出要让欧阳格当江防司令,那海军的舰队不就交到他手里了吗?"陈季良气呼呼地说,"真是天大的笑话。"

解夏和军委会的参谋熟识,对这事的大致脉络有所了解。

提议欧阳格任江防司令确有其人,他就是京沪警备区司令张治中。但是,张文白的提议,被何应钦否决了。何的理由是,欧阳格不能统辖海军。他还解释说,现在海军方面正拟申请整理海军,要请委座兼海军部长;将来长江还有第三舰队,欧阳格不能指挥,故只能给江阴区江防司令的名义。

解秘书掌握的消息,何应钦确实讲了这一段话,只是会报上没有记录。

电雷学校就在江阴,给欧阳格一个江阴区江防司令的名义,只是战时顺理成章的安慰性职位。即便如此,何应钦也不想因此刺激海军,他特别交代,给欧阳格的职位只是秘密名义,不发表。解秘书理解,何部长是不想把这件事传出去。

因为关系高层的人事,又关系到闽系和电雷系的敏感话题,在陈次长面前,解秘书不便多言。上司相争,身为下属是从中调和还是火上浇油,这里面的分寸完全取决于一个人的价值取向。所以,他谨慎地说:"这事,我也听说了,何部长不是解决了吗?"

"树欲静而风不止。"陈季良刚把烟掐灭,又点上了一支。他说,"张文白的提议,未必后面没有原因。"

吸了一口烟,想了想又说:"这事情不简单,我们什么时候提出过,请委座担任海军部长的?这事你知道吗?"

解秘书苦笑:"你都不知道,我怎么可能知道?"看次长焦虑,他小心提醒,"会不会,这是何部长的托词?"

"卢沟桥事变"后统帅部每天都要在何应钦官邸进行军情会商

"也有可能。何应钦跟海军的关系谈不上好,但也不怎么坏。平常会给我们穿小鞋,但关键时候还不至于下黑手。"

解秘书给陈季良次长泡了一杯茶,顺着他的意思讲下去:"也是,现在成立了大本营,何部长已经提议,让海军部派一人,进入大本营的幕僚。"

"现在我管不了这么多了。"陈季良喝了一口茶说,"国内事变突然,形势难料,厚甫在德国待不住,已经电请委座同意,就要提前从欧洲启程回国。海军部抗战大计,很快就由他来主持了,但是我们不能等。"

酷热天气里的备战,真正的纸上运筹,谋略上的交锋,海军部整个大院夜以继日,灯火通明。

紧急备战的多事之夏,越是怕出事,就越容易出事。

海军部的备战急电刚刚下发没几天麻烦就来了。解秘书得到消息,"海琛"巡洋舰和日舰进入武装对峙局面,打和不打的一道难题,已经摆到了南京下关的江面上,就在海军部的眼皮底下,考验着陈季良次长。

更让海军部郁闷的是,这样的军情,居然还不是从正式渠道获悉的,而是来自民间的观察。

这个民间的消息源,出自交通部崔先生之口。

本来解秘书和崔先生的见面,只是一次双方的碰头会。解秘书到会也纯粹是出于礼貌,代表军部走个过场,和战时组成员见个面,以示海军对此项工作的重视。而就在他准备从会议室抽身时,崔先生挡住了他的去路,提出借一步说话。

这样,在隔壁的会客厅,他第一次听到关于"海琛"舰的军情报告。

原来早晨上班不久,崔先生在和下关港务局联系工作时,听到了对方对航运安全的担忧。崔先生原以为对方指的是江雾大,影响正常通视,谁知道实际情况是在江雾散开之后,江面上突然出现了剑拔弩张的紧张局势——好几艘军舰,正炮口对着炮口,有我们海军的,也有挂着日本海军旗的,双方呈现一触即发的态势。

崔先生觉得形势严峻,想立即通报海军部,但又怕情报有误。情急之下,只身赶到下关码头,会同港务局同事一行,坐船趋前一看,舰挨舰,炮对炮,果然看到海军舰艇和日本军舰处于对峙状态。

崔先生有心,远距离数了数,对峙中的舰艇共有6艘。其中两艘是中方的,大一点的是"海琛"舰,日方军舰共4艘,其中包括第11战队的"安宅"炮舰。

作为外行人,崔先生表示,大家最担心的问题,双方这样近的对峙,会不会擦枪走火?还有,如果日本人故意放上一炮,海军会做怎样打算?崔先生还介绍,同行的七八个人中,关于打和不打,当时有两种意见争执不下。当然,支持打的占绝对多数。

"那么,你属于哪一派呢?"解秘书不紧不慢地问。看崔先生愣在那,又提醒说:"不必有什么顾虑,就谈第一感觉。"

"我弃权。"崔先生回答,"对想不明白的事情,我一贯是逃兵。"

这个回答,让解秘书意外。他喝了一口茶水,又喝了一口,沉吟着崔先生的逃兵话题。

"老百姓是可以做逃兵的。"解秘书说,"崔先生,你可是政府官员呀?你做不得。"

嘴上这么说着,只是一种习惯,其实他不是说崔先生,而是说海军。送别崔先生后,解秘书觉得很没有面子,"海琛"舰近敌的危情,连外人崔先生都知道了,可海军

部还蒙在鼓里。

　　这样的麻木状态，怎么去应付强大的日本海军？他没法掩饰自己的担心。

　　事后解秘书才知道，"海琛"舰长并非没有上报敌情，只是他的请示，撇开了海军。

　　"海琛"舰长请示，如敌舰先开一炮是否还击，现下关敌我军舰皆装弹对峙，随时有冲突可能。

　　从统帅部的会报上，海军部第一次看到了"海琛"舰的正式请示。而这个迟到的敌情报告，显然一如从前绕过了海军，上报到军政部。

　　更吊诡的是，会报记录上，只有问题的反映，而没有任何答复。这样的会报发到海军部，批示给海军处理，是情况通报，还是让海军自行了断，拿出主意来？大家都在猜谜。

　　解秘书通过近期会报，能够看出高层议事的规律。

　　最高统帅部自7月11日起，也就是事变后的第四天，每天晚上9时，都会在军政部何应钦部长官邸大客厅，举行一次军情会商。

南京街头救亡宣传随处可见

会议由何部长主持,参谋总长程潜大多到会。与会者除了次长曹浩森等军政部要害部门长官和机要参谋人员外,训练总监唐生智、军事参议院院长陈调元、军委会办公厅副主任刘光及吴思豫、防空学校校长黄镇球等也是会议的常客。

根据议题需要,军委会秘书长张群、资源委员会副秘书长钱昌照、军委会办公厅主任徐永昌、军政部次长陈诚、参谋本部次长熊斌、中央军校教育长张治中、空军的周至柔主任、宪兵的谷正伦司令等军事长官,甚至中央宣传部部长邵力子、交通部部长俞飞鹏、江西省主席熊式辉、军委会侍从室第一处主任钱大钧等要员,都会光临这个高级别的军事会议。

唯独海军方面,一直被排斥在会议之外。因为缺席,海军的信息就显得极不对称。比如,现在拿到"海琛"舰的请示,海军就完全吃不准统帅部的意图。

11

剑拔弩张

1937年7月17日蒋介石发表"庐山讲话"《最后关头》

11 剑拔弩张 155

结束演讲后的蒋介石一行步履沉重

抗日无小事,毫不夸张地说,前方的一举一动,都被无数双眼睛盯着。社会舆论不依不饶,稍有不慎,便会引发民声鼎沸,"汉奸"、"卖国贼"的骂声随之铺天盖地。比如,"九一八"时的张学良。而眼下,许多双眼睛盯着平津一带的宋哲元、张自忠,报上的消息纷纷扬扬——

宋哲元否认接受日条件
谓系日方故意散播空气
宋哲元电京报告撤兵真相
谓一切当遵中央意旨

这天，解夏如约来到岳父家吃饭。没想到，从前不大和他讨论时局的岳父，也递过来一份报纸。

上面有一篇文章，解夏是看过的，题目叫《关于宋哲元》。文中的不少观点，反映了当下人的心理，以及对战与不战的态度——

昨天上海传宋哲元已接受日方条件的话，我在早晨也听说了，并且还听见了比这个更离奇的消息。

不过我知道上海这地方谣言多的很。像现在这样的时局，对做公债的人们，是再好不过的机会了。昨天早晨就有一位银行里的朋友对我说，行市又小了两块，你有什么消息吗？

不过宋现在在津谈判，等于是立于悬崖绝壁之间，也是事实。他的左右，汉奸、亲日分子很不少，何况日军大事调动之后，并无所获岂肯干休，所以宋如果不想屈辱，谈判是一定没有结果的。

总之对于宋，现在我愿望民众监督不可不严，但也不要根据传说，太早的就斥责他。我们相信中央已有不失寸土的决心，那么无论如何，这次华北事件，我们大约不致再失望了吧！

因为考虑女婿在军界，岳父在饭桌上，一直没有提及时局。倒是大舅子忍不住地问："大家都在传大战免不了，双方都在调兵呢，你们海军到底准备好了没有？"

不等解夏回答，岳父便打断了话题："这事解夏不好说，什么叫准备？"他指了指桌上的饭菜："做这一桌菜也是准备，但没有菜也得吃饭，它是你能决定的？"

接下来大家都没有说话，一顿饭吃得清汤寡水，异常沉闷。平常健谈的大舅子，也三缄其口。

听话听音，解夏认为岳父表明的态度，有两层意思。一是，我们还没有准备好；二是，万一日本人不让你准备了，你也只有放手一搏。联想到"海琛"号给海军带来的微妙处境，他想这个问题对于海军来说，无论是部长陈绍宽，还是次长陈季良，五年前的"淞沪事变"，都栽过大跟头，有过无比深刻的教训。

所以，眼下"海琛"号的一句请示，谁也不敢再掉以轻心。解秘书感觉到，这是事变后，让海军部最棘手的一次武装对峙，也是陈季良必须直面的难题。

11 剑拔弩张

一筹莫展之际，陈季良收到了动员组关于军法惩处"海琛"号的报告，一时哭笑不得。

对"海琛"号目无军部、直接向军政部"越级请示"的行为，战时组提出报告，要进行调查处理。考虑大敌当前，非常时期当动用非常手段，以严肃军纪。

陈季良苦笑，调查有个屁用，再说，你去哪里调查？所有人都知道，"海琛"号名义上归属海军，原先属第三舰队编制，反水之后投靠了广东海军，再次反水后就一直由军政部直管，何来"目无军部"的指控？陈季良想都没想，把这个动议撕得粉碎，纸片碎屑在办公室里撒落一地。

在纸片的飘落中，他看到了海军纷乱不堪的往事。

日本人先动手，打还是不打？这一道选择题对于海军来说，是老题目。"一·二八事变"时，海军曾经的选择让自己自食苦果。说前事不忘也好，说吃一堑长一智也好，但这些教导并不能解决陈季良的选择难题。

随着孙副官的传唤，解夏踏着一地纸屑，走进次长办公室，感觉到莫名其妙。

次长看他一脸诧异，心想报告的事，恐怕他并不知情。但是，还是忍不住地问："喂，我问你，你们动员组交来的'海琛'号报告，你自己看了吗？"

解秘书脸上掠过狐疑的神情，他扬了扬手上的文件夹："什么报告？它还在手上呢。"

陈季良没再说话，打开一看，也是关于"海琛"号的。原来，这是解秘书携军务司参谋一起，就下关江面敌我军情的实地考察报告。

陈季良翻了一下，大体情况，和前面掌握的基本一致。所谓"日军的 4 艘驱逐舰，和我海军两艘舰装弹对峙"，和实际情况稍有不符。日本人的兵舰中，3 艘是内河级炮艇，只有一艘是驱逐舰。他估计当时在夜间，我方没看清楚。

点起一支烟，他问："现在是什么情况？"

"对峙还在继续，双方在甲板上的一举一动都看得清清楚楚。当事舰长担心，如果我们不放第一炮，敌人要放怎么办？"解秘书盯着大口吸烟的次长，说，"敌舰只需几枚鱼雷，足以让我两舰下沉。"

陈季良站起身来，不说话，只是一个劲地抽烟，拖着微跛的脚步在屋里转圈。

突然间，他指着地上的纸屑，警告说："你可要管好你的动员组，别让他们把报告往我这乱送。"看解夏不解，马上又摇了摇手说，"算了，这事你本是蒙在鼓里。"

接着又走了几步，停了下来，对解秘书说："你现在坐在我的位置上去。"

解夏茫然，略带局促，坐上次长的座椅。

次长扔过来一支烟,示意他点上。

解秘书没有烟瘾,但也不怕抽烟。他点上烟,学着陈次长这个老烟枪的样子,大吸一口腾云驾雾。

"怎么样?"陈季良问。

解秘书不知道他想问什么,随口回答说:"次长的椅子宽大,坐着很舒服。"

"所有人都会认为这个位子很舒服。"陈季良没好气地说,他站到了桌案的对面,语言明显有些激动,"好,你现在就是次长,告诉我,坐在这个位置上,你准备怎样去答复'海琛'号——究竟放不放第一炮?"

设身处地,解秘书总算明白了次长的意图。但自己毕竟不是次长,他心里想,当然不可能下令放第一炮;而如果听任日本人先动手,自己心有不甘。

"没有两全之策。"他向次长摇了摇头,离开了本不属于自己的座椅。自言自语道,"那样近距离的对峙,'海琛'号会不会沉不住气?"

"沉不住气又会怎样?"次长反问道。

看着解秘书一脸疑惑,陈季良走到窗前,目光空洞地看着窗外。

从玻璃模糊的反光中,他像是看到了一个不熟悉的自己,一个曾经年轻的自己。只是那时,他还没有改名,那时他的名字叫陈世英。屏住呼吸,他甚至看到了冰冻的黑龙江,一边是日本军舰的炮火威胁,另一边是一个姑娘求援的目光。依稀记得,她是当地的游击队副司令。

从瞬间的反光中,从一个姑娘感激的泪光里,陈季良看到了自己年轻时的决断。当那个叫陈世英的男人,决定把舰炮借给游击队时,就意味着他选择了和日本人的对抗。陈世英真的一去不回了吗?他不甘地盯着玻璃里的影像,从慢慢开始的清晰眼神里,他像是一下子找到了自己的青春岁月。

回过头时,他的目光变得坚定起来,声音也变得洪亮起来。他用自言自语的口气,却又像是面对一个广大的空间,他此时的声音像是告诉自己也像是提醒别人。他说:"仗,都是从下面先打起来的,打大了,才成为上面的事。"

解秘书豁然开朗,可不是吗,无论是十九路军上海抗战,还是卢沟桥,只有通过前方的回击,才可能形成对日作战的态势,最高统帅部才可能进行表态。

"那么,次长的意思是——"

"我的意思也是你的意思,更是大家的意思。"陈季良接过解秘书的问话,"如果日本人开炮,我们尽可还击。"

"这算不算军部的正式态度?"解秘书谨慎地问。

陈季良摇摇头,重新回到座位上。

他拿出了载有蒋中正《对卢沟桥事件之严正声明》的报纸,对解秘书说:"该采取的对策,委座都说到了。"

在报纸上,他用红笔给解夏勾出了关键词句。解夏明白了,诚如委座所言,海军自当承担"守土抗战之责",如果日本人敢于开炮,我们一定坚决自卫还击;但是,我们不能开这第一炮,这也是委座的态度,"准备应战,而决不求战",更何况委座要求大家"服从纪律,严守秩序"呢?

陈季良这么一解释,解秘书心中释然了许多,原来次长已经明确了"海琛"号应对敌人的策略。他知道,打开次长心结的,有次长本人的原因,也有委座态度在先的缘故。相比以前遇事的被动,这一次,委座的"庐山讲话"大不同从前——

我们既是一个弱国,如果临到最后关头,便只有拼全民族的生命,以求国家生存;那时节再不容许我们中途妥协,须知中途妥协的条件,便是整个投降、整个灭亡的条件。全国国民都要认清,所谓最后关头的意义,最后关头一至,我们只有牺牲到底,抗战到底,"唯有牺牲到底"的决心,才能博得最后的胜利。若是彷徨不定,妄想苟安,便会陷民族于万劫不复之地!

我们希望和平,而不求苟安;准备应战,而决不求战。我们知道全国应战以后之局势,就只有牺牲到底,无丝毫侥幸求免之理。如果战端一开,那就是地无分南北,年无分老幼,无论何人,皆有守土抗战之责,皆应抱定牺牲一切之决心。

回到办公室的解夏,首先找来了张灵春,问起给次长报告的事:"谁这么吃饱撑的?我不知情,就把报告递了上去?"

张灵春一笑,反问:"除了母夜叉孙二娘,还有谁会想到做人肉包子的生意?"

从他的口中,解夏完全证实了自己的猜测,果真是那个刘三多多此一举。

这人为什么要这么做,打报告还故意绕过自己?解夏不理解,却没有说出口,看到张灵春欲言又止,原来,谁都不愿先打开这个话题。两人会意地笑了笑,各忙各的去了。

解夏一坐定,就开始催促各部门,抓紧作战方案的议定上报。电话还没打完,"海琛"号的问题又来了,这一次是炮弹不够。

两军对垒,随时可能交火,却发现炮弹所存无几。这样的处境在解夏看来,只有

用两个字概括:可怜。

事关"海琛"号请求弹药的公函,由军委办公厅下发到海军部,一起来到的,还有统帅部最新会报上的,军政部对"海琛"号议题的答复——

> 海琛舰长报告炮弹缺乏,6英寸炮每门仅20发,4寸炮每门仅8发。请转知海军部酌予补充每门100发(至少50发)。
>
> 部长(意见):函请军委会办公厅令海军部照办。

接到办公厅的批件,陈季良想都没想,批了"照办"的意见发给了军械司。司长接到函件,却不大高兴,对解秘书说:"老弟,你不是外人,这样办是坏规矩的。他军政部有的是钱,炮弹,凭什么向海军要?"

解秘书理解司长的不快。无事时,"海琛"舰归军政部管;一旦有事,把问题都推给了海军部。但怨归怨,还是要服从大局。他指了指军委会办公厅的章,意思是这可是上头的命令,海军部不能不听军委会的。

"凭什么至少50发,我顶多给它20发,这个先例不能开。"司长不愿这样让"海琛"号得逞,征询解秘书的意见说,"我们经费这么紧张,都是一个萝卜一个坑,凭什么他要多少就给多少?"

"炮弹是用来打日本人的,多给几发也无妨。"解秘书打着圆场。

"虽说'海琛'号是军政部直管,但也不容易。从青岛开始,算是离家出走;到了广东,又整天担心鸡飞蛋打;来了南京,青岛老家不敢回,新家又不愿去。说一句不好听的话,它是有人生却没人疼,编制在第三舰队,隶属海军部,实际上又是归军政部管。陆军就是陆军,怎么能替海军考虑周全呢?"

"自讨苦吃。"司长哼了一句,"谁让他背叛沈鸿烈的?"话说得狠狠的,事情还是照办了,每门50发,也就给它批了。

拿到批件,解秘书把金砺锋叫到办公室,让他和"海琛"号联系,把炮弹的事情给办妥了,毕竟人家那里和日本人较着劲呢。

被解秘书抓差江阴探营后,金砺锋把两位学员小孔、小程带到湖口,两个多月后,没想到又被抓了差。此时临时抽调到战时组的金中尉,来自"平海"舰的炮枪副,看到批件瞪大眼睛不敢相信,军部竟会如此大方。

不管怎么说,"平海"舰也算是军部的亲儿子,又是小儿子,可从来都没有得到

中国海军"海琛"装甲巡洋舰（清政府向德国订造）

这样的待遇。看到一门炮一次性发放炮弹50发，3门6英寸，8门4英寸，加起来一共550发炮弹，这个数字让他直眼红。

"长官，这么跟你说吧，一次发这么多，让我的眼睛都要滴出血来。"

"别夸张。"解秘书感伤，"海琛"号自从离开了青岛，这些年老是游离海军之外，其实日子也不好过。他说，"我们不能老是记着它的错，它的是是非非，都是海军同门，这次，就应该喂它个饱，让它和日舰对抗时能有一点底气。"

眼看着金砺锋出门，解秘书本想再叮嘱一句，想了想还是没张嘴。

他隐约觉得，一下子补充这么一大批炮弹，"海琛"舰上的官兵会备受鼓舞，就会平生一种激奋的情绪。他不知道这样的情绪，对两军对抗的复杂局势，会有怎样的影响；但他没有想好，这一层意思该怎样向金中尉表达。

金砺锋却捕捉到了他的表情，试探着问："还有什么，请训示。"

解秘书摇头，放弃了对他的交代。

炮弹到位的当天，金砺锋带来了亲眼见闻，日本的兵舰全线退出了对峙状态。

果真如解秘书所料，炮弹运到"海琛"号后，舰上群情激奋。看到这边有异动，日本军舰也十分警觉，不知不觉中，双方似乎进入了临战状态。

一分一秒的对峙中，"海琛"舰舰长决定打破僵局，他作出了一个大胆的决定，派上得力人员登上敌舰。上舰的是一位海军中校，三言两语的交涉过后，戏剧性的结果出现了，不一会，日本的兵舰就开走了，离开了"海琛"号的警戒视野，事情就这么解决了。

陈季良心中的一块石头放下了，自然一片释然。解秘书忍不住在心里嘀咕，那位上舰的中校到底是谁？印象中，"海琛"号只有一位中校副长，但那个老油条怎么可能表现得如此英勇？

想不明白，便向张灵春说起了。张少校一听就笑了，连说长官官僚："这还用猜，明明是金砺锋在演戏。"

解秘书想了想说："这小子神出鬼没的，倒也能干得出来。但是，明明说的是中校上的船，有他这个中尉什么事？"

张少校拉了拉解秘书的衣角，说："我要换上你这一身，你还别说我不像中校。"

恍然大悟，原来用的是化装术，真是英雄所见略同。解秘书想起，去电雷学校时，曾一鸣曾经提出的化装探营的主意，不免笑了起来。继而又正经地说："你要警告他，下次再冒充校官，小心军法处置。"

"功过相抵，中尉贼着呢。"张少校说，"人家也没来请功不是？"

"看来今后要多防这小子两手。"解秘书说着这话，心中却不免得意。几年前的特训班，自己果断选择了金砺锋，现在倒成了智勇双全的奇兵。

江阴探营，他不仅摸清了水雷的虚实，而且顺手牵羊地搞到了水雷说明书；这次，让他送炮弹，他居然送来了这么一个逼退敌舰的传奇故事。只是他胆子太大，解夏想，这不得不防。

海军中尉斥退敌舰的故事，在海军抗战的岁月广为流传，即便在战事最为艰难的时候，它还被绘声绘色的讲述。

流传中的经典故事说，那一天骄阳似火，天气是那种极少出现的晴朗。凭肉眼，在"海琛"号上，就能看到"安宅"炮舰上官兵的肩章官衔，这还说明，两舰的距离是何等之近。我方能听到对方粗重的咳嗽声，而我方搬运炮弹的喧哗，金属清脆的碰撞声，一定让对方感到气氛窒息。

11　剑拔弩张

正是这时,从"海琛号"驶出的一艘快艇,在江面上劈波斩浪,打破了敌我对峙的僵局。

我方登舰的是一位海军"中校",其实是化装上船的一个姓金的中尉。他虽然年轻,却有和年龄不相称的老成。带着一个随从,他从软梯登上"安宅"舰,面对的是身材粗壮的日本舰长大池中佐。

我方起初口气平和:"请问,日本海军究竟是什么意思?"但是,这个同样的问题一共问了三遍,语气也开始逼人。

对方傲慢地回答:"没有什么意思?"

我方一笑,做了手枪瞄准对方的动作:"你们把炮口对准我们,该不是做游戏吧?如果阁下有这个喜好,我倒愿意陪你一起玩。"

对方显然没有见过这么狂妄的中国军人,他喘着粗气随口骂了一句:"鲑鱼,我看你是在挑衅。"

他的话音未落,只觉得一阵劲风吹动之后,"中校"已经闪身腾挪到他的身前。大池身后的日本水兵被这突然的袭击惊呆了,他们下意识地举起手中的武器。

我方"中校"并没有下一步行动,他的脸上还是笑着,对恍惚中的"安宅"舰长说:"游戏是不能玩的,我这么一动,你们的枪都举起来了。"他指了指身后的"海琛"舰说:"如果你的枪一响,我们的炮弹和鱼雷就会像雨点一样落下来。"

大池辩解:"对我们,你们实弹在先,我们只能把炮口瞄准你们。"

"我们当然要对你实弹。"中校用不容置疑的口吻说,"现在不比过去,你们挨得这么近,在过去可以说是友好,现在对我们就是威胁。"

对方翻动着眼睛:"这只是你的理解,我们并不这么认为。"

"是人,都会这么认为。""中校"收起脸上的笑,脸上的神情一下子变得可怕起来。他的眼睛一动不动地直视对方,"眼下事变,虽然没有达到全面战争,但是军人不说假话,我们的炮口已经把你们认作了敌人。"

"但是,你们知道这样的实弹相对很危险吗?"

"我们是被迫不已,是以防不测,是为了自卫。如果不用实弹对你们,才会让我们感到危险。"

"这样对抗的严重后果,你们想过没有?"

"中校"平静地回答:"如果不想到后果,我们会送上这么多发炮弹吗?它够我们打上一个月。但我们不愿意这样,我们认为有更好的办法,你我双方都能接受的办法。"

南京下关的海军军港

对方表示："什么办法,你们的,可以提出来。"

"中校"做了一个"请"的手势说："请,请你们离开。驶出一段安全的距离,因为这里是我们的防区。"

在表明上述态度之后,"中校"再也没说二话,头也不回地离开了日舰。

结局正如海军员兵都知道的那样,中校回到"海琛"舰不久,"安宅"号打出了撤离的信号,日本军舰转舵离去。

看着晴空下,日舰拖着长长的浓烟离去,这种意外的结果,激起了舰上人员的一阵阵欢呼。

舰长一声号令,"海琛"号上打出了满旗,以破例挂满彩旗的最高庆典礼仪,庆祝这次胜利,像庆祝一个盛大的节日。

身临其境的金中尉,后来对张灵春说："我这个人其实很怪,所有的场面自己都不知道害怕,但就是见不得这样感人的场面。"

他还说："当时,有一种异常的感受。看到旗帜在风中招展,我只能转过身去,控制着自己的情绪。但我还是能够感到,我的脸虽然背对阳光,但眼泪还是在慢慢地流动。"

日舰为什么会主动离开？每一个人心中都打上了一个问号,各自给出的答案也不尽相同。最有说服力的解释,是日本人试探中国海军的底线,在没有得逞后溜之大吉。

"海琛"舰的插曲一结束,海军部的运转又迅速回到了长江防卫的正题。此事落实到阻塞计划动员组,具体任务就变成了一句话：动员船只。

12

预　感

交通部上海轮船招商局

上海海关大厦（1927年落成）

许多事情一开场，就注定了是一场闹剧。

崔先生日后想，自从自己稀里糊涂进入了动员组，很快就成了闹剧中的一个木偶。如何动员船只，动员多少，使用目的是什么？动员组根本不知内情，刘三多只知道陈次长盯着这件事，于是不停地组织大家开会碰头。

小组成员就四个人，坐到了一起，大家都听刘三多说。

刘三多对前一段工作做了小结，认为所有工作都在原地打转，根本没有取得任何进展。

听话听音，张少校和金中尉都听出来，他是对崔先生工作不满意。张少校往崔先生看了一眼，发现他的目光上仰着，像是注视着墙上的一条标语，表情平静。

"现在已经不是纸上谈兵的时候了，大家都要把工作落到实处。"刘三多沉着脸问，"如果海军要迅速调集船只，你崔先生最快需要几天？"

"要看从哪调,调到哪?"崔先生说,"你可以告诉我目的地在哪,这样我就能比较准确地回答你。"

刘三多哦了一声,他扫了一眼小组成员,接着提出了一个大胆的想法:就是能不能动员1000吨以上的船舶,全部向南京、上海集结,以备海军战时使用?

从大家的反应中,刘三多自知自己的提议奇怪,但嘴上还硬扛着,不服输。

"要敢于想象,我这个人从来都不保守。"看到大家表情冷淡,他气鼓鼓地说,"万一明天开战了怎么办,到时候你们连哭都来不及。"

听他这么说,崔先生也认真起来:"刘科员,能不能透露一下这些船做什么?"

刘三多心里也没有现成的答案,但他鬼得很,想了想之后摇摇头。"对不起",他的神情严肃起来,"这里面涉及军事机密。崔先生,不是我不想告诉你,其实⋯⋯"

崔先生害怕他开始喋喋不休的解释,立即做了一个暂停的手势,然后轻声地问:"那能不能透露一下征用的时间,估计能有多长?"

刘三多想都没想,还是一口咬定:"军事秘密。"

"军事秘密,我理解,但让所有的大船都集结听命,绝不可能。"崔先生依然语调平和,把底交给大家。

他说:"大量的军需物资,都要走长江航运。你们也许不知道,因为铁道部不愿下调运输费,几十万陆军的后勤运输,都压在长江上。"

"而且现在学校内迁,以及转移政府公务人员眷属的任务这么重,船开足马力还嫌不够呢,能让它都停下来?!陆军的事,教育部的事,政府各部门的事,俞部长都要考虑;当然海军部的情况特殊,我自当如实向上反映。"

崔先生这样说,倒也不是为了应付,他能够从刘三多的口气里,捕捉到海军要做一件大事的信息。

"那你们先报一个计划,到底能给海军多少船?"听得出来,刘三多对崔先生的解释不满意。

"这就要看重要性的排序了。"崔先生淡淡地表示,"战时船只使用权在统帅部,轻重缓急,我们说了没用。"

他从包里掏出了一份材料,指着醒目的加粗字体,这可是统帅部的意思——

海运及长江水运,由最高统帅直辖使用,此外战区各省境内之河川,则归兵站管区或归各该方面军和集团军用之;

调查轮船、汽车、帆船之数量,及河川之景观,对水运之利用,须有完善之计划与准备。

"当然,统帅部的指令是原则性,具体方案我们都可以研究。"

崔先生收回材料:"刘科员,你手里有我提交的统计表,长江航运的家底都在上面。算上国营招商局,和所有的民营船业公司,交通部掌握的数字,长江干线 1000 吨以上客货轮 131 艘,总吨位 20 万吨出一点头,而海军要控制千吨以上的所有船舶,这意味着什么吗?等于是让长江动脉死掉。"

崔先生说这话的时候给自己留了一手,他所说的船舶总数只限于长江干线,从事海运的货轮并不包含其中。这样的表达谈不上欺骗,因为话说得丝毫不假,但如果说故意隐瞒,一点都不冤枉崔先生。

崔先生说不准自己出于何种心理,就是不愿意向刘三多交底,说白了,把船放到这家伙的手上,他一万个不放心。甚至连说话时都不想看他一眼,而是把目光锁在张少校和金中尉的脸上,这会让他的表述更自然一些。

"再说,海军征用船只,要多少,怎么用,多长时间,有无损害风险,费用怎么办?交通部一无所知,怎么上报计划,向谁上报?"

听着崔先生的一连串问话,刘三多脸上挂不住,他说:"计划我已经说了,1000吨以上的船舶,交由海军使用,落实是交通部的事。"

崔先生笑了:"好,我负责把话带到,这么大的事,恐怕要由陈部长和我们的俞部长去交涉。"

刘三多没好气地回了一句:"你不知道陈部长他人还在德国吗?"

崔先生心里说,我当然知道他在德国,我还知道他就要回国。但他没有说出来,因为他觉得再说许多废话实在没意思。

接下来的会议没有争执,结果却是不欢而散。

从金砺锋那里了解到会上的情况后,解秘书淡淡地说:"你们应该在中间做一下调和的工作,别眼睁睁地看着把关系闹僵。"

中尉鼻子哼了一下:"这事难,不怕贼偷就怕贼惦记。"

解夏翻了他一眼:"你又在胡说了。"

中尉不服气地说:"解秘书,我还就把话搁在这了,有人关心的不是船,而是征收船只的费用。"

他的话让解夏心里惊动了一下,但他没接话茬儿,而是找到了陈季良。

解夏介绍了战时组出现的僵局,口吻故作轻松:"这就叫三个半男人一台戏。这事还是我来协调吧。"

陈季良听了很奇怪,问道:"半个男人是什么意思?"

解夏知道自己说漏嘴了,忙解释说:"开玩笑呢,我是说刘科员絮絮叨叨的,不像一个大丈夫。事情不就这么僵住了,一个要报,一个没法报,这事不能就停在那里。我倒有个提议,刘科员的工作可以做一个调整,就不要让他直接和交通部打交道了。"

陈季良说:"这个人仗着有后台,一直怀才不遇,其实成事不足。好表现,好热闹,上次擅用动员组名义报告的事,我还没追究呢,看来不管不行。再说,上下左右对他的行迹也多有反映,我看不行,就让他负责牵头航道测量吧,反正这也是眼下必须要做的事。"

解夏表态:"这事我负责去通知。"

陈季良对解夏直接负责征船有些担心,怕影响他手里的情报汇总。军政司长作为部长随行出访在外,所有军事情报上的事,现在都由解秘书一手主持。

"虱子多了不痒。"解秘书下意识地挠挠头说,"船的事不落实,一切都不可收拾;再说,交通部的关系顺了,就不需要海军部盲人摸象了。"

心情糟糕的崔先生,给建委会的龙科长打了个电话,无意中提及了和海军联系的不顺。对方却宽慰,说他们已经换了联系人。

崔先生吃惊,他:"龙科长,这事你居然也知道,是真的吗?"

老龙在那边反问:"我什么时候说过假的?"

崔先生看不到他的表情,但听到他话里的得意——"我知道的远不止这些,你还把人家叫作'刘三多'吧?"

听老龙说出了这个外号,崔先生的嘴惊讶得张开了,他发现老龙简直就是神人一个。

佩服之余,想起海军部调整了动员组人手,崔先生也有一点自责,是不是自己沟通能力欠缺,没有把事情做好?这么一想,心里就有了一丝内疚,他觉得有必要向上司做一个检讨。

罗处长听他介绍情况、尤其是听说"刘三多"的绰号后,不由得扑地笑了起来。

接着才说:"换人是他们的事,你说的意思没什么不妥。既然题目已经出给了海军,那你就静观其变。"

上司表明了态度,崔先生却没有起身告辞,一种说不出来的不祥预感,笼罩着他的全身。他的头脑里总是闪现要出大事的感觉,但又不清楚究竟哪个环节会出现危机。是不是因为憋闷得太久,该换换环境?于是他向处长提出,自己想到下关码头转一转。

罗处长想都没想就说你去,现在你的任务主要在海军那边,具体的事情你自己看着安排。崔先生点了头就要出去,就在他点头告退的一瞬间,处长发现他脸色不好,便随口说了一句让他注意身体。

崔先生在表示感谢后,向门外走了过去,处长这时却叫住了他。

处长走到了崔先生面前,仔细地打量了他,说:"你气色不好。"

崔先生回答:"可能是没睡好,这两天天气太热。"

处长摇着头,说:"不对,你的印堂阴暗,整个人憔悴得很,这不单单是身体问题,分明是你心里头有事。"

崔先生这时才发现处长是一个细心的人,只是不大表现出来而已。他说:"好像,是有些心思,但是却不知道这心思在哪里?"这么说很不好意思,因为这话没什么逻辑,让别人无法理解。

处长盯着崔先生的眼睛,似乎看到了他内心隐藏的莫名焦虑,他把崔先生拉到沙发边,说:"我们坐下说。"

坐下来的崔先生有些局促,不知道话从哪开口,这时办公室的电话响了,处长却没有去接。崔先生很难为情,他说:"有电话呢,我不能影响你的正事。"

处长没有理会他,一直等到电话铃声停了,才慢条斯理地问:"你为什么让我接电话?"

"我怕你有要紧的事。"崔先生觉得处长的问题怪,又补充了一句说,"我怕耽误了正事。"

处长指了指崔先生的胸口:"你能保证,这里藏着的不是正事?"

崔先生吃惊地看着处长,他说:"我只是有一种预感。"

"是不好的预感吗?"处长接着问。

"特别不好,好像有一件大事要发生。"

"是海军的事?"

12 预　感

"是，也不是。"崔先生皱着眉头，"这么说吧，反正和征船有关系，但我也说不好是不是和海军有关？海军征船的计划性太差，或者是根本没有计划，所以我也特别担心。"

处长摆摆手："你担心的不是它，它只是困难，你是担心我们的轮船？"

轮船有什么可担心的，崔先生心里想，它都在我们的掌握之中。我的担心，一定是不能掌控的——这样的思绪突然让他一下子醒悟过来，他说："我终于想出来了，我的担心是，我们海军要征船，那么日本人，他们会不会也不闲着？"

海轮！处长终于找到了崔先生的心结。"你是担心海轮。"他站起身来，"怪不得，这两天我也心神不定。"

罗处长迅速拨通了上海船政局的电话。

崔先生和罗处长的担忧并非杞人忧天。上海反馈回来的消息说，国内最大的海轮、6725吨"顺丰号"已经被日本海运公司租借在手，除此之外，还有5025吨的"新太平号"。

两艘巨轮租与日方，本是中日两家公司的商业行为。1936年10月14日，中威公司与日本大同海运株式会社签订了定期租船协议，将"顺丰号"和"新太平号"租由日方运营，租期为13个月。这意味着，一旦中日开战，中国最大的海轮将成为敌人的运输工具。

这是一个无比危险的信号：如果没有充分的预案，包括国营招商局、三北、大达、政记、民生、中威、肇兴等公司在内的海轮，一旦沦入敌手，不仅对中国海运业构成毁灭性的打击，还会让战时的国际运输线陷入全面瘫痪。

而此时此刻，日本海军遣华舰队已经控制了中国沿海口岸。

危情在即，罗处长和崔先生立即书面陈情。形成报告后，以急件的方式，通过部长秘书，向部长俞飞鹏紧急报告。

报告中午才送出去，部长的回音很快，通知罗处长下午面谈。

面见部长之前，处长拐到了崔先生的屋子，交代说："你到我办公室去等，估计几分钟就回。"

崔先生在罗处长那里坐等。几十分钟过去了，也没有等来处长的身影。

闲着无事，便拿来报纸信手翻看，大部分都是关于抗战动员的新闻。

如，上海市党部通告市民准备国家总动员，提出八项事件希望市民切实实行；如，工商界领袖自动参加公民训练，凌晨开始操练；又如，各地社会团体组织抗敌后

援会,请求中央领导全民奋起抗战;等等。

　　动态消息,崔先生看了两条。一是鲁迅纪念委员会成立的消息,另一条,是十分不起眼的百字讯,说的是卢作孚抵沪,预定下月初放洋的事情,让他顿生警觉。

　　这位民生公司的大老板,长江航运举足轻重的人物,怎么会在这个关键时刻去欧洲考察？联想正在欧洲的海军部长陈绍宽,此时正待回国备战,便觉得此事应当引起交通部的重视。

　　崔先生想,罗处长正在部长那汇报急情,索性加上一条也无妨。这么一着急就起身出门,快步来到了部长办公室。正要敲门进去,秘书挡驾说你是谁呀,部长正在谈事呢。崔先生这才意识到自己太冒失。

　　但事已至此,他也顾不上许多,掏出身上的海军部通行证,在秘书眼前晃了一下说:"我是战时组的,有紧急军情报告。"说完便推门而入。

　　看到一个陌生人闯进来,俞部长有些诧异,他询问的脸转向了对面的罗处长。

　　处长老练,他不动声色地向部长介绍说:"这就是我跟你说的小崔,崔先生。"

　　接着,他沉着地问起崔先生:"我刚才让你再理一下思路,是不是有了新的情况,要向部长报告？"仿佛崔先生破门而入,是事先安排好的计划。

　　看处长这样打圆场,崔先生也镇定起来。他报告了卢作孚出国的情况后,向部长进言说:"部长,我觉得有必要掌握商船公司最高层的动向。现在是非常时期,要保证船在我们手里,就必须把关键人物抓在手里。"

　　看部长仔细在听,他又补充说:"我们现在要船,恐怕日本人也在行动,在跟我们比赛,现在是箭在弦上,不得不发。"

　　部长站起身,走过来和崔先生握了握手。对罗处长说:"这位小先生善思考,脑子不简单,你要让他独当一面。"

　　罗处长说那是自然,但还要部长栽培。

　　部长挥挥手,对罗处长说:"你们先去吧,按照我们刚才说的意思,把方案进一步完善。小崔反映的情况,也要有对策。上海和广东方面都没有什么问题,但是山东的情况不好说,总之要早做准备。"

　　"部长担心政记的张政本,会上日本人的船？"罗处长问。

　　部长说:"还会有谁？三北的虞洽卿和民生的卢作孚,不可能出问题。这个张政本,为了钱,没准就会投向敌人的怀抱。"

　　"不去想他了,要把工作做到前头。"部长转而面向崔先生,"你,别忘了给我写一幅字,你这报告上的字不俗。"

写什么呢?他想了想,然后交代道,可以考虑一句《易经》上的话——

"天地交而万物通也,上下交而其志同也。"

和部长面对面的接触,罗处长了解到,俞飞鹏部长现在身兼双重身份。明里仍然是国民政府的交通部长,但暗里正在扮演国军后勤总管的角色。他对崔先生透露,交通部已经做出了确保船舶安全的预案,目前的任务是对原先的计划预案,进行最后的修订,以及时送交部务会议审核通过。

罗处长带着崔先生,加班到半夜,拟定出了《船舶战时控制计划》。

计划的目的,用一句话概括,就是为了确保船只安全,立即实施战时管理。其主要内容包括:外海船舶必要时努力驶入长江或粤海各港;长江、珠江两流域之轮船无论国营民营,届时均令各就原航线停驶,听候政府调遣,不得擅自出海,外籍商轮之停驶听其自便。

崔先生向处长提议,不能等计划出台之后再行动。战时动员组需要立即运转起来,建立和招商局、三北等公司的联系机制,必要时可以启动外海船舶的日报制度,并尽早上报各家驶入长江或香港的船只名录,以便交通部对海轮的直接掌控。

白天黑夜里的忙碌,崔先生真的觉得战争触手可及。只是说不清楚,爆发在长江一线的战争,会是在10天后、20天后,还是一个月之后?

好不容易忙出了头绪,崔先生正准备第二天好好歇歇,小郭的电话来了。说有一封给他的信,寄到了建委会。又说,对他来说这信无比重要。

崔先生笑了:"你也没有拆开信,怎么就知道它重要?"

"那还用拆,我一看字体和寄信人地址,就看出了对你的重要性。"

崔先生想起了好几个月没有联系的苏颂,问道:"难道是金陵女大的?"

小郭在电话里说:"果然是心有灵犀。"但崔先生听她的口气,却有一股酸味。

在电话里,两人约好了周日见面的时间地点。

见面的那个傍晚,天气仍旧火热,马路上热浪袭人。

穿上淡蓝素色斜格旗袍的小郭,婀娜多姿的样子,尤其是胸前突出的身材,竟让崔先生不好意细看。崔先生的目光躲躲闪闪,却不妨碍别人眼睛直勾勾地盯着。走在大街上的小郭,像摇曳的花被蝴蝶追逐,搅动了一条大街的目光。

小郭的票早就买了。来到大华大戏院,初上的灯光下,大家在等待散场。

崔先生没想到会有这么多人,听着四周人议论,说这电影票特别不好搞。有人说绝对好看,有人附和说是金焰主演的,还有人怪笑说,你来看金焰,我可是来看黎莉莉和白璐的。

真是萝卜青菜各有所爱,崔先生笑起来。他早就听说了这部叫《到自然去》的电影,大家都说解放得很,尤其是对女明星的穿着津津乐道。

看着崔先生笑里露出的洁白牙齿,小郭说:"你怎么黑了,是不是总在船上跑?"她说着,就把脸凑向了崔先生。

崔先生说:"你就不怕熟人看到了,告诉你的未婚夫?"他说话的意思还是在试探。

小郭不正面回答,反唇相讥说:"是你怕了吧,这里离金陵女大近,你怕你的那个学生妹看见了,所以心虚?"

"她早就走了,不是给我留下信了吗?回老家做抗日救亡宣传去了。"崔先生想到苏颂的信,一时沉默下来,她回到了九江,也不知道下学期能不能回来?又一想,人家回不回关你什么事,说到底不过是谈得来而已。

小郭见崔先生有点走神,知道他正想着心事,不禁笑出声来。这时电影散场了,一张张红扑扑的脸迎面而来,被她的笑所吸引,接着被她的身材所吸引。

崔先生拉了她一下,问:"有什么好笑的?"

小郭说:"没什么,我只是觉得你想人想得变痴了。"

崔先生说没有的事,还准备解释,只觉得身后有一股力量,直把他们往里面挤。下意识地,他伸手搂住着小郭的肩膀,护卫着她往里去。

手搭在光溜溜的胳膊上,崔先生觉得似乎不合适。但是这么多人,他觉得如果让别人摸着了更不合适。小郭显然也是这么想的,她慢慢地把身子移到了崔先生的前方。崔先生顺势把手调整了一下,双手搭在她的腰上,他能够感觉到一个柔软的身体,紧紧地依偎在他的怀里。

两人就这么紧贴在一起,带着异样的感受,在拥挤的人流中进了影院。坐定后,他们一时都没有说话,像是不忍破坏刚才的情境。

过了好一会,小郭才说话,纯粹是没话找话。意思是打听,崔先生什么时候订婚?

崔先生说:"订什么婚呀,和谁?你说苏颂?我们俩就是认识,谁会往那个方面想?"

小郭不相信,说:"崔先生,你没有必要瞒我,大丈夫敢作敢当。"

崔先生苦笑:"我们连手都没拉过,当什么当?"

这时电影开始了。

1937年出品电影《到自然去》女明星剧照

电影讲述了一个冒险和平等的故事。显然这是一个很适合大众的故事,但更让观众大开眼界的是电影里的装束。当荒岛上四名年轻漂亮的女人,穿着衣不蔽体的兽皮和暴露的泳装,出现在银幕上时,崔先生发现自己很紧张,同时在鸦雀无声的影院,他听到了周围粗重的呼吸声。

身旁的小郭也不说话,不说话的小郭暗地里拉住了崔先生的手,她拉着他的手似乎要往怀里放。

崔先生心里犹豫,因为他毕竟不清楚,她是否名花有主?听她的话音,好像有,可她的表现很主动,又不像。他吃不准该怎么办,这时电影的主题歌响起了,曲子很熟悉,是"长亭外,古道边"的翻版。他的手滑到了她的小腹,轻轻地和着节拍在拍动,像一只雏鸟学习着拍打翅膀——

珊瑚岸,浪淘沙,海风拂长椰,白云深处是我家,青山照晚霞。
草编裙,皮做衣,哪怕风雪雨,陆擒豺虎海斩蛟,杀兽有宝刀。
……

30年代的南京大华大戏院

出了电影院后,崔先生叫了一辆出租车,要送小郭回去。

"干吗坐这么贵的车?"小郭意犹未尽,说,"天还早呢。"

崔先生说:"明天还上班呢,姑娘家太野了就没人要了?"

小郭挂下脸:"你说我野吗?怕我缠上你?"

崔先生看她有些不高兴,解释说:"我哪里是这个意思?我怕你太晚了不方便,其实我巴不得跟你在一起呢。"

小郭看他着急,又笑了出来,说:"你下次再这么说,我就不和你见面了。"

说这话的时候,小郭的笑其实很勉强,只是天黑崔先生没有发现。因为她也有预感,上头让清理档案,只保留最有价值的一部分。这意味着一旦向内地迁移,她很可能和档案一起踏上西行的路。

而如今要离开南京,她心里已经多了一份挂念,可偏偏当事人崔先生还浑然不觉。

13

隔　　离

沦陷前的南京中山东路

崔先生又接到了海军部的电话,对方是解秘书。

"没有什么事。"解秘书说,"两天不见老弟了,就想在晚上一起聚聚,趁今天难得的凉爽。"

大家一车来到了晚间的秦淮河畔,在桃叶渡的绿柳居停下。

走进了靠里的雅间,崔先生连连表示解秘书会选地方,是一个美食家。

看到张少校不解,崔先生以东道主的身份主动介绍,绿柳居的素菜有名,豆制品、面筋、菌类三足鼎立,什锦素堪称南京一绝。座位不好订,因为坊间盛传,政要名流常来光顾,过去的客人有国父孙总理,现在据说委座和夫人也常上门。

说话间,菜和小吃就上来了,看着都精神。再看服务员,一个个素装打扮,清爽可人,秀色可餐。四个人围坐一桌,空间很大,自然许多话题充盈其间。

饭局的好处在于气氛,只要人对胃,再加上端起杯子,闲话说起来就没完没了。崔先生对舰上的生活很好奇,不时地提出问题,说着说着,话就来到眼下。

事关军事机密的事不能问,这个规矩他懂,但海军的很多事情让他看不懂。比如,海军什么都缺,缺航空母舰、潜水艇、缺舰载飞机,一句话缺钱缺物缺装备,但就是不缺运输工具,干吗需要征集商用大轮?殊不知,现在的局势,长江航运压力前所未有,让交通部最头疼的事情,就是轮船调配不开,海军怎么会凑这个热闹?

崔先生的问题一提,张少校、金中尉也有同感,战时组成天做征船计划,而且一定还要大船,到底是什么目的?

"难道是为了封江计划,用船去封?"张灵春表示不可理解,"为何不用水雷呢,这样成本会小很多。"

听大家这么揣测,解秘书心里一惊。心想没有不透风的墙,事情还没做,秘密任务就要暴露出去了,这还了得?!

"现在,有好多种方案。"他故作平静地说,"我们提出的都是预案,或者是做预案的准备,具体决策还是要等部长回国。所以嘛,不瞒各位,大家都不是外人,我们现在忙的所有一切,都可能是瞎忙。"

解秘书嘴上轻松,心里却有另一番盘算,怎样才能让战时组的工作进入保密状态?

虽说这几位都是精挑细选的人物,倘若一直不明就里地工作,难免会在什么场合下说漏了嘴。说到保密,最笨的办法就是隔离,让他们尽量与世隔绝,所有的对外联系必须经过严格的程序,这样的法子可行吗?

13 隔 离

30年代的南京饭店一角

解秘书人在饭桌上,头脑里却思绪泛滥。

还在闲聊的崔先生,能够感觉到解秘书心里有事,善解人意地说:"时候不早了,要不我们早点结束?"

大家这时都在看解秘书,他发现自己走神了,思想离开饭桌很远了,迅速把它拉了回来。

"别。"他举起杯子对大家说,也是对自己说,"下一次再聚,还不知道要等到什么时候呢,今天尽一次兴吧。"说完一饮而尽。

"想知道征用商船的目的吗?"放下手里的酒杯,解秘书淡淡地问。他扫视了大家一眼,诡异地一笑:"但你们要付出代价,各位愿意吗?"

他把目光停留在各人的脸上很久,在确认自己的提议,得到了大家的默许、尤其是崔先生的肯定后,他才不紧不慢地宣布:"从现在起,各位都要随我一起回军部,战时组进入严格保密状态。"

不明不白,崔先生就这样被海军部临时隔离了,连小郭都没有来得及通知。

从感情上，崔先生无论如何也不能接受，海军征用商船居然是为了破釜沉舟，用沉船江底的方式，堵塞长江航道，建构水下阻塞线，达到阻止敌舰溯江而上的目的。

这时他刚换上白色的海军夏服，但还不能算上海军的人，他只是一个身穿军服的交通部工作人员。正所谓屁股决定脑袋，因为人是交通部的，他就要考虑交通部的利益，所以他才会觉得海军的封江预案太过疯狂。

身上的海军军服，是在他毫无准备地被隔离之后，不得已换上的。对着镜子一看，他也有新奇之感，虽然没有佩上肩章，也没有戴上大檐帽，但一身校官服穿上身，人还是显得精神。加上张少校他们起哄，说干脆就到我们海军来吧，崔先生一时还真有些心动。

"资源委员会已经报请军委会同意，四万多名技术人员等待军队备选。"解参谋拿出一张表格说，"崔先生，你是我们海军邀请加入的第一名技术人员。"

虽然这是一个机会，但崔先生犹豫。一是他觉得现在不少事，还得依靠交通部去做，再加上自己对任务还不是很了解，所以有顾虑。

面对解秘书等人的盛情邀请，他说："还是放一放，有什么事我可以先做。因为，我得明白我到底能干什么。"

位于幕府山西麓山脚的草鞋峡一带，为军事之要津。曾建有水寨和水军演练场，在清同治年间设为长江水师金陵营，后来又成为南京鱼雷营。国府1929年定都南京后，正式成为海军水鱼雷营。海军部在此兴建营房、扩充编制，装备并增加无线电项目，改制后的海军水鱼雷营，已有两届毕业生从这里走向甲板。

除了崔先生外，战时组的其他成员都属于故地重游，因为海军的会操、考试时常在这里举行。"通济"号也常泊于不远处的江边，"一·二八事变"之后，张灵春和金砺锋也随练舰离开上海，在此演练教学科目。

旧话重提，在中午的饭桌上，解秘书问金砺锋："还记得我们在上海的第一次见面吗？"

中尉说："我当时没少给长官惹麻烦吧？"

"麻烦谈不上。"解秘书想了想，"但是，知道我对你的第一印象是什么吗？"

张少校插话："估计是喜忧参半。"

"差不多。"解秘书说，"我对你总有期待，又总有担心。因为你总能出人意料，这次上'海琛'号也是这样。"

13 隔 离

崔先生说:"解秘书,你也给我看看相。"

解秘书放下筷子,仔细地端详着崔先生,他说:"那我就直言不讳,你正好和金中尉相反,你总是让我们不出意外。"

大家一听,都说总结得好。

在这里,海军的封江计划渐渐露出了端倪。

《民国二十六年(1937年)作战计划》中,统帅部部署了如下的作战方案——

> 空军于作战之先,以主力扑灭长江内之敌舰,及沪汉两地敌之根据地。集中期间以主力对敌海上航空母舰与舰队及运输船舶攻击,并协助我海岸防守部队之作战,以一部协同陆军作战。会战期间以主力协同北正面陆军作战,以一部协同海正面作战。准备全部重轰炸队袭击敌之佐世保——横须贺及其空军根据地,并破坏东京——大阪各大都市,以获得我空中行动之自由。海军以全力于战争初期迅速集中于长江,协助陆空军扫荡敌舰。

根据敌我海军的实力悬殊情况,以及对敌人掌握绝对制海权的判断,统帅部决定了海军内河作战的基本策略——

> 第一、第二舰队,于宣战时,迅速集中长江,先与空军和要塞配合扫除江内敌舰,再与要塞协力担任长江下游防守,协同陆军作战。

在这个乐观的作战方案上,虽然没有明确提出"封锁长江"的意见,但从扫荡长江敌舰的要求中,已经包含了这个前提。

只不过,在具体方案形成之前,海军部乃至军委会以共同的默契,省略了这个至关重要的前提。

而如何封江,中外的海军案例中,少不了利用船只和水雷,其目的就是不让敌人的舰艇通过。

水鱼雷营的一间教室里,海军沉船封江计划正在讨论中。

一张长江下游的航道水情示意图,画在巨大的黑板上,摆在阻塞动员组面前。大家达成共识的阻塞线,无疑是在长江江阴段。

战前南京的水上人家及临河的公馆

"这是最新的航道水情图,最佳方案,是要在较窄的航道实施沉船。"解秘书在黑板上,用红色粉笔画出了大致的位置,"现在我们的任务是,要根据江面的宽度和水深,估算出船只的数量,和具体的位置。"

张少校走近黑板说:"沉船是有过程的,每一条船下沉的速度不同,如果不清楚江水的流量,最后的结果就是沉得远远近近,不能在一条线上。"说完,他在黑板上画出了一道道参差不齐的虚线。

"还有一个问题。"金中尉也走近黑板,画出了长江的断面图,"如果船体高度不够,不也是瞎忙吗?"

解秘书示意他俩都坐下,扫了一眼没有表态的崔先生:"这些问题,需要崔先生一并来解决。"

崔先生坐在位置上没动,摇着头说:"你们这是纸上谈兵。"

解秘书走近拍了拍他,示意他上台去讲。

崔先生走上讲台,在黑板上写出了几行字:

1.航道的实际状态:水深、宽度和弯曲半径

2.水流条件:流速、比降和流态

3.船体状况:高度、长度、宽度

4.其他因素:进水量、进水位置

然后,在各项后面都打了一个大大的问号。

"除了船体的数字是常量,其他参数都是变量。"崔先生拍拍手上的粉笔灰,说,"如果每一个因素都不能确定,那么最后的结果就一定不能确定。当然,还有一种可能,就是我们反复地沉,有无数条船可以供封江使用。问题是,俞部长能答应吗?船舶都用完了,长江航运怎么办?"

他手上一用劲,粉笔断了。

"政府部门、军队、战略物资、学校、群众的转移,靠谁来完成?"丢下这样一句话,他就要回到座位去。

解秘书挡住了他:"沉船的目的,就是为保卫首都和西迁转移留出时间。要不然,船跑得再快,也没有敌人军舰的炮弹快。"

他把崔先生推上讲台,说:"你是学航道专业的,又是数学高材生,可不能往下面坐,我们要靠你领着大家一起解题呢。"

崔先生站在那,不好意思地说:"你听到的情况和实际不符,可能要让你们失望了。"

"这不太可能,你还不知道我是搞情报的吧?"解夏认真地看他一眼,自负地说,"就说你的名字吧,我晓得为什么叫'先生',因为你是早产儿,属于提前生下来的;再说,你那个建委会的好朋友龙科长,知道他和我是什么关系吗?"崔先生这时把嘴张得像一个喇叭口,听他的下文。

"郎舅关系。对,他就是我的大舅子。"解夏说,"我本不想说的,是你逼得我,所以,我对你知根知底。"

明白了,崔先生想,这么一挑明,许多事的出处就不奇怪了。

这时,他不好再推辞,也不想推辞。重新站上讲台,他说:"在座的,都是海军学校培养的精英,解秘书还是从英国回来的留洋生,我们之间不存在废话。"

"说实话,考虑上述因素,做一个数学公式并不难。而且,我也听说,数学和外文教育,在海军军校堪称特色。所以,一条船从放水开始,到最后沉入江底,怎样测算它的距离,在理论上并不难。难的是,是第一项和第二项准确的数据,尤其是流量和流速,汛期的变化很大。还有,前面有江心洲,还要考虑到回流对流速的影响。"

"未雨绸缪。"崔先生说,"这句话谁都知道,但不容易做到。如果我们不把工作做得细之又细,那么就会造成巨大的浪费,就是对民族的犯罪。"

对民族的犯罪，崔先生的话，让解秘书一惊。听崔先生这么说，他觉得有必要立即给刘三多打一个电话，强调江上测量作业的重要性。于是他站起身，示意崔先生继续研究，自己则走出去打电话。

解秘书一共打了三个电话。在给刘三多交代后，他还是放心不下，又给海军测量局打了一个，进行了具体的工作交代。还有一个更要紧的电话，他打到了上海海军造船所，要求立即接听曾一鸣。

"我犯下了一个不可饶恕的错误。"他对曾中校说。对方没有说话，在听他的下文，"水雷，你现在要想尽一切办法，立即启动对水雷的研制。"

"这应该是我的责任。"显然，曾中校已经意识到这个严重的疏忽。

"先不说这些，等部长回来再行请罪。"解秘书交代，"你费神了，水雷研制的事情，要赶紧动起来。部里该怎么说，现在是否立即向陈次长报告，这些问题我来斟酌。现在关键的是，要靠你白手起家，重铺摊子。需要什么你赶紧列出来，因为部长就要回国了。我们已经晚了，不能等他回来以后还是两手空空。"

接完电话后，曾一鸣的心里愁云密布。

水雷研制，海军已经停下了五年之久，现在重新捡起来谈何容易？人员早已散落在各单位，过去的技术、工艺也早落伍，还有专用的炸药和设备到哪里去弄？最要命的是，现在动手还不能走漏风声，因为这事情还不是海军分内之事，名义上还是人家电雷学校的正经业务。

现在手上最有利的，只有金砺锋搞来的图纸。要让纸上的武器炸出动静来，靠自己一个人不行，非常时期得有非常手段，一要有钱，二要有人。钱的问题，可以拿自己的私房钱先行垫付，让事情先运转起来。至于人，他在脑袋里搜索了一遍，拿定主意之后，便去找造船所的所长。

听他点出几个人名，又说不出什么理由，所长很吃惊，连连说不行。"现在战局这么紧，你把技术骨干都挖走了，船坞里的舰艇还搞不搞了？"

曾一鸣知道所长是技术专家，认死理，也不能对他实话实说，只好抽身离去。但他不会这样善罢甘休，而是背地里悄悄地分头约见了这些技术人员，拿部长的名头，私下里把大家拢到了一起，开始夜以继日地研究起来。

曾一鸣背着所里，召集一帮人，晚上偷偷地加班加点。这样的做法，让他的太太很担心。她说："你这是招祸呀，万一别人知道底细，能有你的好果子吃，还不是把你抓了？"

南京燕子矶下的草鞋峡江边海军鱼雷营

  曾一鸣怕太太压力大,故作无所谓的样子,拍拍她的脸蛋说:"放心,就你这长相,我被抓起来后,你还能改嫁。"

  他的这个玩笑显然不合时宜,太太的眼泪唰地就涌出来了,她说:"你怎么狠心说这样的话?"

  放在平常,曾一鸣一定会绅士风度地去安慰一番。而此时,看她哭得不依不饶,也失去了耐心,又放出一句狠话说:"你哭得太早了,我还没死呢!再说,等仗打起来,有你哭的日子在后头呢!"说完便摔门而去。

  太太关上门,一个人哭了一会,觉得没什么意思。想想丈夫的话,她想,看来在上海太平的日子是不多了。既然这样,那就更应当珍惜今天,她这样想着就走下了楼梯。

  伴随着脚步的响声,她的气自我解决了。下面的事,便是要吩咐帮佣,早些准备些滋补的夜宵。她想,总不能让熬夜的男人饿着吧。

14

如鲠在喉

1937年6月下旬，德国柏林火车站台上的夏令营队伍

14 如鲠在喉

林遵得知七七事变爆发的消息,是在中国使馆安排的工作晚餐上。

这一天,是海军和德国"合步楼公司"达成协议的日子,大使馆特地安排了晚宴,招待政府使团中的海军一行。

突如其来的战争消息,像擅自闯入的不速之客,打破了晚餐的平静。林遵觉得主桌上有些异动,他听到了部长剧烈的干咳声。

寻声望过去,部长咳个不停,平常严肃的面孔涨得通红。听说部长被鱼刺卡了,周围显得忙乱,有人嚷嚷拿面包来,有人主张用醋,说醋的效果好。坐在一旁的王司长说:"这也不是在国内,哪来的醋?"海军武官却说:"司长,我还真就带着醋来的。"

忙乱了一阵子,部长嗓子里的刺终于解决了,晚宴也随之草草收场。谁还吃得下呢,看着部长和司长驱车直奔使馆,剩下的也匆匆忙忙地打道回府。从餐厅到住处不远,来的一路大家有说有笑兴致很高,而回去时却变得无声无息。

林遵觉得自己的嗓子有点痒,似乎还带着隐隐的刺痛感,难道另有一根软刺,像潜艇一样潜入了自己咽喉要道?他因为难受而怀疑,终于忍不住也咳出声来。

走在前面的周参谋,转身看着他:"你也被部长传染了,骨鲠在喉?"又叹了一口气说,"唉,本来觉得今天是一个好日子,潜艇的事情终于落实了,没想到日本人已经下手了。"

回到住处大家都没有散去,心里面有事,没法散。不约而同的,大家都围坐在门外的草地上,像草地上空的星星一样,大眼瞪小眼地发愣。没有人打破沉默,因为刚才餐桌上听到的,只是中日在北平发生冲突的一句消息。国内现在的局势到底怎么样,战争有没有进一步扩大的可能?大家心里都没底。

不远处隐隐约约传来歌声,周参谋侧耳细听了一会,能听出旋律激昂,但完全不懂歌词的内容。他觉得有点闷,用胳膊肘儿捣了下林遵,问:"在想什么呢?"

"瞎想,也没有一个主题。"林遵身子移了移,面对着周参谋说,"我有一个奇怪的感觉,这次从出国到现在,我都觉得有一年的时间了。其实,4月初才离开的上海,时间也就三个多月,还不到100天呢。"

周参谋拍拍他的肩膀,说:"你千万不能有这种错觉。潜艇的合同就要签了,我有预感,以部长的做事风格,欧洲之行一定会提前结束了。问题是我们走了,你还得留在这里,最少要待上一两年呢。"

林遵觉得思绪很乱,点点头没说话。周参谋见大家都在沉默,站起来说:"大家也别在这里干坐着,还是回去睡觉吧。"

同行的一位舰长问:"老兄你能睡着吗?"

周参谋冷冷地答道:"睡不着也得睡,仗还没打呢,你这当舰长的都沉不住气,还怎么指挥?"说完,就拉着他一起进了房间。

林遵没有尾随大家,他鬼使神差地拐过一条街道,走向离住处不远的街头公园。

街灯照耀下的公园,远远看去,虽然没有白天热闹,却有一种勃勃的生活气息。最抢眼的,还是四周建筑物上的纳粹旗,依旧在风中热烈招展。这是柏林大街小巷最常见的街景,有点像上海南京路上挂满的广告牌,也有点像首都南京街头到处可见的行道树。

来到公园入口一看,白天摆放在这里的四轮车香蕉摊不见了,取而代之的是销售糖果和儿童食物的小摊。

孔祥熙访欧,身着海军上将军服的陈绍宽很抢眼

在热风中跑动的孩子,围绕在公园喷水池的四周,相比中国的孩子,他们嬉戏的样子更投入,但保持着一种顾及周边的节制。坐在离孩子不远的地方,林遵想起自己的孩童时光,他的思绪一会飞到福州闽江的江边,一会又栖息到南京的秦淮河畔。

正在他慢慢放松的时候,一个有着漂亮卷曲头发的男孩,从他身边跑过时,脚下滑了一下。眼看小孩就要倒地,林遵下意识地伸手扶住了他。男孩不怯场,先是直勾勾地看着林遵,然后嘴里一边惊奇地说着什么,一边伸出小手轻轻地抚摸起他的脸。这个动作让林遵感到意外,一只带着湿气的小手,让他的脸产生了酥麻的感觉。

一旁赶来的少妇,轻轻拉过孩子,红着脸对林遵说了一句谢谢,他也回了一句客气话。当女人礼貌地表示歉意时,林遵很想知道,刚才这个孩子到底说了什么?他向女人表示了自己的疑问,女人说孩子猜你是日本人,说完女人也笑了起来。她笑的时候,身体都舒展开了,林遵觉得她的身体丰满而结实。

但他再也没有聊天的兴致,他刚刚好转的心情,显然已经被突然出现的"日本人"完全败坏了。问题还远不止这些,在离开公园时,他看着纳粹旗又陷入了另一个担心。想起购买潜艇的一波三折,又想到从一纸协议到潜艇装备到位,这个过程尚遥遥无期。看似到手的计划,到底会不会鸡飞蛋打?倘若事情黄了,包括自己在内的留学人员以后将何去何从呢?

他的担心在夜风里飘荡,一个海军上尉的心思,带着 7 月的暑气,流落在不知名的柏林街头。

让林遵着急的,不仅仅是自己的归宿,目前压在心上的,还有关乎海军装备的军情要务。

小上尉考虑大问题,是时势和环境决定的,也是责任使然。他不是拿着上尉的钱却操着上将的心的妄想狂,但在他内心里,总是激荡着不同一般的家国情感,血管里流淌着心系天下兴亡的家族血脉。

每一个层面都有它的问题,贵为海军部长,竟然也会常常身陷困境之中,这是以前林遵根本没有想过的问题。趴在远洋客轮的扶栏上,当他独自一人面对蓝色波涛连接着蓝色波涛的大海时,他常常深陷对海军前程的担忧之中。而八年前第一次赴英,他轻快的心情更像是追逐客轮的海鸥,在蓝色的海和鲜红的晚霞之间,无忧无虑地飞起飞落。

那是他刚刚从海军学校毕业的青葱时光,也是他初见陈绍宽的幸运日子。

从小耳濡目染,林遵对舰艇并不陌生,对海军的理解和感情也都不一般。他出身海军世家,父亲做过北洋水师的艇长,他的家族更出过大名鼎鼎的林则徐。正是他准备在舰上开始走前辈道路的时候,没想到机遇的大门已经向他打开。

被命运垂青的林遵,源于他学生年代一直保持的优势,就是功课好。他幼年进入私塾,小学和中学都是名牌学校,分别是福州格致中学和南京金陵中学。底子打得好,所以能以同期排名第二的成绩,跻身留学英国的复试队列。

参加枪炮科甄选的林遵,精神抖擞地走进去,面对一溜排的考官。坐在桌案后面的主考官陈绍宽,当时不满40岁,以次长的身份主持海军军务,正值风华正茂之年。男人一旦事业有成,加上学识的底蕴,举手投足间就会有一种说不清的风度呼之欲出。

人靠本事也靠衣装,一身海军中将服,让陈绍宽显得格外神气,金色嘉禾不光抢眼,也很抬人。但是,总觉得军服的颜色缺了点什么,身处考场的林遵出神地打量着,到底黑色的军服缺少点什么呢?

"你如此专注,莫不是相中了我的这套将服?"不喜玩笑的陈绍宽,问话里的嘲讽之意,让考场一片窃笑,也让林遵感到一阵脸红。

"是的,长官。"林遵尽管难堪,但并不掩饰,又惹得一阵轻笑。

陈绍宽也笑,他发现这个愣小子的诚实有些可爱,便有意逗他:"说说看,到底相中了什么?是帽徽,还是袖章?"

"长官英明。"对次长能看到自己的心理活动,林遵感到惊异,不由得由衷赞颂。他的自然表露,却让陈绍宽脸红。还有这么赤裸裸地夸人的吗?陈绍宽吃不住,但看到对方的一脸认真,心里也不怪他。

林遵没有体察到长官的一丝羞色,面对主考官,他的任务就是坦诚相见。"卑职刚才一直注视着长官的帽徽和袖章,卑职,有一个小发现。"

陈绍宽好奇,让他继续。

"金色嘉禾纹,让卑职想到了沿途的一路稻谷,卑职由此感到肩上的重责。"林遵在讲完这句话后,对自己的回答不满意,他觉得有些酸。

"什么重责?"陈绍宽追问。

"不怕长官笑话,金色嘉禾很像是对海军的一个醒目的提示——只有确保海疆无虞,方能祈盼丰岁足民。"他看了一眼主考官,又补充说,"卑职就是这么想的,完全是文不对题,请长官见谅。"

"你说话也像是嘉禾纹,文过饰非。"陈绍宽看似嗔怪,心中觉得这考生自是特别,不免露出在考场上的难得一笑。依旧考他说,"考生林遵,以你之见,海军军服有没有改进之处?"

林遵想起刚才为黑色纠结,所以并不掩饰地说:"卑职斗胆以为,白色夏服醒目大方,但是,常服的黑色可略作变动。"

小伙子不怯场,陈绍宽喜欢,鼓励他说说理由,如何改动。

林遵整理着思路,尽量让自己的回答做到有条有理。他说:"玄色,在古代代表水德,秦朝推崇水德,故有服黑风尚。秦军自是威猛,但却有虎狼之师之名,卑职以为,民国海军常服,可以黑蓝色为主色,既留有黑色的勇猛威严,又增添蓝色海洋的文明之风。"

初见陈绍宽,林遵没有想到,他的应试经历,会成为日后人们议论的一个话题。

伴随着他幸运地通过面试,成为海军部选派的留学生,直到走进了英国格林威治皇家海军学院,同学还会时常提及这段考场经历。

从第一阶段的练习生课程开始,一年的舰训,让林遵和同伴时常有如坐针毡之感。登上泰晤士河口皇家海军基地的重巡洋舰,排水量达万吨、航速达30海里的庞大战舰,给他们一种沉重的压抑之感。

最初的日子,林遵变得沉默寡言。每一天,从捆扎吊床、船体清洁开始,无论是在巡航旅程,还是在靠岸泊港的日子,他像舰上操作工具,履行着自己的职责。海上的阳光俯瞰着他趴跪在甲板上的身影,他先是手执砂砖洗刷,然后用抹布一点点地擦拭,再用橡皮板推干水渍。

做这一切时,他像舰上漫过的海风一样无声无息,他把这一切当作自己的重要一课。从砂砖和木质甲板的磨砺中,他有意打磨自己的心气,提醒自己学会像严复先生那样思考。在擦拭一新的铜质部件里,那些闪动的影子,组合起一个个印象,让他联想到萨镇冰、刘步蟾、方伯谦等北洋海军将领,在这里深造的轨迹。

学成,归国,上舰,无论自己后来的回忆,还是别人提起这段留学经历,谈到最大的收获时,林遵不假思索,都会把眼界和见识排在首位。他从来不会提及自己在甲板上的经历,也不轻易地道出埋藏在内心深处的刺激,这是代价,这是身为中国海军,应该承受的担当。

新一轮的留学又开始了,事隔八年之后,海军上尉林遵,又一次接受了陈绍宽

的挑选。

陈绍宽没有忘记他,昔日的中将、如今的一级上将,一口便叫出了他的名字。

"上尉林遵,我们又在考场见面了。"他像熟人一样打着招呼,"上次你谈了对军服改进的高见,如你所愿,新的军服已经穿在你的身上,有没有什么更好的建议?"

"卑职当年年少轻狂,让长官见笑了。"五年留学,回国后在舰上的三年历练,林遵早已懂得和上司说话的分寸。在陈绍宽的眼里,他也显得干练成熟许多。

林遵的面试没有任何悬念,曾经在英国留学,此次又将去德国学习潜艇技术,林遵清楚,自己完全可以称得上是幸运儿。

十年时间,海军部派出国学习的,不到90人次,而像他这样两度跨出国门的,更是凤毛麟角。

4月的上海,当林遵搭乘意大利邮轮"维多利亚号"起程时,说起来连自己都不敢相信,在出国公费学习的身份之外,他另一个身份竟然是作为海军部长出访的副官,编入了中国政府使团。

更让他恍如梦中的经历是,离开上海前,因病休假的委座,亲自到外滩中央银行送别代表团。在与孔特使密谈相授后,还对海军一行进行了专门的交代,除了部长和司长、周参谋三人之外,副官林遵也被召见谈话。

委座坐在窗户旁,他的脸在明媚的阳光中,他的浙江口音,让海军一行听得很振奋。

他说:"海军这次出访欧洲,主要看能不能买些船和新的武器。但是要晓得赊账,因为我们没有钱,要用土特产来抵偿。下决心不易,买就要买好的。钱的问题,款额不限,厚甫要和孔院长商量好,要懂得争取。"

告别委座上船后,部长心情很好,拉着海军部的随员,对着大海谈海军。谈自己在美国、日本等国学习考察时,对海军认识的改变。谈自己加入英国海军参加一战的经历,和那时开始的航母梦。

与林遵谈得多的,则是潜艇在战争中的特殊作用,比如,它突如其来的攻击能力,所带来的想象不到的战斗力。

部长的谈话,拉近上将和上尉的距离,也拉近了两代人的情感。每一次谈话之后,林遵心里总有那么一点不安和愧疚。因为他接触到的部长,言谈举止之中,飞扬的激情并没有被时光泯灭,执着的理想也没有被受挫的海浪淘尽。他依然有憧憬,有梦想,有改变现实的勇气和雄心。

部长的乐观,不断给大家带来了一种饱满情绪的感染。他好像变了一个人,海军随员背后议论,从来没见过部长这样长时间的兴奋。

随行的军政司王司长说:"谁让他的口袋里装着购买潜艇的清单呢,又有财神爷在身边,部长如果还是不苟言笑,那就不是他了!"

从长官的言谈里,林遵听出来了,如果搁在以前,也就是十年前吧,购买几艘德国潜艇,根本就不能满足部长的诉求。那时他的胃口大,气吞山河,大手笔装备海军,一直是他的梦。

早在就任第二舰队司令兼海军署署长之际,陈绍宽就上书国民政府,呼吁投入2000万元建造一艘航空母舰。如果说他的雄心,从一开始就遭遇冷遇和白眼的话,那么,在南京召开的国军编遣会议,则是给了陈绍宽当头一击。

1929年初的编遣会议,对缺乏高层政治经验的陈绍宽来说,是一盘猜不透的棋局。

作为参加会议的海军代表,他是带着强烈的使命感来的。这个使命,既包含着闽系海军群体建设强大海军的夙愿,同时更有实现海防理念的勃勃雄心。

和许多暮气沉沉的海军将领不同,早年赴美留学、多次在欧考察的陈绍宽,他的海防观,始终围绕着一个内核:国家海权。

如何通过拥有"国家海权"来实现"海权国家",陈绍宽心里酝酿着治标和治本之策。当然,治标的关键,离不开舰艇的建设;而舰艇的外购与建造,则离不开钱。

此时,北伐结束不久,经济建设刚刚起步,拨付海军的经费,能勉强应付发饷就不错了,何谈拿出真金白银来装备海军。

海军面临的残山剩水,似乎让人习以为常——舰艇失修或长期缺乏维护,动力运转无法满足速度要求,火炮远远不能实现远射、高射、连射的应有功能,通讯设备落后,帆缆器材不足……现实中的惨状,早已让别人心灰意懒,而陈绍宽却不信邪,内心激起了改变面貌的雄心。

此时的陈绍宽,刚刚晋升海军中将,并就任南京国民政府海军署署长一职。对于海军的家底,他心里有一本酸楚的账。从辛亥革命爆发的1911年到1928年,十七年间,海军没有新造过一艘新型舰艇。所谓海军这一军种,只是保留着从清廷接收的一些可怜的遗产,全部排水量的总和仅3万多吨,甚至比不上海军强国一艘战舰的吨位。

陈绍宽在"平海"舰下水典礼上(1935年9月)

满怀重整海军的热忱,陈绍宽走进了他寄托过多希望的编遣会。像是在理想和现实的错位中,他进入了别人安排好的棋局。

会议之前,为海军将要提交的三个专案,陈绍宽首先进行了舆论准备。借助《海军期刊》,他把题为《谈海军有设部的必要》的文章,选择在1928年12月发表。因为在他看来,这是一个特别关键的时期,他的目的是要让全军内外注意,海军必须成为一个统一的独立兵种:

> 新世纪的国家,差不多都认海军为立国的必要,有的还要揭出霸海政策,来做他整顿军备的标准。所以表面上,尽管开了军缩会议,定下缩减标准;而实际上,大家倒忙着补充吨数。英国的海军有150万吨,日本也有100万吨。英国以外,要推美国最多。

近距离接触过英美海军的陈绍宽当时意气风发,他的眼里,中国海军的未来目标,不仅仅瞄准宿敌日本,而是更要盯住拥有海军"一等国的地位"的美国——

> 欧战以前,美国的议院对于海军经费曾经加以限制,终敌不过民意,几年之中,倒把海军大大建设起来,成就了一等国的地位。美国的地势,恰和我们中国一样,都是半面滨海的国家,我们需要海军来保持门户,取得国际地位,也恰和美国一样。

他的宏论,只看到地势,却忽略了此时复杂的局势。

北伐战争前后,全国兵员从 140 万人增加到 230 万人,多出了 90 万之众。230 万大军分属不同派系,蒋介石的军队亦即黄埔系约 50 万人,冯玉祥的军队约 40 万人,阎锡山和桂系的军队各约 20 万人。一方面是兵多,另一方面各派系拥兵自重,各据地盘。为削弱各个地方的军阀兵权,巩固自己的势力,蒋介石策划了这次编遣会议。

会议通过《国民党编遣委员会进行程序大纲》,规定:全国军队一切权力收归中央;取消国民革命军总司令部,各集团军和海军司令部;各军静候原地改编;各集团军无权调动和任免军事长官。

根据方案规定,每个编遣区所留部队数量 10 到 12 个师。结果,蒋介石以分区编遣的名义,控制了 8 个编遣区中的 4 个,即中央、海军、第一、第六编遣区,其掌握的兵员约为冯玉祥、阎锡山、李宗仁的总和,所以引起了各军的猜忌,其中因为冯玉祥军队被裁最多,所以也表现得最为不满——这也是后来引发中原大战的原因之一。

满怀希望参会,陈绍宽所提出请令各舰队统一调遣、请缓裁海军总司令部、请设海军专部等三个专案,其统一海军、扩充力量之心昭然若揭。也许是提案不合时宜,和"裁兵建国"、"裁兵救国"的主导舆论不合,也许是各方利益无法平衡,海军所提各案未获通过,均遭否决。

编遣会,劈头盖脸地浇了陈绍宽一盆冷水。

梦想既已破灭,壮士不惜断腕,盛怒之下的陈绍宽,选择了愤然退会的抗争。第二天,陈绍宽约见记者表达主张——

"海军今日愈被认为无足轻重,海军署属于军政部,犹如清时,海军处于陆军部之下。今日虽设置署置长,亦不过几案上画诺、签名,等于京曹散秩。大清无海防,民国欲踏覆辙吗?"

"我军所提各案,均未通过。绍宽奔走呼号,力竭声嘶,莫动群公之听……"以此为辞呈,陈绍宽携手第一舰队司令陈季良,双双愤然提出辞职。离开南京到达上海后,二陈又联名发表了《告全国同胞书》——

中国过去的外交可以说,没有最后一句话:最后通牒——炮舰。所以每次外交尽处于被动地位。我们现在要废除不平等的地位,必定需要武功的建设,才会达到目的……

英国乔治五世战列舰是典型的条约舰

这是陈绍宽的第一次辞职,引发了海军尤其是闽系的极大震动,也引起了蒋介石的关切。

为挽留陈绍宽,蒋介石亲赴上海,对海军的两位舰队司令慨然承诺说,过去我们讲要在十五年以内,海军有建设60万吨的希望,照此看来,我们在五年以内,或者即可完成。

五年时间,60万吨舰艇,蒋介石描绘的海军蓝图,特别是其中的3艘航母,让失望的陈绍宽回心转意。

国民政府海军部终于成立,陈绍宽也由政务次长、代部长,直至升任部长,成为了海军掌门人。在他的计划书上,连停泊三艘航母的海军基地都已经规划出炉,分别是黄海胶州湾、东海象山港和南海大鹏湾。

但流逝的时间无情地证明,它们只是纸上的军舰,梦中的战斗编制。

直到林遵二次踏上欧洲的1937年,中国海军的实力,还赶不上当年的北洋舰队。也是因为这样的太多欠账,海军才会对这一次破天荒的跨国装备采购,充满久旱逢甘雨的期待,甚至是人穷志短式的喜悦。

15

搁　　浅

1937年6月孔祥熙秘谒希特勒,陈绍宽表情凝重

孔祥熙访问欧美，有政治目的也有经贸目的

在伦敦参加乔治六世加冕庆典，对陈绍宽、林遵来说，都是故地重游。

到了伦敦后，两人都在观察，但眼光的落脚点却不尽相同。林遵看的是风景，在对街景的浏览中，发现这几年城市并没有太多的变化，远远赶不上南京和上海的建设速度。陈绍宽的注意力，则侧重风景里的人，尤其是参加庆典的各国海军代表。

作为曾经的驻英武官，过去他在此关注的主题，主要是驻在国的能力和意图，以及这些因素对中国、对中国的敌国将产生怎样的影响。以现在的认识，陈绍宽以为，过去的情报官员角色，他做得并不称职。原因在于过去只侧重军事情报的收集和研究，而忽略了应该下功夫深入的社交活动。

伦敦的几次活动下来，海军部的下属吃惊地发现，陈部长好似换了一个人。酒会频频举杯，舞会翩翩起舞，一有空闲时间，便操着一口流利的英语和外国同行谈笑风生。

最不可思议的事，发生在苏格兰军港。由英方安排参观的这个军港，它的司令

不是别人,而是曾经的驻华武官。正所谓不是冤家不聚头,此君在华期间和陈绍宽多有冲突,最终被调回英国。闻说陈绍宽来港,这位心胸狭窄的司令居然不顾礼仪,毫不在意绅士风度,只派出了参谋长欢迎接待。

看到这一幕情形,海军一行都捏着一把汗,陈绍宽的刚烈谁人不知?据说和何应钦谈事时,因意见不合,便立即起身拂袖而去,硬是让军政部长下不了台。正在大家担心双方冲突之时,林遵看到部长却一副若无其事的样子。

部长的改变,意味着什么?周参谋和林遵私下认为,部长醉翁之意不在酒,而在于酒宴背后的出牌。

从英王加冕典礼的中国使团排位上,林遵有一个明显的感觉,英国人在打中国牌。

若非如此,在许多贵宾站在马路的同时,自己何以能站在西斯敏大教堂内,而且站在前排,站在海军大臣丘吉尔和两个公主的后面?英国人的示好,在于希望对中国海军产生影响力,以巩固自己在太平洋地区的影响。

仅仅用外交礼仪示好是不够的,关键要有舍得本钱的行动,英方示好的动作叫赠送,计划向中国赠送一艘近万吨的重巡洋舰和一艘护航驱逐舰。这个意外收获,让海军一行喜不自禁,林遵兴奋地向周参谋感慨地说,这等于让我们海军的吨位一下子增加了两成。

大家喜形于色,部长却不满意,他说这艘重巡洋舰太老了,都快退役了。

于是开始讨价还价,回话给英方说,是不是改赠一艘轻巡洋舰,再加上一艘驱逐舰?看似商量,实际上中方是亮出底牌,是将了英方一军——要送就送一些管用的,有战力的,总不能用快要退役的军舰来糊弄我们。

至于英国的赠舰,因为二战爆发,在多年之后才来到中国,那是后话。而当时,中国海军的欧洲之行,在英国可谓开局良好。而就在这里,海军一行听到了一个疯狂的计划,日方正在秘密建造三艘巨型战列舰。

买舰,造舰,60万吨的舰艇就像一个梦,让海军追逐不已。

当了部长之后的陈绍宽,虽说从来没有放弃过航母的梦想,但惨淡的现实让他终于清醒了一点。别说建造航母了,就连几百吨的炮艇,都是海军从牙缝里抠出来的。

汰旧更新,海军的舰艇实力,十年来只迈出了自己期望的一小步。把所有的新旧舰艇统统算上，排水量只有6万吨的民国海军，在数量上乐观估计，相当于日本海军的1/15；保守一点，大约只有1/20。至于战舰的质量，那就更不能提了。

就这么一个水平，海军拿什么和日本应战？

巨大的落差，消磨着海军的梦，让身为主官的陈绍宽英雄气短。林遵甚至有一种错觉，部长是一个被理想和现实缠绕的矛盾体，一个心比天高的失意者，一个高贵的贫民。

就像一贫如洗的人等待财从天降，一方面，引领的舰队如此弱小，却没有泯灭他建设强大海军的豪情；另一方面，度日如年的窘境，让他在际遇的微小改变面前，显得过于急切和敏感，这也是眼下德国的潜艇让他百感交集的原因。

"有钱能使鬼推磨。"借用一句俗话，部长一路向财长哭穷。

"前几年，海军的年平均经费，只占军费总支出的3%左右、财政总支出的1%多一点。"陈绍宽说这话时，把分别伸出一个指头和三个指头的双手，和一脸苦笑，送到了孔祥熙眼前。

各人各算各的账，孔财长向大家交底，如果真的与日军正面交火，仅步枪子弹每月约需7亿发，而自己国内只能生产二三成，更何谈其他军需装备？他说的意思是，哪里不需要钱？

"可以用东西来换。"陈绍宽说起了一个典型的例子，"宁海"轻巡洋舰，这么多年，海军从日本订购唯一的一艘军舰，就是用东北大豆折价换来的。

"不管是大豆还是大米，能把军械换过来就是胜利。"孔祥熙赞成，他是易货贸易的倡导者。最成功的案例，是和德国军火商签订了"合步楼条约"，也就是拿中国的钨砂、锰砂等战略性原料和农产品，来换取德国的工业产品，尤其是军需品。

此条约是孔财长的得意之笔，所以他耐心地向大家解释："易货贸易，是本国当下和列强进行商贸的最有效的途径，是一条大道。以'合步楼条约'为例，首先它既是一个完全平等的贸易协定，同时它特别适合本国国情，因为它解决了我们因为巨大预算赤字而无法向国际贷款的困境。"

他说："如果谈到条约对中国工业发展的作用，孔某自觉还有总发言权；而对国军战力的提高，各位将军比我知道得要多。"

"这是自然，老兄理财自是国军幸事。"陈绍宽用开玩笑的口吻又问，"只是陈某不明白，今年的国防建设费预算，海军只相当于陆军的1.8%、空军的3.37%？老兄为何不体谅海军的难处，高抬贵手？"

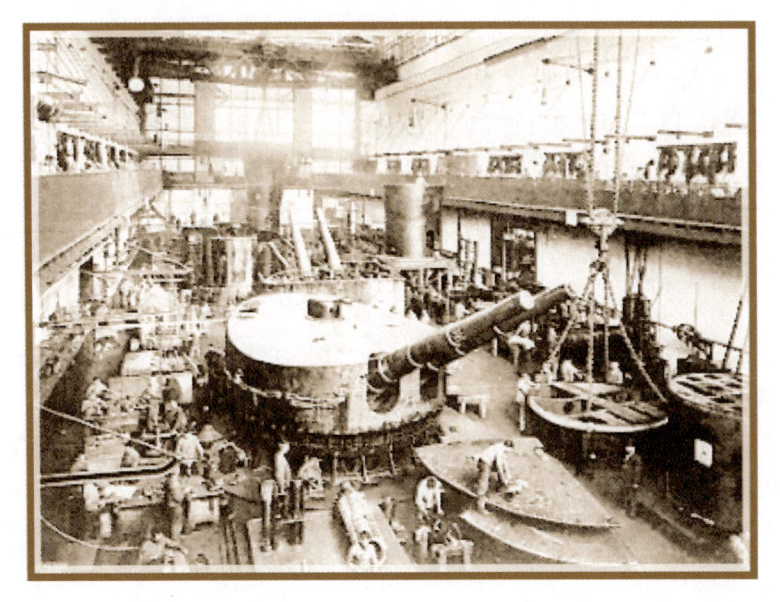

从晚清始，中国军队的要塞炮、舰炮很多来自德国克虏伯兵工厂

尽管话有些难听，问题也犀利，但身为行政院副院长的孔特使，一不生气，二不语塞，他以"此乃军政部做的方案"为由，把事情推得个干干净净。

非但如此，财长反守为攻，反问陈绍宽说："我的上将，你可别忘了，此次海军购买潜艇，难道不是财政拨出的专款？"他的意思明摆着，我孔某人给你们使劲，你海军、你陈绍宽还不领情？

陈绍宽无话可说，只能拱手致谢。这个话题，让海军一行心里都释然了许多。

在国民政府的年度财政预算中，有3000万元是向德国购置军械的费用，它就在孔财长的腰包里。此刻采购清单上，武器军火的依次排序是：小型潜水艇、要塞炮、高射炮、鱼雷快艇、水雷、坦克和战车——对这样的清单，海军当然希望多多益善。

带着期待到了德国，但德国军方的态度，却给满怀希望的海军浇了一盆冷水。

在此之前，德国一直是中国的军事合作伙伴。国民政府从国外进口的武器装备，超过八成来自德国，近30万的国军已经接受了德国的军事训练和武器装备。

使团的德国之行，在军事方面最关心两大问题：一是，原先在德国购买的军需物资，如何尽快运送回国？因为还有30万国军，计划在短期内采用德国步兵师的编制与配备；二是，如何尽快从德国购置潜艇，投入海军使用。

带着这样的明确目标,中国使团现身克虏伯兵工厂、容克飞机制造厂的同时,陈绍宽和桂永清分明代表海陆军,秘密和德国军方接触。

海军一行本以为,原先达成意向的6艘潜艇购买计划,早已通过德国顾问团通报德方,只要完成签约就能很快接收。谁知道德国军方态度突然发生了微妙的变化,国防部长委婉表示,出售现役舰艇于军方而言多有不妥。

但懂得掌控主动权的德方,并没有完全关上合作的大门。他们提出了可以商业方式签约,在较短时间内代为中国建造舰艇。

从军事合作到商业操作,突然的变故让陈绍宽猝不及防。他强烈地感觉到,中德亲密合作的关系,尤其是两国的军方关系,正在受到第三者日本强力介入的严峻考验。

在孔祥熙和戈林上将的会谈中,更加不安的信息,通过戈林之口被记录在案:

> 他(戈林)认为重要的是,通常的贸易往来不要因该协定而受影响。普通德国商行的代表向他抱怨说,"克兰协定"使他们无法开展同中国的贸易。不过,为了有效地发展易货贸易并使之为德国所接受,中国必须制订出长期的订货计划。只有在此条计划作用下,德国产品与中国原料的交换才有可能,否则德国必须要求每一订货都以现款支付。

这是一个危险的信号——易货贸易的路,似乎要走进死胡同?!

形势扑朔迷离之际,孔祥熙率主要随行人员,在奥柏萨尔斯堡的别墅,秘密谒见了希特勒。

身着浅色西服便装的希特勒,看起来心情不错。先是会谈,后是午餐招待,还向孔特使赠送了自己的银边肖像。

一边是中方着急,想了解德日关系的实质,另一边德方并不轻易地交出底牌。

一直陪同着中国使团的德国外交部第八司司长冯·施密登,自然了解两国外交游戏背后的隐情。在他正式记录的会见备忘录上,可以窥见孔祥熙的投石问路,也能感觉到希特勒话中有话:

> 本年6月13日星期日,元首在上萨尔斯堡会见了中国行政院副院长兼财

政部长孔祥熙博士,以及他的随行海军部部长陈绍宽上将,行政院秘书长翁文灏博士和桂永清中将。在柏林的中国大使程天放先生也参加了会见。德国方面参加会见的有副官长勃鲁克纳、凯维慈处长和冯·施密登。

元首同孔部长的会谈涉及了当前的普遍性政治问题,重点在于德中关系,但没有深入谈下去(例如两国之间的条约)。

孔部长把中国描绘成一个被不平等地剥夺国际权力的国家,并把中国与德国的情况相比较,称这种情况为德国与中国间的合作提供了一定的基础。他还提到了因"东方矮子"(日本人)在中国东北和华北地区引起的局势。他极力表明中国对日联系只是一种权宜措施,解释说中国人的性格不倾向于直接反击。但是在这一点上,他没有对德日协定的含义表示疑问。他还详细地谈到了中国的国内局势,称局势十分稳定。他否认中国存在任何共产主义危险,称即使是最贫穷的中国人也拥有小块土地,中国不存在构成共产主义基础力量的广大工业无产阶级。

元首首先强调,他认为,德国与中国乃至所有远东国家的关系,是建立在商业基础上的。德国是工业国,中国则富有原料和农产品,两国关系自然有赖于互利的货物交换。德国在远东没有任何政治上领土上的目的,元首重申德国的唯一愿望是开展商业活动。元首进一步谈到了世界共产主义危险。布尔什维克俄国正继续推行着世界革命的计划,所以对世界秩序是个威胁。他认为危险的并不是俄国军队,一个德国师足以打败两个俄国军;危险在于西欧的布尔什维克化,与法国和比利时有重要贸易往来的德国,将因此而失去最重要的市场。所以,必须与布尔什维克主义作战。只是出于这一缘故,德国才在远东采取了政治行动。

接着,元首说明了加强政府权力的必要性和益处。在这一点上,他把蒋介石委员长视作上帝所派继承中华帝国的人物。同强有力的政府可以订立长期性协定。欧洲事态的发展已证明了这点,如德国和波兰之间(1934年签订了《德波互不侵犯条约》)。

此外,意大利和南斯拉夫的关系,南斯拉夫和保加利亚的关系都恢复了安宁。在这方面,德国的优秀官员曾提供了帮助。他希望中国和日本之间也能达成谅解,德国同样可能出面调解。

孔部长谈了许多一般性的观点,但在这一问题上,他只是说,在时机来临之际,德国调停无疑是必要的。

走出希特勒的别墅,同行的翁文灏博士,听到陈绍宽上将的一声浩叹,心里也感慨万端。此次出访,翁文灏的身份特殊,在使团中他肩负着秘密使命。临行前,蒋介石对他专门交代说,孔做什么,你不用过问,而你的工作直接对我负责,也不必对孔报告。

蒋的意思是,利用翁的良好声誉,摸一下欧洲大国当局的底牌。面对日本不断侵犯、中国免不了武力抵抗的大势,蒋的判断是武力抗日,因为双方强弱不同,中国势必大败。而对于这种结果,蒋介石认为,到那时不但我国吃亏,欧美各国在我国所取得的许多权利,必定尽被消灭,被日本一口独吞。

蒋预见的这种局面,因为中日尚未正式交战,此时还不宜正式向欧洲诸国提出交涉。但蒋不希望欧洲各国心中无数,所以希望翁本人能给各大国当局吹吹风,告之当前危机,以此探询他们的意见。也就说是,蒋介石派出中国第一个地质学博士担任使团秘书长,目的是让翁文灏为即将爆发的中日战争投石问路。

探询的情况并不好,英国政要明确表示,在华投资企业可以,至于武力战争,英国决不参加。对方的话已经很直白,万一中日交战,英国立即远避,中国决然不可空望帮助。法国内阁不稳,大事无从谈起。翁博士此时状态恰似秀才遇到了兵,他知道英法此刻自顾不暇,面对武力日强的纳粹德国,早生畏战之心。

野心勃勃的德国能指望吗？在他的脚踏进这个国家之后,所见所闻,发现对它如果抱有幻想无异于与虎谋皮。刚才希特勒会谈中的一番话听下来,更让他坚定了这种想法。中日间的问题,德国能调解得了吗？与其空自许愿,还不如踏踏实实地谈合同,让他们向中国出售包括潜艇在内的最新武器。

对于陈绍宽的叹息,他感同身受,但此刻只能淡淡地宽慰说：“陈部长,你也不用太着急,好事多磨。”

陈绍宽感激地点了点头,对翁博士人品学识、正直清廉他早有耳闻,也听说过他不买汽车、用省下的费用支付练习生薪水的故事。所以,陈绍宽发自内心地表示：“博士请放心,海军这么多年都过来了,什么样的挫折都能扛得住。”

越是担心计划有变,越怕出问题,就越出大问题。就在和德方的紧张谈判、协议双方签字画押之际,"卢沟桥事变"的消息传到了柏林。

战事紧迫,形势瞬间万变,陈绍宽当机立断,咬定了原计划,和合步楼公司迅速

日本战前秘密建造的"大和"号战列舰1941年才开始舰装

签订了订造潜艇协议——

　　排水量500吨级的远洋潜艇1艘
　　250吨级的近海潜艇4艘
　　潜艇母舰1艘

　　林遵奉命留在柏林，领衔留学德国的海军学员，搭建未来潜艇舰队的班底。在离开德国之前，陈绍宽紧握他的手时，没有再叮嘱一句。
　　建造中的潜艇和学潜艇的人，在部长的计划里，一起埋伏在柏林。它是海军部署在未来战场上的奇兵，是一把在遥远国度磨砺的利箭。使团中的每一员都清楚，甚至迷信,对没有大舰的中国海军来说,设计出色的德制潜艇,完全可以发挥以一当十的神奇战力。

陈绍宽在欧洲待不住了,"枕戈待命",他用这四个字来表达急切心情,电请委座批准海军一行提前回国。

16

一触即发

1937年的汉口

从南京下关回到上海不久,大池奉命率"安宅"舰前往汉口。前来送行的中村,于公于私对老同学的交代,只有一个意思,一路谨慎行事。

他知道大池这人行事粗鲁,恶习难改,经常在长江上搞一些恶作剧。最典型的做法,就是热衷于他所发明的"冲浪游戏",故意用炮舰接近中国人的小民船,再制造出浪花把船只掀翻。看到船民在水中遇险、挣扎,他会带着得意的大笑扬长而去。

非常时期,千万不能无事生非,是中村对他的格外交代。

对于大池在南京和中国海军"海琛"舰对峙的表现,中村总的来说,还是比较满意。他想这一次大池之所以没有扩大冲突,主要是因为司令长官给他下达了不能走火的死命令。帝国海军在长江的战事,还在紧张的准备之中,担心上游吃紧,舰队才派出"安宅"舰接应驻汉的战队。

"仗,今后有的打,但你这一路不要动。"中村说,"现在长江中下游情况复杂,汉口那边敏感得很,千万不能妄动。"

两人说着话,查看着炮艇上的装备。看到甲板上的火炮已经全部被炮衣遮蔽,中村认为这样做很好。大池走近了一挺三年式重机关枪,对中村说:"这么好的机枪,到现在还没有真正用过呢,再不打,恐怕它的枪栓都要生锈了。"

中村嘴上附和说:"11战队就是为长江而生的,准备了这么多年,这一次想必会派上大用场。"但心里却想,帝国真有必要在长江发动战争吗?

满洲、台湾已在手中,华北和江海口岸也多在势力范围之内,扩大战争还能得到什么?难道帝国要吞并整个中国大陆?难道日本就不怕被无穷无尽的战争拖垮?

让中村苦闷的是,这些隐藏在心里的想法,却无人能够交流。失语的处境,让他想起从前的长官,目前远离"安宅"炮舰的近藤英次郎少将。他随舰在长江游弋多年,是一位有眼光的军人,只是现在坐镇横须贺。不久前回国,中村拜访他时,曾向他询问过对日中关系未来走势的看法。

或许是因为大池在场,也或许因为人多不便,近藤少将没有正面回答。

他的手中,当时摆弄着一套精巧的茶具,他问:"你们是否注意到日本和中国的茶艺有什么不同?"

大池多次去过长江上游,他回忆说:"四川人喜欢用盖碗茶,比我们的茶具要大。"

近藤看了看中村,示意他说。

"在我看,"中村小心地说,"中国人喝茶讲究一个'品'字,我们日本却是重视茶艺的每一道程序规则。"

近藤微笑着说："中国人喝茶随意性大，同一壶茶，给每一个茶客的感觉是不一样的。但我们不同，日本茶道的步骤，包括更衣、观赏茶庭、初茶、茶食、中立、浓茶、后炭、薄茶、退出、衔接等程序，这些都是严格不变的。"

"所以在中国，如果你中村君要坚持自己的茶道，就不能把茶叶都放在一只茶壶里。"近藤做着手势比画说，"中国人的烹制办法，先是烧开一锅水，然后洗茶倒掉，再往这个茶壶里添热水。但是，如果你想喝到合乎自己口味的茶，你就不能这样随意，你就要遵从自己的程序，得一步一步地来。"

借助茶道，近藤的妙喻让中村心悦诚服。他知道，对于其中的深意，不但不能和大池说，甚至对智子小姐都不能和盘托出。

前两天，就自己对事变的担忧，才委婉地打开话题，智子好看的眼睛里，便露出了他未曾见过的疑问。她用正式的口气说："中村中佐，你是在考我吧，我在这个问题上从来没有含糊过。"

她的冷峻，完全制止了中村继续表达的机会。虽说刹那间智子又恢复了温柔的表情，但中村发现了她的另一面，一个女人面对原则问题上的决绝。

告别"安宅"号，登上了快艇，船尾长长的浪花，拖着中村的重重心事。

帝国的战线正在拉长，虽说中村管不了这样的大事，但在长江上，却存在着他说不出具体感觉的危局。

现在华北战事胶着，中日双方的增援部队都在调集之中，东京大本营将遣华舰队分成两个系列。第二舰队以青岛为中心，在长江以北布防；而以上海为中心的第三舰队，密切警戒华中、华南及其沿海港口要塞的动向。

中村知道，日军在长江沿线的布防，让长谷川司令长官最不放心的地方，就是汉口。这也是"安宅"舰离开上海、溯江上行的直接原因。

第11战队在长江的驻防，西至重庆，东到上海，在宜昌、汉口、九江、芜湖、南京的常泊港口中，汉口是最重要的一站。海军陆战队，也只在上海和汉口两地，配备兵力警戒。基本兵员规模，上海一般为2000人，汉口为200人。1932年的"一·二八事变"之后，上海增加了200人，汉口增加了100人。

以区区几艘炮艇和300名陆战队员，要应付汉口的紧张局势和可能爆发的危机，并要保证驻汉近2000名日本侨民的安全，战队司令官谷本少将底气不足。

在给舰队司令长官长谷川的电报里，他一次次地报告了汉口排日抗日情绪日益高涨、中方对日本海军的行动过于敏感的种种迹象——

汉口日租界设立的横滨正金银行

当地报纸、广播及集会,竭力鼓吹抗日意识,市内充满抗日气氛;

汉口中国军队自18日起,开始夜间演习,20日夜开始在租界外构筑工事和阵地;

中国方面19日收到虚假情报,称日本海军陆战队将袭击武汉警备机关和解除警察武装,立即采取警戒配备行动,战事一触即发。

收到上述情报,长谷川的第一反应,就是实施汉口增援。

他首先派出"安宅"舰溯江而上,同时筹划如何从上海抽调警备的舰只,再行驰援汉口。同时,中村也接到率舰在下游巡视、侦察的任务,以及时了解中国军队的调集情况。

中村担心"安宅"舰沿途出事,纯属多余之举,大池率炮舰疾行,一路相安无事。

远远看到汉口就在眼前,眺望前方的大池,心里笑话中村过于谨慎,命令炮舰长拉汽笛准备进港抛锚。

"安宅"号如期而至,也让战队司令官谷本马太郎少将,找到了回家的感觉。在这艘战队旗舰回国大修的日子,他先后将"保津"舰和"八重山"舰作为旗舰。虽说都是自己统辖的战舰,但他却有临时借宿之感。

"保津"舰是第11战队4艘势多级河川炮舰中的一艘,是专门针对中国长江作战而设计的内河炮舰。在鸟羽级的基础上,将航速增高、排水量加大,锅炉采用煤油混烧以增加出力,目的是为了更加容易地通过三峡水面。

但是它的排水量只有300来吨,心比天高的谷本少将,自然不愿意把自己的少将旗,挂在这区区小舰之上。

从上游巡视回到汉口后,他立即离开"保津"舰,将"八重山"号改作战队的旗舰。说实话,这也不过是他的权宜之计,是不得已而为之的选择。"八重山"号虽然在千吨以上,但毕竟是水雷敷设舰,火炮配置一般。舰大火力小,只有两门120毫米火炮和几挺机枪,无以展示海军的强大实力。

相比之下,战队炮舰中老大"安宅"号,虽然个头不及"八重山"号,但是火力装备并不逊色。最关键的是,它拥有和传统河川炮舰不同的直立式桅杆与烟囱,外观特征十分醒目。

另外,它还拥有作为旗舰的明显优势:战队司令官及幕僚所需的舒适寝室,便于指挥的通讯设施。尤其是经过改造,锅炉已经换成了更先进的重油专烧锅炉,它的舰艉在延长后显得更加开阔,白色的涂装也让它的外观焕然一新。

所以,在"安宅"舰到达汉口之时,就意味着它重新成为战队旗舰的开始。

大池中佐本是好事之人,加上对司令官的心事了如指掌,所以在谷本司令官登舰之际,在他一声号令之下,舰上的火炮一律除去了炮衣,水兵在甲板上列队行礼,闹出了很大的动静。

他的高调,让"安宅"号进入汉口的行动,像巨石投进了本不平静的水中。

"安宅"舰到达汉口之日,日本海军决心一战、调集30艘军舰实施攻击的传言,立即吹遍武汉三镇。让凌晨才解除警备、刚刚有所缓和的临战局势,又一次变得紧张起来。连第三方英国总领馆都沉不住气,向日本方面发出照会,询问日本海军的真实动向。日总领馆公开就此答复道,此事纯属谣传,请英国方面尽管放心。

但解释并不起作用,进驻"出云"号的中村,从每天汇总的情报里,已经闻到不远的硝烟味。长江沿线城市,弥漫着反日情绪,汉口如此,南京和上海也不例外。在它的背后,真枪实弹的军事行动,正不时毕现。

来自南京方面的情报,更是证实了中村的这一判断——

> 南京15日所组织的守土抗战后援会,实际上其全面抗日运动的中心是市党部。
>
> 自20日起,中央军的空军侦察机,每天飞临我舰上空(高度都在1000米左右),23日午前却以高度500米飞越我舰正上方,午后更在距舰尾500米高度附近缓缓下降,从右舢与舰桥大致高度飞过。对此,我舰着手设置对空防御配备,各机枪实弹上膛,连续瞄准,实有一触即发之势。
>
> 23日中国军舰"江元"、"楚有"(炮艇)离港驶向上游,500余名陆军自浦口移至下关。

上海的情况也不乐观,自7月22日组成的上海各界抗战后援会,形势渐趋不稳,而24日的宫崎水兵事件,则让黄浦江的上空更加波诡云谲。

陆战队一等兵宫崎贞夫,被不明身份的中国人绑架,这个消息,中村根本就不信,它只能当作一个市井故事来听。捕风捉影,对上海特别陆战队来说是常事。尽管报告上煞有介事,说什么日本商人亲眼所见,就在北四川路和狄思威路的交口,看见一个日本水兵被一辆汽车拉了上去。

宫崎没有按时归队、失踪在外,应该是事实。中村揣测,陆战队把事情加在中国人的身上,借机在闸北进行警戒,也不失为一种策略。但要注意到上海方面的对抗反应,现在保安部队不仅加强了巡逻戒备,甚至在关卡都架设了沙袋和铁丝网。他觉得海军的试探就此为止,不能让局势进一步恶化。

在司令长官召集的各队首席参谋会上,中村首先说明了自己对宫崎水兵事件的看法。

"要寻找好的交涉办法,今天我方的报纸渲染过度。"他盯住陆战队的参谋说,"假如事情出入很大,则有损帝国海军的体面。"

"闸北一带确实出现骚乱,不少支那人纷纷逃离。"陆战队参谋报告说,"据内部

日本海军第三舰队旗舰"出云"装甲巡洋舰在上海

调查,宫崎可能是潜逃在外,所以陆战队已经考虑撤销警戒令。"

"我听说那个水兵不就是嫖妓吗?"长谷川没好气地问,"他到底担心什么,为什么要逃跑呢?"

"回司令长官,嫖妓没有什么,但是,宫崎嫖到了指定地点之外,又被其他水兵发现了。估计自己害怕了。"

长谷川不屑:"他很胆小?"

参谋点点头:"除了色胆之外,宫崎一贯胆小。"

"这种人根本不配做帝国海军,倒不如死了谢罪!"长谷川像是怕污了白色的手套,轻轻地把它褪下,然后狠狠地拍起桌子。

"不能让这件事使我们陷入被动,所以对外继续要求弄清真相,要求巡捕房和支那警察搜索犯人,这一条现在不能动摇。同时,不要再扩大事态,要指导我方报纸言论谨慎。"

会议结束了宫崎议题,立即转向了对舰队作战计划密案的讨论。

根据海军军令部"大海令"作战要求,第三舰队迅速制订了两个阶段的作战方案。

第一阶段的方案,涉及的只是局部作战,即应对战域局限于平津地区之时的准备,主要任务是监视中方和担任警戒,协助华北方面作战,同时保护日侨安全。

而第二阶段的方案,涉及全局作战,也就是当战域扩大至全中国时,第三舰队的应战方略,包括如下内容——

一、确保上海附近:
(一)保护侨民。
(二)占领并确保附近要冲。
二、占领并装备,确保前进航空基地(江湾、公大、杨树浦、龙华、崇明岛)。
三、监视及解决敌舰队。
四、水上管制长江南京下游。
五、攻占崇明岛。
六、封锁长江口,扣留敌船舶。
七、华中派遣陆军之护卫以及协助陆上作战。

七项任务仅仅是作战要点,是一个大的纲要,长谷川召集各战队首席参谋开会,目的是对以上要点进行逐项检查,并且讨论作战细案。

"目前海军在长江兵力分散,战前撤侨的时机选择特别重要。"舰队参谋的意见是,要赶在中国军队行动之前,完成上游第11战队舰艇和汉口海军陆战队的下行问题。"只有这个问题解决了,才不会形成被敌切成两段的困境。"

陆战队参谋不同意,他说:"我们可以通过向上游的增兵,来加强汉口的防卫。"

"从哪里增兵?"舰队参谋咄咄逼人地问,"如果抽调舰队的主力舰上行,上海和吴淞一带警备怎么办?"

陆队参谋来到地图前,在海岸线上方,用木棒在空中画出了一个半圆弧。然后胸有成竹地说:"帝国海军控制着沿海一线,必要时,可以请求青岛第二舰队实施增

援,具体可以抽调第 10 战队,来加强对长江口的防卫。"

"那不可能,华北的局势现在比上海更复杂。"水雷战队参谋表示反对,"第二舰队扼守青岛,就是稳定了鲁东一带,让支那第三舰队不能轻举妄动。"

"你说青岛的第三舰队吗?"陆队参谋脸上露出轻蔑的笑,"它本来就不可能妄动,因为它没有妄动的资本。"

"何以见得?"水雷参谋反驳,"你没听说困兽犹斗吗?"

陆队参谋指了指中村:"不信,你听听中村中佐的意见。"

"我倾向于青岛敌舰不会妄动,实际上它没有运动的实力,自从'海琛'舰等三

上海外滩的外国军舰

舰离开青岛之后,青岛舰队可以说是名存实亡。"中村走到地图前介绍说,"刘公岛和青岛湾的两处防卫,已经让他们首尾难以两顾。向帝国海军出击,不是说沈鸿烈没有这样的胆量,而是他不会做这样的买卖。他工于计算,是一个精明人。"

中村回到座位上,对长谷川说:"我同意陆队关于青岛敌军的判断,但并不觉得应该调动第10战队,因为青岛登陆的战略,对于全面战争十分紧要,它可以切断津浦铁路动脉,让帝国军队直插中原腹地。"

"你扯远了,还是谈谈第三舰队的作战方案。"长谷川觉得中村分析有理,但还是冷静地提醒他,重点突出会议的议题。

"侨民安全问题,我想中国政府不会不管。"中村狡猾地说,"但11战队从汉口的撤离,中国军队也不会袖手旁观。"

中村给大家传看了一份示意图,然后分析说:"中国海军主力舰队,目前似乎正在湖口和南京集结,他们的意图当然不是我们的侨民,而是我们能够在内河作战的战队。"

"可见,现在最重要的是时机。"他站起身子,向长谷川进言说,"司令长官阁下,现在是下决心的时候,上海的战争不能坐等中国军队发动,帝国海军必须抢占先机!"

"哦,"长谷川扬了一下眉头,很有兴趣地鼓励说,"中村参谋,不妨把你的想法都说出来。"

"对于战机,我们不能靠猜测,我的意见,上游的撤离,一定要抢在中国人前面,这样我们就没有后顾之忧。先把舰队集结到上海,然后再静观其变。"

"没有然后,海军建功在此一役。"长谷川口气坚决地说,"第二战役作战的前提,是战争在中国全面打响。我们不能等支那军队打响,帝国海军一定要抢占先机,要从长江打开局面,通过控制上海和南京,达到控制整个支那大陆的目的。"

几位参谋都清楚了,司令长官要把上海作为海军的战场,在大家交换眼色的时候,中村觉得下面憋得慌,他要出去上卫生间。没想到陆队参谋也跟着,两人一前一后走出了作战室,拐进了舰侧的厕所。

"真要在上海打了,中村君,你以前的判断有问题。"陆队参谋说,"不过,打与不打,最终还是要等大本营来决定。"

中村站在那半天,也没有撒出尿来。他感到很无趣,大本营的意见永远是在摇摆的。他懒洋洋地说:"别忘了另一种可能,这是经验,只要前线一动,谁还能控制得住战局?所以,就在我们的脚下,这里才是开启战争的阀门。"

这话说完,他听到身下水的响声,顿时感到一阵轻松。

17

爆 发

海军部长陈绍宽

南京下关车站

曾一鸣赶到龙华机场时,从香港飞抵上海的航班正落向跑道。他驱车通过了空港的特别通道,一直停到了航班前。

此时已是下午3点,中午就从家里出发了,没想到市里的路如此难行。回头一想,如果不是妻子催促着自己上路,恐怕真的就要误大事了。

早晨,他回到家后便倒头大睡。睡得正酣时,妻子硬是把他从床上拉起来。

曾一鸣看了看表,不情愿地嘟噜着:"这才几点呀?"翻身继续睡。

曾太太由不得他,一边把留声机开得大大的,一边在他的身上挠痒痒。曾一鸣这才起了床,像是在妻子的逼迫下,洗澡,换上干净的军装。忙完这一切后,发现才到中午。

他不高兴地责备妻子:"吃错药了吧,现在才几点?还有三个多小时呢。"

最近老是听到他埋怨,曾太太的心里,念着他白天黑夜地颠倒,也不跟他计较。

只是冷冷地说:"你最近大门不出二门不迈的,也不知道外面是什么个行情。这路都堵死人了,还是人走的吗?"

曾一鸣将信将疑地上了路,没走几步,才明白不听老婆言吃苦在眼前的道理。

一路上,保安部队设置的路障,和开始挖设的战壕,以及路上出现的游行队伍,不仅让车停停走走,也为他提供了诸多复杂的信息和感受。随着接机时间越来越近,他自己心中油然而生的愧疚感,也变得越发强烈。

此时,他羞于去见部长,因为他觉得自己贻误了水雷研制的最佳战机。

这几天连天带夜地加班加点,组织人员、设备,偷偷摸摸地研究试验方案,连喘气的机会都没有。累极之时,连躺下时他都会自责——过去的几个月,到底干什么去了?4月份就已经发现了电雷学校无雷的危机,如果,那时果断启动海军的造雷计划,何至于出现如今这种被动局面?

汽车轮下起起伏伏,他的心情也坎坎坷坷,直到他因为困极,又在车上睡了过去。等到从飞机的轰鸣声中再次睁开时,他看到了近在眼前的候机楼,和从空中降落的飞机。

出国三个多月的海军部一行,走下了飞机舷梯。

走在前面的陈绍宽,看到上海基地的头头脑脑站成一排列队欢迎,不禁拧紧了眉头。

他虎着脸问:"谁让你们来的?也不看看现在是什么时候?!"他这一张口,让现场气氛变得很尴尬。陈绍宽对此视若无睹,径直向停机坪上的汽车走去。

随行的王司长向众人挤挤眼,意思让大家都撤了。众位官佐互相看看,发现各自都是一身热汗,自觉无趣,纷纷移步打道回府。

前面的人这么一动,后面的曾一鸣就显得突出了。王司长抢上一步,拍拍他的肩,意思让他上部长的车。

曾一鸣快步上前,打开副驾的门,部长却向他示意,让他移到后排和自己并排坐下。车子飞快地向火车站方向疾驰,陈绍宽握着曾一鸣的手,轻轻地拍了拍,然后问起了电雷探营的情况。

曾中校看得出来,部长对没有水雷的探营结果,十分意外。他连声说了两句,"这怎么可能?!"然后头枕在靠背上,双眼失神地看着窗外。

外面的天气正热,灼热的风在窗的边缘呼呼吹过。

过了一会,部长才问:"我们如果马上动手造雷,最快什么时候能给我第一批?"

17 爆 发

曾一鸣报告说："几天前，我们已经布置了，但还是动手太晚。解夏说他有责任，事实上在这一点上我更有责任，因为解秘书他没有条件解决这个问题。但我有，却被自己疏忽了，这个责任其实不可推卸。"

"动了就好，动早动晚，问题不在你。"部长接着又问，"电雷的事还有谁知道？"

曾中校伸出三个指头，部长一看就放下心来。他说："水雷问题就到我这里打住，你还是给我交底，新的水雷什么时候能给我。"

曾中校挠了挠头，说："最快也需要两个月吧。"

部长不满意，摇着头又问："能不能更快些？"

"那要看给什么条件。"曾中校为难地说，"进口的TNT炸药奇缺，现在的存量都无法满足试验的需要。还有设备，比如专用蒸汽溶药锅，有钱也买不到。"

看到部长眉宇不展，曾中校没有再多说困难，而是从文件包里掏出了一份清单，有些无奈地说："解夏让缕一下困难，我缕了一下，都在上面列着呢。"

话还没有说完，车已经来到了火车站。部长下车时，只说了两个字："要快！"

在京沪线的另一端，海军部正忙着迎接部长。

从草鞋峡赶回军部的解秘书，跟随陈季良等长官，从中山北路沿着一路灯火，来到下关车站，在站台上静候着陈绍宽部长出访归来。

尽管统率部刚刚作出了规定，不准报道旅长以上国军军官行踪，以免敌方发现军事意图。但陈绍宽出访后提前归国，不可能成为秘密，中央社报道了他一路的行踪。

【中央社上海28日电】海军部长陈绍宽返国抵港后，28日乘中航公司之浙江号飞沪，当日下午3时到达，旋于4时乘特快车入京。

【中央社南京28日电】海军部长陈绍宽28日晚9时50分返京，海次陈季良、陈训泳等，故往下关车站欢迎，陈下车后，即返部休息。据陈语记者：本人在欧洲任务适毕，即得华北紧张消息，遂急遽归国，主持海军军务。孔特使刻在伦敦，当孔由美返欧后，余适在意未晤及，故不知何时返国。

和报道不同的是，陈绍宽回到部里以后，并没有休息，而是立即召集会议，听取了各方面的汇报。会议结束时，已是次日凌晨，陈部长又留下了陈季良，两人锁在房

间密谈了很久。

解夏在办公室里,等到长官会谈结束后,他这才有机会独自一人面对陈绍宽。

两个人此时都没有睡意,部长说:"我的时差可能还没有完全倒过来,你陪我下去走一走。"

海军大院夜风习习,部长说还是下来好,凉爽。

解秘书此时没有别的心思,就是想当面向部长作检讨,所以说起了水雷的事。

"这事跟你本无关系。"部长说,"海军重造水雷,也没有那么简单。电雷有没有水雷,并不由我们说了算。所以,我们要走大路,规规矩矩给军委会打个报告,提出申请水雷封锁长江的意见。"

解秘书问:"部长是说,只有他答复了,我们才可能另起炉灶?"

陈绍宽无奈地摊开了双手:"海军办事难。曾一鸣给了我一个清单,进口炸药,各种设备,都是要动外汇储备的,这些我们上哪去支?程序得慢慢走,先要报军委会,再要报行政院,最后还得求财政部。"

"但水雷的事,似乎也耽误不起了!"解秘书着急。

部长停下脚步,站在解秘书的面前说:"我自有分寸。明天你提醒我,给造船所和军械处打一个电话,班子先要秘密搭起来。还有,先期研制的费用,得由造船所垫付。"

两人走到一片雪松下,部长看了一下天,感慨地说:"出去一百多天了,没想到局势变成了这样。"

看着自己在月光下的影子,解秘书愣了一会,他问部长:"仗真会在京沪打起来吗?"

部长从地上捡起了一根树枝,蹲下了身子。借一地月光,他在地上画了一个大圈,又在东南侧画了一个小圈:"这是华北、上海。要么从北到南,要么从东到西。"他又画出了纵横两条线,然后站起来,"这要靠上头决定。"

"部长,如果是你?"

陈绍宽说:"我的想法还差最后一把火。"说完轻轻折断了树枝。

火,第二天就送到了。

为中国海军最高长官送来这把火的,是日本海军第三舰队司令长官。原来,等着陈绍宽回来的,不止是海军部和主持工作的陈季良,还有日本海军的长谷川清中将。

长谷川的鼻子灵,在报纸上登出陈绍宽归国的报道前,他早已从情报部门获知了他的准确行踪。

同样进入他视野的,还有水兵宫崎被中国船民救获的消息,让他大为动火。中国的报纸大加渲染,以那么大的篇幅,详细报道了宫崎嫖娼、畏罪潜逃的事实,让帝国海军无地自容。同时,也让第三舰队感受到了巨大的压力。

在"宫崎事件"真相大白前,军令部给长谷川发来密电,让他在形势需要时,向中国海军部和军政部提出解决事变的原则方针。

恰巧,陈绍宽到达上海的当天,日本海军军令部第一部长近藤信竹也到达了上海。在"出云号"上和长谷川开始密晤,两人在战局的走势上很快达成了共识。

他们一致认为,随着25日的"廊坊事件"和26日"广安门事件"相继发生,陆军参谋本部石原莞尔力主的"不扩大事态"和"就地解决"的策略,已经宣告完全破产。没有就地解决的可能,近藤第一部长决然地说:"陆军参谋本部已经表示,允许驻华军队司令官行使武力。"

对于下一步海军的行动,近藤信竹传达了军令部的意见,即第二舰队担任华北,第三舰队担任华中、华南沿海的警备。政府准备从8月1日起,决定将长江沿岸的日侨逐次撤向上海,这个任务当由第三舰队负责保护。

长谷川从军令部的最新思路中得到了鼓舞。"对中国人不能让步!"他激愤地说,"我们必须在摧毁他们意志的基础上,才能让他们来乞求和谈。"

上海增兵之前,要保持对中国军队的高压态势,近藤信竹认为,这是当前重要的策略。他传达了大本营的作战意图后,同时向第三舰队建议说:"现在,应该是和中国军方接触的最适宜时机。"

一直在等待的长谷川,为陈绍宽的归国,早已准备了一份礼物,即日本海军第三舰队备忘录。

日本人显然已经急不可待。就在陈绍宽回来后第二天,也是北平陷落之日,一份由日本海军武官从上海起程送达南京的备忘录,又一次刺激着陈绍宽——

一、第三舰队基于帝国对事变不扩大之方针,驻地各部正遵循此精神坚持慎重态度;

二、但华中、华南的排日行动或集结队伍等行动已成为激起重大事件之因

1934年起用的日本总领事馆俗称"红楼"

素,对此我方颇感遗憾。此时切望采取适当而有效的取缔措施。

三、今后如上述情况继续发展,由此引起的事端,我第三舰队不得不行使兵力。

就在日本海军武官踏进海军部时,奉命迎接的解夏,想起了五年半之前的相似一幕。

也是受日本的舰队司令委托,也是由海军武官出面,也是以所谓"不扩大事态"为名,对中国海军进行威胁。只不过那是在"一·二八"后的冬季,而眼下是"七七"后的夏天,但传达的意思是一样的。

看完了备忘录,陈绍宽冷笑说:"我们海军可以冷静克制,但你们在前方打打杀杀,还不让民众说话,这事海军别说管不了,就是给钱也不能管。中国有一句古话,叫作当局者迷旁观者清。我刚从欧洲呆了三个多月,你们的作为,你知道别人是怎么看的吗?"

武官说:"请部长阁下明示。"

"他们都不理解,说有海军条约,日本不愿意遵守,就是要造世界上最大的战舰,难道他们就是为战争而生的……吗?"

最后一句话,陈绍宽本来准备再加上"动物"两个字,话到嘴边,还是忍住没说。他毕竟在英国待了多年,还是特别在意自己的绅士风度。

武官听了以后,脸涨得通红,他说:"我们一直在克制,帝国海军如果不保持克制态度,阁下的上海基地,就不会保留到现在。"

解秘书看他这么张狂,明显地坐不住,但他知道这里没他说话的份。

从他调入军部,五年多的时间里,中国海军卧薪尝胆,但从舰艇的数量上却是所增无几。中日海军实力的悬殊对比,差距不但没有缩小,反而拉得更大。虽然他也明白,凭实力,海军几乎就不存在和日本海军决一死战的任何可能,但日本武官的嚣张,逼得他热血贲张。

陈绍宽腾地一下子站起来,想说什么,却又憋在嗓子里,然后慢慢地坐了下来。

这一站一坐之间,只有陈绍宽自己知道,他已经下定了最后的决心,脑子里产生了一个极具冒险的计划。这个计划,在他回国内的旅途中酝酿多时,甚至从"一·二八"后一直在他心中萦绕,此刻终于在他的胸间爆发出来。

坐下来的陈绍宽,显得从所未有的放松和平静。他慢慢地喝了一口茶,然后和颜悦色地对日本武官说:"克制,避免战争,本是军人的应有之义。我们是这么想的,也一直是这么做的,希望长谷川将军也能如此。"

"我是带着司令长官的诚意来的。"武官站起身,向陈绍宽鞠躬告辞,"也希望部长阁下和我们一起努力。"

日本信使告别之后,陈绍宽独自坐在会客室里。解夏看他在闭目沉思,轻手轻脚地正准备退出来,部长却叫住了他。

部长眼睛还闭着,用手揉着太阳穴,慢吞吞地说:"解夏,你马上给我办,立即准备两份报告。一份嘛,是日舰目前在长江的部署;另一份,是构筑长江江阴段封锁线的准备情况。"

"两份报告昨天夜里已经修改完毕,现在,副官处应该送到办公桌上了。"

"哦,"部长闻言,睁开了眼睛,站起身来说,"好,我们的动作快一些,就有可能掌握先发制人的先机。"

他们一前一后走出了会客室。到了走廊,看着窗外的阳光,陈绍宽停了下来,对秘书说:"我们这个大院里,昔日的江南水师学堂,不仅出海军将校,也是出过大文人的。"

解夏知道他说的是鲁迅,江南水师学堂曾经的学生周树人。只是不明白,部长这时怎么会突然提起他?

"学长有一句话,"陈绍宽说,"我过去不太理解,现在终于明白了它的意思,'不在沉默中死亡,就在沉默中爆发。'"

解夏发现,这时的部长眼里闪动着亮光,双手兴奋地搓动着。解夏放慢了脚步,他悄悄地落在部长的身后,他要在部长灵光闪现的时刻,保持着安静。

目送着一个激动的背影,走向办公室,解夏发现,部长并没有推门而入,而是转过身,继续行走在走廊上。窗前的光,勾勒出他行进的姿态,那个稳健的侧影里,有

日本豪华邮轮长崎丸在上海

一种跃跃欲试的冲动。

这是一个重要决定酝酿时的征兆,解夏判断。他驻足不前,直到瞅见部长径直走进了陈季良的办公室,更加深信不疑——部长是一个讲究的人,一般不会主动去同僚或下属的办公室,他的反常举止,一定有着非比寻常的道理。

回到办公室,解夏明显有些兴奋,他抽出一张公文纸,画上了长江,又在图上标注出敌我双方舰艇的位置图。中日海军在长江作战舰队的分布情况,对他来说简直就是轻车熟路,画起来得心应手。日本的内河炮舰,主要集中在汉口一带,而中央海军的主力,多集中在湖口以下。

无论是过去的参谋经历,还是负责情报的身份,解夏当然能够目测到,汉口敌舰远离上海、孤军深入的破绽。但他猜不透部长下一步的动作会是什么,难道会主动出击,从湖口上行攻击敌舰吗?显然,这是一个令敌人出其不意的作战方案,他为自己的想法而激动,但冷静下来,觉得自己还是太天真。

五年前海军在淞沪畏缩不战的经历,像记忆里抹不掉的阴影,占据着他的大脑,解夏只觉得太阳穴传来阵阵隐痛。恍惚中,门被打开,来人原来是孙副官。只见他一脸疑惑,进来后就劈头盖脸地问:"这是怎么回事,现在为什么要在湖口会操?"

没头没脑地这么一问,让解夏一头雾水,湖口?会操?再仔细一打听,原来是部长正要召集会议,部署第一舰队、第二舰队湖口、南京会操一事。

对呀,解夏转而一想,面露喜色,部里把作战主力舰队聚集在湖口、南京两道防线,难道是要对付上游日军的第11战队吗?他克制着自己的情绪,用颤抖的声音问起孙副官:"有烟吗?我想吸烟了。"

18

泄 密

南京中央饭店外景

18 泄 密

刘光寺科员在理发时,闯下了一个祸,差点弄丢江阴航道测量的草图。

一个像是在镜子里发生的故事,事发地点是中央饭店的理发室。刘光寺是这里的常客,选择在这里打理头发,第一个原因是因为贵,第二个原因还是因为贵。

前一个贵是指价格,后一个贵说的是身份。在南京,没钱的穷人不会说出理发这样的洋词,他们习惯的说法叫剃头。街头巷尾里找一个剃头挑子,三下五除二,目的是把头发剪短。讲究一些的人家,剃头师傅会定期上门服务,手艺也会好不少。当然,如果说到理发,在南京最神气的,还是去为数不多的理发店,因为这里就是身份的象征。

像中央饭店这样的理发店,绝对是达官贵人的去处。

中央饭店建在国府路上,国府大楼的南面,位置没得话说,两个大门都有警察值班站岗。理发店在底层,和弹子房、商店、汽车出租部和西餐厅连成一片。环境服务就不用说了,就说这里的理发师傅,不少都来自上海、宁波,他们的手不知道摸过多少名人政要的脑袋。

对此,刘光寺很享受,也乐于让别人分享。理发后的几天,在同事和朋友中间,他免不了做出一些突出头部的举动,好让别人注意。然后再轻描淡写地说:"是呵,头发才理的,是在中央饭店,当然贵了,但是真是一分价钱一分货,人家手艺没的说的。"

显摆,并不是刘光寺唯一的目的,再一个目的是,在这里可以结交一些人。刘科员人粗心不粗,大官自知沾不上,但中央部委的实权人物却认识不少。以上两个目的,明眼人都能看得出来,但是还有一个目的,很隐秘。

理发店里好看的女人多,尤其是新潮的时髦女子。到了夏天,一个个恨不得让雪白的肌肤都展现出来。在大街上,或者是公共场合,女人们总会有所收敛。只有在这半公开又处于放松状态的理发室,时尚女子会少了些平日里的矜持,多了些活色生香。

刘光寺很在意观察,夏天里,是他来到理发店最多的季节。所以当他随着测量船回到南京后,他哪里都没去,直奔理发室,像是弥补这一段时间在船上枯燥无味的生活。更重要的是,他惦记着其中一个女宾。

他不知道怎样去形容一个让他无比动心的女人,但他知道,她的长相和她身上四散的女人气味,的确让他欲罢不能。就在这个理发厅里,他们有过两次照面,刘科员相信彼此并不十分陌生。

刘科员见过一些美貌的女子，但大多是那种张扬在表面上的漂亮，这个女人不同。她有一种从外到里的美，或者说是从里到外的美。更难得的是，她不会因为自己的美妙而拒人千里，她有一种含情脉脉的温和。

在和刘科员的目光第一次接触时，她的目光在带着一丝羞怯的同时，给了他莞尔一笑的想象。

刘光寺不敢说，他忘情地赶到这里，就是纯粹为了和她见上一面，但至少这样的期待像风鼓满了他憧憬的帆。像往常一样，他不急于马上剪发，而是选择了靠近女宾区的位置，坐着翻看杂志。此时他不会注意杂志上的内容，而是越过半掩的栅栏，把注意力集中在对面的镜子上。

镜子是一个好东西，它能够折射，也能反射，这样就免去了一些眼光直视别人的尴尬。这样感觉也会好很多，因为它回避了非礼勿视的教条。在这种气氛里，他发现了一个熟悉女人在镜子里的侧影。引起他注意的，是旗袍包裹的腰身和浑圆的臀部，当然时隐时现的旗袍开衩处，更引人入胜。

刘科员目光开始像草一样轻轻摇曳，随着开衩的轻微晃动，他的身体也随之进行了微小的调整。这样紧张而兴奋的状态中，他的双手不由得合并到了一起，他十指绞到一起，像是在默默地给自己鼓劲。

在认真地饱览这一部分身材之后，他得寸进尺，想再一次看看这个女人的正面。她的长相，她旗袍里饱满的身体，甚至希望彼此之间再有一些眼神的交流。

镜子里的女人没有让他失望，她伸了一个优雅的懒腰，让他看到了茁壮的前胸。接着她的身体完全侧了过来，这样就把身体的大部分，交给了刘科员探视。她的头微微低着，也在看一本杂志，而当她偶尔抬起头时，刘科员又一次被她的眉目吸引。

她没有娇媚的柳叶弯眉，清逸的剑眉里藏不住逼人的英气，而一双眼睛却饱含女性的水湿气息。她的脸上，一颗长在左唇上的美人痣，恰如其分地收藏了她略带幽怨的妩媚。似乎看到了刘光寺正看着自己，她在镜子里还以羞涩而礼貌的一笑。她在笑中展开的唇齿，让刘科员激动得手足无措。

就这样不时通过镜子，他们的眼神在小心地交流，像是探询，又像是问候和互致好感。恍惚中刘科员像是回到了自己的青春时代，他的内心中有了一种只有恋爱时才有的情愫。直到她飘然而去，刘光寺还处在一半甜蜜一半香艳的回味之中。

理发师傅走到他身边，师傅问："刘科员，你现在可以了吗？"

他略感失落地站起身，回答说可以了。这时他才想起了左手边上的公文包，他

南京市井生活

面如土色地发现,那个装着航道测绘图表的包,不见了!

刘光寺惊在那里,一时呆若木鸡。

师傅发现了他的异常,师傅问:"什么东西不见了吗?"

于是许多人就开始上上下下地找,包很快就找到了,刘光寺打开一看,钱没了,所幸里面的图还在。破财消灾,他侥幸地想。

同一天,崔先生突然离开了草鞋峡。

临行前,崔先生感到奇怪,任务还没有完成,计划仍然在高度保密之中,他和张

灵春少校,怎么就会从草鞋峡解放出来?他们离开下午的江边,一车开到海军部。

对阻塞组来说,这一两天时间相对富余。根据阻塞航道的最新测量数据,小组做了一个测算,构筑江阴水下阻塞线,大致需要1500吨到2000吨的船舶30艘以上。这是崔先生难以接受的数字,自沉5万吨到6万吨的轮船,总吨位几乎赶上了海军舰艇的总排水量,这不是要了航运业的命吗?

这还只是江阴一处,金中尉用冷酷的语气说:"整个长江,包括沿海口岸,沉船的地方还多着呢。"

张少校扯了一下金中尉,意思让他注意一点崔先生的情绪。

金中尉并不理他,依旧不依不饶地说:"这事不能瞒着崔先生,丑话要说到前头。现在崔先生在我们这,说得好听是顾全大局,但是在交通部,人家就能把他当作内奸。"

"金砺锋,立正!"张少校大喝一声,"你说够了没有?!"

"报告少校,还没说够!"金中尉笔直地站着,大声地回答着。

崔先生没有理睬他们的事,一脸苦笑地走到案前,抓起毛笔写了两个大字:制怒。然后,把它贴在墙上。

"什么都别说。"他拍了拍张少校,又拉金中尉坐下。

停泊在日清码头的"出云"舰

18 泄　密

　　"你们两位,一位是兄长,不忍看我伤心;另一位是金老弟,不想让我蒙在鼓里,我都明白。商船,都是公司的,也是我们大家的。现在要为抗战殉国,此事孰轻孰重,道理我还是明白的。"

　　"但是我心里堵,想喝酒。"崔先生问张少校,"能一醉方休吗?"

　　"你喝不要紧,因为你是海军的客人。"张少校回答说,"我和他,恐怕只能象征性地来上一点。李逵的喝法是不行了,军营里不得醉酒,这是规定。"

　　"喝,"金中尉气盛,"大不了关上一次禁闭。"

　　张少校盯了他一眼,却并没有责备。火气大是当下国情,平、津先后陷落,全国已经成为了一点就着的火药桶,像金中尉这样的热血青年怎么可能无动于衷?

　　时局现已到达最后关头,政府的方针,委座已有言有先,为捍卫国家牺牲到底,存亡关头全国民众应一致奋斗。

　　张灵春注意到,为表明一致奋斗的立场,政府宣布,沈钧儒等救国会七君子已获自由。由苏抵沪的沈钧儒,以入狱与出狱一样的态度,宣告救国主张无变更的鲜明立场,也表示响应蒋介石的晋京电召,拥护政府一致准备牺牲的态度。

　　同仇敌忾的情势下,也不能委屈了自己,张少校这么一想,心中坦然起来。

　　"要不大家都喝一点。"他提议说,"这么些天绷紧的神经,也该放松一下了,有了问题我来负责。"

　　崔先生制止:"别,我只是这么一说,要是给你们惹麻烦,我这就过意不去了。"

　　张少校说:"这事别讨论了,就这么定了。"

　　但张少校定的事却不算数。还没打开酒壶,军部解秘书的电话来了,让崔先生和张灵春立即赶到部里。

　　这样他们就离开了戒备森严的水鱼雷营,车往市里开去,一路不停地来到了中山北路。人到了海军部,其实行动并不自由,进了解秘书的办公室,门口还有两人在站岗。

　　"保密需要,大家一视同仁。"解秘书说,"连电话都要监听,给家里的电话都不敢打了。"

　　崔先生坐下来,等待解秘书讲正事,显然他们过来不是听他聊天的。解秘书让张少校也坐下,说:"不是我找你们,是部长要见你们。"

　　崔先生闻言,心里有些激动,陈绍宽上将回来没两天,竟然要接见自己。但想到十有八九会是沉船的事情,又高兴不起来。

崔先生的判断没有错。在部长会客室里,陈绍宽人没有落座,便单刀直入地问:"江阴阻塞线,要达到封锁的效果,非得需要 30 艘船沉下去吗?"

　　"未必够,"解秘书说,"根据崔先生的测算,30 艘只少不多。"

　　陈绍宽把目光投向崔先生,意思像是询问,是这样吗?

　　崔先生眼瞅大家都盯着自己,也就不推辞,对部长说:"我一贯是悲观派,我认为不能把每一艘沉船的效率,都按照 100% 来计算。"

　　陈绍宽坐了下来,说:"你们都坐下说,一句话两句话说不清楚。"

　　"所谓 30 艘船,如果它的利用效率大约相当于 90%,这就等于说,沉下去的船一是不能倾覆,二是船体大致保持和河岸线垂直,这几乎是不可能的。"

　　"除了流速和汛期,还有什么重要的因素?"陈绍宽问。

　　"一是流态,它是动态的,随着时间、河床而变化;二是均衡,船体的均衡性,也会直接影响到船体沉入江底的效率。"崔先生说,"就好比一只比重大于 1 的筷子,它的两头是不均衡的,把它沉入较深的流体之中,从水面到水底,它的方向一定会发生改变。"

　　"你是说,必须在沉船之前,就要根据船体的重量,确定它的角度?"

　　"但只能是一个大概。"崔先生解释,"一艘新船,找它的重心并不难,但我们要沉的一定是几十年的老船、旧船。经过了多年的改造,它的重心早已发生了改变。"

　　"你光说难没有用处。"陈绍宽不客气地说,"你的聪明,要用到具体的办法上来,比如,怎样才能解决沉船的效率问题?"

　　"这是一道十分复杂的应用题。"崔先生不急不慢地说,"它需要一系列数据,把不确定的变量,尽量要转化为常量。通过定点、定位沉船,以及及时地监控和动态调整,才可能接近预计的效果。"

　　陈绍宽点头:"我看到你列出的公式了,你的思维很是缜密。"

　　听到表扬,崔先生并不在意,他说:"部长,公式并不难,难的是具体实施操作,因为按照公式做几乎是不可能的。"

　　"所以,你认为 30 艘船还不够?"部长双眉紧锁。

　　崔先生没有回答,只是在心里说,岂止是不够,是差得太远了。但是他也考虑到,就是眼下的沉船数量,也会让交通部大呼困难——到哪里才能搞到这么多大轮?

　　看崔先生不说话,陈绍宽已经知道了答案。他若有所思地看了看这位来自交通部的年轻人,笑着问:"如果你来替交通部下决心,你舍得拿出这么多船吗?"

崔先生看到部长笑得很勉强,知道他正处于两难境地。"当然舍不得,"他说,"但是,舍不得又怎么办?比起亡国之危,如果这些船牺牲得值得,是死得其所。"

"我要把征船计划交给你,你准备怎么做?"

部长通过套自己的话,来套交通部的底,崔先生明白他的用意。他淡淡地对张少校一笑说:"我也借部长这句话,我来问一下张少校,如果要用'通济'号自沉,你当如何做?"

让"通济"号下沉,这怎么可能?!张少校没想到,崔先生会把火烧到自己身上。他觉得这个问题难,按理说,这是部长才能回答的问题。

他用目光征询着部长意见,谁知部长却面无表情地说:"这个问题问得好,张灵春你来说说。"

张灵春为难地挤出一句:"卑职才疏学浅,谨遵部长指令。"

部长不满意:"你等于没说。解秘书你来表明一下态度。"

解夏不假思索,态度决然地说:"这事和才学没什么关系,关键是能不能下决心。如果要和日本人决一死战,没有别的选择,那只有破釜沉舟。如果能赢得胜利,别说一艘'通济'舰,就是海军付出再大的牺牲,也是值得的。"

"解秘书说得很好。"部长站起身来,"今天,我是向你们了解情况的,也是了解态度的。原则上,还是两句话。第一句话,是我们要做好完全牺牲的准备;第二句话是说,我们必须避免不必要的牺牲。"

他来到崔先生的面前,伸出手说:"我知道你的角色难,但我要告诉你,你身上的军服对你很合适。"

崔先生紧紧握着他的手,一种复杂的情绪传遍全身。他预感,沉船计划很可能就要实施了。

日本人抢先了一步,打乱了中方的计划。

在湖口、南京分别会操的海军第二、第一舰队,正按计划进行着编队战术演练。陈绍宽此举,放的是烟幕弹。因为在计划上报和正式实施之间,有一个时间差,不能让敌人看到破绽。所以为了迷惑对方,他的演练,是摆出要和日本海军正面作战的战术,目的是保护封江计划的顺利执行。

谁知螳螂捕蝉,黄雀在后,你海军在演习,戏还没有开场,日本海军第11战队却

先知先觉,已从汉口全线下行。

舰队旗舰"安宅"炮舰先行了一步,大池中佐率舰一路缓慢前行,观察着长江的动向。

而在上海,从7月下旬开始,中村率舰一直游弋在苏沪一线进行侦察。

起初中村一直靠前观察,但他很快发现这样的侦察其实没有什么效果。中村是一个讲究实际的人,在对自己的侦察任务不抱希望之后,他安排了舰上的观察值班,自己则躲进了寝舱。在高高的楼船上,他透过窗子,依然能够看到江岸的树木。这样的景色,对他来说千篇一律。

他翻看着随身带来的报纸,想找到智子小姐采写的报道,遗憾的是却没有一篇。他有些不明白,为什么长谷川长官也和自己一样,对智子小姐的报道格外看中。智子近一段时间仿佛成了第三舰队的随军记者,频频出入"出云"号旗舰。也只有她,能够一次次获准对长谷川本人进行独家访问。

这里面深藏的文章,中村看不懂。智子身上最吸引他的,实际上就是这种略带神秘的气质,和含而不露的从容。她总是神秘地现身在一切可能的地方,她的报道总是能够有一种别人无法探听的信息。她报上的文章和她本人一样,时隐时现,飘忽不定。

听智子说过,她来中国的目的,是找一位失散多年的孪生姐姐。在她的描述中,她的姐姐应该和她长得极像,唯一的差别,是比她多了一颗长在唇上的美人痣。一次酒后,中村以似醉非醉的方式表示,自己对美人痣情有独钟。他想以此试探,智子听后的反应。

他们当时的交谈,藏匿在咖啡厅的一角,智子的笑意味深长。智子说:"好呀,这样找姐姐的事可以拜托中村君了。"

中村问:"找到后你怎么奖励我?"

智子把头发抚弄了一下,她的脸在温和的阳光中,显得有些娇媚。她的眼神瞟在中村的脸上,像一种声音进入他的身体。这个声音仿佛说,我和你这样面对面,还不是奖励吗?

相比神秘的智子,最近一段时间,更让中村迷茫的是舰队司令长官。

一直显得胸有成竹的长谷川,近来显得十分急躁。他的心神不宁,引发了许多怪异的举动,包括屡屡要求自己率舰沿江上行侦察。中村不知道,司令长官他到底想要什么样的情报。因为中村能够感觉到,长谷川的情报系统极为庞杂,来源十分

"出云"舰停靠的苏州河口背后就是百老汇大厦

丰富。不仅可以动用飞机,更有长期在华的秘密情报网,比如田中智子,向他输送源源不断的信息。

相比来自中国军政核心部门的情报,自己从事的无谓航行,根本就是毫无意义的浪费,中村对此没有任何感觉。所幸,在8月初,司令长官及时结束了这一场枯燥无味的游戏。

这时,率先通过南京江面的"安宅"号,向舰队发来了最新敌情。

19

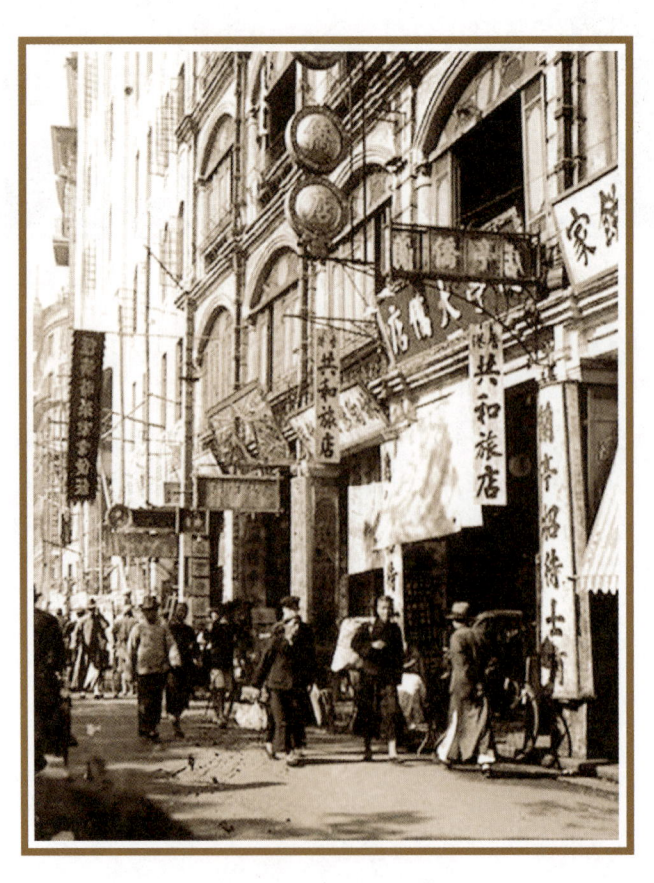

大 集 结

30年代的上海街头

日本海军第三舰队第 11 战队"八重山"号开进上海

中国海军第一舰队正在八卦洲附近,进行编队战术演习。接到"安宅"号发来的情报后,长谷川觉得到了向国内施压的时候了,他把舰队、战队的首席参谋召上"出云"旗舰。

他要通过一份态度明确的电报文稿,向国内传达第三舰队的意见:日中全面冲突已不可避免。

长谷川部署的是一篇命题文章,目的只有一个:要让海军军令部认识到严峻的形势,果断采取军事措施。虽然东京已经认为,战争会在上海、青岛展开,但在他看来,大本营在军事上决策迟缓。

环顾着一一坐定的参谋,长谷川清不紧不慢地部署着任务。

他说："不要幻想什么外交努力,你们要用不容置疑的情报,说服东京。"他把手上一沓电文摇得哗啦直响,大声地命令,"要让军部恢复军人的直觉!目的不是仅仅让他们相信,而是要让他们自我醒悟,战争一定会在上海打响!"

看到中村走神,长谷川走到他的身边问:"中村参谋,难道还有不明白的吗?"

中村站起身:"司令长官,我们收集的情报很多,真假难辨。引用哪些情报,还望明示。"

长谷川举起两个指头,对准自己的双眼和耳朵说:"亲眼所见的情报,和听来的情报。但是,情报是要用来决策的,所以都要突出一个意思,那就是中方决心挑起战端。他们的空军、陆军在调集,民众抗日情绪在爆发,上海的中国人在撤离。还要写上,他们的海军正准备扼制第11战队下行。"

舰队首席参谋补充说:"我们就要用这些情报,立即促成对上海的增兵,争取先发制人的优势。"

"先发制人?已经不可能了。"长谷川说,"动员陆军增援登陆上海,怎么都得半个月,甚至要20多天,这个时间谁留给我们?如果中国军队突然进攻,一旦我们失去上海,就失去了突破华中的跳板。"

他气愤地回到座位上,拍打着桌面说:"我们不能一错再错了,要让大本营知道,再不向上海增兵,帝国就将在长江一线完全陷入被动。"

他的声音,在会议室中嗡嗡回响,带着用兵的急切建议,很快通过电键声发往东京。

最重要的一份电文是《上海地上作战计划》。在阐述"以形成现地保护上海侨民,确保租界,占领航空基地,确保作为后方联络线的航道及有利于陆军登陆后之作战态势"的作战目的后,长谷川清开出了"前提条件",向东京大本营进一步施压,这也是电文中最为核心的内容——

判断当面之敌兵力共10个师,而我方兵力则为上海特别陆战队2500名,增派特别陆战队1000名,舰船陆战队1500人,还有预定向该方面派遣的陆军三个师团。在此情况下,必须以下述三条件为前提:

事先增派第八战队、第一水雷队、镇守府特别陆战队两个大队;

陆军先遣旅团务必于开战后三日内到达上海;

我方必须掌握开战时机出敌不意。

19 大集结

这是一份迟发的电报。中村直到这时才了解到,关于作战计划,舰队司令部和特别陆战队司令部意见并不一致。前者的重点是占领航空基地,目标在北部即江湾方面,而后者的重点则是现地保护侨民,目标在西部即闸北方面。

他终于明白,关键时刻出现意见分歧,这就是司令长官这一阵子为什么焦虑的原因。

全线进入警备的第三舰队,一边等待着东京的消息,一边盯着汉口的战队。终于,在获悉中方封锁江阴的绝密计划后,长谷川清中将发布了汉口全面撤退的命令。

汉口的第11战队,早已做好了充分的准备,只等舰队司令长官一声令下。接到长谷川的指令后,日本海军陆战队半夜在汉口登陆,紧急撤退侨民,撤除武器装备。谷本司令官率领汉口的所有战舰,经过湖口、南京,一路下行。

中央海军舰队,就这样眼睁睁地看着敌人的舰艇,从自己的航道防区通过。此时,别说他们没有得到阻击的命令,甚至对秘密计划还一无所知。

日本海军第11战队,通过一次成功的情报战,躲过了一劫。

先发制人的计划破产之后,中国海军的封江计划,无奈中进入了紧急启动状态。

吹向草鞋峡水鱼雷营的江风,充满了酷热的焦灼感,海军阻塞动员组结束了纸上谈兵的研究。动员组成员各自散场,张灵春少校回到待命备战的"通济"号,金砺锋中尉被宪兵司令部紧急征调,进入了要案侦破组。只有回到交通部的崔先生,还在具体落实封江计划。

崔先生新的任务,是跟罗处长一起,从南京赶赴上海,紧急落实战时舰舶安排。

他们原先准备从下关码头坐船下行,这对交通部的人来说,是最方便的选择。但崔先生接到解秘书的电话,一算时间,立即跑到了罗处长的办公室,说坐船已经来不及了。

罗处长听了崔先生的汇报,说:"那就坐火车去,现在就查一下最近的班次。"

崔先生为难,说:"处长你还不知道吧,京沪线,还有沪杭甬一线,火车客运都被军方接管了,普通旅客上不去。"

"我们本来就不是普通旅客。"罗处长看了看时间,又说,"也别查什么时刻表了,这就出发,赶上哪趟就上哪趟。"

1937年8月被征用的招商局"遇顺"号海轮

　　于是驱车前往下关车站,到站前广场一看,这里已经是军人的天下。临时路牌上的箭头,指向上海方向的特别入口。

　　值勤的宪兵把车挡住说:"你们只能到这里了,下车接受检查。"罗处长晃了晃红色特别通行证,宪兵一看,啪的一个敬礼,连人带车给放了进去。

　　候车厅被隔成了两块,在全副武装的士兵中间穿过,崔先生感觉是在巡视着军营。凭着手中的通行证,他们顺利地进入了站台。崔先生好奇地问处长:"这证件还怪厉害的,通行无阻呀。"

　　罗处长说:"交通部现在可不仅仅是地方的,它还是统帅部的后勤部。"说着,就找到了站长办公室。站长一看罗处长,显然不陌生,忙上来招呼。

　　罗处长说:"你忙你的,不能给你添乱,找一个人把我们送上车。"

　　站长说:"不可能的事,我领你们去。"站长找到车长一交代,这样他们就上了头等车厢。

　　车厢里面空得很,都是中校以上的军官。在车隆隆开出的时候,崔先生的感觉和以往大不相同,过去到上海,那是奔向一个繁华之都,而这一次,搭乘的却是开往前线的专列。

　　随着车的开动,一阵凉风吹过车厢。罗处长伸头看了看外面的天气,说路上可能下雨。

19 大集结

崔先生说:"反正我们在车上,下了也没什么关系。"

罗处长却说:"下小雨没什么大事,一下大了,整个陆军的运输就会出现问题。现在是在抢时间,日本人的战舰已经在上海集结了。"

听他这么一说,崔先生才知道上司关心的是战局,心想自己的觉悟不高,进入战争的意识不强。但直到这时,他在思想上也没有做好准备,难道,仗真的就要在上海打了?他给罗处长泡了一杯茶,然后才向处长请教。

罗处长说:"在虹桥守军击毙大山勇夫之前,你可以还有最后一丝幻想,不打。可现在看来,完全不可能。虹桥机场事件,说自卫,说误会,说日方挑衅,这都是双方打嘴战而已。关于日本挑衅,是不用证明的,就像外面天晴下雨,都是明摆着的事。"

听着车咣当咣当地响着,窗外的雨时断时续,崔先生沉默了很长一段时间。

一路没有停靠的列车,好像突然放慢了速度。罗处长下意识地看了一下手表,说要到苏州了。崔先生坐的位置,背对着前进的方向,他扭过头看过去。远远迎来的站台上,一队队国军军容整齐,一丝不苟地排队站立,早已整装待发。

车停下之后,崔先生注意到,车上绝大多数的官兵这时都下了车,空出来的车厢,换上了站台上训练有素的军队。自己所在的头等车厢,像是无声无息地一下子上来了许多军官,其中和自己年龄相仿的尉级军官占绝大多数。他们动作轻微,秩序井然地悄然落座。

看着崔先生入神,罗处长用胳膊肘儿捅了他一下,低声告诉他说:"这就是德械装备师,国军精锐。"崔先生正准备向处长打听什么,看到两位中校军官在身边坐了下来,便不再吱声。

坐在罗处长身旁的军官,好奇地看着这两位身着便装的乘客,笑着问崔先生:"先生,你们是——"

崔先生正准备说自己是交通部的,哪知罗处长已经抢先回答了。他说:"我们是总部机关的。"对方哦了一声,又问:"二位长官是去上海吗?"罗处长点点头。一直等到车在真如站停下,双方再没有说话。

在军官起身下车前,罗处长也站起身来,伸出手去说:"祝你们好运。"军官紧握着他的手,然后向他们行了一个标准的敬礼,便离开了车厢。

随着军人的撤出,车厢一下子空了下来,罗处长才说:"现在的交通部进入战时了,大本营已经秘密成立。所以交通部的首要职能,是满足战时需要,所以得记住,我们现在是军事第一,一切服从战争需要。"

列车开进了上海市区，崔先生心里有些怪异的感觉，他和罗处长的心态不一样。处长的任务是落实船舶的安全，代表政府督促海轮驶离上海，向香港转移。而他的任务，是作为一名领航员，在黄浦江聚集中国的商船，驶入长江，完成它们最后的一次航行。

身为战时动员组的成员，他必须在8月11日下午5点之前，率商船到长江江阴段完成集结，移交海军部。

而身为交通部的官员，他知道自己临危受命的任务，不仅无关航运畅通，偏偏却是阻塞航道，给昔日的黄金航道加设一道道障碍；最让他从感情上无法接受的残酷事实，是必须自毁中国水上航运的家业：组织沉船。

带着两种身份的冲突，崔先生的脚步，踏上了战前的上海。

中国军队迅速向上海开进，正在上海外围构筑进攻阵地；长江日军炮舰已到沪集结，几十艘战舰和运输舰正从佐世保开赴上海，驻沪日海军陆战队及在沪军人与义勇团约万人应召参战……比天气还灼热的各种消息纵横交错，与铁丝网、工事一起，构成了战前的紧张氛围，绷紧了上海战事的弦。

不到上海，崔先生无论如何也感受不到，战争，已悬于一线。

在国营招商局的港口和码头，崔先生检查了待命的船只。

按照此前的部署，此次政府征集的用于江阴防线的商船，大都是老旧海轮。其中民营公司一家先出一艘，不足部分，由国营招商局轮船公司补充。对涉及近20家公司的货轮，崔先生在招商局职员陪同下，一一进行核对造册。

每上一艘船，在崔先生的心里，都会多一些酸楚的感觉，他觉得自己难以面对那些询问的目光。从船长到普通的水手，显然大家都不清楚，政府"租用"船只的意图。他们相依为命的船只虽然陈旧，但被整理得干干净净，还对设备进行了检修。

他们把一艘艘确保正常航行的船，整洁的船，交由政府安排，心里面只有一个简单的理由：抗日需要。他们没有向崔先生打听，船要驶向哪里，具体的任务到底是什么。但从他们的眼睛里，崔先生能看到流露的疑问和不舍。

前两支船队出发以后，崔先生登上了最后一支船队，拖着黄浦江上的夕晖离开了码头。和岸上的罗处长告别时，他从心里佩服，这位不事张扬的处长，的确是一个厉害的角色。他居然在别人不知情的情况下，秘密动员了这么一支义无反顾的船队，开向它们殉难的地方。

在船队从吴淞口拐向长江的时候，崔先生登上了桅杆台，回望这一支溯流而上的江上长龙。一艘艘商轮，每一艘的吨位都在千吨之上，绝对是移动在江面上的庞然大物。它们拖着长长的浓烟，用低鸣的汽笛告别了它们在海上航行的岁月。

　　崔先生注视着航向的前方。江阴，那看不到的水下阻塞线，就将成为此次任务的终点。

　　此刻，他忧心忡忡。作为江阴封江沉船计划的参与人，崔先生在高处的远眺，并不能化解他心中的担心。因为三个批次、总吨位近4万吨的壮观船队，对于建构水下阻塞线，还远远不够。

　　会不会，它们要做一次无谓的牺牲？

　　江阴江面，下行的"通济"号率最早一批军舰，已经先期抵达。

　　乘坐"通济"舰再来江阴，解秘书这次上舰，情形仿佛回到了几个月前。

　　和那一次秘密探营时一样，舰上的练习生全部撤离。但这只是表面现象，大敌当前，一切早已不可同日而语。撤去的练习生不知道，他们不可能再回到这艘叫"济伯"的练习舰上。作为培养一代代海军军官的摇篮，"通济"练习舰，他父辈般的使命已经结束。

1937年8月被征用的招商局"公平"号海轮

耐心的江阴，还在等待着舰船的到来。海军的舰艇从上游来，商船从下游来，这是一次蓄谋已久的约会。

面向下游上海方向，"通济"号这艘老舰，像一位年长而又德高望重的老者，走在最前面。

它的前方，天光慢慢地暗了下来；它的后方，张少校似乎能够感到，后继的舰只正源源不断地驶来，驰骋在迎击强敌的航道上。

民国二十六年八月十一日，江阴。

写完这一行话后，少校张灵春不知道，自己还应该在日记上留下什么样的记录。

此时陈绍宽部长已经来到了江阴，正在"平海"旗舰上召开会议，亲自部署封江行动。

和"平海"舰遥遥相对，在"通济"舰副长的寝舱里，他从来没有想到过应对这种情境，在"通济"号的最后一夜，自己将如何度过。

窗外是进入8月中旬的长江夏夜，黑压压的江面像一口倒扣着的巨大锅底，闷热，让人觉得漫无边际。他悄悄地走出寝舱，还能感觉到甲板上传来的热量。熄灯号早已吹了，舰上现在一片寂静，快到船头时，在黑暗中他看到了一闪一闪的火星。

吸烟的原来是大王。

"为什么不睡？"张少校问这话时，觉得自己的话说得很无趣，自己不也是睡不着吗，想必他已经得知了什么风声。海军这么多舰艇集结，大王作为一个老兵，怎么会无动于衷？

大王却说："我在等老舰长，我想再看他一眼。"

张少校心想部长这时怎么可能上舰，他刚刚亲率第一舰队的主力舰赶到，此时正在会上呢。但他不忍道破，只是淡淡地提醒："部长忙得很，今夜不大可能上舰了。"

大王没接话，却接上了一支烟，也给张少校递了一支。张少校借着香烟的光亮摇了摇手，他是不抽烟的，其实心里想抽。大王像是看见了他的心思，递过来的手还在坚持，张少校也就点着了香烟。

两人都不说话，没有风的夜晚浪声轻微，星星点点的江岸漆黑而沉寂，丝毫感觉不到大量舰船已经在这里悄然聚集。上游方向隐约传来船舶行驶的沉闷轰鸣,张少校知道来者是第二舰队,它们从湖口一路灭灯疾行,连夜赶赴江阴。

张少校回到了寝舱,重新面对日记本,写下了在"通济"号上的又一篇日记——

> 黄昏之前,已有20多艘商船集结江阴。海军主力舰艇夜里相继到达,"通济"如常。

20

江阴呀江阴

陈绍宽坐镇"平海"号巡洋舰指挥江阴沉船

20 江阴呀江阴

江阴江面。无数舰船,停泊在这个难眠的夜里。

部长主持的会议刚刚散场,海军部秘书解夏此时则夜以继日,继续着下一个会议。他留下了刘科员的测量组一行,最后一次检查执行沉船任务的船舶批次、数量,并核对沉船的具体位置。

看了作业示意图,他对每个岗位的责任人进行落实。沉船定位由谁最后负责,谁来测定船舶下沉的具体方位?看大家一边回答一边在偷笑,解秘书正感到奇怪,有人向他努了努嘴,原来刘科员打起了小呼。

"昨晚你们忙得很晚吗?"解秘书轻声地问,大家摇头,又是一阵轻笑。刘科员似乎觉察到什么,眼睛睁了一下,大家不好意思看他,都把头扭向了一边。解秘书眼里的余光看到,他用两只手撑着一张胖脸,好像在听会,实际上又闭上了眼睛。

"昨晚他没回来,"身旁有人悄声告诉解秘书,"是和他同学的妹妹见面去了。走的时候特别高兴,一副快活的样子,早晨喊他吃饭,却没有答应,一夜没回来。"

原来这样,解秘书摆手打断了他们的话头,说:"今天大家都早点休息,明天你们的事特别要紧。"

大家正收拾东西准备走人,刘科员突然说话了,他说:"大家明天一定按时起床,互相要提醒一下。"

这么说还嫌不够,又站起来手指着某某说:"要注意,一定不能影响工作,现在是养兵千日用兵一时的关键时刻。"他的格外认真,让大家又发出了一阵怪怪的笑声。

解秘书在回寝舱的通道上,见到了陈次长和他的勤务员,他问:"次长怎么还没有休息,今天都在江上跑了大半天了。"

陈次长说:"不想睡,心里面闷得慌,就是想吸烟,嘴都抽麻了。"

解秘书看着次长,夹烟的手指都是焦黄色的,不由得说:"次长尽量少抽一点,要不身体真的受不了。"

次长说:"放心,你看厚甫去吧。"

解秘书就来到了部长寝舱,看到舱门已经关上,便问起值班孙副官,部长休息了吗?看对方点头,解秘书便径直走向自己的寝舱,他想,部长不可能睡了。

这个晚上,注定会是他的伤心之夜。

12日一早,江阴,醒来的江面震撼人心。

奉调而来的中央海军第一舰队与第二舰队主力,49艘舰艇,满载着准备与日军

决一死战的海军将士,几乎在一夜之间,奇迹般地出现在江阴江面。这是继甲午海战之后,中国海军又一次规模空前的对外战争动员。

参与计划的崔先生,此时是一名旁观者。他搭乘"江顺"号客轮,担任着机动角色。

此时,所有的商船,都静静地泊在阳光灿烂的早晨,面对下游的海军舰队。

军乐从江浪之上升起。中央海军的舰艇上,各舰官佐和水兵,在舰舷以站坡的礼仪队列,向"平海"舰上冉冉升起的军旗行礼致敬。

"看,海军上将旗!""是陈绍宽。""一级上将旗呀!"崔先生身旁,传来一阵阵议论声。

所有人都惊讶地发现,崭新的巡洋舰"平海"号的主桅杆上,海军部长的上将旗冉冉升起,它代表着陈绍宽上将此时正在舰上坐镇指挥。崔先生和胡船长交换了一个眼神,他们两人都没有说话,但都激动地举起手上的望远镜。

旗帜在肃穆的江面上迎风而动,崔先生的望远镜里,"平海"舰的信号兵打着他看不明白的旗语。

紧接着,"通济"号升起了少将旗,它显然是执行任务的旗舰,带领着8艘军舰组成的舰队,在汽笛声中变换队列,拖着长长的浓烟下行。很快,它们一字排开,驶近了福姜沙。

福姜沙是长江下游的三沙之一。此时,只有极少数人知道,统帅部已经决定,在这个江心沙洲上游约6公里处,建立一条江阴水上阻塞线,以防止日海军第三舰队由此进逼首都南京。

最后确定的阻塞线,位于南京和吴淞口之间,距两地各90海里(约167公里)。丰水时江面宽3.8公里,深1.6公里,最深处超过30米。对于海军军事考虑,崔先生不在行,但是对于船只的需求量他却比谁都清楚,那就是30艘商船根本不能满足阻塞任务。

自己的担心,他已经亲口汇报给了海军部长,剩下来的事,他只能被动地接受由海军主导的沉船结果。所以,在这个惊心动魄的上午,他不是一名普通的观望者,他的心情既紧张又复杂。

海军的舰艇保持着人字形的编队,它们的速度很慢,在无数眼光的注目中,它们泊在了不远处。

作为阻塞组的成员,这样的情形,崔先生看不懂,也不理解。难道是在商轮沉船

20 江阴呀江阴

隐蔽的江阴炮台

之前,还要举行什么特别的仪式?他把望远镜紧握在手中,他看到"通济"号又打出了指挥的信号。

这是一个不能让他相信的命令,也是让所有人发出惊呼的命令——这时,指挥舰上打出的竟然是弃船的信号!

大敌当前,战斗在即,海军居然要弃船,这样的举动让人百思不解。

四下一时安静下来,崔先生感到自己的望远镜里雾气模糊。接着,周围又开始了阵阵的议论,夹杂着胡船长的声声叹息。

为什么?海军这是要做什么?!在场的人,水手、船员、中央海军的官佐员兵、黄山炮台上的将士、江岸边伫立的船民,他们都在心里发出了同样的疑问。

民国二十六年,1937年8月12日。中国海军历史上的一个悲壮日子。长江江阴段。福姜沙附近江面。斯日斯地,多少风中的泪眼,不幸目睹了这一幕——

中国中央海军,在自己的内河长江,包括"通济"舰在内的8艘舰艇,正进行规模最大的一次集体自沉!

"为什么要用作战的舰艇?!""我们还有船!"来自商轮上的不解、疑问、议论,像风一样散开。崔先生这才如梦初醒——完成集体牺牲的,不只是战时动员的商船,海军以自己的牺牲,来证实自己封江的决绝,和对抗战的鲜明态度。

崔先生的身边,胡船长示意拉响汽笛。一瞬间,汽笛声不断响起,一艘、两艘、三艘,他环顾身后,即将自沉的20艘商船,此时都拉响了汽笛。大家用这种方式,表达对海军的敬意。

呜咽的汽笛声铺展在江面,和江浪一起拍岸而去。声音让他头皮一阵阵发麻,这是崔先生有生以来,听到的最为悲壮的声音。

因为要寻找准确的位置,沉船作业在缓慢地进行。崔先生和船长走上了露天的平台,原本晴朗的天空,阴云纠集而来。崔先生注意观察着水面,他感到水流的速度明显加快,这样就给沉船的定位带来了困难。

远处的沉船作业区,随着舰上的官兵登上摆渡的船只离舰而去,自沉舰队的第一艘舰艇正式开放水门,慢慢沉入水中。它沉没的姿态端正,速度先慢后快,随着它完全没入水中,江面上爆发出许多人惋惜的叹息。

"'大同'舰没了,"胡船长说,"下面就轮到'自强'舰了。"

"听说它们都是40年的老舰。"崔先生像是安慰着船长,又像是自我安慰。

"老舰不假,但都是海军的孩子。"胡船长说,"这两艘都是福建船政的,过去是驱逐舰,几年前海军才把它改成轻巡洋舰,每一艘的改造费用都超过了40万。"

作为从前的海军军官,胡船长对海军的家底如数家珍,看到舰艇沉没,犹如亲眼目送故人离去。他神色凝重地站立在平台上,送走了"大同"号和"自强"号,才和崔先生一起坐下。下面将是"武胜"测量艇、"辰"字与"宿"字鱼雷艇,他向崔先生介绍时,语气开始平缓,这三艘舰都是已经停用的老舰。

大副也来到了平台坐下,并让人切了一盘西瓜端上,劝他们吃几片败败火。崔先生不好意思推托,便拿起一块尝尝,瓜很甜,不是一般的甜。他十分好奇:"哪里的瓜,口感竟然这么好?"

"远哪,这是南洋的瓜,火车运过来了。"船长说,"我有战友在电雷学校,这次带练习生,乘'自由中国'号进行远洋训练,去了南洋。回来时,军舰进不了长江,停在香港,坐火车回来,随便给我捎带了一箱。"

说到电雷学校,胡船长起身用望远镜四下张望,看了一会才坐下来嘀咕,说:

"怎么少了两艘鱼雷快艇。"

说者有心,听者无意,大副说:"船长你可能看错了。"

船长却认真起来,说:"你想一想,我胡某在江上的观察出过错吗?"

崔先生对他们的讨论原来不在意,听船长这样说,自己也就留了一个心。后来他仔细寻找,的确也发现,在海军的封锁线以内,少了两艘电雷的快艇。一艘是"史102"号,另一艘是"文171"号,它们都藏到哪去了?

几天后,当这个谜底揭开时,不仅让他本人意外,更让中央海军瞠目结舌。

"德胜"号和"威胜"号下沉时,已是中午时分。看到这两艘浅水炮舰加入自沉,胡船长显得烦躁又激动,他无奈地抓着自己的头发,向崔先生抱怨说:"这两艘炮舰还有相对的战力,是不该沉的!"

身旁的大副问:"它们不就是水上飞机母舰吗?怎么不见了舰载飞机?"

胡船长白了他一眼说:"舰上的飞机,相比日本海军航空队的,只能算是玩具。关键它是炮舰,在长江作战,它完全能和日本内河炮舰相抗衡。用它们自沉,就等于把我们能够制敌的武器主动毁掉,这是谁出的主意?"

听着他哽咽的问话,看着他坐卧不安地走动,慢慢走向一旁的崔先生深深自责:如果不是自己、不是交通部心疼自己的商船,何以会让海军付出这样沉重的代价?!想到这里,他不由得打了一个寒战,他的目光从遥远的前方,收回到脚下的江浪,他觉得江流有些不对劲。

这时他身上一阵阵发冷,真是奇怪,大热天的怎么会有这样的反应?起风了,在头顶乌云的掩护下,江风不断拂起他的衣角。在他的左侧,商船开始驶向靠近江北岸的沉船地点。船上的人员已经转移一空,但它行驶的样子,让崔先生感觉重负在身。

他把情绪低落的胡船长、大副一起叫到了船舷,他们三人一起往下看,水流加快是肉眼都能感觉到的。

崔先生说出了自己的担心,海军舰艇主要沉在南岸长山脚下一侧,商船现在的沉没地点,从北岸往江中心开始作业,会不会因为流速的不同,下沉地点出现较大的空隙,最终无法达到封江的效果。

三人都觉得这是一个问题,崔先生说:"我们不能靠猜测过日子。"于是放下小船下了客轮。

从大轮下去,崔先生感到全身又一阵发冷,手脚不停地哆嗦。他把两只手紧紧地合拢在一起,咬紧牙关使了使劲,却有一种无力可使的虚脱感。

　　崔先生暗暗地对自己说,要坚持,要挺住。这是,他能感觉到船摇晃的幅度,不断加大。需要抢时间了,他伸出颤抖的手,用船上的简易设备,进行了流量测试。非常直观的数据,让他强烈感觉到问题严重,他还发现,水流情况很复杂。

　　返回客轮时他脸色铁青,用湿乎乎的声音说:"我们有义务要向指挥舰发出信号,不能按照原先的计划沉船。"

　　大副觉得不合适:"这不是好玩的,只怕干扰海军正常行动,吃不了兜着走。"

　　崔先生并不搭理他,而是用目光锁住了胡船长。船长并不示弱,他说:"陈部长的将令在此,容不得我们指手画脚。"

　　崔先生不再解释,从公文包里拿出了交通部的函说:"我不是跟你们商量,是代表部里发布指令。"

　　胡船长伸手接过函件,他的目的当然不是辨别它的真假,而是他看出来崔先生身体出了问题。在两人的手接触的瞬间,胡船长从对方冰凉的手上,感觉到崔先生此刻正病痛在身。船长不再坚持,表明态度说:"我听你的,你代表交通部。"

　　这样,崔先生通过交通部的客轮,向海军部长的旗舰"平海"巡洋舰和中央海军

沉船后的江阴江面俯瞰

主力舰,发出了"暂停沉船"的信号。

商船居然向上将指挥舰发来信号,大家都觉得诧异。

放肆!陈绍宽气不打一处来,责问道:"谁这么大胆,竟然妨碍海军的紧急军务?"

大家举起望远镜,一齐往"江顺"轮那边观察。解秘书不看也知道,除了他,谁还会这么执着?!解夏苦笑着对部长说:"一定是交通部的崔先生发来的。"

崔先生的意思,解秘书自然明白,因为海军测量船也送来了更新的数据,江流的速度的确加快了许多。这就意味着,商船原先的沉船位置必须向前移。部长听他这么提醒,对左右说:"这个小崔先生敢于较真,在帮我们堵漏洞,很好。"

黄昏的江面,天色突然黑了下来,一阵短促的大雨过后,天又亮了许多。绵绵细雨中,只有"通济"舰孤零零地泊在前方,静静地等候着沉入水底。

守在舰上的张灵春少校,最后一次走进自己的寝舱,室内的摆设一切如常。

他坐到台案前,抽出了日记本,准备装进自己的文件包中。他的这个动作有些犹豫,目光警觉地看了看外面,这只是他的习惯。当自己做小动作时,他总会有这样不安的反应。

他还是留下了日记本,选择不折不扣地执行命令。和自沉舰艇的所有官佐一样,他们只能从自己理解的角度,来揣测部里的指令——尉以上的军官,不准带走船上的任何私人用品。严厉的要求,让每一位军官在离舰时,多了一份和过去告别的决然和不舍。

张少校放下了沉甸甸的日记本,提前写下了在"通济"号的最后一篇日记——

江阴。"通济"号自沉。

永别了,海军的"通济"舰。致以最后的敬礼。

少校慢慢地合上日记本,用手抚摸着褪色的封面。然后抽出手,立正,完成了一个只有他一人在场的敬礼。他的军礼,没有准确的目标,像告别又像是纪念,多少还带着对自己过去岁月的缅怀。

一阵集合号声之后,全部舰员集中在甲板上,准备和"通济"号进行最后的告别。

一艘快艇从"平海"舰驶来,身穿雨衣的陈绍宽部长及随行,齐整地站立在

艇上。

他们一言不发地登上了"通济"舰。

在被称为海军军官摇篮的练习舰上,他们缓缓地举起了右手。

全体舰员也跟着举起了右手。

这是一次时间很长的敬礼。大家用上仰的目光,注视着高挂在桅杆顶端的军旗。

它低垂在轻风和细雨之中,在灰蒙蒙的天空中,有几分孤单和无助,又有几分倨傲与夺目。大家想象着,它从高处缓缓地落下,被折叠成一方珍贵的纪念,被升旗手双手捧起,然后离开了"通济"号甲板。

但部长制止了降旗的命令,他又一次抬起手,向军旗作最后的告别。

在军旗低垂的气氛里,全舰官兵悄无声息离开了甲板,登上声音呜咽的小火轮。

他们离去的脚步小心翼翼,像是要把这种场景当作一个轻轻的梦。

陈绍宽目睹员兵离去,他用眼睛扫视着空荡起来的甲板,然后一个字一个字吐出命令:"执行——沉船。"

"报告部长,"值日官慌忙报告说,"经清点人数,发现舰上还有一人没有下舰。"

陈绍宽愣了一下,继而就明白了。他看了一眼舰长和副长,冷笑着问:"你们把大王藏到哪去了?他再不出来,我可就要开舱放水了。"

张灵春正要去找人,一阵声响从甲板下传了出来:"老舰长,我上来了。"

大家一看,不正是军士长大王吗?他从舱里伸出头来,手上还抱着一只胖胖的白猫。

陈绍宽虎着脸问:"大王,是你们舰长失职,没有通知到你;还是你拒不执行命令,胆敢藐视军法?"

"不怪长官,要怪就怪我自己。"大王给部长敬了一个礼,毫无惧色地说,"我20岁不到就上了'通济'舰,它就是我的家,我的亲人,离开了它,我还能到哪去?老舰长,你就下令放水吧,让我和它一起沉入江底。我不怕!"

陈绍宽一笑:"少来这一套!别人不知道你,我还能不知道?就凭你的水性,这长江能淹死你?我就是把你沉下去三五天,只怕你还会冒出头来。"

老舰长对大王知根知底,他的一席话,让周围原本沉重的气氛,变得稍稍轻松起来。

舰船沉江后桅杆还高高地竖立在江面之上

陈绍宽指着张灵春,说:"你这个副长,想的未必和大王不一样。'通济'诸舰今日沉江,身为海军员兵,谁不心疼?离开舰艇,犹如离开故土家园,谁会舍得?但如果我们不建成这一条封锁线,如果我们海军不忍失去自己的这一份家业,我们怎样来拱卫首都、保护我们的后方?"

陈绍宽使劲用脚踩了踩甲板,大声地说:"这块甲板,是许多海军将士起步的地方,也可以算是我陈绍宽起步的地方。我让你们军官丢下所有行李,不是让你们遗忘它,而是让你们能够更加清楚地记住,我们过去的岁月,早已和它融为一体。"

这时,他脱下身上的雨衣,亲手把它系在船舷上。

做完这一切后,他用低沉的声音发布命令:"堵塞江阴,封锁长江,'通济'舰能为海防大局而牺牲,虽死犹生!执行沉船——"

"通济"舰开门放水的瞬间,慢慢远去的船舶,上到部长,下到失去军舰的普通水兵,他们又一次举手敬礼,和长鸣的汽笛声一起,向充满父辈一样情感的"通济"练习舰,进行最后的告别。

直到最后,"通济"舰也没有让它的战士失望。它慢慢下沉的姿态端正庄严,无愧于"济伯"的称号,像一位训练有素的老兵,在生命的最后关头保持着从容和镇定。

在它长达137尺的桅杆缓缓沉入江水之际,所有人凭肉眼,还能看到远方的江面,"通济"舰高高的桅杆,桅杆上的旗帜。它们没有被江水完全覆没,它仍然露出水面数尺,像是战场上倒下的老兵,还举着不屈的手臂。

21 开 战

> **國民政府自衛抗戰聲明書**
> （民國二十六年八月十四日）
>
> 中國為日本無止境之侵略所逼迫，茲已不得不實行自衛，抵抗暴力。
>
> 近年以來，中國政府及人民一切所努力者，在完成現代國家之建設，以期獲得自由平等之地位；以是之故，對內致力於經濟文化之復興，對外則尊重和平與正義，凡國聯盟約，九國公約——中國曾參加簽訂者，莫不忠實履行其義務。蓋認為「獨立」與「共存」，二者實相待而相成也。乃自九一八以來，日本侵奪我東四省，淞滬之役，中國東南重要商埠，淪於兵

国民政府 8 月 14 日发表自卫宣言

江阴沉船后近三年，1940年的春天。

当草木中的幽幽清香，随渐渐宽阔的江面一起在两岸蔓延之际，来自敌后游击区的张灵春和崔先生，在湖南常德海军水雷所，和曾一鸣所长坐到了一起。那时，他们才有机会认真坐下来，谈起了1937年8月的悲壮沉船。

此时，伴随着制雷工场从上海、武昌到常德的一路迁徙，承担海军制雷重任的曾一鸣，在历经重重困难之后，在意气风发中多了几分深邃和持重。此时，"海丁式"固定水雷已经批量生产，"海庚式"漂雷研制成功，而"海戊式"中型固雷和"海己式"小型固雷正在研发之中。此时，面对大量水雷，曾一鸣常常陷入了对淞沪会战的沉思中。

隐隐约约，他觉得，相比水雷在敌后的爆炸，在海军内部，或者在外界对海军的认识上，似乎还有一种东西一直没有引爆。那会是什么呢？每每陷入这个问题，他时常捧着饭碗发呆。而张灵春和崔先生的到来，一位是兄弟重逢，另一位则是神交，不仅让他喜出望外，也因为彼此的讨论，让他多日的苦思冥想，终于出现了长期酝酿后的一道灵光。

话题自然是从水雷开始的，他们关于水雷的谈话，最初是在饭桌上，后来又移到了门前简易的茶几上。

借助还没有散尽的天光，张灵春翻开日记本，把几种不同水雷的实战情况，向学长做了一个报告。

"每一次新式水雷出来，我们都很期待。"他兴奋地总结说，"总之，它已经朝着更便捷、更有效的方向不断改进。"

曾一鸣肯定："你的意见最有参考价值。从上海开始，我们就是搭档，我负责做，你负责炸，现在你都炸成水雷精了。"

对水雷战的追忆，很容易让曾一鸣联想到江阴探营。他自责道："两位老弟，要是我当时就开始着手准备，江阴也许未必要沉下那么许多船只。"

"所长你责己太严。"崔先生摆摆手不同意，他说，"沉船的事我了解一些，这也许还有一个认识问题。对我们这些门外汉来说，固然水雷可能起到一定的效果，但是在思维中，更相信实物堵在江里更实在些。"

"要我说，"张灵春诡秘地一笑，喝了一口茶润润嗓子，"这话可能是妄议长官。我以为，部长决意沉船，原先自然是为了'关门打狗'，但是在泄密之后，则是通过自沉来表示海军抗战的决心。"

8月14日中国空军霍克Ⅲ战斗机正在飞向日军阵地(下方为英国航空母舰)

"就像林冲杀王伦,他这么做到底是为什么?"看两人都不说话,张灵春继续说,"从高衙内调戏他老婆开始,在林冲的身上发生了太多的事情,但林冲是什么反应呢?一个字,就是忍。这有些像我们海军在淞沪时一样,痛苦地隐忍。但是他为什么又会杀王伦呢?不愿忍只是一方面,更重要的一点,他是要表明一种决心,和晁盖站在一起的决心。"

崔先生听到这里笑了:"按你说的意思,连部长给你1200块,都是为了这个决心?"

张灵春说:"正是,这1200块更能解释部长的决心。中校比我们了解部长,部长那么一个节俭的人,怎么会让舰上军官沉船前不带私人物品、而后却用现金作为补偿?我当时都感到奇怪,舰长2000块,我这副长1200块,部长如果不是在算大账,他怎么会这样大方?"

"别部长部长地叫着习惯了,正式场合还得改口叫总司令,陈总司令职务变换都两年多了,连我都改口了。"曾一鸣提醒说。

"不过灵春讲得有道理,这一层我却没有想到,这么一说倒点破了一个问题。在

沉船之前,海军上下都担心,不知道和日本人怎么打,那时候大家都在算计着武器呀实力呀装备呀;而沉船之后,为什么却心里再无牵挂,反而越战越勇?"

"因为有了你的水雷。"张灵春开玩笑说。

曾一鸣轻轻地摇了摇头,他觉得离一个想法越来越近了。

随后的几天,他常常把自己关在屋子里,让头脑里的记忆回到三年前的上海,回到长江下游一线,活跃在淞沪会战前后。当他试图用笔记录着这些思考时,无意间他触发了一条引线:创办一本海军杂志。

在日军进攻逼近、水雷所面临着又一次搬迁之前,《海军整顿月刊》第一次在常德面世,对于江阴沉船,杂志上检讨说——

> 平均以半海里计,三海里纵深的封锁面积,如用水雷封锁,只需配备500具,便可构成一坚强之封锁线。
>
> 每具平均以400元估计,所费不外20余万元。用轮船封锁,需要二三千吨的商轮20余艘,其总额约在1500万元至2000万元上下,超过水雷封锁价格达80倍以至100倍。
>
> 再参照我国轮船业尚未十分发达的情形,仅有的船只尚需留着作为后方运输之用,若一旦都征集到前方施行堵塞,那么影响军运的前途一定是很大的。
>
> 沉船封锁,防卫力较大,敌人从事破坏需费大力量。可是沉船不外是一种主干工作,沉船之外,还需加配各项辅助工事。
>
> 譬如江阴封锁线沉船之后还继续不断地进行了三个多月的沉石等各项辅助工事,来加强封锁线的防御力。不过沉船封锁,无论怎样坚固,总属于一种单纯的堵塞性质。

告别曾一鸣后,张灵春和崔先生在江边走了很久,一路上他们都无心打破沉默。看似随意聊起的江阴沉船话题,勾起了他们不同的回忆。他们默默地注视着月光下的江水,那种像是靠微弱光芒的力量绵延波动着的水流,和沉船后的江阴水面似是而非。

崔先生已经不能准确地回忆,1937年8月12日黄昏以后的江阴江面。

他记不清自己是怎样离开"江顺"轮的,只是偶尔感觉到,当时全身无力的感

21 开 战

觉,还会像幽灵一样闪现。

模糊的印象中,他的胸间似乎比身体外的天气还要闷热,更加令人窒息。伴随着摇摇晃晃的脚步,他一步步地走下客轮,在感到脚下轻飘的同时,眼前的灯光虚幻着轻摇起来,从红到淡绿,到炫目的白色到金光跳跃着闪动……

直到完全清醒时,他见到了解秘书。

首批沉船计划实施之后,留守在江阴的解夏,不断接到的电文和情报,让他大感泰山压顶之势。梳理着手头积累的大量资料,他觉得以下这些事件,注定将存入民国二十六年大事日志里——

8月12日

中央常务会议通过设置最高国防会议,推蒋委员长为陆海空军总司令,以军事委员会为统帅部

中央常务会议已秘密授权于蒋委员长,出师上海

沉船封锁江阴长江水道

8月13日

上午9时15分,淞沪会战揭幕,日海军及陆战队向吴淞江湾闸北我军进攻,全面抗战开始(中央军总司令朱绍良,左翼军为陈诚、张治中,右翼军为张发奎)

我军事当局宣布封锁镇江下游江面

上海市长俞鸿钧照会各国领事,请制止日军利用租界为根据地攻击我国军队,否则我军被迫为采取自卫行动所发生之结果,不能负责

另声明我空军随时有轰炸日舰之可能,各国军舰应远离日舰

日本内阁决定派遣陆军赴上海

8月14日

日本飞机13架自台湾袭杭州笕桥,被我空军第四驱逐大队长高志航等击落六架,此为中日首次空战

上海我军猛烈攻击,我空军亦出动轰炸黄浦江日舰

国防最高会议决定对日不宣战,但言自卫,政府不迁移,指派张群为秘书长

国民政府发表声明,实行自卫

外交部向各国声明日本违反国际条约，我决定实行自卫权

蒋委员长在南京接见朱德

接连不断的消息中，解夏印象最深的，还是委员长直接给空军第五大队下达了对日本军舰的追击轰炸令。

对数字异常敏感的解夏，训练有素的记忆不会出错。丁纪徐大队长率空军第五大队27架霍克Ⅲ式战机，从南昌青云浦机场奉调驻扬州机场，不过十天前的时间。通报上说，初建的机场只有一幢营房，所有的飞行人员还住在城里的旅社内。出于何种重大紧急的隐情，需要委座亲自给作战大队下令？

解夏不理解，他也没有时间去揣测，眼下紧迫的要务还是封江计划，这也是他急于要等崔先生康复的原因。

因为江阴沉船之后，从实际勘查测量的效果看，由于江流甚急，有的船体在沉没之后，并没能保持横向的姿态，有的地方甚至出现了十几米的空隙，根本达不到阻止敌舰通过的预期目的，必须继续沉船！

解夏比任何人都清楚，江阴紧急启动的"沉船封江"计划，由海军提出实施方案，后经最高当局批准通过，本是一举两得的好事。

一是在日军进攻之前抢占先机，封断长江航路，阻止敌方溯江直上。二是"关门打狗"，截断日军船舰与海军陆战队的归路——此时他们正游弋在长江中上游九江、武汉、宜昌、重庆一带。

而正是最高统帅部酝酿何时执行封江之时，这个绝密消息，居然被泄露出去。

一切来得是那么突然，从8月6日日本在武汉撤侨开始，一直到8月12日，长江中游的日本舰船不断下驶，陆续通过江阴要塞。而要塞与海军部队此时却没有得到封江的绝密指令，更没有接到向日舰攻击的命令。

日舰的行动消息被逐一记录后，等到逐级反馈到最高统帅那里，战机已经从时间的指缝里悄悄滑走。因为日舰走脱一空，这才会有蒋委员长深夜直接向空军作战大队下达追击轰炸命令的非常动作。

更麻烦的是海军组织沉船封江，远不能达到预想的封江要求。而就在这时，淞沪会战已经在上海打响，为拱卫首都巩固江防，建成江阴封锁线更是刻不容缓，海军必须要以最快的速度加强航道填塞。

崔先生基本恢复过来，已是沉船的两天之后。闻讯赶到医院的解秘书，不由分

8月13日中国军队出师上海

说，就把他拖进院长办公室。

关上门，解夏就开始传达紧急要务说："部里已经电请行政院批准，立即征调民船，现在要由老弟你出山，提前摸底调查，看哪里才能搞到船只？"

他将一杯水一饮而尽，用舌尖舔着嘴唇说："你的病还没好，但这事没你不行。又要辛苦了，这几天我会安排一个卫生员跟着你，跑腿的人你随便调。但是有一个坏消息，南岸江阴的船全部被动员了，再也没得调了。"

崔先生知道他说的是大实话，问题是江阴没船，哪里又能找到大量的民船呢？

带着疑问回到护理大厅，崔先生发现大家都在侧耳倾听，这时广播里正在播送《国民政府自卫抗战声明书》——

在此之际，中国地方当局为维持和平大计，业已接受日本方面所提议之解决办法。中央政府亦以最大之容忍，对于此项解决办法，未予反对。乃日本军队于无可借口之中，突然在卢沟桥、廊坊等处，再行攻击中国军队，并于本年七月二十六日致哀的美敦书，要求中国军队撤出北平。此则予双方约定解决办法以外，横生枝节，且为吾人所万万不能接受者。日本军队更不待答复，于期限未至之前，以猛力进扑中国文化中心之北平，与中外商业要枢之天津。南苑附近，我驻军为日本轰炸机及坦克车所围攻，死亡极烈；天津方面，人民生命横遭屠戮，

公共建筑、文化机关以及商店、住宅,悉付一炬。自此以后,进兵不已,侵入冀省南部,并进攻南口,使战祸波及于察省。凡此种种,其横生衅端,扩大战域,均于"就地解决"及"不扩大事件"语调之下,掩护其进行。

战火此时已经进逼东南沿海,自己刚刚离开,转眼之间上海就成了战场。崔先生在大厅里扫了一眼,因为病员很少,整洁的大厅显得格外敞亮,没有一个人发出声响,只有广播里的声音在空荡的医院里回响。

当此华北战祸蔓延猖獗之际,中国政府以上海为东方重要都会,中外商业及其他各种利益,深当顾及,屡命上海市当局及保安队加意维持,以避免任何不祥事件之发生。于八月九日傍晚,日军官兵竟图侵入我虹桥军用飞机场,不服警戒法令之制止,乃至发生事故,死中国保安队守卫机场之卫兵一名,日本

依托街中环形工事作战的中国保安部队

21 开 战

官兵二名。上海市当局于事件发生之后,立即提议以外交途径公平解决;而日本竟派遣大批战舰陆军以及其他武装队伍来沪,并提出种种要求,以图解除或减少中国的自卫力量。日本空军并在上海、杭州、宁波以及其他苏、浙沿海口岸,任意飞行威胁,其为军事发动,已无疑义。迫至昨日以来,日军竟向我上海市中心区猛烈进攻,此等行动,与卢沟桥事件发生以后向河北运输大批军队,均为日本实施其传统的侵略政策整个之计划,实显而易见者也……

中国今日郑重声明,中国之领土主权,已横受日本之侵略,国际盟约,九国公约,非战公约,已为日本所破坏无余。此等条约,其最大目的,在维持正义与和平。中国以责任所在,自应尽其能力,以维护其领土主权及维护上述各种条约之尊严。中国决不放弃领土之任何部分,遇有侵略,唯有实行天赋之自卫权以应之。日本苟非对于中国怀有野心,实行领土之侵略,则当对于两国国交谋合理之解决,同时制止其在华一切武力侵略之行动;如是则中国仍当本其和平素志,以挽救东亚与世界之危局。要之,吾人此次非仅为中国,实为世界而奋斗;非仅为领土与主权,实为公法与正义而奋斗。吾人深信,凡我友邦既予吾人以同情,又必能在其郑重签订之国际条约下各尽其所负之义务也。

在国民政府的动员令中,崔先生整理好行装,此时他完全清楚了自己的下一步使命,那就是继续协助海军部,在江阴组织第二次沉船。

第二天,崔先生接到了交通部的秘密指令,会同江苏省政府特派专员一起过江,前往江北仪征县办理民船征集。

三天时间,至少150只民用大船,就从仪征十二圩停泊的盐船中征用。带着这个沉甸甸的指令,崔先生一行由小轮船专程护送北渡长江,直奔淮盐集散地十二圩,和匆忙赶去的葛县长会合。

江岸的一片芦苇后面,上百只民船的命运即将发生逆转。葛县长感到很为难,他说:"这些船都是运盐船,主要运送安徽、江西、湖北、湖南的食盐,它们和县里没什么关系。"

话这么说,但他丝毫没有推诿的意思。他热心介绍说:"船民有一个自己的帮公所组织,只要我们能够激起他们的大义,相信大家还是能一起共赴国难的。"

崔先生心里感动,看似文弱的葛县长不仅雷厉风行,而且身体力行。他一面迅速安排检查挑选船只,一面紧急安排晚上和帮公所的代表见面商谈。

但崔先生能感到县长的担心,因为这些船大者需二三万元,小者至少也要几千元,可都是船民的身家性命。所以葛县长这一路最想打听的是,船的用途呀使用期限呀这些实实在在的问题。

他的打探最终都没有下文。上方的密电只说要船,对善后原本就没有交代,就算崔先生猜着了,那也不能透露半点口风。

县长做到这个份上真不容易,直到晚上在江边的船上开会,崔先生还见葛县长为船民利益操心,心里不由得暗自生出钦佩之感。

江上的蚊子真多,崔先生不停地用扇子拍打嗡嗡乱叫的飞蚊,他们一行远远地坐在临时会场的一角。大家不便公开自己的身份,也插不上手,只能在一边旁观商谈的进展。

情况并不出乎意料,船老大关心的都是先前葛县长关心过的问题,但总的来说还是充满爱国情绪。这时有人提出,船只如有损失,政府如何酌情赔偿?七嘴八舌中,一个声音低沉的提议,让会场出现了小小的骚乱,也让按部就班的商谈陷入了僵局。

那个阴阳怪气的声音说:"政府应该先估价,在拿出钱之后,再和我们谈征船的事。"

这是一个在紧急状态下根本不可能满足的条件,一种刁难式的发难,这究竟是谁的提议?崔先生循声望去,这个面熟的八字眉他是谁呀?他头脑飞快地搜索,想起来了,自己在江阴和海军进行海轮交接时,不也见过这个人在前后晃动,显得十分活跃吗。

他怎么摇身又变成船老大了?崔先生仔细一看,他也太不像跑船的了,他的脸上,怎么就没有一点风吹日晒的痕迹呢?等崔先生的脸慢慢移过去,想再认真打量一下时,那个八字眉居然闪身不见了。

22 捡来的线索

南京鸟瞰(1937年)

钟虎一向不喜欢从宪兵司令部大门出入,尤其在眼下接手特大要案时,他越是警觉。特勤之特,首先是要有低调的处世态度,钟虎这么理解。要让自己普通再普通,普通得像人流中的一滴水。即便和别人打过照面,也会很快被别人的记忆蒸发。

做一个普通人,钟虎并不觉得是一件什么难事,自己本身就是一个普通人。只要真的有一颗甘于普通的心,一切都会习惯成自然。不走戒备森严的大门,而是选择走边门,是钟虎的习惯路径,保持良好的习惯是做好这一行的基础。尽管通天要案此时正压在头顶,压得整个特勤二队喘不过气来。

从接到任务到现在,钟虎几乎就没有合眼,他命令自己,一定要出来透透气。逾期不破案,是死路一条,但总比活生生闷死要强得多。所以他让金砺锋守着办公室和电话,自己则忙里偷闲,暂时离开侦破小组。

一切照旧,他像往常一样,从侧门溜出了宪兵大院。黄昏里的瞻园路,一直通向夕照荡漾的秦淮河,钟虎很熟悉。他喜欢这种感觉,在华灯流光溢彩之前,走向静静的秦淮河,在楼阁飞檐沉入暮霭的时候,体会这一条河难得的另一面。

那种认为秦淮河只有喧哗与浮华的印象,可能是因为缺乏对它的真正理解,事实上它还有一种易碎的静寂,尽管很容易被浓热的夜风吹散。不同寻常的闹中取静,是它不为人知的妙处所在,所以在工作紧张或者陷入困境之时,钟虎就会选择到河边走一走,让绷紧的神经稍稍放松。

因为常来常往,钟虎自认为对瞻园路很熟悉,其实,这是一个错觉。路过临街的一家家古玩店时,钟虎突然发现,很长时间里他对看似熟识的店面,基本上是熟视无睹。钟虎觉得有必要进去看一看,便随便走进了其中的一家。

门面照例不大,货架和柜台都满满当当,原来是做玉器买卖的。他对玉的知识几近空白,只听说玉石上的绿色是翡翠,比普通的要值钱得多。搜索间他看到一只虎形的小玉雕,一只很可爱、有些憨态的虎,很对钟虎的眼缘,他看了一眼就喜欢上了。

伙计眼里有活,顺着钟虎的目光,一把就从柜台里把玉雕捏了出来,放在钟虎的眼前,也不说一句话。

钟虎小心地把玉虎握在手里,对着光瞅着,石质剔透,没有什么杂质,抚弄在手里感觉很润滑。钟虎喜欢虎,但并不属虎,因为他的名字是一个虎字,今年遇到的情况多,玉石能辟邪,他在心里对自己说。

"报一个价吧,我不会跟你还的。"钟虎认真地盯着伙计说,"报一个你能做主的

南京中央宪兵司令部

最低价。"

"你是生客,但是你是真客人。"伙计也看了他一眼,看得出钟虎属于干净利落的顾客,于是也很干脆,"就一块大洋,大家都不还价。"

"先生,"钟虎交了钱就要走人,伙计却叫住了他。伙计一脸真诚赞赏说,"你时机选得对,现在正是收东西的好时候。"

伙计的话大致不是假话,出了门的钟虎想,都说盛世收藏,仗都打开了,谁还会收这些坛坛罐罐的?抱着油然而生的捡漏心理,他又拐进了一家。

这家店铺大了许多,灯光和布置也讲究,主要是经营字画。厅堂里茶几、椅子古色古香,三两顾客正在品茶闲聊。这等环境可能不适合自己,钟虎看得出顾客都很

体面,摸摸口袋,他自觉囊中羞涩。

钟虎对字画要比玉器在行得多,在特训班受训时,他的老师酷爱书画。有其师必有其徒,这是一般规律。他背着手转了一圈,发现画的档次不错,古字画不多,主要以清人和民国的作品为主。看到大家此刻都围拥在一幅画前,他也趋前凑个热闹,一看就是齐白石的画。齐白石的作品钟虎见过,像眼前六尺大幅的画作,还是第一次见识。

"怎么最近齐白石的画,都是已售品?"一名顾客不满地问,"难道,又是遇上了一个大买主?"

"王先生,你说的可是没得一点错。人家留下话了,只要有齐白石不同样的画,都得给他留。"掌柜竖起了大拇指。

另一位胖点的顾客不服气地说:"那也不能欺行霸市,他出的价就比我们的高?"

"哪能呀?"掌柜陪着小心说,"刘处长,你别在意,价钱嘛,大家都出得差不多,只是人家招呼打得早。"

"他怎么个来头呀?"那位刘处长看似漫不经心地问,"竟然把一个人的画当作女人,给包了下来?"听话听音,钟虎听出刘处长不大买账的嘲弄口吻。

见大家哄笑,掌柜并不在意,仍然笑而不答。

"还能比林主席更牛?"王先生觉得掌柜故弄玄虚,堂堂的国民政府主席林森醉心收藏,在瞻园路常来常往,根本就不是秘密;凭什么为一个买家,掌柜就这么遮遮掩掩?

掌柜不愿意看到老主顾不高兴,做生意毕竟靠和气生财,于是压低声音耳语了一番。

站得稍远一点的钟虎,知趣地向外挪了一下身子,表示出自己并不想听别人的秘密。但是身体向外移,不等于耳朵也在走,职业的直觉让他隐隐约约听到了三个字——日本人,他一下子敏感起来。事后证明,他此时的过度敏感,让一筹莫展的一号案侦破,出现了一线转机。

如果用一句老话"屋漏偏逢连夜雨",来形容一号案给宪兵带来的麻烦,恐怕再合适不过了。

卢沟桥事变后,随着上海军事形势的吃紧,进入 8 月的首都南京,战争动员的

22 捡来的线索

气氛像天气一样日益升温,宪兵司令部变得十分忙碌。

8月没过几天,阎锡山、冯玉祥、白崇禧、何键、顾祝同、何成濬、刘湘、龙云等各路诸侯先后到达南京,警备保卫工作尤为繁重。报纸上的《各省军政领袖集京共商大计》的一个标题,或者所谓"意见极融洽已有具体决定"的一则消息,却让宪兵跑断了腿、站弯了腰。

这边任务还没有结束,那边紧急案情又压了过来,8月10日深夜,刚刚入睡的钟虎,在梦中被电话惊醒。等他连夜赶到宪兵大院后,他才知道,自己被抽调到了泄密案侦破组。

这起案件更是非同小可,毫不夸张地说,它是钟虎接触的最重要案件。说它重要,不仅仅因为它是委座亲自下达的指令;更有甚者,用谷正伦司令的话说,"此案关乎当下对日作战的大计"。

钟虎在宪兵大院待了这些年,谷司令自然没少见,但是像这一次,直接接受他下达的任务,却还是前所未有之事。

军机大案找上门,跑不掉的首先就是宪兵司令部。谷司令自嘲:"谷某是第一责任人,如果将来被兴师问罪,自己便是第一位被打板子的人。"

这起案件是有正式名头的,谷司令把它命名为"构筑江阴水下封锁线的沉船封江计划泄密案";具体到侦破组、钟虎所在的特勤二队,担任侦破组长的丁大队长,把案件名称简化成"封江泄密案";而钟虎领着自己的侦破小组碰头时,则给案件定了一个更直接的名号,叫作"一号案"。

南京的夏夜闷热,到了凌晨依然没有一丝凉意,这种天气奉命侦破天字号大案,对侦破小组的耐心、智力和体能,都是非比寻常的考验。为了让大家做到对案件心中有数,钟虎没有立即把人手放出去,而是让大家分头和各院部联系,搜集相关的资料情报,把案件搞清楚,吃得越透越好。

因为他知道,"一号案"的案件说起来简单,正如谷司令命名的那样,它事关构筑江阴水下封锁线沉船封江计划的泄密;但不了解这项绝密计划的来龙去脉,钟虎明白,就理不清案件的头绪。

幸好如自己所愿,侦破组从海军部借来了中尉金砺锋,他既是受过特训的行家里手,又是海军长江阻塞组的成员,更关键的是,他有一个够用的好脑子。

一两个时辰之后,鸟儿开始在宪兵大院鸣叫,金砺锋领头汇总来的材料,让案件有了一个较为清晰的眉目,这时天已大亮。

小组成员传阅了所有材料，其中的四份被钟虎列为重点——

甲、"构筑江阴水下封锁线的沉船封江计划"要略

该计划由海军部提出，经最高统帅部批准通过。

计划内容：就现有海军实力，当采取"以快制快"和"制胜机先"的策略，即趁日军主力集中于华北之时，我军则率先歼灭其在上海的海军陆战队，同时封锁江阴要塞一带最狭窄的长江江面。

目的：一方面阻止日本军舰由上海沿江西上进攻我国首都南京；一方面截获正在长江中下游南京、九江、武汉、宜昌等各口岸的日本军舰与商船，收先声夺人之效。

乙、计划泄密

南京古玩店一角

封江计划正式实施前，从8月6日日本在武汉撤侨始，长江中游的日本舰船不断下驶，陆续通过江阴要塞，而要塞与海军部队此时却没有得到封江的绝密指令，到8月9日，抵沪之日舰9艘，连同原有在沪日舰3艘，合计12艘。各舰可随时登陆之水兵，共计约三千人。如是结果只能是计划事先已泄露于日本人，导致截获日舰、"瓮中捉鳖"计划失效。

丙、计划形成过程

一、封江计划最早动议者，系国民政府德籍军事总顾问法肯豪森上将

民国二十四年（1935年）8月，在其向委座递交的《关于应付时局对策之建议》中，首次提及"封锁长江"的战时策略："东部有两事极其重要：一个封锁长江，一为警卫首都"；并提出"水上防御工事之建筑，并非一蹴而就，临时应变，不得不征用船只，沉入港口，及布置水雷，以为阻塞工具"之具体封江方略

二、见于《民国二十六年（1937年）作战计划》之"甲案"之"海军行动概要"——"第一、第二舰队，于宣战时，藉机敏之行动，迅速集中长江。在宣战同时，与我空军及要塞协力，扫荡江内之敌舰，尔后与要塞担任长江下游之警备，协力陆军之作战"

三、7月28日晚9时，海军部长陈绍宽上将自欧回国返京后，即组织制订"构筑江阴水下封锁线的沉船封江计划"，并于8月7日国防联席会议前，报行政院批准

四、7月30日晚9时至12时，在军政部何应钦部长官邸大客厅召开的卢沟桥事件第二十次商会上，长官商定事项包括"对上海日陆战队之应付计划"、"对汉口日租界之扫荡计划"、"长江上下游各要塞之阻塞及对日舰之扫荡计划"多项

五、出席8月7日国防联席会议各长官，晋京后对"构筑江阴水下封锁线的沉船封江计划"多有知悉

丁、有关人员名单

军政部根据何应钦部长指示，提供卢沟桥事件第二十次商会（7月30日）与会人员名册如下

何部长、程总长、唐总监、熊主席、郭司令（忏）、邵部长力子、钱秘书长昌照、陈教育长武鸣、曹次长浩森、刘副主任光、吴副主任思豫、林教育长柏森、黄校长镇球、周主任至柔、龚厅长浩、徐厅长祖诒、周署长、张署长、陈会计长良、

项厅长雄霄、王司长(务)、王司长(交)、陈司长(械)、杨司长(制)、尹处长、徐主任秘书、佘参事、李参谋、谭科长、罗科长、端木委员

以上计33人

细看四份材料后,钟虎的心里凉了半截,如此大的时间跨度和涉密范围,还不把人给查死?

但心里急,却还不能表露出来,他尽量让自己控制住焦躁的情绪。作为小组长,眼下他要做的,首先是要让所有弟兄保持侦破的激情。自己不能泄气,破案才有可能。现在不是自找困难的时候,而是要把他们派出去,把他们派到那些他们认为最重要的环节之中。

8月11日,晨光中的南京,表面上暂时安详,终究挡不住灼热的气浪。钟虎小组并没有立即围绕名单对军方人员进行调查。根据事先的分工,他们的主攻方向,是从外事方面争取突破。

从日本使领馆到日资公司,从日侨居住区到他们聚会的饭店,钟虎小组开始了无休止的排查,大海捞针式地寻找破案线索。分头明察暗访,小组成员像钟虎手中的一把黄豆,撒向了南京的夏日版图,一天就这样过去了,案件没有取得任何进展。

情急之中,钟虎想到了一个人,自己的一个关键线人。要不要立即启用他,钟虎在斟酌、举棋不定之时,他走出了宪兵大院,无意间走进了字画店。

正在闲逛的钟虎,忽然听到了"日本人"三个字。他本能地觉得,这后面兴许有可做的文章。也许是自己神经过敏,但宁愿如此,钟虎也不愿放过任何蛛丝马迹。

须磨弥吉郎——在钟虎亮出身份后,怕事的掌柜立即说出了日本买主的名字。

须磨弥吉郎,日本驻南京总领事,日使馆一等秘书。对钟虎和他所在的外事特勤队来说,这个人近几年一直是他们的首要目标。

作为外交官的须磨,早在十年前就来到中国,是一名不折不扣的中国通。三年前,他曾通过藏本副领事失踪之事,蓄意制造了一起"藏本失踪"的外交事件,给外事宪兵留下了深刻印象。

钟虎拉了一把椅子,安安静静地坐了下来,他笑着问掌柜:"你确信没跟我说假话?"

掌柜觉出钟虎的笑不怀好意,头上沁出了豆大的汗珠,他慌忙说:"长官,这怎

8月8日日军举行北平入城仪式

么可能？怎么可能?！"

"须磨早在年初,确切地说,是在民国二十六年元月20日已经离开南京,元月23日离开上海回到日本,现在正在日本驻美国使馆做外交官呢,你当我不知道？我刚才告诉你了,我是外事宪兵。"钟虎冷哼了一下,"你来说,你和他怎么做买卖,是通过越洋电报联系吗？"

"长官,这我也耳闻,我也知道,可能是我没有说清楚。"掌柜急于辩解。

"那你就把它说清楚。"钟虎一字一顿地说,"想明白了再说,你现在是接受宪兵司令部的调查,你可以慢慢来,但别跟我搞什么名堂。"

"我知道,"怕事的掌柜缓了缓神说,"齐白石的画,的确是须磨早就预订的,以

前都是他自己来选。他离开后,就交给了别人办理,这人也是在日本领事馆做事,一个日本人,他的名字叫小河。"

小河?钟虎在脑子里紧张地搜索着这个名字,记忆中闪出了一个日本人:"他的全名,是不是叫小河次太郎?"

"好像就是,对,长官说得不错,他的名字就是这个次太郎。"掌柜吃惊地看着钟虎,有点不相信地嘀咕,"长官,你连这个都知道?!"

钟虎没有理会掌柜讨好的表现,他盯着掌柜好一会没有说话,直到对方流露出局促不安的神色。他又慢条斯理地问道:"收藏字画,这里面的学问大得很,差之毫厘失之千里,那个小河他懂吗?"

"懂一点,但不是太精。画的好坏能看出来一点,但是对真假,他的眼光还差一些。"

钟虎还在紧盯着掌柜,他的意思是让掌柜继续说。

"听说小河身后还有一个高人,但我不知道他是谁。"掌柜小心地回答。

钟虎眼前一亮,问道:"是中国人吗?"

掌柜肯定地点点了头。

"你从没见过他?"

掌柜肯定地又摇了摇头。

钟虎站起身来说:"你必须给我想,一定要想到这个人是谁为止。"

说完走到门前,把门打开,伸头向外张望,一眼就看到了身佩醒目臂章巡逻的宪兵。他转头对掌柜说:"你可以和我一起,先来看看秦淮河的风景,现在街上都有我们宪兵,你不想让我调宪兵到这搜查吧?"

"长官,先让我定定神,我慢慢地想。"掌柜这时冷静下来,不停地在屋里踱步,一点点地回忆起小河的一言一行。

掌柜的口述,让信息慢慢拼凑在一起,小河背后的神秘人物,面目渐渐清晰起来——他是通古博学的一位先生,精通书画的高人,自己也写得一手好字;好像曾在日本留学,并且和须磨还是同学……

他究竟是谁?他和须磨的交往,仅限于书画之谊,还是和情报有关?如果和情报无关,他何至于遮遮掩掩、欲语还休?

离开字画店,一连串的问号如影随形,秦淮河的笙歌笑语逐风而来,钟虎对流连河岸了无兴致,他知道,他该去的地方,只能是侦破组的又一个不眠之夜。

23

他 是 谁

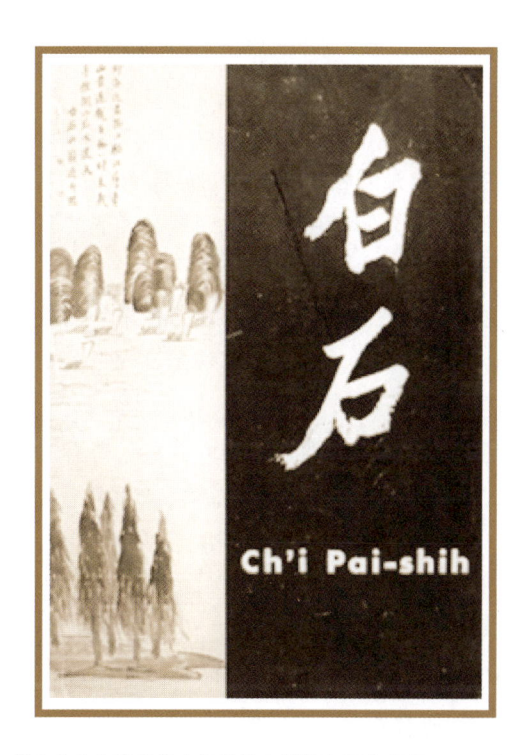

须磨的齐白石藏品在美国展出期间出版的画册(1960年)

日本士官学校是民国初期陆军将军的摇篮

钟虎回到了宪兵大院，说起神秘人物留学日本的线索，正在值班的金砺锋很兴奋。显然，国府军政要员的出身问题，属于他的强项。

"大员留学，就数日本的最多。"中尉侃侃而谈，"最热的时候是民国十年之前，军中位居中上将的，有留日经历的，三分天下有其二。"

他举例说："在日本陆军士官学校毕业时，蔡锷将军名列骑兵科第二名，蒋百里将军更牛，获得了步兵科的第一名。他们俩都获得日本天皇亲赠的指挥刀，让日本本国的学生深感无地自容。"

金砺锋的话触动了钟虎的记忆，他附和着说："我记得看过一个资料上说，当时中国留学生最热门的专业，一是法政，再就是军事。"钟虎一边说，一边让身体靠在沙发上，招呼着中尉，"我有些累了，你继续，你讲，我听。"

"队长，你的记忆没错。"金砺锋赞赏道，"当年日本的法政大学，还专门为中国的留学生开办了'速成科'，五年办了5期，招收了1800多名学生，具体数字记不清了。再者就是军事，民国成立的那年做过一个统计，光陆军中，就有800名军官留学日本，日本士官学校占大头，超过600人。"

"东京振武学校，好像就是专门为中国留学生开办的，是军事预科班？"钟虎似乎也来了兴趣。

"也不能完全说是预科，面子上不好听，它是日本参谋本部办的，后来专门接待中国留学生。"中尉解释说,"你知道的,委座,振武学校的 11 期,后来据说又入了士官学校;张群秘书长和委座同届,也是振武 11 期,后入士官学校 10 期,传说又跟委座同届。"

正是两人对答之时,钟虎的助手彪子不知怎么进来了,突然插话说:"你看这个名单,就有不少留日生。"

钟虎一看彪子递过来的名单,不禁一愣说:"兄弟,这名单你从哪弄来的,莫不又是委座侍卫队?!看来当初我把你要到一个组真是要对了,这就是像木匠和渔夫的对子,叫'一锯三块板,两叉四条鱼',总有意外收获,实惠呀!"

让钟虎吃惊的名单,的确是彪子托委座侍卫队的同事弄到手的。彪子在侍卫队干过,有很多别人不具备的人脉关系,消息也很灵通,作为钟虎的助手,时常会给他带来惊喜。不声不响中,这一次,他又给钟虎搞到了求之不得的国防联席会议出席名单——

主　　席:议长蒋
秘书厅长:程潜
副 厅 长:刘光、杨杰
出　　席:林主席　汪主席　张　继　居正　于右任　叶楚伧　戴传贤
　　　　　孙　科　陈立夫　阎锡山　冯玉祥　王宠惠　何应钦　唐生智
　　　　　陈调元　刘　湘　何成濬　陈绍宽　白崇禧　何　键　朱绍良
　　　　　余谋汉　蒋作宾　王世杰　吴鼎昌　张嘉璈　俞飞鹏
列　　席:邵力子　张　群　黄绍竑　熊式辉　顾祝同　钱大钧　邹　琳
秘书记录:龚　浩　徐祖诒
书记速记:熊　诚
计 41 人

钟虎只扫了一眼名单,立即就递给金砺锋,他知道有的事只能靠行家来干。

金中尉真不是吃素的,指着名单就说:"呀,这么多留日学生!委座,就不用说了;程总长,士官学校 6 期;杨长官,舍弃中将的头衔留学日本,陆军大学 15 期;汪主席,法政大学;张院长,早稻田大学;居院长,法政大学预备部,后入日本大学;阎副委员长,士官学校六期;至于何部长,两次留学日本,先振武学校,后士官学校……"

中尉这么指指点点，不说钟虎吃惊，连在委座身边当过差的彪子都看傻了。

谈及党国要人的底细，这个小小的海军中尉居然如数家珍，两人心里都在想，这人究竟是什么来路？钟虎想起，在抽调金砺锋之前，曾要求上方对他的家庭摸一个底，谁知上头却说，这你就绝对放心了，人家的家底——上头的话就说到这里，钟虎这时想，此人的家世绝不一般。

两位听众想什么，中尉没有留意，他一门心思在调动着自己的记忆。把名单筛选了一遍后，他反而有些失望，谁是留日学生，不是问题，他说："真正的问题，谁是须磨弥吉郎的同学？"

钟虎起身打了一个电话，金砺锋和彪子从他的说话中听出来，电话是给丁大座的。对方的回话基本上证实了大家的预判，一是案件调查没有实质进展，二是对封江泄密案的外围调查，还没有发现军方内部走漏消息的迹象。

眼见金砺锋哈欠连天，钟虎想起他整理材料太辛苦，立即让他眯一会去。中尉伸着懒腰走后，钟虎坐不住，他在屋里转来转去，有一句没一句地递给彪子很多问题。彪子一边哼哼哈哈地搭着腔，一边细心地把这些问题记录在案。你问我答，你站我坐，你说我记，他们俩配合得很默契，直到新的侦破思路慢慢形成。

"一号案"不能从人头上查，这是钟虎和彪子的共识，更是受时间和条件所限，不得不采取的迂回策略。

对于封江计划，钟虎分析，知情人范围可分为两类。第一类的范围小，知情者也相对少一些，大都知道具体的时间、地点和行动细则。

泄密的时间，起点是在7月28日晚间9点，因为此时海军部的陈绍宽上将刚刚抵达南京下关火车站，具体的封江计划，顶多还在他的脑海里，处于酝酿阶段。

而泄密的终点，可以假定为两个时间坐标：一是8月6日武汉日本撤侨之前——但也不能排除撤侨和泄密无关的可能；再者，就是8月8日日舰从长江西撤的时间。

根据上述时间节点，确切的消息源，也就是最有可能泄密的嫌犯，应该来自四个方面。根据获知情报的时间先后，彪子已经把他们排列有序——

海军部参与计划制订人员
军政部长官及掌握核心机密的部门长官与参谋人员
行政院相关人员

最高国防联席会议与会人员及其他

至于第二类知情人,情况则复杂得多。因为封江动议的时间,要从两年前德国总顾问递交建议书算起,人员范围一直会扩大到德国军事顾问团,以及所有接触过《民国二十六年作战计划》的军政部门和各方面军政要员与保密人员,这里面就是一个无底洞,钟虎一言以蔽之。

没有具体的时间、地点和实施办法,它是不完整的情报,所以,对于第二类涉密人员,可以暂时忽略。

对于范围较小的第一类知情者,彪子也打了一个大大的问号,并标注了三个大字——查不起!

别的不说,就说彪子从侍卫队搞到的那份名单,一个个堪称党国重量级的要员,怎么查?论军阶,国防部宪兵司令谷正伦不过是中将,连列席会议的资格都沾不上边;而与会的军方长官,谁的领章不闪着三颗星?中将查上将,说的好那是工作,说白了那是找死。

查不好,就是一屁股的屎;但不查,就是违背委座的旨意,那就是掉脑袋。所以在刚才的电话里,丁大座又一次向钟虎叮嘱,一是手上要有铁证;二是采取所有行动之前,必须要提前报告,等待上峰批准。

不能怪谷司令和丁大座慎之又慎,彪子在委座身边待过一年半载,知道一方要员的分量,就是委座有时也要让出三分面子。况且,第一类人员名单也谈不上全面,显而易见,很多知情人都是漏网之鱼。其中有引人注目的大鱼,说不准,还会有不被人注意的小虾米。

"蒋夫人,她能不知道封江计划吗?委座的事,是瞒不了蒋夫人的,这一点我清楚。"彪子提出了这个自觉很刺激的问题,把手上的名单扬了扬,"可任何一份名单上,你都不可能找到她的大名。"

"你只知其一不知其二,这等事,本不该隐瞒夫人。"虽说彪子担任过委座的贴身侍卫,见过世面,但钟虎还是故意卖关子地问,"知道为什么吗?"

彪子摇摇头,一时不知话错在哪里。

"只要名单上有空军的周主任,就等于有了蒋夫人,这是明摆着的事,因为空军的掌门人就是夫人。"钟虎点拨着彪子说,"你在侍卫队,看到的是委座夫妻私人生

活的一面；于公而言，蒋夫人本身就是航委会的秘书长，于情于理她都是绝密计划的知情人。"

彪子虽然活泼调皮，但却不喜欢讲搅理，见钟虎分析得有条有理，连连点头称是。并且很配合地扳起手指，继续排列"漏网名单"。侍从室第二处主任陈布雷，他可是委座的大秘，委座的大事都不会瞒他；还有蒋大公子，只要在南京，就一定知道计划。

钟虎看到彪子认真起来，不由得一笑说："你怎么老是惦记着委座这边，要是让侍卫队过去的同事知道了，不骂你吃里爬外才怪呢。照你这么说，还有林主席、汪主席那边呢？"

"林主席，说白了，他可能是名单中最后一个知道计划的。"彪子用知根知底的口吻说，但觉得表达还不够到位，又补充道，"甚至，我是说有可能，他到现在还不知道计划呢。"

"你把林主席说得这样惨，那么汪主席呢？"

"谁会瞒汪主席呀，再说想瞒也瞒不住。"彪子肯定地说，"对了，名单上是没有汪夫人的。纯粹从私人感情上考虑，凡是汪先生知道的，汪夫人就不可能不知道。"

"还有一个人名单上还没看到，汪主席赏识的才子。"钟虎提醒。

"你说的是行政院机要秘书黄濬？对，计划只要通过行政院，就没有他不知情的。"彪子说话间突然一拍桌子："他好像也是从日本留学回来的！"

钟虎被彪子吓了一跳："你别跟我一惊一乍的，黄秘书留日也不是什么秘密，我听说他毕业于早稻田大学。"

"看来漏网的人还真不少，我还是来列一个后补嫌疑人的名册吧，这样看得清楚，一目了然。"彪子起身，坐到办公桌前，煞有介事地摆弄起笔墨。

"记得老师对我说过，有的话只能想，而不能说；有的话只能说，而不便写。"钟虎一笑，也站了起来，来到彪子身边，"我们刚才不已经商量好了吗？不再纠缠消息源，别说挂一漏万，有的你根本查不下去。还是从情报渠道上来倒查，从日本人接手情报这条线，来查他的上线，没准弄个人赃俱获。"

彪子认为钟虎的话不假，且不说纸上的名单不好查，就是查了，也查不出纸下的名单。彪子有一句话，一直咽在肚子里没敢说——委座是性情中人，保不准，一生气或者一激动，就自己泄密在先了，谁知道他会跟哪些人谈到过计划？其实对他来说，也就是一张嘴一句话的事。但这样的猜测，终究是不能说出去的。

日本驻南京总领事馆内院

但是真正通过情报渠道查案,困难又出现了,目前只有一个突破口,就是要查,谁是须磨的同学?

这不是问题,彪子说:"我马上就来打听。"说话间,就拨通了一个电话。

钟虎听得出,电话是打给外交部一个科长的,问题直接就是询问须磨毕业的学校;接着又听到彪子重复的声音,早稻田大学。

难道是他?钟虎头脑飞快地在运转,似乎很多条件都能吻合,钟虎在心里对自己说,没错,就是他!

钟虎没有急于向彪子交出谜底,他要和彪子共同完成一个小游戏,俩人背靠背,各自写下一号嫌犯的名字。在交换纸条之后,他们为选择同一答案,而会心一笑。

驻南京的日本海军武官室

　　彪子随后用一团升腾的火,让纸上的怀疑成为灰烬。

　　他们要让心中的怀疑,在现实生活中销声匿迹,因为怀疑和证据确凿相去甚远,有时甚至是遥遥无期的距离。但是他们的职业使命,恰恰需要在怀疑中迎来新的一天,只有这样的怀疑,才可能促使找到它背后的证据。

　　灯光变得迷离的夜晚,山重水复之际,刚才彪子的一个求助电话,透露出须磨早稻田大学的出身。话音未落的瞬间里,两人竟不约而同,迅速地判定了小河背后的神秘人物:黄濬。

　　这就是所谓办案的默契。

　　此前,黄濬的形象一直萦回在钟虎的脑海中。精通笔墨的才子,除了于右任之外,他的书法在中枢机关堪称大家,自小过目不忘,悬肘能书,有神童之谓;留学日本,年龄和须磨相当……这些条件和画店掌柜的描述都十分合拍,唯一需要最后证实的,就是他是否和须磨有过同学之实。

　　钟虎直觉上对此几无怀疑,但他知道没有证据的怀疑,会像短暂的晨露,经受不了阳光的拷问。所以,他需要别人毫无偏见去证实,而彪子拨出的电话对他来说,可谓恰逢其时。

　　但直到此刻,钟虎还保持着应有的理智,他告诉自己,即便黄濬是须磨收藏字画的代理人,或者是幕后高参,也未必就等于他是提供情报的汉奸。怎么才能证明,等他们自我暴露是一种办法,但眼下,实在是等不及了!钟虎不再犹豫,他决定启用内线。

钟虎的内线代号"梧桐",就埋在日本驻南京的总领事馆里。

梧桐的身份并不高,只是勤杂人员,但位置很重要,在总领事的身边工作。他一直处于蛰伏状态,其真实身份就是连丁大队长也知之甚少。钟虎平时从不和他联系,只把他当作一步冷棋或一手闲子,等待在胜负之际,发挥出人意料的作用。

上一次启用梧桐是在三年前,当日本总领事馆副领事藏本失踪之后,须磨以其被中国人谋杀为由借机发难之时,钟虎通过梧桐的调查,终于摸清了藏本的去向。最终宪兵把这个还活着的外交官,送回到日本人的手里,不仅平息了一场可能引起若干麻烦的外交事件,也不动声色地回击了日本人的阴谋。

钟虎独自驱车赶到梧桐的住处时,已经是深更半夜。一路上突然增多的宪兵来来往往,给夜南京平添了几分紧张气氛。街上行人明显稀少,钟虎看到巷子里也没什么人在纳凉,想必大家一时还不适应突如其来的紧张状态。

钟虎把车停下后,却没有熄火,按照约定的暗号,他把车喇叭长三声短三声地摁了两遍。循声而出的梧桐,对钟虎的突然袭击并不觉得意外,这段时间他一直也在准备找钟虎呢。

眼看着日本人就要撤出领事馆,撤回日本老家去了,自己下一步怎么办,是继续守在领事馆里看门值守,还是恢复正常的生活。他得让钟虎交个底。

遇到钟虎找上门,梧桐心想大家想到一块了。于是二话不说,轻手轻脚地摸上了车,握了一下钟虎的手。两人心里都有些激动,但都没有说话,钟虎把车开出去,穿过灯光鲜亮的街道后,在一片浓荫下停了下来。

关于须磨毕业的学校,梧桐给充满希望的钟虎当头一棒。

他虽然不能肯定,须磨在日本就读的是中央大学,还是法政大学,但他完全能够断定,须磨的大学一定和早稻田无关。在钟虎的一再追问下他言语坚决,等于推翻了先前钟虎怀疑黄浚时唯一可以一提的理由。

从见面的结果看,那个刚刚浮出水面的嫌犯黄浚,完全是出自钟虎一厢情愿的臆想。像夜空一样漆黑的事实,对钟虎打击很大,所幸,梧桐没有让钟虎彻底失望。

他提供了一个小小的细节,这个细节在后来对于侦破案件,是一个事关重大的线索,可以说,它给侦查组带来了开启秘密通道的钥匙。

梧桐所说的细节是关于小河的。在须磨离开南京之后，原先担任书记员的小河，突然从内勤转向了外联，出门的次数明显多了起来。更加可疑的是，小河从前根本没有戴过帽子，而现在总戴着一顶灰色的凉帽外出；而且回来后行动诡秘，避开所有人，把凉帽径直送交总领事。

就和这一顶一模一样，梧桐取下头上的凉帽，交到钟虎的手上。

帽子的出现，让遭受挫折的钟虎，在夜色里好歹看到了天明的一线曙光。它是接头暗号，还是用于隐藏情报的工具？回来的一路他一直在想，一顶帽子能够提供很多种可能，但离开了具体的当事人，帽子可能什么都不是。

24

钥　　匙

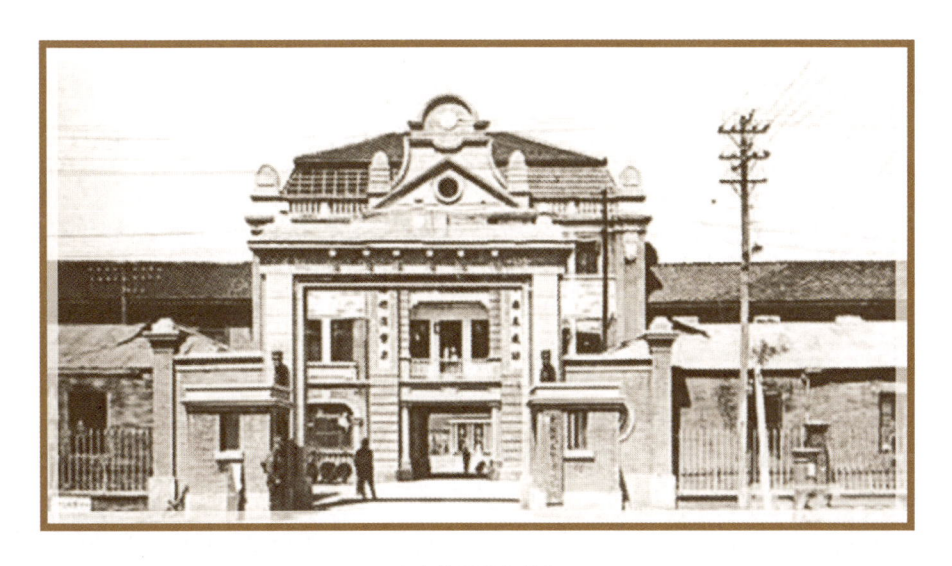

中央陆军军官学校

当黄濬的线索进入黑夜中的死胡同之后,钟虎小组在中央饭店的走访中,发现了意外线索:封江计划实施之前,海军江阴阻塞组成员刘光寺科员,曾经在这里被偷过一只公文包。

时间基本吻合,又是掌握机密的重要人物,事不宜迟,刘光寺被"请"到了宪兵司令部。

彪子发现,肉头肉脑的海军中校科员,在进了宪兵大院之后,一直在哆嗦个不停。这一情况,钟虎自然也看在眼中,两人目光一对视,都觉得好戏在后头。

钟虎并不着急拉开阵势,在正式调查询问之前,他要在脑子里进行一次彩排。于是一边梳理信息,一边让彪子找来侦破小组的海军成员金砺锋。

看到中尉带着一身汗来见面,钟虎关上门说:"想不到吧,泄密案就出在你们海军阻塞动员组。这就叫家贼难防。"

刚进门的金砺锋正在喝凉开水,咕嘟咕嘟地喝了一半,听钟虎这么一说,差点没把口中水给喷了出来。

"不可能,"他下意识地脱口而出,"我们动员组都给关在了草鞋峡了,连电话都打不出去。"他缓缓劲,把一杯水喝光,然后又说,"再说,连我们也不知道哪天行动。"

钟虎的嘴角似笑非笑地动了一下,然后慢慢问道:"中尉,你们的人都去了草鞋峡,一起封闭起来了吗?"

金砺锋看他的笑别有用心,头脑快速地转了一下,他明白了,也笑了起来,说:"钟队长,莫不是你盯上了刘三多?"

看到钟虎不解,中尉又补充了一句:"刘三多是外号,大名叫刘光寺,部里总务司的中校科员。"

钟虎心想,早就知道金中尉脑子来得快,果真是聪明得很。他点了点头,然后问:"这个刘科员算不算你们小组的核心成员?"

中尉想了一下,才回答说:"算,也不算。"

彪子一听就急了,说:"中尉呀,没这么给人绕口令的。"钟虎制止他说:"让中尉给我们慢慢解释。"

金砺锋只好把过去的事说了一通,钟虎他们一听就明白了,原来是因为和交通部的成员无法合作,才从小组的核心被调整到了外围。

彪子有点泄气,一屁股坐了下来说:"看来也就是丢了一只包而已,这种案子,

校长蒋介石常在陆军军官学校讲演

应该是警察的事。"

钟虎不这么看,他说:"这么个大热天,人都请来了,也该去会一会。"他拍拍彪子说:"刚才你还看到他哆嗦呢,要是没事能这么紧张吗?中尉你怎么看?"

金砺锋讪讪地一笑,嘴上却什么也没说。钟虎看他这样,说:"我也不为难你,海军的事,你暂时回避。"

看着钟虎他们出去,金砺锋从容地坐下后,思前想后地这么一琢磨,心里倒吸了一口冷气。

他想,刘三多这人如果故意泄露军机,可能性倒不大,但说不准在无意之中,他完全可能说漏了嘴。想起刘三多这个绰号,又记起崔先生说的话,这人今后难免祸

从口出，他身上感觉出了些冷汗。

　　此时他最直接的想法是，泄密案千万别出在海军这边，海军招不住这些麻烦事。但一个人的善意，和事情本来面目并无关系。

　　钟虎一个人先回来了，看到金中尉询问的目光，他说："你还别认为这事他姓刘的能洗干净。他的包里有一份航道测量图，说明人家是盯着他的。"

　　金砺锋一听，就想刘三多这下完了，这家伙真是疯了，理发时带图干什么？这图怎么也算是军事机密呀，虽然敌人看不到时间，但能看到图上地点是在江阴，甚至能够判断出来海军想做什么。

　　看钟虎坐在椅子上发愣，金砺锋想，这里面的文章不止这么些，钟队长似乎还找到了什么。

　　金砺锋的嗅觉，的确异乎寻常地灵敏，他敏锐地感觉到钟虎此时正疑问重重。原因是刘三多提到了一个长着美人痣的女人，而这个人，在夫子庙的冲突中，就曾经和领事馆的小河次太郎一起出现过。她到底是谁，除了盯上了刘科员外，这个神秘的女人还盯上了哪些人？

　　和刘科员接触之后，钟虎脑海里一直在回忆着这个女人的形象。几个月前，他只是隔着车窗瞟过她一眼，而且还是一个侧面，所以他无法准确描述出这个女人的容貌。他并不甘心，整个心思仍然在女人身上打转。直到来到丁大座召开的案件分析会上，他的注意力还是集中她的身上。

　　他自己也搞不清楚，到底要从这个女人身上找到怎样的答案。问题是，黄浚的线断了，海军刘科员虽说脱不了干系，但他毕竟不是具体方案的知情人。下一步该做什么呢？日领馆的小河，已经让彪子带人去盯了，报贩、烟贩、黄包车夫，一样都不少，不怕他出门，就怕他当个缩头乌龟。

　　来自小组的其他信息则杂乱无章，和此时会上汇总的线索一样，都是一些无关痛痒的枝枝杈杈。

　　什么军委会的一个参谋请假了，后来一查，原来他根本就没有接触过计划。什么中央军校有日本人混进去了，后来一查原来是虚惊一场，据说高层都把它当作了宪兵的笑话，有人还拿谷司令开起了涮，把堂堂的宪兵司令搞得灰头土脸。

　　钟虎耳朵在会上，心思却不知道在哪。中央军校的事，听得断断续续，有云山雾罩之感。不由好奇地问："丁大座，中央军校到底怎么了？"

钟虎话一出口就后悔了,因为他看到大家像看怪物一样看着自己,然后七嘴八舌哄笑一片。

"钟虎,以前也没见过你这么幽默呀?"有人打趣。还有人问,"莫不是故意如此,让大家开心?"也有人酸溜溜地说,"太投入,为案子太投入了。"

"都别讲二话了。"丁大座制止了大家的起哄说:"钟虎不知道,也没什么奇怪。从月初到现在,这十几天就没见他闲过,在连轴转呢。关于军校的事情,要不会后,哪一位会说书的,给他把这一段补上?"

会一结束,用不着钟虎打听,一切都在口舌中搞明白了。中央军校的事,说白了,是宪兵出了一次大洋相。那是在一个星期前,大约是8月2号,总之是进入8月后的第一个总理纪念周,所发生的一次误会。

国民党"二大"以来,党政机关和军队,都有一项制度化的活动,即每星期举行一次"总理纪念周"。时间是以每周之月曜日(星期一)上午9时至12时,属于雷打不动的政训活动。

纪念周有大致不变的惯常流程,主要是仪式化程序和讲演,包括全体肃立、向总理遗像行三鞠躬礼、主席宣读总理遗嘱(全体同时循声宣读)、向总理遗像俯首默念三分钟、演说或政治报告、礼成等步骤。

中央军校的纪念周也大体如此,如果说特殊的话,就是校长的身份特殊。中央军校是习惯叫法,它的全称是中央陆军军官学校,被认为是黄埔军校在南京的延续,所以校长一职,由蒋介石亲自兼任。

说它师承了"黄埔之遗绪"倒也不假,因为蒋校长一直重视政治教育和思想统一。每逢星期一上午,只要他人在南京,就必到学校亲自主持"总理纪念周",发表例行讲话。尤其进入7月以来,军校的战前准备和战时搬迁,已经成为头等大事,校长更是看重一周一次的例行训示。

校长惦记着学生,不闲着,就有宪兵惦记着领袖的安全,更不能闲着。而就在8月2日这天,尽管戒备森严,宪兵还是发现了日本人的车辆混进了校园。眼看领袖的安全受到威胁,担任警戒的宪兵如临大敌,把学校搜了一个底朝天。

结果,发现是一场误会。原来宪兵把一辆牌号为"461"的车,误认作了"481"——而"481",则是日本新闻记者的乘车。此事虽是误会,却传得满城风雨,连程潜总参谋长都在军事会议上提及该事,对"现市面发生谣言甚多"表示忧虑,并提出"应由警备司令部注意其真伪"。

听了这个别人眼中的笑话,钟虎却一点也笑不出。

"461"这三个数字,像电流传到了他的身体,把他激得一阵抖擞。好一个"461",好一场瞒天过海的"误会",这里的名堂骗得了别人,还能骗得了他钟虎吗?

凭着对数字的敏感,他认定,"461"正是行政院秘书黄濬的座驾。而对黄濬的敏感,让他坚信,这其中的意味,绝不是能用什么"巧合"、"误会"所能解释过关的。

在上一次怀疑受挫之后,黄濬,作为"一号案"的嫌犯,又一次被钟虎咬定。

他立即秘密布置起来,把网撒向黄濬周围,撒向黄府的大门。

监视,并不是他们守在大门外的目的,钟虎需要对案件的突破,所以大家都睁大着眼睛,在黄府进出的人群中搜寻着目标和机会。这时,一个干净的姑娘恰如其分地出现了,在盛夏中给人带来了一阵清凉之感。

眼睛发光的彪子,看着她抱着孩子走出了公馆,十分不解,难道这是她的孩子?他并不期望别人来回答,他只是觉得这个姑娘完全不像是已经成家的样子。没想到海军中尉金砺锋这时说话了,他的声音有一丝难以觉察的激动:"玉兰?!"

包括钟虎在内,几个同伴都吃惊地看着。

金中尉尽量用平静的语调说:"她叫玉兰,是黄家的丫鬟。"

说这话时,他的记忆中出现了春天的江流、两岸嫩绿的春光,他轻易地回到了

从 8 月 14 日起日军开始空袭南京

几个月前的"江顺"轮上。想起在拖动一串串浪花的船尾,和玉兰的第一次相见,想起自己对她的印象,中尉这时说出了一句连自己都吃惊的话来:"这个玉兰,就是我们打开案件的钥匙。"

中尉说完这话后有些后悔,但一切已经无法挽回。

他的一句话,像是击中死气沉沉的湖水,荡起的波澜,让大家感到水的活力冒泡一样涌现。脑子开始活跃的钟虎,从金砺锋的脸上想起了他们的初次交往,继而又联想到夫子庙和日本领事馆的那次冲突,这时一个方案慢慢在他的脑海里形成。

他不觉得这是一个好方案,但他觉得可能是一个有效的办法,大家开始论证。接着来到的阳光响亮的正午,经过论证的行动计划,已经在金砺锋半推半就中出炉。

对计划中的角色安排,金砺锋内心不情愿,但他明白,自己已经无法选择。

一张拒绝怜香惜玉的网,张开在黄公馆门前,等待着玉兰姑娘的进入。

毫不知情的玉兰,在出门之前,觉得左眼皮明显地跳了几下。

左眼跳,到底意味着是发财还是遭祸,她一下记不起来老家的说法。她不是惦记着发财,虽然不能说她没有发财的想法,但是平心而论,她在这方面的愿望并不强烈。她心里想得更多的是,不遭祸,能平平安安就是福气。

关于左眼右眼跳财还是跳祸的答案,玉兰知道南京这里的说法,和老家的没什么不同。也就是说,在老家起作用的生活信条,在首都南京一样适用。因为心中波动着这些不明不白的小心思,却没有明确结果,玉兰出门的行动就显得迟缓。

但孩子重新爆发的哭声,堵住了她赖着不想出门的退路,夫人又让人过来催促玉兰,让她赶紧去买痱子粉。是祸躲不过,玉兰在自我安慰中走出公馆,岂料一场飞来横祸,正在前方几百米开外,对她翘首以待。

玉兰知道,买痱子粉只是夫人的一个理由。夫人偏头痛,怕吵,孩子一哭她总是心烦。加上少夫人和家里闹了别扭,住回娘家去了,让夫人更觉得不开心。所以这两日里,只要孩子一哭,玉兰就会知趣地从奶妈的手里接过孩子,到公馆的外面转上两圈。

此刻夫人催自己出门,显然不是为了痱子粉,而是因为心烦意乱。其实家里阴凉得很,奶妈带孩子也很细心,身上也没见着多少痱子。但大户人家的日子就是这样,自己待了五年了,也不能说已经完全适应。

感触最深的倒不是生活方式,而是家里人的怪癖。比如夫人头痛时喜欢焚香,

很少见面的二姨太总不吃米饭,而少夫人呢,不开着留声机就不能入睡。

最不可理喻的是先生,他最大的享受,好像不是人所尽知的作文和写字,而是掏耳朵。早在玉兰来黄家之前,先前两个女佣先后被扫地出门,据说都是因为不善此道。

掏耳朵是俗称,先生是文化人,从来不齿于这种说法,他把它叫作采耳。先生的说法新奇,采耳工具更让玉兰大开眼界。

常见的工具如耳扒、耳起、耳勾都十分精巧,单单用于清理的工具,就有竹鹅毛棒、铜丝鹅毛棒、鸡毛棒、马尾棒等不同花样。在古今中外不同款式的工具中,先生对日本的那一套情有独钟。

玉兰开始不懂采耳,跟理发师傅学过之后上手很快。不仅先生夸奖,连夫人有时也要享受一番。先生说过,采耳的关键要领,是掌握对方对痒的感受,不能有酸痒之感,更不能让对方觉得有丝毫的痛感,而是要对方享受酥痒。

采耳的目的不只限于清洁耳洞,先生认为那是次要的,精髓在于如何找到减压和放松的状态,所以他对采耳的环境、时间都很讲究。一般是在洗浴之后、睡觉之前,地点都在书房,那时先生总靠在藤条躺椅上,早早地闭目等待。

负责采耳的玉兰也不能随随便便,一般也要先洗澡,再换上柔软的睡衣。大姑娘是不需要洒香水的,先生说洗浴之后,女人的体香最为自然,有一种淡淡的花草味,最适合采耳时的气氛和情状。

而这时的情状,玉兰有时真的不太适应,因为先生觉得舒服的时候,总有些情不自禁。通常的动作,是用手指轻轻地划过玉兰的身体,尤其是腋下和腰部这些怕痒的部位,让玉兰在紧张、害怕的同时,也感到了一种无力的酥痒。

因为先生的动作不大,玉兰一直也没有声张,当先生的手慢慢伸到衣服的里面时,玉兰也都忍住没有太多的反应。只是这双手再滑向胸前的时候,她才会停下手中的活,用手轻轻地把它推一推。

推的意思是什么,是到此为止还是担心外面有人,是怕身体受不了还是留有余地?有时候玉兰也讲不清楚。在约定俗成又令人不安的默契中,玉兰的头脑经常出现迷乱状态,她倒不是糊涂,而是她不清楚,和先生应当维持着一种什么尺度的关系?

对于和先生独处的体验,她在理智上有反感也有恐惧,但她放弃反抗后,感觉上会有瞬间的麻酥。玉兰一直压抑着可能流露的快感,因为她总感到里面藏着看不

南京的防空力量当时还很薄弱

见底的深井,一不留神就会失足而下。

而先生的手仿佛是一个猜谜的高手,它吃透了玉兰的心思,一直有所作为又有所节制。玉兰觉得它的节制比出击更可怕,如果它立即出击,自己可以果断地选择抗拒。而它通常很不经意地游动在自己宽容的边缘,像制定了一个狡猾的约定,让一切顺理成章。

它用日复一日的耐心,引诱着玉兰身体逐渐平静地接受被抚摸的现实,等待下一个时机的来到——等待玉兰渐渐放松警觉,甚至出现偶发的迷离和错觉。

这是一场只属于先生和玉兰两个人的战斗,是一场猫捉老鼠的无声游戏。作为被动的一方,玉兰敏感又麻木,厌烦又习惯。从13岁进入公馆,五年来,一段只有靠

自己默默承受、消化的经历,让她在不安中多了一份慢慢绽放的隐约风情,在怀春的时节多了一份莫名的恍惚。

这天午后,没有走出恍惚里的玉兰走出了公馆,一场早已埋伏的意外,悄悄地等待着她的进入。

在她穿过马路的时候,两辆迅速拐弯的黄包车,带着急促的铃声,几乎并排地向她迎面扑来。站在马路中间,大祸临头,玉兰进也不是退也不是,她下意识地闭紧眼睛,企图以此来抗拒危险向自己身体撞击过来。

她不知道会等来怎样的可怕结果,在车辆倒地声后,接下来的声音清脆而悠扬,把一种破碎感瞬间撒落在地面。意外的声响让她睁开眼睛,午后火辣的阳光下,她看到了倒在地上的人和车,以及散落的瓷瓶碎片。

左眼跳祸,玉兰这时清楚了问题的答案。

25

不安的夜晚

梅兰芳(左四)策划团队中黄濬(左二)的角色不可小视

阳光下的破碎声,让玉兰惊如飞鸟,但她却飞不出去。面对眼前零乱的场面,她平静的目光变得局促不安起来,闯祸了!她的第一反应就是自责。

没有经过任何思考,她已经认定打碎瓷瓶和自己有关。让她觉得后怕的,不是车刚才险些撞上了自己,而是她不知道这只瓷瓶的年代。

在公馆待了五年,她懂得有些瓶子是年代久远的古董,它们的价值外行人永远无法理解。不幸的是,她的担心,立即就被事主痛心疾首的表现所证实。

"我的青花,完了——"

摔倒在地的青年,根本顾不上身上的擦伤,伸手疯狂地扑向破碎的瓷片。同伴和车夫赶紧上去阻挡,但是还是迟了一步,他紧握瓷片的手中渗出了鲜血。他的这一举动,让玉兰意识到,刚才打碎的绝不会是一只普通的青花瓷瓶。

"你耳朵聋呀,我们喊了半天,你还站在马路中间不走?"站起身的青年无法克制愤怒,他的吼叫,伴随着鲜红手指的晃动,对玉兰构成了巨大的心理压力。吓坏的玉兰发现自己的身体在微微颤抖。

像是为了继续加大玉兰的恐惧,另一位壮汉一下撕开汗襟,露出半敞的上身,他一步步地逼近玉兰说:"你说怎么办?"

看到玉兰怯怯地、下意识地往后退,壮汉冷冷地说:"你别往后躲,也不要装可怜,我也不会打你,何况你还是一个女的。我只要你一句话,怎么办?这个事情怎么个解决?"

"我赔。"玉兰声音弱小得甚至连自己都听不见,"实在不行,我赔。"

对方迅速抓住了这一句话:"那好,有这一句话就行。380块钱,不跟你多要一分。"

我哪有这么多,玉兰大脑嗡的一声。自己每月的工钱,以前是5块,现在是8块,五年就是不花一子,也攒不到380块钱。她急得声音中夹着哭腔辩解说:"瓶子打碎了,也不能完全怪我,你们的车也太快了吧。"

"嘿,我说你这个丫头还真来劲了。"划破指头的年轻人冲了出来,对壮汉说,"三哥,犯不上跟她废话,有钱交钱,没钱就让她跟我们走。"说完,伸手抓住了玉兰。

俊俏的玉兰,在大街上被人就这样活生生地捉住,甩不掉,动不得,面对众人的围观,眼眶噙满了泪水。

她不想当街大哭,但又怕给他们带走,这个让她身感无助的时刻,她只能用求援的目光四下扫视,徒劳地希望能有奇迹出现——她想,只要有一个解围的英雄挺身而出，哪怕从此嫁给他当牛做马。

事实果真没有让玉兰失望，一辆飞驰而来的军用吉普，在她的面前戛然而止。一位全副武装的海军军官，跳下车后，理直气壮地把玉兰拉到身边。对着两位闹事的事主，用皮笑肉不笑的夸张表情说："真是冤家路窄，你们又在演戏了？"

两人定睛一看，只一眼，张狂的神情便变得紧张起来，霎时间便夺路逃去。猛然的变化让玉兰惊讶不已，她用双手紧紧地拉住军官的胳膊，不相信一场从天而降的祸事，转眼已无影无踪。

黄濬书法（局部）

"一帮二混子。"目睹肇事者逃去，军官也不去追赶，他轻轻地拍了一下如释重负的玉兰，示意她上车。玉兰这才看了军官一眼，是他？！她认出金砺锋的瞬间，内心涌动着久别重逢的归宿感，未加思索就上了车，问都不问，便由着中尉驾车而去。

听着耳边呼呼的风声，闭上眼睛的玉兰坚信，在刚才的这场遭遇中，自己成为了英雄救美的幸运女主角。她此时需要在惊喜交加的意外之后，慢慢地回味雨后彩虹般的心绪逆转。玉兰出乎意料的安静，让驾车的海军中尉既庆幸又担心。

"玉兰，你还好吗？"中尉的招呼，让玉兰从梦中惊醒一般，她没有说话，只是露出少女醉人的一笑。

英雄救美的海军军官，"一号案"抽调的金砺锋中尉，按照不得不为之的既定计划，成功地让玉兰坐到了自己的身边。眼见一个纯洁的姑娘落入圈套之中，中尉觉得自己的脸面，正在被风无情地奚落。

但他不能揭开谜底，他知道"一号案"的侦破，要想向前迈出第一步，首先必须

要赢得玉兰的信任,而不是招致她的反感。他想,现在俩人同坐在一辆车上,这样的机会并不多见。他必须在同一辆车的路途中,把玉兰拉到侦破组的阵营。

幸好,玉兰的经历帮助了她,也帮助了大家。

傍晚时分的空气,弥漫起炊烟的香气,钟虎等来了金砺锋的归来。

一见着中尉,钟虎什么话都没问,只是紧紧地握着他的手。说实话,下午的"英雄救美"行动,尽管不算是上策,但他之所以这么去做,主要是上面的态度决定的。"一号案"催得紧,从谷司令到丁大座层层加码,他想凡事都不能一味求快,一快就会逼下面出奇招,最后只能动用非正常手段。

其实,针对玉兰的行动,也是案件陷入困境的结果。汇总前几天的侦查情况,跟踪小河取得的最大进展,就是基本可以判定,新街口附近的一个咖啡厅是日本人的一个情报接头点。同时通过走访和照片比对,也基本上可以确定,小河和黄潜的司机小王,经常在这里出入。

而谣言四起的中央军校案,虽说误认汽车号牌的结论没有错,但却在无意中让黄潜露出了许多疑点。

比如,那天坐在黄潜车上的神秘女人到底是谁?她为什么化名行政院文员的身份,悄悄潜入中央军校?她接近委座的动机,难道只是为了近距离地听一次他的政治演讲?就此展开对黄潜外围的调查,类似的问题越来越多,其中主要在以下几点:

一是黄潜巨大的开销从何而来?

黄公馆里里外外庞大的花销,远远超出了他的薪饷和发表文章的稿酬,这些额外支出,来自谁的资助?

二是黄潜的小圈子人员可疑。

黄潜有自己的小圈子并不奇怪,他本身就是学问家,又工诗词,以文会友,吟诗唱和,当属正常。问题是他近年交往的人身份复杂,年龄悬殊,唯一的特点都是身处要害部门。如果说他们是志同道合的朋友,只要一种可能,那就是志在出卖情报,来换取对生活的享受。

三是黄潜的女友,身份过于神秘。

作为名士的黄潜,出入风月场所本不是什么新闻,他本人对此也不以为意,从不刻意隐瞒。但例外中的神秘女友,据说是中国银行的一个年轻女子,姓名不详。据目击者描述,此人长着的美人痣,和黄潜同车出现于中央军校的女人极为相似。这

25 不安的夜晚

个女人到底是谁,和黄濬除了情爱关系之外,另有怎样的瓜葛?

所有这些疑问,一起摆到了侦破组的案头,黄濬的间谍身份几无争议,对他秘密拘捕也未尝不可,但丁大队长不同意莽撞行事。

"不要把为难的事交给上头,要把困难交给我们自己。"他没有直说其中的原因,但钟虎心里有数。

黄濬毕竟和林主席同是福建闽侯老乡,又深得汪主席的信任,就连委座接手行政院长之后,仍然把他放在秘书岗位上。这么多人的面子摆在那里,不把案件做实,就会让他们的面子不好看。

既然外围调查已经锁定了嫌犯,下一步的动作就是内部突破,侦破小组外松内紧,大多半人手都抽调到了黄公馆附近,开始了水泄不通的监控。许多双眼睛瞄紧黄公馆,注视着里面的一举一动。

而玉兰的出现,无疑让大家找到了最容易接近的主攻目标,更让钟虎兴奋的是,金砺锋居然和玉兰有过难忘的一面之缘。

"太悬!"金砺锋悄悄向钟虎汇报说,"算我们命好,因为玉兰恨日本人。"

看到钟虎没有什么反应,中尉又强调说:"她不是一般的恨你知道吗,九一八,他们一家在关外,在逃亡的路上失散了,她成了孤儿你知道吗?这样她只有逃到了北平,后来才被黄家收留。"

钟虎听他这么一说,心里明白,中尉的任务完成得不坏。他觉得更放心的,是玉兰的态度。这样的结果,钟虎觉得很好,尽管他对这个行动本身也有一些不安。现在看来一切进展顺利,玉兰的立场不用担心,最担心的是,她会不会因为沉不住气露出马脚?

"你不了解玉兰,"中尉说,"她的平静实际上超出一般人的想象,她绝对不会让我们失望。"

中尉说话时,感觉胃部有一丝隐痛,他苦笑着说:"饿了,能不能给我们搞一盘盐水鸭来。"他的话刚说完,就听到了一阵空袭警报声,金砺锋心想,今天晚上看来没有口福了。

警报让各家各户的人夺门而出,那么多人涌上街头,在军警的帮助、指引下,就近奔向防空洞。乱作一团的街景里,只有对面的黄公馆一动不动。

钟虎正要安排监控人员撤出时,金砺锋阻止他说:"日本人不会炸这里的。"钟虎觉得中尉胆子有点过大,中尉反驳说:"日本的首要目标是军事设施,再说,对面

人家不也没有动吗？"

行人稀落后，街上安静了下来，一阵阵爆炸声从远处传了过来。等解除警报之后，行人一下子涌上暮色中的街道，各种消息和路灯一起升起了。

关于日本人投下第一颗炸弹的传言，在路上已经成为市民重点讨论的话题。钟虎听来听去，觉得它投在明故宫附近机场的说法，估计有点影子。

遭遇敌机第一次空袭的当晚，南京街头最显眼的变化，就是全副武装的宪兵多得随处可见。在此之前的8月14日，因为上海开战，国府已通告京沪和沪杭沿线市县，当日全面进入戒严状态。

表面上看，首都的动作慢了半拍，戒严令发布两天之后，依然没有宣布实施战时的紧急管制。而实际上，无论是宪兵大院、警备部，还是首都警备厅，都已经开始了戒严的所有部署。

随着巡逻的宪兵完全进入了岗位，南京全城离真正的戒严只差最后一步，只不过夜晚限制活动的时间没有发布而已。

黄公馆门前特别的静，彪子过来值班的时候，发现四周游荡的都是自己的人。他对上一班的金砺锋说："你回吧，有我在这里盯着。"

金砺锋没有离开，他预感今晚可能有事发生，就说："等一会再走，反正天气热得也睡不着。"至于等什么，或者可能会有什么事，他没有多说半句。也没什么可说的了，天上的星星很多，也都沉默不语，一切就看玉兰的了。

深夜的黄公馆里，也只有书房的灯还在亮着。这么个大热天，门和窗都紧闭着，虽说有电扇，那也不可能凉爽到那去。玉兰心里装着书房的秘密，所以格外在意里面的一举一动。

但先生的书房，别人是进不去的，钥匙在先生的手里。印象中除了先生之外，只有司机小王能够打开书房的门。所以下午玉兰留了一个心眼，在小王走进书房后，悄悄地跟在他的身后。他看到小王把手中的一顶凉帽，熟练地挂到了衣架的衣帽钩上，这个细节让她感到不一般。

为什么觉得特别，里面究竟有哪些意味，她是猜不透的，除非自己能看到其中的秘密。她留了一个心眼，在小王收拾书房的时候，她也凑上前帮忙，借此机会把紧闭的窗帘稍稍撩开了一角。她给自己留了一个观察的缝隙，之后的时间里，她把所有的心思，都交给了心神不宁的等待。

书房里外都非常安静,现在只有先生还没有入睡。凑近窗户的玉兰,努力平息自己的心跳,因为她害怕剧烈的心跳声惊动了先生。透过窗帘的一指空隙,她只能观察到书案的一部分,感觉先生好像在看书,一会又在伏案写着什么。

一定是假象,她告诉自己,如果只是看书作文,就没有必要这么鬼鬼祟祟。这时她真的后悔把窗帘拉得太少了,只有把脸紧紧地贴在墙上,她才能看到先生右边半个身子。她扭曲着身体,慢慢调整着最佳观察位置。

好不容易找好角度,她发现花花草草的院子里,蚊子出奇得多。一小会工夫,宽松睡裤敞出的小腿,到处扩散着传遍全身的痒痛。轻轻地抬一下腿,伸手摸去,竟是一腿的包。她咬紧牙关忍耐着,痒就痒吧,就当不是自己的腿。

此刻的玉兰忐忑而执着,她说不清自己做这一切的目的,是不是因为过去的身世之痛,突然激起了内心深处的仇恨。在她的情绪里,没有因为对先生的背叛而过于不安,难道仅仅是因为另一个男人?玉兰不是那种随便托付终生的姑娘,但她对海军军官布置的工作,有几分因为不太明白的向往。

她为不完全理解的行动而深深吸引时,她甚至都不觉得双脚的麻木,在她专注的眼神里,先生起身了,离开了她的视线。但通过灯光下的身影,她能觉出先生的背影,停在了衣架前。背对着她的先生在干什么,她完全看不见。只能凭借若隐若现的动作判断,他似乎取下了帽子,过了一会又重新把它挂上,这个动作大概进行了一两分钟。

很快,先生转过身来,继续来到案前,在听到先生的一声长叹后,玉兰也在心里叹了一口气。轻手轻脚地,她选择了两手空空地离开,而在穿过厅堂的时候,她突然改变了主意。

厅堂的灯被她打开了,她装着收拾东西,哼起了京剧《霸王别姬》——"劝君王饮酒听虞歌,解君忧闷舞婆娑……"一切如她所料,书房的门很快发出了响动,面对着走出来的先生,她露出吃惊的表情迎了上去招呼道:"先生,这么晚还没睡呀?"

梅兰芳的《霸王别姬》,对戏迷来说,是令人沉迷的经典片段,而"梅党"中的黄濬听来,却有不一般的感受。作为对梅兰芳影响最大的"戏袋子"之一,黄濬和齐如山齐名,常为梅兰芳设计戏情、办理文案。1930年,梅兰芳赴美演出,中式舞台上两侧台柱的对联,就出自黄濬的手笔——

四方王会,凤具威仪,五千年文物雍容,茂启元音辉此日;

南京城郊一角

三世伶官，早扬俊采，九万里舟轺历聘，全凭雅乐畅宗风。

至于《霸王别姬》，黄濬就更有发言权了，是他把那段英雄美人的历史讲深讲透了，梅兰芳才能把虞姬一角演绎得出神入化。这些掌故玉兰清楚得很，她知道自己这么一开口，不怕先生不会入戏。

果然，看到玉兰的一招一式，尤其是她眼中流露出的小女人风情，黄濬觉得十分有趣。他笑着走近她，看着她的吃惊、羞怯和腼腆，一时觉得很有意思，于是拍着玉兰的头问："你怎么没睡？"

"睡不着。"

"有心思了？"黄濬想逗一逗眼前的小女子，便没有马上离开。

"先生，我说了，你别笑话我。"玉兰一脸羞怯，竟让黄濬生起一丝怜爱。

"好些日子没能给先生采耳了，我觉得是不是——"玉兰吞吞吐吐地说，"先生嫌我做得不好。我晓得，以前，就有做得不好的，最后都离开了公馆。"

"所以，你也担心吗？"黄濬有些得意地笑了，"但是你要记住，岁岁花相似，年年人不同。"

"这么说，先生不嫌弃。"玉兰高兴起来，"那我现在就给先生做一次。"

在黄濬躺下之后，坐在一旁的玉兰摒弃了一切杂念，以前所未有的专注和投入，开始了手上的工作。

她并不知道自己这样做的目的，也就是说，她根本没有想到接下来的打算。她只是单纯地认为，只要能走进书房，能在书房里多待上一会，就有可能接近帽子里的秘密，就会有意想不到的机会。

所以，她把采耳的每一步，每一个动作，都做得细致又到位。她的表现，她的手艺，尤其是她的精细呵护，让黄濬首先感觉到放松，继而很是享受，直到有些心猿意马。他游走的手早已像以往一样,伸进了玉兰的睡衣里,在她的腰间和腋下划动了一会,似乎不大满意从前熟悉的路径。

玉兰发现先生的手指,已经来到了她的胸前,一反常态,玉兰没有伸手把它推开,只是像在不经意间换了一个动作,让自己的身体稍稍远离了他的手指。这个动作很微妙,黄濬明显有些兴奋,他没有进一步地把手再往前移,因为那样很无趣,而是借势把手放在玉兰的膝盖上,慢慢向下滑动。

玉兰吃了一惊,她生怕先生摸到腿肚上的包,所以想都没想,就轻轻捉住了他的手。玉兰很矛盾,她觉得不能把这只手草草推走,又不能让它悬在半空,她只能让它落在一个可以搁放的部位。慌乱中,当她把它放在自己大腿上时,她才后悔:这个位置是多么地挑战自己的极限。

这时,一阵松软的感觉,从黄濬的手指和手心,慢慢传遍她的全身。他的手在小心地移动,轻揉,动作很慢,也很有耐心,像酝酿一篇文章的开篇,又像是寻找诗词的韵律。他享受着手心里的湿润感,以及手下玉兰身体中传达的不安。

但玉兰很快镇定下来,这就像自愿投入一场交易,她想没有其他的路可以选择。尽管先生的手还在巧妙地深入,但她没有了恐惧,为突然产生的勇敢她试图找到合适的理由。她觉得一切是命中注定,是上天的安排,从几年前的漂泊,到现在她身处漩涡,她注定被卷入不平常的命运之中。

感觉到玉兰的变化,黄濬认为玉兰几乎已经屈服。他进入了一个新的游戏,通过手的轨迹,他想让玉兰明白,属于两人的游戏已经开始,而游戏的规则只掌握在自己手里。但这个晚上,他不想因为过于突兀,而惊动玉兰早早地撤出游戏。

来日方长,他想。直到他和玉兰一前一后走出书房,听到玉兰反锁上门时,他还沉浸在对游戏来日方长的遐想中。

时不我待,在先生离开之后,玉兰没有任意犹豫,立即回到了刚才并未反锁的书房,果断地取下凉帽,又迅速地溜出了公馆大门。早已在门外担心等候的金砺锋,欣喜地接过玉兰送出的帽子,又递给了她同样一顶。

完成帽子交接后的玉兰,这时脚下一软,身体无力地伏在中尉的身上。中尉能感觉到她的心跳、胸间的起伏,同时还能感到一个姑娘对自己的信任和依靠。当玉兰把另一顶凉帽送回书房,重新挂上衣帽钩,长舒一口气之后,她感到脸上有一种怪怪的感觉,用手一摸,她竟摸到了一脸泪痕。玉兰躺到床上时还在想,和中尉的一次拥抱为什么会流下这么许多眼泪?

抗日宣传队在京沪一线书写标语

玉兰躺下的时候,略显兴奋的黄濬却没有入睡,在对愉快的采耳过程充分回味后,他似乎觉得这个夜晚有些怪异。他起身循着刚才的路径,回到了书房的门前,下意识地用手推了推门,确信门已经锁上,才苦笑着走开。

明天还有会,仗打起来了,无休无止的会在等着。黄濬在心里问,哪一天才是尽头?

在他进入睡梦的同时,侦破组从凉帽夹层里,找到了黄濬亲笔为日本人准备的情报。宪兵大院彻夜不眠,丁大座连夜主持制订收网的预案。

迎着16日的晨曦,钟虎一行走出了宪兵大院。这一次,钟虎走的是大门,他要用特别的改变,来突出这一天的意义——

日本人打入国民政府高层的情报组织,黄濬的特务团伙,将在这个日子被摧毁。

26

偷袭"出云"

国军沉船封锁的黄浦江董家渡

外滩上的沙逊大厦

"一号案"收网的当日。上海前线。海军快艇攻击日军第三舰队旗舰"出云"的消息，在海军内外形成了强大的冲击波。

相比日本海军第11战队、第8战队攻击上海和吴淞口的炮声，相比骤然在闸北、虹口、江湾等地响起中国守军阵地回击的声音，相比敌机攻击中方阵地和上海市区的轰炸声，中国海军偷袭日本"出云"号的爆炸声，在上海外滩汇山码头激起的声波，其威力并不超出想象，但它产生的影响，让海军部深感刺激和不安。

解夏听闻战报，第一反应就是，习惯出奇制胜、先发制人的欧阳格，终于抢在中央海军的前面出手了。但他绝不会想到，为了电雷的这一次英勇亮相，身为最高指挥官的欧阳将军，居然亲自深入到上海前线指挥。

老谋深算的欧阳格，不只是一个善于把握机会的军中政客，他还是一个善于把握战机、胆大心细的指挥官。事后解夏想到，通过偷袭一役，欧阳格在军政部、甚至在对他完全不屑一顾的海军部，又一次成功地完成了形象自塑。

8月12日，当陈绍宽的中央海军主力舰队齐聚江阴江面时，为沉船而拉响的悲壮汽笛，却给了欧阳格意外的灵感。

当时，他身处黄山军港，正在为自己的鱼雷快艇大队即将进入封锁线后而郁闷。突然，他活跃的思维里，跳出"出击"两个字。为这个大胆的想法，他激动得走来走去，等他来到了码头边的快艇前，大的行动计划已经在脑子里形成。

他的目光像检阅水兵一样，从泊在岸边的一艘艘快艇上划过，选中了其中的两艘。一艘是"文天祥中队"的"文171"艇，另一艘是"史可法中队"的"史102"艇。

欧阳格选择两艘英制鱼雷艇的目的，只为一个字：快。

45节的航速,这种速度在敌我所有水面舰艇中无人匹敌,欧阳格就喜欢这种出其不意的刺激。他想象过,一旦敌舰发现偷袭企图,只有这样的速度,才可能在最短的时间里,躲过敌舰猛烈炮火的反应,以致命一击攻击目标。

而袭击的目标,从他的想法还在萌芽之中时,就已经锁定了日本海军舰队旗舰"出云"号。

小小的鱼雷快艇,如果投入到强大的日本军舰之中,无异于以卵击石。而假如首战击中日本海军的指挥中枢,会是一种怎样的轰动效应——显然,这是欧阳格最需要的效果。

孤注一掷,这四个字占据了欧阳格兴奋的大脑,活跃着他的神经和细胞。蝉声连绵的闷热天气里,在他的亲自指挥下,偷袭小组紧张而从容地进行着战前准备。

为防止日本空军的攻击,两艘快艇已经进行了巧妙的伪装——桅杆早已卧放下来;一块黄绿色的帆布,完全覆盖了鱼雷发射管和机枪;艇上摘下了旗帜、关闭了灯光——从任何角度远远看去,它们就是两条再普通不过的民船。

欧阳格在检查之后,为自己的得意之作感到满意。

他是一个有心人,了解这次攻击的价值,因此吩咐手下,在执行攻击的两艘快艇出港之前,要给它们留下出征前的照片。在快门摁动的时候,一旁观察的欧阳格眼睛有些湿润,因为他再清楚不过,攻击快艇这么一去,十有八九将有去无回。

伪装的快艇夜里悄悄驶出军港。8月14日一早,一道命令传到了江阴黄山军港。江阴的电雷学校改编为江阴江防司令部,教育长欧阳格任江阴江防司令。

接到命令,欧阳格眉宇不展。电雷编入作战部队只是迟早的事,而自己的任命,比起张治中在统帅部会议上的提议,却硬是多出了"江阴"两个字。

这两个字一加,和以前的期待可谓霄壤之别。一个是长江江防司令,另一个则是江阴江防司令,同样的司令,职责范围岂可同日而语?欧阳格不想受这个任命影响,按照原计划,他和鱼雷快艇大队副安其邦一身便装,只带上了一名警卫,一起登上了军用吉普,直奔上海而去。

安其邦看新任司令情绪不高,在汽车即将发动时,忍不住向长官提醒:"身为江阴江防司令,离开岗位时是否要向上级请示?"

欧阳格指了指自己的脑袋说:"这是偷袭,不用多此一举,我是司令,还用向别人请示?"说完一挥手,示意司机立即上路。

奔驰在陆路上的吉普车，远远快于走内河水道的快艇。不是因为快艇不快，而是出于隐蔽的需要，避敌耳目，一路上两艘快艇只开动副机，昼伏夜行。

如事先预估的那样，欧阳格先期来到上海龙华。他不事声张，找了一家饭店稍作安顿以后，来不及洗去一身风尘，便急忙赶到约定见面的龙华水泥厂，等待着和快艇会合。

谁知如期等来的快艇，只剩下了"史102"艇一艘。另一艘"文171"艇路上遇到故障，正在紧急抢修。欧阳格闻讯后，脸一下子便沉了下来，他没有发作，但心里却有一种不祥的预感。

在安其邦率队登艇执行任务之前，欧阳格突然把他一个人叫到身边，紧紧地拉着他的手，向他耳语说："不可勉强，如果不顺利，不妨早点撤回，再作商量。"

对方仰头看了欧阳格一眼，眉头向上跳动了两下，一言不发，握着长官的手使了使劲，算是回答了欧阳司令的关怀。

欧阳格心情复杂地坐上了吉普车，向饭店驶去。在车上他两手紧握，像是怕一松手就会失去成功的希望那样，握着一手的汗水来到了房间。司机问他要不要吃饭，他说等一会，关上门他问自己，一个标准的光杆司令，自己到底等什么呢？

一分一秒苦闷与激奋的等待中，欧阳格等来了出师不利的消息。

安其邦沮丧地回到了饭店，原来，国军在黄浦江的封锁线，挡住了快艇偷袭的路。

就在电雷计划偷袭的这天，为防止日军经黄浦江深入内陆，包抄我军后路，海军练习舰队，像建立江阴封锁线一样，利用军舰、商船以及扣押的日本6艘货轮，在董家渡航道，构筑了黄浦江上的第一道阻塞线。

吃水较浅的"史102"艇，虽然勉强通过了海军的封锁线，却无法通过警卫守军在十六铺设立的江上钢索拦。快艇官兵请求放行，谁知沟通不成，还差一点吃了自己人的枪子，第一次偷袭无功而返。

听这么一说，欧阳格反而笑了："这样好，我总觉得准备不充分。"

他放心地洗了一个澡，又和安其邦一起找了一家馆子，不紧不慢地吃了起来。一顿饭下来，新的作战方案基本形成。

"我们本钱不多，要做一次准备充分的偷袭，确保成功。"欧阳格对安其邦交代说，"要把这一句话带给大家。"

第二天，欧阳格坐镇饭店，等待着偷袭小组赴外滩侦察归来。

26 偷袭"出云"

安其邦亲率侦察小组来到了公共租界,走进外滩公园这么一看,不由得倒吸一口冷气。真是不看不知道,一看才知道昨天晚上的行动是多么冒险。此时回想起来,一是觉得后怕,二是万分庆幸,幸亏有了一条意想不到的封锁线,挡住了昨晚的偷袭。

且不说外滩一带黄浦江上,停泊舰船情况极为复杂。有英国、美国、法国等等各色军舰和商船,迎风招展的旗帜花花哨哨,稍不留神,就可能在眼花缭乱中忙中出错,误中其他目标。就说日本的"出云"舰,它处于炮艇的保护之中,缩在黄浦江和苏州河交接处一带,停泊的位置也十分刁钻。

再者,黄浦江上并非可以长驱直入,在十六铺封锁线的下游,日军炮艇不停地在巡防。这样的情况看下来,侦察小组难免为昨天莽撞的行动大惊失色。

带着侦察的结果,安其邦回来向欧阳格汇报时,心神不定。

欧阳格看出他不是出于恐惧,而是没有认识到这一次远征攻击的特殊价值。在制订更为详细的行动方案前,欧阳格觉得有必要和大家一起喝喝茶,说说题外话。

招呼行动小组坐下后,他说:"我小时候听父亲讲过一个佛教故事,说来给大家听听。"

欧阳将军怎么会提及平时很少说起的父亲?安其邦感到有些费解,他假意喝茶,心里却在盘算。

欧阳格虽然自己不提,但身边的人都知道,他的父亲欧阳竟无居士,其佛学修为早已名满天下,著述与弟子不知其数。但这些凡夫俗子眼中的虚名,并不能让大家对这一位佛学大师的思想了解更多。而他的儿子今天谈起了这个话题,让安其邦心存期待。

"一个日本高僧的故事。"欧阳格说,"他是日本著名的一位和尚,名字好记,叫一休。休息的休。"

"有一次,一位高权重的将军,要举行一次盛大的佛会,所以召集了各路高僧前来讲法。并且放出风来说,如果谁讲得好,就奖励黄金一百两。对了,这就有点像擂台比试,只不过比得不是武功,而是表达佛法的水平。"说到这里,欧阳格环视了一下,见大家静候下文,在慢慢品了一口茶后,又不疾不徐地说开来。

"可以想象到,佛会那天的不凡气象。上百名僧人,他们身着锦绣袈裟,手携镀金禅杖,一派堂皇富贵气象。对了,唯有一休特别,他身披破烂僧衣,手持一条柳枝,显得格格不入。但他不以为然,也是一样昂然地赴会。旁边有人看不明白了,就问你

位于黄浦江与苏州河交界处的外滩公园

怎么会这样，莫不是买不起一身袈裟？"

　　欧阳格稍停了一会，看到大家都没有说话，等待他揭开谜底，于是接着把故事讲完。

　　"一休说，我并非一无所有，在这身破衣烂衫里，其实盛满了习习清风，正所谓身贫道不贫。接着，一休从容淡定，开始宣讲佛法。讲法结束后，他不像别人那样，去等待将军评定，而是将柳枝抛在地上，转身飘然离去。"

　　欧阳格说到这里，看大家还在做倾听状，笑着招呼着："各位，这个故事说完了，一起喝茶，喝茶。"

　　安其邦将心比心，知道弟兄们意犹未尽，又猜出来长官欲擒故纵，所以替大家请求："长官，你其实还没有说完。"

　　"是吗？"欧阳格故作姿态说，"我父亲只对我讲了这些，如果你们还要我说，我不妨说说这个故事给我带来的心得。"

　　"这是一个对自我认识的故事。"欧阳格显然深思熟虑，他说，"一休何以能把一身破衣穿得如此洒脱,在众僧面前鹤立鸡群?因为他有足够强大的自信,他知道自己行动的价值所在。你们也许要问,知道自己的价值就可以了,何必要参加佛法大会呢?我想,他是为了光大佛法,通过自己的参与,展示自己无上的自豪与自信。"

欧阳格说到这里,站起身来说:"你说我们只有两艘小艇,其中还有一艘坏了,我们跑到上海来干什么?"他走到窗前,推开窗户说,"外边的黄浦江上,我们的快艇挤进去,就相当于水面上的一片树叶。但是,树叶也有它的价值。"

"老话说得好,文无第一武无第二。"他重新回到茶几边,对大家说,"所以,听我的故事是没有意义的,有意义的,是我们要打响海军抗战的第一仗!"

听了欧阳长官的一席话,安其邦这才理解他的良苦用心,他不由得站立进来,同伴也都跟着站了起来。大家虽然不便大声表态,但在心里,却喊着一样的声音——打响海军抗战的第一仗!

欧阳格觉得效果达到了,他没有再说多余的话,而是和大家一起针对侦察的情况,又一次研究、制订了具体的作战方案。最后,把攻击的时间定在 16 日的晚上。

16 号是一个好天气,原本准备在龙华的饭店里静候出征时刻的欧阳格,听到了前线传来的好消息后,明显坐不住了。

中国空军出动 32 架飞机,在吴淞口、浏河一带轰炸敌舰,以及中国陆军包围日海军驻沪司令部、击毙日本武官本田的消息,让龙华一带百姓兴奋不已。

走出房间,欧阳格在饭店内外,都能被一种胜利的情绪感染。空军、陆军都建树立功,将军摩拳擦掌地想,是海军攻击的时候了。

欧阳格内心这么一激动,大脑又开始活跃起来,他这时突然生出了一个冒险的想法。但他没有向大家透露,而是在送走"史 102"艇的突击小队后,他才戴上凉帽和墨镜,叫上了贴身警卫,顶着午后的酷日,驱车赶往外滩的公共租界。

车到达南京路时,欧阳格看了一下表,时间才过下午 3 点,他觉得自己心急了一些,出发早了。

既来之则安之,他让司机停下,自己和警卫一起下了车。此时正值午后的酷暑天气,是太太们午睡后打麻将的时间,南京路上人不多,有轨电车和人力车在宽阔的路上跑得格外欢快。欧阳格一路慢悠悠地晃荡,从路口出去拐向外滩时,正是下午 4 点,他径直走上了华懋饭店的台阶。

守在门前的小郎,用标准的鞠躬礼把他迎进了厅门,进入大堂的欧阳格摘下眼

镜,突然听到了一阵巨大的爆炸声。强烈的冲击气浪,让厅堂四周的玻璃哗啦啦地直响,壁上的挂钟在抖动中几欲落地,整个大堂响起了不知所措的惊呼里,中间夹杂着女人刺耳的尖叫声。

在大多数人躲向柜台、沙发等角落的同时,欧阳格快步冲到门外。他吃惊地发现,就在自己刚刚通过的外滩南京路口,一片黑色的浓烟正升腾而起,冲出浓烟的哭声和叫喊声连成一片。欧阳格的目光飞快地向着空中搜索,布满阳光的天空中,他隐约看到了一个银色的光点。

无论是我们自己的飞机,还是日本人的飞机,欧阳格在想,谁都不可能把爆炸的目标锁定公共租界。误炸?他的头脑中掠过一丝阴云,坏了,欧阳格特别担心,自己的空军误炸了外滩。

欧阳格心里一沉,顿感手脚一阵冰凉,站在门口他还想多观察一会出事地点。听见救火车、救护车、警备车的呼啸声,他才重新走进了华懋饭店。进入客房后,他坐在椅子上,一言不发地待了很久。幸好空军是蒋夫人掌门,他想,但怎么都要找几个替罪羊吧?

他的想法和天色一起黯淡下来。

华懋饭店又叫沙逊大厦,它的底层和一、二层是商场,三层是沙逊洋行写字间,四至九层为客房、餐厅和舞厅,十层以上是沙逊家族的自用房屋。

欧阳格要的房间,是客房的顶层第七层,位置在东北角。这是他精心选择的最佳位置,一方面可以看到"史102"艇的进攻线路,另一方面,可能直接观察到停泊在靠苏州河一侧的"出云"号。

突如其来的意外爆炸,让华懋饭店的周围变得不太平静。晚上7点多钟,在草草地吃了晚饭后,欧阳格走出了饭店门外。向南看过去,下午发生爆炸的地点,远远地围着还在观看、打听和议论的人群。而饭店楼底的几层商店,它的客人,似乎也比往常少了许多。

欧阳格惦记着越来越近的偷袭,下午的误炸让他对即将开始的行动产生了隐忧。不由自主地,他走向了外滩公园。踏过一片散发着清新味的草地,又穿过了一片郁郁葱葱的树林,他的目光扫过黄浦江,慢慢地落到了苏州河上。

日本第三舰队的旗舰"出云"号,像一个狡诈的匪首,躲在炮舰保镖式的护卫之下,让人很难找到攻击的角度。

在弧形建筑带星光闪动的一侧,他在一条长椅上坐下,面对灯火辉煌的江景和

出击后"史102"号鱼雷艇中弹沉没于外滩九江路附近

灯光昏暗的河景,他突然想要吸烟。等到警卫买来了香烟,行人明显地多了起来,看到有人试图和自己并坐在一条靠椅上,欧阳格此时完全失去了继续静坐的兴趣。他站起身,离开了清风美景的纳凉公园。8点钟了,他又看了一下时间,突击小队就要出动了。

再回到华懋饭店,气氛已经宛若从前。身穿红色鲜蓝色中式服装、下佩直身开衩裙的淑女,以及身穿吊带丝质长裙的时髦女郎拾级而上,她们细长的高跟鞋让夜晚出现了灵动的响声。

舞会就要开始了,欧阳格想,这就是上海,多彩的夜生活和军事偷袭,居然在一个舞台上同时登场。

伴随着楼上传来的舞曲,水一样地慢慢泻下来,欧阳格和警卫一起,开始了在窗边的不安守候。

夜晚的黄浦江,外滩的江面上波动着明晃晃的灯光,显得十分刺眼。欧阳格借助望远镜看过去,东面的公共租界江面,舰船林立,一片灯火通明的景象如同白昼,而北边泊在幽暗处的日本舰队,则像是躲在连鬼火都见不到的地方。

这样的情状,让他不得不担心:从明处一下子到暗处,高速行驶的"史102"艇,能不能适应这样的攻击环境?

事后证明,他的忧虑毫不多余,只不过是于事无补而已。

"史102"艇顺利地通过十六铺中国守军的防线后,又机警地躲过了日本炮艇的巡防,但是到达公共租界区江面时,却被明晃晃的灯光照得失去了目标。

加大马力前进的结果,导致快艇一路冲到陆家嘴附近江面时,仍然没有发现"出云"舰的位置。但是,日本军舰已经发现了来袭的中国快艇,黄浦江上骤然炮声大作。

快艇驾驶台上的安其邦,完全没有料到,偷袭会在灯光如此刺眼的江面上展开。

为了不暴露目标,"史102"艇两部主机一直低速运行,以此把机声降低到最小。但驶入外滩的江面之后,一片通明的环境下,想不暴露则是异想天开。开足马力,这是安其邦的第一反应。凭着白天侦察的印象,他知道快艇必须绕过左侧英、法、意国的军舰,所以他果断地把方向打向了右侧。

全速,冲过去!安其邦发现了眼前黑乎乎的日本炮艇,立即压声发出命令。

像手拉缰绳向上一提,快艇的艇首如马头一样跃起,昂首加速向前。但右转的方向大了一些,高速前进的快艇,几乎驶向了江的东岸。当安其邦发现不对,迅速调整方向时,快艇已经暴露在敌人的火力范围内。

枪炮声首先从快艇的右前方响起,随着快艇调转方向而去,它的右后侧,形成了一个扇形的火力网。从黑暗中摸上来的快艇,通过一片炫目的江面,再接近处于黑暗中的攻击目标,只是一段极短的时间。光线跳跃式变化,对于快艇上的攻击队员来说,则是前所未有的经历。

眼看自己已经暴露,安其邦高声命令——打开探灯!

这时,前来偷袭的"史102"艇,完全暴露在敌人的面前。当偷袭变成了强攻,唯一的希望,只能依靠快艇电一般的速度和鱼一样的灵巧。

就在探灯扫过前方上空的一瞬,从标志性的三截烟囱上,安其邦捕捉到了"出云"舰。

离"出云"号大约只有1000米的距离了,在周围的枪炮声中,发射手紧张地等待着队长的命令。

安其邦和他一样紧张,但他没有动。

800米,已经到了正常的发射距离了,这时大家的心都提到了喉咙上。安其邦咬紧牙关,对自己说,再近些,再近些。接下来的航程,围绕"史102"艇,攻击的火力几乎要围成了一个圆圈。

26 偷袭"出云"

500米,水兵的报告声,带着明显的声带颤抖。

400米,300米,随着一声声的报告,攻击队员都明白,这是何等不可思议的距离!

"预备,发射!"安其邦发出命令之后,他的汗水,早已让全身一片潮湿。

听到战斗打响,欧阳格一个箭步冲到窗前,从警卫手中夺过望远镜。在两道弧光的后面,他看到了两团火从江面上升腾起来,在汇山码头掀起剧烈的爆炸声,当身边的窗子也产生了震动的时候,他的眼里火光一片,成功了!他想。

第二天,中国海军攻击敌舰"出云"号的消息,通过各大报纸传遍上海。

> 我海陆空军各建奇勋
> 日出云旗舰被我击中

报纸上的大字标题里,终于出现了海军抗战的消息——

> 数日来停泊在黄浦江面外白渡桥日领事馆前,指挥敌军作战的日旗舰"出云号"昨晚9时05分被我海军射击,轰然一声,震动全沪,将"出云"舰击中。该舰受创甚重,立向吴淞口方面驶去……

看到报上的消息,潜入在上海的海军特务队长张灵春,来到了曾一鸣的办公室,把报纸送到了中校的眼前。这张摊开在桌面上的报纸,仿佛是想用一声不同寻常的爆炸声,在两位海军军官中间,等待着他们的反应。更像是在随风而动中,暗示着一场风暴的来临。

27

冒　险

租界上到处都是街垒和铁丝网，恐怖气氛令人窒息

27 冒　险

曾一鸣的正式办公室,设在法租界里的海军联欢社,只有极少数的人知道,海军监造官现在正在主持水雷研制。

为了寻找安全隐秘的水雷制造工场,曾一鸣四下勘察,可谓费尽心机。东奔西跑,似乎别无良策之时,偶尔经过南市,一阵悠扬的木鱼敲打声夹杂着含混的诵经声,传到了他的耳边。循声来到一座寺庙,曾一鸣异想天开,决定借这一处佛门净地,布置水雷试验工场。

找到方丈后,曾一鸣并不隐瞒自己的真实目的,一五一十地这么一说。听说海军需要秘密制造武器,方丈没有等中校把话说完,便双手合掌,除了一声"阿弥陀佛",再也没说二话,便以整修为名,把后面的一半大殿全部交给了曾中校。

前面的佛堂香火依旧,后面则对所有香客关门闭户。香烟缭绕的特殊氛围里,海军的水雷研制,就这样在菩萨保佑的环境里进行。开始是僧人悄悄替海军望风,张灵春前前后后观察一番地形之后,觉得后门太逼仄,如果真有汉奸来探风,引来日本人的轰炸,连撤都来不及。

但是工场的设备东拼西凑才勉强凑齐,摊子刚刚铺开,从海军造船所、军械处抽调的技术人员也刚刚到位,立即就撤,显然不现实。

不得已,张灵春从特务队里选了几名机灵的队员,冒充做小生意,或者扮成香客,安插在庙门内外。与此同时,为了避人耳目,曾一鸣把白天和黑夜的作息时间颠倒过来,水雷研制一般都在夜晚进行。

安排妥当后,无论是近在眼前的特务队,还是远在南京海军部的陈绍宽、解夏等知情人,都在急切地等待着水雷成功爆炸的声音。

担任警戒任务的张灵春近水楼台,随时可以了解进展情况。正因为如此,他才比别人多一份深入内情后的焦虑,因为他看到的试验似乎裹足不前。

他私下里想,问题还是出在江阴电雷学校上。因为它肩负制雷的任务,海军部没有这一笔预算,所以水雷研制的事,一下子荒废了整整五年。但曾一鸣暗自庆幸,亏得在对电雷学校的探营中,金砺锋那小子机灵,摸来了进口水雷的说明书。每每打开这份珍贵的资料时,曾一鸣就对金砺锋的身份有了一种奇怪的猜测。

依样画葫芦,对海军的技术人员原本不是什么难事,就说张灵春是学航海的出身,对着水雷示意图,也能看出个子丑寅卯来。不仅能看,他还对水雷爆炸的原理烂熟于胸,给特务队讲起来头头是道。

海军特务队是刚刚组建的队伍,这个特别任务不为别的,就是为了实施布雷和

对敌舰进行水雷攻击。告别江阴之后,张灵春主动请战,因为他的"通济"舰已经沉入江底,他不能再当水下舰艇的副长。

部长对他的安排似乎早有打算,不假思索,让他到上海前线,出任特务队的队长。

新任特务队长张少校,不会去打无准备之战。他想起了《水浒》开篇中的八十万禁军教头、私走延安府的王进,这个人物的出现,是为九纹龙史进的出场铺垫的。那么,他理解在水雷试验成功之前,进行针对性的演练,也是未雨绸缪的铺垫。

这样,他就让陆队副集合起队伍,自己站到了队伍的前面。

在提起王进的故事后,张少校对队员说:"说一句大话,我就是这个教头王进,而你们就是一个个九纹龙,是水里的蛟龙。今后的水雷战,浪里白条张顺,阮氏三兄弟,一百单八将中的人物,就从你们开始。"

"记住,你们是将来的水军将领。"说这话时,他看了一眼身旁名叫陆军的队副说,"当然,你们大多来自海军陆战队,所以要向陆队副学习,最好能成为海陆统吃的两栖英雄。"

在士气高昂的情绪中,张灵春亲自授课,现学现卖地讲起了水雷课。

以锚雷为例,他说:"顾名思义,锚雷由雷体和雷锚两部分组成的。"张灵春在黑板上画着图示。"雷体通常呈球形,涂有黑漆,不易发现。雷体下部是炸药室,装有TNT炸药和电雷管。上部是空的,使雷体具有自动定深机件,控制水雷布设深度。雷锚是用来固定锚雷,锚雷是靠雷锚和雷索固定在一定深度上,使它不随波逐流。"

开始讲解的时候,大家听得都很专注,但毕竟没有实物,队员们总觉得差了一点直观感受。

张灵春有意考考大家掌握水雷原理的情况,谁知连军士长大王都能背下来了,口中像和尚念经一样念念有词:"它是一种触发水雷,有固定位置,固定在一定深度上,要与敌方舰船相撞,才会引爆。"

大王不仅会背,而且按照张灵春讲解的要点,找到了队员小胖,做出了一个锚雷的模型。为了更逼真,聪明的小胖,还在雷体上像模像样地做了五个触角,提醒队员,这是引起水雷爆炸的关键。只不过触角是由玻璃瓶做的,以此代替由锌杯、碳棒和装有电解液的玻璃管组成的真实触角。

所有队员通过模型都弄明白了,水雷的触角说白了,就是应用了电池的原理。也就是说,每一个触角就像一节干电池,锌杯等于是电池外层的锌皮;碳棒类似电

27 冒 险

池顶部带铜头的碳芯；玻璃管中的电解液就是电池中的黏稠体。

当舰船把触角碰弯时，玻璃管破碎，电解液流到锌杯和碳棒之间，发生化学反应，就形成了电流。触角产生的电流通到电雷管，电雷管起爆，引起水雷爆炸。这就是锚雷一触即发的道理。

模型做好了，原理也搞清楚了，每天吃完晚饭之后，大王让小胖带领一群小子，把模型放进江里，让大家一起玩水，熟悉水性。

张灵春当然了解，游泳是大王的强项，这也是在组建特务队时，他最终答应大王请战，把这个老海军带到上海的原因。

从制作水雷模型到晚间泅渡训练，大王却给了张灵春意外的惊喜。他想，生姜还是老的辣，这大王还真是有心人，他早早想到水雷偷袭可能会在夜晚进行，居然提前开始了实战准备。

上海前线准备出击的日本海军陆战队员

万事俱备，只欠东风，特务队秣马厉兵之际，水雷研制却还是无声无息。

这种骑虎难下的局面，在张灵春看来，仿佛武松喝完酒到了快活林，却突然找不到了要打的对象蒋门神；又仿佛，两军对垒、激战正酣之时，百步穿杨的小李广花荣找不到了箭，百发百中的没羽箭张清，摸不到了神奇的石子。

更让海军特务队深受刺激的是，电雷的快艇居然抢在中央海军之前，远征上海偷袭成功。身为特务队的长官，一向稳重的张灵春终于也坐不住了。

带着快艇袭击"出云"舰的报纸，张灵春进了寺庙，直接找到了曾一鸣的临时办公地点。

曾一鸣的办公室，在位于大庙后院的一间禅房内。

伴随着沪战打响，海军的水雷研制，正不分昼夜地进行。最近四五天，曾中校一直住在庙里，夜以继日地加班加点。看张灵春不请自到，曾中校不用睁大布满血丝

的双眼,就知道他因何而来。

所以,连报纸翻都没翻,便问:"你是给我送战报的,还是问我要水雷的,还是二者兼而有之?"

张灵春还真被他问住了。他愣了一下,本来准备说是来要水雷的,却又不忍催得太急。头脑转了一下,才似开玩笑地说:"我是来说评书的,这真是'杨志押送金银担,吴用智取生辰纲',电雷一战,倒是帮了我们海军的忙了。"

"你是这么看的?"曾一鸣停下了手上的工作,用毛巾擦了一把汗说,"我看欧阳格这出戏,有点像武松醉打蒋门神。被打的人不会善罢甘休的,我们海军上海基地,很快就会成为敌人的靶场了。"

看到张灵春点头,他又说:"还有,这座庙你得给我盯紧了,现在是试验最关键的时刻,不能让汉奸特务的鼻子够着这里。"

张灵春怕打扰他工作,坐了一会就准备告辞,曾一鸣说:"马上我们开碰头会,你既然来了,就不妨听一下。"

话音未落,技术人员就跨进门来,没等人到齐,就开始说开了。曾一鸣摆摆手说:"你们不要急,等大家坐定了再说,还是老规矩,别在老问题上绕圈子,我要的是办法,是解决问题的思路。"

大家先是一个个地汇报工作进展,说着说着就开始七嘴八舌地争执起来。在一旁听会的张灵春这才发现,研制水雷根本就是和打仗一样,连会上的气氛都有些紧张。听了半天,大的脉络弄明白了,水雷研制之难,难的它是一个有机联系的整体。

大王模拟的雷体好做,但实战的锚雷,雷壳必须是一个密封的壳体,用于安装引信、辅助仪表、功能部件与装载炸药。对它的基本要求,除了具有一定的强度与稳定性,具有良好的密封性和抗腐蚀性外,还要求具有合适的浮力。

仅仅从雷体在水中所受的作用力来说,张灵春细数了一下,主要有四种,包括静压力、动压力、重力和浮力等。前两种决定着雷体强度的设计,后两种则决定着对雷体的运动与平衡的考量。

但技术问题还不是最紧要的问题,关键是有的设备买不到找不着。此时会上争论的焦点,集中在一个问题上,蒸气溶药锅怎么办?

在给雷体炸药室装药之前,**TNT**炸药必须经过溶解才能使用,而技术工艺安全规程要求,必须选择特制的蒸气溶药锅。这种锅跑遍上海都没有,巧妇难为无米之炊,制造水雷的最大问题,现在是"巧匠难为无锅之炊"。

27 冒 险

争来争去,两派的意见相持不下。一是冒着随时爆炸的风险,寻找蒸气溶药锅的替代品;另一种意见则是,必须按照计划和规范来做,切不可坏了规章制度。大家争得面红耳赤,张灵春看看曾中校,心想该是他决断的时候了。

"舍不得孩子套不住狼。"曾一鸣说,"现在别谈什么计划。如果说计划,陆军的进攻早就应该把日本人赶出黄浦江、赶到浦东去了。也别说什么规则,日本人向平民扔炸弹,他也不讲什么规则。现在我们研制水雷,就是要冒过去不可能去冒的风险,承担过去不可能承担的后果。"

"我同意用铝制锅代替蒸气溶药锅的方案。"他一锤定音地宣布,"但是,千万不要忘了,我们已经违反了操作规范,在其他方面更要格外小心。"

他交待说:"一是对锅的清洁;二是在操作上注意轻、稳、准、细,避免拖拉、碰撞、冲击、摩擦;三是控制定员、定量规定。"

曾一鸣看了看大家说:"我说的这些不算,技术小组长会后拿出一个规范,我们碰头后严格照此执行。"

大家离去之后,张灵春上来夸奖说:"学长会开得好,我在一边学习了。"

"你还别跟我说好不好。"曾一鸣靠在椅子上叹了一口气,"外面有不少人说我们中央海军是英美派,摆出一副绅士的派头。其实我们是穷人过日子,自有穷人的办法,你听说过水雷叫什么吗?它就叫作穷人的武器,想跟日本的铁甲舰队周旋,如果我们没有水雷,只有找死的份。"

"那你能不能给属下透个底,第一批水雷什么时候能搞出来?"张灵春不失时机。

"你是把我当成算卦的了。"曾一鸣从椅子上站起来,指了指门外说,"如果外面相安无事,月底总该差不多吧。"

也就是十来天了,张灵春心里听了高兴,出了寺庙他兴奋地想,第一仗我们应该攻击什么目标呢?其实,这个问题一闪即过,只是眨眼间的思考,因为他立即有了肯定的答案——袭击"出云"号。

遭遇中国海军袭击的"出云"号,因为"史102"艇没有充分的瞄准时间而躲过一劫。从快艇发射出的两枚鱼雷最终击中了码头,爆炸后的冲击波在震坏"出云"舰艉的同时,也让舰上的长谷川清大为恼怒。

这一天他本来情绪就不高,中午向大本营发出了请求增兵的电报后,东京一直

未有回复，等到晚上 7 点，他又一次发出机密急电，在请求增援的同时，还提出了从旅顺调兵的具体建议——

  今激战。我陆战队蒙受惨重损失。虽士气仍极旺盛，誓死维持战线，然而根据敌之兵力集中，预料今后每日将有激战。由于疲惫及兵力损耗，很难再维持六日。如果急派国内兵力有困难，请考虑先将旅顺待机的特别陆战队派至该方面。运输上如有困难，可着第八战队之两舰急驶旅顺。

发完电报后，长谷川一人关在屋里生着闷气。想着事变之后，自己一次次要求增援的建议，而大本营却迟迟议而不决，不免心里憋足了一团火。国内这时传到上海的各种消息，足以证实大本营的矛盾日益公开化，他想，此刻的东京也免不了明

躲避战火的上海市民

争暗斗。

正如长谷川估计的那样,中国领导人蒋介石的"庐山谈话",这篇措辞慷慨的演讲,在东京却没有什么特别的反响。在强硬派的眼里,这一事关中方政府态度的言论,不过是虚张声势或故作镇定而已。沪战打响的第二天,关东军提出的《处理时局纲要》发往东京,和这一观点不谋而合——

> 我们不仅要消灭在华北的中国陆军和其他军事力量,而且还要迅速占领上海……
> 取得对山东的控制,进行空战,然后通过这些步骤在短期内达到我们预期目标,并使所有抵抗迅速结束。

"在南京政府停止抵抗并投降以前",不要进行外交活动去谋求解决办法,关东军提出的这一主张,此时逐渐占了上风。而参谋本部作战部长石原在事变后坚持的"不扩大方针",遭到了包括作战部内部同僚的反对。

坚信日俄必有一战的石原,不愿意看到日本军队陷入对华作战的泥潭,他走进陆相杉山元办公室,推销他谨慎从事的主张。

他说:"一旦任由战争发展,几乎就有变成全面战争的危险。如果这样,日本就会像拿破仑在西班牙那样,在中国陷入泥沼。"他还进一步提议,近卫首相当立即飞往南京,和蒋介石直接会谈。

他的建议和努力,在周围的反对声中一一宣告失败,但在对石原围攻的同时,东京的决策也出现过摇摆和反复。这也正是第三舰队的援兵请求,没有得到迅速回应的原因所在。

在上海的长谷川清,并不了解其中的复杂缘由。正是他处于不解和担忧之时,他的耳边响起了剧烈的爆炸声,庞大的"出云"号在江面上摇摆不停。

第二天,怒气未消的长谷川,找来了第11战队的指挥官和首席参谋。一见他们进门,他便走近中村,劈头盖脸地质问道:"中国海军主动攻击舰队旗舰,你的报告上,有这么一条预警吗?"

中村自负,平时很少被长官训斥,遇到司令长官恼火,脸一下挣得通红。

长谷川看了他一眼,又盯了一眼垂头站立的第11战队司令官谷本,他更不满意的其实是谷本。守着一个战队的炮舰,居然还让偷袭的中国水兵从眼皮下逃脱。

考虑到少将的面子,他只能把火发给了自己喜欢的中村身上:"你们以前都信誓旦旦,说中国海军绝不可能出击,中村君,你的判断究竟从何而来?"

站在指挥室一侧,中村低头不语,心想,自己从来都没有认同中国海军只有被动挨打的论调,这是典型的大池式思维,奇怪的是,战队的谷本司令怎么会轻信了他的意见?还正式上报了舰队的司令长官?

"这些天,我们的航空兵一直在对付中国陆军。"长谷川来到舷窗前,"现在我们要让他们的海军领教一下空中的轰炸。"

"为保证轰炸的效果,"他对中村下令说:"情报组要把中国海军在上海的重要目标一一标注清楚,我要彻底摧毁陈绍宽的家底。"

带着司令长官亲自下达的命令,中村离开了舰队,直接赶往虹口的接头地点。

这是"八一三"战斗打响后,他第一次上岸执行任务,离开"安宅"舰时,大池不怀好意地朝他笑了笑。

他知道大池笑的意思,潜台词无非是有机会和女人见面了,都什么时候了,还想这种事?中村快到按摩院的接头地点时,心里在想,人的思维真是千奇百怪,可能在大池的眼里,男人和女人只要一见面,就是心照不宣的那点事而已。

大池真是不了解智子小姐,不了解一个女人的收放手段,她总能让你充满遐思,又总是保持着交往的分寸。中村一路上,在心里嘲笑着大池,而当他走进约定的房间,和智子见面后,他才发现,真正不懂智子的其实是他自己。

对海军基地的情况,智子显然早有准备。一见面,她就把门关紧,然后快速地脱下单薄的衬衣。中村正感到吃惊时,见她熟练地从乳罩里抽出唇膏,才知道她是要交给自己情报。

自觉多情的中村,不好意思面对眼前突现的春光,看了智子一眼,见她毫不在意,也就放松了下来。

两人坐下来梳理轰炸的目标时,中村发现智子的情绪非常亢奋,他从来没有见过她这样毫不掩饰的兴奋。中村只当是她今天状况有些特别,他并不知道,智子刚刚得到了自己被大本营嘉奖的消息。

智子知道这样的喜讯,暂时还不能和中村分享,但她觉得自己的情绪可以让对方受到感染。智子愉快地谈起战事,在说到帝国军队很快会攻占中国首都时,中村看到她眼里跳动的火花。中村还看到,她的身体因为兴奋而放松地跳动,她把衬衣披在身上,娇媚的身体像举着绸布舞蹈。

27 冒 险

中村很快投入了她的心情陷阱,这是他和智子相识几年来,从来都没有见到的景致。

一个令他无数次心动的女人,今天似乎丢掉了一切伪装,这种难得的幸福让中村害怕稍纵即逝。他的头上冒出了许多汗珠,智子看到,笑得花枝乱颤。一边笑一边移到了中村的身边,亲昵地在他的脸上擦拭着。

一股淡淡的体香让中村小腹热了起来,此刻中村觉得

国军教导总队装备的德制坦克

特别受用的,不仅仅是因为一个女人和他的亲密,关键是眼下的女人,她这时的改变,让他有了一种满足内心的快感。中村心里像着火一样,他顺势拥住了智子,他的动作虽然果断,其实还是在试探。而智子这时的反应,却让他目瞪口呆,让他完全不能适应。

他感觉到智子火热的嘴唇,一下子贴了过来,连同嘴唇一起扑来的,还有一个滚烫的身体。他听到智子热烈的声音中带着娇喘说,快,快一点,然后身体就开始伏过来。这样一个快法,中村此前不敢想象,但心中又有种隐秘的期待。

女人怎么会这样?是什么,让她主动地打开了身体?中村对智子突然爆发的热烈,显然没有思想准备。但他怎么舍得错过?就在智子的身体压过来之时,中村完全明白了她通过身体的提议。中村移动着自己,积极地响应着。

显然,他的动作过大,在自己倒下的一瞬间,他清楚地听到了杯子打翻在地的

声音。智子的身体缩了一下,中村这才觉得,杯子落地的声音很冷,冰凉得像一把刀,一下子刺进了他热血沸腾的腹间。

等到智子再一次搂紧他,中村突然发现,自己的身体出了问题。他不好意思马上示弱,而是扳过智子的身体,像是用调情的口吻赞叹:"多香的身体呀,让我慢慢来尝一尝。"

聪明过人的智子,感觉到了中村的掩饰,她收敛了身体里的兴奋。脸上还保持着不变的热情,用一种看似商量的口气说:"其实,我们应该把激动的高潮,留给占领南京之后。"

她的提议,让中村的身体彻底地瘫软下来。

28 船 与 舰

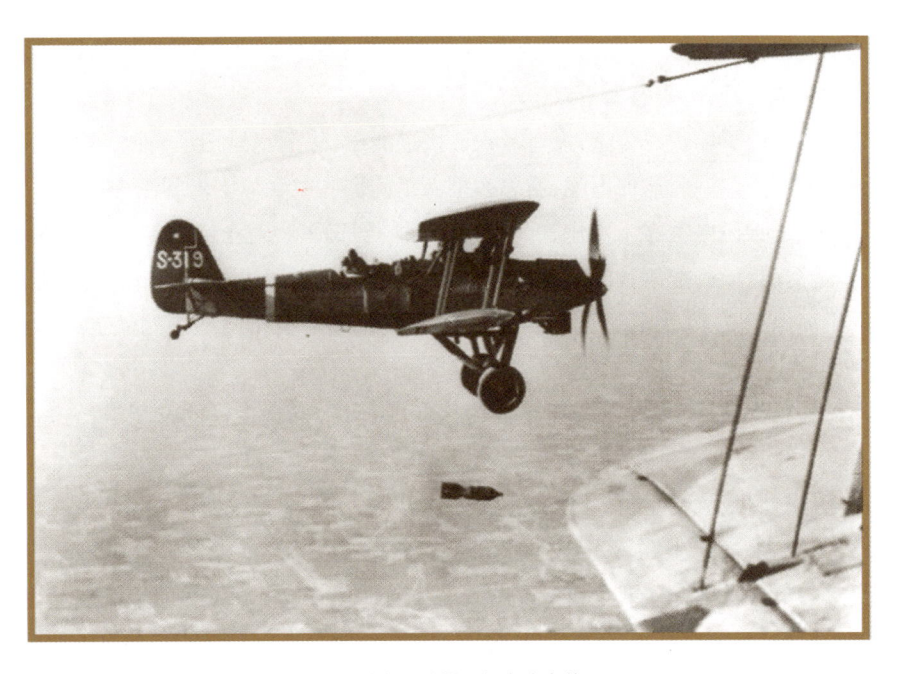

日军对中国地面目标实施轰炸

在电雷偷袭"出云"舰的四天之后，8月20日，长谷川清派出航空队，开始对海军部在淞沪的军事机关和兵工厂，进行了报复性的狂轰滥炸。

投弹激起了阵阵爆炸和一片片火光，海军司令部、江南造船所、海军军械处、海军制造飞机处、海军无线电台、海军警卫营驻所、吴淞海岸巡防处等无一幸免。

8月25日，正在造船所修理的"永健"炮舰，在屡遭空袭、不断与敌机周旋反击过程中，终于被击中沉没，缓缓沉入造船所的码头前。成为在敌人空袭中，中央海军第一艘被炸沉的作战舰只。

接到战报的解夏，有一种无以言传的酸楚。他在心里默想了一下，"永健"舰1917年正式服役，算起来正好三十年。它本是江南造船厂生产的，如今沉于此处，就像长大的孩子最终死在母亲的怀抱，多少会让人产生悲情的联想。

战报在手，解夏不敢怠慢，出门去找孙副官交送部长。他感觉到脚下有些重，这是人的心情在脚上的自然反应。三天前，江阴封锁线上的"宁海"舰击落一架敌机，接到这份战报时，他几乎是跑步来到了部长室，那天的步子是多么轻快。

步态懒散的解秘书，在走廊上遇见了孙副官，正准备把战报交给他，谁知副官却说："来了正好，部长有请。"

解秘书进了部长办公室，没有外人。接过战报，陈绍宽只扫了一眼，就把它往桌上一扔说："找你就为这件事呢，看怎么把海军的那些家底从上海弄出来。"

原来，听说电雷在上海出击后，海军部料到日军会对上海的海军基地进行报复，于是提前行动，把值钱的能撤能带的，都紧急转移到了法租界。部长让解夏一方面同上海保持联系，另外必要时要请交通部帮助，看怎么把这些东西从上海运到后方。

部长一交代，解夏就明白了下面的任务，听到门外有轻轻的敲门声，立即就要告辞。

部长却用眼色制止了他，让他不要理，门上的轻响果然就停了。

部长和他一起坐在沙发上，解夏觉得屋子里有些闷，他起身打开电扇时，觉得部长室的华生电扇太老旧了些。于是跟部长说："早该换一台了，还是美国'通用'牌子电扇好用，工作起来声音小，几乎没什么噪音。"

部长说："都什么时候了，南京已经开始躲空袭了，还能穷讲究这个。"说到空袭，他把手中的茶杯盖，下意识地盖在杯子上。分析说："日本人首先炸的都是军事目标和设施，我最担心的是，他们把水雷工场给炸了。"

"部长放心,它已经从寺庙里搬出来了。现在的落脚地具体位置,曾一鸣没说,只是说离法租界很近,我想是在枫林道的航道测量局吧。"

"他现在倒是谨慎。"陈绍宽翻了翻桌几上的日历,表示出对水雷试验时间的担忧。

中国海军上海南市高昌庙基地一带惨遭日军轰炸

看到部长焦虑,想到黄浦江上、江阴封锁线上、厦门要塞,许许多多地方都等着水雷,解夏的心里又充满自责,又一次为探营电雷后没有紧急反应而不安。

他的神情变化,陈绍宽都看到了,想起曾一鸣同样的自责,他觉得有必要让他们放下包袱,轻装上阵,尤其是此刻主持水雷研制的曾一鸣。

想到这里,部长说:"你不妨以你的名义,给你同学发去一句诗,就叫'画眉深浅入时无'?看曾一鸣怎么来对这个下联。"

部长看似开玩笑,其实心里也放不下,出了办公室,解夏就把一句诗的电文任务完成了。然后,又接通了交通部崔先生的电话,把部长的另一个交代,先和他通了一个气。

崔先生率领商船到达江阴以后,没想到征船的事变得没完没了。

20艘商船是第一批,接着又征用了"公平"、"万宰"、"泳吉"等三艘商轮;然后是紧急征用民用船、盐船185艘,满载石子沉入封锁线的空隙中;这还不包括海军在镇江、芜湖等地缴获的"吉安"、"贞安"等8艘日籍趸船,也先后一一被拖到封锁线凿沉。

从江阴回到交通部后,崔先生立即赶制了江阴沉船首批20艘民用船只使用情况的汇报表格。

嘉禾	国营招商局	总吨数	1732
新铭	同上	总吨数	2133
同华	同上	总吨数	1176
遇顺	同上	总吨数	1696
广利	同上	总吨数	2300
泰顺	同上	总吨数	1962
迥安	惠海轮船公司	总吨数	1377
通利	天津航业公司	总吨数	2260
宁静	宁绍商轮公司	总吨数	1693
鲲兴	肇兴轮船公司	总吨数	2454
新平安	通裕商号	总吨数	1524
茂利二号	茂利轮船局	总吨数	1574
源长	中威轮船公司	总吨数	2264
醒狮	三北轮船公司	总吨数	2018
母佑	中国合众码头仓库公司	总吨数	1173
华富	华胜轮船公司	总吨数	3251
大赉	中兴煤矿公司	总吨数	1671
通和	和丰新记轮船公司	总吨数	1233
瑞康	寿康轮船公司	总吨数	2316
华新	华新公司	总吨数	2338

共计 20 艘，总吨数 37969 吨

看着这一纸轻飘飘的报告，崔先生在手中掂量了一下，苦笑着想，它的重量谁又能说得清楚？

28 船与舰

他拟了一个文头,然后交到罗处长手里。罗处长看了一下说:"江阴的事,你就不用再管了,这份文件我们和海军部会签后,就可以直接上报行政院了。"

崔先生说起了海军部解秘书的电话,罗处长没有表态,而是把他领到了会客室。崔先生意外地看到,"江顺"轮的胡船长正在这里坐着,只不过装扮和过去不同。一身制服换上了便衣,淡蓝色的衬衣扎在西裤之中,显出了他持重之外的一份洒脱。

大家见面后,罗处长主持召开了一个碰头会。先说了交通部面临的前所未有的压力,一方面是沿海工厂学校纷纷内迁,另一方面抗日的支前军运也十分繁忙,这就给交通运输带来了巨大的考验。

罗处长在会上传达了俞部长对战时交通的指示,大意是交通的重要性,随着军事的发展而益加增进。

大家一听都明白,"抗战"与"交通"互为表里,不可分。所有交通方面,无论路、电、邮、航,以及公路、航空,都与抗战期间军事民事有直接关系。可以说,抗战以交通为命脉,而交通的维系,更以抗战的前途为依归。所以为完成抗战目的,必须增进"抗战"与"交通"相互联锁的关系。

大的道理讲完了,就是具体的任务分配。罗处长简略地介绍了沪战爆发之际,船舶的战时控制情况。为免资敌,航行中的海轮已经分别驶往长江、香港或其他安全地带。

香港方面,招商局"海元"、"海亨"、"海利"、"海贞"四大海轮,以及部分国轮奉命前往暂泊;长江方面,按计划驶入中游的船舶预计将有五六百艘。

对于来不及转移的商船,按照紧急出台的《非常时期轮船转移外籍办法》,暂时转为中立国国籍,正在转为葡萄牙、意大利、德国、希腊、巴拿马、英国、挪威、荷兰等国国籍的船舶,大约共有130艘,14.5万余吨左右。

交出家底以后,罗处长说起了对政记公司的担心。只有它置身事外,根本没有回应交通部的战时计划。

"黄海方面情况复杂。"罗处长忧心忡忡地说,"敌舰已经控制了出海口,现在关键是张政本这个老狐狸的态度。"接着,他交代了胡船长的任务,就是要往青岛和烟台方面走一走,做最后一次努力,另外也可以在公司员工身上做一些工作。

最后才轮到了崔先生的工作安排。"何去何从,你考虑一下。"罗处长说话的语气,让崔先生能够感觉到,处长的心里似乎有些复杂。

所谓选择,罗处长给了崔先生两个方向,一是继续联络海军,为封锁一个个要塞征集民船；另一个，他则暗示也可以回到部里，因为长江中上游空前紧张的航运大幕已经拉开，航道专业出身的崔先生当然是合适的人选。

　　离开会场的崔先生，头顶拱形的长长走廊，一边走一边陷入了思考。那边海军刚来过电话，还有下一步的事要做，再说临时换人似乎也不合适。正这么想着，路过了电讯科，眼睛似乎看到了什么，他不相信地停下了已经迈出去的脚步。折回几步一看，他真的傻眼了，小郭姑娘怎么会在这？

　　仔细一看，不是她还能是谁？只见她一身电讯女郎的制服，让他看到了过去不曾领略的另一番风姿。崔先生大惊，赶紧逃也似的跑了。

　　一头雾水，推门进了办公室，电话就打到了建委会，找到了龙科长。

　　对方说："我也才听说，还没有来得及和你联系。"接着，崔先生就听到了老龙的大笑声。崔先生问他笑什么？老龙说："一定是小郭不放心你，找一个近的地方好看着你。"

　　崔先生声音带着哭腔说："龙科长，这都是什么时候了，你还逗我。我只是想知道，小郭到底是什么来头？"

　　"这话你是问对了。"老龙透露说，"你可别小看了小郭，觉得她没心没肺的样子，其实她是一个有心人，当然更是一个有背景的人。你知道她是浙江人吧，但你不

蒋介石视察前线战事

知道,她们家在交通部里有人,和你们部长什么关系我不知道,但我听说,你的上司就是她的姐夫。"

崔先生愣住了,他把听筒慢慢放下,对着桌上的电话发起了呆。联想起自己调到交通部的事,以及罗处长对自己的奇怪表现,崔先生直到这时才发现自己原来是一个大笨蛋,是一个根本不能和小郭相提并论的大头呆子。

谜底一打开,崔先生心里不好受,竟有一种被捉弄的感觉。

不由分说,崔先生主动上门到了海军部,找解秘书分配工作。

他其实也没有想明白,自己躲开小郭姑娘到底是为什么?如果说是不想发生办公室恋情,人家也没有挑明谈情说爱这码事;也许因为她背地里帮过自己,有点让面子上过不去,要么对被人刻意安排感到不舒服?理不清头绪的崔先生,有一点想得很清楚,先到海军部落脚。

解夏看到崔先生来很高兴,说:"正好,晚上到我家聚聚。"

崔先生推辞说:"不方便,大热天会给你们添麻烦的。"崔先生说的是实话,夏天家里一般穿得都少,来了客人就要捂得周吴郑王似的。可这话在解秘书听来,纯粹就是客气话。

他说:"不单你一个,还有你的两位熟人。"

这个理由对崔先生很有吸引力。他脑子里过了一下,猜中了其中一个,莫不是金砺锋那小子?

中央海军在江阴击落敌机,别人听来只是一个好消息,但金砺锋却从中感觉到了高炮凌空的响声,和敌机在火光中拖着浓烟的情景。

"不夸张地说,我几乎都能闻到飞机落地爆炸后的焦糊味了。"他这样对钟虎说。

钟虎见他归队心切,就不再挽留,便把他一直送出宪兵大院,这次走的还是边门。门外树少,比不得大院里的郁郁葱葱,黄昏中的街道升腾着看不见的热气。临街的商家忙着把水泼在门前的当街上,在激起的一丝雾气中,开始晚间洗澡与纳凉的准备。

穿行在懒洋洋的街道上,钟虎此刻的本意,根本不想金砺锋离开,原因是案子没有完全结束。虽说黄濬的间谍组基本起获,但后面的人,尤其是那个长着美人痣的神秘女人,却依然半抱琵琶。

唯一的进展是她的身份清晰了一点，叫上官珠，是一家银行的职员。至于是哪一家银行，或者说是否真的就职银行，就连被她拉下水的黄濬都语焉不详。

被缉拿归案的小河，显然是知情人，对她的情况一定比黄濬掌握得要多，但他拒不合作。自恃外交人员，咬定豁免权，一副死猪不怕开水烫的样子。接下来当然可以通过外交途径，将其驱除出境，但这只是一种姿态。仗都打成这样了，日领馆的人不走也得走，只是上官珠还是一个谜。

钟虎一路这么想着，一看已经到了海军士官生小孔和小程上次动手的地方。

钟虎停了下来说："这就是上次教训小河他们的地方，回到舰上，别忘了替我向两位士官生问个好。"

"我也替他们谢谢你的关照。"金砺锋站在路口，执意让钟虎不要再送，他说："老兄我们就此别过，要不就送成十里长亭了。"

钟虎心里记着他就要上前线，想说点什么，但也不想说那种不明不白的安慰话，于是就亲热地拍拍他的肩膀。想了半天，说出来的竟然是一句没头没脑的话："就这样走了，也不和玉兰打一个招呼？"

这岂不是自讨无趣吗？中尉摇摇头在想，此前通过设计，把玉兰拉到了破案小组来，现在想来，当时的手段未免有点低级。

现在窗户纸都捅破了，人家一个单纯的姑娘会怎样想，这时再见面还会有感觉吗？他故作轻松地一笑说："玉兰的事，该归你们宪兵管，人家帮忙破了大案，又受了伤，可不能让她无家可归。"

"放心吧，"钟虎挤眉弄眼地说，"你的心意我一定带到。"

黄濬落网后，见不见玉兰，对金砺锋来说，是一个问题。

因为没有直接参加黄公馆的收网行动，所以，中尉并不清楚，玉兰到底是怎样受的枪伤？只是听说是为了保护证据，胳膊挨了一枪，被钟虎送进了海军医院。打听到玉兰的伤势并无大碍，金砺锋悬在半空的心，稍稍安定了一些。

好几次，他偷偷地摸到病房外，隔着玻璃窗探视着养伤的玉兰。病床上，她一如从前地平静，仿佛一切都没有发生。中尉和玉兰，这时他们中间的距离只有短短的两三米，甚至，他都能嗅到她的气息，但他实在没有勇气迈进病房的门。但中尉不想当逃兵，他要承担自己必须承担的责任，于是，他给玉兰写了一封信。

一份和盘托出后的信，由一位护士转交玉兰，做完这些，中尉觉得心中的结打开了。除了设计的圈套，玉兰如今的处境，完全出自她自己的选择。在离开黄公馆以后的

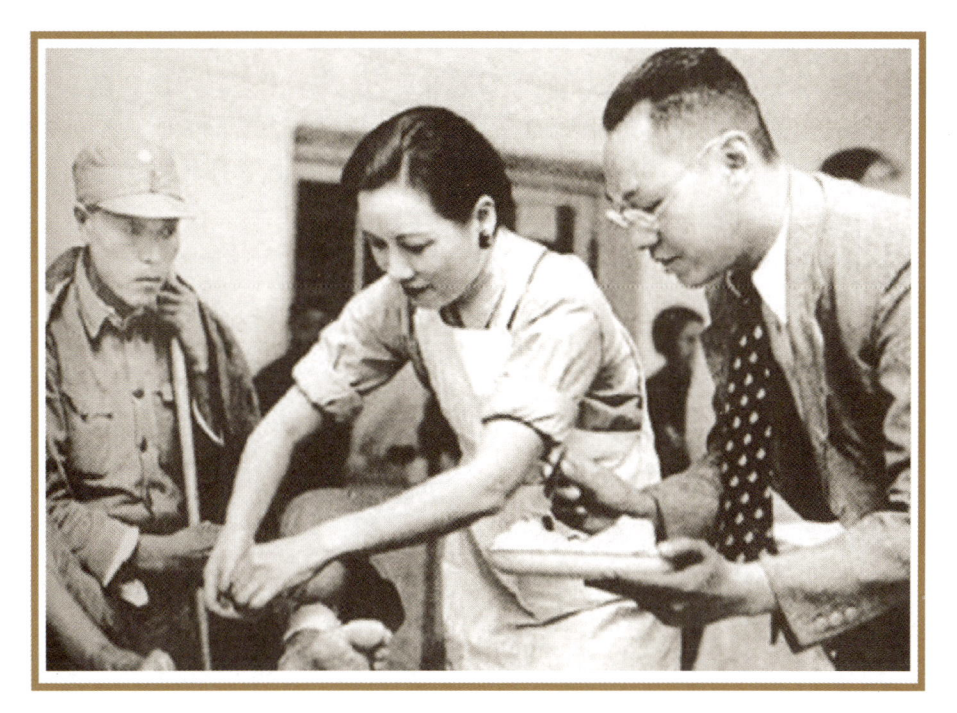

宋美龄在前线帮助救护伤员

日子里,中尉相信,她完全能够面对未来。在奔赴江阴前线之前,虽然中尉没有选择和她道别,但心中却充满了对她的祝福。

晚饭之前金砺锋如约来到了解府,和解秘书、崔先生见上面,整个人觉得一下子放松了。接过解太太龙慧菊亲手捧来的西瓜,一口吃下去,觉得又甜又凉,那个爽快,嘴里忍不住地赞叹说:"报告嫂子,这瓜真好,立秋都这么些天了,哪来这么好的瓜?"

"瓜跟孩子一样,要养。"慧菊给他递上了手巾说,"平常要把它储藏好,吃之前提前把它吊到井里冰两个小时,这些,也都是跟家里的吴嫂学的。"

除了远在上海前线的张灵春,江阴阻塞组的三位,在解府又聚到了一起。

崔先生一见金砺锋就说:"怪,其实分手也没多少天,但总觉得这时间很长。"三人正亲热地说着话,家里帮佣的吴嫂已经把饭菜端上桌了。

崔先生心里寻思着还有一人没到时,这时门响了,龙慧菊又领来了一位客人。崔先生和金砺锋都感到意外,来者竟然会是胡船长。

胡船长不是空手来的,他随身提着一个特大号的皮箱。一看箱子材质,就知道

它的价值不菲。大家都奇怪,连解夏心里都在犯嘀咕,这老长官怎么会带上这么个东西上门?但情况不明之际,这话是问不得的。

胡船长是何等练达之人,别人眼里的心思,他一看就了然于胸。他从容地和大家打着招呼,并不急于揭开谜底,又不紧不慢地喝了口凉茶,还让慧芬把两个孩子叫过来见了见面。

热闹了一会,慧菊对海灵和海军说:"咱们到一边去吃,别影响伯伯、叔叔说正事。"

崔先生和金砺锋都客气地说:"嫂子,哪来的正事,大家一起吃热闹些。"

只有胡船长没有表示客气,在慧菊他们离开之后,解夏举杯时,他却说,"我还真有一件事。"

大家都停下了筷子等他发话。胡船长离开座位,瞅了一眼客厅的灯光,把所有的电灯都打开了,屋里亮堂了许多。

这时,他提过箱子,小心翼翼地将它放平,然后慢慢打开。就在打开的一霎间,金砺锋迅速调整着坐姿,他的眼睛突然睁得老大。

他看到了那支木雕的海军舰队,也就是在"江顺"轮他曾窥见的秘密。

箱子里的军舰模型,像巨大的魔力,让大家纷纷离开了座位。

胡船长的皮箱显然经过了改造,里面分出了不同的夹层。胡船长找来几张报纸,把它们连接起来,平铺在地板之上,然后戴上了白色手套,把军舰一艘艘地排列出来。

做这些动作时,他一丝不苟的态度,仿佛正摆放一尊尊神像。他旁若无人的举止,似乎置身物我之外。

他的手势,像脸上的伤疤一样清晰;他排列的熟练程度,让人感觉到一个胸罗全局的主帅式镇定。整个客厅这时鸦雀无声,端着盘子上菜的吴嫂进退无措,呆呆地伫立在房间一角。

中央海军,青岛第三舰队,广东江防舰队,民国海军的所有舰艇,无声地集结在一起。

在海军部秘书解夏家中,在明亮客厅的地板上,在刊登着前方战事的报纸上,一个让人百感交集的兵种,它们舰容整洁地亮相在一次难忘的聚会上。

大家静静地围拢在舰队的四周,崔先生发现大部分的舰装是银色的,但有的舰艇却涂上了黑色。在这样沉重颜色的队列中,他看到了自己熟悉的"通济"练习舰,此时它庞大而苍老的船体,正隐藏在江阴水面的波涛之下,成为铁甲封锁线的一部分。

而海军军官解夏和金砺锋一眼看出,黑色涂装的 10 艘军舰,全部是已经殉难的舰艇。除了在江阴悲壮自沉的 8 艘之外,还有刚刚在上海被击沉的"永健"炮舰、在通州附近执行破除航标任务被敌击中的"皦日"测量舰。

胡船长站起来身,克制着情绪说:"从'一·二八'到现在,我和海军一起在置办这些家当,我一直把它当作宝贝一样珍藏。现在我留着没什么意思了,交给下一辈吧。"

就在大家不解之时,他对解夏说:"我们是老战友了,这事要拜托你了,把它交给你儿子吧,谁让他的名字叫'海军'的呢?!"

29

第一次爆炸

上海文化界展开救亡活动并争取获得国际支持

解夏发出的一句"画眉深浅入时无",向上海的曾一鸣投石问路,以期待他的回话。可左等右等,也没有等到他的音讯,而来自世界各地的时局消息和前线的战报,倒是收了一大摞,在每日为部里编发的要事简报中,以下事件被解夏列为重中之重的要点。

8月25日
朱德、彭德怀通电就职八路军正副总指挥,随即举行誓师大会
日海军第三舰队司令长谷川宣布对中国海岸(自上海至汕头)实行封锁
8月26日
上海战事重心移至吴淞罗店一带
张家口失守
日机在京沪公路袭击英国驻华大使座车,英国大使许格森受伤
8月27日
居庸关失守

上海街头的日本海军陆战队

8月29日

《中苏互不侵犯条约》全文在两国首都莫斯科与南京正式公布

8月30日

日军炮兵击中停泊于黄浦江之美国军舰"奥加斯日打"号

8月31日

日军全力猛攻吴淞，继以步兵登陆

蒋委员长对路透社记者发表谈话，认为国际间为谋整个安全，对日寇侵略应行干涉

日机轰炸广州

9月1日

美驻日大使要求日本停止轰炸南京及中国不设防城市

战事如此紧迫，似乎只有曾一鸣能够沉得住气，整整一个多星期都过去了，解夏看不到他的回电，只好当作水雷试验已经到了冲刺阶段。

以对老同学的了解，解夏估摸着，有两种情况会让曾一鸣进入忘我状态，一种是多日酝酿之后的灵光闪现之时，还有一种是陷入失败的陷阱之中不能自拔。解夏尽量往乐观的方面想，也只能朝乐观方面想，因为水雷试验，已经到了千钧一发之际。

在沪执行阻塞任务的海军练习舰队，于董家铺沉船之后，担心这一道防线尚不足以阻止日军溯江突破，向部里提出调拨水雷的请求。同样的请求还来自长江下游的防线，以沉船为主体的水下封锁线，如果能够布设水雷进行配合，自然会达到更好的防御效果。

千呼万唤之中，曾一鸣的电文回了。只有"秋分未渡黄浦江，犹觉水面雨点小"一句。

显然，也是让解夏来猜谜的。"秋分"指的是时间，"雨点小"是什么意思？他绕着桌子转圈子，口中喃喃。没想到，推门进来的孙副官听他自言自语，随口就答道："雷声大呀！"解夏激动地拍了他一下，高兴地说："讲得好！"

"你下手太重了。"孙副官用手揉了揉肩头，心里说：要么是他疯了，是么是战争让人变疯了。

风一样跑出门的解夏，直扑向部长办公室，他带着一个好消息，海军的水雷研

29 第一次爆炸

制成功了！水雷出击战将在秋分之前打响！

所谓秋分之前，只是曾一鸣的障眼法，它是一个过于保守的时间。这个时间，别说张灵春的特务队等不及了，就连他自己也等不及了。

海军太需要水雷了，海军更需要用这种穷人的武器开始迎战。在枫林道的水雷工场新址，曾一鸣和张灵春对立即出击，没有任何不同意见。但对于首战的攻击目标，却产生了完全不同的分歧。

挟水雷试验成功的底气，曾一鸣踌躇满志，带着锦上添花的渴望，他理所当然地把攻击目标，锁定了人所尽知、国人皆恨的"出云"舰。这个想法和他的名字一样，他想要"不鸣则已，一鸣惊人"的效果。

张灵春却有不同想法。他认为与其付出毫无意义的牺牲，去攻击一个根本不可能攻击的目标，不如量力而行，实实在在对敌人进行一次成功的爆炸。首战求大，固然可以理解，张灵春说："但务求首战必胜更为紧要。"

意见完全相左，讨论倒还和气，曾一鸣提议说："既然话不投机，那我们去听听大家的想法吧。"

说走就走，他们驱车穿过一条条昏暗的街道，进入了晚间城郊的村庄。

为免遭敌机轰炸，一路上不能车灯大开，坑坑洼洼的路就显得崎岖不平。

"快到了吗？"曾一鸣紧攥着扶栏问，"我的肠子都快颠断了。"

坐在副驾上的张灵春，回过头来说："快了快了，再坚持一会。"指引司机向一条小路拐过去。

车钻进了一大片黝黑树林，停在了一排弃用的民房前。

曾一鸣翻身下车时问："张队长，我给你找的地方强似这里百倍，你怎么会找这个鬼地方受罪？"

张灵春在黑暗中凑近中校说："你这话可不能让他们听到，我是琢磨着，仗接着打下去，特务队能有一个容身之地就不容易了。"

曾一鸣进屋之后，觉得里面倒也干净，手上刚端起大碗茶，张灵春手下的特务队骨干，已经拖过长凳什么的围坐在一起了。

听张灵春作开场白，曾一鸣稳稳地坐着。因为心里有数，只要提出出击敌人旗舰"出云"号的动议，特务队员不可能不举双手赞成。谁不知道擒贼先擒王呀，谁不知道打蛇打七寸呀？空军的炸弹不放过它，电雷的鱼雷对准过它，不管怎么打，打的道理都是一样的。

在油灯微弱的火光中,听说要攻击"出云"号,特务队员不仅脸上泛起红光,连眼神也兴奋地闪亮。性急的队员连屁股都坐不住了,甚至干脆站了起来,摩拳擦掌的样子好像已经胜券在握。

群情振奋,意见一边倒,张灵春不奇怪,但是心里有些失望。打仗,不能没有激情,不能一味地瞻前顾后,这都没有错;但在他看来,过分的激情,一定带来代价昂贵的牺牲。

大约是看到队长脸上的僵硬和不安表情,激动的会场才慢慢安静了下来,他们想起了还有另外一种意见。四周传来的蛙鸣也像是提醒大家,虽说曾一鸣是中校,但特务队还是队长张少校说了算,他毕竟是这支队伍的最高指挥官。

曾一鸣扫了一眼少校,看他正装作若无其事的样子,起身挑了一下油灯的灯芯,知道他心里在盘算着说服大家的理由。

他一定会有自己的理由。曾一鸣印象里的张灵春,表面上态度永远是谦虚的,甚至他还经常自贬自嘲,但你如果据此认为他妄自菲薄那就大错特错了。他的谦逊是一生的权宜之计,甚至是一种持久的人生策略。正像他对标新立异嗤之以鼻,是由他务实的原则决定的,是出于他对现实的过分尊重。

看到大家都注视着自己,张灵春尽量保持着温和的笑。此时他笑得有些勉强,生怕别人看不到他的宽容大度,所以口形很大,露出了大排洁白的牙齿。

"既然大家意见都一致,那我们就打'出云'号。"他说。他的这一态度,没有激起大家的欢呼,反而引起了怀疑。

看大家迅速地交换着眼色,张灵春恍若不见,还是笑着问:"陆队副,你来谈谈怎么打?"

说话间,他打开了一张黄浦江的示意图,大家凑到油灯前一看,原来是队长自己画的地形草图。

张灵春心平气和地问陆队副:"你来比画一下运送水雷的线路。突击队从哪里下水?运输工具是什么?怎样通过敌人的巡防?如何接近目标?由谁来接应?在哪里接应?"

副队长陆上尉在被队长点名时,才发现自己只想着攻击目标,而忽略了最基本的战术考虑。而再一看图,他心想自己冲动了,这几天的地形侦察,多半是自己领着去的,泊在汇山码头前的"出云"舰,外面的防守层层叠叠,岂容你划民船长距离奔袭去接近目标?

29 第一次爆炸

看陆队副哑口无言,再看特务队员都围着图不出声,曾一鸣想,这个张灵春真是个笑面虎,他在以守为攻呢。看他早有准备,心有谋划在先,中校没有表态。他在脑子里把地形过了一遍之后,觉得先谋后动的张灵春,不是一个糊涂的指挥官,怪不得部长会亲自点他的将。

"其实在电雷袭击'出云'号之后,我最想打的就是它。"张灵春说,"但这几天的实地侦察,我觉得太玄。"作为一队之长,张灵春此时特别注意说话的分寸,一是在大家的面前要给曾中校面子,二是也要在中校面前,维护他循循善诱的带兵形象。

"要不这样,"他用商量的语调说,"陆队副再带大家一起议议,仔细推敲一下,攻击'出云'号的困难,能不能一一化解?"

说完这话,他嚷嚷着拉上曾中校出去吸烟,然后就走出了屋子。

一片漆黑的野外,曾一鸣用稍慢一拍的脚步,调整着先前的进攻方案。他想,看来自己攻击"出云"号的想法,稍显执着了一些,自己关在门里研究水雷这么多天,在成功之后难免过于高调。

这时张灵春已经站在大树下,正煞有介事地擦起火柴,等着给中校点烟。

看着火光中的熟悉笑脸,曾中校说:"你不抽我也不抽,我看你是得了一笔补

上海街头巷战

偿，开始烧包了。"手里却接过香烟，在鼻子上闻了一下，并不去点火。

张灵春嘿嘿地笑，说："闲着也是闲着。"自己把烟点上了。

曾一鸣问："你也不怕小日本发现，用飞机来炸你？"

张灵春回答说："这个你不用担心，这里是空白区，要不是绝对安全，我哪敢把你带过来。"

曾一鸣摸了摸身下的石凳，一屁股坐了下来，他说："水雷第一仗在哪打，看来你这个队长是算计好了？"

"也只是有一个大概的想法，"张灵春也坐了下来，说，"我这不正准备向你单独汇报呢。"

"你也别向我汇报，特务队的事我管不着。"曾一鸣说，"我刚才是立功心切，贪大求全，所以整个心事都在'出云'号上，你还是按照自己的思路办。"说完心里想说的这一层意思，他放松下来，竟觉得烟味很好闻，自己也点上了。

两个烟头在黑夜里忽闪忽闪的，好似两个军官对话的热度。张灵春郑重其事地请曾一鸣放心，只要他人在上海，一定要搞"出云"号一家伙。相反，冷静下来的曾中校说，其实不必冒太大的牺牲。张灵春说打它不为别的，就为一个快活，就像大碗喝酒的梁山英雄替天行道，其实就是一个江湖行侠梦。

张灵春说这些时，手指突然感到了一阵灼痛，原来都抽到烟屁股了。他扔掉烟头时，觉得头上划过一道光芒。两人都发现，原来天上出现了一颗流星。这是什么兆头，两人都在想，答案都埋在肚子里。

第二天夜里，海军水雷攻击的第一次行动，按计划开始执行。

得天时之利，是考虑发动攻击的首要条件。

在下午的时候，仰望多云的天空，张灵春还在犹豫。因为要保证首战万无一失，他要的是阴天，要的是在没有月色的夜晚，向攻击目标三井码头悄悄地偷袭。虽说收集来的天气预报，给了他傍晚变阴的安慰，但他这人注定不见兔子不撒鹰，因为他的信条是，既然撒鹰就一定要拿下兔子。

正在他为兔子和鹰纠结时，大王走了过来，对他保证说："天气很快就会阴下来。"

张灵春问："你是怎么知道的？"

大王点了点自己鼻子说："我是从江风中闻出来的。"

对大王的装神弄鬼，张灵春多有耳闻，不全信，又不敢不信。但他生性又无比谨

29　第一次爆炸

慎,所以又问:"你还闻到了什么?"

大王摇摇头,大王在摇头的时候,其实本有话说,因为他还闻到另一种讯息。但他不能告诉队长,他清楚眼前的长官,担心一说,今夜的任务就泡汤了。军士长大王喜欢做汤,却不喜欢执行任务时被泡汤。

但大王知道后果,作为一个突击队员,他隐藏了一个重要的情况,一个会对攻击产生重要影响的天气情况。

大王的隐而不报,给夜里的攻击,带来了扑朔迷离的复杂态势。

一切原本很顺利。沉沉夜色中,负责运送水雷的陆队副,通过远离浦东江边的道路,把水雷运送到三井码头的下游。这是事先预定的线路,因为选择陆路比水路要安全得多。

从水路沿黄浦江向下,过了十六铺码头之后,一路要经过日本人一路的巡防线和警戒线,这也是张灵春不同意首战"出云"号的最有说服力的理由。

水雷运送到了江边的一片芦地,一声暗号之后,从芦苇丛里驶出了一条民船。原来,担任突击任务的大王和小胖,已经早早地在这里等候着。水雷被抬到船上后,陆队副见计划进行得顺利,握了握两位的手,意思是看你们的了。

大王和小胖两人也不说话,拍了一下船工,小船贴着江岸,便向上游驶去。

远远地看到探照灯在江面扫来扫去,中年船工有些慌张,对大王说:"长官,就到这里吧?"

大王冷冷地说了一句:"还早,往前划。"

又划了一阵子,船工再也不干了,他停下手中的橹说:"长官,钱我可以退给你,但我真的划不来了。"

大王听出他的声音在颤抖,便没有为难他,和大家一起,把两枚水雷移到水里。

问题就是在他们下水之后出现的。

大王和小胖在水里泅渡着运送水雷不久,江面开始模糊起来。大王心想麻烦来了,自己预感的大雾,在偷袭路上,终于和特务队的首战不期而遇。

小胖轻轻地踩水,游到大王跟前,说:"现在看不见了怎么办?"心里早有准备的大王,这时沉着地说,"现在脚底下水流太大,你要记住,跟在我后面,千万别掉队。"

江面上突然弥漫起来的大雾,让岸上埋伏接应的张灵春心里凉了半截。此时,在离三井码头警戒线不远不近的一处坡地上,他亲率的接应小分队已守候多时。眼看预定的攻击时间越来越近,大家的心里都有些紧张,但眼前突现的茫茫江雾,却

上海日侨迎接日军

让他们始料不及。

　　望远镜里,灯火通明的码头,堆放着黑乎乎的煤炭和军用物资,原本十分清晰。泊在码头一侧的日军趸船,装满汽油的油桶,在灯光下反射着幽幽的弧光。码头上走来走去的哨兵,连拍打蚊虫的动作都一目了然。只是一会工夫,这一切在雾中变得亦幻亦真,紧接着就是白茫茫的一片。

　　难道首战会出师不利?这可真成笑话了,张灵春想。心有不甘,仍然对大王抱有希望。这个老兵油子,什么困难没有见过?他在心里这样安慰自己。但安慰的药对付不了等待的病,眼看着爆炸的预定时间已经过去了,接下来的一分一秒,让岸上的等待,出现了明显的焦躁情绪。

　　张灵春的耳边,飘起了下水一探究竟的建议声,他厉声呵斥道:"沉住气。"

　　并不是所有特务队员在危情面前,都能够稳住情绪,尽管大家都受到过严格的挑选。正如张灵春担心的那样,在哗哗的江水中,游来游去的小胖明显失去了耐心。他气喘吁吁地对大王说:"找不到目标了,怎么办?我们是不是越游越远了?我都看不到鬼子的探照灯了。"

　　大王回过头,提醒说:"你要是这么急,会坚持不住的。其实,已经离码头很近

29 第一次爆炸

了。"

"你怎么会知道？"小胖不相信。

"你静下来。"大王说。

"你把脸贴近水面。"大王说。

"你能够感觉到水的波动方向吗？"大王问。

"你仔细地闻,你闻到什么了吗？"大王又问。

"我已经闻到了煤的味道,闻到了汽油的味道了。"大王的声音里充满了喜悦。

来自江边的风大了起来,听到身边野草沙沙轻响,张灵春的精神一振,江面上的大雾开始散去。慢慢发白的天光中,出现了码头、趸船、码头上的哨兵、趸船上的汽油桶,出现了脉脉波动的江面。

就在张灵春又一次焦虑地举起望远镜,在江水中搜寻时,一片炫目的红光,在三井码头腾空而起。紧接着,一股潮湿的劲风,从埋伏的草丛中飒然有声地掠过,几乎震落了他手中的望远镜。

面对强劲的气浪,他们下意识地转过脸去,耳里这时听到了前方骤然响起的爆炸声,接着又是一阵巨响。张灵春迅速地抬起头,他看到了江面冲起的巨大水柱。

"成功了！""爆炸成功了！"特务队员纷纷跃起,战友们相拥而庆。

张灵春胸间汹涌澎湃,他用心地体会着这一瞬间,感到有一种声音在血管里奔走,在民国二十六年9月8日的早晨扩散。

在他们流下激动泪水的前方,接力似的爆炸声,一声接着一声,在江面上带动火光不断扩大。

爆炸声,来自装满汽油桶的趸船。

而连成一片的大火,则来自趸船和码头上堆放的煤炭。

这个蒙蒙发白的早晨,大火熊熊燃烧的三井码头,用连绵的火,用火的光芒,照亮了整条黄浦江,也迎来了新的一天。

这个被爆炸声惊醒的早晨,红色的火,仿佛来自泛黄的江水,来自江水下积蕴已久的能量,和武装已久的忍耐。

  我军在沪秘密工作,敷设水雷,图炸敌舰及其重要之军事建筑,首战告捷。浦东新三井之第三、第四两号码头及趸船,均于9月8日晨,被我炸毁,并炸沉敌之汽艇二艘。

海军特务队成功出击的战报,传到了海军部。陈绍宽笑问解夏:"怎么看这一仗?"

解夏言简意赅:"从这一仗开始,海军的防御就有可能变成积极防御。"

"别忘了还有一点,"陈绍宽补充说,"整个长江内河的主干、支流和湖泊,从此都会成为海军广阔的战场。"

沉浸在兴奋中的陈绍宽,这时问起了第一批水雷的命名。

当解夏介绍说叫"海军式"时,部长想了想说:"意思很好,但是我有一个建议。我觉得可以把它叫作'海甲式'。"

陈绍宽一边踱步一边说:"你要转告曾一鸣,就说我陈绍宽期待着'海乙'、'海丙'、'海丁'不断炸响。上海只是第一声,我要在江阴、在长江,听到它不断的爆炸声。"

30 论 战

战前的青岛中山路

从舰首的炮塔,到舰尾的停机坪,再从舰尾的停机坪,到舰首的炮塔,来来回回就这么走,如果停下脚步,没准就会疯了——海军上尉赵一添,在心里为自己的反常行为辩解。看到长官一会大步流星,一会放慢脚步,几天里就这么没头没脑地转前转后,陆战队员都有些担心。

"没事,"少尉胡志老成,悄悄地和弟兄吹风,"长官是心里有事催着,不走心里堵。"

看着赵一添继续行走的背影,坐在甲板上的大魏,像变魔术似的亮出刀来,随着他手腕一摆,刀子嗖一声插进栏板。在周围轻轻的喝彩中,他得意地站着身来,拍拍手说:"胡子,要不我把刀借给长官甩两下?"

胡志瞪了他一眼,示意他赶紧把刀收起来:"你可别把赵长官惹恼了,他正愁没地方撒气呢。"

"那你还不劝劝他?"

"没用,心中本无事,劝劝就生事。"胡志淡然地说,"心里有心思,走走并无事。"

胡志的判断不好懂,但大体不会差,相信胡子的大魏收起了刀,上岗值勤去了。

赵一添又从舰尾拐了回来,走到副炮的炮台,他的脚步慢了下来,迟疑了一会还是接着向前走。他走在正午灼热的甲板上,汗水在帽檐下亮晶晶地流动。漫无目的,赵一添甚至找不到走的理由,恐惧,如果不这么走下去,不在甲板上弄出声响,他就会感到一种说不出的恐慌。

从身为海校学生、实习时第一次踏上甲板开始,他从来没有感到这艘舰如此之大,如此之空荡。舰上所有的人都走光了,只留下他和一个陆战小队,守着冷清的庞然大物,这个突如其来的巨大变故,让他一下子接受不了,同时也承担不起。

两门阿姆斯特朗海军炮撤走了,4门陆军炮撤走了,空空的炮塔,像被拳击手扔下的拳击手套,蜷曲在甲板一角。两架"施来克"FBA-19型水上飞机飞走了,不知它们会落在哪里,但肯定不会再回到船尾的停机坪。

卸下攻击性火器装备的"镇海"号,在赵一添的眼里,像被缴了械的战士,因为失去了魂而无精打采。

伴随着江阴实施封江沉船作业以及淞沪会战打响,国民政府发布的自卫令,让中央海军在内河长江部署了主战场。守卫在长江江阴封锁线西侧,当海军第一、第二舰队的主力舰,面向下游严阵以待之时,驻守在青岛的海军第三舰队,因为自行解除武装而名存实亡。海军上尉赵一添,破天荒地成为主力舰"镇海"号的"看守舰长"。

"镇海"号,中国海军第一艘拥有实战舰载飞机的飞机母舰,一个威震渤海、黄

30 论　战

海、东海的名字,它是东北海军、民国第三舰队、青岛海军的象征。

独步在它的甲板上,现在自己就可以向全舰发号施令,这种做梦一般的结果,让赵一添既深感如履薄冰,又有啼笑皆非的滑稽之感。

他的任务,是率领一个小队的海军陆战队员,陪伴卸去重火力的"镇海"舰,在没有战事的胶州湾,等待着最后的谢幕。

在淞沪大战结束之前,青岛海域无战事,是赵一添深信不疑的判断。这个判断不是他做出的,而是来自海军前辈胡船长的分析。

交通部胡船长来胶州湾一带执行公务,赵一添奉命陪同,从青岛到烟台,再从烟台回到青岛。这一路,赵一添感受最深的,就是打仗、尤其是打一场大仗,绝不是只是一件打打杀杀的事。这里面的名堂多、学问深、牵涉面太多太广,真的让人匪夷所思。

让他最不能理解的,就是政记轮船公司。

交通部的船舶战时管理令早就部署了,或转移或改变国籍,各家公司都在纷纷行动,只有它按兵不动。难道,它真想资敌,去帮助小日本?看到公司对胡船长一副不阴不阳的样子,从烟台回来,一路忍住没问的赵一添,心里憋不住这个问题。他想找一个合适的时机,向胡船长当面问个明白。

回到青岛,一场宜人的风雨,暂时吹去了胡船长的不快。

听着伞上的雨声,雨天里的青岛,总让外地人从心底油然而生舒适的感觉。或许因为它的山地,都是一块块大石头的缘故,当然更因为城市下水道设计优良,所以下雨的街巷上,见不到积水和泥巴。这是青岛的特别一景,越是下雨,整个城市就越是干净清爽。

早就听说过,从东镇到西镇一直延伸到海边,青岛的下水道足以容纳一个人跑步的宽度。对于德国人打下的市政建设底子,胡船长心里暗自佩服。百闻不如一见,仅仅从最表面的街景看,被雨水洗刷过的建筑风格迥然,居然看不到重复的样式,连胡船长这样见过世面的,都不得不叹服。

开始清凉的海风,把他闲暇的心情吹落,让船的问题又上心头。他们一起来到了黄昏的栈桥,在胡船长即将告别山东沿海之行的前夕,他想起了自己的烟台摸底并不顺利,政记的态度在模棱两可中,实际上给他传达了一个极其危险的信号。

"这就相当于订下终身的一对恋人,其中的一方在婚礼来临时态度突然变得暧

昧。"胡船长这么比喻，觉得并不是很确切，但上尉却是听懂了。

"我觉得希望很大。"看到胡船长情绪低落，上尉反过来安慰并鼓励他说，"我看公司绝大多数职员很可靠，态度和立场都很坚定。"

青岛中山路街景

赵一添说的是实情，胡船长也把拯救政记公司的最后一根稻草，寄希望于公司的中下层，寄希望在他们秘密进行的保船组织活动。

但是，毕竟烟台就在日本第二舰队的眼皮下。海面上的日本军舰，已经把山东沿海封锁得严严实实。如果政记的头面人物不主动，想发国难财，势必就会造成资敌的结果。

想到这里，胡船长觉得胸口堵得厉害，便对着大海大口地吸了几口新鲜空气。

"成事在天。"他说。这个意思算是对自己、也是对赵上尉的最后交代。

他让自己的心绪慢慢平复下来，在上尉的指点下，观察着远远的海军舰艇。这样他看到赫赫有名"镇海"飞机母舰，在慢慢变蓝变深的大海前方，在海平面上的孤独舰影。

面对海军前辈，赵一添说起了一个听来的消息，包括"镇海"舰在内的主力舰队，都将卸下重炮，装备到海岸炮台。

胡船长听出了上尉的不理解，甚至话里还带着几分嘲弄，他只提醒赵一添一句话："沈司令可是个明白人。"便不再解释。

赵一添听了不解其意，难道这么做是对的？但他看到胡船长不愿多谈，于是迂回着问："船长对眼下的战事怎么看？"

这个问题是可以说的，胡船长想，然后肯定地说："在上海战争结束之前，青岛相对平静，日本人不会有正面攻击。"

30 论 战

　　看着晚霞散尽，天开始黑沉下来，三三两两的游人正撤出海边，赵一添心想，该送船长回去吃饭了。但此时他实际上不大想离开，因为他很想听前辈把话说得再明白再透彻一些。胡船长像是看出了他的心思，主动提议说："此时景象很好，水天相连，要不我们再待上一会？"

　　月色初上，海水涨潮的夜晚，他们在海边谈了很久。

　　这是让赵一添难以忘记的一次谈话，让他对战争有了新的认识。以后，无论是在马当炮台，还是在鄱阳湖划动的民船上，在他陷入不解之时，他都能记着胡船长在海风中的声音："所谓应战，说不上什么对错，就看你想达到什么目的。"

化名"大昌"商船的中国最早飞机母舰"镇海"号（电脑合成图片）

"在战争的状态中,你的准备其实远远不够。"在涨潮的拍岸响声中,赵一添记得,胡船长的这个声音特别清晰。这样,胡船长谈到了眼下的战争,为什么要在上海打响?事变之后,日本人有两条路线可以选择,一是由北南下,一是由东西进,到底是谁,想在上海打?

赵一添以前从来没有听过这样的分析,他很投入,去听,去问。

"难道是我们引诱日本军队,选择了西进的进攻线路,是为了让它的机械化部队施展不开?"上尉对此感到震惊,这是一种什么战略,竟然拿上海和首都作为诱饵?

送走了胡船长,赵一添的大脑空空的。更没想到的是,自己竟上了空空的"镇海"舰,在远离上海战事的外围,坐等胶州湾的战争风云。

带着难以名状的心情,赵一添离开甲板来到了驾驶室,身心疲惫地靠在椅子上,觉得一阵从来没有体验过的凉爽。

索性,他把所有的门窗都大开着,让热风中挟带的凉意,在宽敞的船楼里弥漫开来。他虽然闭上了眼睛,但眼里仍然还是大海的景象,只不过更加辽远和开阔。

这一个他独自享受的秘密下午,远方的波涛让他的心里涌动阵阵豪情。

他能感到"镇海"舰1200匹马力的动力系统开始慢慢地启动,高高竖立的起重机用熟悉的响声,将停在舰尾的两架水上飞机吊入水中。伴随着飞机从海面上双双腾空,烟囱里吐出的滚滚浓烟,宣告"镇海"舰起锚出航,以12节的航速劈波斩浪,驶向前方的火烧云,紫红的余晖和暗红色的海水……

陶醉在想象中的赵一添,失神地走出了驾驶室,他的眼前果然晚霞满天,他加快步伐,以一舰之长的身份,迅速穿过船楼、甲板室、机舱棚,再走过电信室、雷达室、会议室、军官住舱、配餐室、餐厅,甚至连盥洗室也不放过。

他对只有他一个人的巡视结果并不满意,因为这时他才吃惊地发现,在连人带炮匆忙撤离之后,人去舰空的"镇海号"竟然一片狼藉,零乱得简直无法忍受。

赵一添只能认为,这是自己的严重失职。为了迅速弥补自己已经觉察的过失,在暮色中,他拉响了紧急集合的汽笛。

背对夕阳的陆战队员,这时轮廓清晰,面目含混。赵一添的目光从他们身上扫过,一字一顿地说:"现在,我,'镇海号'上尉临时舰长赵一添,宣布命令——"

他的自我任命,引起了大家的一阵哄笑。赵一添像是早已料到了这样的结果,别人的嘲笑,不是你自暴自弃的理由,他告诫自己,要当好大家的舰长,自己首先要

30 论 战

有舰长的气质。所以他心里学着舰长的样子,镇定自若,对大家的笑视若无睹。

努力让自己耐心地等待,赵一添暗自发誓,他要等到甲板上寂静无声。在能够听见微风吹过船楼的寂静里,他要宣布作为末任舰长的第一道命令。显然,它对赵一添是一种全新的考验,但他认为有必要去面对它,正像必须面对"镇海"号乃至第三舰队的命运一样。

站在甲板上的赵一添,和他身处的"镇海"号,此时正站在一个痛苦无望的现实中。

在军事委员会作为最高统帅部的战时军事序列中,山东已经划为第三路军的防区,年过半百的老司令沈鸿烈重新执掌军事指挥权,任青岛海陆军总指挥,隶属李宗仁任长官司令的第五战区。而第三舰队司令谢刚哲,他的司令部此刻正在刘公岛镇守。

包括"镇海"号在内的胶州湾舰艇,从舰上撤下的人员和重武器,已经组建临时的舰炮部队,紧急部署在周边的要塞炮台。赵一添就这样出现在一个短暂的交接时间里,在"镇海"号即将撤出海军序列之前的真空状态,他完成了对自己的任命。

现在麻烦的是,海军上尉的自我任命引起了大家的哄笑,军令成了儿戏,让赵一添感到了身为舰长的压力,真是应了平时玩笑的话——"不当舰长,不知道当舰长的难。"

困难的时候,他想起了老司令和谢司令,他们的不同性格正像人生的刚柔两面。

老司令严厉,在第三舰队一言九鼎,而谢司令的平和一以贯之,总以不变应万变。老司令是不可学的,赵一添明白,那种资历和与生俱来的手腕,第三舰队无出其右;而谢司令的人脉与声望虽然不可学,但他的耐心是可以慢慢去模仿的。

赵一添知道,缺乏耐心将是伴随自己一生的病,但是这种毛病并不是不可控制的。他相信,此刻最需要自己的耐心,因为自己是舰上的长官,首先是自己不能在大家的笑声中情绪失常。要让战士们觉得这时的笑声有些无趣,同时也改变不了军令。

他在暮晚的坚持,的确产生了预期的效果。笑声在漫长的等待里已经蒸发一空,赵一添面对的,是军容整齐的海军陆战队员。他们立正的剪影,和"镇海"舰的声名融为一体。

赵一添认为条件已经成熟,他目视着持枪的队员,开始下达命令——

"海军第三舰队旗舰'镇海'巡航舰临时舰长、海军上尉赵一添,奉命执行镇海守卫任务,现在全体听令!"

"少尉胡志,出列——"

赵一添面对绰号叫"胡子"的白净军官,心想这个绰号真是张冠李戴:"本临时舰长决定,任命胡志为'镇海'巡航舰临时参谋长。"

胡志用一个标准的敬礼,接受了任命:"感谢临时舰长栽培!"

胡志的庄重,让赵一添非常满意,他更加抖擞起精神命令。

"上士魏德明,出列——"

看着比自己高半个头的大个子老乡大魏跨步向前,赵一添毫不含糊地说:"本临时舰长决定,任命魏德明为'镇海'巡航舰临时训练队长。"

尽管感觉有些意外,但大魏不敢怠慢,他学着胡志的样子,用敬礼表示答谢:"上士魏德明感谢舰长栽培!"

听到大魏把临时舰长前的"临时"两个字给省略了,赵一添觉得很受用。他想起军中无戏言,便向他翻了一眼,冷冷地提醒说:"你听明白了,本上尉是临时舰长。"

"是,卑职明白。"天不怕地不怕的大魏,突然觉得有些紧张。

"从现在起,'镇海'舰的一切事务,由临时指挥部负责。临时指挥部由临时舰长、临时参谋长和临时训练队长组成,临时舰长担任指挥。我们的任务有三项:一是,为'镇海'站好最后一班岗,直到完全撤出,此项由临时参谋长胡志督办。"看到胡志领命称是,赵一添很满意自己的表现。

"二是,战争已经在华北、上海全面打响,青岛现在没有战事,但不等于明天还会太平,军人的本分就是打仗,战斗训练绝不能荒废,自本上尉开始,本舰所有人员,必须抓紧一切时间,进行陆战训练,此项由临时训练队长魏德明督办。"

说到这时,赵一添语言开始流畅起来:"三是,成立作战研究组,研究长江海战的实战,此项由本临时舰长亲自主持,临时参谋长协助,名单稍后公布。"

命令成功发布,赵一添松了一口气,最后说:"还有一项是眼下的急务,看似是一个小问题,但是它直接影响到'镇海'舰的声誉,也关系到我们的士气。"

他使劲跺跺脚,说:"诸位可以从甲板一直到自己的寝舱,看一看现在的'镇海'舰,都乱成了什么样?这事我有责任,但大家也都有责任。'镇海'舰交给我们,我们就有责任和义务,让它保持整洁,保持军威,就要让它干干净净,诸位听明白了没有?"

"明白!"大家异口同声。

"明白就好,今晚就立即行动,开始清理,我会在夜里12点进行检查。"赵一添想

30 论　　战

了想,该说的都说了,他如释重负地挥了挥手说,"解散。"

从发布临时舰长的第一道命令开始,海军上尉赵一添最后的海上生活,变得特别紧张和充实。

除了每天坚持参加训练,以及偶尔检查值班,他把更多的精力放在了作战指挥室。在临时赶制的长江防线沙盘前,赵一添每天领着临时凑起来的作战研究组,开始像将校军官那样,研究起防线的战略战术方案。

这是从海军学校就开始的梦,虽然战术指挥课的课时不多,但这一课程最受学员追捧。大家都希望能围拢在作战图和沙盘周围,去排兵布阵,以满足可能一辈子都实现不了的将军梦。

一旦真正进入江阴内河海战的实战研究,他们立即感到力不从心。没有情报来源,不了解敌我双方兵力部署,是首先遇到的最大困难。

他们只知道海军在江阴建立了一条封锁线,所以胡志把我方舰艇都布置在线的内侧。但他发现了问题:"这一条线等于也封锁了自己,我们没办法出击,这等于是水上的炮台。"

"我方战舰在封锁线里面,敌方战舰在外面,隔着一条线,大家还是机会平等。"大魏这么看。

"我方江面狭窄,是好事,也是坏事。"胡志认为,主力舰都集中在第一舰队司令陈季良中将手里,如"宁海"、"平海"、"逸仙"、"应瑞",它们应该部署第一线;"第二舰队基本上是小型舰艇,则可能部署在其后。"

"别忘了还有我们第三舰队的战舰,可都是主力巡洋舰。"有人提醒。大家都知道,说的是"海圻"号和"海琛"号。

"忘不了。"胡志把第一梯队的主力舰又抽出两艘,远远地摆放到沙盘的西侧。"我想陈部长不可能把所有主力舰都放到第一线,要不然,首都怎么办?"

"守不住江阴,就守不住南京,这是明摆着的事。"大魏伸出手,又把所有主力舰排到最前沿,"不这样部署,怎么能和日本的第三舰队抗衡?"

"最可怕的问题不是舰对舰,而是海对空。"胡志担心地说。他用纸做的飞机模型,飞越在沙盘江阴段的上空,并一次次地向下俯冲着问,"如果日军第三舰队,派出航空部队狂轰滥炸怎么办?"

"我们可以通过陆地炮台的高炮,来攻击敌机。"大魏指了指要塞炮台。

"就怕我们的岸上的防空火力网不容易够着敌机。"胡志说,"关键要看舰上的

青岛海校毕业生在原第三舰队的"海圻"舰实习

防空能力。"

"宁海"巡洋舰,正宗的日本货,它的防空实力最强。3.1英寸单装高射炮6门,7.7毫米机枪10挺。胡志曾在司令部担任过见习参谋,对海军的主力战舰都有所研究。"平海"舰嘛,虽然是我们自己造的,但武器装备有日货也有德货,防空实力不如"宁海"舰。

他拨弄着手指头想了想说:"'平海'舰上装有3门单装高射炮,4挺高射机枪。至于'逸仙'舰虽然小一号,但是防空情况可能比'平海'舰稍强一些,除了多一门高炮,还有一门速射快炮。关键时刻,它其实可以作为舰队的旗舰。"

"防空火力再强,那也是防。"一直听取分析的赵一添插话,"对于拼死来轰炸的敌机,还得有空军来对付,不掌握制空权,这一仗怎么打?"

大家面面相觑,谁也不能回答这个问题。现实的战争从来不像沙盘上的论战,赵一添知道,江阴海战其实是一盘死棋。

31 内河海战

第一舰队"宁海"轻巡洋舰（波兰画家绘制）

在日军的编队机群轰炸江阴的那天,见习枪炮官小程被吓得不轻。

他不是被打仗吓的,而是在敌机刚刚离开之后,被自己吓着了。当硝烟还没有完全散去的时候,偶尔出现阳光的江面上,忙碌的舰队像木偶一样活动,他觉得耳朵出了问题。越是这么想,耳朵里的轰鸣越是厉害,他心里头七上八下地担心。找到小孔,没头没脑地问:"你说,我的耳朵会不会聋了?"

这时,防空作战的警报,已经在江阴封锁线的上空解除,甲板上一片喧哗与松懈。四下响起的脚步和各种指令,在劫后余生的气氛里,意味着战后的清理和检查正在展开。小孔看着有些惊恐的小程,轻声地问:"到底是怎么回事?"

"我也不知道怎么回事。"小程回忆说,"小鬼子的飞机扔炸弹那会,我只顾指挥射击了。那时到处炸声一片,像要把空气烧着一样,也没有什么感觉。奇怪的是,飞机走了,我的耳朵嗡嗡地响个不停,就像是进了轮机房一样,就像耳朵里有一只锅炉。都响好半天了,它会不会聋掉?"

小孔又漫不经心地问了几句,小程答着话,担心却没有解除。两人往舰尾走去,小孔看小程着急的样子,想笑。他知道没事,自己问话声音故意压得那么低,他都能听到,耳朵还能有什么事?想到这里,他有意逗一下小程,便说:"听你这么说呢,我看没什么大问题,但是也不能掉以轻心。"

小孔一脸认真,小程连连点头。小孔又说:"如果想让它没有后遗症,倒是有一个偏方可以试一试。"

小程把头伸得老长等待着他的下文,小孔煞有介事地说:"在24小时之内,要找一个没结婚的大姑娘,往你这耳里轻轻地吹风,吹上三次,一次不少于10分钟,保准病除。"

看小程张大着嘴表示怀疑,小孔皱上了眉头,忧心忡忡地又说:"问题是,我到哪里给你找这个大姑娘去呢?"

小程直到这时才悟过来,小孔居然是和他开玩笑。自己都急成这样了,他还有闲心逗乐,他有点生气,掉头就走了。

小孔快步上前,一把把他捉住,连连解释说:"看你耳朵没事,我才逗你的,你还真生气了。"

听说耳朵没事,小程也就消了气,两人站在舰尾,向刚刚结束战斗的江面看过去。"那是什么?"顺着小程手指的方向,他们在有些狼藉的江面上,看到了一个个漂动的白点。

"宁海"舰上水上飞机,后被空军征用

仔细一看,是鱼。小孔说:"这狗日鬼子的炸弹,居然震死了这么多鱼。"

阴沉的天空下,江流的速度很快,从上游漂浮下来的鱼,白生生的肚子翻在水面,从他们的眼前无声地流过。他们能看到鱼鳃上的血,甚至能看到鱼的暴突的眼睛,睁得大大的。被江水冲击波震死的鱼,它最后的目光居然这样不舍,茫然得让人心悸,无助得让人不敢和它对视。

这时一阵风灌过来,吹来了腥味和硫黄味,小程觉得裆下有点凉。他下意识地用手摸了一下,发现那里湿乎乎的,他不能肯定,是炸弹让自己尿湿了裤子,还是爆炸后的水柱溅到这里的?但他此刻清醒得很,心想这事绝不能让小孔察觉,那样就没办法抬头做人了。于是,他说了一句该清理战场了,就一溜烟地小跑走了。

小孔见甲板上大家忙开了，也跑了过去，登上了自己的炮位，开始检查炮架、炮闩和炮膛。做这一切之前，像是为了回味刚才匆促的战斗，他摸了摸炮管，还有一点热度。第一次战斗就这么打完了，他觉得遗憾。好几次以为命中了敌机，最终却还是落了个空，倒是人家"宁海"舰干中了一架，欢呼声从他们的甲板，一直传到了自己的甲板。

　　正是有些失落之时，有人轻轻地拍他肩膀，伴随着一阵阵咳嗽声，不用看，他知道是舰队的陈司令。在转身的同时，他立马举手敬礼。

　　陈季良还礼时，一边咳，一边还觉得脚下在摇晃。相比前两天掠过江阴的台风给海军主力军舰带来的考验，刚刚结束的空中轰炸，对他这个身经百战的将军来说，却也是十分难得的经历。应付来自空中大规模机群的轰炸，对于中国海军的记忆，并不多见。当钢铁和炸药从空中倾泻下来，他颤抖的关节，感受到了疼痛从四面八方袭来。

　　从指挥塔来到甲板上，陈季良最关心的是伤亡情况。在甲板上这么粗粗地看了一下，没有发现重伤员，脚下稍微轻松了一些。看大家忙得火热，他顺手拉住装弹归舱的小程，问："刚才作战时有什么不适，是否会有紧张和害怕的感觉？"

　　小程停下手中的活，擦着汗想一想说没有。但他觉得自己反映的情况不全面，因为自己的裆下湿了，尽管原因还有待查明，但总不能瞒着长官呀？于是红着脸，悄悄向陈司令汇报了自己的难言之隐。

　　听他这么一说，陈季良想笑，但竭力控制着自己。他端详着小程，问他是哪里人？

　　小程回答说："安徽贵池人。"陈季良看了看他的身架，又捏了捏他的肩头，说，"你这身体这么结实，让我觉得好像是北方人，要不从小就练过武功？"

　　见司令提起自己的武功，小程一下子来了精神，他使劲地弯起胳膊，露出结实的肌肉。"小时候我一直练石锁，后来练拳。"他憨憨地说，"虽说会的不多，但打拳踢腿、刀枪棍棒的也会两下子。"

　　陈司令正想夸他几句，这时参谋找了过来，说："司令你在这呀，我正着急呢。"陈季良一看，舰长、副长都到齐了，是该和大家一起碰头的时候了。

　　目送司令离去，小程还傻傻地站在那，骄傲地对凑上前来的小孔说："司令的眼光真是不一样，一下子就能看出我练过武。"

　　看着司令的背影，小孔却有一种酸楚的感觉。司令背着手走路的样子，很像自己的爷爷。他老了,见习枪炮官小孔,从第三炮位的某个角度,悲哀地发现了舰队司令的老态。

这一年的陈季良,虚岁也不过55岁。但就是在这一天,他自己也觉得人老了。在一次让他感到陌生的轰炸和指挥之后,他感到自己真的老了。

8月22日迎战日机,对于严阵以待的中国海军来说,是一个残酷而又惊心动魄日子的开始。它不仅意味着海军进入惨烈的交战时期,更意味着传统海战的历史一页,在骤然间被翻转过去。几乎是在中国海军的猝不及防中,江阴拉开的海空大战序幕,宣告了现代海战的来临。

海军在江阴击落一架敌机,消息传到了南京的海军部。

孙副官对解秘书挤眉弄眼地说:"看到战报,部长恐怕情绪要好一些。"解夏敷衍着点点头,心说你懂什么,这一仗,太出乎部长的意料了。

解夏估计得不错,接到了江阴详细的战报后,陈绍宽一言不发,一直站在沙盘前来回踱步。过了好一会,他又把战报看了一遍,然后默默地把它揉作一团,扔进了废纸篓。这时一个电话打了过来,他不听则已,一听气不打一处来,三言两语就把电话给挂了。

他气呼呼地在屋里走了两步,然后坐到沙发上。就这么呆呆地坐着,心里面似乎很烦躁,便把电扇打开了。听到有人敲门,嘴上哼了一句进来,外面显然没听见,还在敲。他没好气地吼了一声:"进来,敲什么敲?"

孙副官来得不是时候,他是过来送报纸的。报上有一条比豆腐干还小的消息,似乎说到了海军在江阴击落飞机的事——

苏省境内
敌机已堕落九架
江阴轰落一架三人毙命

"就在这里,"他展开报纸,用手指着其中的一小段,兴冲冲地向部长报告说,"它说的就是我们海军。"

陈绍宽一把夺过报纸,一看这是一条组合新闻,关于江阴的消息只有一句话——

敌机12架，22日飞往江阴侦察轰炸，被我军击落一架，机中飞行员三人同时毙命。

"你让我看什么？"陈绍宽问。他的声音不高，但孙副官听来，觉得一阵发冷。

"我是想让部长看看海军的消息。"孙副官小心地回答着，他心里也委屈。本来是想向部长报喜的，没想到人家不领情，真有比那个热脸贴到了那个冷什么。

部长不依不饶："这里面提到海军了吗？我怎么没看到？"

孙副官不敢看部长，他不知道部长今天到底怎么了，只觉得自己进来，完全是狗拿耗子。想起解夏平日里的提醒，让他不要主动在部长面前晃来晃去，说得真是太对了，可就是人犯贱，做不到。

正是不知如何收场时，部长发话了，让他把解秘书找来，他才如释重负地溜之大吉。

孙副官汇报的事，就是陈绍宽为电话生气的事。

军政部来电说，22日江阴击落的那一架敌机，电雷学校也报送了战报，说是由电雷击落的，所以让海军部再核实一下。核实什么？仗才开打，他就来抢功了，陈绍宽想，就凭欧阳格的几挺机枪，和他的战训水平，能把飞机打下来？！

解夏进来后，听部长把事一讲，并不吃惊，因为他早已接到了统帅部黄高参的通报。看部长生气，他说："这事好办，两种说法，却还有第三者的旁证，要塞的炮兵部队可以证明。"

瞧部长闻言点了点头，他说："这件事我一会去办。"

说完又问："部长还有别的事吗？"

陈绍宽看了一会解夏，没有搭腔，关于解夏工作安排问题，他心里有矛盾。

军委会的战时编制序列已经秘密出台，海军部目前基本上可以说是名存实亡，取而代之的将是海军总司令部。新一轮的机关人员裁减势在必行，他却在解夏的使用上举棋不定。留他继续做秘书，顺手；但让这么一个军事干才，就这么一直做文官，他又觉得可惜。

解夏做秘书的这几年，陈绍宽没有舍得让他脱离军事，不时让他处理军机要务，也正是出于惜才的考虑。长时间观察下来，此时他有意把他还留在身边，担任作战参谋。这个在他看来两全齐美的安排，让他的心情稍稍好了起来。

他站起身,把解夏带到作战指挥台前,说:"今天你给我当当参谋,江阴一战,下面会有什么走势。"

部长给了这个机会,解夏求之不得。

部长回国之后,不惜用沉船这样破釜沉舟的决心,果断构筑了江阴水上封锁线,解夏一直暗自叫好。在他看来,将海军主力置于江阴要塞的掩护下,不仅拱卫了首都防空作战,而且对日军企图溯江西进的策略,形成了强有力的威胁。但是,他认为部长所期待的中日海军对决江阴,似乎存在变数。

部长属于海战派,无论是基于"平海"、"宁海"两舰的火力装备,还是出自正面交锋的心理,他设想在江阴会有一场传统炮战。他的意图,和前方指挥的陈季良一拍即合。但8月22日的海空交战,在解夏看来,至少出现了另外一个信号。

"你的意思是说,日本第三舰队,不会派出舰艇向封锁线冲击?"陈绍宽问。

"我是说有可能。"解夏谨慎地说,"它可以派飞机,或者是海空联合作战。"

如果不是和部长讨论,解夏的回答将是冷酷的现实——中国海军的主力舰如果坚守江阴封锁线,就会在屈指可数的几次轰炸中拼光家底,十年呕心沥血的海军建设,将血本无归。

这是部长、也是中央海军从感情上,最不愿意面对的结果。

但是,在理智上,像解夏这样的海军校官,已经意料到了这种结果。因为,欧战结束后,在中国海军惨淡经营的反衬下,外部世界的海军却借用先进动力和武器装备,使海上力量日新月异、空前壮大。经历了战列舰、巡洋舰、驱逐舰等各种舰队炫耀海洋强国实力之后,航空母舰的横空出世,航空力量在海军的实战应用,以革命性的变化创新着海战模式。

利用舰载机打击对方舰队,新的作战方式开始主宰着海战战场,情势之下,作为昨日潮流的大舰巨炮主义,正在被无情地抛弃。

但此时的陈绍宽和他麾下的海军,对于江阴的海空决战,并没有做好充分的心理准备。

敌人要用舰队从扬子江上驶,必须破坏我封锁线,部长在沙盘上推演说:"要破坏我封锁线,就不能不先攻击我守卫封锁线的海军。以长江的地势和海军的特性来看,要达到它的战略目的,就应该运用它们的海军。"

"难道,"他看了一眼沉默的解夏,"它强大的海军,最有把握的海军,却是没有勇气的一支舰队,都不敢贸然地和我们这么弱小的海军一决胜负,而把主要的任务交给空军？"

解夏知道他想不通，并为此而纠结不已，也就没有再说话。他的目光落在了沙盘的封锁线内侧，落在旗舰"平海"号上，他想，前方的陈司令，大概也会为此而不安吧。

回到家里，坐在忽明忽亮的灯光下，解夏的心里为远在江阴的舰队担忧。他打开胡船长留下的舰艇模型，一遍遍地摆弄着。第一舰队主力舰的防空火力配备，对他来说，就像自己的身体，身体的四肢，一切再熟悉不过了。但是，怎样用熟悉的四肢阻挡住并不了解的狂风暴雨，却是眼下难以破解的困境。

他移动着舰艇，组合阵形，变化编队，在舰影的变幻里进入了幽暗的深夜。此时，他仿佛置身江阴阻塞线，仿佛重新回到陈季良司令的身边。此时，他以一个作战参谋的直觉，喃喃自语——要为作战舰艇找到一种全新的组合方式，即保持运动之态，又兼备反击之势。

他靠在椅子上，闭目冥想，觉得肩头有些酸痛。这时有一双神奇的手，恰到好处地轻揉着绷紧的肌肉，让他一阵放松。

"我该怎么办？"他有些茫然，声音里充满了疲惫和不安。

"不要憋着自己，把你真实的想法，报告给老司令。"身后的慧菊轻声地提醒着丈夫。

在16日派出飞机进行试探性攻击之后，8月22日，台风暴雨刚刚撤离不久，日本海军第二航空队就急不可耐地出现在江阴上空。在它们投出炸弹的下方，是江阴要塞，是上海通向首都南京的咽喉要道，是中国军队苦心经营的陆上防线，和中国海军不惜牺牲舰艇连同征用商船构筑的水上封锁线。

正是敌机的这一次轰炸，让陈季良看到了第一舰队的不归路。当被击中的一架日机坠落之时，他听到来自己舰艇上浪一样涌动的欢呼，但他脸上被感染的微笑稍纵即逝。从敌机在远处拖着浓烟的轨迹，他仿佛看到它对舰队未来命运的折射——

也许是明天；也许在一个月之后。

当黑压压的攻击轰炸机像乌鸦一样密布天空；当成吨成吨的炸弹，从空中像蝗虫坠落江阴江面。

那就是这一支舰队殉国的时候了！

"平海"舰上的主炮，是在日本装配的，现在它在陈季良的可调度火力配备里，在突然到来的海空大战中,却相当于成本高昂的玩具。140毫米双联装炮,它的射程再远,但对于远在上海的日本海军第三舰队,望洋兴叹的程度岂止鞭长莫及。

此时距甲午海战仅仅四十三年,和黄海对决相比,面对宿敌,中国海军如今已经完全失去了海上决战的能力。现在的海军,只能退缩在自己的内河,在炎热的夏季里等待,面对拥有现代化航空母舰、巡洋舰、潜艇以及航空力量的强敌,只能靠想象中的等待,期望着能和它的舰艇拼死一战。

尽管,统帅部刚刚下发的作战训令,指示海军——

> 敌舰进入长江下游,企图强行登陆,或转用兵力时,应尽全力攻击之,以协同陆军作战,纵有牺牲,亦在所不辞。

但江阴,不再给海军迎战敌舰的机会。

江阴水下封锁线的后方,中国海军第一舰队的主力舰,能够等来的,就是从8月中下旬开始的狂轰滥炸。

8月中旬之后,发生在长江一线的战争,就敌方立体化的攻势而言,已经不同于以往任何时期的作战——

在上海,日本飞机和舰上的重炮,通过海空协同作战,轮番向中方阵地和炮台进行攻击;

在江阴,日机和中国舰艇的海空作战,成了日后日本攻击中国海军的主导模式;

在南京、武汉等中心城市和战略要地,日本通过空军的轰炸,不断扩大作战的半径。

对于日军突破江阴封锁线的进攻方式,坐镇指挥的陈季良,从敌机第一次空袭中,就预感到会出现一种最坏的结果。也就是海军在封锁线后排开的防线,不会成为中日海军对阵的战场,而将变成日机轰炸的目标。

"不要奢望我们的空军,能奇迹般地出现在江阴的上空,来一场海空协同作战。"陈季良对各舰舰长言之谆谆。

"我们的空军,才几百架战机,航速最高的霍克Ⅲ型战斗机,时速只有380公里。"他说,"能和时速达到420公里的'九六式'战机激战,和七八倍于我的空中力量周旋,已经是尽其所能了。"

"从'八一四'杭州笕桥机场空战首捷开始,空军已经在上海、南京,和敌人展开了空中激战。"他指着沙盘的上空,"相比上海前线和首都南京,我们海军的几艘舰艇,又算得了什么?"

司令说到了飞机,大家复杂的眼光,全部落到了"宁海"舰陈舰长的身上。

陈季良洞悉他们不同的心思,作为主力舰的舰长,曾经拥有水上飞机的"宁海"号,过去很让大家眼红。不患寡而患不均的心态,在指挥员那里,都会有不同的心理落差。

"陈舰长,知道你们的飞机现在在哪吗?"有人在问。

陈舰长一时不能判断,对方是关切,还是幸灾乐祸?他表情平静地说:"你这话该问空军的周主任去,我们海军的所有飞机,都在航空委员会的手上,它早已不姓海了,更不姓'宁海'。"

舰长之间的对话,让陈季良听着不太入耳。海军的十几架飞机,已经全部被空军统一征用了,现在谈这些还有什么用?但他没有明显地表示出不快,而是对作战参谋说:"谈谈下一步的防空作战吧。"

参谋这时梳理着第一舰队的防空火力,在座的舰长们交头接耳,大家都心知肚明。

算来算去,主力舰的高射炮总共19门,高射机枪各舰不等。最麻烦的是炮弹,前面的仗打过之后,平均每门炮配备的空中炸弹只有40来发!这是一个最要命的问题,参谋说到这里,无奈地向

"宁海"舰上的高炮作业训练

大家耸耸肩。

陈季良插话说:"所以,还要反复地对各舰的枪炮指挥官讲,一定要尽可能地节约弹药,这将决定着我们在这里能坚持多久。"

"是不是,可以把主炮也算上?这样一可以调度更多的防空火力,二是能够发挥这些炮火的作用。"有人提议。

陈季良摇摇头,他没有说话,但大家明白他的意思。主炮以大仰角防空,理论上未必不可行,但对于过惯穷日子的中国海军来说,这就是大炮轰蚊子。海军的主炮训练,总是以节约弹药为传统前提,实弹演练少之又少,如果突然把目标对准空中目标,这种技术根本没有可以执行操作的流程。

作为舰队司令,陈季良摇头,其实还有一层自责的意思。海军这些年会操不下几十次,实战中的科目都练了,就是没有进行防空的演练。以至于面对突如其来的海空作战,如今大家都没有什么实战经验,所以才会等到今天,才对舰队的战术编队、战术配合开始仔细讨论。

谈来谈去,在一个问题上,司令和大家的意见产生了严重的分歧。这就是,陈季良坚持要挂出自己的司令旗,却遭到了大家众口一词的强烈反对。

反对的原因很简单,归结起来只有一句话,挂出司令旗,就等于让敌人找到了攻击的目标,也就是说我们把司令送给敌机做靶子,这也太危险了!

作为旗舰舰长,"平海"号的高舰长不好表态,"宁海"号陈舰长设身处地,他说:"把司令放在敌人的眼前,放到轰炸的目标中,让我们向海军如何交代,向后人怎样交代?"

"庸见!"看大家态度坚决,陈季良说,"你们这是庸见,明白吗?!我挂的这面旗,给敌人看,是我们海军无畏牺牲的信念;给自己的官佐员兵看,是同仇敌忾的决心。"

他从参谋手里夺过指示棒,从沙盘的上空画过说:"再者,敌机往一个固定目标上俯冲,给我们集中防空火力,不也提供了击中目标的机会吗?"

"这事就不要讨论了!"看大家还想表示异议,陈季良果断结束了这个话题。

"军人当忠于职守,勇于应战,以身报国。"他说。他的目光一直没有离开沙盘,没有离开沙盘上狭窄的长江,紧接着,他表达出"马革裹尸"的雄心。在他说着这一段著名的陈词时,当时的说话声并不高,但后来却流传甚广,以至于出现过差别不大的诸多版本。

正是这一段话,结束了关于司令旗的争议。

在以后的江阴封锁线上,陈季良的海军中将旗,高高地飘舞在旗舰的桅杆上,像是将军的一个约定,又像是迎敌的一种等待。只是,在8月22号的海空战以后,多雾、阴雨的天气,让敌人的袭击姗姗来迟。

一天天的等待中,8月眼看就要结束了,相比上海前线升级的战事,江阴显然有些沉寂。

在陈季良几乎要断掉"三炮台"时,归队的金砺锋给他带来了熟悉的烟卷。香烟是中尉从家里带来的,但他觉得要给司令能接受的一个理由。便说:"这是我破案后的奖励,给我也没用,还是为长官补充弹药吧。"

陈司令世事练达,对烟呀酒呀的人情交往并不反感。看这小子还记得给自己捎烟,心里面为他懂事高兴。这是一个没有星星的晚上,海军中将和中尉走到了船尾,陈司令想和办案的中尉谈谈案件。陈季良这时已经得知黄濬被枪毙的消息,和黄濬一起被处以死刑的,包括他的儿子黄晟在内,一共是18个有名有姓的汉奸。

"他原本是一个读书人,字好,文章好,在我们福建老乡中,他就是一个天才。"陈季良不理解,怎么就成了汉奸?为了钱,还是为了女人?他想从中尉那里找到一个答案。但他又觉得,问题的答案就像眼前的烟头,忽亮忽暗其实没有一个准头。

"这个故事是有开始的。"中尉说,"长官还记得三年前,民国二十三年,首都举行的防空演习吗?就是在那一次,解除演习的酒宴之后,一场带着醉意的舞会上,一个漂亮的日本女间谍,开始了和黄濬的交往。"

陈季良叹了一口气,对于黄濬的风流他也略有所闻,只是风流致命总让人有些嘘唏不已,而且,还连累了他一家人,包括还在襁褓中的孙子。

听陈司令提起黄的孙子,金砺锋的眼前突然闪现出黄少夫人的笑。人生多么无常,他想春天里她还是一个少妇,现在却成了寡妇,这个风姿绰约的女人,到底在哪见过她?

回舰后的日子,这个问题经常向他袭来,直到日本人的攻击机群,又一次聚集在江阴的上空。

9月22日清晨,金砺锋早早地来到指挥台,这是陈绍宽离开江阴的第二天。

前天傍晚,搭乘"中山"舰视察江阴前线的部长,带来了敌机即将轰炸攻击封锁线的情报。随部长上舰的解秘书,见到金砺锋后,叮嘱说:"江面太窄,舰施展不开,你可得机灵一点,我培养你不容易,知道吗?"

31 内河海战

金砺锋第一次听到解秘书这么直白的表达。想到这句话,此刻站在枪炮指挥所,心里面还是热乎乎的。据说解秘书此时就在陆军要塞,他不由得举起望远镜,向岸上的黄山炮台方向望过去。虽然看不到什么,但他能揣度出秘书离开部长,当有要事在身。

晨雾完全散去,远处的要塞被天光清晰地勾勒出轮廓,但天还是阴沉着的,这是防空作战的好天气。他想,炮手不至于被太阳刺得睁不开眼。

接着上下观察了一会,枪炮队正在炮位进行战前准备。第一炮位上的小程,和过去一样,正一板一眼进行着战前准备。在第三炮位的小孔不一样,只见他不停地做着手势,向同伴指指点点,精神状况看来比前些日子好了不少。

"宁海"舰配备的对空机关炮

看他这样,金砺锋心里也安定了不少。刚回舰的那阵子,经常去见习官的舱里走动,发现这小子情绪不高。问了小程才知道,原来见"宁海"舰上的同学打了一架飞机,小孔心里面有些不服。

小孔不服输的样子,让中尉想起自己毕业那会,也一样,心气高得很。他没想要给他做工作,只是对他说,别跟自己怄气,有本事也打它一架下来。最近几天,他果然看到了小孔在暗自发狠,每一次的训练和准备都专注得很。仗是打出来的,金砺锋想,防空作战论起实战,正在指挥的见习生,现在一点不输给老海军。

一门门高炮和机枪,上仰着对准目标前方。要来就来吧,金砺锋等待敌机的出现。心里默念着一次,看看天,又在心里嘀咕了一次,等到他想到第三次时,隐约拉响的空袭警报,正从南岸陆军炮台滚滚传来。

司令和舰长来到了指挥台,自己所在的"平海"舰,率先拉响了海军战备的警报。紧接着"宁海"、"应瑞"、"逸仙"等舰,同时拉响的警报回荡在长江上空。

敌机,右前侧,随着右舷瞭望哨的报告声,大家都看到了黑色的机群。近 20 架

飞机以紧密型的机群编队，带着轰鸣声进入了江阴的上空。根据前些日子的经验，指挥官还不能判定，这是不是过路的飞机？因为日军对于南京的无差别轰炸已经开始，这两天常有临空的机群，给舰队带来一场虚惊。

不对，金砺锋看到它们开始变换队形，组合成箭头一样的编队，从右前侧画出弧线，向江上的舰队俯冲而来！

"瞄准目标——"舰长高声发出了作战命令。

中尉全身一激灵，真正的恶战开始了！

32 海空对决

日军飞机上的攻击武器

飞越在云层之上的日机

"方位右舷120,视角330度,敌机向我飞近。"小孔一直在盯着瞭望兵,听着他口中的报告。他用等待已久的声音高喊:"第三炮预备发射!"

"炮便!"第一炮兵应声回答。

偏差,左右,高度,随着瞭望兵的观测,小孔在默默地估算着射击的修正值,这时炮台指挥所传出了命令:"开放,对正目标,射击!"

第三炮位一阵火光,炮弹呼啸而出。

舰队密集的炮火,在空中交织成一道火力网。站在指挥塔,金砺锋看到,日军机群在炮火迎面痛击下,突然分成了两个编队。其中第一编队由东南向西北,直向自己的位置扑来。他能感觉到这种双翼飞机航速不快,却敢于顶着炮火,慢慢进逼并试图降低高度,向舰上俯冲。

眼看敌人猪头猪脑地扑来,舰上所有的高射机枪都开火了。小程看轰炸机已经到了头顶,从旁边夺过一把步枪,举起就开始向上射击。这时,却听到三炮位的一声大吼:"卧倒!"

喊叫声是小孔发出的,他看到天空中黑点,像一大群死去的黑鸟在纷纷下落,炸弹来了!小孔意识到,这一批密密麻麻的炸弹,即将在身边炸响,于是立即发出了"卧倒"的口令。

但在自己卧倒之前,他还下意识地观察了一眼,想看看兄弟们是否已经趴倒在地,这一耽搁,等到自己扑下的时候,眼前冲起了一片红光。

一声惊天动地的爆炸中,黑烟裹着的冲天水柱向舰上袭来。完了,他想,这舰恐怕是不保了。

32 海空对决

一阵巨浪从身上冲过去,幸亏没有撞在头上,小程抬着头,被浓烟呛了两下。四下看去,他被眼前的场景惊呆了,他居然看不到了"宁海"舰。

原来轰炸激起的水柱,像一面宽大诡异的江水屏风,凝结着黑烟和水汽。全部被遮掩的"宁海"舰,如同从江上蒸发一般。

不幸中的万幸,日本人投下的第一批60公斤炸弹,并没有击中第一舰队主力舰,而是落在了"平海"和"宁海"两舰之间。炸弹离"平海"舰更近一些,指挥台上的陈季良心里早有准备,它是冲着自己的将旗来的。

"宁海"舰虽然没有中弹,但却有损伤。当小孔爬起来后,就在他的身边,响起了似乎更猛烈的爆炸。随着一股灼热的风从脸上火辣辣地扫过,他看到测远镜的钢护管上,陷进去了好几处大洞。这时舰身又开始摇动,把他摔跌下去。在身体没有办法稳定之时,他的眼睛始终睁着,好在舰似乎还行。

这是他在第一次感觉到近失弹的威力,在这样的近距离中,这是来自身体的直接感受。

没有直接命中船体,却在舰艇近周爆炸的近失弹,会对船体造成极大的损伤,这是过去在课堂上学过的知识。因为水的密度要比空气大很多,因此水下冲击和压力波动,可以造成船体的金属疲劳,甚至能将船体撕开一个大口子。

对付潜艇的深水炸弹,据说就是运用了这个原理。而今天,自己和"平海"舰,同时成了这个原理的又一次试验品。更要命的是,近失弹的破片,对舰体及人员有着极大的杀伤力,很快,他和同伴就尝到了这个苦果。

没等"平海"舰官兵完全缓过神的,云层下突然又出现了第二队日机。所有人都能看出来,它们是奔着飘扬的中将旗来的。几乎就在大家扑回炮位的瞬间,大部分高炮没来得及拉开炮闩之时,又一次集体水平投弹,从空中像噩梦一样降落。

又是一阵火光,紧接着,轰炸,气浪,摇晃,浓烟。随着第二次集体投弹在"平海"舰后侧爆炸,它的舰尾这一次遭到近失弹的创击。小孔看到,第二炮位指挥见习官小孟倒在不远处,倒在他亲自搬运弹药的时刻。他的手离炮弹很近,他流血的头部和上身,挡住了炮弹滚落的轨迹。

小孟就这样走了,不是说还要和自己竞赛,看谁能先打下敌机吗?小孔就这样看着自己的同学,在咫尺间这么迅速失去,他内心充满悲伤,又像被击穿的钢护管一样空洞。死亡就在眼前发生,他奇怪此时为什么没有眼泪?

当爆炸的气浪冲向指挥台时,值更官猛地一下把陈季良扑倒,用自己的身体紧

紧保护着自己的老司令。一阵啪啪的响声之后，陈季良爬起来，他看到了躺倒在地的舰长，正吃力地站起来。他的手捂紧腰部，血汩汩地从他的手缝里渗出来，顺着腿部向下滴落。

"军医正，卫生兵。"陈季良快步上前，扶住中弹的舰长，大声命令，"把高舰长扶下舱，立即包扎！"

四周水兵忙乱地争抢上前，抬起舰长就准备走。舰长这时却拉住陈季良说："司令，这时候我怎么能离你而去？"

陈季良向他勉强地一笑，然后对士兵果断地挥了挥手说："快，抬下去。"

修整炮械，补充弹药，在休战间隙紧张地进行，逐级报告受损和伤亡情况的汇报，在舰桥上下起伏不断，"平海"舰一片嘈杂。

一阵紧似一阵的爆炸声从江面远远传来，水柱此起彼落之间，"平海"、"宁海"、"应瑞"舰四周，不时升腾着红光和浓烟，让战场的真相半遮半掩。

要塞上的解夏待不住了，他放下望远镜，就要冲出掩体之外，想仔细看一看舰体究竟被炸中没有。黄高参一把拉住了他，他看了看解夏，用嘴努了一下。解夏停下了脚步，看了看眼前的德国将军，他记起了自己的使命。

和统帅部黄高参一样，解秘书身临江阴要塞，只有一个任务——陪同法肯豪森总顾问一起观战。

一身国军将军装扮的法肯豪森，此时一动不动，从警报声响起后，他一直保持着这种姿态。黄高参一路跟随他监控战局，熟悉他不苟言笑的这种表情。"八一三"沪战之后，伴随着战事重心转移到上海，法肯豪森把他麾下的军事顾问，像豆子一样洒在长江下游的战场。而德国顾问团对中国抗战的投入，正引发德国政府警觉、不快乃至干涉。

这一个多月下来，影子一样陪同在法肯豪森身边的黄高参，发现这位总顾问和他的政府甚至是日本政府，正在进行着一场游戏。既然德国政府明令禁止德国顾问亲赴前线，那么就不妨换上国军的军服，然后再出现在战场上，继续协助国军作战。既然就德国军事顾问参与指挥战事问题，日本政府正式提出抗议和交涉，那么，顾问团也以外交辞令加以否认。

身处矛盾的漩涡，法肯豪森并不轻松，他深邃的目光，在解夏看来，充满了对战事的关切与焦灼。

此时，他面对要塞参谋长，表示出对刚才作战的不解："已经装配的 88 式高炮，为什么没有发挥它们的作用？难道是操作不熟练？"但他分明知道,德国的技术人员正在炮台进行现场指导。

江阴一带是法肯豪森最为看中的防线,对于江岸炮台和防御工事,这几年不惜血本苦心经营。兵工署从德国购进的 88 毫米高射炮,代表世界最先进水准,最近在江阴就配备了 8 门。分别是东山、肖山两个炮台,不久前炮已试射成功。但是从今天的表现上看,法肯豪森对它没有建树深感不满。

按照法肯豪森的想法,至少在中国海军舰队的右前翼,要塞的防空火力应该形成一组让敌机生畏的火力网,以减轻第一舰队的空中压力。但高炮却没有发挥这个作用,他提出要去两个炮台看看。

要塞参谋长坚决地挡住了他,他指了指空中说:"第三轮轰炸已经在路上了。"前方瞭望哨传来了预警消息,称 6 架 96 式陆攻飞机正编队而来。

96 式?！观测所里一阵骚动,怎么海军出动了陆上攻击机？解夏头脑中,瞬间里出现了它单翼的映像。紧接着就是它的装弹,陆攻 250 公斤的炸弹,是舰载 60 公斤的 4 倍以上。正在大家为舰队的命运担心之际,空袭警报声中,敌机已经飞临江阴上空。

开始远程岸基轰炸机时代,是日本海军以英美为战争假想敌,构想空中战场的一个梦。目的是通过强大的续航能力,在开战之初可以直飞对方的后方,对重要设置和军事目标进行打击,以大幅度削减敌人的实力。意外帮它圆梦的,是公司编号为 G3M 的日本三菱公司。

G3M 的试飞,让全世界的行家不敢相信,它竟会出自日本人之手。它出色的单翼设计、可收放的起落架,空中持续的航程,达到了当时的先进水平。订购 G3M 的日本海军,将其称为 96 式陆上中型攻击机。

11 时 30 分,这是解夏腕上手表显示的时间。

单翼的庞然大物,速度如此之快,"平海"舰上的小孔,张开大嘴表示着惊讶,难道,来者就是传言中的 96 式陆攻？对它的炸弹威力,谁都畏惧三分,小孔又怎能不知情？他最直接的反应,就是尽量要用炮火阻止它靠近,压制它俯冲投弹。

如果 250 公斤的炸弹击中舰体,或者是近失弹,将会是怎样的后果？他不敢设想。

因为测远镜损坏,也因为战友小孟的牺牲,此时他已经从第三炮位,转移到第

二炮位。由于敌机速度很快,这就给测距和估算带来了麻烦,这时,一个不可思议的命令从第一指挥所传来——

"全体都有,弹幕射击!"

弹药本来就不够,为什么改精确射击为弹幕射击?小孔头脑里不大理解中尉的意图,而第一炮位的小程,已经果断地发出了射击的命令。小孔也不再犹豫,迅速组织起弹幕射击。

在猛烈射向空中的炮弹里,他发现有一部分没有爆炸,怎么回事?问话一出口,他就反应过来了,恐怕是弹药不够了,破甲弹已经混入了其中。

原来,敌机来袭的关键时刻,金砺锋却听到空炸榴弹不足的报告。他没有时间请示,果断传令立即混装炮弹。眼看着大个头的陆攻机从舰上划过,向着"宁海"舰俯冲过去,他急中生智,下达了弹幕射击的命令。随着高速射击的枪林弹雨密集布满空中,像一面幕布悬挂,另一幕惊人的情景发生了。

俯冲的敌机在弹幕前望而却步,迅速地向上爬升,一颗颗重磅炸弹,在忙乱中纷纷投落了下来。在江面掀起的巨浪,连成一面巨大的水帘。

"平海"舰上许多双眼睛,都紧张地盯住水帘。在水帘褪下的烟雾里,他们看到了奇迹:"宁海"舰安然屹立在江水的波涛上,朦胧中变得清晰的江面,整个第一舰队的舰艇,像水墨画卷一样慢慢打开。

敌人在匆忙中的提前投弹,让"宁海"巡洋舰绝处逢生。看着前方熟悉的舰身,再看着远去的敌机,没有阳光的这个中午,枪炮官金砺锋和见习生小孔,他们仰望天空的目光这时一片润湿。他们泪眼目及之处,灰色的天空变得模糊起来。

第四次轰炸姗姗来迟。下午4时许,随着新一轮敌机临空,这一次的海空作战,在乱哄哄的投弹中结束。包括92式舰攻机和95式舰爆机在内的9架日本飞机,显然是奔着"宁海"舰的目标去的,但遭遇了来自舰上的密集弹幕迎击。

猝不及防,日机被逼入了云层之中。因无法辨识主要目标,它们以高高在上的水平投弹,开始了一次目的混乱的轰炸。从空中落下的炸弹,距离主攻目标"宁海"舰甚远,却相继在"海容"舰、"海筹"舰与"应瑞"舰周围爆炸,好在并未造成损失。

日机完全撤离后,伴随着解除空袭警报,22日的江阴海空战,经历四次敌机轰炸,于下午5时前偃旗息鼓。

暮晚时分,战报传到了南京,陈绍宽看罢,画去了"击落敌机5架"的战果(他需要对此进一步核实),然后立即报告最高统帅——

32 海空对决

行政院蒋院长钧鉴:密。本上午11时及下午1时,敌机多架围炸我驻澄舰队,各舰与之抗战多时,敌机始去。计"平海"舰左右舷钢板被炮弹炸穿数十处,并窗门玻璃破碎颇多。"应瑞"舰左鱼雷炮炸穿一孔,前桅及左舷钢板被炸多处。是役"平海"舰长高宪申腰部受伤多处,情势颇重;"平海"舰官员阵亡两人,士兵阵亡三名,士兵伤18名。"应瑞"舰官员伤两人,"宁海"舰士兵伤二名。谨闻。陈绍宽叩。养申。

第二天,晨曦熹微,早起的小程轻步走上了甲板,深深地呼吸着一大口带露的晨风。拍打舰身的江浪发出柔和的轻响,他觉得好听,于是惬意地伸了一下懒腰,让身体舒展在这个清晨。远处淡淡天光和他一样舒展,从东边的江天交接处,向长江南岸轻盈地延伸过去,经过要塞起伏的山峦,勾勒出一条黎明的长线。

灰蒙的天空下,微凉的空气中,朦胧中的第一舰队似乎还没有醒来。他的目光贪婪地经过一艘艘安宁的战舰,感到油然而生的亲切,在心里面,他向每一艘舰艇道上一遍早安,一直到自己脚下的"平海"舰。

打了一套拳之后,层层阴云中露出了一道朝霞的缝隙,它似乎想突破云层的重围,但它的曙光显得那样的弱小。就在它探头的难得时刻,备战的汽笛突然响声大作,划破了本属于江晨的宁静,迎战的旗帜轻飘在"平海"舰的上方。

下游监视哨传来的情报,让第一舰队官兵无比振奋——

日军海军第三舰队的舰艇编队正向江阴前进!中国海军期望和日本海军正面对决的时刻来了!

旗舰打出了信号,陈季良把"平海"、"宁海"和"逸仙"三舰调度到第一梯队,位列封锁线的最前方,完全是相中了它们主炮的威力与射程。随着司令一声令下,三舰官兵迅即登临甲板,奔向炮位。

"平海"舰的烟囱里突然冒出了浓烟,顺着江风被渐渐拉长。代替舰长指挥的叶副长,发出了满舵的命令。180度的调头之后,"平海"号的舰尾正对准了下游,四门140毫米主炮在舰尾,它们沉默的炮管以出弦之姿绷紧。在电动送弹机隆隆传送弹药的背景声中,小孔的一句话,引起了炮塔的哄堂大笑。

"今天我们把屁股对准鬼子,兄弟们,得让他们好好地闻闻屁的味道。"

笑声过后的"平海"舰开始沉寂下来,整个舰队都在倾听来自下游的动静。甲午

黄海海战之后,在这一条漫长的航道上,中日海军主力舰队对决,双方等待了四十三年。现在日本舰队来了,正从下游溯江开进,中国海军面对宿敌生死一战的机会就在眼前!

但长谷川清,却没有给中国海军这个机会。

在第三舰队上溯的编队中,熟悉长江航道的第11战队开进在最前列。战队旗舰"安宅"炮舰的驾驶室里,舰长大池正命令全速前进时,战队的谷本司令却制止了他。谷本和身旁的中村参谋耳语了一番,中村点头称是,认为司令的考虑不失为一个好主意。让大池想不通的是,司令这时下达了减速的命令。

中村走出指挥室,过了一会,手里拿着一张电文,又重新回来了。这一去一回间,他带来了司令长官的最新命令,舰队立即返回。

眼看已经到了长山了,何不一鼓作气杀向封锁线,气呼呼的大池返回时脸色铁青。

中村来到他的舱室,问:"你的脸色给谁看,有本事回去给司令长官看?"

大池没好气地回了他一句:"就是给他看,也没有什么可怕的。"

中村这时不再说话,脸上还是那种嘲讽的不屑表情,冷笑着看了看大池,转身便要离开。大池性急,委屈地问:"这又怎么了,难道我想作战这还有错?"

中村说:"打仗错不错的事,你我管得了吗?但是,别太便宜了中国海军。"

大池疑惑地看着他,表示不理解。

"你得想一想,"中村指了指脑子,"如果给中国海军两个选择,一个是舰与舰作战,另一个是海空作战,他们会首选哪一个?"

"我明白了。"大池狠狠地啪了一下脑袋,在说完这句话后,他的笑声让舱里的空气都产生了震动。

日本舰队的折返,也让"平海"舰再一次失望地转过身去。

当空袭警报拉响之时,金砺锋一看时间,几乎和昨天同时。

天空中很快出现了两架飞机,从它的高度和数量上,大家都知道它不是来轰炸的。但金中尉觉得,在轰炸之前,它们在舰队上空认真地进行盘旋侦察,是否意味着一场更大规模空袭的到来?

他把自己的想法,向指挥室作了汇报。

中尉的提醒,长官都清楚,只是没有人捅破这一层纸。昨天的轰炸,虽然没有击中目标,但近失弹早已让舰体产生了疲劳,更何况,舰艇的金属护甲原本就薄得很。如果不是日本人忙乱中投错了弹,大家都不敢设想,它会带来怎样的后果?所以,昨天的侥幸,并不能保证今天的命运,如果日军加大攻击力度,那么今天就将是舰队的覆灭日。

干练的叶副长显然想明白了这一点,他对金中尉说:"今天就把枪炮的指挥权交给炮位,让各炮自便,打起来更顺手。"

金砺锋听他这么布置,心里完全赞成,一仗打下来,他早就看出来了,多一层指挥,多一份麻烦,因为防空作战的经验实在是太少了。

这样,金中尉来到第二炮位,自己要亲自指挥。小程还在自己的第一炮位,小孔又回到了第三炮位。炮位调整不久,两时许警报声凄厉地响起,战斗在下午之际开始打响。

来自北岸瞭望哨报告说,发现日机12架;紧接着南岸瞭望哨报告,又有12架敌机袭来;这时前方又报来了最新敌情,约30架飞机正向江阴方向运动。

要塞观测所里,看到黑压压的机群编队,虎视眈眈地对准海军主力舰,黄高参对身旁解参谋脱口说:"不好。"解参谋也暗说了一句不好,但两个参谋的意思却不一样。

黄高参只是看到了敌机数量,远远超过昨天;而解夏发现"宁海"舰的位置,稍

"宁海"舰正全力加速避开日机投掷的炸弹

稍偏离舰队一些,这样就给敌人的轰炸提供了可趁之机。

第一批日机到达舰队左翼的上空后,一直在盘旋,并不急于攻击。解夏估计,它们在等待着后备梯队,将对"宁海"舰发动第一波连续进攻。果不其然,当又一批敌机飞临要塞上空时,对目标"宁海"号的疯狂攻击开始了。

这是蝗虫一般袭来的灾难,敌机在"宁海"舰的上方,以掩云蔽天的规模让人感到恐惧。它的一浪接一浪的俯冲攻击,像红了眼的狼群扑向目标。炸弹的狂泻,江面的巨浪,炮火的还击,连天震地的声音传到了江南岸的观测所。

法肯豪森瘦削的脸上写满了峻色,他叫过解夏,问:"这一仗是谁在指挥,江面上的舰队怎样和要塞联系?"

解夏哑口无言,没有办法回答他的后一个问题。黄高参过来想和他解释,刚说了两句,就被他打住。

显然,总顾问对陆海两军没能协同作战、相互割裂的表现,表示出了极大的不满。

大家知道,这个倔强的德国老头不好糊弄。早在1900年他就随八国联军到中国作战,后来进入柏林东方学院进行远东研究,出任过日本武官。可以说,他对中日国情、军情知之甚多。

当局者迷,这话一点不假。跳出正在作战的舰队,曾经担任舰队参谋的解夏,从旁观者的角度,发现现在的战术存在着明显问题。

封锁线内的主力舰只,目前一动不动地泊在原地。从我方看,它们成为江中一个个固定的炮台,但从敌方看,却提供了一个个固定的靶子。按此下去,在雨一样降落的投弹中,"宁海"舰何以躲闪?

解夏不是事后诸葛亮,他是训练有素的海军参谋。9月22日,是祸躲不过的海空作战,让他对舰队陈旧的作战方式彻底失望。

当天晚上,一个战地上的多云月夜,流动的江水波动着奇形怪状的光晕。解夏悄悄离开要塞指挥部,乘坐一只快艇,登上身受创伤的"平海"舰,直奔陈季良司令的指挥室。尽管卸任舰队参谋已经五年多了,但解夏不拿自己当外人,今天初次交手,明日必有恶战,他觉得必须向老司令坦诚进言。

烟雾弥漫的指挥室里,关不住陈季良的阵阵咳嗽声。看到解夏突然闯进,中将诧异,他挥了挥手,让手下尽数撤出,然后自嘲:"解参谋,想必你是来陪我值最后一班的?"

32　海空对决

听他这么问,解夏鼻子一酸,心想司令什么都明白,其实并不要自己来饶舌。因此一时无话,拉过椅子坐在司令的一侧,抽出桌上的香烟,不慌不忙地点上,仿佛真的准备值班了。

两人沉默,一个中将一个中校,他们代表着海军的不同时代与不同思维。

显然,解夏不是为沉默而来的,陈季良从上到下看了看他,站起身来,把自己的位置腾出来说:"换一个位置,你现在就是舰队司令,你说该怎样打?"

老司令让座,也就是一个习惯的动作,一种长官与下属讨论问题的姿态,解夏明白。但他并不客气,一屁股就真的坐上司令的位置。他的反常,竟让陈季良吃了一惊,这个解夏,难道真的是有备而来?!

当然,解夏是为明天的战事来的,他很清楚,自己不可能带来破敌的锦囊妙计。对于没有制空权的舰队来说,挨打的被动局面,是谁也无法更改的事实,这也是弱小的中央海军难以摆脱的厄运。

但是,死也要死得好看,死得其所。解夏坐在舰队司令的椅子上,像是操纵了这支舰队的命运。面对明天即将展开的血战,又一场令人不安的海空大战,他只有一个建议,三艘主力舰必须动起来——在运动中保持互为掩护的阵形,再通过外线舰艇的防空支持,才有可能和敌机周旋。

面对解夏的临阵建言,信奉实战经验的陈季良将信将疑:这种奇怪的战术,且不说没有实战案例,就连海军会操时都不曾演练过,如此应战岂不成了儿戏?!

直到解夏失望地离开"平海"舰,对明天的战术安排,陈季良没有明确表态。尽管如此,9月23日一早,中将还是下了决心,将"平海"、"宁海"和"逸仙"三艘主力舰调到第一梯队,以作相互策应。

解夏对此并不满意,因为它们毕竟没有开动起来。主力舰一动不动,就等于画地为牢的动物拱手把自己交给了猎手,让敌人的空袭轻易地锁定了目标。

旗舰指挥台上,陈季良这时已经意识到了这个错误,但是晚了一步。

敌机像苍蝇一样越聚越多,在天空中排成了一个圆周形,它们的急降投弹战术,让江底沉渣四起,江面一片浑浊。太多密集的炸弹,在"宁海"舰四周,激起的水柱几乎遮蔽桅顶,近失弹带来的破片在空中横飞。

一架飞机被"宁海"舰击中,没有改变更多敌机的进攻态势。尽管日机的投弹准头很差,但是近失弹的威力,让舰体疲劳不堪的"宁海"号,被破片击穿多处。多个舱体进水或渗水的危情,让陈季良痛下改变战术的决心。

中弹坐底的"宁海"舰

各舰起锚的信号旗,在旗舰"平海"号上打出。舰体的突然转动,并没有让第三炮位上的小孔分心,反而他在新的角度上,盯紧了一架从右舷俯冲的敌机。就在日机俯冲下来,从右舷擦过的一瞬,他的一声令下,呼啸而出的炮弹正中敌机的油箱。这时空中升起了一团火光,接着来到的爆炸声,把飞机的残骸碎片洒满眼前。

9月23日的海空对决,小孔终于击落了一架敌机!

起锚后的"平海"和"逸仙"两舰,一左一右地向上游驶去,陈季良此举,是想在运动中躲避敌机的定点轰炸。行驶了一段路程之后,陈季良发现两道长长的浓烟,拉长了和"宁海"舰的距离。后方传来的信号证实,"宁海"号的锚机正在抢修,"宁海"舰动不了身!

这个空隙,被头顶上的日机发觉。在"宁海"舰奋力抢修之时,空中的机枪火力,封锁住起锚队接近锚机的企图。重新组织的轰炸编队,集中到"宁海"号的上空,向这艘格外孤单的巡洋舰,发起了又一轮的攻击。

陈季良立即发出救援的命令,调转舰头的"平海"舰前方,她的姐妹舰"宁海"号正摇摇欲坠。舰上的锚链已经砍断,她一边奋力还击,一边努力向舰队驶来。接应的

32 海空对决

"平海"舰加大着马力,急驶靠近。

敌机侦察到了"平海"舰的企图,立即组成了4架一行的攻击编队,迎头向舰队的旗舰袭击而来。

抢在长机就要俯冲投弹之前,第三炮位的小孔率先开炮,他想通过先发制人的手段,压制领头的长机俯冲下行。随着长机向左舷一转,他的战术成功了,左舷外远远的爆炸,只让舰体产生了轻轻地摇晃。

第二架飞机,同样不敢直面迎击的炮火,它的机头转向了右舷。但它在逃避时没有忘记立即投弹,这是一颗颇具威力的近失弹。爆炸,水柱,破片,带来了舰身猛烈摇晃。第三炮台上的小孔暂时失去了知觉。而在破片飞溅之后,小程的第一炮台,突然打不开了炮闩。他着急地扫视了一眼,第一台机枪手仰面倒在不远处,胸口还突突地冒着热血。

小程抢步上去想去救援,无奈第三架敌机已经俯冲过来。小程像是要展开全身绝学,一个飞跃扑向机枪,不料机枪的枪架纵轴已经被震断,像割开喉咙的鸡耷拉着脑袋。

敌人似乎意识到底下出现了问题,把机身压得很低,甚至能看到他狰狞的表情。小程被逼无奈,把自己的左臂作为机枪架,硬生生地伸向钢板,向敌机猛烈射击。

他的机枪和第二炮位上的炮火,死死地锁住了敌机俯冲投弹的线路。敌机终于在不断拉高中,把炸弹投向了远方。而不容小程喘息,另一架飞机,沿着刚才的航道,再一次压了过来。以完全不可能的射击姿态,小程正进行着连续的射击。

重机枪产生的后坐力,在无架的状态中,在小程的左臂上激烈地颤跳。更麻烦的是,枪口也随之跳动,让射击动作无法进行。他下意识地用手扶上枪管,猛觉得左手被烫得想把它甩掉。打开一看,手掌皮被烙铁般的枪管烫出了血泡。他把灼伤的手浸进在水桶里,手上冒起了一股烟。

这时敌机临近了,他只能再一次抽出左手,扶住炙热的枪管还击到底。

敌人的这一架飞机,很有耐心地在回转盘旋,寻找着攻击的最佳时机。眼看它终于俯冲过来,第二炮位的金砺锋,把一串炮弹发射在它必经的线路上。敌机发现时,已经来不及了,它的机身已被击中,转向右舷飞去。这时,小程发出了一声惊人的吼叫,竟然手捧炽热的机枪,用密集的火网攫住敌机。

对方在被击中的同时,机身一抖,投下炸弹,然后拖着浓烟向江里栽去。近失弹的猛烈爆炸，让右舷破片横飞，击中了中尉和小程。

　　这时阴沉的天空，突然出现了一道破云而出的霞光，碎屑狼藉的江面上，残阳如血。

　　以后的日子，只要说起这次悲壮的海空大战，人们总会提及一个年轻枪炮见习官，说起他以血肉之躯，捧起炙热枪架的英雄传奇。

33

爱在首都

"平海"舰被日机炸弹命中向左侧倾45度

比针一样扎进身体里的印象还要刺痛和绵长,海空大战结束之后,他的记忆一直没能撤出战场,他的记忆,一直延续到远离江阴以后的岁月。作为当年的最高指挥官,陈季良的耳边,不时还会回响起那一年江阴的爆炸声,来自封锁线上空震耳欲聋的阵阵雷击。

那是留给一个海军老兵抹不去的感受,也是他的海军生涯,定格在民国二十六年的壮烈时刻,留在江阴的悲壮体验。

后来的一路溯江西行,他来到了重庆。直到弥留之际,他经常陷入一种平静的回忆。在他的回忆里,滔滔流动的江水,已经变成了远远波动的稻田,天空纠集起来的阴云,成为了一幅还没有晾干的水墨画。他拉着夫人的手,回忆起那一年掠过江阴的台风,语气平和地说:"后来的天空变成了乌鸦的天下。"

说到这里时他的脑海里,出现了两个自己,两种不同的印象叠加在一起,让他的表达出现了困难。模糊中,他感到身边来人不断,他听到来人都会提及一个相同的地名,也会在背诵相同的一段话。来人不断重复的海军军服,刺激起他的印象,来人都喜欢俯下身来问,老司令,你还记得当年对我们说的话吗——

"军人当忠于职守,勇于从战,以身报国。在陆地战场,人人要有马革裹尸的雄心;在海上战场,人人要有葬身鱼腹的壮志。不管战争环境如何险恶,人人都要杀敌制胜,坚持用最后一发炮弹和一颗水雷,换取敌人的相当代价。"

听着不同口音的背诵,他笑了,他的另外一个印象,认为这段话似乎有些拗口。他想进一步核实,这话是我说的吗?一旦想认真追究,他的感觉就开始奇特的复苏。在水墨画一样的天空,猛烈轰炸声开始狂泻,那轻逐的稻浪翻滚成浑黄的江水,江水上冲天巨柱的水浪和各种形状气浪的冲击,伴随着时隐时现的火光。

无声无息的复原和撕裂,这时融为一体。他感到自己的两个身体,像分开已久的朋友,在尝试着重新交流。他的耳中,他的胸间,甚至他隐痛已久的膝关节,从埋得很深的尖锐声音中逃了出来,从沉入水下的压抑中感觉到了向上的浮力。

这时的陈季良表情安详,他像是任由自己另外一个身体,随风浪一起颠覆。那个身体中的他,身处爆炸的中心,像他的司令旗,在激战的半空尽情地飘荡。在命运多舛的风口浪尖,在枪炮向上方发疯似的反击中,在炸出巨浪的黄色波涛和像鼓面颤动的天空之间,它的飘动,从起初的无助到越来越实在的清晰。

他的眼前出现手捧的一顶顶军帽,海军军帽上金色的嘉禾图案,让他清醒起来。他想这是做出最后决定的时候了。他想自己要去的地方,是一块临江的坡地,一

搁浅的"平海"舰

片望不到边的稻田。他要像一只船那样,漂浮在稻菽的重浪之上。他对夫人说起了最后的遗愿,他要为自己的永恒住处,选择一口水泥棺材。

江阴海战的八个年头之后,63岁的海军中将陈季良,静静地躺在重庆郊外。

当他被追任为海军上将时,他早已静卧在自己选择的墓地。他的水泥棺,坐落在一片无名坡地,在稻香的簇拥下。坡地的脚下,江水呜咽,向下游流去。谁还记得,在遥远的江阴,那里曾经有一支他的舰队。

民国二十六年9月23日,江面的晚风吹在激战后的战场,陈季良独自一人仰望着桅杆上破碎的将军旗发愣。左右舷和舱底被炸开的"平海"舰上,此时忙乱不停,一边堵漏一边向江边驶去。叶副长不停地催促:"让司令把旗舰移到'逸仙'号上!"陈季良没有动。

他要亲眼看着舰上的伤员运送上小火轮,撤出"平海"舰。他还想陪伴这艘旗舰多待上一会,因为现在是她最无助的时候,即将告别舰队的时候。

他的执意留守,让天空暮霭沉沉。这时,已经看不到搁浅在江北岸的"宁海"舰了。在同一天,在同一个时辰,舰队两艘主力战舰,"宁海"和"平海"姐妹舰,就这样一前一后告别了战场。

陈季良想到了她们的命名时刻。他和陈绍宽一起斟酌,他们眼里当时放着光,他们像给最心爱的孩子取名一样,反复进行推敲。相比日本人造的"宁海"舰,中国自主建造的"平海"轻巡洋舰,更集中了海军对她的万千宠爱。

1935年9月28日下午1点,这个时间,一直深深地烙在他的记忆里。

不仅仅因为这是"平海"号下水的日子,也不仅仅因为她是海军这些年自己建造的最大军舰。当时,他更认为,这是海军图强的一个新开端。

那一天的下水典礼,在上海高昌庙造船厂举行。那时,他从台上俯视,千余人的中外来宾尽收眼底;他向空中仰望,"宁海一号"水上飞机盘旋空际。黄浦江中,以"宁海"号为首的海军舰艇高鸣汽笛,与江边奏响的军乐声,混合成感人的热烈场面。

在暴雨般热烈的掌声中,他走向了话筒,用浓重的福建口音,代表同为福建人的国府主席林森,宣读命名书并行命名礼——

懿维平海,光曜晨曦,五牙制伟,重瀛飙驰。鹰扬展绩,龙跃肇基,威宣楼橹,色壮旌旗。飞云宏略,翔凤盛仪,无远弗届,履险如夷。横庚仵卜,洗甲相期,鲸波恬静,瑞兆吉时。

那个让人感怀的瑞兆吉时,一直延伸到这一天——"平海"舰就将告别的日子。陈季良此刻,在觉得身心交瘁的同时,似乎也有了一丝解脱。

相比黑龙江边庙街炮击后的改名之耻,相比黄浦江"一·二八"沪战中的缩头缩脑,这一次江阴对决,他可以对正在赶来的陈绍宽说上一句:"厚甫,我们海军尽力了!"

搭乘"中山"舰前来督战的陈绍宽,赶到江阴时,两岸灯火已早早地在夜晚点亮。

走上有些倾斜的"平海"号甲板,他和陈季良的手紧握在一起。海军一、二号人物,他们的手相握的时间很长,陈绍宽只说了一声季良兄,再没有更多的言语。

部长这个时候来,陈季良一点都不意外。意外的是,他竟然给自己带来了"三炮台"香烟。

陈绍宽讨厌烟来酒往,在海军素有声名。在他主政军部之后,过去副官处的接待用烟,被他一笔勾销。由他主持出台的军舰职员服务规则,草案中明令禁止员兵在舰上抽烟,因为考虑到陈季良的嗜好,才网开一面,补充了"舰长室、军官室不在此限"的规定。

厚甫能主动送烟给别人,在陈季良的印象中,这是第一次。这个看似小小的改变,让陈季良的心里很感动。他隐隐约约地感到,在海军江阴沉船、建立封锁线之后,一向严厉治军的厚甫,身上更多了一些世故人情。

果然,他看到陈绍宽正挨个地和官兵握手,仔细地询问着伤亡情况,然后细心地部署着善后工作。

夜晚的信号灯,把各舰的指挥官集中到了"平海"舰上,这是江阴封锁线上的又一个难眠之夜。

"'平海'舰的高舰长和'宁海'舰的陈舰长,两位舰长双双受伤,是海军之痛,也是海军的骄傲。"陈绍宽以此开场,盛赞海军将士英勇献身的表现。

他站起身来交代说:"'咸宁'舰立即护送所有受伤人员到南京海军医院包扎,重伤者随后转至芜湖的美国医院,进行手术和治疗。所有死难殉国人员,也随舰一起,运到芜湖安葬。"

"要让每一个人,都活得体面,死有尊严。"陈绍宽说这话时声音哽咽,他迅速地控制住自己的情绪,自己慢慢地坐了下来。停顿了一会,他用异常冷静的口气说:"沪战才刚刚开始,对接下来的牺牲,我们要有充分的准备。但是,要让我们的牺牲更有价值。不要浪费一枪一炮,一发炮弹,更不能让员兵白白地流血。"

"拜托各位了!"他重新笔直地站起身,向大家行了一个军礼。

深夜的江阴封锁线上,舰灯依旧醒目地亮着。"平海"号在尝试着堵塞漏洞,"宁海"号搁浅之处,江上和岸上则人声鼎沸,员兵们正在连夜拆除舰炮,准备运送南京。

此时,陈季良已经移至"逸仙"舰,看着黑暗中升起的司令旗,谁也不知道它会在新的旗舰上飘扬几时。

回到"中山"舰的陈绍宽,在起锚回京之前,向南京发回了当日的简要战报——

行政院蒋院长钧鉴:密。本午后,敌机两次共50余架围舰,投弹百余枚,"平海"左右舷及舱底被弹炸,钢板裂开,进水猛烈。现已驶靠浅处,试行堵塞。"宁海"被炸进水,现搁在浅处。谨闻。陈绍宽叩。漾申。

受伤的金砺锋仰卧在病床上,他的眼睛警惕地打量着窗外的动静。这样的处境让他有些难堪,本想能够在清静的环境里,让脑子里昏天黑地的爆炸声慢慢地撤出。然而,他受伤的消息在走漏之后,却迎来了无休无止的探望。

从江阴前线,来到了南京的海军医院,紧张地包扎和救护中,大病房里起先没有太大的嘈杂声。直到一窝蜂赶来的记者,高举镁光灯挤进病房,热闹就开始了。

嗅觉灵敏的记者,很快找到了徒手抱着炙热机枪的英雄、正在包扎的小程。看着镜头不断对准他,一个个问题抛给了他,一边的金砺锋暗想,像他这样不善言辞的,应付这种场面,简直就是活受罪。

会武术的小程,爱武斗不爱文斗,他回答不了许多稀奇古怪的问题。于是求援的目光在搜寻,突然他的眼前一亮,用手指着金中尉:"这是我的长官,飞机就是他打下的。"在小程兴奋的声音里,金砺锋就这样暴露了。最重要的,和他一起暴露的,还有他的家世背景。

一拨又一拨的人开始探望,先是家里的亲戚,然后是七大姨八大姑的远亲,再是家里人单位的同事。当花篮和礼品不停地拥来,金中尉开始后悔。早知道就不该推辞,应该和小程一起转移到芜湖治疗。

被安排到了双人病房后,另一张病床空空如也,他觉得格外无助。好不容易打发了一拨探视者,房间才暂时安静了下来。

左手打着石膏、头上扎着绷带的金砺锋,知道事情没完。从窗户玻璃的反光中,中尉发现自己的样子很滑稽,他折腾着下床,想到窗前看一个究竟。无意中在窗外的树影丛中,却发现了一个熟悉的身影。她怎么会在这?他不相信地揉了一下眼睛,再看,人不见了。

中尉眼巴巴地看着院中的树木,却听到了不远处传来的喧响,看来又有一批伤员抬进医院。

每一批伤员到来的背后,就意味着一个残酷的事实——又一艘海军舰艇遭敌机重创。

先是"逸仙"轻巡洋舰,然后是"建康"驱逐舰,这次会是谁呢?他走到门前,竖起耳朵听了一会,原来是第二舰队的旗舰"楚有"炮舰中弹了。

金砺锋心里堵得慌,想到院子里透透气,更想离开医院求一个安静。这样他从病房来到了走廊,又从走廊来到了院子里。

执行轰炸任务的日军机群

坐在椅子上,中尉眼睛却没闲着,但他没有发现自己要找的目标。坐着无聊,他向球场晃过去,几个基本好利索的伤兵正在练习投球。他觉得他们的精神状态不错,就是技术太臭,很想上前去露上一手。

犹豫时球往他这边滚过来,金砺锋觉得想不打都不行,竟一时兴起,捡起球就往球场上运送。

"谁让你打球的?"他的背后,响起了一声轻责。中尉慌忙把球扔了,然后转过身来,准备接受训斥。一照面,他愣住了,果然是玉兰,她怎么还像模像样地穿上了护士服?

这是他们第三次面对面,船上一次,侦破案件时一次。但在中尉的印象里,两人交往已久,此时他的心里,泛起了在长江第一次邂逅时的那般激动。

手捧药盘的玉兰并不吃惊,说:"中尉,没想到吧?"她还是和过去一样平静,她

的这种表情,好似他们一直都在见面,从来就没有分开过,中尉有些沮丧。

沮丧的中尉转念又想,还能让她怎么样,难道让她放下手中药盘,猛地扑到自己怀中?你以为你是她什么人,中尉自我解嘲,心里想在破案时演得那一出戏,人家还没找你算账呢。

看中尉半天没说话,玉兰在心里检讨起自己的态度,是不是太不礼貌了。于是不好意思地笑笑,走上前去亲热地拉着中尉的右臂,搀扶着他在椅子上坐定。嘴上说:"你现在不能动,伤口很怕感染,固定的胳膊也容易错位,还是要多休息。坐急了,再走走,就是不能剧烈运动。"

听她的口气像哄孩子,金砺锋觉得很受用,不由得向她多看了两眼。正准备拉她坐下来问话,没想到解秘书和崔先生一前一后地出现了。

解秘书有些不认识地打量着他,说:"你现在这样子,不像是能打下飞机的。"

"那要看怎么去观察。"崔先生接话说,"刚才远远过来,我看到的是中尉的背影,想起了一句,叫'背影直立,何止一言九鼎';然后再看中尉一转身,就有了下一句,'独臂横行,急煞万马千军'。"

"崔先生,你还少了一个横批,"中尉答话道,"叫作'关公显灵'。"说完想起还没有向解秘书敬礼,一边补上,一边兴奋说,"感谢长官前来探视。"

解秘书说:"我们不只是看你一个人的,也过来看看玉兰。"说完他转身对玉兰交代说,"我就是想让他解解馋,但他这样子也不能出去,所以就定在医院的食堂。你赶紧先忙完自己的事,一会直接去食堂找我们。"

玉兰懂事地离去,崔先生捣了一下金砺锋说:"眼光不错,这丫头干净得很。"

看中尉满脸不解,解夏说:"你交办的事,我已经完成了,别忘了对人家好一点。"

中尉更纳闷了,心想这是怎么回事?头脑转了一会,似乎把问题理清楚了。想必照顾玉兰的事,自己托付给宪兵队的钟虎后,他又找到了解秘书。要不,玉兰怎么会出现在海军医院,穿起了护士服呢?

对中尉的感谢,解秘书淡淡地说:"你只知其一,不知其二。"原来,玉兰本出身行医家庭,和家人失散后来到黄府,也在地方上学过战地救护。加上她天生眼尖手巧,又有同情心,所以深得前辈和病员的喜欢。

对玉兰的表现,金砺锋观察几天下来,觉得解秘书没有夸大其词。一是她镇定,遇事不慌张,分得清轻重缓急;二是她安静,能够耐心地倾听伤患的唠叨怪话。看到大家对她印象不错,中尉的心放下了,继而神差鬼使地想起了黄少夫人。

"想她了？"玉兰问。

中尉有些不好意思，却见玉兰两眼清澈，没有什么其他的杂质，就说："谈不上想，就是这么一问，我总觉得过去在哪见过她。"

玉兰哦了一声，没再说话，没想到，过了两天，玉兰居然领来了黄少夫人。

经历家庭巨变的少夫人，此时已经离开了黄府，她像是换了一个人似的，变成了一脸素颜。

中尉见她清瘦了一些，依旧灼人的目光里，有一丝忧郁。他们一起走进了树林的深处，这时他听说她的名字叫林晴川，怎么会取一个男人的名字？他奇怪。

"我家中没有兄弟，只有姐妹，家里就把我当作男孩养。"少妇这样解释。

中尉看着素颜的林晴川，总觉得在哪见过。他把她的名字默默地在心里念叨着，希望能够刺激起深埋的记忆。突然，他想起来曾经熟悉的林老师，尤其是林老师的妻子，和她如此之像，他们该不会是一家人吧？

中尉的猜测，终于得到了林晴川的证实。踩在秋叶上面，他们松软地走着，说起了许多共同的话题。

自己的父亲，曾经是金砺锋的老师，对于林晴川来说，早已不是秘密。家里就有中尉寄给父亲的照片，一张海军军官神气的留影。早在江轮上，两人第一次见面时，她就一眼认出了中尉。只是，那时没有时间，点破这一层关系。因为父母多次提及，所以，每一次见到中尉，她都分外觉得亲近。

谜底揭晓后，两人说的话，基本上都围绕着少年的往事，他们都没有提及黄家发生的变故。中尉这时听说，她现在去了一家百货商店做事。她说这些，语调虽然轻松，中尉却心生强烈的怜惜之情。他伸出右手，一把就捧住了她的脸。

林晴川低语着："幸亏你那只手不能动。还英雄呢，这样让人看到多不好。"她用手捉住中尉的手，轻轻地想把它移开。

像想起了什么，她吃吃地笑着说："千万别让玉兰看到了，这丫头心里面可有数着呢！"

中尉垂下了手，静静地看着林晴川，眼前的女人似乎相识已久。少妇并不回避中尉的目光，只是她的眼里有了一丝伤感。

一阵吹过的凉风，让她想起了一个问题："仗，是不是就要打到南京了？"

刺耳的防空警报，像成千上万只马蜂在空气中发出恐怖的声音。听着办公楼里纷乱的脚步声，崔先生在办公室里没有动，他在等小郭姑娘。

日机轰炸津浦线浦口铁路轮渡码头（英皇家海军"蜜蜂"舰报务员拍摄）

之所以他没去钻防空洞，因为昨天才看了报纸。针对日本对南京无差别空爆，英美法三国对日进行了交涉，而日方的公开答复是，空袭是目标军事设施，而并非平民。崔先生当然不会相信日本人的辩白，但他估计最近两天，暂时没什么大事。

自从发现小郭调到交通部后，崔先生一直在躲她，平常人在海军部，遇到特殊情况才回到部里转一圈。有次回来，似乎发现小郭的身影跟了过来，他赶紧抢步进了办公室。反锁上门以后，就听到高跟鞋敲击的声音，一听就是小郭的，走得那样欢快。当她欢快的脚步被门挡住后，他听到了敲门声。

躲在里面的崔先生没有答应，直到外面失望的脚步消失，崔先生开始对自己表现不满。

他不喜欢鬼鬼祟祟做贼的样子，他想自己对郭递蕾暗中的帮助，之所以会这么敏感,或许是因为让人栽赃的事,给自己投下了阴影。再往深处想,难道是因为不喜欢小郭这种类型的。

他吃不准,电话打给建委会的龙科长,对方说:"都什么时候了,你还这么犹豫。"

老龙的意思就是都开仗了,找一个是一个,找一天是一天。话说得很实在,想想也没什么错,可崔先生接受起来难。有一个问题他却想通了,不管怎么样,小郭不能躲,再躲猫猫就太小儿科了。

于是,这天他主动打了一个电话给小郭,问:"你现在忙吗?"

话筒里面,小郭显然有些意外,她说:"我马上就过去。"

小郭正准备动身时警报响了,看同事都在跑防空,这一次她却不愿随大流。

随着鬼子的飞机发疯一样地空袭南京,警报对市民来说已经是家常便饭。有时早晨就开始叫唤了,一直到日落时分,才懒洋洋地解除警报。地处中山北路的交通部,附近有下关军港、码头、车站、江对面的浦口铁路,都是轰炸的重点,遭遇空袭的频度更高。

踏着警报声,小郭来到了崔先生的办公室。看到了有一段时间未见的意中人,小郭竟有一点害羞。她的这种表现,让崔先生很喜欢,崔先生进一步发现,自己其实更喜欢三从四德这一款。估计是从小耳濡目染,受了老家徽州的风气影响,心里面装着一个老古董。

想到这里,他觉得自己该放开一些,总不能让姑娘老是主动。

"你现在到这里来,难道不怕空投?"崔先生迎上前来,顺手把门关上。

他的这个动作,让郭递蕾一下子找到了过去的感觉。她走到崔先生面前,一脸顽皮地说:"你连到身边的'地雷'都不怕,我还怕什么空投地投。"

崔先生最受不了她这副样子,情不自禁地刮了她一下鼻子,做完了这动作之后,又觉得过于轻佻。他的脸红了,他脸红起来时,小郭最幸福。小郭绕到他的身后,从后面一把抱住了他。崔先生吃了一惊,拍拍她的手说:"这可是在办公室。"

小郭两手松开了一下,绕到他前面,没想到伸手抱得更紧了。她说:"是你让我来的,是你把门关上的,你还怪我。"

她说话的热气,轻轻地拂到了崔先生的脸上,让他感觉到一阵燥热。崔先生再也无法冷静,他用手捧起她的脸,头慢慢地向她靠了过去。

这天下班之后,他们一起来到崔先生的屋子,见冷火冷灶的,小郭问帮佣哪去了?崔先生说:"都要打仗了,人家家里也要准备。"

两人偎依着坐下时,小郭姑娘像是漫不经心地问起了他以后的打算。

崔先生对这个问题没有准备,他说:"我一直就是随大流,上面怎么动我就怎么动。"

小郭的手轻轻地抚弄着他的头发,说:"你想随谁的大流,是交通部的大流,还是海军部的大流?"

崔先生笑了,说:"你还怪有脑子的,两个流不都是流吗,合在一起,就是不尽长江滚滚流。"

小郭流下了眼泪,她说:"我问你正经的,你还有心跟我开玩笑。人家从建委会,都追你到交通部来了,难道你还想着那个大学生?"

崔先生没有想到,小郭会又一次在自己面前流泪。上一次是为自己不平,这一次却为自己无情,一个女人能为男人流不同的泪水,足见她对自己动了心。

崔先生的心软下来了,他几乎要表态说,你去哪我也去哪。但是有一个模糊的意识,阻止了他要说的话。他一把揽过小郭,让她坐在自己的腿上,然后俯下身来,为她吻去脸上的泪水。

34

再战"出云"

日本海军第三舰队司令长官长谷川清(左四)和参谋幕僚在"出云"号

水雷袭击"出云"舰的爆炸造成码头受损

听说张灵春要去炸日本人的"出云"舰,曾一鸣一听,就觉得不妥当。上一次自己要炸,他这人说了那么多理由阻挡,这一次怎么却冲动起来了。

他把张灵春找来,原本是谈造水雷的事,他心里憋气,要找人宣泄。南京统帅部亟须水雷,给曾一鸣下拨了500枚的生产计划,眼看刚刚上马的造雷厂就要阔起来。可这个节骨眼上,电雷学校却横插了一杠子,向上面提出来他们也能造。

事情还就是这么正不压邪,曾一鸣气呼呼地说:"这事还真给欧阳格搞成了。上面平衡,一家造250,真把我们当作了'二百五'了。"

"问题电雷能做成吗?"张灵春问。

曾一鸣翻了他一眼说:"要是他们能造,我犯得着这样吗?他欧阳格要是把水雷能弄响,我这个曾字就倒过来写。电雷都搞了好几年,钱花了不少,你听到他的水雷放过一声屁吗?气就气在这里,现在钱和TNT炸药这么紧,偏偏还往他个窟窿里面填。他不就打过一次'出云'号吗,搞得像多大的功臣似的。"

"要不,我们也炸一次?"没想到张灵春突然会产生如此动议。凭直觉,曾一鸣觉得太鲁莽,但张灵春一经提出,却像中了邪似的固执己见。

坏情绪是可以传染的,曾一鸣想,是自己刚才的急躁,让一向稳重的少校也开始头脑发热。一个平常谦和的人,一旦较真起来,你就是开动四个锅炉也不能让他回心转意。曾一鸣调整了一下自己的情绪,说:"你别激动,只听我问一句,你想到后果了吗?"

中校竟然怀疑自己头脑不做主,张灵春听了冷笑,他用一种在曾一鸣看来十分怪异的表情问:"我张灵春是不计后果的人吗?不错,我的能力一般,也没有什么过人之处。"他的话显得不太友好,"但是,我最大的缺点,就是对后果考虑过多。"

话说到这个份上,曾一鸣无话可说。他不吱声,想用自己的沉默,让少校恢复平常的理智。

要是在往常,张灵春的话一定就此打住,他从来就不是一个追求酣畅淋漓的人。而此时此刻,他有急切表达的愿望,他要通过表白告诉中校,自己的意见不是心血来潮,也不是什么意气用事。于是,他伸出了三个指头,为他的临时起意,摆出了三条理由。

一是在目前的淞沪战场,随着日军开始的第四次总攻,战事在大场、闸北、江湾一带相持。进入阵地的全线激战,日方是海陆两军配合,我方陆军伤亡惨重,海军除了在黄浦江布雷外,总该闹出主动出击的一些动静吧。只有袭击它的旗舰,动静才会闹得最大,这就像中校的名字,不鸣则已。

曾一鸣听他这么说,也觉得有些道理。

第二条理由,张灵春说的是以牙还牙。既然日本海军用航空队袭击江阴我主力舰,造成我重大损失。第一、第二舰队的旗舰,相继被击中,现在第二舰队的曾司令,都搬到岸上去指挥了。海军特务队既然在上海,是一支离日本舰艇最近的作战部队,就要果断地打击敌人的海上力量。它打我们的旗舰,我们也打它的,这叫一报还一报。

至于第三嘛,说意气用事也没什么错,张灵春承认。自己的意思是,海军就是不能让电雷和欧阳格抢了风头。他们打了"出云"号,我们当然不能无动于衷。没有鱼雷艇,就打水雷战。说到这里,张灵春语调放缓了下来:"当然,这个理由,是不能上桌面的,只是我们私下的小九九。"

待少校说出了欧阳格这一层理由,曾一鸣已经没什么不同意见了。

以前对于闽系和电雷系的矛盾,尽管感情上他站在闽系一边,但并没有把这个疙瘩放在心里。江阴探营的经历改变了他的看法。对电雷无雷的结果,就个人私德而言,他认为欧阳格言而无信,拿军令当儿戏;就公德来说,则更是贻误战机,让封锁线浪费了海军那么多不得不沉的舰艇。

他早就想参上欧阳格一本,只是觉得自己人微言轻,说的未必作数。但在他的心里,掩藏着这个充分酝酿的苦闷期,只等到合适的时机爆发。他相信为时已经不

远,正像他相信张少校的理由,此时已经说服了自己一样。

张灵春回到驻地后,把想法和下面一说,大家摩拳擦掌的样子,他早已预料到。但他没有立即行动,因为曾经面临的问题并没有解决——那就是怎样才能让"出云"号放松警备,好让水雷贴近它?

自从三井码头的水雷炸响之后,上海的陆军,也用海军的水雷,打了几场攻击战。水雷仗这么一打,敌人就警觉起来。现在最大的难处,特务队员心里都有底,就是怎么样接近目标。袭击"出云"号,这个问题就显得尤为突出。

大家分组在想,张灵春也把自己关在屋里想。到吃饭的时间,他人也不出来,别人也不便打扰他。陆队副让大家先吃,自己想去敲门,大王说:"还是我去。"

大王敲开门,把饭菜往桌上一放,看他没什么食欲,就想开拓他的思路。他不习惯喊他队长,就像不习惯喊陈绍宽部长一样。"副长,"他说,"你那么喜欢看《水浒》,也该是半个吴用了,怎么就不想想怎么用计?"

张灵春觉得大王的话有意思:"人家叫'智多星',而我叫张灵春,这人比不得。"

大王摇着头说:"不见得,没吃过猪肉还没见过猪跑吗?"他的话把张灵春逗笑了,少校说:"就算你看过猪跑又有什么用,还是吃不上猪肉。"

凭什么我就一定吃不上?大王不太乐意,他不服这口气。气呼呼出门的时候,他暗暗地发誓,这次非得去搞些新鲜的"猪肉"来。

张灵春吃饭时,回味着大王的话,觉得也不无道理。

顺着这个思路,他把吴用的计谋从脑子里捋了一下。智取生辰纲,吴用是通过"蒙汗药",在白胜身上用的是化装术,这才从杨志手上夺走了金银担;闹华州,救史进和鲁智深,借用了宿太尉的仪从并金铃吊挂;至于三打祝家庄,用的所谓连环计,包括卧底、里应外合。

每一种计谋都离不开当时的环境、情势,张少校觉得,好的计谋不是可以照搬的,关键要得其精髓。什么才是精髓呢?他放下筷子想,或者说,吴用上述计谋的精髓是什么呢?兵不厌诈,还是瞒天过海?他觉得大致意思都一样。少校再端起碗来时有些兴奋,按照这个思路,他的计策正慢慢形成。

又一次见到曾一鸣的时候,他是请中校帮忙的。

"这个忙一文一武。"他说,"文的是报纸,武的是特制电动水雷。"

曾一鸣看他的表情有些得意,知道少校有了具体方案,便好奇地打听。张少校压低声音,道出了自己的计谋,曾一鸣也暗自叫好。

34 再战"出云"

"放心,"他拍拍胸脯说,"两件事都包在我身上。"

张少校感谢着要告辞,曾一鸣却意犹未尽,他找出几只崭新的德制军用水壶,让少校带上。看张灵春不解,他说:"天渐渐冷了,出战之前让大家喝一口酒暖暖身子,酒你能自己买,这个水壶你可买不着。"

张灵春心里面感动,却没有多话,伸手给中校一个敬礼,要说的都在里面了。

第二天,上海当地的一家报纸上,意外地出现了一则消息。说中国军队为阻止日本舰队,在董家渡水域布设了百余枚水雷。消息很快摆到了长谷川清的案头上,他立即命令水雷战队前往扫雷,同时让中村参谋密切注意背后的动向。

日本人行动很快,在消息见报三四个小时后,扫雷舰便小心地进入报上披露的布雷水域。随舰前往的中村将信将疑,他亲眼所见排查毫无结果,江面上空无一物。

归来的路上,受到戏弄的扫雷舰长,面对中村参谋,有些不满意地说:"阁下的情报,似乎不准。"

又过了一天,另一家报上出现了类似的消息,还是海军布雷,只是具体地点发生了变化。

这一次,中村没有通知扫雷舰,而是派出巡逻艇实地检查。如他所料,依旧是一场恶作剧。

"安宅"炮舰的大池舰长,看到中村两次扑空,有些幸灾乐祸。假惺惺地过来安慰说:"支那海军看来是穷途末路了。"

中村不这么认为,他说:"这不过是老百姓玩的把戏。"

接下来的消息更离谱,报纸上布雷的地点转移到了春江码头,这是"出云"舰的停泊之处。看中村又要派人查看,大池笑他太过谨慎,中村表示例行公事不能马虎。

嘴上说不马虎,心里面完全不相信。"出云"号外面是铁丝网,里面戒备森严,水雷还能飞进来不成?果然,派出的巡逻队回来报告说:"铁丝网外除了一些垃圾,什么东西也没有。"

事实上,巡逻的日兵在这些垃圾之中,其实还发现了一只黑乎乎的死猪,他们没有报告中村。当然,就是报告了,已经有些厌烦的中村参谋,也未必会在意。

这只死猪并不是猪,而是披着猪皮的水雷,一只由曾一鸣亲自督造的电发水雷。把水雷藏在猪皮下面,是大王的发明,是他在受到猪肉和猪跑的刺激之后,为水雷攻击想出的一条妙计。

张灵春早早安排的特务队员,把日本人的反应一一观察在眼中,计划的一切已经非常完美。

　　报上的消息，是张灵春的疑兵之计，他就是要在虚晃一枪之后，找到敌人麻痹的出击时机。而大王的猪皮伪装，已经让水雷悄悄地接近了目标。万事俱备，只欠东风，只需等来暮色降临。海军特务队攻击"出云"号的一仗，已箭在弦上。

　　出击之前，大王这时找到了张灵春，要交代一个私事。

　　少校说："回来再说吧。"他知道大王想说什么，但心里忌讳。因为今天的任务，是大王主动请的战。

　　大王一笑："副长，你还就别往后推，有没有回来的机会还难说。"

　　张灵春见他笑嘻嘻地说出这样的话，把话都挑明了，眼睛里免不了有些潮气。

　　大王说："我本不想麻烦你，但这事不是一个光彩事。对别人说，万一我回来了，有些不好看。"

　　张灵春正色道："你得给我好好回来，吃别人的菜我不习惯。"

　　这是一个好理由，大王爱听。但他没有忘记自己的事情，因为此时，在他交给少校的一只包裹里，有他认为不可告人的秘密。

　　接过包裹的少校，这时听大王吞吞吐吐地说起，在南京有一个相好的寡妇。原来是这事，少校说："我们都知道，你还把它当一回事了。"

　　看张灵春满不在乎，大王显得很正式地说："人家对我不错，我不能负了人家。我的家当都在这，地址也有，要是我回不来了，别忘了把这个交给她。"大王说话时表情平静，仿佛在托交一封普通的家信。

　　张灵春的眼睛红了，他说："大王，为了人家的情意，你得给我活着回来。"

　　大王带着他的搭档小胖准备去了，张灵春觉得，他还带上了大不了一死的信念。

　　江边一片低矮的芦苇地里，张灵春亲率接应小队，在此和大王二人分手。

　　大王下水前认真地喝了两口酒，他在心里对自己说，要死，也得暖暖和和地去死。

　　然后，他们借着夜色下水。大王问小胖觉得水凉吗？小胖轻声地说："凉，还是有一点的，只觉得小鸡鸡一点点向上缩，都快缩得没有了。"

　　大王听他这么说很放心，和上一次攻击三井码头不同，大王听出来小胖沉着、放松，呼吸的气息均匀。看到大王颈上挂着一个圆圆的东西，他好奇地问："这是什么？"

大王说："是猪尿泡,也就是猪装尿的地方。"小胖不再问了,他猜出了,大王恐怕回来时没有力气,想借助它的浮力。

水的波动中,两人无语地向前划动着手臂,四周异常地安静。一路上比想象的要顺利得多,他们就摸到了铁丝网外。找到了"死猪",下面的任务就简单起来,无非是剪破防雷铁丝网,贴近"出云"号。

小胖拿出早已准备好的铁钳,剪出了一个洞。大王身体灵活,先钻了过去,然后小心地接应着水雷。

揭去猪皮的水雷通过了防雷网,大王一阵欣喜,眼看计划就要成功。他加把劲,对着庞大的"出云"舰影游上前去。后面的小胖怕大王一个人不行,也想钻进去,身体却被铁丝挂住了。他只好脱出手来,准备拿出铁钳再剪。这一动,谁知,一下却弄出了致命的声响。

看似不起眼的响声,惊动了不远处的哨兵。随着一声惊喝,唰地一下前方的探照灯应声亮起。同时到来的,还有密集的枪弹声。眼看敌人的汽艇正围抄过来,别无选择的大王,只能引爆了水雷。

在不远处接应的张灵春,看到了爆炸的情景。在探照灯的光柱下,他还看到,机枪扫射之处,泛黄的江水一片鲜红。这么多的血水,还能来自谁的身体?队员们的心里,此刻感觉到了那种透心的凉。

水雷爆炸之际,长谷川清正在"出云"舰上召开军事会议,会议这时开了一半,9月中旬以来的空袭作战总结已近尾声。

报告人是第二联合航空队参谋,他首先报告了南京空袭作战情况。

攻击部队由第二空袭部队(96式舰战机6架、96式舰攻机12架)、第四空袭部队(95式水侦机12架)、第五空袭部队(96式舰战机12架,96式、94式舰轰机30架)编制组成。9月19日第一次攻击南京,到25日连续实施11次。直接战果,将该方面的战斗机消灭了大半。

除此之外,还对以下地面目标实施了轰炸——大校场机场、兵工厂、宪兵司令部、警备司令部、国民政府、无线电台、航空署、防空委员会、市党部、中央党部、南京车站、电灯厂、财政部、军政部、防空指挥所。

列席会议的大池竖起耳朵听,在目标里却没有听到海军部,便小声地问起身边的中村。中村说:"你太性急了,下面就该中国海军出场了。"

他的话音刚落,参谋便开始报告攻击江阴方面中国舰艇的情况。

长谷川司令长官命令9月21日午后发动攻击,但因天气不良而中止。22日午前开始第一次攻击,22日和23日两天内,共进行6次轰炸攻击。攻击成果,江阴方面的中国舰艇全部搁浅,或遭到严重破坏,失去了战斗力,丧失了作为海军兵力的机能,我方损失轻微。

参谋报告到这里,见会场交头接耳、气氛活跃。像是受到了鼓舞,参谋开始大声念起《敌各舰破坏情况报告》——

"平海"巡洋舰,2400吨,60公斤直射弹6发,水中弹10发,同时还遭到二舰战、舰攻机的攻击,炸毁搁浅;

"宁海"巡洋舰,2400吨,60公斤直击4发,水中有效弹5发,大火倾斜,失去战斗力搁浅;

1937年11月11日,日津田部队在海军的协助下登陆浦东

34 再战"出云"

"应瑞"巡洋舰，2750吨，250公斤通常弹2发冲击，大伤不能使用；

"逸仙"炮舰，1500吨，60公斤1发直击，水中弹5发，丧失战斗力；

……

正在第三舰队将佐一脸轻松，听取中国海军主力舰搁浅江阴报告之时，外面的江夜突然枪声大作，没有等到他们反应，船体的摇晃和轰然的爆炸声接踵而至。突然而来的攻击，情况不明的爆炸，让会场乱作一团。

形势不清，长谷川清立即命令参会所有将佐，火速撤离"出云"舰。听着身后纷乱的脚步，长谷川想，这水雷，看来是一个大麻烦。

海军特务队主动攻击"出云"舰的时机，正是海军舰艇在江阴实力大损之时，来自上海的战报，对于振奋海军的士气，可谓正逢其时。

此前，统帅部对于海军血战江阴，也多有勉励。9月26日，军事委员会委员长蒋介石，来电训令海军部长陈绍宽——

"近来江阴附近敌机肆行轰炸，致伤亡我海军将士多名，尤所轸念，仰该部长转饬所属知照，并对所有受伤将士代致慰问。"

三天之后，蒋又以海军"此次不惜牺牲一切为国奋斗，而且志愿拆除余炮位巩固两岸防务，此种破釜沉舟之决心，殊为可贵"，特令军委会第一部慰问海军受伤将士，并奖勉海军部长陈绍宽及各官兵。

慰问的事还没有办妥，张灵春的电报传到了南京。解夏看罢有喜有忧，喜的是特务队再立新功，打击了日寇的气焰；忧的是战后江面上的血，和大王的失踪会不会有什么关联？他来不及深究，把战报重新改拟了一份，送交部长审阅——

行政院蒋院长钧鉴：极机密。本军在淞沪等处秘密工作，近日不断进行。本夜谋炸敌之出云旗舰，因附近水流甚急，将近目的地时，即被敌舰发觉，开枪扫射，致未能迫近敌舰，将其炸沉。相距该敌舰仅及一百码即须爆发，免为敌人所夺。但其爆炸力甚猛烈，敌舰出云舰旁之防御物悉受损伤，舰体受震动，似亦有损伤。

部长有些疲惫，他用手揉了揉脸，带着倦色对解夏说："回电上海，告诉张灵春

争相逃避战火的上海市民

两层意思。一是仗打得好；二是大王失踪的事，还要让他留心，活要见人，死要见尸。别忘了转告，这事是拜托他了。"

部长的电报很快来到了张灵春的手里，对来自南京的这一份牵挂，他有些感动，但更多的还是不敢怠慢。

战斗结束后，他一直组织搜救，却没有任何结果。陆队副又带侦察员出去打探消息了，曾一鸣那里也去求援了，等消息的滋味真是不太好受。这时他忽然想起了金砺锋，要是他在身边，说不定会有什么好办法。

胡思乱想之时，他伤感地打开了大王留下的包裹。打开一看，正如大王所说的那样，他看到了留有地址的一张纸条，也看到了一张女人的照片。照片上的女人在微笑，她笑的样子很招人喜欢。看照片，她人比大王年轻不少，显得干干净净。大王的眼光不错，张灵春想。在包裹里，少校还看到，大王为这一段感情，留下了所有的家当。

合上包裹的少校觉得很困，倚靠在床上进入了睡梦。梦中有人喊："大王回来了！""小胖回来了！"他似乎还听到响亮的敲门，听到有人大声地报告。于是他睁开了眼睛，果然，他看到咧着嘴笑的大王。

这不是梦,大王真的就站在自己的面前!这不是梦还能是什么,站在自己面前的大王和小胖,居然毫发无损。张灵春从床上站起来,直到拉起大王的手才相信,大王真的是活得好好的。

"那江上的血是谁的?"没等张灵春问起,在场所有的队员,都好奇地问。

"是猪的。"大王说。

听大王这么回答,大家吃惊,认为他脑子可能出了点问题,净说糊涂话。

大王急了,说:"那真就是猪血。那天我去找猪皮,顺手就把一盆猪血灌进了猪尿泡里。心想等打仗时,把血放出来,说不定小鬼子看到了血,就收手了。"

"这个办法不错。"张少校像不认识他似的,仔细地看着大王说,"这一次,你算是看过猪跑,又吃到了猪肉了。"

"副长,我有言在先,猪尿泡和猪血都是我花钱买的,这钱别忘了还我。"

看到他眼里的得意,张灵春说:"自然,要不你回南京后,怎样向别人交代?"

听他在戳自己的老底,大王不敢接过话头,忙打岔说:"副长,下一个目标是谁?"

"'安宅'舰。"张灵春的回答,让身边的队员热血沸腾。

但这个战机,却不容易捕捉。

整整一个月,为配合陆军行动,"安宅"炮舰不断变更地点,让攻击计划迟迟难以进行。等待它稍稍安定下来以后,时间已经到了11月。此时,中日两方投入兵力达百万之众的上海战事,即将尘埃落定。

35

登　陆

执行轰炸任务的日军飞机飞越南京中山陵上空

35 登 陆

披挂防空伪装的中山陵门楼

从下关车站站台出来,金砺锋激动的心情一时还难以平复。

没想到在全副武装的队伍里,他竟然看到了小孔。他头戴钢盔的样子,和舰上的装束相比,显得更加英武了一些。机警的小孔显然也看到了中尉,他远远地露出好看的牙齿,朝着长官粲然一笑。从他身旁擦肩而过时,还调皮地挤了一下眼睛,似乎是说:"中尉,你只能看我去上前线了。"

比预定的时间至少早半个小时,火车提前开动了。趴在窗户上的小孔,向中尉挥手告别,嘴里说着什么。虽然只有一面玻璃之隔,金砺锋也听不见,从口形上,感觉应该是"长官再见"。

自己已经不再是他的长官了,而是请战不成、还得继续养伤的伤员,想到自己的处境,金砺锋有点泄气。

这次,听说军委会批准了海军部集中力量巩固江防的计划,亦即海军"登陆作战"计划之后,金砺锋就一直打探着最新消息。10月上旬,终于传出了选派精通炮术官兵、组设炮队的准确消息。中尉一激动,就来到部里报名参加,谁知,解秘书一盆冷水先泼了过来。

"你呀,可别给部队增添负担。"解秘书一下子封住了他的口。看他有些不服,继续打击着说,"你这吊着胳膊的状况,打也不能打,抬又不能抬,只能给别人找麻烦。现在你唯一能做的,就是等他们上前线的那一天,去车站欢送一下。"

话没说几天,中央海军第一支登陆作战部队开始出征。还在养伤的中尉,此时也只有送行的份。

一支临时组建成立的太湖区炮队,200名左右官兵,带着从军舰上拆卸的大小舰炮,直奔苏州南下。这些舰炮将安装长江沿岸,配置于浦东、太湖各处。另外,另一支扩充江阴的海军炮队,将在总台部外增设巫山、六助港两台。

目送火车远去,金砺锋来到解秘书身边,算是打上一个招呼。解夏说一起回吧,于是两人走出了站台。想起自己的见习官小孔,就这么离开了自己,中尉心里还是有些感慨。

"战争真是一个神奇的东西。"他说。这一句没头没脑的感慨,把解夏逗笑了。两人来到站前广场,金砺锋突然看到了解秘书的一家人。

龙慧菊拖着一双儿女走来,落入了中尉的注意。在他们身旁,还有举着花花绿绿纸旗的军官家属,他却不大认得。解夏迎上前去,和一群军官太太们打着招呼,说:"你们晚了一步,队伍已经走了。"

慧菊责怪自己,说:"你看,就怪我没有把时间掌握好。真是的,这样一来,等于是贻误了这么多人的战机。"

中尉安慰说:"不是你们来得晚,是部队的专列提前开动了。"

见年轻好看的中尉,绷带系在脖子上,左手这么吊着,送行未成的女人们像找到了新的目标。好奇和关心,带着女人特有的气息,围上了他,围来了一阵各式口音的嘘寒问暖。周边突然姹紫嫣红,中尉有些不好意思,红着脸说:"没什么大碍,基本上已经好了。"

这时人群里有孩子尖声提起,说到他击落飞机的事情,大家的兴致变得更高,七嘴八舌的问题更多。看中尉勉为其难,头上都出现了一层细密的汗珠,慧菊说了句中尉还有事,才把他解脱出来。

解夏把金砺锋一直捎到了医院,到大门口才甩下了他。看着他下了车,叮嘱说:"现在好好养伤,待身体恢复了再来找我。"中尉爱听这话,解秘书送自己上过特训班,对自己的情况了解,不会让自己闲着,这么想,便安心地回到了病房。

回到医院的中尉按部就班,吃饭、睡觉、散步,按时换药,也适当地进行一些运动。

看他有时运动得猛了,玉兰就会冷不丁地冒出来,数落上几句。然后陪着中尉在院子里走走,说说话,讲讲过去的事情。这样过了个把星期,这天傍晚吃饭时分,

35 登　陆

金砺锋突然接到连夜转移到湖口医院的命令。

时间特别仓促,收拾行装后,他就去急诊区和玉兰道别。

灯火通明的急诊室外,他发现医院里又出现了很多伤员。隔着窗户,远远看到里面的玉兰,正跑前忙后地忙个不停。中尉的眼睛从担架上瞄了几眼,有很多人面熟,这不是"应瑞"舰上的兄弟吗?他大惑不解,"应瑞"舰虽然受损,却毕竟没有搁浅沉江,已经离开了江阴,缘何又遭此一劫?

竖起耳朵打听了一小会,基本情况都摸清楚了。就在这天上午,一共7架日机飞至采石矶上空,对停泊于此的"应瑞"舰轮番轰炸,导致该舰多处中弹,燃起大火,于傍晚时沉没。

伤亡官兵的数字,这时还不能准确确定,大致阵亡官兵20人,伤约60人上下。中尉倒吸一口凉气:这该是抗战以来,海军伤亡人数最多的一艘舰艇吧?

忙乱中夹杂着痛苦的呻吟,灯光下,那些染红白纱布的创伤,隐隐地勾起金砺锋身上的痛。他慢慢地转过身去,放弃了和玉兰道别的想法。在这个月朗星稀的夜晚,他悄无声息地离开了南京。

江浪轻拍、汽笛静默的气氛里,他和海军南京医院的部分伤员一起,迁往刚刚建成的海军湖口医院。

到了湖口的海军基地,金砺锋觉得这里的规模,比几个月前扩大了不少。除了新建了医院和大操场,还增添了不少办公和生活设施。在南京的伤员转移之前,先行从上海迁来的军械处已经在这里落脚,海军陆战队一旅也进驻到九江、湖口驻防。

前线的消息,伴随着沉舰上撤退的人员,在深秋的季节一批批地涌到了湖口。这其中,一批在芜湖救治的伤员也转移到了湖口。中尉在这群人里,找到了"平海"舰的兄弟,包括已经成为全军英雄的小程。

小程见到长官,一时间显得非常高兴,但接下来的日子,金砺锋发现这小子好像有什么心事。即便是同去石钟山,走在游玩的路上,他也一直闷闷不乐。

中尉嫌他婆婆妈妈的,说:"你有什么就说,别像一个女人一样。"小程说有点想小孔了,中尉知道这是他的托词,没好气地回了他一句:"要不,你去前线找他去吧?"

话音未落中尉就后悔了,他看到小程眼里红红的,他看到转身过去的小程,用手从脸上抹了一下。中尉从后面拍拍他肩膀,算是一个男人的道歉。然后不声不响,自己先来到不远处的石钟亭坐下。他用手敲击着亭中的奇音石,觉得今天的响声不

一样。它发出的回音中,明显有金石之声,沉下心听来,似有金戈铁马的肃杀之气。

小程被声音吸引而来,用练过武功的手,开始击打起来。他用的劲很大,不时地变换着角度、力道,激起的回声仿佛手中雄兵在握。就在一浪浪涌来的声潮里,他向中尉说起了自己的担心。他觉得自己这一生,兴许再也无法回到舰上,更不用说随舰出海了。

中尉没有回话,而是示意他往上走,到了山顶,他们向着鄱阳湖的方向看去。面对浩渺碧波,中尉这才安慰他说:"你看看,这跟大海也差不多。"

小程不当真,小程认为长官是在哄自己。他一屁股坐下来,应和了一句:"当然这里也很好。"接下来,他开始断断续续地说着过去的故事,主要是少小时的经历。

他来自山里。他说第一次看到长江时,就盯上了一艘军舰。当时他被舰上的滚滚浓烟吓着了,他不能想象,这么大的烟囱,要烧多少柴火?他只是觉得,家乡山上的那些树木全部砍下来,恐怕也不够喂上它几天。后来,他见到了一个当海军的远房叔叔,才听说它烧的是煤,还有一种神奇的油。

小程在回忆这些时,一直在注意中尉的反应。中尉并没有笑话的意思,让他备受鼓舞。他问起长官:"你为什么会报考海校?"因为他感觉到,中尉当年会有很多选择。

中尉却说:"我没有选择,是家里逼的。当时自己太调皮了,所以家里就硬逼着自己上海校。说来说去,家里面只有一个理由,就是因为海校管理严。"

接下来他们两人默默地坐着,他们面向巨大的湖面,两人想着心目中不同的大海。

和小程不同,金砺锋毕竟有过海上巡航的经历,他曾随舰从厦门要港入海。而眼下,记忆中历历在目的要港司令部、航空处、飞机场、无线电台、陆战队营地,正无一例外地遭到了敌人的轰炸。

从眼前的湖想起另一面湖泊,小程又一次提到了小孔,说:"不知道他们现在怎样?"

由小孔说到海军炮队,再说起巨大的舰炮架设在陆军要塞,这是他们感到兴奋的话题。两人站起来,面对着身边的地形,就炮位的位置开始比画。他们预想了许多种可能,但绝对没有意料到,小孔和他编入的那支炮队,此刻正游走在前线的边缘,一路流浪。

35 登　陆

　　小孔随太湖区炮队离开下关车站后,去苏州的路上疙疙瘩瘩。为躲避敌机的攻击,火车时开时停,车上的官兵着急,不时翘望着前方。小孔感到这火车行驶,像老太太撒尿一样滴答滴答。

　　所幸,他们终于到达了目的地。作为前线第一支登陆作战的海军舰炮部队,在火车站,他们受到了当地民众的夹道欢迎。

　　当地的驻军很热情,士兵被安排到了城郊的一座寺庙,小孔则和军官一起住进早已准备好的旅店。接下来就是陆军开始争抢,残酷的战争面前,大家对大炮迷信不已。小孔所在的这一队路途最远,被要到了杭州湾北岸的金山卫,其他各队有去了乍浦、常熟福山或附近要塞。

　　苏州城里城外,此时敌机攻击不断,趁着夜色,金山卫炮队从运河开始出发。

　　上了帆船的小孔,向前后看去,排成长线的队伍倒也壮观:这是一支由舰炮8门、小口径炮10余门、员兵约60人组成的水上长队。10只民船装载着武器弹药,它的前面有一艘汽轮牵挂拖引。为防止敌机空中袭击,船队昼伏夜行,披风带露经嘉兴、过平湖。

　　过了平湖后,见空中变得安静起来,部队开始全速前进,正午时分抵达了金山卫。在一座隆起的小山包前,船队就近靠上了一个无名村庄,上岸开始布置营地,生火做饭。小孔奉命带上了自己的小组,四下侦察。

　　村里静得瘆人,很多门锁上了。推开少数虚掩的门,里面大多一片零乱,看不到一个人影。

　　关键得找到人,小孔准备兵分两组进行搜索,也准备摸一摸当地驻军的情况。正在布置的时候,突然听到了炮声。他辨别出炮声来自东偏北方向,响了十三四下,很快又寂静了。前方究竟出现了什么情况?他立即开始搜索,结果自己这一组,堵住了正在后撤的几个老百姓。

　　对方看到突然冒出来的国军,惊讶地问:"怎么,这里还有我们的部队?"

　　小孔一打探,金山卫一带根本没有什么成规模的驻军,而且鬼子刚才已经突破了我军防线。什么?鬼子上来了?!小孔一听,就觉得坏了。日本军队在防守薄弱的金山卫登陆,意味着上海正面迎敌的中国守军,同时处于侧背受敌的危险境地。

　　这样被动的局面,队长也不敢相信。他嘴里的馒头嚼了一半,含混着连声感叹:"这怎么可能?"大家围过来都看着他,也有人提出来,趁船上的炮还没卸下,赶紧往回撤。

小孔觉得这个主意没什么错,海军的炮金贵,保住了它就是保住了实力。但队长却不敢擅离职守:"一无通讯请示上级,二无友军可以联络,怎么能轻言后撤?"

　　官大一级压死人,两种意见中,还是服从军令占了上风。大家都在原地等待,也不知道会等来什么。直到点灯时分,仿佛凝固的空气里,传来了一阵马蹄声。

　　快马加鞭的传令兵一人一骑,从河岸远远奔来,路过炮队驻地时大声通报:"海军炮队,今夜赶到嘉兴。"他并没有下马,而是把命令重复两遍之后,扬鞭策马而去。听闻命令的队长如释重负,立即集合队伍登船出发。

　　好不容易掉头的船队回到平湖时,却被守兵的机枪拦个正着。领头的连长一脸煞气,手举驳壳枪,大声喝道:"总司令有令,无论海、陆军,都不准后撤渡过这里,违者军法从事。"

　　小孔一听,气不打一处:"这是他妈的怎么回事,竟把我们当作逃兵了?"

　　队长脾气好,上前交涉,但对方却严格执行军令。费了许多口舌,连长才同意电话询问上级,等到最终放行时,好几个小时已经从运河上哗哗流走了。

　　霉运只要一开始,就没完没了,正像俗话说的,一步晚就步步晚。小孔在早晨睁开眼睛时,炮队还没有赶到嘉兴。等他们抵达目的地时,留守的参谋说:"你们来晚了。"

　　参谋把队长领到了作战图前,指着苏嘉一线说:"国军已经全线吃紧,司令部撤到杭州去了,你们晚了一步。"

　　队长这时有些急了:"我们现在怎么办?我们这一路折腾,你总要给我们一个落脚的阵地吧?!"

　　"你激动什么?"参谋冷冷地对他说,"就算我给你阵地,你们的炮谁来安装?谁给你们去找固定炮台的水泥?现在战场打得焦头烂额,你们的给养谁来负责?难道不吃不喝,你的炮台还能守住阵地?"

　　一连串的问话像冷枪,把求战的队长放倒在指挥所里。觉得自己就要瘫软了,他抽了一张马扎坐下,央求借用一下电报和电话,他说:"让我向南京请示一下总可以吧?"

　　参谋看着他,脸色铁青地指了指忙乱的人群,努努嘴说:"我现在连前线的通讯都对付不了,还能跟你讨论撤退的事?"

　　队长听他这么决然,恨不得马上把枪掏出来,但看到的确人家忙得正紧,又软了下来。商量了半天,对方才同意占用一会长途电话,但通话不准超过两分钟。

接通了总部的值班室,对方没听完汇报,就说:"人家不要你,你就往福建撤。"

队长一听就火了,说:"去福建翻山越岭的,我们的炮怎么走?谁给我们找车?"

"反正你们不能走太湖。"对方斩钉截铁地说,"现在那里已经危险万状,出了问题你能负责吗?!"

挂断的电话像风筝断了线,把一只炮队的命运悬在空中。

接下来的一路与危险同行。

船队趁着夜色横穿太湖,侥幸抵达了无锡,发现好几架敌机跟踪船队。炮队利用岸边的树林,在运河航道里边躲边行。

倒在岸边、没在水里或者偶尔漂过的尸首,把战时的惨状展开在运河两岸。小孔看到两岸的难民,有的赶着牛车、马车、驴车,有的推着独轮车,搀扶着携家带口,失了神地向后方逃去。

西行的船队,远远地追上了一团围拢在岸上的人群。原来是几个溃兵,拦住了老百姓的一辆马车。眼见一个伤兵把车上的老人拉倒在地,听着一旁孩子被惊吓的哭声,小孔愤怒地举起了枪,队长呼地一下拉住了他的枪管。

"你疯了,"他压低嗓子冲小孔吼道,"你这是引火烧身你懂吗?!我们船上有炮,我们的任务是把它安全地运送到南京。"

小孔不情愿地把枪放下,他走进舱里,眼不见为净,不再看两岸秋风凄迷的逃亡。

由东到西,从上海到苏州,从苏州到无锡,从无锡到镇江,再从镇江到南京,一道道苦心经营的防线纷纷失守,在这个深秋季节,哪里是逃亡的终点?

日军攻占上海后,上海派遣军司令官松井石根大将不愿就此停下战争的脚步。

以花甲之年挂帅之际,大本营交代给他的任务,原本是"扫荡上海附近之敌军,占领其四方要地"。这一命令,和他的胃口完全不相适应。早就对上海和南京附近地形作过调查的松井石根,他的目标,从出征时就咬定了南京。

为策应陆军分兵进攻南京行动,受命就任日本海军"中国方面舰队"司令长官的长谷川清,立即启动了突破江阴封锁线、从长江攻略南京的作战计划。而参与制订溯江作战方案的中村正树参谋,认为这一计划的进度,最终取决于中国军队在要塞的炮战能力。

"安宅"炮舰和它归属的第11战队,划归第一警戒部队的战斗编制。舰长大池

向南京进发的日本陆军作战部队

春作这时不能接受让"安宅"号泊守黄浦江的现实。他理所当然地认为,打通江阴水路,光靠扫雷舰是不行的,因为它们没办法对抗江岸上的炮火。

他的判断,很快被前线的消息所证实。从战队抽派增援的舰只,在江阴巫山炮台,被中国海军炮火击退,其中一舰受重创。

沉船,水雷,和要塞上近射程的炮火,把谷本马太郎司令官指挥的第一警戒部队,死死地压制在封锁线的下游。长谷川清招来留守上海的中村和大池,坐在"出云"后甲板的凉棚下,口气轻松地让他们谈谈对策。

大池口无遮拦,对前线的指挥说三道四,见中村暗自不停地用脚踢他,才意识到自己废话太多。

前方战事不顺,按司令长官平日的做法,他应该发上一通脾气才是。回到"安宅"号后,中村分析说:"但是,他像是没有事一样,这里面反常呀!"

精明的中村盘算得没错。很快,谷本少将离开了战队,接替他的是近藤英次郎少将。临阵换将的结果,让正式编入第一警戒部队主队的"安宅"号,有了开进江阴的战机。

但是,作为旗舰的"安宅"号,仍然没有冲锋陷阵的机会。大池私下对中村抱怨,战线向前推进得太慢,和陆军相比,海军简直就是在蜗行。

中村没有时间理会他,近藤少将上任后,一直把幕僚拉在身边,不停地研究突破方案。在扫雷、舰艇和水上飞机两线出击中方炮台的同时,中村建议,要向岸上派出侦察突击小队。

战线一点点地向前推进,直到陆军基本占领封锁线南岸的消息传来,大池才等来第一次建功的机会。近藤接到司令长官的命令,要抢在陆军之前,迅速夺取部署在江阴要塞的高射炮。当战队把任务交给了大池时,他喜出望外,立即命令炮舰火速前进,并布置小艇作好登陆准备。看他这么卖力,中村笑道:"司令官真是知人善任。"

对中村的揶揄,大池没有兴趣接茬。他亲率登陆艇上了岸,会同海军侦察队直扑要塞甲台。

中国军队在江阴构筑防线已久,以君山、黄山炮台锁住江面,东面的狼山、福山为屏障,形成东南扇形阵地,筑有永久国防工事。虽然整个要塞装备了100多门火炮,但是日本海陆两军,最感兴趣的还是8门德制88式高射炮。

在中国守军匆忙撤出阵地之前,对所有高炮通过填泥发射方式进行了破坏。其中2门破坏效果不明显,为避免落入敌手,守军又在炮膛里倒入硫酸进行破坏。随着日军攻占阵地,这群最先进的高炮,已然成为日本海军和陆军抢夺战利品的首要目标。

大池率队出现在甲炮炮位时,发现陆军已经占领阵地,但是先头部队显然不熟悉炮的性能,也没有想到海军会如从天降。趁着他们在炮位上摆弄的时机,大池已经找到了保存最好的两门高炮,并安排枪炮官熟练地开始拆卸。

陆军一看就不答应了,他们推出了领头的上尉,怒气冲天地赶过来,摆出一副先来先得的架势。

看对方端起了枪,大池迎头上去,对准上尉就是两个耳光。"你敢对长官动枪,你信不信,我马上就能毙了你。"他狠狠地说。

上尉被大池的气势震慑住了,他一边后退两步,一边争辩说:"是我们先上来的。"

"你们?你让炮答应一声,是你的吗?"大池对他怒目而视,又指着身后舰上的炮口说,"你让我们的炮也答应你一声,是你的?!"

在海军炮口的威胁下,陆军眼睁睁地看着煮熟的鸭子飞掉了。

旗开得胜的大池如愿以偿,带着高炮回到了战队,开始向南京进发。

突破中方的江阴封锁线后,舰队的速度明显加快。看到江面上逃亡的船只木筏、漂浮的溃兵和百姓越来越多,大池兴奋地站到了指挥室,命令所有的机枪全面扫射。"安宅"号的前后左右,一时枪声大作,枪弹在江面上激起道道水花,鲜血伴随

溯江作战的日本海军舰队

水花蔓延开来,染红了一片片江面。

大池意犹未尽,他对身边冷眼旁观的中村说:"你看到前方的目标了吗?"

望远镜里,中村看到夺水西逃的很多小船簇拥着向前,竟然在中间形成了一块空白。中村说:"这就像一只花环,四周围满了花。"

大池说:"你的眼睛就是古怪,居然想起了什么花环。依我看,它就是一个坑,一个陷阱。"大池咧着嘴笑着。"我要让炮就落在这个大坑里。"大池命令说,"各炮,对准空白的中间地带,让他们知道什么是近失弹!"

一发发炮弹,带着一道道红光,在江中空白处爆炸。水柱和气浪的冲击下,打翻的船只露出了各种形状的船底。

大池问中村:"它们像不像帽子?"

看着那些被击穿的船,看着江面上一下子多出来的黑乎乎人影、碎片,在波浪中高高低低地随波逐流,中村责怪着大池:"本来好好的江水,现在都让你打成一片垃圾了。"

大池大笑起来说:"很快南京也会成为一片垃圾,你信不信?"

36

要 塞

身穿海军中将礼服的沈鸿烈

第三舰队在青岛港自沉

从临海的胶东，辗转徐州、武汉，一直撤到遥远的长江马当要塞，第三舰队的退守之路走得坎坷。

认识不统一，酝酿着这一支东北系老牌海军部队分裂的又一次危机。围绕是撤，还是守，两方不同意见相持在青岛的深秋，尤其在舰炮总队形同水火，直到最终不可收拾地演变成一场小规模的流血事件。

矛盾出现的时间，几乎与日军攻占上海同步。

在淞沪国军后撤之际，蒋介石的代表、军委会高级顾问蒋百里亲来青岛。他给沈鸿烈带来了收缩战线的命令，也带来了自己呕心沥血的著作《国防论》。以后的传说中透露，沈鸿烈打开书，只看了扉页上的一句话，就和这位军事学家达成了共识——

"千言万语，只是告诉大家一句话，中国是有办法的！"

此时的沈市长已经就任第五战区第三集团军副总司令。重掌军权的显著标志，是第三舰队的指挥权又回到了他的手里。老司令走到前台，开始紧急部署部队的撤退行动。但不少人包括山东籍的员兵，更包括已经在青岛、烟台等地落户的将校军官，心里面根本没有撤的念头。

留守在"镇海"巡洋舰上的下层官兵，也分成了两派。赵一添和大魏属于撤退派，胡志是坚守派。和上面发生争吵一样，他们在"镇海"舰上也争得面红耳赤，争来争去，都是卡在了一个对立的观点上。

赵一添嘲笑着胡志，说："你还是军人，都不知道服从命令，都不知道服从抗日大局？"他的言论，代表着撤退派的说辞。

36　要　塞

而坚守派的理由,则是从另一个角度质疑——命令也是可以讨论的,有好命令和坏命令。胡志也不示弱,他反问道:"把家乡拱手送给日本人,能算是一个好命令吗?"

他们的争论只是文斗,打打嘴战而已。而岸上传来的消息,是老司令发火了,把坚守派的头、也就是舰炮总队长给扣压了起来。

此时的第三舰队已经一分为四:舰炮总队进入了海岸炮阵地,教导总队早已布防在崂山一线,陆战队在诸城一线布防,还有一支担当威海防务。除此之外,还有小股留守在舰上的看守小队。

实力最为雄厚的舰炮总队长,居然和司令杠上了,听到这样的传言,"镇海"号上的秩序被打乱了。除了值勤人员以外,雷打不动的出操、训练,变得松散起来。这可不行,赵一添态度坚决地表示,上头的事我们管不着,但舰上的事我不能不管。他让大魏立即着手抓纪律,胡志在这一点上也完全站在上尉一边。

岸上僵持的局势,平静中似乎酝酿的风暴,让赵一添忐忑不安。这天,他和胡志一起查岗结束,他们俩都没有各自散去,而是在鼓满夜风的甲板上盲目地行走着。赵一添把军帽捉在手上,仿佛手握一种不祥的预感。

"会不会,"赵一添横过身体挡住了胡志,他说出了自己最大的担心,"第三舰队会不会再一次出事?"

还能出什么事?!胡志知道上尉不是担心别的,而是害怕又一次兵变!他嘴里没应,心里面也在晃悠个不停。有过第一次,又有了第二次,会不会再闹出一个第三次来?

他不敢设想,也没敢接上尉的话头,而是把话题引向了别处,他说:"老司令就要弃舰了吧?很快,我们就要放弃'镇海'号了吧?"

胡志的这个假设,在赵一添看来已经不是问题。他没有立即回答,而是把少尉拉到了指挥室。

"部队现在都已经上岸了,舰艇上的重火力全部在炮台部署完毕。谢司令也上岸指挥了,刘公岛上的司令部,目前是参谋长盛建勋长官主持部务。一旦战争打响——"赵一添走到地图前,指着胶州湾一带海域,反问道:"难道,我们会把自己的军舰拱手让给日本人?"

胡志没有说话,他仰靠在座椅上,望着舱顶。整整六年了,从"九一八"东北海军走投无路时进驻青岛,六年里有多少沉浮往事。自己所在的作战室,连同"镇海"号,

连同整个第三舰队，难道就将在这里无声无息地沉没，沉没在潮起潮落的海水之下？

他的头脑想象着舰队的下沉，出现了涌动的海水，胡志突然一激灵，他立即从椅子上站立起来，开始在作战室来回踱步。看到他在灯下晃来晃去的影子，赵一添一时很烦，但他忍住了没有发作，他知道自己任命的参谋长正冒充大官思考着舰队的命运。

"长官，你说老司令是不是命当和水过不去？"胡志终于不再晃动。

信口雌黄，原来在想这个，赵一添嗤之以鼻。他脱口就反驳说："老司令天生多水，他沈鸿烈的大名，哪一个没有水？要不，怎么会是他执掌东北海军这么多年？"

"这只是其一，关键在其二。"胡志诡异地一笑，他故作高深地说，"正因为沈司令命中多水，就和命中少水的犯冲。"说完他坐到赵一添的面前，然后慢条斯理地问，"你说舰队到青岛后，第一个和老司令作对的是谁？"

赵一添脑海里立即闪出当年的一起轰动事件，那是发生在崂山太清宫的第一次兵变。赵一添当时毕业不久，刚刚走上"镇海"号，正随舰队在崂山湾海域进行训练。一场兵变，在悄悄密谋中等待着时机到来，而领头的那个人就是——

"你说凌霄？"尽管事隔六年，赵一添还是一下子想起了这个名字。

对，就是凌霄！赵一添记得，东北海军司令沈鸿烈，在太清宫准备会见各舰艇长时，被第一舰队长凌霄为首的兵变团伙监禁，目的是兵谏逼宫——让他交出东北海军大权。

"不错，这是老司令的第一难，第二难遇到的又是谁？"胡志得意地问。

不假思索，赵一添立即就想到了给东北海军带来重创的事件——主力舰"海圻"、"海琛"、"肇和"三舰南下广州、弃青岛而去的二次兵变，而事情的导火索则是因为刺杀沈鸿烈未遂。

那天正逢舰队的检阅日，赵一添就站立在"镇海"号的舷梯旁，等候沈司令登舰检阅。派到码头迎接长官的，是"镇海"舰二副也是当天的值日官。当沈鸿烈带着一名卫士，登上迎接的汽艇时，一声枪响，震动了"镇海"全舰。

当时无篷无盖的小艇，顶着轻快的海浪向"镇海"号驶近，几乎就在大家的眼皮下，惊险的一幕出现了。艇上的值日官突然跃起，拔出了手枪，对准了司令。在持枪向沈射击不中后，又连续射击。所幸沈司令及时躲闪，又有卫士开枪还击，刺客落水而逃。那是赵一添经历的最为惊心动魄的检阅，也是沈司令对青岛海军的最后一次检阅。

　　刺杀事件发生后,唯恐被牵连追查的军官,匆忙率三艘主力舰南逃。谁都知道,这三艘巡洋舰是当时全国最大最强的军舰,总排水量近1万吨。它们弃沈而去,导致舰队元气大伤,从此一蹶不振。三舰离去之后,从来不敢贸然闯入黄海海域的中央海军,也像模像样地开始巡航,人家欺负你的就是实力不济。

　　连受两次打击,一向刚烈、自负的沈鸿烈,既伤心又绝望,不得不引咎辞去司令一职。顺理成章,东北海军也随之更旗易帜——正式编为民国海军第三舰队,改由温和老成的谢刚哲担任司令。

　　那位用手枪迎接司令的人,他的名字,赵一添此生忘不了——冯志冲,"镇海"号的叛徒。想起四年前的刺客,上尉在不屑一谈的轻蔑中,仍旧充满义愤。

　　"一个是凌霄,另一个是冯志冲。"胡志把两个名字写得大大的,送到赵一添的眼前。"凌,两点水,霄,上面是雨,下面是小,小雨也,都是水少的意思。再看,冯,冲,都是两点水,水少。所以我说老司令的天敌,就是水少之人,这是他的命。"

　　虽说牵强附会,赵一添心里却说,这个胡志,怪不得人家都叫他'胡子',还真能做文字游戏。"那你说,老司令现在的天敌是谁?"他做出将胡子一捋的动作,故意嘲弄着说,"你该不会回答说是小鬼子吧?"

　　"不是鬼子,也不是别人,"胡志肯定地说:"是他自己。"

　　赵一添摇头,表示不好理解。

　　"如果让你决定舰队的命运,你会怎么做?"胡志问。

　　看他又回到了是撤还是守的老问题上,赵一添说:"我都不想跟你说了,再说下去我的话来回晃荡,就成了拨浪鼓了。"

　　"你不说可以,老司令他得说,因为他还要执行命令呀。"胡志说。"但是你知道他的脾气,他从来都是说一不二的。如果别人再反对,再不执行军令,说不定他一跺脚,就把人当作汉奸给毙了。要是事闹到这一步,会不会——"

　　胡志打住了话头,没有再说下去。他担心内讧的猜测,不是没有道理,赵一添思量着。

　　后来,果然在舰炮总队撤退时,因为群龙无首,发生了两派相持的内斗事件。双方甚至动用了机关枪和手榴弹,造成了未杀敌人却自相残杀的流血冲突,成为海军第三舰队一段沉重的结束曲。

　　前途未卜的猜测中,留守"镇海"舰的日子随着天气转冷,慢慢接近了尾声。

在日本纱厂震耳欲聋的爆炸声中,赵一添一行撤出了"镇海"号,编入了教导总队。说不上是幸运还是遗憾,赵一添终究还是没能亲眼目睹,"镇海"舰在炸毁后慢慢沉没。他们在没有枪声的背景里离开熟悉的海港,把放弃抵抗的滨海城市,拱手交到了日本人手中。

1937年底的寒潮,提前涌进了胶州湾,日本海军驱动的强大战力,早已对他们形成合围之势。

从他们接到撤离命令的那一刻,站在坚守派一边的胡志,恶狠狠地说:"这是海水蒙羞的日子。"

随着熟知的一艘艘舰艇打开舱底,倒灌的海水让海军第三舰队不战自沉——

巡航舰"镇海"、驱逐舰"同安"、运输舰"定海"、炮舰"永翔"、"江利"、"楚豫"等等,这些名字慢慢沉入海底。

胡志跟随上尉赵一添,带着舰炮,满怀悲愤地撤离了青岛。

他们赶到徐州时,一场大仗已经拉开了序幕。第五战区司令长官李宗仁,却出乎所有人的意料,他并没有留下这支登陆的海军炮队。不舍,这是赵一添以后听闻的讯息,据说李长官有意保存海军最后的力量,把他们放行到了武汉。

走进人头攒动的徐州火车站,经过特别通道,赵一添不可想象,如果没有荷枪实弹的士兵,怎样通过站台,顺利地登上南下的专列?

站台上,他看到不仅每一节车厢里塞满了人,连火车车顶上也挤满了难民。他们在凛冽的寒风中挤在一起,身边堆放着大包小包用绳子捆绑在一起的行李。

坐进了车厢,赵一添和胡志并排坐在一起,两人的目光还留在窗外。

他们的侧前方,另一条铁轨上,正进行车头与车身的对接。在两节车对接、车厢发生冲撞的一刹那,他们俩同时发出一声惊呼。因为他们清楚地看到,坐在车厢顶部最边上的一个中年男人,从车顶一下子摔落了下去。紧接就是列车猛地一下后退,男人没有来得及撤出的双腿,眼睁睁地被车轮碾过。

这一幕惨剧,像刀子一样划过上尉和少尉的身体。

在这个严酷而悲愤的冬季,这支第三舰队撤出的队伍,忍受着各种消息的折磨。鬼子的南京屠城,一次疯狂杀戮的行动,通过幸存者、目击者的控诉与披露,一点点地从下游传来;随即,他们又得知日军占领青岛的消息。

1938年1月10日上午,日军第四舰队海军陆战队在青岛登陆,下午占领沈鸿烈执政六年的青岛市政府。配有航母、巡洋舰、水上飞机等共计60余艘舰艇的庞大舰队,不甘心就此悄悄上岸,他们用近10分钟的炮击,满足作为胜利者的意淫。

真正的意淫是一首《占领青岛之歌》,它首先在占领青岛的日军第四舰队传唱——

> 寒风凛冽入骨髓,
> 海水结冰夜渐明,
> 残月西沉龙山外,
> 陆战队员已登临。
>
> 扑通一声跳下水,
> 推波斩浪向前冲,
> 军旗飘飘随处见,
> 青岛已入我囊中。

这时,赵一添所在的教导总队,和舰炮一起,编入了马当要塞;而平息了内讧的舰炮总队,则被安排在田家镇要塞。

马当,湖口,田家镇,葛店,一时间海军占据了以上各处重要炮台。无论是从上海、江阴、南京一线节节防守的海军,还是从胶州湾不战而撤的海军,他们一起集结到了武汉大战的水路前沿。

经过江阴、南京作战,中央海军第一、第二舰队遭受了重创,不得不对各舰艇重新编组。

"中山"、"永绩"等8艘炮舰,外加2艘运输舰、1艘测量舰和8艘炮艇,编归第一舰队司令部遣用;"永绥"等6艘炮舰,外加7艘炮艇、2艘鱼雷艇、2艘测量艇,编归第二舰队司令部。

海军编制调整,解夏提出去作战部队的请求,却一直没有得到陈绍宽的批准。

从民国二十七年1月1日开始,原来的海军部宣告正式裁撤,陈绍宽就任海军总司令一职。海军总部规格降低,意味着机关人员精减,秘书岗位只有两个编制。解夏主动对总司令说:"还是让我去前线吧。"

陈绍宽用他顺手,所以不太情愿,就说:"再等一等。"等了一个月,海军部正式

战时繁忙的铁路运输

结束办公,他的事还悬而未决。

直到岳阳挂上了海军总司令部的牌子,解夏的名字还没有调出机关,陈总司令把他安排到了参谋处。名字给他这么挂着,同意人去前线。临行前,陈绍宽交办他两件事,一是督办构筑马当阻塞线,二是牵头规划海军长江布雷工作。

离开岳阳之前,解夏找到了曾一鸣,算是对他的造雷所摸了一次底。

造雷所刚从上海迁来,一边生产一边建设,条件虽然简陋,但摊子铺得很大。进了车间,让解夏感到最兴奋的,是漂雷可以批量生产了。它的特点是能够顺流而下,相比定雷,更具有隐藏性。解夏看得眼馋,直奔主题,说:"所长,第一批能不能都给我捎上?"

曾所长盯了他一眼:"就你这个参谋口气大!告诉你,没有武汉行营的条子,谁也别想在我这取货。"

解夏说:"你别吓唬我,要是上面的要塞守不住,这武汉行营不也得撤?!"

两人斗着嘴走出了车间，曾所长说："我现在最缺的就是人手，编制是死的，要几个民工也得打报告请示。"

两人说着话，就往家属区走去。解夏突然提议说："你可以发动慧菊她们干，这么多海军家属，闲着也是闲着。"

曾一鸣做了一个打住的手势："让官太太来打杂帮忙，可不是越帮越忙？"

解夏想了想，说："也是，要是不注意把雷给弄炸了，前方还不炸开了锅。"

走到路口时，两人就要分手了。曾一鸣说："张灵春特务队在上海打得不错，又有布雷经验，别让他的手下都散了。"

见他提到张灵春，解夏拧起了眉头，因为他看到这家伙报来的辞呈了。少校以攻击"安宅"舰失败、造成两人失踪为由，提出辞去特务队长一职。

"不仅是这件事，还有大王。"曾一鸣提醒，"大王在撤退的路上失踪了，张灵春过不了这个坎。"

看解夏诧异，他拍拍老同学的肩膀说："大王和部长什么关系？他张灵春还能不清楚。"说陈绍宽部长顺口了，虽然现在是总司令了，曾一鸣一时还改不过口。

难道他提出辞职，是为了总司令的一个交代？解夏琢磨着曾一鸣的话外之音，将信将疑。这中间微妙的人际关系，有时候不比打仗简单。

来到湖口，解夏第一站去的就是张灵春的特务队营地。

虽说少校提出辞去特务队长职务，但在上级没有答复之前，他的训练工作仍然抓得很紧。解夏通过观察，心已放下了大半，不出所料，少校这人做事，还是把规矩放在第一的。

张灵春陪他来到江边，一群官兵挤在民船上，正练习着水雷起吊作业。更有水兵在寒冷的江里踩着水，试验着给水雷灌上药水。这个足以让旁观者打寒战、倒吸凉气的场景，彻底让解参谋安下心来。

张灵春不可能走，内心也不愿走，解参谋立即得出了这个判断。一个从实战出发狠抓战前训练的队长，一个即便在严寒天气也不愿降低操演标准的队长，如果不忠于职守，他犯得上吗？解夏打定主意，不去做他什么工作，而是单刀直入，把总部的一纸决定交到了他的手里——这份情真意切的慰留意见，是秘书解夏起草的最后一份公函。

知趣的张灵春说了一声"长官费心了"，便不再提及自己辞职的事情。他转移话题说："是不是见见金砺锋，按照你的意思，我已经把他弄到手了。"

解夏看看表，遗憾地说："今天怕是不行了，我要给上头打个电话。"在离开时又说，"你这两天做好安排，准备好车，把金砺锋也带上，等我通知，我们一起去一趟九江。"

出发的那天天气很好，金砺锋见到解参谋时，感觉到亲切和兴奋。

解夏瞄一眼他的上尉军服，说："升官了好。"然后，对张灵春说，"你这个教官教导有方，他这个上尉，还有那两个打日本飞机的小孔和小程，都是你带出来的吧，这次都当中尉了。"

三人上了车后，解夏解释，这次战时铨叙是特例，手上打下飞机的，作战勇敢的尉级军官，才会榜上有名。

寒暄过后，一路冬日暖阳，解参谋进入了正题，谈起了自己思虑已久的一桩事来。

主要意思是说，从开战之前一直到现在，汉奸特务活动猖獗，到处搞海军的情报，我们该怎么办。这一个问题还涉及布雷问题，要提高水雷的效率，就要有明确的目标，这就涉及如何收集情报。解参谋建议，海军特务队要总结上海的做法，组织一个搞情报的班底。

听解参谋这么一打开话题，张少校和金上尉都深有感触。他们也都明白了，为什么此前解参谋人在岳阳，却对特务队的重组那么关心。顺着他的思路，大家就在车里议论开了。解参谋主要在听，张灵春的意见注重实战，金砺锋的想法很新奇。这时车已进入了九江市区，他说："你们讲得很好，回去发动大家再议，尽快先弄一个方案来。"

吉普车停在一个大院的门口，解参谋让大家下车活动一下身体。

金上尉眼尖，看到门头上书写着"江西省江防委员会"，他灵机一动，自言自语地说："莫不是崔先生来了？"解参谋正要夸他聪明，崔先生已经从院子里迎了出来。张灵春和金砺锋喜出望外，他们和崔先生又见面了。海军江阴阻塞组的成员，在九江居然又聚到了一起。

崔先生二话没说，便和大家一起又挤上了车，坐在副驾的位置上领路。他说："我整个上午望眼欲穿，都跑出来好几趟了。偷偷摸摸的，做贼心虚。为什么？你们到这里来，我没通知江西江防，他们一出面就不自在了。"

说着话，车停在了靠江边的一家饭店。崔先生领着大家穿过院子，来到一间临

36 要　塞

江的雅间坐定。他说:"俗话说,靠山吃山,今天我们靠水吃鱼。"

一锅热气腾腾的杂鱼先上来了,接着又上了一份红烧鱼块,大家一闻,那个香呀!让人充满食欲。崔先生劝大家趁热吃,自己却没有动筷子,而是用东道主的口气做着介绍。

他的体会,在九江吃鱼块,随便往哪个小店一坐,都能尝到上好的鄱阳湖野生鱼。他夹起了一块比画着:"鱼块形美,肉质紧密,一块下口,微辣,唇齿留香,色香味没得说。"

紧接着上的还是鱼,崔先生一一介绍:"这是叉烧芦花鳜鱼,这是清汤鲈鱼丝。"

解参谋说:"够多的了,不能再上了。"

崔先生却遗憾地表示:"时令不对,大家没能吃到清蒸鲥鱼,那才是九江鱼中的极品。"

金砺锋看崔先生对九江菜这么熟悉,好奇地问起他是不是特别喜欢九江。

崔先生说:"当然,上学的时候,第一次来我就喜欢上了。这一次从汉口过来,是我主动请的战。一是惦记九江,二也是惦记着你们这些老朋友呢。"

崔先生的回答,大部分是事实。但他却刻意回避的一个理由,自己说不清道不明的那一点心思。

和解参谋的职责一样,崔先生的主要任务,是代表长江阻塞委员会,督办马当要塞工程。工程设计与常规监督检查,由马当要塞司令部负责,具体施工,则由江西省江防委员会承担。崔先生进驻九江,除了阻塞线之外,实际上还手执尚方宝剑,那就是代表后勤部船舶运输司令部,监管船只征用情况。

解夏此次到九江见崔先生,正事只有一个,为海军布雷征用民船的事。一是想详细了解征用民船的具体程序,和里面的机关所在;二是也给崔先生提个醒,别像江阴封锁线征船那样,老是舍不得。

崔先生听解参谋说到船只的事,把自己了解的情况,先向海军各位作了一个介绍。

他说:"目前在长江通行的船舶,除几家大公司的商轮照常行驶不加统制外,其他帆船及大小轮,涉及阻塞线之用的,由江防委员会统制征调。委员会已经在九江、彭泽、湖口、星子四地设有办事处,各办事处分别就地管理。"

"海军使用船只有些特殊,原则上要走船舶司令部的程序,但这也不是什么难事。"崔先生保证说,"通过江阴一战,海军的苦心我都一一在心。再就我人在交通

部,不等于就是海军的人吗?"

解夏见他这么说,也半开玩笑地说:"这话可是你说的,军无戏言呀。"

崔先生认真地点点头,继而又迷茫地问:"下一步,我能为海军做些什么呢?"

张灵春这时接过话了,说:"你对长江航道这么熟悉,又精于水流的观测和计算,在哪布设定雷,在哪投放漂雷,哪一样也离不开你来指导呀!"

日军进入青岛市政府大楼

崔先生没吱声,却把少校的话装进了肚子里,等到他们离去之后,心里还在盘算着日后的去处。

他原本人在汉口好好的,但忍受不了漫长的等待。那些没有转成外籍的江海船舶,麇集在汉口已多达五六百艘,想往川江和湘江西迁。但稍大一些的船舶,都要等待着丰水期的来临。而这样的枯水期对于马当要塞施工,却是最好的时期,这也是崔先生下行的原因。

崔先生考虑未来的时候,接到了小郭从汉口打来的长途。小郭说:"你都走了好些天了,也不知道现在的情况怎么样,还适应吗?"

崔先生笑了:"有什么不适应的,一切都好着呢。"

小郭说:"我知道你心里巴不得去九江呢,你说是不是?"

崔先生愣住了,胡乱地辩解:"瞧你这姑娘,这话从何而起?"

"不承认就算了。"那边的小郭不说了。崔先生说:"你可别,还是把话讲明白,这讲一半还让等另一半?"

小郭想了一会,接下来问:"你在九江见到那个大学生了吗?"

崔先生感觉到自己的脸已经红了,他甚至感觉到小郭已经看到自己脸红的样子。他下意识地装作无辜的样子:"你说谁呀?"话一说出口就觉得心虚。

那边小郭笑了,小郭再也没有继续这个话题。而是说:"这边有事了,你多保重,我今天先挂了。"就结束了通话。

一个看似无意的电话,却挑明崔先生隐藏的小心思,真叫他开始纠结起来,苏颂现在究竟怎么样了?

37

痛失良机

1938年3月28日，日军操纵的伪中华民国维新政府在南京成立

37 痛失良机

目送着目标进了大门之后,钟虎焦急地回到丁字路口。等了约莫一支香烟的工夫,一辆黄包车才远远地赶来。头戴礼帽的彪子很快下了车,钟虎迎上前去,和他擦肩而过时,低低地说了一句"侧门",便跨上了车。彪子心领神会,把帽子按了一下表示回应,懒洋洋地左拐过去,围着这幢宅院绕向侧门方向。

钟虎上了车,示意车夫向前直行,他要蹲守的是后门。到了地点之后,他下车的动作慢条斯理,下了车又左右看了看,还整理了一下自己的衣服。

完成这一系列动作的时间里,他已经向车夫交代了目标的特征:一个身穿旗袍的年轻漂亮女人,留着波浪式的卷发,最重要是,她的左唇上方有一颗十分显眼的美人痣。

交代完毕的钟虎,把车钱交给车夫时,问了一句:"都晓得了吧?"车夫没有说话,只是果断地点点头。钟虎放心地舒了一口气,目送黄包车调转原路,很快选定了后门的出口。

附近有几个孩子在路边抽地陀,他凑上前去,说:"让叔叔试一下。"接过鞭杆,一个鞭绳抽出去,陀螺在地上滴溜溜地转。

孩子在一旁禁不住地喝彩,他摸着一个大孩子的头说:"你们应该到前面去玩,这里的地不平。"大孩子信任地点着头,一声跑呀,领着这群孩子便奔跑过去。看他们回头,钟虎挥手示意再往前跑,直到他们离开了自己的视线。

钟虎顺利地哄走了孩子后,便蹲在一片灌木丛中。他知道这个动作非常不雅,但实用,有利于自己隐蔽。

这是南京沦陷后,钟虎组织的第一次暗杀行动,目标是神秘的女人上官珠。

原定的暗杀目标本不是这个女人,而是在"维新政府"里给小日本做事的汉奸。但上官珠的无意闯入,让钟虎改变了主意。因为他和彪子,都深知这个女人的危害,在江阴泄密案中,她是拉拢黄濬下水的幕后主角,也是该案漏网的一条大鱼。

从夫子庙打架事件的意外现身,到海军部刘三多在中央饭店丢失测量图,再到黄濬案的前因后果,她的神秘魅影神出鬼没。钟虎知道她不是凡角,在近日南京所谓维新政府成立的前前后后,她的身影不断在大小汉奸的身旁出现。是游说,还是监视?是引诱,还是摸底?钟虎说不准她的使命,但他清楚,这个女人早已成为最危险的敌人。

在鬼子攻陷南京的这一段日子,奉命潜伏的钟虎不断被血腥的噩梦惊醒。鬼子进城后,他蛰伏在鼓楼附近的大方巷,亲眼目睹的经历,甚至让他的性格变得阴郁

起来。在借宿的大方巷二楼居所，从所住的临街窗户，他被暴露在阳光下的屠杀深深地震惊。

那是一次沉默的杀戮，一个没有反抗甚至没有喊叫的杀人现场。一条草绳拴紧了十几个同胞，当鬼子的刺刀扑向他们的身体，刺向他们的胸膛时，他们只是在下意识地躲闪。他们充满恐惧的脸上，没有反抗，甚至没有愤怒，只有一种像凋零的枯枝残叶一样任由寒风吹打的绝望。

为掌握日军在南京的暴行，钟虎几度潜入宁海路、山西路一带，走进国际组织设立的难民区。无论是沿途所见，还是耳闻调查，他偷偷记录的文字和胶卷，那些惨状让他心里充满了矛盾和折磨。好几次，他都想抄起枪冲出屋子，但潜伏的任务、职业的训练又让他脚步踌躇。

他和他的枪，隐藏在这个血洗的城市一角，等待着出击的机会。

早春时节，他的5人潜伏行动小组，已经联系上了3人。在他把日本人疯狂屠杀的记录，安全送向江北的六合交通站后，他无心等待上级的指令。他和他的三人暗杀小组一合计，开始捕捉第一批行动目标。

3月底，日本扶持的"中华民国维新政府"在南京成立。伪政府管辖江苏、浙江、安徽三省的敌占区和南京、上海两个特别市，代替了先前的"南京市自治委员会"。钟虎了解到，在这个伪政府里，有被日本人生拉硬扯来的二三流人物，也有自愿给鬼子当二狗的铁杆汉奸。

急于让新政权粉墨登场，是日本政府骑虎难下而不得不进行的选择。

日军占领南京后，日本国内一片欢腾，甚至连普通百姓都提灯庆祝皇军的胜利。"举国一致"的欢庆，对于组阁不到一年的近卫政府来说无疑是一帖兴奋剂。而德国驻华大使陶德曼斡旋无果、调停失败，加之日本军政界对军事判断过于乐观，致使日本近卫文麿于1938年1月16日，发表了头脑发热的《对华政策声明》——

在攻陷南京后，帝国政府为了仍然给中国国民政府以最后重新考虑的机会，一直等到现在。然而，国民政府不了解帝国的真意，竟然策动抗战，内则不察人民涂炭之苦，外则不顾整个东亚和平。因此，帝国政府今后不以国民政府为对手，而期望真能与帝国合作的中国新政权的建立与发展，并将与此新政权调整两国邦交，协助建设复兴的新中国。

37 痛失良机

1938年的南京,难民安全区组织注射伤寒疫苗

这是近卫的第一次对华声明,也是被后来证明无比失策的声明。对于"不以国民政府为对手"的露骨与狂妄,1月18日,国民政府发表声明称——

> 中国政府于任何情形之下,必用全力以维护中国主权与行政之完整。任何恢复和平办法,如不以此原则为基础,绝非中国所能接受,同时,在日本占领区域内,如有任何非法组织篡窃政权者,不论对内对外,当然绝对无效。

近卫内阁的声明,实际上把正在进行的中日交战,逼进一战到底的困境。否认中国中央政府的言行一旦放出,颇有覆水难收之势。情势之下,日本外交一时陷入尴尬境地,他们必须开始寻找替代的角色。

伪政权登台只十来天,南京外围的游击队开始频频活动,不断对敌伪进行袭击。尤其是锄决河流堤坝的行动,致使南京四周为大水淹没,成为一片泽国。大水带来交通运输受阻,南京城内因为粮食和日用品告罄,一时人心恐慌。这时城中多种传言弥漫,一说,游击队万余人在四郊聚集,又说,王陵基拟率部沿江东下,不日将直

逼南京。

虽说川军出川作战的事，钟虎有所耳闻，但是王陵基直下南京的传言，在他看来只是造造声势。但这是一个好时机，钟虎认为此时锄奸，可谓正逢其时。就在行动小组选择目标时，钟虎从线人的口中，意外地发现了上官珠的线索。他和彪子一商议，两人一拍即合，决定先对这个女人下手。

一想到把上官珠列入了头号目标，彪子显得很兴奋，他嘿嘿笑着说："别看她假装正经，其实骚得很。"

钟虎笑他话说得突兀，说："你也没见过她，还能闻到她的味道。"

彪子讲："她会勾人呀，把海军刘三多搞得魂不守舍的不说，还把黄濬拉下了水。俗话说'母鸡不点头，公鸡哪里能上头'。人家黄濬是见过世面的，身边不少女人，没有一股特别的骚劲，她怎么就会得手？"

听他这样说，钟虎点了点头，实际上彪子说对了一些；但是他又摇摇头，如果说上官珠只是靠女色闯荡江湖，完全是低估了她。

在和黄濬的一步步交往中，她一直把握着最佳时机，并不动声色地投其所好。她首先通过福建口音，让黄濬感到同乡的亲近，更重要的是，她对古玩字画在行，这才是让黄濬高看的主要原因。

彪子想不通："黄濬本是书画中人，水平岂止泛泛，难道这个女人靠现学现卖，就能和行家过招？"

钟虎说："我没办法回答你，要想知道答案，你就得去接近她，然后亲自去闻一闻。"

说着玩笑话的钟虎，始终没有把上官珠当作一个普通的女人，甚至没有把她当作一条狡猾的鱼，而是把她当作了警觉敏锐的蛇，一个自己从来没有遇见过的强敌。

接到线人的情报后，时间已经很紧，晚上城里盘查也严，他没有办法连夜侦察。而这天一早，他就来到了这幢宅院，在门前屋后对地形进行认真的侦察。

假设，在上官珠进入大门之后，作为一个训练有素的特工，她还会选择再从大门出来吗？

行动之前，钟虎反复盘算这个问题。他以为，最有可能的结果，她会选择后门和侧门。所以，他和彪子分别把守一处；只是出于谨慎，出于以防万一，钟虎在大门还安排了一名假扮车夫的队员。

37 痛失良机

事实证明,钟虎失算了。上官珠出来的时候,恰恰走的就是大门。

在这个没有鸟鸣的上午,大门前的车夫斜靠在树下,用一顶破旧的帽子遮住了脸。他看似在眯盹,其实一直以隐蔽之姿盯着大门。直到另一辆黄包车向他靠来,在和他保持着一定距离的地方停下,车夫才把脸上的帽子掀开,他预感到情况来了。

上官珠从门里跨了出来,从瞥见她身上的旗袍时,车夫的手已经触到了坐垫下面的手枪。但对方跨步的优雅和风情,让他眼里闪过了不该闪现的好的印象,它只是一个短暂的时间,却好似被对方捕捉。车夫看到她的脸上,浮现出对自己的浅浅一笑,多么含意不明的笑容!车夫在她的笑中,并没有找到那颗标明身份的美人痣。

他的手还在枪上,但他并没有抽出它,他的手指在坐垫下已经搭上了扳机,但指挥这一切的意识却一片空白。到底,她是不是那个狡猾的特务?面对走过来的媚态如歌的女人,年轻的杀手在一触即发的关键时刻,出现了致命的犹豫。

女人上了另一辆车,女人上车时微微扬起的旗袍,让临近中午的空气发散出女人才有的气息。这一切就在杀手的眼皮下进行,杀手和目标,他们近在咫尺。而略显稚嫩的杀手,并没有把眼前的目标当作目标。女人和车一起驶去,空空无物的这种场景,像是让杀手突然醒悟过来。他蹬车追了上去,他把全身的力气都用在了脚下。

两辆黄包车一前一后,向钟虎的方向驶来。从它们异乎寻常的速度中,钟虎就没有把它当作普通的过路车辆,他敏感地意识到计划出现了问题。他在树丛中猫着身子疾步向前,第一辆车和车里的女人从他眼前一闪,他发现了上官珠——这个只瞥过一眼、却在脑子里萦回已久的女人。

钟虎站起身跑起来,但他没有举枪射击,他不想在没有把握的射程里打草惊蛇。但他更不愿轻言放弃,因为他知道这样的机会等于是从天而降,他知道好的机会不会卷土重来。他飞身跃上了后一辆黄包车,一辆车对另一辆车的追击,让春天的林荫道上充满了紧张的气氛。

滚动的陀螺,和陀螺身边的孩子,挡住了疾驰的路。前面的车毫不犹豫,钟虎看到它依然保持疯狂的车速,借着下坡的动势,向孩子们冲去。

突发的状况让孩子猝不及防,他们出自本能的避闪慢了一步,两个孩子一左一右被刮倒在地。

"让开——"钟虎一声惊呼,车夫骤然刹车和拐动,让车辆侧翻在路旁。

两辆车拉开了距离,像绷拉得太紧的弹簧,让可能的机会失去了弹性。一旦机会痛失,摔倒在地的钟虎知道,下一次的捕杀很可能遥遥无期。

日军占领后的海军部

同样在这个中午,日本海军中村正树中佐,也面临着一个机会。

在和田中智子会面的路上,在他走下汽车,来到见面地点的路口,他为一个女人的出现而吃惊。

那个女人当时从黄包车上走下来,她用手理着头发的样子,让中村觉得十分熟识。隔着宽宽的路,他不能相信自己的眼睛,因为他看到了一个穿旗袍的田中智子。他从来没有见过智子这样的装扮,用旗袍大胆勾勒和外露的身体,居然能传达出一个女人扑面而来的风骚。

激动的中村准备摇手招呼,但他迟疑了,因为他看到穿旗袍的智子,脸上多了一颗美人痣。

对面的女子显然也看到了中村,在他们目光交接的时候,中村感觉到对方的眼神中有一丝羞怯。不是熟人小别重逢的羞意,而更多的像一个女人,对陌生目光闯入的礼貌式回避。

失望的中村这时基本可以肯定,她不是智子,但他仍然好奇地不停地注目着对方。在他们隔路相望的中间,行进的装甲车正隆隆经过,让他的探究浅尝辄止。

队伍过去之后,这个酷似智子的女人,她的背影把中村的思维带入了一片烦乱之中。

他知道自己失去了一次机会,他记得智子对他说过,她来中国是为了寻找孪生姐姐。他还记得,他对智子说过,我要是帮你找到,你该怎样奖励我?这之后,智子神情暧昧,当她一露出暧昧的表情时,和刚刚从眼前消失的旗袍女人多么相似。

中村神情恍惚地来到见面地点时,一向守时的他,踏进茶馆时意识到自己已经

37 痛失良机

迟到了。

来到雅间,他见到智子时目光复杂,但他什么也不能说。因为智子给他带来了一位新的联络人,战前驻南京总领馆的小河次太郎。中村在智子介绍后,起身向小河恭敬地鞠了一躬,此刻他正希望得到更多的情报支持。

这一次战队的"安宅"旗舰下行上海时,作为首席参谋的中村并没有随同前往。原因是一向倚重中村的近藤司令官,交给了他一个重要任务,让他牵头进行溯江作战的行动计划。

根据江阴作战和上行南京作战的教训,中村在制订攻略安庆、九江的海军作战方案之前,对重要的问题进行了梳理。

一、疏浚水路
长江布有锚雷、沉底雷、漂雷等各种水雷,有危险,需要处置;
预料长江仍会以沉船等办法封锁,需要拆除和疏浚水路。
二、覆灭沿岸的炮台
长江两岸多为峭壁,其山顶设有坚固的要塞炮俯瞰长江,需要事先将其覆灭;
除原来的要塞之外,又在沿岸要冲设有无数新的炮台,也需要将其消灭。
三、支持陆军或登陆队的溯江及登陆
因为上述危险情况,需要实施对攻略部队的输送、护卫和扫荡进路,侦察前进,掩护射击,防空及支援后方等支援行动。
四、军用船的护卫
为了维持陆军大兵团的兵站,对无数往返的军用船需要实施护卫、防空、扫荡进路等。

听中村简要地介绍了上述思路,小河问:"需要我们在前方做什么?"

中村显然对这个问题深思熟虑,他举着三个指头说:"三项。一是炮台的情报,越具体越详细越好;二是需要了解敌人的阻塞线尤其是水雷分布相关情况;三是,最好为我们的攻略行动,找到最合适的时机。"

小河点了点头,说:"这三项我们尽量去做。再有一点,"他略显得意地说,"我们

的人已经进入了马当、九江一线。一旦攻略战开始,我们会通过电报和地面信号,向部队提供情报。"

听他这么一说,中村大喜过望,两人接着仔细商谈了联络的方式、使用的密码,并且讨论紧急状态下暗号、暗语。

在中村和小河接洽时,智子一直没有插话,她对中村作为优秀参谋的表现一直十分欣赏。在长谷川清司令长官调回国内之际,她已经接领了新的任务,而不得不暂时中断和中村的协作,她也为此感到有些遗憾。所以,在会面结束时,智子面对中村欲语还休的神情、目光中流露的不舍,作出了积极的回应。

她对小河说:"你先走吧,我还有一些事,要请教中村君。"

起身和小河告别后,慢慢地喝了两口茶,坐到了沙发上,中村要借此平复一下心情。

在情绪稍作控制之后,他用尽量平稳的语调,说起了和旗袍女子的奇遇。他在讲述时,一直注意观察智子的反应,他似乎看到了她的惊讶,但没有看到她的激动。她笑着的样子,分明是在鼓励他继续再说,而她的表情,却像是听一个虽然有趣、却是别人的故事。

中村有些心灰意懒,他觉得可能是自己看走了眼,但他心里又不愿承认。那个女人和智子真是太像了,除了那颗显眼的痣,简直就是一个人。他心里就这么坚持地认为,但当事人却置身事外,仿佛在面对一个孩子的固执。

看到中村有些气馁,智子这时的笑,像是从心里发出来一样,让中村看得有些呆了。

智子带着热乎乎的气息,凑到他的身边问:"你为我的事费心,让我怎样感谢你?"

她的声音,在中村听来,有一种从来没有感觉过的轻柔。他吃惊地看着智子的娇态,和那个旗袍女子多么貌合神似。他感觉一种令人沉醉又有些迷离的情愫正不断袭来,在他揽过对方之后,他闭上了眼睛。

此时,他感觉到了旗袍女子,她坐在自己腿上的身体,因为女人特有的妩媚而轻盈。他的手轻轻地在她的脸上抚摸,像是要找到那颗夺人魂魄的痣,他已经能够感觉到痣的存在。这时他感觉自己的身体里,女人像花一样地开了。他变得敏感,小腹中升起了腾腾热气。

离开战场的中村中佐,在难得的放松中,发现现在的状态,超过了战争给他带来的快感。

37 痛失良机

沦陷后的南京

中村感受着水一样的沉浮,而女人的声音,这时像从水中冒了出来。

"中村君,"智子的声音像水泡一样,断断续续地泛出水面。她说,"你的方案中,怎么,没有了中国人的舰艇?"中村明白了她的意思,中村不想回答她,他堵住了她的嘴。他想,女人真奇怪,还在想着那些已经不存在的事情。

智子没有再说话。在这个有些燥热的下午,她能感到中村复苏的欲望,而自己此刻也处于亢奋的状态之中。因为围绕一个绝密计划,她此前太多的准备和付出,正在一步步实现。从一知半解开始,她如饥似渴地了解中国的字画宝物,不仅和许多玩家交往,而且成为了南京夫子庙古玩市场的常客。

她用一点点的耐心积累着一个梦。南京,有哪些富家商人,他们住在何方,家藏哪些宝贝?这些年来她不紧不慢,像是用一把梳子,在茫茫的人群里理出她所需要的人——银行老板、行业协会首领、当铺老板及帮派头目,然后再将这些人的身份、住址一一查清。为了让自己耳目更灵,她还打入了银行,搜集更有价值的情报。

这一切没有白干,在帝国皇军开进南京之初,她提供的线索,交到了宪兵队的手中。

这是一批特殊的队伍,他们没有加入杀人和强奸的队列,而是组成了一个个特别行动小队。或按图索骥,或定点搜查,他们的目标是银行、博物馆、图书馆、富人住宅、近郊别墅,他们的任务是洗劫。

从便于携带的黄金、宝石、珠宝、书画艺术品、货币,到成箱成箱的各种文物和珍贵古籍,甚至那些古董家具、镜子、地毯等等也被打包装箱。随着第一批运往东京,新的一批开进了铁路的货场,正准备通过上海运往日本。智子知道,这一批巨大的财富对帝国来说,它意味着更新式的飞机、更强大的舰队,和应对战时的能力。

从这个神秘而漫长的计划中走出来,智子这时有意要在一次放纵中,得到彻底的放松。

她的手轻轻地划过中村的胸膛,她看似随意的动作,充满了对中村的暗示。中村惊喜地发现,自己的身体,已经恢复到了战前的最佳状态。他的身体,对和智子的这一次分别,表现出跃跃欲试的冲动。

被抱得紧紧的智子,这时想起了新的任务。南京和北平的两个维新政府合并在即,他们也要合抱在一起,现在还差一把劲。她的手伸到中村的背后,他们两人这时已经完全倒在沙发里,智子把他抱得紧紧的。要说服平京两个政权,至少表面上要紧密无间,要坦诚相待。

智子感觉到中村的手大胆起来,这是一个注定让他们两人热忱坦露的下午,她想。

38

马当阻塞线

九江江边

战前的九江大中路(1936年)

民国二十七年对少年苏坡来说,那么多的变化都集于一身——

隔壁布店让他暗暗心动的小玉姑娘,竟然不辞而别地匆忙离开,他很多次不甘心地想,难道在她的心目中,自己就是一个普通的玩伴?经常光临照相馆的国文王老师,和路过的一名女大学生一见钟情,双双去了重庆,什么时候还能听到他幽默的故事……

更多的变化,发生在自己的家里。

去年暑期过后,姐姐苏颂再也没有去南京上大学,又不在家里待着,搞抗日救亡的宣传去了。先是顺江而下,到了冬季线路改了,跑到湖区去发动了。其实自己也想跟着去,父亲不同意,说你也不会讲不会唱,你能去做什么?

苏坡不服气地说:"我会照相,我能给他们拍照。"

父亲笑他:"谁会找你拍照呀,你还是老实在家照吧。"

谁能想到,找他为抗日拍照的人,真就找上门来了。

这天一早,天刚麻麻亮,苏记照相馆响起了阵阵敲门声。

生意怎么会来得这样早?睡意未尽的伙计忍不住嘟囔,打开门时他奇怪地发现,哎哟,怎么这么大的白雾。眼睛不大但很尖的苏坡,看见一团白雾裹着两个黑影闪了进来。领头的人先介绍,说自己的名字叫崔先生。

38　马当阻塞线

还有名字叫先生的？苏坡奇怪地打量着他。见他文质彬彬的样子，心里说，他叫先生也没有什么不对。显然他不是来照相的，从外在形象和衣着打扮上，一看就是给公家做事的。

作为苏记照相的少掌柜，苏坡的眼光差不了。这时，崔先生掏出证件自我介绍，果然，他为马当江防办差。

不肯落座，也不让烧水沏茶，说话声音特别好听的崔先生，光临苏家只有一个目的，请苏记照相出城公干，地点就在马当。

"这是我们的邀请，不是命令。"崔先生用生动的笑，对苏坡解释说，"车马食宿由我们负责，胶卷和相纸的成本费也由我们来出。但是惭愧，我们再没有其他费用可以支付给你们了。"

看苏坡发愣，他调皮地拍了拍口袋："你可能不知道，政府囊中羞涩，好在我们不会给你打白条。"

苏坡傻笑着，觉得这个公家人说话真有意思。其实，他根本不知道，人家崔先生可是有备而来。今天上门，算是第二次登门拜访。

早在几天前，他就根据苏颂的来信地址，到这条街上按图索骥。苏记照相的牌子在街上很亮，很容易就找到了。崔先生进了前面的堂屋，从陈列的照片中，一眼就看到了身穿学生装的苏颂。他们交往其实并不多，但两人投机，一直不紧不慢地保持着联系。

看着照片，想起真人有大半年没见，崔先生向照看生意的伙计打听她的行踪。听说小姐许多日子不在家，他没觉得奇怪，如果在家没事她就该回学校上课去了。无意中看到几张风景照，崔先生来了兴趣，问是你们拍的吗？听到伙计肯定的回答，他心里突然有了个主意，不妨请苏记照相走一趟马当，这也是为将来留一些珍贵的资料。

崔先生的提议，苏坡意外，但联想到眼下的战局，他并不惊讶。

关心国事的苏坡清楚，一场在街谈巷议里游荡的战争，去年夏天已经在上海登陆打响。比盛夏还要炽烈的战火，像毛竹一样一节一节地沿着长江向上游蔓延燃烧。此时仗已经打过了南京、芜湖，日军正直逼安庆。

他记得，在入冬前的第一场雪来临之际，放弃首都和南京屠城的消息相继而来，让江城九江的上空寒流滚滚。

整整一个春节都无比寡淡。照相馆的生意一落千丈，无所事事的苏坡在城里东

游西逛。战争来了,它不再是对面茶楼顾客热气腾腾的议论,不再是沿街叫卖的报上的加粗标题,以及姐姐哥哥们挥动手臂摇动纸旗的口号标语,而是越来越近的临战状态。

推开门的每一天,都能看到装束整齐的国军成群结队,集结在九江的城内和城郊。他们操着不同的口音,占据城门、路口、车站和码头。他们在街市日夜巡视,一步步地接管整个城市。无论是水泥路的大街,还是青石路的老街,只要有路的地方,都要给军事防卫让路。

路过的军队夹带着车辆、炮队、骑兵往来穿梭,他们匆匆行进的步伐不分昼夜,整齐地踩响一条条街面。

和军队井然的调集相比,地方和民间的流动忙乱不堪。无论车站还是码头,所有迎来送往的地方都失去了往日的章法。来自省内南方的民工,和从下游夺路而来的难民,他们像横冲直撞的山洪,不由分说地交汇在九江,然后方向失控地流向四面八方。

随着武汉防区"二一八空战"打响,敌机轰炸的威胁每一天都悬在头顶,随时都会触动空袭警报。从沿海迁移而来的大学,听说正在酝酿新的西迁计划,师生们又开始收拾起刚刚摊开的行装和书本。

最直接的焦灼来自左邻右舍。隔壁永昌布店每天都刷出打折贱卖的告示,像小玉姑娘眉头紧锁的脸;随着王老师离去不久,六角石小学清脆的钟声也进入间断式的休眠;只有当铺的生意一天比一天繁忙,店里的伙计连天带夜地把货物搬进搬出。

而在九江城的北门和西门,苏坡看到各种交通工具,满载着浔城古老的生活绝尘而去。

这样的战时景象远不止九江,苏坡的耳朵里塞满了这种流动的嘈杂信息,无论是上游的武汉、田家镇,还是下游的湖口和马当。整个长江中游都失去了战争后方应有的沉着,一下子进入了临战备战的紧张状态,似乎把每一天每一个时辰,都塞进了灼热的枪膛。

迈出家门就算是踏上迎战的路,首次执行公务的苏坡,显出少年老成的样子。在街坊邻居好奇的目光里,他坐上了军用吉普车,随车出城向东。告别了父亲母亲的嘱咐,领着伙计去完成战地拍摄的任务,他在心里面把这次出门理解为奔赴前线。

至少,和九江相比,马当距离前线更接近了几十公里。

38 马当阻塞线

从九江到马当,崔先生已经轻车熟路,阻塞线工程从设计时,他就开始介入了。

马当阻塞线是继江阴封锁线之后,在长江上构筑的第二道大投入的水上御敌工事。和江阴以沉船和砂石为主的堵塞方式所不同的是,它是一条拦河坝式的阻塞线,是包括底层、中层和上层三层结构更为复杂的工程。

底层用铅丝构成大网,内铺柳枝和乱石,拌水泥凝固,逐段投沉江底;后绕以铅丝缆和芊麻辫,使之紧密连接,并在上游处用铁锚拉住;在下游处加用大木桩打入江底,以不为水流冲激所撼动。

中层用大型铁锚和大块乱石,放置在大帆船和铁驳里,以水泥凝固,沉列在底层之上,借铁锚齿和大石块锋尖作为暗礁。

上层布设水雷,最后由海军完成作业。

从江阴和乌龙山阻塞工程赶来的黄河委员会成员,构成了马当一期工程的主要技术班底。他们和后来增派 100 多名技术人员和工人一起,一直像钉子一样驻扎在工程第一线,让寒冬腊月开始的工程向前推进。

年初崔先生来到九江,听到了坊间关于阻塞工程的许多说法。

流传较广的传言是,民夫征集逾万名,分别来自江西南昌、九江、浮梁三个专区和安徽的宿松、望江以及湖北的黄梅等沿江各县。至于船只征用,有上至九江下至安庆,所有大小民船一律无偿强征,共计千余艘之说。以崔先生的亲历识见,他觉得这种说法失之含糊。

虽说一期工程他没赶上,但征用的程序和规则他很清楚。更何况船舶司令部一直都在督办此事,大的账不会错。崔先生的手上掌握的数字,一期征用轮船 13 艘、趸船 6 艘、码头船 2 艘,共 21 艘,计 30207 吨,轮船吨位最大的是 3084 吨"江裕"轮。另有兵舰 1 艘,小轮约 40 艘,民船则难以统计。

眼下春江水涨,需要再次加强马当工程。除了还要征集船只,沉塞于马当江中外,本期工程还将在沉船间加构水下暗礁,设置钢丝拦江缆和钢丝浮水线,加强封锁力量。

为了让日后对二期的工程有一个直观的认识,崔先生想到,要用照片来做一次记录。

嗅着潮湿的江风,苏坡并不了解此行的真正目的。

随着车下的路从颠簸慢慢转向平缓,薄雾中的马当山,它的鲜明轮廓被迟开的

天光勾勒而出。崔先生用一纸通行证，指引车通过路障直入马当矶下。矶头下许多人正热火朝天地构筑工事，这样的场景，让苏坡第一次惊奇地觉得战争近在眼前，简直伸手可触。

当他以后有机会又来到这里，才知道自己1938年的马当亲历，不过只是走进了炮台的外围。

卫兵持枪警备的身后，是拥有三级炮台的军事禁区，直接由工兵和炮兵施工。他所看到的，只是挖掘沟壕和铺架铁丝网的外围工事，一群群民夫或挖着土方或肩挑背负，上上下下紧张地忙碌着。

多次涉足炮台的崔先生，发现构建的工事比以前推进了不少，明显地快于阻塞线的进度。他进去转了一下，位于底层的三级炮台，正在布置防空伪装。而在虎形石和马蹄石铺就的青石台阶上方，枯黄的杂草和密密麻麻的树枝深处，被遮蔽的二级炮台和一级炮台，基本筑建加固完毕。它们之间连通着通讯、指挥、防空的不同掩体，构成了马当要塞最坚固的阵地。

每次来到要塞，崔先生都要站上顶部的一级炮台，将水上阻塞线尽收眼底。

一条拦河坝式阻塞线已经在江心横亘，只是在长江南岸，留有仅可通行一条船的狭窄航道。两岸山峰险要处，炮台、碉堡、战壕等工事，把这里组合成一道钢铁壁垒。闭上眼睛，崔先生的脑海里还能浮现出水雷，它们层层叠叠地漂浮在水流之上，或是隐匿于波涛之下。

这时阳光正照射着江面，难得无风的江水，像一张巨大的毛边纸铺在两岸之间。

上尉赵一添又一次出现在崔先生的面前。

和过去的装扮不同，这一次现身，他换上了一身崭新的海军军官制服。他陪同崔先生一起从高处走下来，来到矶头前，他神气英威的打扮，让好奇的苏坡觉得无比眼羡。

苏坡叫来伙计一起商量，应该把这个军官的样子拍下来，然后放得大大的，作为样片在店里陈列。这是一件很长面子的事，他们为这个想法而激动，只不过不知怎样和军官开口。

迎面走来的崔先生似乎看到了他的心思，对赵一添说："上尉留个影吧，别辜负了这一身好看的军服。"

赵一添抖擞着精神，走到了禁区的外围，走进了苏坡的取景框里。

看到他的身后，不时有干活的民夫探头探脑，苏坡准备另换一个更好的角度。

上尉摇手制止了他,苏坡摁下快门时悟过来了,上尉要的就是这样的效果。微笑着注视前方的海军上尉赵一添,在底片上留下和马当要塞工事的珍贵留影。

上尉正要表示谢意,苏坡伸手示意他不要动,他觉得自己的手好像抖动了一下,所以对这一张照片没有多少信心。

站在相机后面的崔先生,用欣赏的眼光注视着挺立的上尉,却见他身后突然又探出一个头来。恍惚瞥见的这张脸,让他觉得似曾相识,眨一下眼睛细看时,这个影子便无影无踪了。

幻觉,他想。

这是崔先生一生中最大的疏忽。他后来一直为此而不安,并由此决然地改变了自己的人生轨迹。很长很长的时间里,他在内心里都会固执地认为,所谓的幻觉,那一张一晃而过的脸,最终成为埋伏在马当防线的致命隐患。

而当时,他的注意力集中在上尉赵一添身上。

他有一种说不清楚的感觉,认为在上尉的身上,一定会有什么故事发生。他的预感,来自于他和上尉一见如故的印象,也多少来自他们在谈话中涉及的一个熟人。

他们相识在两个月之前的炮台前,那时的赵一添情绪低落,那时的上尉,正为第三舰队的表现而深感脸上无光。

"它的命运就是我的命运。"当时,赵一添抚摸着从青岛撤下来的火炮。在崔先生看来,上尉像是在抚摸一个失去母亲的孩子。面对崔先生关切的目光,他感慨道:"我和它都来自青岛,我们都失去了自己的船。"

崔先生没有刻意安慰他,他只是想告诉上尉,在江阴沉船时大家同样依依不舍。无论是交通部征集的商船民船,还是海军自沉的舰艇,其实都是迫不得已的牺牲。

崔先生回忆这些的时候,脸上的笑并不自然。大半年前的江阴沉船场面又浮现在眼前,那是流逝的时间无法洗去的场面。

"我们不能和江阴相提并论。"上尉坚定地认为,他并不能原谅自己和第三舰队。他说:"虽然都是沉船,第一、第二舰队终究还是死守江阴,打了一场血战。他们对得起海军的称号。"

他指了指自己的军装说:"我们不配。我们这算什么事?一炮不发就撤出了青岛,自己人和自己人还动起手来,我们不配。"

这一瞬间,崔先生看到了一个军人眼里饱含不安的泪光。他从上尉抖动的

身体中，感觉出他传达给自己的愤怒、羞愧和倔强。正是这百感交集的一瞬，让崔先生对他刮目相看，他认定在接下来的战斗中，这位知耻后勇的上尉一定不会让人失望。

后来的见面中，他们谈起了青岛，谈起了舰艇和船舶。崔先生用惋惜的口气，谈起了政记轮船公司。这是一个令人痛惜的往事，在华人船员准备起义的消息泄露之后，张本政的政记公司终于把舵转向日本一边，成为资敌的一支运输力量。

崔先生无意中谈起的这个话题，得到了赵一添的响应。上尉回忆起，陪同交通部胡船长的烟台之行，以及他们当时深入政记后的不祥预感。胡船长，那位退役的海军军官，成为了他们之间新的纽带。

拍照后的赵一添，这时又开始打听起胡船长的情况。崔先生说："他正在汉口做准备，准备开始他一生中最冒险的航行。"

"不错，胡船长的确经验丰富，但是，他目前面临的最大难题，是怎样让海轮和大型江轮通过狭窄的航道？比如，长江三峡，湘江这样的内河。不仅如此，在确保船舶安全驶过的同时，怎样顺利地完成物资大转移的任务？"

听崔先生这么一介绍，赵一添免不了为胡船长捏一把汗。但想着船长的沉着镇

九江码头

定,他肯定地说:"胡船长一定会有办法。"

  崔先生从他话里,听出了上尉的信任。

  这是一种在眼下特别珍贵的情感,崔先生想,就像有赵一添这样的军人在炮台,他觉得信任一样。还有湖口的解参谋、张灵春、金砺锋,包括他近距离接触的陈绍宽总司令。和他们相处,总能让自己心里有一种踏实的感受。突然间,他想到了好久没见的龙科长,撤离南京后,他到哪儿了。

  离开了马当矶,苏坡跟随崔先生,先去镇上吃了顿午饭。等来到构筑要塞的江堤时,已是午后时分。

  一眼望不到边的黑压压的人群与船只,和浑浊狭窄的江面交织在一起,密不透风地挤在冬日的阳光之下,挤满开始涨水的长江水道。

  黄昏悄悄地降临,这是拍摄的最佳时机。

  置身在如此巨大的工地,在堆积如山的竹木、石块、苎麻、钢材、水泥、石灰和人流中穿行,苏坡一时模糊了方向和此行的目的。潮起潮落的号子,以及石质和金属的撞击声,紊乱并刺激着他的听觉,这时他不可能听到崔先生的招呼。

  那么多船只尤其是巨型趸船磁铁一样,引起他不由自主的脚步,他带着惊异的表情逼近江面,他看到几乎碗口粗绳索在民工手上传递,把一条条大小和质地迥然不同的船只编系在一起,形成了让他瞠目结舌的巨型平台。

  从平台到江堤,更多的人像纵横交织的一根根缆绳,穿梭往返,搬运着成堆的青石和水泥墩子。在每一条承重的船舶四周,乃至江水不停翻出气泡的船底,各种敲击穿凿声或清脆或沉闷或悠长。顺着凿穿的洞眼,江水倒灌进船舱,在重载的船群缓缓下沉之际,这时整齐高亢的号子让苏坡回过神来,他记起了自己的使命。

  远远传来的哭声这时突然抓住了他,循着风中的哭泣,苏坡看到了崔先生。他面无表情地身处外围的江岸上,在一堆堆家具和杂物之间。他的四周是失去生计和家的船民,一只只伸向江水中的手,在空中无奈地挥舞。

  眼看着自家的船就要沉入江底,妇女的哭声带动了孩子的失声痛哭。一位披头散发的女人,疯了一样哭喊着向江里冲去,更多的手臂拉住阻挡住这扑向长江的躯体。

  天色在瞬间里暗了下来,苏坡觉得眼前的面孔陌生又模糊。

伙计早已把照相机的支架打开，再不拍就来不及了。苏坡揉了揉眼睛，扫视着黄昏的江岸，一头扎进了黑面红底的厚厚遮光布里。

一层布幔阻隔了外面世界的隐隐哭声，他进入了取景框的画面，慢慢对准那不可理喻的倒景：人、江面、船只，在他的眼里全部倒扣在空中，或者说他们倒立着飘浮。马当沉船，这一重要的时刻，苏坡在声浪的外围屏住呼吸，观察着只属于他一个人的秘密景观。

在那些船只向空中慢慢地升上去时，他用开始弥漫潮气的手，轻轻地按下了快门。

一次，两次，三次。

一张，两张，三张。

直到船体被江水浑浊的云完全遮掩，他从一个专业少年的角度，捕捉着宏大的场面，定格出江、船、人，和组成他们的1938年早春的马当。

从马当阻塞线工地回到九江城，第一次承接政府公务的少年苏坡，在暗房红色的灯光下，让经历的一幕幕场景重新显影。

他动作认真，小心翼翼中夹杂着兴奋、激动，甚至有些悲壮的情绪。他说服自己该像父亲那样，用平静来展示一个专业人员的水平。怎么才能做到这一点，那一段时间里他尝试了很多种方法，却难以奏效。

在苏坡的印象里，崔先生的笑能让自己减轻压力，仿佛是对自己放松的赞许和鼓励。真正的好感无法道明，苏坡觉得崔先生在注视自己时，他的动作就会变得轻盈而果断。这时他的手有如神助，把定影的长长胶卷拉开，洗印、晾干、裁剪整齐。

在民船连同船工面孔的一张张照片中，赵一添的照片显得十分特别。苏坡把它放得很大，每天看上一眼，似乎这样就能对马当防线多了一份信心。

就这样，苏坡默默地守候着崔先生的出现，这像是他们两人之间的秘密约定。寂寞的时候，他一次次地摊开照片，从他所能理解的角度，揣测崔先生拍摄照片的用意。

走出大门，便是越来越冷清的街市。隔壁的布店早已贴上了封条，小玉的笑声人去屋空，但她水灵明亮的眼睛像树叶一样总还来回闪动。站在对面树下的少年苏坡，这时开始生出失意的惆怅。

偶尔，他会走进同样生意冷淡的茶馆，和大家不咸不淡地说上几句废话。更多的时候，他会坐在树下等待。起初是等待着崔先生，随着树下的日子一天天热起来，

38 马当阻塞线

九江鸟瞰(1938年)

这样的等待,成为他打发时间的一种习惯。

尽管,苏坡想象过崔先生没有出现的种种原因,甚至头脑中还出现过他的生命遭遇不测的闪念——他用意识压制了它,并为产生恶意的念头感到不安。以他的见识,无法想到崔先生做事的具体细节,但能感觉到,他在忙于公务。

但无论如何,他都没想到,崔先生迟迟未来的原因,是因为被要塞守军关押起来了。

39

迟到的发现

1938年6月11日，日军在飞机掩护下向安庆发动进攻

海军布雷队紧急征船,江西江防委员会派出了一个新手去负责,崔先生心里七上八下,不放心。

他怕万一这事办得不好,影响水雷布设,弄不好有人要跟着掉脑袋。江防委的人听他这么一说,也有些后怕,忙问现在该怎么办,还能不能补救。崔先生想,哪还能怎么办,自己必须亲自走一趟,把船交到海军手里才算完事。

崔先生乘坐一条小船,驶离马当时心急如火,他怕耽误时间。

从6月1日日本军队自合肥南下算起,十几天的时间里,日军第六师团一路进逼凤台,占领正阳关,攻陷舒城,试图从背面直扑安庆;而由海军护卫的波田支队,从芜湖附近溯江西进,已经驾筏登陆,正向安庆疾进。

波田支队的前身是重藤支队,兵源以"高砂义勇军"、台籍"志愿兵"和台籍应征兵为主。1937年9月,重藤支队划归上海派遣军,登陆后西进常熟、无锡、丹阳、句容一线,后在台湾整训,1938年2月下旬编入华中派遣军,由波田重一少将任支队长。这支经过休整的作战部队,充当着日军此次溯江作战的先锋。

日军的这次攻击,意味着武汉会战序幕的拉开。

5月下旬,日本大本营决定"攻占安庆,作为汉口作战的据点"。6月3日,海军军令部下达攻略安庆的"大海"作战令——

大海令第120号
一、决定以华中派遣军之一部占领安庆附近。
二、中国方面舰队司令长官应协助陆军占领安庆附近。
三、中国方面舰队司令长官在占领安庆附近后,如情况允许,应适时策应陆军的进击,打通到九江附近的水路。

此次溯江作战,日海军"中国方面舰队"把它命名为"i作战"。

陆军波田支队充当先锋,在第11战队的护卫下,于6月7日在镇江起锚进军。由上海抵达南京的旗舰"安宅"号,迅速完成了溯江作战准备,于6月9日率"i作战"部队从南京出击。

日本海陆两军协同作战,前方战事吃紧,崔先生到了不远处的香口段,却看到了不该发生的一幕——陆军守军居然扣下了为海军征集的船队。接下来的情势,则是他自己选择的结果:崔先生挺身而出,成为了陆军扣押的人质。

下达拘船命令的是第16军的于团长。他的一个团部署在香山、香口一线,那里是马当防线的南岸前沿阵地。自从率部正式驻防后,在阵地前后勘察的于团长一直铁青着脸,对所处的位置十分不满。因为他能感觉到,在阵地的左前方,日军可以通过江上的炮舰,掩护部队登陆;而阵地的正前方和右侧丘陵,防守的兵力明显不足。

明知不可为而为之,团长很憋气,多次向师部和军部告急。可军长的心思好像并不在军事,而在教育。整个军部上下,正在筹办一所什么大学。更让团长难以接受的是,这个大学还要所有军官都参加。于团长了解自己的团,从淞沪会战到备战马当,作战骨干尤其是下级军官死的死伤的伤,战斗力早已今非昔比。

不要说很多新兵连基本刺杀都有问题,就是刚刚补充的连排级军官,有的连手下的兵都还没有真正摸底呢?这仗怎么打。更让他气不打一处来的,是构筑阵地工事的物资保障问题,所有的人力、物力都去保水上封锁线,保炮台,前沿阵地恰恰成了没人管没人疼的野孩子。

既然是野孩子,不妨就撒一次野,愤怒中的于团长下达了一个命令:所有物资,只要别人可以征用,我们也可以征用。

命令执行后,效率大提高。士兵四处出击,拆民房,抓民工的差修筑工事,忙得不亦乐乎。受沉船构筑水上防线启发,甩手大干的队伍瞅上了海军征用的民船,准备如法炮制,装上石块沉入阵地左侧江里。

眼看船被扣下了,给江防委临时当差的办事员一时不知所措。

他原是教员出身,因为打仗而暂时回到了原籍,主动到江防委帮忙。面对陆军的枪口,真可谓秀才遇到兵,他没见过这种阵势,只能苦口婆心地跟领头的连长解释。连长却说:"不是我为难你,兄弟我也是执行命令。"

教员没办法了,但船民却不答应,他们要连长出示征船的手续。

连长说:"我的上司只给我命令,却没有给我什么手续,我到哪给你们去办?"

两方面就僵持在岸边,各不相让。眼看士兵不耐烦了,开始拉起了枪栓,崔先生的船到了。崔先生问连长:"你的手下舞刀弄枪的,想干什么?"

突然杀出的崔先生,掏出一张武汉行营的证件,把连长唬住了。连长看他是有来头的,也不敢撒野。他说:"扣留路过船只,卑职在执行上峰命令,也是为了作战需要。"

崔先生笑了笑:"你执行命令我能理解,请问对这批船,你们是准备租用,还是征购?"

对他提出的问题,连长压根没有考虑过。但他想,既然是构筑工事,就和租用无

日军在江面上向岸上进攻

关。"我们是军事征用。"他谨慎地回答着,根本没提征购这一茬。

崔先生看连长聪明,也很年轻,所以对他有些好感,于是耐心地解释:"此次征购民船由江防委统一组织,根据船的运量和新旧情况作价,由船主到九江警备司令部取款。一般来说,载运一担作价数一元,比如说全新帆船能载运500担的,给款500元;八成新就按八成的价,算作400元。"

崔先生看了看四周的船主和船工,然后无可奈何地说:"当然,船的实际价值并不止这点钱。现在是非常时期,政府拿不出更高的收购价来,这点补偿聊胜于无。"一边说,一边向大家深深地鞠了一躬,"崔某代表船舶司令部,向各位致谢了。"

接着,崔先生转向连长说:"除去船的费用,还有大家的安家费。我们的规定是,船主、船工及家属不问大小,每人都发给遣散费12元,以此项作为返回乡里、另谋生计的费用。请问,你们是怎么考虑的?"

崔先生不想逼连长,也不想让连长难堪,他出主意说:"如果你们真有需要,可以通过江防委申请。"

连长看崔先生这么给自己台阶下,心里面也感动,但是他却不敢放行。因为扣船的命令是团长下达的,如不执行军法惩处。所以连长拉过崔先生,悄悄地对他说起了自己的难处。

"我不为难你,"崔先生提出了解决问题的办法,"船你先放走,我人留在这里,也让你对长官有个交代。"

连长点头:"也只有这样,只是委屈先生了。"说完挥了挥手,让手下对船队放行。

十几艘好不容易扣下的船只,就这样全部放跑了,连长汇报上来的消息,差点没让于团长吐血。他想都没想,一道命令,先把崔先生关起来再说。

关押崔先生的地方是一座庙,被守军军需供应处征用。崔先生被带来后,后院就成了为他一个人准备的临时看守所。被羁押在佛祖和菩萨的眼皮底下,崔先生对守卫说:"我的面子真大,真是前世修来的福气,不仅有你们持枪保护,还有佛祖庇佑。"

守卫中的一个兵油子听崔先生这么讲,也不示弱:"我们是托先生你的福,兄弟们都在阵地上准备殉国呢。偏偏弟兄我命好,陪你在这里享清福。"

"你很会说话,上过学吧?"崔先生问。

"在你这个读书人面前,不敢鲁班门前弄斧子,也就上过几天。"兵油子把枪一支,点起烟深吸一口,"我说先生,你就在这委屈一些日子吧。上头有交代,说你有来头。我看,他们也就是想出一口恶气。我们呢,井水不犯河水,先生也不要让兄弟为难。院子里你随便走,只要不出这个大门,你就当作自己是来清静的。"

崔先生一笑,心说当兵时间一长,人也变得这么机灵。想想兵油子的话觉得没什么大错,心中的气也就消去了大半。他说服自己抛开船,抛开此刻紧张又忙乱的要塞工事。说到底,这次来马当本来就任务不明,"协调"这两个字,好说却不好办。

要塞有个司令部,江西有个江防委员会,武汉还有一个江防司令部,上头更有一个卫戍总司令部,怎么协调?谁都能征用民船,无论是政府战时部门、陆军和海军,还是要塞守军、城防部队。再说自己是武汉行营从交通部点将点来的,只负责报告工程中无法协调的重大事项,并没有获得督察的明确授权。

坐对佛像的崔先生,尽量让自己沉下心来。只有静下来的时候,他才有一个难得的空闲,把一年的经历电影一样从脑子里过了一遍。他觉得自己命中当有这么一段波折和沉浮,和船结下这么一次不解之缘。

清闲下来的崔先生,腿停了下来,大脑却没有停。对于此次战时征用船只,他有不少体会和感受,需要理一理思路,检讨一下得失,也好向上面有一个明确的报告,请上级来进行评估。

后勤部对征船可能出现的混乱已有预估。结合江阴征船的情况,崔先生曾向罗处长提出,要在"卢沟桥事变"后出台的《军事征用法》的基础上,进行实施细则上的完善。也就是要对军事征用的权限、标的、程序和赔偿,进行具体的规定,提供战时军事征用的规范化依据。

这以后,就有了船舶运输司令部在1938年1月出台的《战时船舶管理规则》,对战时承运的优先原则进行了明确排序,即先军后民,先公后私,先集体后个人的三项原则。

在崔先生的设想中,随着规则的出台,比较混乱的战时运输秩序将逐渐走上正轨。但这个"逐渐",到底是多长的时间,被扣押的遭遇,给他上了印象深刻的生动一课。一项涉及面广的复杂工程,不能指望规则的出台就能一劳永逸。还要根据现实情况的不同,进行跟踪反馈,适时补充新的内容。

眼下当务之急,是要划清征用、管理的权限和边界,着重需要解决以下问题——

一、结合战争前期出现的情况,出台一个具有统一约束力的办法,解决征用民船职权不分、分工混乱的现象;

二、改变自行征用现象,建议凡各军事机关各部队需征用船舶,应一律向后方勤务部船舶运输司令部商洽征调,不得径自征用或扣留;

三、规范管理,此前各军事机关或部队已经征用之船舶,一律向船舶运输司令部办理登记;

四、明确征用排序原则,征用船舶,以先征用公有者为原则,如有不足时,再征用民有船舶。

拟定上述建议,对于崔先生不是难事。而对于建议何时被采,尤其是公布之后能否被执行,失去自由的崔先生疑虑重重。烦闷中他走出了禅房。兵油子明知他不抽烟,却故意递给他一支,没料到他还真的接了过去,点上,像模像样地吸了起来。

吐出的一口烟,很快被初夏的风吹散,竟把崔先生的思维带向很远。他在院子

里面遛着圈子,想起了江阴封锁线,又想到马当阻塞线,难道每一道封锁线,都要牺牲那么多的商轮?接下来,还有田家镇的塞江工程,难道还要搭上一批已经所剩无几的商轮?

从下午到夜晚,他的头脑里都萦绕着这个挥之不去的问题。

许多方案在他的眼前浮现,木桩、渔网、麻条,但一一又被他否定。他转来转去,转到了泥塑的佛像前发呆。这时突然想起了"泥菩萨过河——自身难保"这句歇后语,他的眼前,终于在夜深人静时突然一亮。

如果把泥菩萨改成钢筋水泥的结构,将会怎样?崔先生产生了这样的想法,用钢骨水泥船代替轮船,岂不是一条可行之路?一方面,可以充塞阻塞线;另一方面,它能够保留越发金贵的商轮,以应对越发繁重的战时内河航运。他坐在案前,斟酌着脑子里的方案,落笔写下了建造钢筋水泥船进行阻塞工程的建议。

几乎一夜未眠的崔先生,第二天早上出现在院子里,仍然毫无困意。

兵油子看他脸色不好,自作聪明地认为,崔先生是为关在这里而难以入睡。"我知道你委屈,你是替老百姓着想,把船放了。"兵油子不解地问,"先生,我就不明白了,你放了船,把自己耗在这,又是何苦呢?现在打仗,谁还讲究办什么手续?"

"东西可以买,可以借,也可以要。"崔先生指了指兵油子手中的香烟说,"就像这一支烟,你可以送给我,我也可以向你要,这是人情。但是东西不能抢。我们为什么要打日本鬼子?因为他就是来抢东西的。现在,他还没抢,你就先抢了,老百姓还怎么指望你?"

"那要不是因为你,我们不就把船给扣了?"兵油子露出一脸坏笑,讥笑说,"还有先生你,虽然会讲大道理,不也被扣在这里?"

崔先生没答话,还是一脸微笑。兵油子从崔先生的笑中似乎看到点什么,他心里嘀咕,人家可是不露相的真人,千万别得罪他。

果不其然,在庙里待了几天后,崔先生就被请了出去。

原来,民船交到了海军特务队,有船主议论起了陆军扣押船只的事,这就提到了变成人质的崔先生来。听说为海军征船的事,崔先生却被陆军扣了下来,连一向老成的张灵甫都沉不住气了,他说:"反了!"这就要带特务队去解救。

解夏说:"这事轮不上你管,你们现在要紧的是完成布雷。"他亲自向要塞司令部作了通报,带上了一艘快艇,直奔马当前哨阵地香口而去。

此刻,他明白战事紧迫。日军攻陷安庆后,扫雷部队这时已经逼近东流到马当

39　迟到的发现

一线。若非海军特务队布下那么多水雷,再加上国军空军参战,双方早就在要塞炮火交接了。

6月上旬,军委会在武汉召开会议。随后,武汉卫戍部队改编成第九战区,由陈诚出任司令长官,负责武汉及长江以南防务;从徐州战场转移到豫皖边境的李宗仁第五战区,负责大别山南北两翼及长江北岸的防务。会议结束后,从武汉赶到湖口的海军总司令陈绍宽,就海军的要塞炮台和布雷情况,亲临前线督战检查。

召见解夏时,陈绍宽向解夏布置了下一步的布雷行动。随着战事可能恶化,在推进长江沿线后续布雷的同时,要在鄱阳湖开辟新的水雷战场,以阻止日军日后向南昌进攻。

接到任务之后,解夏第一时间就想起了崔先生。鄱阳湖水势复杂,他需要这个专家的帮助。让他啼笑皆非的却是,这个专家被当作人质了。这还了得,他亲自上阵,立即要把崔先生给弄出来。

崔先生被接出来后,一路头顶飞机的呼啸声,回到九江。在苏记照相正对的大街上,他看到了在树下等待的少年苏坡。

此时留守的苏坡,已经成为苏记照相的一家之主,他的父母已经向鄱阳湖深处转移。而他,以看家的名义留在即将展开的战场。当然,他心中还有一个更紧要的理由,那就是等待崔先生。

这个时刻终于如愿以偿,在崔先生赞许的目光里,苏坡打开了一张张照片,像打开心中酝酿已久的愿望。他正陶醉于先生牙齿间流露出的雪白的笑,瞬间里又看到了灿烂的笑容风消云散。甚至,崔先生脸上惊愕的表情,让他感到恐慌。

比他更恐慌的是崔先生本人,他脸色铁青,握着照片的手不安地抖动,坏了,坏了!

他在心里一遍遍地说,日本人的特务混进来了。那天在炮台所见根本不是幻觉,他的脑袋嗡嗡作响。

崔先生的发现明显晚了。

驱车去湖口的路上,崔先生慢慢沉静下来,他需要用冷静来平息激愤的思绪。他凝神静气,认真地端详照片。记忆里的那一张脸,尤其是浓密的八字眉,出现在海军上尉赵一添的背后,就是他!

崔先生确信,这张脸曾出现在仪征的十二圩,在那个决定船民生计的不眠之夜,

面对日军即将发起大规模攻击,武汉三镇发起"献金活动"支援抗战

这张脸的表现曾引起了他的疑心。但不等自己深究,对方很快就无影无踪了。从江阴要塞到马当要塞,这个神秘的八字眉倒和自己的步伐一致,他到底肩负怎样的秘密任务?

带着疑问,崔先生赶到了湖口海军基地,直接找到了解夏。坐在他的办公室里,来不及喝水,崔先生简明扼要地报告了他所发现的特务的线索。

他把前因后果的情况勾连到了一起,然后自责地说:"那天我粗心,只是觉得奇怪,但是没有往汉奸特务上想,谁想到他居然扮成施工人员混进了马当要塞。"

解参谋一边聆听一边在本上做着记录,他遗憾地摇着头说:"就算他是日本人的特务,也不知道现在潜伏在哪。再说仗已经打响了,日本人要的情报早就该得到了。"

正想着有什么补救措施时,金砺锋已经奉命赶到。他接过崔先生手中的照片一看,立即叫了起来:"他是马岩,这家伙可不是一般的特务!"

金砺锋的到来,像一根线,把散落的事件和人物串到了一起。

原来,在去年的南京夫子庙,小孔和小程出手的那次意外冲突中,被打的日本总领馆司机,就是这个长着八字眉的马岩。他的背后,还有总领馆的小河次太郎和

39　迟到的发现

神秘女人上官珠。长着美人痣的上官珠，出现在海军部的刘三多航道图失窃的现场，更是黄濬江阴泄密案的幕后关键人物。而马岩在南京、江阴、马当的出现，则意味着日本间谍的触角已经伸得很远。

"马岩肩负的使命，不止是破坏。"金砺锋这一点很肯定，"他不仅收集我方的重要情报，一定还会和敌人保持着畅通的联络。"

"你是说他带着无线电台？"解夏问。

金砺锋下意识地点点头，他陷入沉思。难道马岩想摸清各炮台的具体方位？这时他想起了江阴海战时，汉奸常用的指引空袭手段，他说："马岩一定还会出现。"

"从实地的地形看，他会出现在炮台的后方。"金砺锋判断说，"因为一旦战斗打响，敌人的空中袭击，需要更准确的地面情报。马岩一是可以指派手下，通过旗语信号，在高处直接引导；另外可以通过观测，再让电台发送即时情报。"

"照你这么说，他还不是一个人？"崔先生觉得不明白，明明只见到他一个人呀，怎么弄得像有一个小组似的。"再说，搞秘密活动，不都是单线联系吗？"

"情报员和他的下线联络员，一般都是采用单线联系，这没有错。"上尉认真地向崔先生解释，"联系地点，也分不固定和较固定两种。可在饭店、酒楼、茶馆等热闹场所接头，也可以选择相对固定的地点。但执行任务的行动小组，至少在三人以上，便于分工协作，应付可能出现的各种问题。"

听金上尉这么一说，崔先生觉得自己纯属外行。这时解参谋和上尉开始商议对付马岩的办法，他却想起了自己下一步的归宿，一时有些走神。隐隐约约中，两位军官似乎谈起建立情报网的事，把他的思绪又拉了回来。

"随着战事的推进，布雷已经不限于正面战场，通过敌后布雷干扰敌人的运输线，处于越来越重要的位置。"解夏说。他接着表达的意思是，海军特务队的情报收集，不能光靠内部，一定要把网撒出去才行，要建立一个更大的情报网。

崔先生听他的话一阵冲动，说："组建情报网，可以把我算上一个。"

崔先生不知道，自己为什么会一下子提出这样的请求。难道，是不想按部就班地撤到汉口，或是重庆？

金砺锋也愣住了，连连说："别，别这样，有人还在汉口等着你呢。"

崔先生明知他说的是小郭，却假装不懂他的意思，反问说："上尉说的是自己吧，我听说玉兰已经进了汉口的教会医院了。"

崔先生突然主动提出要求，要到海军来，解参谋一时踌躇不安。

虽说从南京接触之初时,他就发出过邀请,并且一直有这样的动议,但毕竟此一时彼一时也。那时的海军还是部级建制,还拥有那么多舰艇,崔先生当时加入,自有英雄用武之地。而眼下,随着长江航标的破坏,崔先生的专长更适合在海军总司令部,战斗在敌后太危险了。

解夏吞吞吐吐地说出了自己的担心,崔先生没有反驳,他说:"好,我的事暂且不谈。"像是想起了另一个话题,他问解夏,"如果日本人再突破防线,你有什么考虑?"

解夏没想到他用的是计,老老实实地说:"就是部队后撤,我也不打算撤,先进鄱阳湖布雷,然后再走下一步的路。"

"这就对了,你有太太,一双儿女海灵、海军,自己却要留下来。我一个光棍,还

蒋介石在武汉大学视察武汉会战部队

39　迟到的发现

有什么羁绊？"崔先生以守为攻，开始出击了。

解夏不能不赞成他缜密的逻辑思维，但心里想这毕竟还是两码事。自己是军人，而扛枪打仗却不是崔先生的本分。但这话有些生分，解夏没说。他公事公办地问："你有兄弟吗？"

"当然。"崔先生说。他必须这么回答，因为只要有兄弟，解夏就不会再担心崔家后继无人。

尽管解夏将信将疑，但他现在已经无话可说。他郑重地伸出手来，和崔先生紧握，以此欢迎崔先生的加入。

崔先生走出特务队时，夜已经很深了。

金砺锋领着他来到住处，一路漆黑一团。战时的灯火管制，让县城过早地进入睡眠状态。

崔先生知道，很多人今夜都难以入睡，无论现在的前线，还是这个不久将成为前线的湖口。他拉紧窗帘，点起了一盏油灯，手握起小楷毛笔。

他在填写一份申请，一份技术人员战时参加海军的申请。逐一填上了自己的籍贯、家庭、专业等内容之后，他陈述着自己的从军理由。此刻，他最想说的是——在我的过去，都是别人帮我做主。从上学，选专业，到工作，被要到建委会，甚至从交通部派到战时组，都是别人帮我做决定的。而这一次，我要为我的将来，为投身抗战，做一次慎重的决定。

这样的理由，只是崔先生众多想法的一部分。一年内，在和海军的接触里，实际上他内心里充盈着一种丰富的情感。甚至，让他瞬间离开越来越熟悉的海军兄弟，会让他感到失落。

在崔先生做出决定的这个夜晚，他坐在桌前，坐在一盏油灯下。

他像一个情报官一样，眼中晃动着八字眉的影子。他提醒自己以专业的眼光分析，马岩的目标是什么，在马当防线他能做什么手脚？这个夜晚，崔先生开始用自己的智力，在想象情报战的种种可能，他甚至想到了自己日后深入敌后的情景。

40

致命漏洞

马当阵地上的中国守军

日军对马当防线的全面进攻,在6月24日清晨打响。

选择这个攻击日期的背后,足以证明日本人的谍报战又得先机。而要塞指挥官的麻痹大意,成为此役的致命漏洞。

攻防仗之前,马(当)湖(口)区的最高指挥官、16军军长李韫珩,开办为期两周的所谓大学,组织众多中下层军官受训,并在23日抽调更多的前线指挥员为结业典礼捧场,给日本人的突然袭击,大开了方便之门。

16军是守备马湖区要塞的陆军主力。其所属53师313团部署在香口,60师、167师分别部署在太湖和彭泽县城。6月10日,就在日军开始"i作战"行动之时,李韫珩军长则表现出了临危不惧的大将做派,在彭泽县开办了为期两周的"抗日军政大学",要求所属部队副职军官和排长及当地的乡保长离职参加学习。

这一情报,很快第11战队首席参谋中村正树掌握。此时他已经提前告别"i作战"的具体任务,作为攻略九江"v作战"的主要幕僚,正在落实新的作战计划。

6月14日开始,尽管天气阴雨连绵,日军空军还是涉险向安徽东流一带进行侦察攻击,水雷队也开始进行前期扫雷作业。6月18日,东京军令部正式下达了占领九江的第123号"大海令"——

一、中国方面舰队司令长官,应与陆军协同伺机占领九江。

二、中国方面舰队司令长官,应在占领九江后,适时地压制其上游。

日军在水路的推进,因为中国海军水雷密布、炮艇干扰,以及中国空军的出击而行动迟缓。中村从每日战报中,对溯江战况处于蜗行的状况深表忧虑——

6月18日,处置水雷7只,舰艇炮战一次;

6月19日,处置水雷4只,舰艇炮战一次,敌机袭击1架次,炮击江岸敌阵地监视所,舰上机14架进出安庆基地;

6月20日,处置水雷14只,敌机袭击4架次;

6月21日,处置水雷14只;

6月22日,处置水雷22只,舰艇炮战一次,特别陆战队乘"利华"舰在茅林洲下游对岸触雷沉没。

日军波田支队的士兵多为台湾青年

6月23日这天,不满水上缓慢推进的日军,组织起约800多人的陆战队员,在水上舰艇火力的掩护下,企图由新沟登陆。在同中国守军53师313团一营发生了枪战后,日军并没有深入挺进,见防守火力强大,很快退出了战斗。

这一次的进攻,应该是对16军军长李韫珩的最后一次提醒。但是日军败退的消息,却使他产生小股敌人上岸骚扰的误判。殊不知,日军向陆上的此次靠拢,目的是清理登陆点的前面障碍,同时通过这次实战演练,了解登陆点泊地的岸基状况。

沉浸于办学兴奋中的李韫珩,出身黄埔二期。他似乎对校长的称呼情有独钟,而忘记了肩上的军长职责,导致其一次次地错过了加强防备的战机。6月中旬,军委会副总长白崇禧视察马当防务后,脸色比天气还要阴沉。他一眼看出马当要塞防守空虚的危情,当面告诉李军长,应该增强马当及江北岸的守备兵力,却没有得到他的实际回应。

而日军的登陆行动,已经箭在弦上,只是在等待着最佳的出击时机。

中村对情报抱有最后的幻想,23日,他一早就钻进了"安宅"舰上的电讯舱。最近几天,他就一直这么守着电台,等待着岸上的新情报。电台每天收发电稿量惊人,电讯员根本来不及译稿,中村怕忙中出错,耽误了田中智子手下的来电。他深信自己的等待不会落空,新的转机说不准就要出现。

果然,马当方向传来了密电:16军军长李韫珩于23日发出通知,决定6月24日上午8时在马当镇举行结业典礼,并令各部队上尉以上军官参加,会后在司令部聚餐。

这一战机,迅速被日本溯江部队捕捉。

"抗日军政大学"从彭泽移至马当,并非李军长所愿,而是副总长白崇禧直接干预的结果。白崇禧深知马当要塞的地位,故来电催促李韫珩坐镇马当前线指挥。李韫珩不便违抗军令,不得已,把指挥所搬到了马当,却还不忘带着学校同行。并在23日,以一道命令,把包括前沿阵地的军官,都召到了马当镇,准备参加次日的结业典礼。

这是一个在两军对阵中出现的明显破绽。

23日夜,寂静的马当要塞香口阵地前方,日军登陆艇悄悄地接近中方阵地。连日来水上进攻不利,中方前沿阵地的突然放松,给"v作战"改由陆上偷袭提供了难得的空隙。

24日凌晨,江上雾气茫茫。2时45分,占尽天时和战机的波田支队左翼队,凭借小艇悄无声息向前划行,慢慢逼近事先定位的登陆地点——宗佛山下。

被日本人称作"宗佛山"的山包,当地人把它叫作佛宝山。山脚所对应的日军登陆地,被中国守军称作茅林洲、新沟。这里,离黄山阵地的距离不到6公里,距离香山、香口阵地分别不到10和12公里。

守在长山阵地观测点的当值官赵一添,在雾气弥漫的清晨,突然听到了前方香口传来了激烈的枪炮声。他侧耳仔细地辨别,以轻重机枪声为主,夹杂着江面上的炮声。虽说这种声音天天都能听到,但这时的枪炮声,无论是规模、激烈程度和密集度,和过去都明显不同。

听到枪声,胡志和大魏从钢筋水泥构筑的工事跑了出来。

大魏一边跑一边嚷嚷道:"中队长,怎么回事?"

胡志踢他一脚:"还能怎么回事,小鬼子进攻了。"

赵一添放下望远镜,看着拥上来的兄弟,大喝一声:"准备战斗!"

命令下了,心里却充满了担心:日军和国军守军已在前方交战,这突发的情况让他浑身发冷,因为他不可能不担心——前方阵地谁来指挥?!

赵一添的中队原本是机动中队,就在战斗打响的前一天,被紧急安排到长山阵地最前沿的长山咀。总队长为什么这么做,他本人并不清楚。身为部属,上尉相信他的直觉。担心,事后他想,鲍总队长一定有了不祥的预感。因为就在他奉调的6月23日,16军所属的尉级军官都去了马当镇,准备参加翌日的"抗日军政大学"结业典礼。

前沿黄山、香口、香山阵地的指挥人员一下子走空了,只有自己所属的江防守

备部队二总队,因为总队长的坚持,没有派军官参加。毕竟是不同兵种的海军部队,这种捧场的活动,陆军不便强求。这样一来,只有这一支部队的指挥系统,完整地保留在阵地上。

陆军部队的阵地战已经打响了,前方却情况不明:鬼子到底上了多少,从哪里登陆的,现在黄山阵地和香山阵地到底怎么样了?一点消息都没有,赵一添想不能等了,他果断地派出胡志和大魏,带上一个小队上前侦察,自己立即通过电话向总队指挥所报告。

一阵紧似一阵的炮声中,总队长恨不得把手中的电话甩了。这叫什么事呀,香口守军联系不上,最要命的,上级指挥机关一起唱起了空城计——作为长山阵地最高指挥官,鲍总队长痛苦地发现,无论是他的上级马当要塞司令部,还是他的上上级马湖防区指挥部,都无人值守,上报紧急军情的电话,一律处于无人接听的状态!

"难道连值班的人,值日军官,都去参加他妈的结业典礼了?!"鲍总队长在破口大骂的同时,一边迅速地部署作战方案,一边果断决定,启用无线电通讯。将敌情向自己的老上级——原海军第三舰队司令、现任武汉江防要塞司令部谢刚哲司令——直接汇报。

这时,胡志和大魏已经扑向长山阵地最前沿的长山咀下。他们并没有发现从江边逃散而来的溃兵,而是听到更加激烈的枪炮声。估计一时半会,这阵地还能守着。

他们的前方,有三个前沿阵地。一是北偏东方向的香口阵地,距离长山咀不过一两公里,是阻止日军从江面登陆的滩头阵地;一是在东偏北方向的香山阵地,它距离长山咀两三公里,但却是重要的制高点;而香口、香山两阵地前方,凸在最前面的,则是黄山阵地。

胡志和大魏来到了一座小桥上,它是前方阵地后撤的必经之路。桥的南北两侧,四个用麻包堆成的掩体工事空无一人。

胡志做了一个手势,让队伍迅速进入掩体。自己和大魏提着枪,立在桥头上。不一会,眼见两个溃兵从香口街方向跑来,大魏横枪一问,原来是黄山阵地的守兵。

"黄山阵地怎么样了?"胡志急切地问。

一个胳膊上流血的士兵回答说:"好像是丢了。"

大魏气得一把抓住他的领口,像是要把他拎起来,他大吼道:"你说清楚,到底丢没丢?"

40 致命漏洞

胡志发现负伤的新兵在大魏的手上瑟瑟发抖,示意把他放下。一边紧急为他包扎,一边皱着眉头问:"你难道连最简单的救护都不知道?"

伤兵这时缓过神来,他说自己并不晓得哪里受了伤,看到了胳膊上的血,吓得赶紧往后跑。

"你这是皮外伤,不碍事的。"胡志尽量让自己的口气缓和起来,对伤兵说,"说说黄山阵地的情况吧。"

"一大早我们就听到了枪声,到了阵地,头也抬不起来。鬼子有好多挺机枪,还有重机枪。一起打在阵地上,不要说枪子,就是阵地上被子弹打中的沙子,就把脸打得生疼。"为了证实自己说的不是假话,他指了指自己的脸,对胡志说,"长官你看,我这脸上现在还疼呢?"

"疼死了,"缩在伤兵身后的另一个溃兵,这时探出头来,小心地插话说,"我都感到自己的脸被沙子打成筛子了。"

听到他说话,胡志这才注意到另一个士兵。一看年轻更小,连嘴角上的胡子都还长着胎毛。他的脸倒是很白皙,上面布满了红红点点的印痕。

大魏最恨当兵的露出一副可怜样,大声地骂道:"你们就这么尿,沙子就让你们败下阵来?"

伤兵怯怯地看了他一眼,说:"是长官叫我们撤的,大家顶不住,都撤了。我们跑得快了些,到了香口街上,才发现兄弟们上了香山阵地。想回去,鬼子的炮太猛,就一路跑到这里了。"

看来,黄山阵地已落入敌手,目前,国军正在香口、香山两个阵地,阻击鬼子的进攻。胡志四下观察了一下,见前方又有一批溃兵逃了过来,立即命令大魏带人把桥封锁起来,不准陆军再往后退。

七八个海军士兵,端着枪横在桥上,阻止着逃兵的退路。大魏站在最前方,提着枪冲着前面喊叫着:"都给我停下,就地组织防守。要塞司令部有令,再往后退,军法处置。"

他这么一嗓子,把逃兵都镇住了,大家乖乖地进入桥头的掩体。

胡志看到前方安定了,赶紧又向两个溃兵打听,黄山阵地上的长官都有谁?两个士兵你看我,我看你,说:"没有什么人,有一个司务长。"

伤兵想了想,又补充说:"好像还有一个值班排长。"

胡志心里一凉,怪不得阵地丢得这么快,原来指挥员都不在。如此说来,看来香

口和香山阵地情况也好不了，兴许一样守不了多久。

要是前沿阵地一丢，配置海军舰炮的长山阵地，就会孤零零身处三面受敌的境地。胡志急出了一头汗，立即把大魏拉到一边，让他赶紧把情况向上尉报告，自己留在桥头阵地阻击敌军。

让自己先走？大魏当然不答应："要留也是我留下，你得回去，你是枪炮指挥官，要指挥炮火呢。"

胡志翻了他一眼，说："你一个上等兵留下有什么用？我好歹是少尉，能把逃兵给唬住。"

看大魏还不想走，他急了，说："你再不走，司令部就不知道前方的情况，就要耽误增援了。"

大魏不再坚持，只身一人连赶带跑，找中队长赵一添汇报去了。

香口和香山的战斗一直在持续，双方激战正酣的状况，多少出乎胡志的意外。他并不知道，所幸，313团的于团长，并没有参加结业典礼，正在前方指挥战斗。

黄山阵地丢失之后，于团长一边向后方紧急救援，一方面组织起香口、香山一线的防守。和长山阵地一样，后方一直联系不上，眼看前面顶不住了，他只能亲自上阵督战。从早晨4点战斗打响，到临近中午，六七个小时打下来，阵地上早已尸横遍野。

后方杳无音信，阵地上军官寥寥，敌人的炮火越来越猛烈，如果不是于团长声嘶力竭地盯在前沿，士兵早就像水一样泻了。好不容易又打退一次鬼子的进攻，团长的头伸出战壕，还没来得及仔细观测，一发冷炮，越过他的头顶，在他的身后突然爆炸。

一发不起眼的弹片飞来，于团长身负重伤。看到他扑倒在战壕上，后背上流着血，阵地上一片慌乱。一阵猛烈的炮击后，由重机枪压制守军阵地，敌人的又一次进攻开始了。

面对敌人的疯狂攻击，失去指挥的香山阵地全面溃退。士兵们用担架抬着团长，慌不择路地向后方夺路而逃。

右侧被敌人突破，香口阵地不堪腹背受敌，守军也开始向桥头阵地狂泻而来。

随着香口和香山阵地相继丢失，失去前沿阵地的长山，左侧是长江，右侧是湖荡，它猝不及防地暴露在敌人的面前。

胡志所在的桥头阵地首当其冲，迎来了敌人的枪林弹雨。

兵败如山倒，看着前方溃兵涌向小桥，胡志命令鸣枪示警。一阵对空的枪响之后，溃兵迟疑了一下，但抬着于团长担架的士兵并不惧怕，仍然冲向小桥，后面的士

40 致命漏洞

兵乱嚷嚷地紧随其后。

胡志火了,抄起了一挺捷克式机枪,冲到了桥的中间。大喝一声:"担架通过,其他人都给我站住!"

他的一声断喝,阻止了陆军的溃退,在咽喉要道的桥头,重新组织起防御阵地。

掩护重伤兵撤退后,胡志和守军的一位排长清点了一下人数,集结在桥头上的大约有两个连的士兵。排长的意思,是让大家全部退到桥的南侧,围绕两个掩体,利用低低的堤岸组织防线。

胡志不同意,他表示,桥北的掩体不能轻易放弃。自己可以带上海军陆战队员和一个班的陆军坚守。

"守不住时,我负责炸桥,你组织掩护。"他和排长约定。

敌人的进攻,在炮声中打响。在香山阵地得手的波田支队,并没有立即组织步兵突击。他们在香山的反斜面迅速建立了炮兵阵地,向桥头猛烈炮击。

守在桥头东北向掩体里的胡志,发现敌人的炮火主要覆盖在身后的桥南一线,这种压制火力的目的,显然是为了掩护步兵的进攻。炮声一停,果然敌人已经呈扇形合围上来。

鬼子的轻重机枪密集地扫射在掩体的沿口,胡志找一个空隙探出头来,耳边嗖嗖地掠过冷风。在四周溅起的泥土中,好不容易睁开眼。还没有看清敌人的阵势,突然头上一凉,帽子被打偏了。

他缩下脑袋,他用手支起身子,将身上的泥土抖落。然后拿下头上的帽子,看到右侧有一个洞眼,好像还冒着热气。

脑袋紧缩在掩体里,胡志轻轻地拍了拍帽子上的土,又重新戴上。

"别急,"他这时发了话,向兄弟们交代说,"大家都给我稳住。敌人就要进攻了,把子弹都给我上得满满的,把手榴弹都准备好了,等他们近了,听我的命令再打。"

没想到,对面的歪把子机枪声刚一稀落,左侧阵地却响起了捷克式机枪声,原来一侧掩体里的陆军沉不住气了。

胡志听到发弹的声音,它采用的不是两三发的短点射,而是有些盲目地进行连射。这样 20 发直弹夹很快就会打光,很容易让敌人找到火力中断的间隙。不得已,他大喊了一声"给我打呀",自己抄起机枪,就向敌人开起了火。

对准冲上来的鬼子,胡志用的是两发或三发的短点射。这样的打法,敌人只要中弹,一般都是身中数弹。不仅可以做到枪响人倒,还能对敌人产生威慑作用。为了

国军在河网地形迎战日军

干扰敌人，胡志往往在还有三四发子弹时，突然更换弹夹，让日军无法估计更换弹夹的时间。

主力支柱的机枪火力在他的手里，仿佛不会中断，让掩体里的兄弟减轻了不少压力。

这时左侧阵地出现了险情，在机枪更换弹夹的瞬间，一阵手榴弹的爆炸声，让捷克式机枪成了哑巴。胡志知道坏了，敌人已经接近了左侧的掩体。紧接着，守军慌忙逃脱，让胡志所在的掩体处于三面受敌的境地。

激烈的枪弹声中，身旁的战友不停地倒下，他们倒下的姿态不同。胡志想，必须撤了，再打下去就要拼刺刀了，那桥谁来炸？他让大家准备好手榴弹，一声令下后，伴随着投掷出去的爆炸声，他们迅速撤出了桥北的阵地。

在南岸火力的掩护下，胡志带着两个陆战队员摸到了河岸边。

成捆的手榴弹已经布置在拱形桥孔的支承墩上，引信由外接的绳索系着，只需走下河坡一拉绳线就能引爆。然而就是这几步的距离，却被对岸的机枪死死地封锁住了。敌人显然发现守军炸桥的企图，他们用密集的扫射，封锁着桥墩外侧的河坡。胡志三人，不得不趴倒在河岸上。

40 致命漏洞

一个陆战队员匍匐着向前探去,就在他快要接近引绳时,被连射的机枪击中。胡志看到他头一歪,身上噗噗地冒着鲜血。

眼看敌人就要冲上桥了,胡志趁鬼子机枪换弹夹的机会,一个翻滚滚下河坡。他能感觉到子弹擦着他的身上飞过,被子弹击起的沙土飞溅在身体的前后。他努力睁开眼睛,看到了前方的引绳。

一发炮弹呼啸着从他的头顶飞过,一声闷响落在他的身后,这时他的手已经抓到了绳索。

又一发炮弹落在他的前方,他感觉头脑被猛击了一下,像被刀削去一块。

冷飕飕的痛感中,伤口汩汩地涌动着热流——他知道是血。奇怪的是,鲜红的血覆盖了眼睛,眼前却是一片漆黑。

胡志的耳里,在嗡响后出现了难得的安静。他像是躺在安静的甲板上,又像是在一片草地上。

手里拉动的绳子仿佛风筝的引线,很长、很轻柔。他下意识地仰着头,天空由黑慢慢转绿。在绿油油的天空下,他凝神倾听,他的手向后轻轻地一拉,便拉动出巨大的爆炸声。

桥头阵地的失守,意味着长山咀三面临敌,长山阵地此刻完全暴露在敌人的火力之下。

面对断桥,波田支队的机动车辆无法开进,只有派出步兵突击队涉水过河,进入长山阵地右翼的湖荡。

几天前,这里还是一片开阔的水田,而连日阴雨,漫过圩堤的江水让水田变成湖荡,这就使敌军的重机枪火力受到了限制。相比之下,长山步兵阵地的轻、重机枪,交织成的火力网异常猛烈,成功地阻止了日军组织的一次次突击。

赵一添的中队此时全部补充到了炮兵阵地,第一次在陆地指挥炮战,他发现陆上阵地的最大问题,就是不能移动。它不像海上的舰艇,可以通过速度和航向变化,在大海上划出种种不同的轨迹进行避让,尤其是自己指挥的炮艇更是轻便灵巧。而陆地的炮兵阵地,必须依赖周围的火力网协同作战保护。

香山阵地的丢失,使长山阵地失去了右侧屏障的火力掩护。如果只对付左侧江面上敌舰的炮轰,尚可放手一搏。但同时还要面对头顶敌机的轰炸和来自香山的炮击,实在是捉襟见肘。身处敌我双方攻防的核心阵地,守卫长山的赵一添上尉,正遭

遇着一场从未经历的炮战。

进犯的日军第11军，陆海空三军全面投入战斗。赵一添从望远镜中观测到，10多艘日舰组成的战斗编队，以S形的战术在江面行进。一次旋向射击带来连续不断的爆炸，他估计至少有100多发炮弹落在长山阵地，四周尘土飞扬，呻吟不止。

就在敌人疯狂攻击，要塞守军顽强反击之时，中方空军也不断从宿松、东流方向飞临江面上空，对参战日舰实施轰炸。空军重创敌舰，鼓舞了海军炮队，炮兵阵地终于成功击落一架敌机，整个长山阵地一片欢呼。

这个意外的插曲，没有改变阵地上越发严酷的局势。日军也出动了飞机，不断投弹，机关枪不停地向炮位进行扫射。

趁着作战间隙，赵一添递给了大魏一把工兵锹，让他在大炮后面挖了个掩体。等敌机再接近时，其他人都退回掩体出去，除了递送炮弹外，只留下一个人在中间发射。

吃着有些霉味的饼干。渴的感觉，不断涌上赵一添冒烟的喉头。他不停地喝水，但远远不能浇灭心中的焦虑，后方援军迟迟不到，长山阵地已经危在旦夕！

总队长请求增援的电话，一次次传到后方指挥机关。无论马湖区指挥官李韫珩、江防要塞守备司令谢刚哲，还是第九战区司令长官陈诚，他们都觉得纳闷：24日，在田家镇要塞视察的副总长白崇禧就下达了增援的命令，驻扎在彭泽的167师和马当距离不过几十里，何以在开战的第二天还在驰援路上？

此时，在广济一带视察军情的白崇禧，对马当防线忧心忡忡。25日下午，给蒋介石发去密电，提请立即对马当进行增援——

限一小时到。武昌委员长蒋：劲密。……敌自敬日（24日）由东流登陆后，连陷黄山、香山，且马当之娘娘庙仍在战斗中，窥其主力乘虚进攻我军南岸，其企图益为明显。职于上周视察马当时，即感该地兵力之不足，曾将薛师（第167师薛蔚英部）全部推进马当而以彭师（第11师彭善部）接防湖口，昨与向华（张发奎）、鹤龄（李品仙）两兄会晤后，又知北岸兵力之薄弱，帮改变部署，已于敬巳电详陈。以目下形势论，南岸危迫万状，李军（第16军李韫珩）恐难持久。据报薛师长此刻位置不明，其部队无法调动。恳速令马当东北之第三战区部队星夜驰往增援，且督罗（罗卓英）总司令迅速前往指挥，俾可挽救危机万一也。

日海军向上游方向开进

谁都不会想到,位置不明的第167师此时正在崎岖山路上寸步难行。时而不辨东西,时而打探前路。原来师长薛蔚英,并没有执行白崇禧从大路驰赴救援的命令,而是改由小路行军。

其实早在白崇禧视察马当之时,就责令李韫珩将167师薛蔚英部调至马当,并提出以一旅置于马路口、一旅置于黄果树的防卫部署。但这个命令迟迟未能落实,因为167师的缺席,马当区仅有1个旅外加两个守备营,早已呈现出兵力分散、难以固守的败象。

援军无望,马当的防守漏洞,再一次给敌人以可乘之机。

41

追　责

武汉会战期间指挥作战的副总长白崇禧

直到事发之后,当薛蔚英因贻误战机被执行枪决、该师番号也随之撤销时,武汉大本营也没有完全弄清楚:出身黄埔一期的薛蔚英,选择小路的动机,是出于对白崇禧命令的藐视,还是为了执行李韫珩走小路的命令?是为了躲避大道上的敌机轰炸,还是因为迷路导致时间拖延?或者诸种原因兼而有之?

第167师不明原因的迟到,让失去后援的马当防线力不从心。只有一个守备营步兵的要塞司令部,面对前方一次次请求增援的电话,深感束手无策。香山、

日海军舰艇载登陆部队溯江作战

香口方面,组织反击的国军一度夺回阵地,很快又被日军疯狂地反扑夺回。

双方胶着的激战持续到26日,坐卧不安的白崇禧在给蒋介石的密电中,深感"马当战机已迫,北岸兵力今已加强,南岸关系尤重",吁请委员长"速饬罗总司令迅速前往指挥,俾野战军与要塞守军得收统一协同之效为祷。"

白崇禧的忧虑,正在战场上演变为残酷的现实。闷热潮湿的天气之下,两天两夜高频度的短兵相接,让前沿交战的双方都失去了耐心。被梦中炮声惊醒的赵一添,和疲惫的长山阵地,一起迎来了一个险恶的拂晓。

在长山阵地打盹的赵一添,是被梦中的炮声惊醒的。

连续打了两天,在对方的倾泻而来的炮火中,和我方反击的炮火中,他一直坚守在战斗最为惨烈的长山,耳膜忍受着被响声撞击的痛。直到听觉在炮声中变得迟钝麻木,只有在偶尔打盹的睡梦中,才会听到炮击的回声。

这样的阵地战,对后方的指挥部来说,重要的是阵地丢没丢,战斗人员的伤亡如何,枪支弹药的物资补给,以及能否按既定方案守住要塞。但是对于前线参战官兵来说,关键只有一个问题,怎样在昏天黑地的炮火中挺下来,并始终保持状态,随时投入新的战斗。

连续两天在湖荡突击、苦攻未遂的波田支队,改变了正面突破的战术。他们派

出突击小组,悄悄地潜入藏石矶江边堤坝的芦苇里,向长山西端阵地实施毒气战。

日军施放的毒气,主要有中毒性、糜烂性和催泪性三种。攻击长山守军的,是最具杀伤的中毒性毒气。

26日清晨,如果这天没有带着腥味的江风雾气,守军或可还能觉察。那只需把毛巾弄湿,护住口鼻即可防范。遗憾的是,守军并无这样的警觉和意识。在一个中队几乎全部中毒死亡之后,长山左侧翼瞬间被波田支队突破。

凭借空中飞机的掩护,和海军用炮火引爆雷区扫除障碍,日军大量陆战队员从藏石矶阵地前登陆,长山阵地的口子被撕开。

从早晨到中午,来自江面和香山两个方向的炮击,让赵一添所在的长山主阵地渐失还击之功。随着大量敌兵的强行登陆突击,阵地被穿插的日军切割成几块。

在炮声暂时停止的寂静时分,赵一添松开了失血而死的战友。他从掩体里探出头来,这时,日军的军旗已插遍长山阵地。看到身边的炮手都拿起了步枪,一动不动地守卫着阵地,他不甘心地挨个检查炮弹箱,全部空空如也。

伤亡过半,炮弹告罄,苦守无力,援军无望!赵一添和军官们围拢在总队长周围,长官沙哑的嗓子只挤出两个字:"撤退!"

6月26日下午,当三门炮被装上卡车时,时间是3时32分。赵一添看了一下手表,遵照总队长的命令,率领中队先行撤出了长山阵地。

就是这次撤退路上的偶遇,改变了赵一添以后的轨迹。

黄昏的山路上,负责侦察的大魏发现前方的山岗上,站着一个白衣人,以醒目的旗帜信号指引空中的敌机。随着一架敌机的俯冲,一座军火仓库应声炸毁,霎时火光冲天。哪来这么多狗日的汉奸特务?大魏心里恨恨地骂着,回过头去向赵一添报告。

看着天空上飞机还在盘旋,赵一添让队伍继续引导大队前进,自己和大魏带上两个陆战队员,向山上搜索而去。眼看就要接近了山头,却没有发现汉奸的藏身之地。

就在他们准备两人一组分头寻找时,前方的树林里,几只栖息的鸟突然拍动翅膀飞了起来。大家定神一看,一个白色的影子一闪就不见了。

大魏起身就要向前冲,赵一添一把把他扯下来。

上尉示意大家悄悄地围上去。"要留下活口。"他叮嘱说。

人高马大的大魏上得快,几步就窜了上去,发现不远处有一个防空掩体,洞口用树枝进行了伪装。不等赵一添赶来,他带着一个队员就摸了进去,首先听到的就是滴答滴答的电键声。

原来狗日的汉奸在发报,大魏怒不可遏,猛地闯了进去。

"都给老子别动!"他一声怒吼,把枪对准了正在发报的两个汉奸。

发报员惊愕地抬起头来,一时不知所措。而他身旁长着八字眉的汉奸,则慢腾腾地举起了手。不对,大魏想,还应该有一个白衣人。他的想法晚了一步,枪从他们的背后响了起来。

大魏和队员应声倒下,倒下的大魏本能地摸向自己的绑带,他用尽最后的力气,把刀掷向发报员,对方应声倒下。

"挡住洞口!"八字眉向着白衣人命令道。

白衣人转身面对洞口时,他的胸脯迎来了愤怒的子弹。循着枪声扑来的赵一添,在放倒白衣人后,眼看八字眉逃脱出去,大喝一声:"照看好大魏!"留下队员,自己急步追赶上去。

这是一处在两头都留有出口的防空掩体,穿过出口之后就是高高的矶头,赵一添用枪逼着八字眉。他不想开枪,他要留下这个活口。他的枪向前举着,他的枪,把八字眉一步步逼到矶头的边缘。

在八字眉跳下江时,赵一添像是早有准备。他甩掉了手中的枪,纵身跳了下去。他感觉江风正向自己扑来,他想,你这个汉奸还想跟我到水里去玩,你不知道老子是海军吗?我赵一添是海军!

赵一添的这一跳,让他彻底地告别了过去的部队,告别了曾经的第三舰队。他落入了江水中。他的身体,让江水激起一个巨大的浪花。

从此,他的战场,从陆地又回到了水里。

而八字眉的这一跳,却让中村的情报失去了一处重要的来源。

以后的日子,中村一次次走进电讯室,对准那个突然静默的频率,开始等待,然后有节制地发出询问,直到完全失去了耐心。电键声的消逝,不仅意味着他失去了重要的耳目,在中村看来,它还中断了自己和智子小姐亲密合作的纽带。

赵一添离开的二总队,以及最后撤出马当的三总队,这一部从青岛辗转来到马当区的守备队伍,一路艰辛赶赴武汉后,被陆军后勤部队缴械接收。

根据军委会的命令,军法执行总监部的宪兵,对总队主官收监入狱。三总队长

日军通过江面火力配合陆地进攻

被秘密羁押，二总队长闻讯绕道出逃。他们共同的罪名，是擅离职守、私自率部撤离阵地。

同时被追责的还有陆军守军。李韫珩、薛蔚英很快被宪兵收押。

就在武汉会战进入白热化之际，就马当要塞的失守，武汉卫戍总司令部的礼堂内，军法会审秘密进行。审判的结果，马湖区指挥官、临阵办学的第16军中将军长李韫珩被撤职，"畏敌如虎，贻误战机"的第167师少将师长薛蔚英，被执行枪决。

从6月24日日军全面进攻，到30日马当失陷，日军攻占马当要塞，只用了短短的几天时间。尽管卷土重来的国军一度重新收复香口、香山阵地，但激烈交战之后，阵地又得而复失。

国军苦心经营长达半年的马当要塞，万里长江的皖、赣门户，武汉防区的第一道防线，就这样干净、快速地丢失了。

这个责任，总要有人承担。所以，李某人和薛某人被查办，并不出乎知情人的意料。让海军感到奇怪的是，就在对马当失守追责的同时，军委会对欧阳格也动了杀心。

战事纷乱的6月底，岳阳海军总司令部。陈绍宽风闻将接管电雷学校，另一消息同时传来，那就是欧阳格已经被治贪污罪。电雷系就这样完了？陈绍宽啼笑皆非。

对于欧阳格，在海军的很多人看来，他一直是陈绍宽的劲敌。但当事人不这么看，在心比天高的陈绍宽眼里，他根本算不上对手，只是一个令人生厌的可怜虫而已。

孙副官闻讯喜形于色，他向总司令讨好式地发表感言说："这就叫善有善报，恶有恶报，不是不报，时间未到。"

41 追　责

　　陈绍宽眼瞅副官的得意之色，并没有责怪他。心想他的这些话，多少也是揣测着自己的好恶。但他不想用沉默表示赞同，那容易被别人误解，所以他答话说："这个人也想干点惊天动地的事，只是——"

　　要是解夏在场，话说到这里就足够了，但孙副官不是解夏。话得说完，要不他还是不能理解。明知说白了就没有意思，可陈绍宽还得解释。

　　"他这个人走对了路，却进错了门。"陈绍宽说，"他原可以做一个政客，也适合留在大本营当幕僚。他不适合带兵，兴许带陆军还将就，海军，他是万万不可。"

　　看到孙副官似乎领会了，陈绍宽问起孙副官："看到曾一鸣没有？"

　　听孙副官说上午还见到的，他哦了一声，没有再说什么。孙副官看出来，总司令有意要找曾一鸣，便自己做主去通报了。曾一鸣问什么事，孙副官说可能是欧阳格的事情。他一提这个话题，曾一鸣心想，该说的和他早就说了，能不见则不见为好。

　　自从欧阳格出事的消息传出后，曾一鸣发现大家和自己照面时，种种神态意味深长。就连陈绍宽似乎都觉得，扳倒电雷系，曾一鸣其人可谓一鸣惊人。

　　仔细想来，若问欧阳格为什么倒霉，海军军官中没有比他更清楚的，问题还是出在水雷上。

　　去年 4 月，他和解夏奉命去江阴电雷学校探营，见到电雷无雷的结果，对欧阳格克扣水雷经费的做法就多有愤慨。而淞沪会战时，海军研制水雷成功后，统帅部下了 500 只水雷订单，活生生地让欧阳格搞走了一半，他更是义愤填膺。

　　明知搞不成水雷，还想发国难财，曾一鸣为此感到义愤。之后，对于电雷在上海董家渡布置假雷以假乱真的行为，他则认为完全是流氓行径了。

　　但是，恨归恨，做归做。欧阳格的事东窗事发，曾一鸣认为，自己不过提供了证据而已。这时，他觉得有必要给解夏写一封信，得让人知道这事的来龙去脉——

　　500 只水雷计划的事，我此前和你说过，但相比伸手要 250 只水雷制造经费，在执行布雷任务时，欧阳格的做法更为可笑。

　　他的雷到底怎么样，说起来你都可能不相信。他只在油桶内装一些炸药，桶面涂以柏油，再接上普通电线，然后把这些根本不会爆炸的所谓"水雷"，布放在上海董家渡及江阴一带。1937 年冬我在上海，还未获悉欧阳格布雷的情况，想先在董家渡布雷，加强封锁线，以防日舰溯黄浦江西进危及江南造船厂，并抄袭我军后方。

为此，我走访上海警备司令杨虎，杨告诉我欧阳格已先在该处布雷了，请我到董家渡实地勘察。我发现欧阳格竟如此布雷，认为关系国防大计，急忙向杨虎如实汇报。杨派参谋随我前往检验，证实欧阳格所放之雷不能通电，完全无效。

我再度拜访杨虎，适淞沪左翼指挥官黄琪翔在座，我要求黄、杨将此情况向委座报告，黄闻之甚为恼火。我连夜从上海到南京，向部长报告，要他请蒋查办欧阳格，但部长却叫我去向江防总司令刘兴报告。刘对欧阳格的行为亦极表不满，说他将向参谋总长汇报。事后看来，刘也不过说说而已，并未实行。

不久江阴失守，南京相继沦陷。江阴既有阻塞线，又布有水雷，敌竟如此通行无阻，遂使全国舆论哗然。事后听闻我军将领纷起责难，加之有海军要害人物指控更力，只得把欧阳格扣押起来。

"海军要害人物"指的是谁，曾一鸣没有把风闻的消息白纸黑字地写下来。据他所知，这里面有陈绍宽，也有第二舰队司令曾以鼎。他还听说，在欧阳格落马这件事上，白崇禧和陈季良的交心对话，也起到至关重要的作用。

白和陈的汉口见面，陈季良属于应召而来，本不知缘何而见。两人坐下后，白崇禧没有费话，单刀直入地问："外面传闻的哪些事，欧阳格到底有没有做过？季良，你是厚道人，在我这里尽管有话直话，不必有所顾虑和保留。"

经历残酷的江阴大战之后，陈季良这时还能有什么顾虑？再说白崇禧态度诚恳，加上他又和黄埔系不是同道中人，陈季良更谈不上畏首畏尾。他说："对不起白总长，我先抽一支烟，把思路理一理。"

点上烟后，他似乎底气更足了一些，把自己听到的一五一十地全盘托出。

贪污经费，布置假雷，擅自弃守，陈季良列举的这些问题，和白崇禧掌握的情况没有什么出入。白崇禧点头感叹说："他的胆子也太大了。"

陈季良这时补充说："我讲的这些，都有人证物证的，白总长尽可调查。"

调查处理的结果，欧阳格终于被扣押，直至后来被执行枪决。

1938年7月中旬，裁撤后的电雷学校正式被海军总司令部接收。

此时，日军已经攻陷湖口，正准备鄱阳湖和汉口的作战。离开欧阳格的鱼雷快艇大队奉命出击，"史223"、"岳253"两艇直逼前方。未曾想，出击途中却误触陆军工程处布设的水下拦网，以一沉一伤的损失宣告失利。

41 追 责

谁都不会料到,电雷系竟会以这样的方式与闽系实现了"统一"。

趁着在岳阳述职,曾一鸣登门看望解太太龙慧菊。谁知刚迈进院门,慧菊就开始打听欧阳格的事,还说起了曾一鸣位居首功的传言。

"连你也信吗?"曾一鸣几乎崩溃了。

慧菊没有正面回答,她笑着说:"我听解夏讲过,你一贯疾恶如仇的。"

曾一鸣一时无语,连好朋友的太太都这么认为,别人就更难怪了。他说:"我这是贪天功了,不领受都不行。但真实的情况,我已经跟解夏说清楚了。"

这时,他听到了孩子在屋里的说话声。曾一鸣走进去,看到海灵和海军,把一大堆舰艇木雕摆满了一地。他们用黑色的墨汁,在寥寥无几的银色舰身,小心地涂抹着。

曾经的监造官,一眼认出,这些都是海军的作战舰艇;他还能看出来,黑色的舰艇,正是海军殉难的战舰。

他蹲下身子,细细地看了一遍,巡洋舰都沉没了,炮舰基本上已经打光,只有为数不多的银色炮艇,还在长江上。它们没办法组成一支像样的作战编队,它们孤单而执迷不悟地游击于长江中,掩护布雷。他们像一个个流动的靶子,注定会在今后的空袭中沉没。

这样的结局让他神情黯然。想到海军都快打光了,眼下,大家还纠缠闽系呀电雷呀,到底有什么意思。

重新回到院子里,他问慧菊:"解夏现在在前方,家里有什么困难吗?"

慧菊摇摇头说:"没有什么,基地对我们的生活已经很照顾了。只是海军调皮,那天海灵上学,我在做饭,他一人跑到河边玩水,差点把我吓得半死。"

想起一个爱看小说、爱听戏、爱看电影的太太,居然在没有帮佣的情况下,独自一人撑起一个家,曾一鸣觉得慧菊不容易。他建议说:"你们下一步其实可以去水雷所,这样解夏回来见面的机会一定会多些。"

慧菊洗了两根黄瓜,递到曾一鸣的手里,自嘲地说:"嫁给海军的人,第一条就是要想得开,不能把分分合合当一回事。"

看到海军和海灵两人追逐着跑出院子,她心情复杂地说:"老实讲,解夏调到南京后,我们一家安稳了五年。他这一走,小海军老是问我,爸爸什么时候回来?其实我晓得,这种时候,留在家里他会更难受。"

日海陆军协同溯江作战

曾一鸣点点头,听慧菊说娘家的一家人都到了武汉了,便叹了一口气说:"还得搬。"

他把黄瓜掰开了一半,咬了一大口,说:"你们一家就准备在重庆会合吧,这样孩子也方便老一辈去照应。"

慧菊并不这么认为,孩子在身旁,忙忙碌碌还是觉得充实一些。不像隔壁邻居中的一些个年轻媳妇,身旁没孩子,也就会生出许多寂寞来。看到晚上经常有人上门,慧芳担心,他们闹出的这些丑事万一传到前方,还叫男人怎么能安心打仗呀?!

曾一鸣看她不说话,问她在想什么,慧菊掩饰说没有。她不理会曾一鸣的怪异表情,看着他把一根黄瓜吃得津津有味,捂着嘴生怕笑出声来。

曾一鸣不知道自己哪儿不合适,停下咀嚼看着慧菊。慧菊解释说:"听说你一直是绅士作风,生活讲究得很。非咖啡不喝,非水果不吃,怎么一根黄瓜也能啃得有滋有味?"

院子里这时突然刮起一阵风,慧菊招呼曾一鸣到屋里坐。

她走在前面,薄薄的裙装把身材弄得很婀娜,腰臀之间的曲线丰润而圆滑。曾一鸣不禁赞叹:"好身材!"

听他这样说,慧菊才发现自己穿得太惹眼,胸脯都要从衣服里蹦出来了。于是红着脸解释说:"这是在家里,没想到会有外人来。"

见气氛有点尴尬,跟进屋子里的曾一鸣只有开玩笑说:"我怎么也不算外人,再说这样好的身段,不让人看岂不是浪费了资源。"

慧菊说:"你这留过洋的人,还真敢说话,就不怕嫂子知道了,跟你闹别扭。"

曾一鸣大大方方地说:"看一眼算什么,我又没做什么,亏你还是看小说的人呢。"

慧菊用夸张的娇声说:"哎哟,难不成,不做什么就可以动歪心思?"说着,她走到曾中校面前,故作严肃的样子说:"幸亏我一脸正气,要不——"

"要不怎么了?"曾一鸣有意激她。

慧菊笑了:"不开玩笑了,你的人品有口皆碑。"她深深地道了一个万福,用京戏的韵白道,"不能拿你开玩笑。"

看着她一招一式的曼妙身姿,以及光彩照人的眼神,曾一鸣心头一热,一伸手就把她的手拉住了。

两人面对面地站着,都有些燥热,彼此听到对方的呼吸。

慧菊用双手摸了摸自己的脸说:"真怕人,我的脸都烫成了这样。你看,这就是后方,一男一女在一起多容易呀,这就像干柴烈火,一点就着。我的四周,多少偷鸡摸狗的故事,就这样不知不觉地发生。"

曾一鸣抚弄着她的头发,安慰着:"战时阶段,非常时期,现在大家可能都感到孤单和寂寞。"

"这只是一方面,关键在女人。"慧菊拎了拎领口说,"我如果不穿这么一身,像你这样阅人无数的先生,怎么又会注意到我?幸亏,我们俩中间,还隔着一个大家都在乎的解夏,要不然——"

曾一鸣没有说话,听她把话说完,但她不说了。却拍拍他肩膀,重起了一个话头:"我就知道,不会看错你,你是一个懂得节制的好男人。如果没有相互了解这一点,人和人之间,便容易生出许多误解来。"

她的话,让曾一鸣慢慢地坐了下来,半天都没说话。他在想着误解,它像是一种病,一种极易传染的病。病发时不知不觉,它会轻易地发生在每一个人身上,当然也包括自己。那么,对电雷,甚至对欧阳格本人,会不会也存在某些误解呢?

42

知己知彼

日军 106 师团在姑塘登陆，背景为鞋山

日本海军向九江炮击

早在马当失守之前,解夏就派出了一支布雷队,进入了鄱阳湖。这也是陈绍宽的直接交代,陈总司令每一次来到湖口,总会强调鄱阳湖的战略意义。

"它是进入南昌的紧要水道。"陈绍宽说:"为防止敌人深入江西腹地,西渡匡庐,直下九江,一定要布置好水雷。"尽管对解夏办事放心,他还是叮咛道,必须像重视在长江布雷一样,重视湖区布雷。

6月中旬他最后一次来,问解夏要什么条件。

解夏想了想说:"湖面大,不好躲,布雷队很容易成为敌人空袭的靶子。请总司令考虑,能不能增援一两艘炮艇?"说过以后又后悔了,想起海军作战炮艇没几艘了,他觉得自己应该体谅总司令。便连连说:"这事就算我没提,还是我们想办法去克服。"

"你怎么克服,任由鬼子在你的头顶上炸吗?!"陈绍宽责怪起解夏来,"你什么都好,就是不想给别人添麻烦。你跟了我五六年,还用跟我见外吗?再说海军特务队,是海军多宝贵的血脉,总不能让大家做无谓的牺牲。你舍得,我还舍不得呢。"

听着总司令对解夏的斥责,走近屋子的张灵春,听得心头一阵发热。他站在屋

前的树下，平复了一会情绪，然后才进屋报告。

陈绍宽拉着他的手说："你这个特务队长，和解夏一个样，战场上总会发生一些事，不要什么责任都往自己身上揽。还跟我学，动不动打什么辞职报告。也不想想，你辞职，让我去布雷呀?!"

解夏知道总司令说的是大王失踪的那件事，如今，大王找到部队了，算是一个圆满的结局。

看张灵春不好意思地笑着，陈绍宽挖苦说："你这个水浒迷，总说这个像林冲，那个像武松的，你的这招像什么？"他靠在椅子上略作沉思："我看，像'李逵斧劈罗真人'，你这劲呀用得不是地方。"

陈绍宽人一走，解夏立即向鄱阳湖派出了布雷队。崔先生主动要求跟随队伍，解夏觉得他懂得水流、熟悉航道，便让他担任布雷的指导。

临行前，他提醒崔先生："也不向武汉汇报一下？"

崔先生知道他说的是小郭，答道："这事最好由海军出面为好。"说完溜之大吉。

队伍一分兵，人头少了些。解夏和张灵春、金砺锋等官兵，依旧留在长江布雷的主战场。在枪林弹雨和敌人空中轰炸扫射之下，和扫雷除雷的鬼子展开竞赛。鬼子在白天里处置水雷，他们多在夜间布放水雷，让日军在水上推进异常缓慢。

马当失守后，鄱阳湖的布雷局面一下子变得万分吃紧。担任湖区防务的海军宁字号炮艇，遭到日本海军航空部队轮番轰炸。

在湖内白浒镇巡弋的"义宁"炮艇，竟被整整9架敌机紧贴狂轰。众多员兵伤亡，艇长当场殉职，艇上机件大都受震损坏。这时，"长宁"、"崇宁"两艇带伤奉调长江水道，再一看，掩护布雷的只剩下一艘"海宁"炮艇。

尽管崔先生派人送信说，鄱阳湖口和塘沽一带湖面水雷敷布进展顺利，让解夏放心。但解夏不能放心，湖口失守在即，鄱阳湖很快就要处于孤立无援的状态。只有用水雷封锁航道和湖岸，才能延缓日军从九江东侧的塘沽登陆上岸。情急之下，他叫来了布雷队的主要军官，决定再次分兵作战。

解夏提出和张灵春各领一队，自己去鄱阳湖。

张灵春寻思，长江布雷还有上行的退路，而湖区一旦落入敌手，布雷队很难立即转移南昌，便不愿让解夏冒险。所以，故意对金砺锋说："湖里我去合适，湖口一带我驻守多年，对湖区的情况了如指掌，就像阮氏三兄弟熟悉水性一样。"

"别吹牛了，你还能比人家崔先生更熟？"解夏看他还想争取，便不留情面地说，

42 知己知彼

"我不是来跟你们商量的,我是让你执行我的决定,你明白吗?"

他转向大家说:"张少校负责长江布雷,金上尉做好助手,小程也留下。"说到这里,他看了一眼赵一添,像是在询问,你怎么想?

赵一添明白湖区更危险,所以不假思索地表示:"我跟随长官行动。"

第三舰队海军上尉赵一添,加入中央海军布雷队,完全是误打误撞的结果。

那天,他尾随八字眉跳到江里后,发现那家伙并不懂得怎样跳,已经摔得奄奄一息了。

也许他就是想死呢,赵一添想,这汉奸是搞情报的,留着他有用,不能让他就这么死了。于是费了九牛二虎之力,把他从水里折腾到岸上。正好金砺锋和小程执行任务路过,他们把小火轮靠近岸边,下来一看,原来汉奸正是他们要找的马岩。

看他像死猪一样躺在江滩上,金砺锋伸手摸了摸,确认马岩已经死了。他觉得有些可惜,一个活口,就这么永远地闭上了嘴。上尉不甘心,在他的衣服里翻来翻去,终于找到了一个湿乎乎的本子。

"是密码本?"赵一添问。

金砺锋点点头,说:"老兄,你可立大功了。"

回去向解夏汇报,解夏见到密码本喜出望外,拉着赵一添的手说:"上尉,我们会给你请功的。"

赵一添说:"长官,请功的事情就免了。还是请你答应我一个请求吧,让我留下来,听长官吩咐。"

听赵上尉提出请求,金砺锋知道解夏谨慎,估计他做这个决定很为难。谁想,解夏马上回答说:"好呀,那我们就一起干。"

如此干净利落,赵一添就成了海军布雷队的一员了。

进入湖区布雷的赵一添没料到,这次行动中,竟意外地给他提供了一次在陆地放炮的机会。而这一炮,炸出了一个传奇的故事。

解夏和赵一添率布雷队,前去鄱阳湖增援崔先生时,湖口很快就在他们身后失去了。

日军攻占湖口后,刚刚走马上任的第11军司令官冈村宁次中将,很快把指挥所推进到湖口的石钟山。站在山顶,面对熟悉的湖光山色,自恃对九江附近地形知根知底的冈村,毫不迟疑地决定,担任先头部队的波田支队进入湖区,从九江侧面的塘沽下手。

7月22日傍晚，鄱阳湖上空阴云翻滚，湖面狂风大作，波浪汹涌。布雷队乘坐的民船随波逐流，险情不断。去南昌是不可能了，而离开塘沽一带的东岸，往湖区深处西去，是唯一安全可行的线路。可崔先生说，船上还有雷没有布完呢。这时有队员建议："明天再来吧，也不在乎这一两天。"

"谁说的？"解夏问，他大声地说，"这种天气，可能就是鬼子偷袭的最佳时机。我们一定要抢在他们登陆之前，把所有的水雷，都布设在塘沽守军的阵地前。"

他一身令下，队员们在剧烈摇晃的船上，开始艰难的布雷作业。崔先生在风中扯着嗓子，让大家注意水流方向，指挥布雷定位。

吊放水雷的简易木头支架，是崔先生设计的，用山上的树做成的。它没经过这么大的风浪，眼看下面摇摇晃晃的，崔先生赶紧上前，让大家调整底部的位置。

"让坡度缓一些，"他大声地指挥着，"再缓一些。"

眼看支架基本稳定了，一个巨浪从侧面撞来。船身猛地一倾斜，居然把崔先生甩到了湖里。

船还在向前开着，水里的崔先生转眼就不见了，解夏大喊着调转船头。

赵一添冲上前来，说："长官，我去。"便一头栽进了水里。

解夏见上尉一个人下水，忙让两个队员下水接应。自己不敢耽搁，继续指挥紧急布雷，他清楚，现在是和日军争抢时间的关键时刻。

日军进攻塘沽的战斗，在22日深夜打响。

突破马当防线后，日海军溯江作战指挥官近藤英次郎少将，难得地喝了一次酒。他叫上了中村参谋及身边的幕僚，觉得不够热闹，让中村把大池舰长也一并找来。

喝得晕晕乎乎的大池，认为司令官此举完全是为了庆祝胜利。中村悄悄地告诉他，这只是一个方面，还有另一个重要原因，那便是近藤少将的故友冈村宁次中将，已经来到前线，正跟海军并肩作战。

从第二师团长到奉命组建第11军，并任该军司令官，大本营对冈村宁次的越级提升，一定引起许多人的不快。但在近藤看来，作为华中派遣军的主力，第11军由冈村统率，完全能够胜任攻略武汉的重任。果不其然，从冈村上任后的表现看，其善战、勇敢的性格一点都没有变。

7月19日，日军发布了攻占黄梅、九江命令。第二天，就有消息说，冈村的战斗

42 知己知彼

指挥所已经推进到了彭泽；紧接着，为了就近指挥攻占九江的战斗，近藤在 22 日风闻，冈村又将战斗指挥所推进到湖口，距离前线不过一两里。

"堂堂的军司令官的位置，竟处于最前线的步哨线上——湖口的石钟山下，这种特殊的安排，你们见识过吗？"近藤问中村和大池。

从近藤得意的口气中，中村听出司令官对故友的欣赏与佩服。但大池不解风情地表示质疑，他说："这些都是传言，根据常识判断，军司令官的所在地不在安庆就在彭泽，不可能布置在最前线。"

见大池还像几年前一样固执，近藤一不和他争论，二不想立即对他斥责。

"你们两人去走一趟。"近藤说："冈村中将素来重视和友军的关系，如今他到任了，我们海军总该请他到'安宅'舰上来看一看。"

果然，在湖口的石钟山，鄱阳湖水汇入长江处的一座幽静的山上，两位海军军官，见到从东京赶到前线指挥的冈村司令官。事实摆在眼前，大池自觉羞愧，说起临行前和近藤少将的争执，他当场向冈村鞠躬赔罪。

冈村高兴，他说："拂晓 3 时左右，我就被一阵机枪声和炮声吵醒，但朦胧间枪炮声停了下来，估计我军在敌滩头登陆已获成功，于是再次入睡。5 时左右被参谋叫起来，送来了强行登陆成功的第一报，就是你们'保津'号发来的通报。早餐后登上石钟山观战，这时与战线相距已有二三里之远，仅可看到投掷炸弹及炮弹爆炸的情况。"

"看来，我的指挥所还得往前移。"他说完这话，四周一片轻笑。

冈村中将领着他们上了山，来到了一座幽静的寺院前，停下来说："中国有一句话，叫作曲径通幽处。这样幽静的地方，在战场上极是难得。再往山上走，都说此地风光甲长江，在这里观察敌情、地形无比爽快。"

说到这里，他转身对大池说："为将者，当懂得形胜之妙，然后才可能置险情而超然。"

大池不懂这话，回去后学给近藤听，司令官没有直接回答他的疑问。近藤的兴趣集中在冈村给他捎来的礼物上。这是冈村的最新铅笔画小品，一幅石钟山的风景写生画。

近藤问中村，对这幅画怎样评价？中村说："画我是外行，但这幅画很安静，我想它多少反映出冈村司令官此时的心态。"

近藤让中村把画装裱一下，然后挂在军官餐厅里，以此表示对冈村的重视和友好,中村很快就把这件事办好了。

餐厅里的画,像一个约会,等待着冈村司令官的到来。然而,当江上的热风一天天地吹过甲板,出乎近藤的意外,他的老友冈村却迟迟未到。大池私下猜测,这冈村莫不是在摆架子,中村说:"你又管不住这张嘴了。"

从22日夜间发动塘沽抢滩登陆战开始,除了指挥作战,冈村宁次遇到了不少麻烦事。

约23日零时左右,在湖面风雨的掩护下,几十艘登陆艇载运着波田支队,向姑塘偷袭而来。距离姑塘登陆滩涂只有一千多米时,岸上的中国守军仍然没有察觉。千钧一发之际,水上响起了雷声,原来一枚小型漂雷爆炸了。

爆炸声从风雨中的湖面传来,惊动了中国守军,他们迅速进入了阵地。这时,日军的炮火向他们疯狂地压来。

日军的炮兵阵地安排在湖口鞋山。紧跟着铺天盖地的炮火,波田支队的登陆艇正向姑塘岸边冲来。中国守军用交织的火网,死死地锁住登陆地点。

半夜里的激战,从一开始就吸引了赵一添的注意,他轻轻地咳嗽一声,发现崔先生他们也都醒了。身处守军阵地左侧的防空掩体中,崔先生提议:"上尉,出去看看?"

这时雨停了,炮火中的湖面和岸上影影绰绰。爬上一个小山坡,钻进一片树丛中,上尉说:"就这里了。"

火红的弧光突然近在眼前,带着呼啸出膛的声音,就像是从眼前划过,原来他们的位置和守军的一个炮位非常接近。崔先生看到湖面上的炮火似乎在向前移动,他说:"鬼子的军舰也出动了。"

"它们顾忌水雷,不敢太靠前。"赵一添说,"所以前进得很慢。"

天蒙蒙亮时,崔先生吃惊地看到,鬼子已经在滩头建立了阵地。波田支队正借助身后炮火的掩护,和重机枪火力网,向中国守军的阵地一点点地突破。这一幕情形,赵一添再熟悉不过了,它简直就是长山阵地的重演。

"这是预11师的阵地。"上尉着急地说,"如果增援部队还不到,鬼子就要得手了。"

天光慢慢打开之时,波田支队终于攻陷了中国守军的阵地。

赵一添看得明明白白,湖上的舰队在扫雷中开进,水里和滩涂上出现了不少民夫,正在紧张地向岸上输送武器弹药。不少民夫只穿着一条短裤,光着膀子,手推肩扛,吃力地往上坡运动。他们移动的身影,把上尉的视线带到了守军的阵地上。赵一添眼前一亮,他产生了一个大胆的攻击想法。

赵一添这时看到的,是守军遗弃在阵地上的火炮和弹药箱。他认真地观察着四周的情况,鬼子进攻的前方,突然响起激烈的交火声。想必,我方的增援部队正在反击,双方正在拉锯。上尉有意抢上炮兵阵地,利用现成的火炮,趁这个空隙给敌人一次打击。

日机轰炸九江

他向崔先生说明了自己的意图,关键的,他是要和崔先生商量,请他先行从这里转移。

崔先生仔细地观察了地形,然后说:"要走,我们一起走。"

上尉急忙解释说:"炮就在这里,也就是拉一下炮绳的事,我真的不想放弃。"

崔先生冷静地说:"我没说放弃,但我觉得该这样出击。"

他把想法和三位一说,大家都说这个主意好,却又担心崔先生,说:"你不用动,我们去就可以了。"

崔先生说:"摆弄炮我是外行,下去也没用。只当给你们望风。"

按照崔先生的意思,赵一添领着两个队员,先把衣服都脱光了,只留下了一条短裤。这种装扮,和周围出没的民夫没什么两样,他们悄悄地摸上了中方失守的阵地。三个光膀子的海军布雷队员,趴在阵地的前沿,等待着出击的时机。

这时,从马当方向传来了轰隆隆的飞机声,敌人的航空队出动了。赵一添看阵地上没人,一拍屁股:"上。"

三个人迅速窜上阵地,各就各位。赵一添发现炮上的测距仪坏了,也不在意,用手目测了一下。他告诉自己,关键是方向正确,要让敌人产生错觉。按这样的思路,他把炮调整好位置,目标湖上的日本海军舰艇,事不宜迟,迅速地拉动了炮绳。

一声、两声、三声,等闻声的民夫赶来,他们看到了三个光屁股男人落荒而逃。这个情景,让他们误认是自己的同伴,不小心拉动了炮绳。

出了什么事?突然听到身后的炮声,正在作战的波田支队,派出一支小队迅速接近开炮的阵地。他们来得正巧,海军航空队的飞机正循声而来,向着攻击海军舰艇的阵地一阵狂轰滥炸。

就这样,在陆军先头部队战线推进的背后,日本海军对陆军的误炸,不仅直接导致六七十人的直接伤亡,也给中国援军的反扑提供了良机。

纵使冈村再老谋深算,他也没有料到,海军航空队对波田支队的误炸,竟是有人有意为之。而那群摆弄火炮、牵动拉绳的民夫,并非跟随波田支队的台湾民夫运输队,而是中国海军的布雷队。

对于这一次自己人之间发生的"误炸"事件,冈村宁次在日记中记述道——

　　登陆作战时,配合作战的海军水上战斗机曾连日进行勇猛俯冲轰炸,有力地支援了地面进攻的波田支队。

但登陆成功的翌日，该支队的一部遭受误炸，死伤 70 余人。接此报告后，在判明事件真相前，我未予特别处理。第二天早晨，海军航空队来电，对误炸表示歉意。另一方面，根据我方调查，波田支队的台湾民夫运输队发现高地斜坡有几门敌人败退时丢弃的山炮，民夫们上前胡乱摆弄，牵动了拉绳，不料击发了装在炮膛里的炮弹向我方飞来。

考虑汉口作战在即，冈村不想因为这件事节外生枝，所以他立即让幕僚电复海军航空队。一是果断承担了责任，认为"事故原因在我方"；二是通过"感谢航空战士勇敢行动"的言辞，表示出陆军对海军的友好姿态。

对于司令官的示弱言行，军司令部的参谋意见不同，冈村听闻后，把大家召集到了一起。

他谈起了中国事变爆发后，陆海军曾因占领青岛问题发生的争执，或争先抢占城镇，以及因空军误炸友军引起抗议等事例，然后教导说："武士道精神不光是对自己，也要用它来对待友邻部队，对待配合作战的空军和海军。"

谈到和友军合作，他心里一直存着一件事，那就是能早一点去看望近藤少将。但这个计划一推再推，冈村自己最清楚，误炸事件是其一，更重要的还是军纪涣散，需要下气力整顿。

到任刚刚两周，随着部队开进九江，违纪事件层出不穷。在九江的军司令部，就加强军纪问题，冈村专门召集幕僚，开会进行了研究。

受司令官的指派，参谋通报了当前部队的违纪情况，主要集中在以下几个方面——

一是士兵中奸淫掳掠的暴行时有发生；
二是对俘虏和居民残暴；
三是对公物缺乏爱护，兵器、物资丢弃损坏现象不在少数，行军帐篷仅保存半年左右即报废，防毒面具当枕头用，以致丧失防毒功能；
四是厌恶露营，争抢民宅，有的部队甚至任意闯入英国人的房屋宿营，还有的联队想在美国人的房子住宿，直到宪兵发觉才被制止。

听了参谋的介绍后，冈村沉着脸，谈了他对违纪事件的意见。

日军波田支队攻占九江

"这么多问题的发生,根本的原因,在于日本人缺乏公共道德。"冈村提醒,"这种缺点,在战场上反映得更加严重。而在我们的部队中,违纪最多的是波田支队和第六师团。从华北事变到现在,才不过一年多的时间,战争还远远没有结束呢。"

"打仗要讲策略,要占领地盘,更要占领人心。"冈村说,"要提一个口号。这个口号要简单,易懂易记,我看就叫'讨蒋爱民'。你们要把这四个字的标语,贴满大街小巷。光贴还不行,还要派宪兵去检查。我听说现在有的部队,在附近的村子里在夺取村民的服装,为什么这么做,据说是因为穿起来便于进行强奸。"

听到下面发出哄笑声,冈村不悦地说:"这个事情你们怎么能笑出来?!要知道,下一步攻占汉口,九江就是我们的基地。它是前进的基地,也是航空队的基地,现在机场就靠村民在修建。如果部队不注意军纪,谁来帮我们建设机场？我一直有这个担心,和诸位谈这件事,是因为我比你们更了解这个国家。"

冈村担心的事情,不久还是发生了。虽说"讨蒋爱民"的标语到处张贴,但是实际效果很差。

正在修建的机场传来消息,施工的村民很多都跑了。一问原因,原来领头干活的村长,他的妻子、女儿遭到了日本士兵的轮奸。冈村闻讯后,下令将九江全体宪兵派到对岸小池口,逮捕所有罪犯,送交军法会议处理。除此之外,又将九江特务机关的主力移驻小池口,加强安抚工作。

做完这一切后,冈村才得空分身,动身去"安宅"舰。

43

敌　后

1938年6月冈村宁次组建第11军并任司令官

43 敌 后

马当失守后的一个月左右,日军的溯江作战,先后攻陷了彭泽、湖口、九江。

这时,大本营对马当区陷落的追责还在进行中。军委会的公函发到了海军司令部,意欲追查海军对于失守的责任。

接替解夏的新任秘书,把函交给了总司令陈绍宽,请示怎么答复。陈绍宽不看则已,一看火冒三丈,嗖的一声站起身来,气得把领口猛地撕开,一颗衣扣应声落在办公桌上。

"我说你记,就按我说的答复!"他对秘书说。

"从马当失守到九江落入敌手,一个月前后,未闻敌舰闯过马九一线。"陈绍宽瞥一眼墙上的地图,脱口而出,不吐不快,"请问,你们陆军在哪里?从江阴到马当,陆军一向望风披靡,未战先溃,不追究陆军责任,反而来追究海军,这是谁的主张?你们到底意欲何为?!"

听总司令这么口述,秘书觉得不给上头认错也就算了,哪能这么斥责上峰,所以就没有记录在案。陈绍宽看他不动,也不怪他,说你秘书不写,那么我来写。坐下来,唰唰就落笔如飞。写完以后,秘书一看,果然像他口述的一样,措词强硬,毫不留情。

秘书为难了,一来不敢劝他,二来又不敢照此呈报军委会。出去后就找孙副官商量说:"老兄你看怎么办,看谁能劝劝总司令。"

孙副官摇着脑袋想了一会,说:"陈季良司令不在岳阳,除了他,也就是曾一鸣了。"

秘书担心,问曾所长行吗?孙副官一脸不屑:"如果他不行,就没有行的人了。"

听说曾一鸣就要回常德,秘书抢在他没有动身之前,堵住了曾一鸣。

曾一鸣把呈复的函看了一遍,心里觉得大大的不妥。想当年,部长为了严管舰上的军费,曾经得罪了众位舰长,结果闹出了海军大学风波。人辞职了,待在上海去留彷徨,那是何等的酸楚。连舰长都不能随便得罪,何况军委会的大爷。

秘书看他不说话,担心地问:"这该不会是委座的意思吧?"

曾一鸣摇着头说:"这种时候,委座一定会平衡好各方面的关系。"还有一层意思他没说,其实委座的身边,有能替陈绍宽说话的关键人物。陈绍宽多年身在英国,能讲一口英语,颇有绅士风范,这一点很为第一夫人赏识。

看秘书着急,曾一鸣有好感,他想新秘书还是知道维护长官利益的。所以,也就真诚地对秘书说:"我此刻劝总司令,肯定不合适。还是写一个签条吧,估计也没有

冈村幕僚宫崎留下表现中日"亲善"的摆拍照片

什么用,死马当作活马医了。"于是提起笔来写了一段,委婉地表示,呈函其实不必和别人生气。

秘书鼓起勇气,把曾一鸣的字条,贴在复稿的旁边,呈送到总司令的案头。不料陈绍宽并不买账,他扫了一眼字条,挖苦着说:"你还挺有办法,没想到还会去搬救兵呢?"接着眉头一紧,口气严厉地说,"这事就到这了,不要更动一字,立即报上去!"

秘书红着脸走出了办公室,门外孙副官一看他脸色,就知道事没办成。有些灰心地说:"看吧,今后海军有的是小鞋穿。"

秘书想起刚才的经历,多了一个心眼,虽然说曾一鸣的字条没起到作用,但他看出来了,陈总司令跟他的关系绝非一般,他丝毫没有流露出责怪的意思呀。

陈绍宽执意上报自己亲拟的呈文,消息反馈到曾一鸣的耳里,听闻后他只是淡淡一笑,这也不是他第一次在陈绍宽面前碰钉子。当年海大风波事发,面对众多舰长的联名信指控,部长在递交辞呈后,住进了上海的小旅馆。曾一鸣联络了许多副长,有意和舰长针锋相对,这个提议当时就遭到了部长的反对。

陈绍宽就是这样的人,针尖对麦芒地公开叫板,原本是官场大忌,但他一直我行我素;而对于和缓矛盾的背后运作,却嗤之以鼻。

作为下属的曾一鸣,明知不可为时也想试一试,至于什么结果,他已经习惯不去计较了。回函一事对他而言,也就是他此次述职办事期间的一个插曲而已。很快,他动身回到了常德的水雷制造所。

河网密布的长江和内湖,国军正需要源源不断的水雷。曾一鸣知道,制造水雷,才是他真正的战场。

43 敌　后

从安庆开始,到占领九江,这一阶段的溯江作战,中村正树统计后发现,日军扫雷部队,处置中国海军布设的水雷近600个。这个数字的背后,隐藏着船舶舰艇一阵阵的触雷声,以及江上爆炸声里所付出的代价。攻占九江后,在正式的作战总结中,他对前一阶段的战事进行了如下的检讨——

> 大本营6月18日下达指示,"企图以初秋为期攻占汉口"。"中国方面舰队"在第一阶段成功地溯江占领九江,确保了在九江的航空基地及溯江部队的前进基地。
>
> 然而在进击到九江的过程中,来自江岸的敌人的炮击、江上的水雷攻势及空袭等意外的袭击,我方损失严重,进击进展极慢。特别是敌人的水雷攻势执着,只在安庆——九江间我扫雷部队就处置了590个敌人的水雷。

中村中佐的战事总结,一方面是解释此前提出增兵的理由,另一方面,是要把对付水雷的问题,提到一个应有的高度上加以重视。增兵问题已经得到了回应,溯江部队进击汉口,将增加两个炮艇队、两个滑行艇队、近10只舰船并第一联合航空队及上陆山炮队。但水雷的大患包括水雷的情报战,并没有进展。

中村的隐忧,何尝不是近藤英次郎的焦虑。作为第11分遣舰队司令官,近藤担任海军溯江第一线的指挥,攻略九江的一路,他吃尽了岸炮和水雷的苦头。对于下一步汉口的攻略作战,他寄希望和冈村将军展开密切合作,共同排除航道上的障碍。

终于,冈村带上了自己的主要幕僚,登上了让他百感交集的"安宅"舰。

中村发现,冈村将军并非为怀旧而来,而是考虑到陆海军在分配物资、土地等问题上容易发生矛盾。抢先一步,让海陆军的参谋坐到一起,就占领汉口后的分配问题,进行详尽的商讨和秘密约定。

冈村的造访尤其是商谈的内容,让近藤觉得很开心。在军官餐厅,他铺开了盛宴式的接待,打开了压在箱底的日本清酒。海陆官佐的聚会,酒和话题杯盘狼藉,喝得几分醉时,大家都脱去了军装。

带着醉意,近藤面对面地回忆起和冈村交往的往事,重点说到了一件堪称传奇的作战地图。

"都有 12 年了吧,也是在这九江附近,就是'安宅'号上。我当时跟中村一样,在舰上担任参谋。"近藤把衬衣的袖口撸得高高的,大口地喝了一口酒,陷入了对往事的追忆和沉吟之中。

"只不过那时的季节是比现在晚一些,好像是在秋天。"他想了想,肯定地说,"没错,是在秋天,我记得将军你和我见面时,身上淋得透湿,上舰后还不停地发抖呢。"

近藤的回忆,把时间带到了1926年的秋天。是时,蒋介石率北伐军进抵长江,在武汉与吴佩孚激战正酣。督师九江的孙传芳原本希望坐山观虎斗,却不意在南昌和北伐军遭遇。几番攻防转换下来,遭大败以至精锐尽失。危急之时,孙传芳急乘"决川"号鼓足马力顺江而下,向南京败逃。

此时,慌不择路的孙传芳漏掉了一人,更漏掉了他一直视为宝贝的地图。

漏掉的这人,就是他的军事顾问,正在九江司令部的冈村宁次。冈村和孙传芳是老相识,在孙留学日本陆军士官学校时,清国留学生队区队长就是冈村其人。从当年的老师,到自己的高级顾问,表面上孙传芳对冈村敬重有加,实际上也有所提防。这种倚重与防范的矛盾心理,在地图一事上表现得淋漓尽致。

当时中国各地最详细的分区地图,就是五万分之一比例地图,据说是中国留日生归国后的测绘成果。在孙传芳的军营中,冈村看过地图,却从未单独使用过。而唯一的一次例外,就是在九江的作战中,地图全部被冈村借到了手中。以制订作战指导方针、计划为名,冈村把地图带回了九江的司令部。

恰逢孙军败退,当孙传芳在军舰上起锚而逃时,冈村却雇了一条小船,直奔第一派出舰队的旗舰"安宅"号。仓皇出逃的冈村两手空空,丢弃了所有行李物品,但他没有忘记也不可能遗忘顺手牵羊的宝物——这一套五万分之一比例的地图。

"当时,哨兵见他穿的是中国服装,心中起疑,拒绝让我们英明的冈村将军上舰。"回忆往事,近藤兴致勃勃,"这样的境遇,中国有一句话,虎落什么的?"他问中村。

"虎落平川。"中村见司令官喝多了,省略了"被犬欺"三个字。

大池嚷嚷道:"还有,还没说完呢。"中村用肘狠狠地捣了他一下,却把他面前的酒杯打翻了。

"哨兵后来找到我,问我是否认识冈村宁次?"近藤此时喝得大醉,头脑还处于兴奋状态中,"我说怎么不认识?然后到舰侧一看,果然是你。当时,是我让他们放下软梯的。你上舰后,看到你全身发抖,两手空空,我没想到,英雄竟有如此落魄之时呀!"

近藤的酒醉真言,说得这样直接,不仅让当事人冈村无言以对,也让两边的军官不好意思再听下去。

中村站起来提议说:"为两位司令官的友谊,干杯。"

冈村举杯一饮而空,然后似乎不经意地说:"告诉诸君一个秘密,回到日本后,我把地图交给参谋本部,获得过一大笔秘密赏金。"

他的这番话,是不是为了证实——当年登上"安宅"号时,并非像近藤说的那样落魄、狼狈,两手空空?从冈村含蓄的表情中,中村感觉到,这位新上任的军司令官是一个不凡的角色。即使在身处困境之时,他仍然会有自己的主张,而不大可能做赔本的买卖。包括眼下和海军的亲密联系,日后自有他的用处。

中村的想法,在当时的溯江作战的海军中很有代表性。包括被误炸后息事宁人、主动担责,包括登舰拜访、秘密商讨战果分配,冈村对海军的不断示好,使海军颇有投桃报李之心。

9月下旬,随着第106师团深入万家岭地区,而被中方九战区代司令长官薛岳设伏包围,海军回报的机会很快来了。

这是冈村没有预料到陷阱。在第106师团攻占张发奎镇守的九江后,向庐山南麓推进的路上竟入险境。溃不成军的中国军队,居然在极短的时间里,由薛岳组织了10多万兵力层层合围,使第106师团落入了口袋阵中。

此时,若不是工作做在前面,如若没有海军第二联合航空队不惜代价的出击,第106师团岂不全军覆没?!

万家岭大捷的喜讯传到海军布雷队时,武汉防线的又一重要门户田家镇已落入敌手。

为阻挡日舰,张灵春亲率布雷别动队,装载大量漂雷,与敌舰展开了水雷游击战。田家镇一段,原先布放固定水雷已达400多枚,加上后来布放的120枚漂雷,层层雷区,让日舰推进困难。以至于田家镇守军尽撤、要塞失守10天后,日舰仍不能贸然深入。

随着日军迫近武汉三镇,中国守军为阻止日本溯江部队上行,在葛店组织了由两岸炮台和水雷为主的最后一道屏障。

和过去布设的雷区不同,海军在葛店一带构建的是视发沉雷区。这一批的视发水雷设计者,是由宋美龄介绍来的一位德国土木工程师。雷体装药量巨大,达两吨

之多，外壳是钢骨水泥，总重量竟达五六吨重。

张灵春和他的布雷队，从上海一直转战到武汉防线，从来没有承接过如此浩大的沉雷工程。巨型、超重的水雷布设，和简陋的起吊装置，以悬殊的冲突，陡然把作业难度提高到前所未见的地步。

第一只水雷的布设，张灵春亲自出马指挥。他挑了一只最大的铁壳驳船，在船头一侧刚刚吊上水雷，船体立即失去平衡，几乎倾翻过去。

为躲避日机的空袭，布雷队的这次作业，利用夜间进行。整整一夜过去了，大家累得七死八活，水雷布设却毫无进展。金砺锋一直在另一条船上观察，到了黎明时分，他跳上了布雷船。

"《水浒》不行，我看就用《三国》。"他说的话让张灵春听不懂。上尉细说了一下自己的想法，意思是学曹操，把船连在一起试试。

显然，金砺锋的提议，不失为一个解决问题的办法。布雷队开始尝试着两条驳船夹着水雷，通过两条船上的木制起重机，缓缓地把水雷吊下去。只一次，就成功了，光着膀子的小程兴奋地抱起金上尉，在船上转了好几圈。

接下来的作业如法炮制，仍然在夜间进行。但在水雷布设超过大半的时候，还是被日机发现了。不断的轰炸扫射，让布雷队付出了惨重的伤亡代价。

当小程嘶哑着嗓子，向张灵春报告布雷作业结束时，少校长长地叹了一口气，说："最后的8枚水雷都是用生命布设的，两个水雷一条命。"

说这话的时候，江岸上的观测站附近，又多了4座新的坟茔。没有牺牲的布雷队员，在战友长眠的地方，轮流值班瞭望，以随时掌握敌舰进攻情报。

由于视发水雷靠人为引爆引信，张灵春知道，运用视发水雷这种传统的防御武器，意味着海军执意在葛店和来犯之敌决一死战。但它会不会起到预期的效果，还需要即将来临的恶战进行检验，而这一天正在江水日渐消瘦的秋季里到来。

10月24日清晨，武汉大战的最后关头，海军总司令陈绍宽赶到了葛店前线。

在检查镇守葛店的海军炮台之后，陈绍宽心情复杂地来到了布雷队。他挨个和队员们握手，没有说什么话，嘴里说得最多的就是"辛苦"两个字。打开队员的食物，那些由后方运送来的慰问品，一看有的饼干已经生霉，而所谓牛肉罐头中只见黄豆不见牛肉，他尽管很气愤，但也一直没有发作。

临行之前，他叫来了张灵春和金砺锋，最后叮嘱说："仗要靠你们打，你们比我有经验，不用我多说。但你们一定要保留好撤退的船。要在结束战斗后，利用长江通道,把人给我撤下来。留给武汉的时间已经不多了,在这长江上,只有我们的水雷还能挡住敌舰一阵子,你们要把握好安全撤退的时机。"

陈绍宽离开葛店炮台已是午后,江风吹过"永绥"舰的舰尾,让伫立的海军总司令感到了一阵莫名的寒意。孙副官感觉到长官哆嗦了一下,急忙请他回舱里去。陈绍宽人没动,还是注视着越来越远的葛店阵地,嘴里喃喃道:"孙副官,今天怎么这么凉?"

其实,这天江面上的风并不大,江水一如往常平静地流着,只是,这是海军又一个惨烈的日子。

此刻,陈绍宽还不知道,就在他离开武汉不久,日机对在武汉上游布防的海军舰艇,进行了终日不断的连续狂炸。海军所剩无几的作战舰艇,"中山"、"楚同"、"楚谦"、"勇胜"、"湖隼"等舰,在城陵矶以下港道,被日机穷追猛打。日军通过空中轰炸打击中央海军的有生力量,这情景,和一年前秋季的江阴海战何曾相似。

但这时的海军,在痛失大部主力舰之后,几乎无招架之力。就连排水量780吨、最有战力的"中山"舰,面对防空射程之外的敌机,也深感无计可施。尽管日军航空队组织的机群规模和火力,远不如江阴海空对决一战那样强大,进攻也没有当时密集。

经过一年多实施轰炸的战争考验,在中国空军连局部对抗能力都暂时失去之际,日机攻击显得更加从容、嚣张。它们在"中山"舰高射炮火够不着的地方,6架飞机以一字鱼贯阵的队形,在高空寻找着最佳攻击时机。而一旦启动攻击,它们以快速的急降方式,轮番着开始俯冲掷弹。

在日军充满耐心、不厌其烦的轰炸中,一代名舰迎来了他的殉难日。

先是船尾左舷中弹,紧接着,舵机转动不灵,锅炉舱被炸,舰体进水,抢塞无效,直接导致炉火被淹,锅炉无汽,继而舰体开始向左侧倾斜,舰首中弹着火。一时间,火光、浓烟、爆炸、江水,一起缠上了"中山"舰。连钢质船壳都伤痕累累,舰上员兵的生命之躯,又怎能逃脱血肉横飞、伤亡枕藉的命运?

失去控制的"中山"舰,随江浪无助地漂流。

从1913年由三菱长崎厂建造完工返国算起,此刻,他正走向四分之一世纪的生命终点。连同它最初的名字"永丰"舰,连同它投奔广州、加入"护法舰队"的革命起点,连同国父孙中山一个半月驻守此舰和叛军周旋的经历,连同以它名字命名的扑朔迷离的"中山舰事件",此刻正慢慢地开始倾覆。

眼看沉船在即,水兵抬起身受重伤的舰长萨师俊,离舰撤向舢板。就在敌机猛烈扫射击中中校舰长的一刹那,"中山"舰的舰首突然昂起,随后立即沉没。人和舰,

日军向武汉进发

在距离武汉 26 公里处的上游,同时殉国。

而此时的武汉,已处于日军大迂回后的几面合围之下。10 月 24 日,蒋介石正式下达放弃武汉的命令。国民政府军事委员会在武汉举行中外记者招待会,宣布"我军自动退出武汉"。

汉口市长吴国桢称:保卫大武汉之战,我们是尽了消耗战与持久战之能事,我们的最高战略是以空间换取时间。我们的人口疏散,产业的转移,已经走得相当彻底,而且我们还掩护了后方建设……

这一天夜里,陈绍宽率驻汉海军值守人员,乘"永绥"舰上驶,离开了武汉。

孤零零的国军葛店前线,在猝不及防的战场形势变化中,突然间落入三面受敌、身处敌后的危境。

10 月 25 日上午,葛店炮台上空,升起了日军的观测气球,这是敌人即将进攻的信号。

当炮台组织的防空火力击落气球后,大批飞机出现了。在海军炮火和日机的陆空对阵中,张灵春的布雷队,警惕地注视着下游。几乎一天的激烈战斗中,他们失望地发现,那些沉入水里的视发水雷,并没有等来预想中的日本舰队。

43 敌　后

不远处观音山下,午后出现了日军的便衣队,面对空中和地面的敌人,炮台临危不惧,仍然坚持炮击。但此时的葛店,已经失去固守的战略意义,高坡上打出的指示退却标志,提醒部队立即撤出防区。

这时,所有的船只都在轰炸中被击沉,已经无船可乘了。

黄昏时分,布雷队和炮队紧张地注视着江面。

他们终于发现了风帆,一只向上游夺路而去的民船,让他们绝境逢生。

张灵春最后一个登上木船,他沮丧地回望了炮火中静静的雷区,奔流的江水没有什么不同。他一直就这样站在船尾,看着波动的江面,仿佛雷区还在视野之中,仿佛,他搭乘的船要把雷区带向远处。

来到船尾的金砺锋,把少校的思绪拉到了现实之中。

"码头要到了。"上尉的声音在暮晚时分,有些无奈和生涩。他们两人走向船头,在船橹划动的水声中,向黑乎乎的江岸靠过去。他们完全没有意识到,几十名海军官兵,正在一点点地接近险境。直到快要上岸时,他们这才发现,码头上巡视的已是日本哨兵。

"转舵!"张灵春一个箭步冲到了船老大面前。然而,这时已经晚了。

1938年10月27日,日军占领武汉火车站,武汉会战结束,抗战进入相持阶段

尾　声

日军在打捞水雷

张灵春动身去安徽贵池前,心目中的同行者,金砺锋自然排在了第一位。

这就像宋江带着梁山兄弟出征,一般都少不了军师吴用随行一样。对于一个接领任务的人来说,组织自己的班底,从来都是最重要的一环。但是,当解夏向他征询人选意见时,脑海中浮现的一个画面,却让他改变了主意。

这个画面定格在两年前,当时金砺锋闪身而出,面对日本人的枪口。

也就是说,如果没有两年前撤退的遭遇,他也许考虑让金砺锋一起上路。但武汉江岸的惊心动魄记忆,让他踌躇起来。

中国海军制造的海乙式300磅触发水雷

当时,他们搭乘一条仓皇逃亡的民船,从葛店一路上溯时,他们的前方已经落入了敌手。在向武汉一点点靠近的危险旅途中,他们逆流而上浑然不觉。而在即将泊岸的暮色中,日本哨兵的枪口和岸上的机枪已经对准了他们。

岸上手电光直射过来。从炮台上撤退的官兵,一身海军军服立即暴露了他们的身份。鬼子如临大敌,用半生不熟的汉语喊着:"谁的,当官的,最大的,先的过来。"

意思大家都听明白了,鬼子让这支队伍中的最高长官上岸检查。

怎么办?张灵春认真,他想自己这少校军衔算不上最大的,船上还有中校呢。正在为下一步的行动犹豫时,一个声音在他的身侧响起:"是我,我是船上最高的长官。"话音未落,手电光柱唰地一下集中到他的身上,原来是刚刚晋升上尉不久的金砺锋。

迎着手电的光,身穿便服的上尉向前迈了两步,一直走到船边,大声地说起了日本话。

这一招管用,对方的语气平和了一些。说话间,上尉若无其事地招呼船家放出小划子,自己就要登上小船。他用一个转身的动作告别大船,利用屁股对准鬼子的

瞬间,改口南京话对张灵春说:"我上去了,你们绝对不能作死(找死),趁着黑漆嘛乌(黑漆漆一片)的,快一得儿(一点)跑。"

突然的变故,就像刺眼的手电光亮一样,一起集中到金砺锋的身上。

小程迈出步子想紧随其后,张灵春一把抓住了他。"开船,"他轻声地提醒着,"轻一些,小心一点。"

此时,离他们而去的金砺锋,故意把日本话说得很响亮,把小船的双桨划弄得哗哗直响,甚至打出了两旁的水花,让越来越大的响声接近江岸。

岸上的电筒光齐齐地对准了他,从慢慢远离岸边的民船看过去,他的背影在运动中。他挥动的双臂在张开时,像扑向岸上的江鸟。他的动作一起一合,被灯光闪亮地勾出发光的轮廓,显示出一种难得的节奏,和摄人心魄的力度。

在金砺锋抵达岸上的时候,民船已驶离险境。黑乎乎的江面上,张灵春的手还紧紧地拉着小程,他们的手心湿乎乎地攥在一起。看到远处的金砺锋已经上岸,岸上微弱的光,早已成为一点光斑。张灵春的眼里,一股凉飕飕的东西正流了下来。

几个月后,金砺锋从武汉来到了后方重庆,大家才听到他劫后余生的故事。

原来,在他被扣押以后,鬼子暂时把他关在江边的岗楼里,准备在天亮后交给上面。让他们没有想到的是,这个冒牌的长官本事太大,双手被捆着,居然能用嘴巴和头弄开了窗户,一个助跑破窗而出,跳进了江中,找到了一条逃生之路。

海军总司令陈绍宽听说金砺锋回来了,兴奋地赶过来,出人意外地伸出拳头,狠狠地捶了他一拳。笑逐颜开地说:"你还知道回来,我还以为你早死了呢。"

"不敢死,"上尉调皮地向上将挤了一下眼睛,"鬼子还没完呢,我怎么能先死?"一旁的张灵春看着羡慕,心想也就是他没大没小,敢在总司令面前捣蛋。

"活着就好。"陈绍宽拉过张灵春耳语了一番。嘱咐他,这一次得把金砺锋留在后方,他老金家就这么一个独苗。张灵春笑而不语,只点头,但不表态。心中在想,别看你是总司令,但你拦不住他。果然,等到海军长江布雷队向敌后开进,上尉死活不依,哭着喊着耍着赖要上前线,总司令最后还是松了口。

在布雷队动身之前,海军总司令部对前一阶段的水雷战进行了小结。认为此时赴敌后布雷的时机已经成熟,决定在长江中游搞一支布雷队,以此破坏敌人的水上运输线。临行前,陈绍宽对解夏说:"名不正则言不顺,你们得有一个名字,我想了想,就叫'长江中游布雷游击队'。游击的范围上至湖口,下到芜湖,这是长江第一支海军敌后游击部队。"

解夏清楚,他们出征敌后的背景,来自统帅部对第三战区的作战训令——

> 第三战区应以主力11个师,截断敌长江之交通,分由湖口、马当、东流、贵池、大通、铜陵、荻港间,伺隙进攻,一举进袭江岸,占领沿江阵地,以轻重炮兵火力及水雷,封锁长江。

解夏履新出任海军长江布雷游击队上校总队长,张灵春中校成了他的副手。

总队设总队部和五个中队,每队下再设两个分队共10个分队,第11分队由总部直辖。每队设移动电台一部。组队的300多名海军官兵,基本来自福建,包括从德国归来的林遵少校一行。1939年11月底,在实施布雷技术训练后,总队便火速开往敌后,进入第三战区。

因为顾祝同的第三战区长官部设在江西上饶,布雷队的总队部也随之进驻。而各中队分配给沿江各部,林遵所率的第五中队,进驻了安徽贵池。

这时踞守贵池的日军,为116师团120联队的一、二分队,三分队的二小队,6212联队一、二分队的五个中队。日军的势力主要在城内,并在观前、祠堂包、乌沙、池口、齐山、十里岗、里山、殷汇、铜山等地设有据点,其中观前的据点由驻守大通的日军管辖。

日军的企图,是依靠据点、巡逻队、并通过水陆两路的策应支援,来控制从秋浦河到长江江岸的地带,防止中国军队和游击部队,对长江运输线进行炮火攻击与水雷封锁。而新成立的敌后布雷队,必须突破这一地带,把辗转运来的定雷和漂雷成功地布设到江中,以此打击敌人的水上运输。

唐式遵的第23集团军,依托山区,北面长江,其防线的范围东起南陵,西经贵池、东流、彭泽,直至江西湖口。在这七百余里的防线上,中日两军展开了激烈的拉锯战。国军一度占据江岸,而反扑的日军,随后攻占了沿江各据点。国军的出击和日军重兵扫荡,在双方防区胶着进行,形成了江岸10至30里的军事缓冲地带。

对于小股游击队来说,通过这一区域并不是太大的难事,而布雷游击队遇到最大的问题,就是水雷的运送。

俗话说,远路无轻担。况且水雷重三五百斤,带着它赶几十里的路,又不能让防备森严的小鬼子发现,一个字,难。

第一次出征前,林遵和担任掩护任务的陆军指挥官,反复研究线路,并在侦察

之后敲定了出击方向。

1940年元月19日暮晚,冬雨连绵,天气黑得格外早。这一天,林遵率领的海军布雷游击队第五中队,就将在冬季消瘦的长江航道,打响敌后长江水雷游击战的首战。

15枚水雷,动用了近百名身强力壮的陆军士兵,四人一组抬送。出于首战必胜的安全考虑,运雷的路线,专门选择最难通行的河汊、沼泽、田埂,以此避开敌人的巡逻检查。由于一路严禁灯火,运雷队只得在泥泞路上摸黑前行,一脚高一脚低地行进在寒冷的冬夜里。

运雷路线两侧,陆军出动了两个加强连的士兵,分成一组组小股作战部队,沿途武装掩护。沙沙沙的行军声,长蛇一样向江边伸延而去。

林遵带领的布雷队员先行了一步,他们早早赶到了江边,找到了两只木船,在江风呼啸的黑暗江面,静候着运送水雷的队伍。

第一次的行动,比预想的要顺利得多。

随着运雷队有惊无险地到来,水雷悉数搬运上船,早已做好准备的布雷队员,以最快的速度,完成了漂雷硫酸电液瓶和溶化塞的安装。这时已是凌晨时分,虽然头上的雨越来越大的,但林遵带领队员运送着水雷,向长江航道进发时,却是情绪高涨。在水流哗哗的黑幕中,林遵仿佛看到了水雷爆炸的激动人心的火光。

此时此刻,解夏和张灵春守在上饶总部,虽一夜未眠但困意全无。伴随着电键声,他们焦虑地等待着前方的消息。

真正的爆炸,响在当天和次日。日军的一艘汽艇和一艘运输舰,分别在贵池两河间、贵池大通间应声触雷,随着江面上炸出的闷响和水花,两船都没有逃脱下沉的命运。

首战告捷,战报传遍了战区,一直传到了后方重庆。

一个月之后的2月24日,在江西湖口石钟山,解夏迎来了开张后的一场大胜。日军运输舰"滨田丸"被炸沉,此役日军付出死140余人、伤40余人的惨痛损失。

这一次布雷,由张灵春亲自指挥完成,听到前方传来的战果,解夏激动地捶了中校一拳,说:"你这家伙,水雷搞了几年,都精得像水鬼了。"

从1月下旬开始,长江中游江面上不断响起的爆炸声此起彼落,日本舰艇通过上述水域时焦虑日增。

到了6月,新成立的布雷总队侦察组组长金砺锋,带来了探听到的情报说,为了躲避中国的水雷战,日军长江舰队司令向所属舰艇颁发四条通令——

  禁止集结行驶;
  凡行驶芜湖以上船只,必须由扫雷艇引导;
  舰船不得夜闯芜湖、九江间;
  凡航船行经芜湖上游时必须加速驶过。

  在日军发布以上训令之前,中国海军总部的胃口却越来越大。陈绍宽电令把第一游击区的下游,从芜湖延伸到江阴一带。而在上游,4月划出了第二布雷游击区的范围,因为地处"九江—鄂城"江段,又称浔鄂布雷游击区。由水雷制造所长曾一鸣督率,配合第九战区作战。

  日本人原以为占领了武汉,足以控制长江,谁想到神出鬼没的水雷,却让这一条黄金水道变得寸步难行。这一时期,日本长江舰队对每一次行驶都异常谨慎,甚至想暂时停止航行,避避风头。但是,前方的大战这时又拉开了序幕,担任繁忙后方运输的长江航线想停航,简直是异想天开。

  还没有完全告别盛夏,日军第11军下辖的四个师团、两个支队和航空兵、海军各一部,12万大军向岳阳、临湘一带进发,意欲击溃薛岳的第九战区主力于湘北地区。围绕即将展开的血战,中日双方调兵遣将,第二次长沙会战在初秋来临时已箭在弦上。

  这时海军总司令部传来消息,第一布雷总队在1940年9月宣告成立,总部设在长沙,下辖7个大队。

  消息到了上饶的布雷游击总队,身为副总队长的张灵春听到后有些不快。他对解夏说:"总队长,这第一的番号怎么也都给我们吧,且不说上海的水雷战,就是在敌后,我们已经打了快一年了。"

  解夏看张灵春认真,笑着糗他说:"瞧你这《水浒》读得,越读越差,你不能学白衣秀士王伦。再者说,人家第一总队那算是正面战场,任务是在湘江、洞庭湖一带,配合第九战区展开作战。正面御敌,编号第一也没有什么不妥。虽说我们搞得早,现在已经扩编成7个大队,和第一总队相当,但我们毕竟是在敌后。"

  听总队长这么说,张灵春并没有表态。解夏拉着他坐下来喝着茶,慢慢开导他说:"我们现在身份特殊。总部要求我们不暴露海军身份,是怕我们遭到鬼子的报

复,所以现在是隐姓埋名的时候,而不是在乎名分的时候。"

听到这里,张灵春突然想起崔先生捎来的消息,日本人最近可能对布雷队有行动。他提出,想到江北看看。

解夏赞同:"最近水雷战顺手,更不能掉以轻心。再说,要先给大家交一个底,我们的编制也动了,中队都扩编成大队了,这种时候千万不能大意。"说话间,随手翻了翻最近的电报,有些担心地对张灵春说,"二大队和五大队最近有联合行动,按理说电台应该保持静默,但二大队却还在频繁使用,这种侥幸要不得。"

张灵春听他这么一说,觉得也是事,便立即出发了。他留下了金砺锋,心想,不能再让他冒险了。一路行色匆匆,赶得很紧,但还是晚了一步。

从来没有出现的情况发生了,海军布雷队遭到了日军大规模的埋伏。

9月28日,第五布雷大队大队长林遵率部和第二大队会合时,看到对方身上穿着国军陆军制服,心里感到一阵悚然。不是说要穿着便装的吗,怎么还这么一身行头?遇上敌人岂不就暴露了身份?

大家一路无话,各司其职,民夫负责挑雷,陆军随队保护。渡过秋浦河后,便开始分头寻找民船,准备实施布雷。但找了半天,却看不到船的影子。林遵看看天,说了句不能再等了,自己带头跳进水中,泅水推雷,驶向了中流。

等到布雷结束,重返江岸时,危险出现了。隐蔽的日军突然现身,挡住了布雷队的去路。

回头再看江面,日军汽艇全副武装,封锁了水上的退路。

更让人意想不到的是,本该留守江边的陆军435团掩护部队,已经全部撤走一空。背水一战的布雷队员,包括两个大队长在内的36名官兵,被日军团团包围在一片芦苇荡中。

太大意了,林遵一阵自责,正要举枪冲出去,一只有力的手拉住了他。

原来是中尉队员小程,他冲着大队长摇了摇头,意思是此时不能硬冲。但林遵心想,已经暴露了,鬼子都从四周围过来了,躲也躲不住呀。果然,一小队鬼子已经包抄过来,脚步声和刺刀正在逼近,小程飞快地把手枪埋在地上,示意大队长快撤。

他自己却站了起来,弯着身子往另外一个方向走去,边走还扯着裤带。很快鬼子一下子围到他的身边。

鬼子抓住了他,小程一脸惊恐地提起裤子。不远处的林遵听到他哆嗦着解释,自己是大大的良民。良民从这里路过,本来要拉屎的,谁知动静一大,居然就拉不出了。

他的声音很大。林遵相信,他大声地喊话,是故意说给其他队员们听的。

对于这一天,小程其实早有准备。来贵池前,小孔曾动员他一起赴湘江布雷,小程想了想,还是决定跟随张长官和金上尉一起。同时,他心里还暗藏着一个想法,一旦到了自己的家乡附近,他本地人的优势就能发挥出来。

林遵听出小程话中有话,至少有两层意思。一是别硬冲;二是就是被抓了,也别承认自己是布雷队的。事后证明,小程此时故意暴露,说出的这一番话来,挽救了许多战友的生命。

看到小程故意暴露,林遵想,这个武功很好的队员,平常看上去不多话,只知道他是本地人,有一股倔强劲,没想到关键时刻这么有主张。

再一想,不对,小程实际上提过好几次建议,只是过去没有认识到它的价值。比如,布雷队来到贵池,首次出击时,小程坚持提议,让大家换上当地农民的服装。有队员不理解,笑着问:"人家陆军两个加强连跟着我们,万一打起来,我们还能单溜?"

小程说:"当然,就是抓住了,我们也要说自己是被抓来运雷的老百姓。"

别人笑他,别把小鬼子想得那么呆,他们随便找一个汉奸过来一问,口音地名都对不上,那还不露馅了。

小程摇头说:"未必,我们这里敌我胶着,说不上是谁的地盘,两个政府都在管,给敌人做事的都留一手,不会轻易出卖我们。再说我是本地人,我可以教你们说本地话呀。"

后来,林遵还真看到,不少队员有空就跟小程说起了贵池的方言。

执行任务的路上,遇上风雨天泥泞地,队员见老乡抬雷吃力,也会主动上前帮上一把,顺便也学上几句当地话。大半年下来,布雷一直进行得顺利,不觉得小程的提议有什么用处。而现在遇到敌人的袭击,就知道小程未雨绸缪的用心了。

看着小程被鬼子带走,悄悄向芦苇荡深处移动的林遵,明白再急也没有用处。他只能在心里默默期望,小程能找到应付的办法。此刻他最担心的是二大队的兄弟,他们可都穿着陆军的制服,明摆着是军人呀?!但他心存侥幸,万一被捕,只要他们不暴露海军布雷队员的身份,兴许就会有获救的希望。

抱着这样的想法,少校林遵和身边的两个队员一起,组成了一组,进行了简单

的分工。他们藏匿在芦苇中,决定放弃硬冲,伺机寻找脱身的办法。但从周围的动静看,他们分头察看的结果却令人沮丧,因为四周已经被敌人层层围死,看来鬼子是有备而来,想脱身几乎比登天还难。

要想办法搞一点吃的东西,这是林遵的第一反应,自己和布雷队员,不知道会在这里围困几天。他担心队员的生命安危,因为其中的大多数都是他从德国带回来的海军新秀。原先他们在德国学习潜艇技术,准备学成归国后出奇制胜,给日本海军以意外之击。谁知计划赶不上变化,德国和日本穿上了同一条裤子,造好的潜艇就地搁浅。

德国待不住了,又当何去何从?按照海军总部的计划,林遵一行应该转到英国继续学习。但学员都不答应,大家不愿在国内战事正急之时,还远留海外。于是他们自作主张,一路辗转,回到了重庆。

见到林遵擅自回国,陈绍宽虎着脸问:"你们怎么都回来了?"

林遵也不回答,递上了大家的请战书。

陈绍宽扫了一眼,叹了一口气说:"你让我说你什么才好?战争,还有得打呢,再怎么打,也不该失去好不容易才有的学习机会。海军打仗,不光要靠热情,还要靠技术,不完成学业就回来,你还很年轻呀!"

林遵还是没有答话,遇事不开口,神仙难下手。因为在做出回国决定之前,他早就想明白了,不管总部什么态度,自己回国参战的决心,谁也不能动摇。

如愿来到前线后,随着一次次的顺利出征,林遵和队员们都感到兴奋,回国的确回对了。而如今身陷敌人包围,他不由得想起陈总司令的话,一下子明白过来:这些队友都是海军培养多年的好苗子,万一在这里遭遇不测,对未来海军建设该有多大的损失?

一声巨大的爆炸声从江面传来,打断了林遵的思绪。显然,爆炸声来自水雷,只是,少校不清楚,这是敌人无意触中的,还是故意引爆的?但他知道,这是一个机会,是向身后山岗移动的最佳时机。趁着江岸一片嘈杂,他一挥手,三人保持队形,弯腰小跑向山上撤去。

一条河挡住了他们撤退的路。关键在于,对岸的日军小队荷枪实弹,封锁了进山的要道。

狗叫声从远处慢慢逼来,芦苇闪动之处,林遵发现了队员小胖。他全身透湿,边走边脱去衣服,脱得只有一条裤衩。眼看他从身边穿过,林遵移动着位置,一把拉过他,手紧紧地捂住小胖的嘴。

小胖并不吃惊,他知道是自己人。用手打脱了少校的手,喘着粗气,不满地问:"我都把水雷引爆了,你们干吗不趁机往山里钻?"

林遵指了指对面:"你没看到鬼子吗?"

小胖点了点头,稳了稳神,听到狗叫声越来越近,果断地对少校说:"老大,我把他们引开。"话音未落,嗖地站起身来,撒腿沿着河岸就跑,然后扑通一声,一头就扎进了河里。

突发的情况,被对岸的鬼子发现,他们一阵乱叫,纷纷向落水处追赶而去。

敌人的封锁,终于露出了难得的缺口,林遵和队友立即没入水中,向对岸潜水而去。

进入山林的掩护,只是摆脱了鬼子第一道封锁,林遵一行没有想到,外围的敌人早已把四周围得严严实实。这是一次非同寻常的行动,林遵意识到,敌人有备而来,计划缜密,目的是要把两个大队一网打尽。

作为长江航运的心腹之患,中国海军布雷队,早已成为日军长江舰队的眼中钉。此次,为保证前方会战的运输,日军特高科的田中智子,和中村正树大佐开始了新一轮的合作。通过对布雷队电台的监听和对布雷活动的侦探,中村直接策划了这一次的围歼行动。

智子和中村双双坐镇"安宅"舰,大池舰长觉得非同小可。在中村的指挥下,"安宅"号开始了行动不明的航行:先抵达贵池,迅速又向安庆开进;刚刚停泊安庆不久,又起锚调头,重新返回贵池。中村到底想玩什么花样?作为舰长,大池觉得必须向他问个究竟。

"这叫兵不厌诈,目的是给敌人的判断造成错觉,让他们的注意力集中在航道上,这样,我们就可以在岸上布置好陷阱。"中村耐心地向大池解释。此时,他早已联络沿岸陆军调兵遣将,并抽调了精干的海军陆战队员,对这次埋伏进行了精心部署。

再次停泊贵池,"安宅"舰俨然已成为了行动的指挥部。智子得到情报,中国海军布雷队的两个大队,已经全部落入了包围圈。中村紧急会晤当地驻军的联队长,向他们传达了上峰的严厉指令:一定要将布雷队团团困住,如果他们不肯投降,就把他们饿死、困死!

从被鬼子围困在山里开始,林遵才真正进入了难忘的游击生涯。

中国向德国采购的潜艇在船厂建造中（德方未交付）

  远离供给充分的基地，失去陆军的掩护和联系的电台，没了当地的向导，在深山密林中，不但要躲过鬼子拉网式的搜捕，还要忍受饥饿、寒冷与疲劳。残酷的野外生存环境，让每一位布雷队员，都面临着严峻考验。

  所幸，小胖及时和他们会合到一起，还给林遵带来了另外几名失散的队员。从上海布雷开始，长期跟随张灵春作战敌后、出生入死，小胖早已处变不惊。他细心地在狭窄的山道上，利用树枝和各种树叶，布置起一道道伪装。并且协助林遵，巧妙安排观察敌情的哨位，和战友一起采集野果充饥。

  接下来的日子，充满了等待、忍耐，甚至是绝望。布雷队像是进入了与世隔绝的旷野，仿佛落入了被猛兽追击的荒原之中。在搜山鬼子的眼皮底下，他们学会了屏住呼吸；不管白天夜里，他们学会了随时睡觉、轮流值班的野外作息；处于高度的紧张和戒备之中，他们学会了艰难的生存。

以后，每每在关键时刻，面临重大考验的林遵，都会记起这一段特殊的经历。这是他和险情相伴的日子，这也是他获得勇气、信念的日子。

无论是1946年，盛夏的7月，作为进驻西沙、南沙群岛舰队总指挥，他率舰前往南海宣示主权；还是1949年的春天，4月23日，他率海防第2舰队舰艇25艘、官兵1200余人，于南京笆斗山江面起义，参加中国人民解放军——这时的林遵，总会不知不觉地进入1940年，进入秋季的深山密林。

在刺刀的围困里，他和战友们一起怀抱生的希望，他们听到了南面传来的隐隐的炮声，那是国军组织的营救；

萧瑟秋风的苍凉山岗，他们在一片霜色中倾听，包围圈的四周，枪声时起时落，那是新四军游击队对敌人的游击骚扰；

尤其令人难忘的是在饥肠辘辘之时，当鬼子搜索之后，他们经常吃惊地发现食物，芬芳的烤红薯，金黄的玉米，那是当地老百姓冒着生命危险，悄悄地跟踪鬼子的足迹，把食物尽量放在布雷队员可能发现的地方。

躲藏，周旋，忍耐，坚持，林遵的身边，布雷队员越聚越多，已经有十来个人。少校强打精神，给自己鼓劲：我们一定会成功，我一定要把大家带出去。

海军布雷队出事的消息，在第三战区甚至重庆，都引起了极大的震惊。

金砺锋拐进了瓷器店，突然出现在崔先生的面前，他带来的情报，差点让把崔先生手中的瓷瓶打碎在地。

"什么，老五出事了？老二也出事了？！"他双眼有些失神，一屁股坐到了椅子上，捧着瓷瓶的手上感到一阵无力。金砺锋眼疾手快，伸手接过瓷瓶，避免了它触地的粉碎声。

在长江中游的布雷游击队，只有少数几个人知道，老五是第五布雷大队大队长林遵的代号，而老二，自然就是指第二大队大队长。这也是崔先生感到意外的原因，海军在长江中游的游击战已经接近一年，这中间，自然有队员阵亡牺牲，但两个大队同时出事的消息，却是闻所未闻。

况且，布雷队一贯以行动隐秘著称，穿的是陆军军服，用的是陆军番号。运雷和布雷时，除了有当地民工组成搬运队之外，还有国军一路掩护。崔先生就不明白了，这种情况下，怎么会被鬼子一网打尽？

几天前，副总队长张灵春路过九江，就是崔先生安排的船只。中校此行，还专门

1946年夏,指挥官林遵(前排中)出发南海前在南京江面"太平"舰上

带上贵池本地的交通员一起同去,说是有重要任务。一个做事老道,一个熟悉地形,有这两人加入,再加上林遵的指挥经验,说实话,崔先生一直没把这次出击任务和巨大的风险联系在一起。

"因为过去的事情太顺,所以大家都疏忽了。"金砺锋说。看到崔先生两眼发直,他轻轻地用杯盖敲击了几下茶杯,然后说:"崔掌柜,你先别着急,现在我们了解的情况,是队伍被敌人冲散和包围,还有营救的希望。"

崔掌柜,是目前崔先生的公开身份,他经营的这家瓷器店,就在九江苏记照相馆的隔壁。

把秘密联络站交给崔先生,让他出任掌柜这一角色,这些都是解夏的安排。他看出了崔先生和苏记照相的奇妙关系,当然他更看中崔先生徽商家庭的出身,以及他作为秘密人员的潜质。

长江中游的布雷游击队,从界限上说,其游击区域为湖口下游一线。崔先生活动的九江,并不是上头划定的范围之内。但因为它独特的水路位置,也因为它不属于活动区域而具备的隐蔽性,成为解夏设立秘密联络点的理由。

还有更加隐秘的理由,联系着一条线索,这个秘密联络点,和苏颂的湖区游击队,一直保持着秘而不宣的接触。

崔先生和赵一添守在这里,和苏坡的照相馆互为掩护,利用运输货物之便,担负着布雷队的运输任务。

"现在出了大事,总部非常焦急。"金砺锋介绍说,"我们全组的情报员都出动了,战区的谍报人员也都在探查下落。战区长官部下了死命令,要求所属部队不惜任何代价进行营救。现在陆军已经正式悬赏,救出大队长一员赏1000元,队员500

元,队兵100元。"

金砺锋说话时,崔先生却开小差,他想起了一个奇怪的情况,那就是日本"安宅"炮舰的反常行动。先从贵池出发,大张旗鼓要去安庆,很快又折回了贵池,而这个时间段,正是布雷队遭伏之际。

"我们遇上老对手了。"崔先生说出了他的想法,"莫不是中村搞的鬼?"

"不止是他。"金砺锋皱了一下眉毛说,"据通报,那个长痣的神秘女人上官珠,也出现在安庆、贵池一带。看来这一次,鬼子是有备而来。"

下面怎么做,是讨论的要点。金砺锋的意思,不能坐着空谈,想办法直接去贵池。

崔先生叫上赵一添,三人立即奔赴码头。到了船上,金砺锋才说:"上头已经发话了,第三战区正在组织作战部队,准备强渡秋浦河,展开营救。现在各部正悄悄接近敌人的据点,即将发起攻击,杀出一条血路。"

装着瓷器的船向下游风帆高挂,很快驶过了湖口,直奔贵池。金砺锋坐在船尾,突然想起了1937年春天里的航程。

流动在春水里的时间,在江流中化作一幕幕艰难的回忆。那次在船尾邂逅的玉兰,此时正在武汉的教会医院里,她没有随着西撤的大队人马入川。她已经是一个职业的护士,在日本人开进武汉的时候,她没有离开自己的病人。

两年前的汉口,金砺锋从鬼子看押的岗楼破窗逃脱时,他的腿当时被水里的石块划伤。在黑夜中,他拖着伤腿来到医院,他希望能遇上玉兰。躲藏在医院楼梯的一角,几乎等了一夜,在黎明时分,玉兰果真出现了。他用最后的气力,向她发出了微弱的呼喊。玉兰看到他,有些吃惊,但脸色镇定。

疗伤的日子,金砺锋安静地躺着,他和玉兰深情相视,笑而不言。他们在保持缄默的默契里,任由情感在心里恣意流动,那是属于他们两人的河流与航程。

贵池快到了,崔先生凑上前来,拍拍上尉的肩膀说:"码头上我熟。"金砺锋感觉到,一场严峻的挑战已经摆在他们面前。他们静静地坐在船尾,水声从他们身边流走,连同暮色已经降临的两岸。

当金砺锋还在江上下行时,到了五大队驻地的张灵春,已经打探到不少队员被抓的消息。

内线送出的消息说,这一次鬼子拉网式的行动,一下子抓了好几百号人。除了身穿军装的人将押送到南京,其他的人还需要进行审查甄别。这给张灵春带来了一

丝希望,他想,只要他们在里面扛得住,死不承认自己的身份,营救的成功率就会大得多。

他把这一情况,迅速报告给了上饶的解夏。

布雷队出事后,守在总队部的解夏,处于一片忙乱之中。重庆方面的询问、战区方面的动作、各谍报部门的情报、营救行动的落实等等,让他喘不过气来。

而各地汇总来的情报证实,除少数队员阵亡之外,其余下落不明的人员,一部分被鬼子抓到了贵池。身上带手枪的或者穿军装的,已经暴露了国军身份,但也有人很机警,并没有暴露海军布雷队员的身份。化装成老百姓的至少有七八个人,目前已由小程联络在一起,正在和敌人周旋。

林遵一组,至今没有音讯。

布雷队出事后,解夏时常一动不动地面对着地形图,寻找着布雷队员可能藏匿的地点。但一个意外的消息,让他彻底警醒——

迫于无法承受的自责与压力,陆军435团团长自杀身亡。

因为435团担任布雷掩护任务,却早早地撤出了阵地,导致两个布雷大队队员遭遇险情而无还手之力。团长自知严重失职,在组织搜索而毫无结果之后,他无颜面对疏于防范的责任,想到严厉的军纪,他觉得生不如死。痛悔之中,他独坐团指挥所良久,最后向自己扣动了扳机。

这一枪,触动了解夏敏感的神经。

海军布雷队的失手,说到底,还是缺乏和陆军密切配合,缺乏敌后作战的游击意识。身穿老百姓的服装,使用陆军的编号,这远远不够。最理想的状态,海军布雷队要有隐姓埋名的勇气,要和曾经的身份作一个彻底的了断,要让自己真正成为老百姓的一部分。

这是事关未来长江布雷的一个课题,解夏来不及周全思虑。眼下,最要紧的是,他必须对布雷作战形势作出准确判断。敌人通过对布雷队的埋伏与袭击,在给长江布雷造成巨大压力的同时,还有怎样的阴谋?联想起"安宅"舰诡异的航程,一个新的行动方案在解夏的脑海慢慢形成。

不能再等待了,解夏觉得,不能让战机从指间白白地流走。他亲率所有作战人员,毅然离开了总队驻地,立即出发贵池。

风帆高挂,他们乘坐的民船在航道上一路下行,向着布雷前沿昼夜兼驰。

到了五大队驻地,张灵春吃了一惊,担心地说:"大掌柜的,你怎么跑起了单帮？"然后兴高采烈地说,"来得早不如来得巧,就在几小时前,林遵回来了！"

解夏没想到,一路赶来,竟有这样一个好消息等待着自己——林遵等12名队员刚刚归队！一打听,才知道在国军强行和敌人交战之际,他们瞅准了时机,成功地钻出了包围圈,安全返回驻地。

一个星期的周折,终于回到驻地。走近队员休息的营房,隔着门窗,解夏轻手轻脚向里面打量。他看不见一张张熟睡的脸,但他听到了舒心、大胆的呼吸,听到雷一样的鼾声。正是这样的鼾声,让他坚定了行动的决心。

大家一碰头,解夏觉得来得恰逢其时。金砺锋带来了新的情报,日军的一支运输船队,与"安宅"舰一起停泊在贵池,即将出发上行。

布雷队怎么迎敌？张灵春提议,立即通知上游,至少动员两个大队展开布雷。

解夏摇头,这不是他要的结果。金砺锋看着上校胸有成竹的样子,猜测说："再增加一个大队？"

"全线出击！层层布雷！"解夏接着补充说,"包括五大队在内。"

"五大队？"张灵春说,"他们还没有回过神呢。"

"你说得不错,敌人也会这么想。"解夏点点头,"这叫出其不意,我们所有人都算上,尽可大摇大摆去布雷。"

看大家有疑虑,解夏解释说："我们这一动,也是给崔掌柜的工作争取空间。"金砺锋脑子一转,可不是嘛,这边雷一响,加上崔先生相机行事,没准小程他们就能混出来。

统一了认识,解夏向布雷总队发布了层层布雷的命令,并强调"突出游击作战特点"的要求。

"所谓游击作战,就是要做到进退自如,错落有致。具体战术,我是门外汉,大家多听二掌柜的意见,他是水雷精。"研究出击线路时,解夏把张灵春推上了前台。

阴沉夜色的掩护下,又一次布雷行动悄悄进行,这是布雷队员最中意的出击天气。在遭受伏击的一周后,五大队匆匆踏上征程。一支临时搭建的队伍,一支衣冠不整的队伍。他们的穿戴和普通百姓并无不同,甚至,他们的言谈,越来越接近当地的方言。

像一名普通的队员,解夏走在这支队伍中。

蹚过溪流,越过河堤,他们和长江越来越近。

一条宽阔的大河,夜色中连绵起伏的江水,出现在眼前。面对既熟悉又陌生的

战场,解夏百感交集。

布雷队员啪啪地跃入水中,在进行布雷作业的同时,他们还投下了许多貌似水雷的浮筒。布设真真假假的水雷,目的是扰乱敌人的视线,这是张灵春的杰作,也是新的游击战术的尝试。

远远近近的队员,起伏在波浪之间。他们年轻,熟习水性,从他们不同的水中姿态和作业动作中,解夏甚至能一口报出他们各自的名字。海军第二布雷总队长解夏深感振奋,他情不自禁地下了水,投入了长江的波涛。

他的脸贴在充满秋寒的水面,像是在倾听这一条河细微的声音。

下游隐约传来隆隆的机械动力声,它应该是一艘日本海军的内河炮舰;仔细一听,它是改装过的"安宅"号。

在这个声音的后面,一支船队正结伴而来,它们趁着夜色的掩护,向上游开进。

波动的水面,起伏的光斑星星点点,隐匿着水中的雷——中央海军最后一搏的武器。它们满载着一个人、一支队伍积蕴已久的能量,把响亮的爆破声埋伏在暗夜。

滚滚江流经过的地方,有一条让海军付出巨大心血和牺牲的封锁线。那么多的沉船,带着一个兵种钢铁般的沉默,不惜失去燃料和动力的无悔,铁锚一样的不舍,凝聚出一个海军弱国的希望与奋争、孤独与决绝。

江阴,解夏默默地念着这个名字,心中重复着战士的誓言:在它的黄金水道之下,在流沙的河床之上,沉舟侧畔,曾经的梦中防线,即将成为海军游击布雷的战场。

而在它下游的下游,越过江海交接处,那里,黄色的波浪已经化作了蓝色的大海,解夏深信:那里,将是自己的儿子——新一代海军起航的地方。

声 明

本书个别图片因无法联系到权利人，特请相关图片权利人及时与本社联系，本社即奉寄样书并按相关规定支付稿酬。

安徽文艺出版社